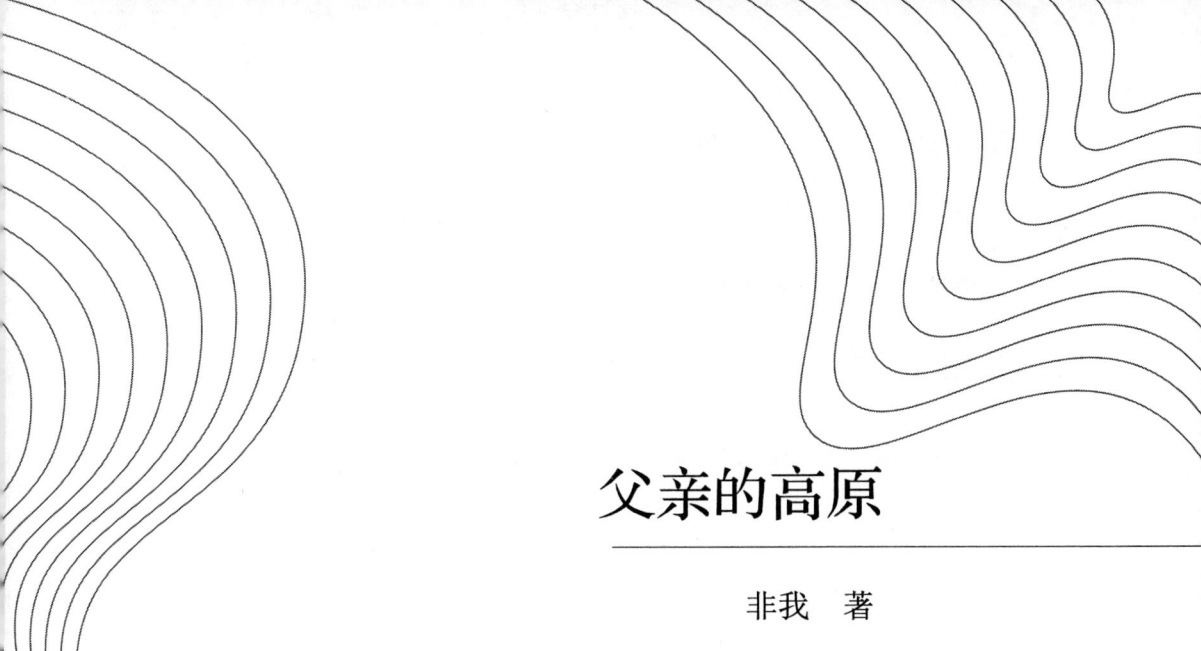

父亲的高原

非我 著

青海人民出版社

图书在版编目(CIP)数据

父亲的高原／非我著． -- 西宁：青海人民出版社，2021.9
 ISBN 978-7-225-06213-6

Ⅰ．①父… Ⅱ．①非… Ⅲ．①长篇小说—中国—当代 Ⅳ．①I247.5

中国版本图书馆 CIP 数据核字（2021）第 184303 号

父亲的高原

非我 著

出 版 人	樊原成
出版发行	青海人民出版社有限责任公司
	西宁市五四西路71号 邮政编码:810023 电话:(0971)6143426（总编室）
发行热线	（0971）6143516/6137730
网　　址	http://www.qhrmcbs.com
印　　刷	青海西宁西盛印务有限责任公司
经　　销	新华书店
开　　本	720mm×1010mm　1/16
印　　张	27.25
字　　数	410 千
版　　次	2021年11月第1版　2021年11月第1次印刷
书　　号	ISBN 978-7-225-06213-6
定　　价	56.00 元

版权所有　侵权必究

非我，中国作家协会会员，籍贯四川，供职于青海油田，居敦煌，出版有《在敦煌》《再敦煌》《出敦煌》等10余部文学作品。曾获奖。

目 录

第一章　敦煌之光　　1
第二章　挺进西部　　23
第三章　大漠惊魂　　47
第四章　试问大地　　71
第五章　苍茫之崖　　91
第六章　八仙传说　　117
第七章　拓荒乐园　　145
第八章　茫崖铸梦　　171
第九章　魅惑高天　　195
第十章　爱在荒原　　219

第十一章	戈壁图腾	243
第十二章	面朝冷湖	267
第十三章	去意徊徨	293
第十四章	饥色连营	317
第十五章	别离温暖	341
第十六章	挥师西部	365
第十七章	血沃涩北	387
第十八章	回望高原	407

后　记：关于这本书的前生今世　　427

第一章
敦煌之光

1954 年的初夏——

受国家之命，践民族之志

一支勘探队伍从古城西安出发

目的地是 3000 多公里外的青藏高原柴达木盆地

那片土地对很多人来说是传说的西天

一声令下，一路西去

平均年龄只有 24 岁的勘探队伍

披甲向西，豪情满怀

热血沸腾，义无反顾

1

初夏。敦煌。满目苍黄。

一支由卡车、骆驼和400多人组成的庞大队伍，在无垠的戈壁沙漠里艰难跋涉。驼掌腾跃，沙尘飞扬。载重的卡车卷起尘埃，遮天蔽日。只有头车车顶上的红旗在猎猎招展，那是这支队伍最鲜艳的视觉。

押后的一辆绿色军用吉普车猛地加速，腾起一股尘烟，快速超过大部队，在队伍最前方的一辆吉普车前横停下来。"哐当"一声车门打开，一双毡毛长筒靴踏进沙尘里。他叫何满江，勘探大队大队长。从另一辆吉普车上下来的是勘探大队教导员陈启仁、地质师葛先华。

何满江的司机何卒、陈启仁的司机陈兵也迅速下车，习惯性地保持警卫状态。两人在部队时曾是两位首长的警卫员。

何满江、陈启仁、葛先华三人眺望着远处褐色山脉，山峰上蕴染着金色的阳光，阳光映射在三人的瞳孔里。他们的眼睛里是西域神话般的金色世界。何满江从衣服口袋里掏出烟来，往干裂的嘴唇上粘了一根，连续划拉了两根火柴都没有点燃。"叮"的一声钢音脆响，一束火苗送到他面前。何满江看了看葛先华，点燃烟，又给陈启仁和葛先华一人递了一根烟。

陈启仁说："从西安出来走走停停快一个月了，才走到敦煌。"

葛先华指了指远山，说："那就是三危山，一千多年前，一个叫乐僔的和尚就是被这光所吸引，从中土望西而来，在三危山对面的崖壁上开凿了第一个洞窟。之后的一千多年来，人们又陆续开凿了一千多个洞窟，所以叫千佛洞，也叫莫高窟。莫高窟可是闻名世界呢。"

何满江"呵呵"一笑，说："佛光护佑，这是一块好地方！"

陈启仁眺望着远山，慢悠悠吐出一口烟雾，若有所思道："万里长征人未还，佛光千载空悠悠啊。"

何满江接话道："别那么忧伤嘛，我们就是从长安西来的唐僧啊，哪怕历经九九八十一难，也要取到真经！"

葛先华忧思道："羌笛何须怨杨柳，春风不度玉门关。"

何满江接过话头，铿锵道："过了玉门关，依旧有春风！没有春风，我们也要把春风带进去！"

境由心造，三个人三种心情。其实，在后来几十年的岁月里得到印证，或许是一语成谶，或许是命由天定，他们三人在柴达木历经患难，一个淬炼成钢，一个中途折戟，一个悲怆一生。但无论结局如何，他们都是柴达木天宇里的北斗星，具有划时代的象征意义。

葛先华感觉气氛有些僵滞，连忙转过话头，说："是啊，莫高窟里有好多真经呢，我们也该顺便去瞻仰瞻仰。"

陈启仁看着何满江，说："按照计划，我们还要在敦煌休整几天呢。"

何满江"噗"地吐掉烟蒂，朗声道："好！我们既要去看看和尚们取的真经，也要在敦煌招兵买马！"

2

队伍继续裹尘前行。

地平线上，出现了一座古城池模样的建筑群。

吉普车穿过敦煌古色古调的城门楼，绕了几道弯，驶进一座庙宇一样的院子。何满江跳下车，看了看庙门上"文昌庙"三个字，高兴地说："这里原来住的是神仙，我们就在这里安营扎寨了！"

三排黄土夯筑的房子围成一个院子，窗破，墙裂。除了那个城门楼子是完整的，其余都是破败的泥墙。院子很破旧，幸好打头站的小分队已经先期落脚，为大部队的到来做了尽可能的拾掇。其实，这个院子在很多年后，便成了柴达木石油人进出盆地的敦煌客栈。

卡车，骆驼，人流，渐次聚集在院子外的沙滩上。

何满江察看了一圈地形，叫来何卒，交代晚上要例行布哨，不可大意。

何卒"啪"的一个军礼，铿锵道："是！"便扭头而去。

葛先华忍不住笑了，说："还在敬军礼啊。"

何满江看着陈启仁，也忍不住哈哈大笑，说："我们还要把军人的作风和习惯带进柴达木呢。政委，你说是不是？"

陈启仁点点头。之前在部队，何满江是带兵的人，团长，而陈启仁是管思想政治工作的团政委，两个人搭档时间已不短，知根知底。这次摸排人员，勘探总局专门抽调了他俩搭班子，何满江担任大队长，陈启仁担任教导员，铁打的营盘流水的兵，他们就是铁打的组合。

葛先华笑道："还一口一个政委，一口一个团长的，那我是什么啊？"

何满江拍拍葛先华瘦弱的肩膀，说："白面书生，就是个文职参谋。"陈启仁说："当个文职参谋委屈你这清华大学地质系的高才生了。说实在话，进了柴达木，要搞石油，我们这些兵都还得听你的呢。"葛先华连忙摆手道："我只能提供数据，板还是你们拍。"

过了敦煌就是柴达木的地界了。何满江沉思片刻，他觉得也该改口换称呼了，不然，显乱。虽然，战争岁月刚刚过去，血雨腥风的画面也还历历在目，但毕竟已经开始新中国建设了。新的岗位，必须要有新的姿态。带石油队伍，可不比带大兵作战。

于是，何满江郑重地宣布道："好吧，听知识分子的，今天我们正式改口，按照文件通知，我是勘探大队的大队长，老陈呢，是勘探大队的教导员。从今往后，再不许团长、政委的乱叫！"

何满江顿了顿，转向葛先华，说："你呢，是勘探大队的葛地质师。"

葛先华不好意思地说："你们都是总局正式任命的，我，还没有资格当地质师呢。"

何满江说："屁话，你迟早是柴达木的总地质师！"

陈启仁说："就是。我们三个人，就是打不扁、锤不烂的铁三角！"

三个人三双手紧紧地握在了一起。

3

院角挂起几盏马灯。灯光昏暗,仿若夜空里几颗孤独的星。

人们忙忙碌碌,各司其职:卸驼,安营,扎寨,清扫,搭灶,劈柴,烧水,做饭。

何满江走出院子,看见驼队正在卸驼,他走过去对一个中年男人说:"张驼子,这几天你要喂饱骆驼啊,过几天还有戈壁大坂要爬,还有祁连山、阿尔金山要翻呢,到时骆驼腿软了,我可拿你是问!"

张驼子是临时雇佣的驼运队队长,宝鸡人,人不驼,但因为是赶驼人,大伙都叫他张驼子。张驼子连忙答道:"瘦死的骆驼比马大,大队长你就放心吧,我的驼队要是误了大事,还是那句话,你就砍我的腿!"

何满江"哈哈"一笑,说:"砍了你的腿,谁给我们运物资啊,我不但不砍你的腿,还要在敦煌给你招一批骆驼客!"

张驼子连连点头,说:"我原本就是靠双腿讨生活的,能为你们勘探队拉骆驼,我光荣,我自豪!"

后勤组的几个人正在忙碌着垒石架锅、劈柴生火。

陈启仁一路上没少操心这几百人的吃喝拉撒。俗话说兵马未动,粮草先行,这千里河西大走廊自古虽是西部粮仓,但筹吃筹喝也并非易事,毕竟是春夏之交,夏苗正长,青黄不接,黄土疙瘩的村庄里谁家也没有多少余粮。看见后勤班在忙碌,他走过去,说:"老张啊,准备做啥吃的啊?"

老张,张成武,在部队就是炊事班班长。他听到陈启仁的声音,连忙直起腰,惯性地挥起手臂准备敬礼,陈启仁赶紧用手势制止了他。张成武说:"队员们好几天都没有吃米饭了,南方人多,吃不惯面,准备煮一顿米饭呢,让大伙儿解解馋。"

陈启仁说:"好,敦煌不缺水,有水就满足大家吃米饭,等几天啊,大伙儿又要顿顿啃干馍馍了。"

张成武问:"听说我们要在敦煌待几天?"

陈启仁说:"是啊,让大伙儿好好休整休整,再上路出发!"

旁边几个人忍不住欢呼起来:"好啊,太好了!"

何满江、陈启仁巡视了一圈队伍安扎的情况后,两人站在庙外一棵老柳树下,看着远处敦煌城星星点点的人间灯火,若有所思。

这一路走来,尽是荒凉。但要是过了敦煌,就真正要进入西部无人区了。也许,这是最后的人间灯火,而未来,队伍将接受巨大的考验。虽然历经战火考验,生死早已置之度外,但这次不是去打仗,不是去拼命,而是要以打仗的精神去工作。柴达木严苛的条件两人早有听闻,作为勘探大队的领导者,他们的内心并不轻松。

陈启仁说:"明天得去拜见一下当地的父母官啊。"

何满江说:"我也正有这个想法,我们要在此地招兵买马,储水屯粮,还需要敦煌父母官大施援手呢。"

陈启仁说:"此去千里路漫漫,翻越阿尔金山,靠鸟儿的翅膀是飞不过去的,我们还要召集大批驼工、民工。"

何满江说:"何况我们还没有翅膀呢。"

这时,远处传来何卒一声响亮的喝问:"谁?干什么的?"

何满江、陈启仁循声望去,一团黑影正向"文昌庙"蠕动而来。

4

来人正是敦煌县张县长。

张县长一身中山装,戴斯文眼镜,远远地便自报家门:"早几天便接到酒泉行署发来的电报,说有一支地质队伍要经过本辖区,有失远迎,有失远迎啊!"

何满江连忙上前,伸手相握,"哈哈"一笑,说:"真是说曹操曹操到啊。不,你比曹操还要神速!"陈启仁也赶紧上前握手,说:"路过酒泉时,我们打扰过酒泉专员,深受方便!"

何满江对张县长说:"不能站在黑夜里说凉话啊,走,到行营一叙。"

张县长吩咐随从把架子车上的几只羊、几头猪送到伙房去,说:"略表地主之谊。"陈启仁朝张县长一拱手,道:"多谢!"

刚刚打扫出来的房间,一股尘灰味还没有散去。马灯的光晕里,几张面孔显得都很激动。张县长扫视一眼房间，声调不无愧疚地说："何大队长，你们不远千里路过敦煌，一路舟车劳顿，让你们住在破庙内，寒碜，寒碜，我心何安啊。"

何满江请张县长落座，哈哈一笑，道："寒碜什么呢，神仙能住得，我们哪里还住不得的啊，刚好沾沾仙气呢。"

张县长说："惭愧，惭愧。敦煌虽百废待兴，但敦煌包容古今，海纳东西，民风淳朴，怎么说也该请你们入住县城啊。"

陈启仁接过话题，说："我们车马杂乱，怎敢深扰贵县居民啊。"

何满江也说："张县长多虑了，两年前我和老陈都还是行伍之人，扛枪扛炮打遍祖国半个河山，战壕碉堡、羊圈猪窝、荒郊野外都睡过，哪里有那么多讲究啊。"

陈启仁话题一转，说："听得出张县长满腹经纶啊？"

张县长说："哪里，哪里，略通文墨，略通文墨。"

陈启仁指了指戴着眼镜的葛先华，介绍道："你们算是斯文到一块了，这是清华大学的高才生，葛地质师，是我们地质队的文胆啊。"

张县长一听，连忙起身上前，跟葛先华握手，道："哟，你接受的可是高等教育啊，我嘛，就是读过几年书而已。"

葛先华也不乏幽默地说道："县长，您过谦了。"

5

几只羊、几头猪堆积在案板上，格外招人眼馋。瞬间围了一堆人，眼睁睁地看着一堆肉恨不得生吞活剥。有人说："今晚可以快活快活腮帮子了。"有人更正道："叫大快朵颐！"又有人补充道："一个道理，就是让腮帮子快活，好多天没有见过油星星了。"

张成武正准备挥刀卸肉，陈兵说："还是请示一下大队长吧，吃还是不吃。"何卒眉头一皱，对张成武说："老张，这天气，肉放得住吗？"张成武心有灵犀，立即摇头，说："放不住，一天过后准长出肉芽。"

何卒大声道："难道等长出肉芽了再吃？那就剁啊！"

张成武挥刀而下。人们欢呼起来。

陈兵用异样的眼神瞭了一眼何卒，转身离开。

6

张县长端起茶杯，吹吹水，摇摇头，又放下，道："刚才大队长提出要在敦煌储水备粮，招兵买马，我们理当鼎力相助，使命所在，在所不辞，绝不含糊。不过，你们要进柴达木啊，这个……只是……"

何满江、陈启仁都警觉地看着张县长。张县长再次端起水杯，吹吹水，摇摇头，又心事重重地放下。

陈启仁问道："张县长，你，似有顾虑啊。"

何满江急道："还是，难言之隐？"

张县长"嘿嘿"一声，连忙摆手，转移开话题，口中诺诺："没有，没有，有话明日再叙，明日再叙，你们舟车劳顿，早点休息，告辞，告辞。"张县长说罢，起身作别。何满江等人送出庙外。

直到张县长等人没入夜色，何满江疑虑道："这个张县长，有难言之隐？怎么说半句，留半句！"

陈启仁说："人是个好人，估计有什么顾虑吧。"

葛先华说："也许就是我们没有考虑到的。"

晚饭是大米饭、红烧肉、清炖羊肉。队员们齐聚在院子里，黑压压一大片，挥着碗盆，叮叮当当。何满江说道："有肉吃，先吃肉，明天我们再去登门拜访这个县太爷！"他跨出几步，又转过身对陈启仁说："哦，一闻到肉香就差点忘了，饭后，各路人马到院子里集合开会，你主讲！"

陈启仁看看表，说："是不是有点晚了。"

何满江说："再晚都得开讲！"

7

一碗红烧肉，一盆清炖羊肉摆放在桌子上。

何满江吃了一块红烧肉，又捞起一块羊肉，正准备吃，突然停下，问何卒："都有吃的吗？"何卒回答："都能敞开吃。"陈启仁说："能敞开吃就敞开吃吧，多给肚子垫点油水，再过几天……"

何卒接话道："再过几天就只有啃干馍馍了。"

葛先华说："能有干馍馍啃也算不错了。"

何满江转过话头，说："老陈啊，一会儿开会，主要是交代一下纪律，我害怕队员们神经一松懈，就会出乱子。想想在部队的时候，有些人没有死在战场上，却在休整的时候擦枪走火给废掉了。而今我们这支队伍复杂，有转业兵，有大学生，还有民工，参差不齐，甚至有那么多勘探设备、仪器，能完完整整带进柴达木就得要多操十万个心啊。"

陈启仁说："我还考虑给大伙来一堂思想政治课呢。"

何满江看着陈启仁，等着后话。陈启仁说："俗话说，过了玉门关，眼泪流不干啊，一是趁休整给大家打打气，二是呢……"

何满江点点头，急切地问道："二啥？"

陈启仁说："一过敦煌就是少数民族地界，刚刚解放，情况复杂，我要给队伍讲讲民族政策和安全问题。"

何满江说："是啊，我们不是去打仗，我们是去搞开发，要搞好民族团结，这是第一要务，再说了，强龙压不过地头蛇，我们还需要争取当地广大群众的配合、支持呢。"

其实，勘探大队这支队伍构成庞杂，有转业兵，有知识分子，也有民工，甚至还有流民。总体三大块，分块负责，也便于管理。百多个转业兵，有狠的也有愣的，由何满江负责管理，大多是他老部下，也没有人敢在他何满江面前刺毛；后勤运输板块给了陈启仁，一百多人，这一路也是陈启仁在操心吃喝拉撒睡；知识分子有几十人，交给葛先华。

何满江对何卒说："小卒子，你带着张驼子明天负责去招工，身强体壮的，有多少要多少。"

何卒道："是！"

何满江对陈兵道："兵蛋子，你呢，带着张成武去买粮，粗粮细粮、大米白面、苞谷高粱都要，得要给进柴达木储备上三个月的伙食。"

陈兵问:"按多少人储备?"

何满江看看陈启仁,心里一掐算,说:"500 人。"

8

院子里,密密麻麻站满了人。

这样随时随地的思想动员会一路上没少开。思想政治是利器,在利器面前大伙都心悦诚服。而做思想政治工作又是陈启仁的特长,在部队当政委时就练下的,手臂一挥,嘴唇一动,便已是滔滔不绝。晚饭后开会,陈启仁依旧跟战前作动员报告一样,挥舞着胳膊,激情洋溢地说道:"同志们,我们今天到了敦煌,终于走出了千里河西大走廊,你们知道吗,为什么这条路叫丝绸之路啊?"

有人小声道:"是古时候运输丝绸的通道嘛。"

陈启仁耳尖,说:"你说对了。还有啊,这条路又叫取经之路,也就是《西游记》里那个唐朝和尚唐僧带着孙悟空、猪八戒、沙和尚去西天取经的路,前方不远处就是高老庄,也就是猪八戒背媳妇的那个高老庄啊。"

大家哄堂大笑。陈启仁说:"我们可不是来背媳妇呢,我们的目标是西进,西进,再西进!那里是什么地方啊?"下面的人异口同声道:"柴达木!柴达木!"陈启仁道:"对,柴达木!柴达木是什么啊?"

人们被问懵了。陈启仁提足一口气,大声道:"柴达木,就是我们的炼狱!"一片唏嘘声。陈启仁接着又说:"也是我们的天堂!"

人们一阵欢呼。

9

何满江从院子里走过,忍不住想笑。

每天晚上勘探队都要给西安总局发电报,报告当天情况,雷打不动。一间屋子里传出"嘀嘀、嘀嘀"的发报声。何满江推门而进,拿起桌子上的电报纸扫了一眼,问道:"西安总局有何指示?"

电报员道:"正在联系。"

何满江说:"拟电!"

电报员赶紧记录。何满江说:"总局,我部于今日晚6时许到达敦煌,拟定休整5日,就地招兵买马,储水屯粮。请指示!"

10

夜深人静。

何满江睡不着,轻轻下床,披上大衣出门,察看夜哨。何卒也紧跟了出去。何满江回头看见何卒,说:"你不回去睡觉跟着干啥?"何卒说:"我必须保证领导的安全。"

一个夜哨听见脚步声,警觉地问道:"谁?!"

何满江道:"老何,何满江!"

何满江走过去拍了拍夜哨的肩,说:"再添件大衣,沙漠里是早穿棉袄午穿纱,夜里围着火炉吃西瓜啊,会冻得你像旱獭一样挖地洞的。"说罢,何满江一耸肩,将披在身上的大衣脱下,披在夜哨身上,说:"站岗没有枪,敌人摸了夜哨咋个办?"

何卒答道:"我们防的主要是小偷,不是阶级敌人。"

何满江"嘿"了一声,说:"没有枪,打狗棍也该握一根啊。手电筒呢,怎么不带上手电筒?"夜哨答道:"报告大队长,天上的星星比碗大呢,一百米外就是兔子跑过我也看得见。"

何满江回头瞪了一眼何卒。

何卒立即答道:"我们马上找手电筒,再找一根打狗棍!"

何满江说:"你们知道个啥,天下貌似太平,世道并不安全,你们知道哪朵乌云后边藏着雨啊?"

夜巡完后,何满江回到房间,刚躺在床上,就听见外边响起口琴声。何满江说:"是先华吧,这么晚还不睡?"陈启仁说:"知识分子嘛,小情调,折腾累了就睡了。"

葛先华的房间里,一支蜡烛扑闪着光焰。几个地质队员专心听着葛先华吹口琴，并随着口琴轻声哼唱起来：

"深夜花园里四处静悄悄，只有风儿在轻轻唱，夜色多么好，心儿多爽朗，在这迷人的晚上……长夜快过去，天色蒙蒙亮，衷心祝福你好姑娘，但愿从今后，你我永不忘……"

一个地质队员悄悄摸出一张照片。

灯光一闪，是一个女孩的笑脸。

11

天亮了，何满江和陈启仁、葛先华驱车去拜访敦煌县县长。

一座老式的青砖建筑物，挂着敦煌县政府的门牌。门口站着一胖一瘦两个警卫，背着枪，拦住了何满江。

何满江笑笑，说："我们找张县长啊。"

胖警卫说："对不起，县长刚出门了。"

陈启仁说："我们是地质勘探大队的，昨晚跟县长约好了。"

瘦警卫说："我们知道，县长刚刚出门去了，至于有何公干我也不知道，要不，你们进去等？"

何满江心里一阵嘀咕，摆摆手，说："算啦，等你们县长回来转告一声，就说地质大队的老何来拜访过。"说罢，朝陈启仁、葛先华一挥手，转身离开，又说："我们去转转县城，看看有啥新鲜玩意儿。"

敦煌县城古旧陈陋，除了少数青砖建筑，多是黄土夯筑的民房。商贾不算云集，店铺里多是经营兽皮草药一类的山货，也有大枣、葡萄干一类的果脯。早有地质大队的队员流连在商铺前，讨价还价。

何满江一路走着，若有所思。陈启仁嘀咕道："这个张县长，昨晚就给我们埋下了伏笔，挖了个坑，也不知到底卖什么药啊？"何满江说："只要衙门还在，明天再来会会！"

这时，远处簇拥着一群人，闹哄哄的。他们立即警觉起来，赶紧围过去，只见人群里面站着何卒，高声喊道："你们不要挤，不要挤！排好队，一个一个来！"

张驼子说:"我们要的是驼工,牵骆驼的,伺候牲口的!"

有人说:"我三岁就在家里牵驴、牵骆驼,歹着呢!"

有人问:"发工钱吗?"

有人问:"有白面馍馍吃吗?"

张驼子说:"发工钱,白面馍馍也管饱,但要看你领不领得了那这份饷?你看你,瘦成猴了,一刮沙尘暴就上天了天哟。"

人们哈哈哈大笑。张驼子说:"你们可要知道,我们要去的是柴达木,天上不飞鸟儿,地上不长草儿,风吹石头满地跑呢!"

那人却说:"早先时候就帮商队牵了骆驼进去过,骆驼死不了,咱就能活着出来!"张驼子朝他胸脯一拳,那人别看人瘦,却纹丝不动。张驼子说:"咦,你,算一个!"

又有人走上前。张驼子又是当胸一拳,那人也纹丝不动。张驼子说:"你,也算一个!"

这时,一个十五六岁模样的孩子,从人缝里钻了进来,瘦弱的身子顶着一个大脑袋,从人缝里钻了进去,怯怯地对张驼子说:"你也打我一拳吧!"张驼子挥起拳头,晃了晃,又收了回去,说:"小娃娃,莫凑热闹,回去找你娘要馍馍吃。"

那孩子一听,眼泪出来了,说:"我娘也没有馍馍吃了。"

张驼子说:"你吃不了这个馍馍的,娃子,走吧!下一个。"

何满江等站在人群外,忍不住笑起来。葛先华说:"你看这张驼子招工,体检用拳头,真是幽默。"陈启仁说:"看这架势,招工倒是不用愁了。"何满江叹息道:"多是些吃不饱饭的人啊。"

这时,那个瘦小的孩子被人挤了出来,满眼晃荡着委屈的泪水。何满江心想,这娃子,身板小,估计是挨不了张驼子的拳头啊,看着那瘦小的远去的背影,忍不住"哎"了一声。

一转眼,何满江看见不远处粮栈门口挤满了人,也是闹哄哄的。粮栈门口,卧着十几峰骆驼。老板噼里啪啦拨拉着算盘珠子,说:"不行啊,你这一买,我这粮栈就关门了啊。"

陈兵说:"你担心个啥,我给你钱,公买公卖,我又不抢你的!"

老板说:"不行不行,地里的庄稼还是绿苗苗,我全部卖给你了,老百姓就断炊了。"张成武说:"那就卖一半给我们吧,一手钱一手货。"陈兵脖子一梗,道:"那可不行,一半,才二十担,不够我们队伍吃十天呢。"

老板满脸苦色,说:"最多最多,给你们三十担。"

陈兵说:"你是要让我们饿死在柴达木里边吗?"

老板想了想,说:"那样吧,你们也是为国家找矿,按理说我们当全力支援,三十担这也不够你们吃一个月啊,我这倒还有个办法,不知可行不可行。"

陈兵急切地问什么办法?老板说:"只有找县长去,看能不能动用国库,国库里可是军粮。"陈兵挠着头,说:"县长,好,我们去找!"这时何满江接过话头,说:"兵蛋子,找什么县长啊?"

陈兵转身一个立正,道:"何大队长,这筹粮……"

陈启仁说:"我们都听见了,这沙漠里出产点粮食本来就不容易,也不要为难老板了。"何满江走上前跟老板握手道:"为难你了,你看,这敦煌城还能买上些苞谷、高粱之类的粗粮吗?"

老板惊诧道:"这……有倒是有的。"

何满江问:"怎么了?"

老板疑虑道:"你们……"

何满江"哈哈"一笑,说:"能吃,都能吃,草根树皮我都吃过呢。"

老板睁大眼睛,无语。陈启仁补充道:"赤脚板扛枪打了七八年仗,啥子没往嘴巴里塞过啊,何况是玉米、高粱,好东西呢。"

老板连忙说:"好,好好,我这就带你们去。"

路过一家酒铺,何满江忍不住摸了摸衣兜。陈启仁说:"老何啊,灌上个半斤吧,谁都晓得你每晚都要来两口啊。"何满江不好意思从衣兜里摸出一只美军用的不锈钢扁酒壶,说:"要怪就怪国民党的师长,缴了这个东西,也不能让闲着啊。"陈启仁道:"你这是吃芝麻怪别人脸上长麻子。"

葛先华说:"找个借口,心里好受些。"

何满江对老板说:"灌满!"

出了县城，三人驱车到了莫高窟。

莫高窟被流沙覆盖，满目是苍凉和破败的景象。有一些艺术工作者正在打扫、清理洞窟。门口有香案，青烟袅袅。几个看似本地人的信客，插上香火，燃起纸烛，打躬作揖。

洞窟门洞敞开着，自由进出。他们一行进了96窟，里边一座大佛。大佛正襟危坐，似笑非笑，洞察世间百态的模样。

莫高窟是人类的瑰宝，只可惜近百年来损毁严重，好多宝贝都被外国人掳掠走并带回了他们的国家了，藏在大英博物馆等处，一个叫斯坦因的几进几出敦煌，掳掠敦煌珍宝无数，还被英国女王加勋授爵。积弱积贫的旧中国，保护不了自己家的宝贝，也主持不了自己的命运。

何满江感叹道："马善被人骑，国弱被人欺啊。"他突然问葛先华："听说你清华毕业原本可以去美国留学，怎么没有去？"葛先华说："去美国可以学到更多的知识，但新中国建设更急需人才。"

陈启仁说："你不后悔啊？"

葛先华道："匹夫有志，家国情怀。"

何满江说："好一个家国情怀，有担当！"

13

回到驻地，何卒便报告了一个坏消息。

何卒说本来招了100多人，可"呼啦"一下又跑掉了一半。原来是下午时分，两个商人连滚带爬地逃到敦煌城，说在沙枣园货物被土匪抢了，还死了三个伙伴。沙枣园是进柴达木的必经之路，民工们一听，当场就跑了一半，还说脑袋都没了，白面馍馍往哪里吃啊。

解放初期，西部依然匪患未断，小股残匪四处流窜。这一点早在西安出发之先，总局就做过特别交代。一路倒也是有惊无险，但到了敦煌，似乎终于感觉到了紧张。他们几个人担心不但民工要溜号，就是勘探队伍也会经受巨大考验。有人建议加强看管，但管得了身子管不住心啊，只要想跑，哪个又看得住呢。

何满江大手一挥,道:"天要下雨娘要嫁人,哪个看得住!"

葛先华说:"别说民工要跑,还要谨防咱们的队伍也会骚乱呢。"

陈启仁说:"没想到新中国都成立好几年了,这山高皇帝远的地方还有土匪,究竟是哪山哪派,咱们得要会会他!"

何满江"啪"的一声,手掌拍在桌子上,道:"对!找枪去!"

何卒、陈兵赶紧出门发动吉普车。何满江、陈启仁、葛先华跳上车,吉普车发疯一般朝县城冲去。在县政府大门外,又被那两个背枪的警卫拦住。这次何满江有些恼火,说:"找你们张县长说话。"胖警卫说:"张县长擦黑又出门去了,还没有回来呢。"

陈启仁觉得奇怪,问道:"他干什么去了?"

瘦警卫不阴不阳地道:"县长办什么事,也不会给我交代啊。"

何卒一听来气了,一伸手,揪住了瘦警卫的领口。胖警卫哗啦一声抖开了枪栓,还没等举起枪来,被陈兵一把卡住了肘弯子,动弹不得。何满江说:"好吧,这是第二次拜访你们县长大人,请你们再次转告,我们还会来第三次的,事不过三啊。"

陈启仁朝何卒、陈兵使了个眼色,两人放开警卫。等吉普车离开好半天,两个警卫才舒缓过一口气来。胖警卫抖着发麻的胳膊说:"身手快得了得,要是动真格的,我估计死翘翘了。"瘦警卫整理着领口,说:"看不出来啊,都是老兵油子。"

胖警卫说:"你看那领导,气势足得能压弯人了。"

瘦警卫说:"看他那架势,少不了也是一个团长。"

胖警卫说:"两辆吉普车,是两个团长!"

14

房间里,马灯的光忽闪忽灭,几张脸或明或暗。

何满江心想,这个满口之乎者也的县长大人,初次见面不是热情似火吗,怎么感觉故意在躲着我们呢。陈启仁担心队伍里已经传开了土匪的事,怕影响情绪,建议先给西安总局去个电报,汇报土匪事宜。何满江认为没有摸透情况就先不要报告，那样会影响总局的总体部署，并表示还是要找到这个张县长，要粮，要人，还要枪。

陈启仁认为要粮估计不是大问题，要枪可能得要酒泉军分区点头。陈启仁说："看来，只有请张师长出马了。"

何满江说："好，明天就给张师长拍电报！"

何满江一沉思，对葛先华说："先华，你今晚继续吹你的苏联歌曲，吹得越久越好，让你的地质队员闹腾得越欢越好。"

葛先华疑问道："为什么？"

陈启仁道："空城计呗！"

15

夜里，营地里充满紧张的空气。何满江带着何卒，亲自挑选了十几个久经沙场的老兵列阵，安排夜哨。何满江说："大家以战时备勤，夜哨双岗，睁大眼睛，就是一只兔子跑过也要报告公母！"

有人说："我们没有枪，站也白站啊。"

何满江说："枪是死的，人是活的，我们卸甲不归田就还是个兵，不穿军装了军魂还在，人就是枪！"

何卒振臂一呼："听从指挥！服从命令！人在阵地在！"

大家异口同声地喊道："听从指挥！服从命令！人在阵地在！"

陈启仁一直担心粮草储备，专门去找陈兵了解情况。陈兵掐算了一番，就是加上粗粮，也难以满足500人三个月的伙食。陈启仁说："必须按500人准备，怕死鬼跑了再招英雄汉。"

陈启仁带着陈兵，细心察看囤积的粮草和设备、仪器。陈启仁见后勤组的人员裹着大衣，三步一岗五步一哨，或蹲或坐，将粮草和设备围了个严严实实。陈启仁向一辆大卡车走去，正准备拉动大卡车的车门，车门却"嘭"的一声开了，跳下来张成武，吓得陈启仁后退了两步。陈兵习惯性地往腰上摸枪，摸空了，吼道："老张，你这个鬼，不是吓人吗？"

张成武不好意思了。陈启仁说："老张啊，你是个细心人啊。"

张成武说:"教导员,我敢保证一粒粮食也丢不了。"

葛先华的房间里挤满了地质队员,凝神听着葛先华的口琴演奏。葛先华吹了《红莓花儿开》,又吹了《喀秋莎》。这时号称"鬼机灵"的地质队员李天翔说:"再吹一首《勘探队员之歌》吧。"

众人欢呼,并随曲歌唱起来——

是那山谷的风,吹动了我们的红旗
是那狂暴的雨,洗刷了我们的帐篷
我们有火焰般的热情,战胜了一切疲劳和寒冷
背起了我们的行装,攀上了层层的山峰
我们满怀无限的希望,为祖国寻找出富饶的矿藏
……

豪迈的歌声感染着整个营地。每个房间、每顶帐篷都响起了歌声。执勤的、站岗的也都跟着唱了起来——

是那天上的星,为我们,点燃了明灯
是那林中的鸟,向我们报告了黎明
我们有火焰般的热情,战胜了一切疲劳和寒冷
背起了我们的行装,攀上了层层的山峰
我们满怀无限的希望,为祖国寻找出富饶的矿藏
……

16

天上的星星比碗还大。

骆驼群里,一只骆驼打起了响鼻。紧接着,两只、三只、四只……传染似的,一群骆驼都打开了响鼻。这时,从一只骆驼肚子下的长毛里慢慢探出一个大脑袋,惊恐的眼睛东张西望了一圈,又警觉地将脑袋缩回到骆驼肚子下的长

毛里。

大早上,张驼子吆喝驼工们查看骆驼。

突然传来一声惊叫,一个驼工吓得掉了魂似的。张驼子跑过去,只见一只骆驼肚皮下露出一只裹满沙尘的脑袋。张驼子觉得瞬间寒毛乍起,叫那个驼工去拨拉一下,看是什么东西。那驼工吓得转身就跑。张驼子捡起一根木棍,颤着手,戳了一下。那个脑袋被戳醒过来,摇了摇头,又甩了甩头上的沙子,先睁开两只眼,再咧开一张嘴,居然长长地打了一个哈欠。

张驼子心想,咋钻进骆驼肚子里睡觉呢?那只脑袋似乎也清醒了过来,牵着整个身子慢慢爬了出来。这时,一大群人围了过来看热闹。何卒一看,惊奇道:"这不是昨天来招工的那个小孩吗?"

那个小孩咧嘴一笑,说:"是我,我要当驼工。"

张驼子似乎回忆起来了,说:"原来是你个小东西啊!"

小孩说:"求求你,打我一拳吧,我要当驼工!"

张驼子伸出手,犹豫了一下,收回拳,一挺胸脯,说:"要不你打我一拳吧,你要是打动了我,你就当驼工。"小孩真打了一拳,倒是疼得他自己龇牙咧嘴的。张驼子说:"忒!"

开早饭时,张驼子打饭回来,看见小孩还坐在骆驼群里,想了想,将筷子上的一个馒头递了过去,说:"吃了馒头就赶快滚吧,我们队伍要去柴达木呢,你这小身板吃不消的,要是有个三长两短,我怎么向你家大人交代啊。"小孩并不接馒头,仍坚持要当驼工。张驼子一声叹息,将串着馒头的筷子插在沙地上,转身就走。

何满江、陈启仁正准备出门,看见这一幕,问正在发动车的何卒。何卒说明了情况,何满江心想,招下的驼工一听有土匪就跑了一半,这娃子却一而再地要来当驼工,是件好事啊。何满江过去问那小孩,从哪里来到哪里去。小孩连忙回答:从河北来,一路要饭,要去新疆找哥哥,哥哥是解放军。

何满江问:"你叫什么名字?"

小孩响亮地回答道:"范建民!"

何满江又问:"多大了?"

小孩说:"十六,不,十七!"

何满江笑了一下，转身对张驼子说："收下！"

张驼子摇摇脑袋，似乎没有听明白。范建民高兴地跳了起来，跑过去捡起沙地上的馒头，一口就塞进去了半个。

17

两辆吉普车风驰电掣一般驶向县政府，在大门口"咔呲"一声停下。何满江等一行人刚下车，一胖一瘦两个警卫"唰"的齐刷刷举手敬礼。

胖警卫道："县长正等着你们呢。"

瘦警卫道："请！"

何满江疑惑地看看两个警卫，甩开大步跨进大门。老远就听见张县长热情而斯文的声音："有失远迎，有失远迎啊！"

何卒、陈兵熄火，下车，故意挑逗两个警卫，说："你们县长今天没出去？"胖警卫也故意回答："你们要是晚来一步，也许就出去了。"陈兵说："出去干吗，剿匪？"瘦警卫说："剿匪用不着县长，我们有部队。"何卒惊奇道："有部队？"胖警卫说："酒泉军分区骑兵团第三骑兵连就驻扎在此。"陈兵说："有部队驻守，怎么还有土匪猖獗啊。"瘦警卫说："这世界要是没有敌人，我们也就回家老婆孩子热炕头了。"

何卒、陈兵忍不住"哈哈"大笑起来。

原来第一次来，县长是给勘探队筹粮去了。张县长说："兵马未动，粮草先行，敦煌县属于沙漠绿洲，粮食欠丰，国库和民间储粮不多，现在又是青黄不接之季，昨日已到乡间广泛动员，号召村民将余粮卖出，支援国家建设。"何满江一听，眼神陡然明亮起来，说："烦劳张县长了啊，令我们勘探队感激万分！"

张县长"呵呵"一笑："咱们理应鼎力相助，你们千里迢迢拓荒西部，其精神、其义勇早令我们敬佩不已呢。"

说起土匪，张县长说："那是新疆土匪乌斯满部的一小股残匪。乌斯满前两年在柴达木的花海子被解放军追剿了，可是还有一小部死硬分子贼心不死，垂死挣扎。近几年来交过好几次手，可是残匪流窜于沙漠，很难一网打尽。

土匪不时兴风作浪，劫商队，扰居民，一日不除恶务尽，敦煌百姓一日不得安宁啊！"

就在昨天，张县长带了骑兵团张连长等人连夜在60公里外的南湖乡设防。勘探队一路西去，正好要途经土匪流窜的沙漠地带，他担心这帮土匪会对勘探人马前行不利。可白白守候了一天，连土匪的影子都没看到。

何满江说："只要有枪，一股残匪不在话下！"

张县长说："县城倒是驻扎着一支骑兵连，隶属于酒泉军分区，专门对付土匪的。"稍顿，张县长又说："我已经给酒泉行署拍去电报报告此事，给你们借一个排的骑兵，护送你们西进柴达木。"

何满江、陈启仁、葛先华三人立即起身，双手抱拳施以大礼，表示感谢！张县长连忙摆手，道："此次你们西去柴达木，可谓是关山如铁啊，若有所需，我们敦煌义不容辞！"

第二章
挺进西部

事实证明,很多年以来——

敦煌绿洲给了柴达木最贴心的温暖

这是一片令人沉醉的土地

也是柴达木人心灵最近的驿站

东望故园,西顾瀚海

如今,她也是柴达木人休养生息的家园

敦煌安抚了石油,石油回馈了敦煌

阳关之外,铁血战戈璧

玉门关内,石油人心安

18

一支长长的运粮队伍，向勘探大队的营地逶迤而来。

何满江感慨地说："等我们在柴达木找到了大油田，一定要回报敦煌，回报这片土地！"

陈启仁说："对，张县长对我们大力支持，我们就应该大爱无疆。"

何满江一直担心设备、仪器的安全，这些可是勘探队的宝贝，好多东西是国家用外汇买回来的，出不得任何闪失，叫葛先华照看仔细了。葛先华表示："人在设备在，设备在人在！"

何满江又对陈启仁交代："赶紧抓住最后两天时间，再给队伍上上政治课，主要讲解少数民族地区的民风、民俗和注意事项。"停顿了一下后又补充道："这也是一次赶考啊，别在这方面给勘探队惹乱子……"

话音未落，陈启仁道："我早有准备了。"

一声"报告"，何卒跑进房间。何满江一抬头，便从何卒的表情上看出了端倪，心里似乎有了底。果然，何卒报告道："我们顺利完成招工任务，截至目前已经招工112人，征召骆驼50多峰，累计人数近500人，其中民工240人，骆驼100多峰。"

何满江大声道："好！"

陈启仁说："加上我们的12辆卡车，呵呵，真是一支大部队了。"

又一声"报告"响起，陈兵跑步进房间。何满江说："兵蛋子，你就不用汇报了，你安排下去，叫张成武后勤组给每人准备七天的自带干粮：馍馍、饼子、咸菜、水。"

陈兵说："是！"

19

几百人团团围在院子里席地而坐。

思想政治课正式开始。一阵热烈的掌声后,陈启仁站在人群中间,挥舞着胳膊,满怀激情地进行政治动员。陈启仁说:"西出阳关,我们就踏进了古西域,那里少数民族众多,有维吾尔,有藏族,有蒙古族,有哈萨克族,有回族,有……"

李天翔小声道:"有匈奴吗,最后一个匈奴跑到哪里去了啊?"

外号叫"张二嘎子"的老兵油子接话道:"早跑回他姥姥家去了。"

下边哄堂大笑。

陈启仁将手掌往下压了压,接着又说道:"少数民族也是我们中华民族的兄弟姐妹、骨肉同胞,因宗教信仰不同,所以习俗不一样,我们要尊重他们的生活习惯……"

这时,发报员跑出发报室,站在人群外向何满江挥着电报纸。何满江挤了出去,接过电报纸,眼睛一扫便皱上了眉头。何满江走出院子,站在沙漠上,向县城方向眺望。

骆驼群里,范建民躬着瘦弱的腰身,认真地给骆驼们梳理着驼毛。骆驼舒服地咧开嘴。突然,一串急促的马蹄声"嘚嘚嘚"地破空而至。范建民警觉地抬起头,只见二三十个骑兵,威风凛凛,转瞬即至。阳光下,黑色的枪管在起起伏伏中闪跳着太阳的光芒。

范建民一扭头,看见何满江的脸上绽开了笑容。

队伍前边的一匹快马直奔何满江而去。马背上的军人一勒马缰,战马一声嘶鸣,竖起前蹄。军人跃身下马,朝何满江一个军礼,道:"报告首长,第三骑兵连连长前来报到!"

何满江也习惯性地举起胳膊,举了一半又垂下了,伸手相握,道:"勘探大队大队长何满江,欢迎张连长!"

20

晨曦初露,大漠一片蓝光。

经过几天的休整和粮草储备,队伍养精蓄锐,精神焕发。一支500多人的勘探大队在晨曦里浩荡出发。车轮滚滚,驼铃声声。

马蹄声疾。荷枪的骑兵战士来回穿梭,警卫着队伍。

但预想的危险还是提前到来了。刚出敦煌不到半天时间,"啪",早已埋伏的枪声便在困倦队伍的头顶炸响,在空寂的戈壁显得格外刺耳。一峰骆驼背上的羊皮水袋被子弹打了一个洞。清水咕咕外流。范建民伸出一只手,惊慌地捂了上去。但水还是从指缝里刺射出来,他惊恐地大喊道:"水!水!"

驼队惊诧。马嘶驼鸣。人影散乱。惊慌一片。

两辆吉普车"咔呲"一声,紧急停住刹车。车门"哐当""哐当"被甩开,何满江、陈启仁飞速跳下车。

走在队伍前面的两匹军马一声嘶鸣,腾起前蹄。马背上,两名骑兵战士迅速举枪朝向铁色山脊搜索。

张连长粗粝着嗓音喊道:"大家莫慌,原地卧倒!"说罢,朝天一枪,又喊道:"一班战士原地警备,二班、三班战士,跟我上!"

十几匹快马卷起黄尘,紧跟张连长向枪响的方向扑去。

受惊的骆驼高高昂起脖子,"噗噗"打着响鼻,惊惧咆哮,想要脱缰而逃。驼工紧紧拽住绳索,拼命稳住骆驼。骆驼背上的一些行李、包裹"哗啦啦"滚落在地。骑在骆驼背上的勘探队员,有的惊慌地跳下驼背,有的被惊慌的骆驼甩了下来,一个个惊慌未定,痛苦不堪。

那只被子弹问候过的羊皮水袋,水还在咕咕外流。骆驼惊慌地挣扎着,狂怒地甩着脖子。范建民束手无策,无奈地看着清水汩汩流淌。最终,骆驼惊慌而逃。范建民只得死死拽住绳索,在地上奔跑……

何满江、陈启仁神色严峻地察看着队伍,又警觉地盯着四周。何卒、陈兵紧贴在他们身边。何满江习惯性地伸手向腰间摸去。腰上有条军用皮带,但已经没有了枪套。他蹙紧眉毛,怒色欲炸。一个警戒的骑兵小战士策马过来,向他命令道:"卧倒!"

何满江眼神一亮,伸手一撩,小骑兵落在地上,而步枪也已经到了何满江手里。何满江身子一旋,上了战马。动作连贯,一气呵成。小骑兵见被下了枪,丢了马,"哗啦"一声抽出腰间的马刀。陈启仁手疾眼快,一把扯住了小骑兵,说:"让他去吧,他可是神枪手。"

小骑兵无可奈何地目送何满江绝尘而去。

山脊后面,一阵乱枪响成一片。

此时,山石后露出一张浓密胡须的脸。土匪小头目愤然道:"以为放一枪就能吓破他们的胆,跪地求饶呢,他妈的,居然还有正规部队的骑兵护送。"小头目一声呼哨,十几个土匪踏尘而去。张连长准备乘胜追击。何满江制止道:"我们还要赶路,穷寇莫追!"

逃窜中,一个土匪回头一枪,流弹打在一个骑兵战士的手臂上。何满江闻声举枪,枪口随着土匪的背影移动。"啪"的一声枪响,土匪应声落马。张连长回头看了看何满江,满眼钦佩,道:"足有300多米啊!"

何满江抖抖枪,说:"再远点,也能行!"

张连长一声口哨,回马收兵。

范建民还在紧拽绳索,跟着受惊的骆驼狂奔。张连长对身边的一个骑兵说:"去,帮他把骆驼搞回来。"那个战士应声而去。众战士回撤到张连长身边,说:"怎么不让追啊,才干掉了4个,追过去也许搂草打兔子,全给捕了。"

张连长说:"我们还要赶路,有的是时间收拾他们。"他转身对那个手臂挂彩的战士说:"赶紧去包扎一下。"那战士向何满江感激地点点头,说:"挂个彩,一条命,值!"

何满江骑马察看了一圈乱七八糟的勘探队伍,抬头看了看悬挂在头顶的烈日,心有顾虑,但仍然坚持预定方案,当天必须赶到沙枣园过夜。对于这一点,陈启仁有不同看法,他认为人困马乏,加之惊魂未定,队伍很难按计划抵达。这是西进以来两人起的第一次起争持。

何满江环视四周地形,两边都是山岭,队伍走在死胡同里,正是土匪打伏击的好地方。征求张连长的意见,张连长也认为此地不能久留,更不能在这里留宿。陈启仁却说:"队伍经这么一惊吓,我担心……"

何满江斩钉截铁道:"我是大队长,行动我说了算,这事不商量!"陈启仁无语，转身钻进吉普车，"哐当"一声摔上车门，自言自语道："兵之大忌，疲不远伐嘛！"

何满江在乱糟糟的人群、骆驼、卡车中找到葛先华。葛先华扶了扶眼镜。眼镜片上糊满灰尘，他正用力地往骆驼背上推举木板包装箱。何满江搭了把手，木板箱架上了驼架。

何满江说："仪器都好着吧？"

葛先华说："皮儿都好着的，谁也不知道里面瓢子怎么样了。"

何满江拍了拍葛先华的肩膀，说："人在设备在，要是设备给搞坏了，看我怎么修理你！"葛先华吹了一口镜片上的尘灰，说："不用修理，你毙了我！"何满江说："我不敢毙你，但修理你还是可以你的。"

何卒站在何满江身后，忍不住想笑。

21

范建民在骑兵战士的护送下，牵着骆驼归队。

何满江对范建民说："有种，像个战士，丢人不丢枪！"范建民迷糊道："我不是战士，也没有枪啊。"何满江说："傻小子，骆驼就是你的枪！"

重新归整，队伍又浩浩荡荡向无尽的戈壁深处挺进。

天空里，烈日炙烤。一抬眼，眼睛里就是金光闪烁。一只沙漠蜥蜴，在沙砾中惊恐地看着这支庞大的队伍。一只硕大的骆驼蹄子黑天黑地朝蜥蜴盖过去。蜥蜴小眼睛一眨，翘着尖长的尾巴，转身便逃。

蜥蜴身后拖出一条长长的细细的沙纹。

何满江骑了一匹军马走在队伍前面。张连长骑着马，并排跟着何满江。张连长说："真没有看出来，你的枪法绝啊，堪称神枪手啊！"何满江"哈哈"一笑："什么神枪不神枪啊，枪在我手上就长出了眼睛，是子弹自己飞出去的，不是我打出去的。"张连长说："那就更神了啊！"

何满江向张连长回忆起自己的戎马生涯。

何满江说自小就喜欢玩弹弓，五六岁时，弹弓在他手上就长了眼睛，他就成了麻雀的克星。10岁扛着梭镖在村口放哨。15岁就参军。参军时，是带着全村民兵去的。部队首长乐了，老老少少一筛选，剩30人，刚好一个排，于是他就当了排长。当兵就是排长，这就是何满江！

何满江说："枪在我手上就长了眼睛，专敲人的头盖骨。"

张连长羡慕地说："你敲了多少个啊？"

何满江轻描淡写地说："不多，笼统算也就百十来个。全国解放了，没得仗打了，马放南山，脱了军装来搞石油了……"

何满江回忆起部队转业的情景。那是1952年，在陕西汉中。全师列队在操场。没有战旗，没有枪炮，每个人脸上都是庄严肃穆。师长、政委等几位师首长阔步走上检阅台。高音喇叭传出师长雄浑的声音："同志们，我宣布毛主席给我们师发来的命令！"

全师将士热烈鼓掌，掌声排山倒海。

高音喇叭架在检阅场边高大的杨树上，声音洪亮：

"我批准中国人民解放军第19军57师转为中国人民解放军石油工程第一师的改编计划，将光荣的祖国经济建设任务赋予你们。你们过去曾是久经锻炼的，有高度组织性、纪律性的战斗队伍，我相信你们将在生产建设的战线上，成为有熟练技术的建设突击队。你们将以英雄的榜样，为全国人民的，也就是你们自己的，未来的幸福生活，在新的战线上奋斗，并取得辉煌的胜利！"

激动的情绪笼罩着全师将士。

何满江眼圈里闪着泪花，他扭头看看陈启仁，陈启仁也眼含泪花看着他。何满江被分到钻井团。钻井？不就是给地球钻窟窿眼吗？张师长却说："钻窟窿也是一门学问，你要从一个钻工学起，带出一支响当当的钻井队伍来。告诉你吧，脱下军装，换上工装，我们就是石油战士！"

何满江响亮答道："是！请领导放心！"

穿着石油工衣、满脸油污的何满江在钻井平台上下足了力气，他很快掌握了钻井技术，又手把手带起操作工人。刚刚两年，他突然被总部一封电报叫到西安。何满江兴致勃勃地推开勘探局张天翼办公室的大门，响亮地喊了一声"报告！"老首长张天翼抬眼看着喘气不匀的何满江，说："你又有新的任务了！"

张天翼拿起桌上的铅笔，转身面向墙上的大地图，用笔尖示意，从西安指向甘肃敦煌，再从敦煌指向青海，在青海西部的地方画了一个大圈，说："柴达木！去吧，那里可能藏着一个大油田！"

何满江满脸兴奋。张天翼把铅笔扔在桌子上，高声道："立马组建柴达木石油地质勘探大队，要人给人，要物给物！三个月时间集结到位，你和陈启仁、葛先华带队打先锋……"

张连长说："柴达木，以前剿匪进去过，那里就是地球上的月球。"何满江说："是月球也得闯进去，把广寒宫里那只兔子给逮回来。"

长长的车队、驼队在戈壁滩上吃力、缓慢地前行着。范建民低着头，牵着骆驼，走起路来非常艰难，嘴唇上干裂着口子。他抬头看了看天上的太阳，只感觉太阳变黑了，再看地上，地上也是黑的……

22

车队中一辆卡车趴窝了，引擎盖下冒起黑烟。

张成武连忙跳下车，围着车头直跺脚。葛先华下车问老张怎么回事，张成武急得口齿不清，在车头上一阵乱拍乱打。这时，整个车队都停了下来。葛先华说："别急，别急，找找原因。"

何满江看见车队停下不动弹，连忙策马过去。

张成武神色惶恐，一筹莫展，鼓胀着腮帮子吹着车盖下的黑烟。黑烟反呛，他痛苦地捏着嗓子咳嗽起来，恨不能将五脏六腑给吐出来。张成武见何满江过来，连忙说："可能是开锅了。"何满江说："开锅是冒白烟，冒黑烟是烧锅了。"

又过来几个司机，对着车指手画脚。

张二嘎子故意气煞老张，说："老张啊，你要么干老本蒸行馍馍去，要么去牵骆驼，这开汽车啊，别看你年纪大，你还是倒腾不转呢。"

老张被气得直翻白眼。

何满江瞪了一眼张二嘎子，他立即不吭声了。

何满江叫其他车拖上走，到沙枣园再想办法。张二嘎子赶紧将自己的车开过来，用钢丝绳拽了病车拖着走。张成武一脸惭愧，对葛先华说："车坏了，你坐别的车吧。"

葛先华说:"什么话啊,我陪你,我要与设备共存亡呢。"

张成武一脸苦笑。

天色已晚,疲乏的队伍终于抵达沙枣园。其实沙枣园只是一个地名,有几棵还没有发芽吐绿的沙枣树,跟枯树一个模样。说不定它们早死了,已经不会发芽了。先期修路的人员已经扎好两顶帐篷。何满江骑着马绕帐篷跑了一圈,大声道:"沙枣园到了,今晚在此安营扎寨!"

人们下车的下车,下马的下马,下骆驼的下骆驼,各归其队。

李天翔却说:"听说土匪就在这一带活动呢,前几天还抢劫了商队。"

张二嘎子说:"我们是大部队,小小几个土匪敢来造次?"

李天翔说:"那可不一定。"

张二嘎子道:"我们啥仗没有打过,再说还有骑兵护卫呢。"

陈启仁回头看了他们一眼。两人赶紧闭嘴。

23

几十顶帐篷很快就搭建起来,围城一个四合院。

有人就地挖坑,支起几口大铁锅。烧水。做饭。

帐篷内,燃着昏黄的马灯。灯光里坐着何满江、陈启仁、葛先华、张连长等几个人。何满江拿起军用水壶,很有节制地喝了两口水,又点燃一根烟,猛吸一口,舒缓地吐出一口烟雾。

何满江说:"今天让土匪给骚扰了一下,有些同志就担惊受怕了,张连长晚上务必加强警戒,多放几个哨,人困马乏的,一个小时一换岗,绝不能让土匪摸了我们的脑壳!"

张连长说:"我已经做好了安排,量那些残匪也不敢过来!"

何满江说:"小心为妙啊,土匪出牌可是没有套路的哟!"

何满江看了一眼陈启仁,转过话题说:"我们这支先锋队任务艰巨,责任重大,必须一切行动听指挥。听谁的指挥啊?我是大队长,就是听我的指挥,我要是指挥错了,我承担责任!粮食、水,都极为有限,我们不能浪费在路途中,我们的离目的地还很远呢。"

张连长赶紧接话，道："我们保证执行任务！"

何满江点点头，说："我们虽然从西安出来已经一个多月了，但真正进入无人区才第一天，有些队员就累得要掉队了。特别是今天，士气严重受挫。这不行。要鼓舞士气，无往不胜，别说是乌斯满的残匪，就是盛世才当年的大部队拦截，我们也要杀出一条血路，冲过去！"

陈启仁脸色凝重，起身说到各帐篷转转去。

何满江对着陈启仁的背影大口吐着烟雾，面色凝重。他知道今天老陈的心思，他习惯了做人的工作，心疼队伍，他何满江一样是带兵的人，也心疼同志们，但在安全面前，就绝对不能含糊。这是几十年行伍生涯给他的教训，慈不掌兵。他想，老陈会理解自己的。再说了，这戈壁滩，人生地不熟，要是真出了问题，谁也无法向总局交代。

十辆汽车整齐停在院内。几个司机打着手电筒，正在帮助老张修理汽车。张二嘎子嘴巴虽然碎，但他还是喜欢干活，修车修得不亦乐乎。几十峰骆驼卧在沙地上，伸长脖子，漫不经心地反刍着食物。

驼工们依偎在骆驼身旁，喝水、吃干粮、睡觉。

帐篷四周站着持枪的骑兵战士。一个战士用力地撕扯着一块干面饼，难以下咽。他的另一只手挂着绷带。是那位手臂挂彩的战士。他的眼睛始终盯着夜晚深处的戈壁。张连长走过去，将一件大衣披在他身上。战士回身想说什么，张连长拍拍他的肩，示意别说话。

陈启仁掀开一顶帐篷的门帘进去。帐篷内十多个人围坐在沙地上。虽然是5月份的天，但戈壁的夜晚依然寒冷，人人都裹着棉大衣，有的在吃饭，有的在喝水，有的脱了翻毛大皮鞋，在揉搓肿胀的脚掌。陈启仁示意他们不要起来，也席地而坐。

有人问："教导员，我们是不是快到柴达木了啊？"

陈启仁"嘿嘿"一笑，说："实话说，还远得很啊，你们可要拿出革命加拼命的精神，才能战胜困难险阻，才能到达目的地啊。"

又有队员问："听说柴达木高寒缺氧，是生命禁区？"

有人补充道："听说地上不长草，风吹石头跑？"

陈启仁又"嘿嘿"一笑，故作轻松道："那只是一种说法，哪有那么恐怖啊！

其实呢，我也没有去过，跟你们一样，只有进了阎王殿才知道鬼模样啊。"

何满江走到帐篷门口，听到里面陈启仁在说话，就停下了脚步。

帐篷里有人说，"听说柴达木比酒泉差远了。"还有人说："比民和也差远了啊。"陈启仁听两个人说完后说道："就知道你们来自酒泉地质大队和民和地质大队啊，你们都是找油专家了。你们也知道，石油那家伙啊，尽往没有人烟的地方藏，越是条件差啊，就越是能发现大油田。我们建设新中国急需石油，急得毛主席、周总理都火烧眉毛呢。没有石油，车开不了，轮船开不了，什么都干不了啊。我们，就是为祖国建设找石油！"

何满江正欲离开，又听陈启仁说："虽然柴达木条件比酒泉差，也比民和差，但那里可是柴达木啊，有大油田啊，只要我们找到了大油田，面包会有的，老婆、孩子也会有的啊。"

队员们高兴地拍起手掌。

何满江转身走开，自言自语道："真是会耍嘴皮子。"何满江打着手电筒，走到修理汽车的地方。有人把手电光回照过来，射在何满江的脸上，见是大队长，赶紧收了手电光。何满江对张成武说："老张啊，今后要是水箱缺水了啊，你就把尿给滋进去。"

司机们都忍不住笑了起来。

何满江打着手电筒走向帐篷院外的骆驼队。一个人影猛地站了起来，是范建民。何满江忘记了名字，问道："你叫什么名字来着？"

范建民说："范建民。"

何满江"哦"了一声，道："哪里人啊？"

范建民说："河北。"

何满江"嗯"了一声，嘴里重复了一句："河北。"

范建民说："哥哥在新疆当兵，去找他，没钱了，也没吃的，赶上你们招工。"何满江又多问了一句："家里还有什么人啊？"

范建民小声道："没人了，来的路上，母亲刚去世。"

何满江眉头一拧，目光有些凄然。

有口琴声从一顶帐篷传了出来。葛先华和地质队员在一起。队员们要他继续吹口琴给他们解乏。有人说吹《喀秋莎》，有人说吹《三套车》吧，李天翔说:"还是吹咱们的《勘探队员之歌》吧。"葛先华从大衣口袋里掏出口琴,去掉包着的手绢。他双手握住,试吹了几个音调。听到有口琴声,有人从其他帐篷跑了过来。

清脆悦耳的口琴音声从远处传了出来。那是《勘探队员之歌》——

是那山谷的风,吹动了我们的红旗
是那狂暴的雨,洗刷了我们的帐篷
我们有火焰般的热情,战胜了一切疲劳和寒冷

伴随着口琴声,在"鬼机灵"李天翔的带领下,大家齐声高歌。歌声由小及大,最后变成了群情激昂的大合唱——

背起了我们的行装,攀上了层层的山峰
我们满怀无限的希望,为祖国寻找出富饶的矿藏

24

茫茫戈壁。星辉下,十几顶帐篷显得格外孤小。

帐篷四周,站着警卫的骑兵。他们的视线一刻也不敢离开深夜里的戈壁。恰在远处,十几个土匪,策马向帐篷方向奔驰而来……

这股土匪白天遭受了重创,心有不甘,决不能让到嘴的肥肉溜掉了。刀上舔舐人生,他们早已习惯你死我活的生存法则。况且,这支勘探队是块肥肉。对肥肉视而不见不是他们的做派。远远地看见勘探队扎营处的灯光,他们便小心地停歇下马蹄。

一个土匪说:"我们趁热打铁,放马过去,给他们全锅端!"

土匪小头目说:"你懂个球,正规军好惹吗?过去两个先摸个哨,等后半夜再下手,其余人马原地待命!"

土匪纷纷下马,席地而坐。小头目点燃一根烟,说:"这日子越来越难过了,我们没有空间了。"

土匪说:"你的意思,投诚?"

小头目"呸"了一口,说:"做了这票大的,然后撤!"

主动请缨去摸哨的两个土匪一纵一跳,幽灵一样向帐篷院摸去。

一个执勤的战士有些发困,哈欠连串。他没有注意到一匹卧在沙地的骆驼突然起身,惊诧地打着响鼻。那是动物的敏感,也是动物发出的警告。一个驼工迷糊着醒来,看了一眼骆驼,叽叽咕咕又蜷缩着睡了过去。

帐篷里,张连长突然从梦中惊醒过来,他打开手电筒,借着光看了看手表,指针指向凌晨4点。这是一个神仙也会打瞌睡的时候。张连长神经质地摸起一把步枪,悄悄掀开门帘,轻声轻步走了出去。

就在这时,两个黑影悄悄摸向执勤的岗哨。执勤战士感觉身后有动静,刚要转身,嘴巴就被捂住了,一柄锋利的匕首朝他颈部大动脉深深地切割了下去。战士痉挛着身子,扑腾着软了下去。

另一处岗哨,执勤战士发现了一条黑影朝自己摸爬过来,战士"哗啦"一声拉开枪栓,喝道:"谁?"黑影飞扑了上去。战士的枪掉落在地上。两个人在地上扭打在一起。战士拼足劲喊了一声:"有土匪!"

张连长飞速闪出帐篷院子,朝天就是"啪"的一枪。枪声撕破夜空的宁静,也惊醒了整个帐篷院子。十几个解放军战士抄起枪就奔出了帐篷院子。勘探队员们都紧张地竖起了耳朵。有些转业的军人习惯性地从睡梦中跃起,三五步就冲出帐篷,可没有武器,爱莫能助,急得团团乱转,只能大喊助威。

土匪将那执勤的战士压在了身下。战士死死抱住土匪的腰想要翻转过来。土匪从腿上抽出匕首,双手狠狠地将匕首插进战士的胸膛。

张连长举枪瞄准一个黑影,"嘭"的一声枪响了,那黑影应声而倒。远处土匪头子听见枪响,从地上弹起,一声口哨,土匪们立马收兵,呜啦啦翻身上马,在月夜下飞驰逃窜。

张连长纵身上马,闪电一样朝土匪追去。

一群战士跃身上马,也紧随而去。

枪声,马蹄声,搅彻整个戈壁夜空……

25

清晨。勘探队员们在沙枣树下肃穆而立。

沙枣树下两座新坟。他们刚刚埋葬了牺牲的两位骑兵战士。其中就有那位手臂挂彩的战士。何满江向新坟培上最后一锹沙,转身朝向全体队员,声调嘶哑地说道:"同志们,向两位英勇的骑兵战士,默哀!"

何满江转身鞠躬。

陈启仁、葛先华也深深地躬下了身子。

几百人的队伍都躬下身子,眼里滚落下泪水。

这时,马蹄声疾,由远及近。张连长带着战士们急速地向沙枣园奔来。张连长翻身下马,在两座新坟前面摘下军帽,敬了一个军礼,悲痛道:"兄弟们,我们全歼了那股土匪,给你们报仇了!"

张连长从腰间拔出手枪,向天空扣响扳机——

"嘭!"

所有的骑兵战士都举起枪,对着天空,扣响了扳机——

"嘭嘭嘭……"

26

陈启仁满脸铁色,像是在给自己赌气。

本来对是否非要赶到沙枣园过夜的问题,陈启仁是有意见的。现在牺牲了两个战士,他气不打一处来。一急,就借用何满江的"话把子",说:"给老子,你难道不知道最容易偷袭的地方也最容易设防吗?这沙枣园一马平川,土匪放枪过来,躲都没法躲!"何满江一急,也就借用陈启仁的口头语,说:"怂样,有战斗就会有牺牲!"

陈启仁说:"但是,我们不要做无谓的牺牲!"

何满江缓了缓语气,说:"这个决定我负责,我向总局汇报!"

陈启仁也缓了缓语气,说:"老何,你的火气大了。"

何满江想了想,点点头,说:"一进这戈壁滩,我就犯急。"

陈启仁说:"我们是领导,情绪上要学会把控,这不是战场,我们也不是去战斗,毕竟这是一支搞生产的队伍。"

何满江顿了老半天才说:"老陈啊,我感觉这比打仗还难呢,自从敦煌出发,我的心就是悬吊着的,也许,牺牲两名战士,是目前最小的代价。再说了,通过这一战,不是全消灭了土匪了吗?"

陈启仁说:"也许这是最小的代价吧。"

何满江说:"我们都是从死人堆里爬出来的,我们更应该知道什么叫牺牲的代价。"

陈启仁说:"我当然知道,那么就更应该把后边的困难考虑足。"

何满江说:"还是你说得好啊,柴达木是天堂,也是炼狱,我们随时准备着吧,挺过去了,我们就进入天堂,不然……"

陈启仁接话道:"就下地狱!"

27

天空里悬挂着火辣辣的日头。

一只老鹰孤独地在天空盘旋。它孤独得有些霸道,证明这是它的地盘。在它的视角下,一支蜿蜒的队伍在烈日下艰难挺进。看得出,他们很疲惫,困倦,步履艰难。

何满江嘴唇干裂,摸出军用水壶,摇了摇,感觉很轻,准备喝,又放下了。何卒也干渴得不停地用舌头舔着嘴唇,他建议何大队长考虑休息休息。何满江看着车窗外行进的队伍,又观察着地形。戈壁滩似乎找不到巴掌大的一块阴凉。但在远处,似乎有山丘若隐若现。

葛先华坐在卡车的副驾驶位上,也看见远处的戈壁,有水汽冉冉升腾。张成武眼睛出现幻觉,他惊讶地喊着前方有湖!葛先华笑了笑,对张成武说:"是有湖啊,那就是大油湖呢。"可是,车一晃,远处的湖不见了,揉揉眼睛再看,那湖水又出现了,似乎还在移动。

张成武高兴地说:"真是湖,不远呢,天黑兴许我们就赶到了。"

葛先华笑着说:"哪里是什么湖啊,那是海市蜃楼。"

张成武奇怪地问:"海市蜃楼是什么东西?"

葛先华说:"海市蜃楼就是幻觉。"

张成武听了葛先华好半天解说,才怅然地"哦"了一声。再看,那湖就真的不见了,像耍魔术一般奇幻。但他心里却在想,也许未来的柴达木油田就是那番模样吧,大湖茫茫,油气蒸腾。想着想着,竟咧开嘴笑了。这一笑不打紧,却撕裂了干绷的嘴唇,疼得他"唔"了一声。

葛先华问道:"怎么了?"

张成武用干燥的舌头顶开嘴唇,道:"渴!"

车窗外,烈日灼目,戈壁上零星的骆驼刺,还顽固地保持着冬天的模样,看不见是活还是死。范建民牵着骆驼,吃力地走着。他的行走似乎是在跟自己较劲,步履蹒跚。脚上一双手工缝制的布鞋,前后都开了"鱼嘴巴",露出脚趾和脚后跟。脚趾头已经磨出了血。

张成武继续问葛先华:"你说我们能找到大油田吗?"

葛先华知道好几年前就有地质学家进柴达木考察过,他们发现了裸露在地表的一百多米的油砂,便说:"嗯,肯定没问题。"

张成武惊奇地问:"你怎么能这么肯定?"

葛先华笑笑,说:"在学校时,教授们专门讲过。"

张成武说:"哎,学文化就是好,秀才不出门能知天下事,不像我,斗大的字都认不了一箩筐。"

葛先华问道:"老张啊,你哪里人啊?"

张成武说:"河南的,跟娘一路逃难,逃到关中就当了兵,一路上饿死了一个弟弟、一个妹妹,还有一个大妹子……"

葛先华看张成武欲言又止,问:"大妹子怎么了?"

张成武眼睛红红的,说:"实在没办法讨生活了,15岁的大妹子跟了一个老兵,换了三张杂粮饼,是老兵叫我当兵的,说好歹能混几个窝窝头吃……再后来,我那个部队起义了,我也就成了一名解放军。"

葛先华"哦"了一声,他回忆起自己的童年。

到处是战火硝烟,长沙城也不得宁静。葛先华父亲是一个老知识分子,教育儿子读好书也是救国救民。葛先华不负众望,以优异的成绩考取了清华大学地质专业。眼见北平解放，葛先华和同学们一起走向大街，迎接新中国的诞生，他由此感受到了当家做主人的豪迈。毕业后本想继续出国留学，但他在几位学友的劝导下去了西北玉门油田，做了一名地质队员，现在又辗转奔向了柴达木。

葛先华说："老张啊，相信未来，一切都会好起来的，等我们在柴达木建成了新家园，你一定把你娘接过来，还有你的大妹子，我们一定要让她们，让全中国人民过上像人一样的日子！"

张成武腾出手，抹了一把眼泪，破涕为笑，大声道："嗯，葛地质师，你说得在理，我也是这么想的呢，我一定要让她们享享福！"

葛先华说："咱们中国人，好几代人啊，过的都是地狱般的日子。现在，那些日子一去不复返了，我们要用双手，用知识，建设我们自己的新中国，咱们老百姓的新中国！我们再不会跪着讨生活了！"

张成武说："是啊，找大油田全靠你们这些知识分子了，今后生活上有个啥困难，我随叫随到，绝不含糊！"

葛先华笑了一下。

28

队伍终于到了连绵的山丘地带。

吉普车颠了几颠，吃力地停下。人们赶紧下车的下车，下骆驼的下骆驼，疲惫不堪地找到沙丘，躲进阴影里，或躺或坐，稍作休息。

人们拿出干粮和水袋，准备进食。

有些人兴致勃勃地爬到沙丘顶部，向远处眺望。

范建民系好骆驼的绳索，走到一座沙丘下，掏出被压成碎末状的玉米面窝窝头，再解下身上瘪瘪的羊皮水袋，对着嘴巴使劲抖，却只抖落出几滴水珠。他只好将碎窝窝头一把填进嘴巴里，努力地咀嚼着。碎窝窝头干涩得难以下咽，他的脖子鼓得又红又粗，嘴唇裂口里渗出缕缕血丝。

一只军用水壶递到范建民的面前。范建民抬头一看，是何满江。范建民接过水壶摇了摇，几乎听不到水声，失望地把水壶又还给何满江。何满江说：

"全喝掉,这是命令!"范建民只好旋开水壶盖子喝了一口,眼睛里闪烁着泪花。

旁边几个驼工用嫉妒的眼神看着范建民。

何满江的目光垂落在范建民开着"鱼嘴巴"的布鞋上,脚趾头上结着黑色干硬的血痂。何满江眼神凝重,折身回去,从车上取来自己一双半新的翻毛大头皮鞋,搁在范建民面前。

范建民一抬头,何满江已经转身远去。

在一座山丘下的阴凉里,何满江、陈启仁、葛先华、张连长等围坐在一起。一张老式的中国地图摊开在面前。陈启仁指向"拉配泉"的地名说:"按照这个进度,还得两天时间。"何满江认为也许只是一个地名,跟泉水并没什么关系。葛先华认为地名不会凭空而来,肯定曾经有人类活动过。争持不下,但目前队伍用水已经告急。

何满江说:"必须派人出去找水,照这样下去,我们都会干死在路上的!"

陈启仁说:"自带的干粮也差不多完了。"

张连长说:"派骑兵出去找水,他们在戈壁生存有经验。"

别无他法,何满江和陈启仁都点点头。但何满江说:"找得到找不到,天黑前必须归队!"

三个骑兵战士纵马向戈壁深处奔去。

29

火辣辣的太阳炙烤着大地,沙子似乎都要晒得跳将起来。

这实在不是什么好的休息地。即便如此,队员们一坐下就都不想起来,有的居然把脑袋缩进棉大衣里边睡着了。何满江爬上一座小山丘,举起望远镜茫然四顾。望远镜里,黄色的山丘一望无尽,他的脸色越来越凝重,像一块钨钢,但他还是果断发出号令:"出发!"

范建民脱下自己的烂鞋子,高兴地试穿着那双半新的翻毛大皮鞋。旁边三个年长的驼工羡慕地看着他,眼神里充满除了羡慕,还有嫉妒恨。

一个驼工说:"日妈妈的,有人罩着就是好啊。"

另一驼工说:"我们迟早要把老命搭在这戈壁滩的。"

范建民假装没有听见，高兴地整理着鞋带。他穿着翻毛大头皮鞋试走了两步，感觉很舒服，再看看地上的破布鞋，犹豫了一下，把皮鞋脱了，又换上了布鞋。他把两只大皮鞋的鞋带一系，褡裢似的挂在脖子上，活蹦乱跳地跑向自己的骆驼。

吉普车内，何卒瞪大眼睛看着车前方白花花的戈壁滩。

何满江担心地说："我看了一下，今天都走不出这片沙丘林。"

何卒说："哪是什么沙丘林，分明就是魔鬼城嘛！"

何满江说："小卒子说的极是啊，这就是魔鬼城！"

另一辆吉普车内，陈兵搂着方向盘也不停地打着哈欠。实在是太困乏了，哪怕是用牙签挑着眼皮，也还是要打瞌睡。忍受不了瞌睡的压迫，他边开车边拧自己的大腿，每拧一下嘴里就"滋"的一声，"滋"的一声之后眼皮就猛然跳动一下，像被烙铁烫着了似的。

张成武也犯困，他对葛先华说："这天热，发困，葛地质师，你给吹吹口琴，中不中？"

葛先华模仿着老张的口气，说："中！"

素有沙漠之舟称谓的骆驼似乎也累到了极限，一副边走边打瞌睡的样子。牵骆驼的驼工有气无力，每走一步腿都在打弯，像挂着两块沉重的铁。突然，一阵清脆明快的口琴声传了出来，像细碎的银子撒落在戈壁。葛先华吹奏的是《共青团员之歌》——：

听吧，战斗的号角发出警报
穿好军装拿起武器
共青团员们集合起来踏上征途
万众一心保卫国家

坐在卡车上的李天翔开始哼唱起来。接着，很多人都大声唱起来：

我们再见吧亲爱的妈妈
请你吻别你的儿子吧
……

30

吉普车内，何卒一下来了精神，边转动着方向盘，也哼唱起来："再见吧亲爱的故乡，胜利的星会照耀我们。"

何满江说："你看你，一唱歌就来了精神！"

何卒说："这叫望梅止渴！"

何满江说："望梅止渴，画饼充饥，这就是精神胜利法，精神的力量无穷大，唱吧，唱吧，我们唱着歌挺进柴达木！"

另一辆吉普车内，陈兵也欢快地哼唱着歌曲。陈启仁吃惊地问道："兵蛋子，你也会唱苏联歌曲？"

陈兵说："谁不会唱啊，我们都是苏联歌曲下的蛋。"

陈启仁却似乎有些责怪地嘟囔着："这个葛先华，也不来个咱们中国的歌曲。"

眼见着夕阳西下，戈壁慢慢被暮色笼罩。

不出所料，走了一天，还在"魔鬼城"里打转。队伍只有停下来，找一些能避风的山丘做遮挡，安营扎寨。人们有条不紊地开始卸行李、搭帐篷。司机赶紧检查汽车槽子上的篷布。驼工赶紧给骆驼卸货担。张连长找到何满江报告说："三个骑兵还没有归队。"

何满江心里一沉，嘴唇动动，没有说出话来。

张连长语气坚定地说："我的战士不可能当逃兵！"

何满江说："那就再等一等。"

张连长说："是不是派几个人出去找找。"

何满江说："人找人，找死人，人没找到，别又搭进去几个。"

山丘顶上。一个骑兵战士点燃了火把，火光熊熊。又有几个山头也亮起熊熊燃烧的火把。他们以此为信号，向三位战友报告营地位置。

天色逐渐朦胧。一盏马灯挂在一顶帐篷角上，灯光昏黄。

何满江、陈启仁、葛先华、张连长几个人影扎在一起，商议着第二天的行程，并且一致认为，需要给队伍打打气，否则，队伍士气受挫，会连锁反应出问题。

集合的哨声响起。所有人都集中在帐篷院子里，或站或坐。

何满江站在人群中央，清理了一下喉咙，高声道："同志们，也许我们即将面临最困难的日子了,今天是我们从敦煌出来的第七天,原计划七天时间要到达我们的目的地,但是没有……我宣布,从现在起,每个人都要把一口馍掰成两口吃,把一滴水分成两口喝……拿出上战场拼刺刀的勇气,战胜困难!"

灯火突然一闪,一暗,又亮了。

陈启仁站起身,挥舞着手臂,高声道:"考验我们的时候到了,我相信大家都是英雄,不是狗熊。永远记住,我们是一个整体,不管你是地质队员还是转业军人,也不管你是知识分子还是驼工民工,我们都是一个整体,一个拳头,要相互帮助,鼓足干劲,走出这魔鬼城……"

掌声雷动。思想工作还是见到了效果。

突然,山峦上为三名战士指引信号的火把猛地被大风扑灭。这是不祥的预兆。顿时,地上的浮沙"簌簌"地跳起舞来。远处,有"呜啦啦"的声音排空而来。天气说变就变,给勘探队伍一个始料不及的考验。队伍遭遇了进入戈壁以来的第一场沙尘暴。

何满江感觉不妙,大声喊道:"进帐篷,沙尘暴来了!"

人们先是发呆,然后继续发呆,因为他们大多数都没有沙尘暴这个概念。特别是一些南方人居然还好奇地站在院子里打望,说要看看沙尘暴是什么样子。等沙砾扑打在脸上,疼了一下,再打在脸上,更疼了一下,这才紧张起来,惊慌起来,抱着头钻进帐篷。帐篷这时便抖动起来,并且愈演愈烈,似乎要散架的样子。

人们才明白过来,沙尘暴是要命的家伙。

何满江看着抖动起来的帐篷顶,便命令小卒子和兵蛋子赶快通知下去,要加固地钉,死死压住帐篷角!说罢,他又叫陈启仁、葛先华、张连长赶紧去查看汽车,车上可都是勘探设备仪器,万万损失不得。可还没等掀开门帘,门帘就被大风给撕开了。一股黑风夹杂着沙砾猛地灌了进去,"噼噼啪啪"一阵混响,差点掀了何满江一个跟头。何满江"呸呸"地吐出嘴里的沙子,说:"真他娘的,是到了魔鬼城了!"

何满江好不容易拱出帐篷,在手电光里看见驼工们正在忙碌着,将几十峰骆驼的绳索全串联起来,防止骆驼受惊跑掉。

何满江喊道："赶紧点，进帐篷！"

一个驼工悲哀道："我们没有帐篷呐！"

何满江说："不管谁的帐篷，都进！"

转眼间，沙尘暴狂怒地奔袭而来，铺天盖地，飞沙走石。范建民拴好最后一根绳索时，人几乎也要被沙尘暴卷走了。他睁不开眼睛，也分辨不了方向，就赶紧钻到一只骆驼的肚子下面，蜷缩了进去。

帐篷钢铁的骨架似乎也成了下到开水锅里的面条。挂在帐篷横杆上的马灯打秋千似的狂甩起来。突然，那束昏黄的灯火也猛然被沙尘熄灭。黑暗中，浓浓的沙尘呛进人的口鼻中。有人打开电筒，光线里，沙尘一抓一把。有人吓出了哭声，哭声应和着尖叫声，但这些人类发出的声音都在转瞬间被沙尘暴鬼哭狼嚎的声音所淹没。

何满江也不得不将头缩进棉大衣里。其实，棉大衣里也是呛人的沙尘。这个从枪林弹雨蹚过来的汉子似乎真切地感觉到：末日来临了。

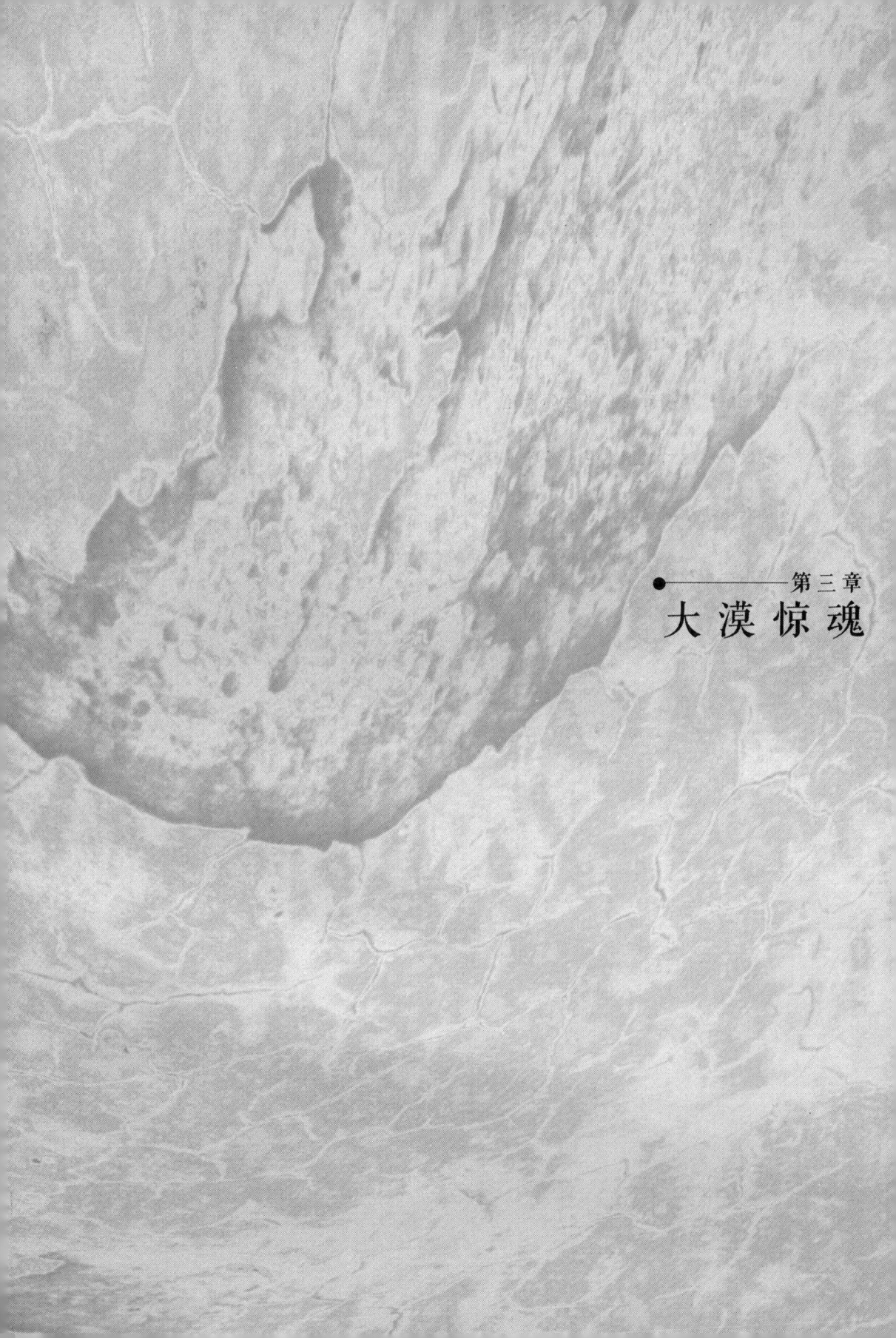

第三章
大漠惊魂

沙尘暴是沙漠的特产

是沙漠的秉性，也是沙漠的果实

领略了自然的恶劣和跋涉的艰辛

与死亡擦肩而过，没有谁怨天尤人

淬火的意志，似钢胜铁

寻找康庄，从来就没有平坦的大道

十七岁的小驼工牺牲在寻找骆驼的路上

他是勘探队伍继续前行的坐标

荒原无碑，碑在人心

31

天色微亮时，沙尘暴才平静下来。

戈壁似乎也变得心平气和，没有一点狂暴过的模样。

何满江这才发现，他的帐篷早已被沙尘暴压塌在地上。他像地老鼠一般钻出帐篷，立马就傻眼了：几十顶帐篷没有一顶是立着的；还有三五顶帐篷皮子早不知去向，只剩孤零零的几根深插戈壁的铁管。那帐篷里的人缩在棉大衣里，好像卧在沙子里的一群绵羊……

何满江清理掉嗓子眼里的沙尘，吼了一声："能喘气的，站起来！"没有动静。他又喊了一声："没有喘气的，也站起来！"

帐篷皮子动了动，有脑袋拱了出来，一个泥灰蛋蛋。接着，几十顶帐篷皮子下都陆续拱出来泥灰的脑袋，像出土的文物。

何满江去看驼队，他一直担心这些活物，要是一夜全跑散了就彻底麻烦了。迎头碰上一个满身黄尘的人，脑袋好像刚从沙窝子里拔出来的一样，连头发也看不见，只见两只眼睛在尘灰覆盖的睫毛下一闪一闪，就说是鬼也不过分。那人也呆呆地盯着何满江看。

何满江问："你是谁？"

那人说："你是谁？"

一问一答，一个四川调，一个陕西腔。

何满江说："我的天，你老陈咋搞成这个球样了啊！"

陈启仁说："我的球样也就是你的球样嘛！"

两人盯着对方看了半天，忍不住"哈哈"大笑起来。

好在骆驼不枉为沙漠之舟，虽然半个身子都被黄沙覆盖着，但它们见怪不怪，一个个安之若素。突然，一只骆驼肚子下有动静。半天，拱出一个泥灰脑袋。何满江吓得往后连退两步，惊诧地盯着那只脑袋。那只脑袋甩了甩尘灰，裂开两条细缝，是眼睛；再裂开一条缝，是嘴巴，最后露出牙齿。何满江一把将那个脑袋拽出来，是范建民。

何满江半天才缓过神来，说："给老子，还以为骆驼下了一个蛋呢！"

范建民看看天，看看地，再看看大伙儿，笑了，露出两排白牙。

何满江问："你娃就藏在骆驼肚皮下？"

范建民呸掉嘴巴里的泥沙，说："避风，也暖和。"

最大的损失不是活物，而是那些不能动弹的铁疙瘩。

张成武蹲在他的汽车旁，捶胸顿足。何满江走过去一看，汽车的迎风面已经惨不忍睹，原本绿色的军漆被飞沙硬生生地剥离成银亮的铁皮，铁皮上还满是豆子大小的麻子窝。

何满江心头一沉，要是人脸啊，不就跟霰弹枪轰了吗？

何满江转身去看别的车，迎风面都大同小异。何满江看看天，再看看戈壁，根本看不出它们发过怒的样子。何满江自言自语道："给老子，大戈壁就这样迎接老子的啊！"

张成武在号啕，嗓门粗糙，跟狼叫一样。他在心疼车。

这时，人们才陆陆续续从帐篷皮子下、从沙土里慢慢挣扎出来。彼此审视着，从外貌已经认不出谁是谁了。一夜沙尘暴，恍若隔世，见面就问："你是谁？"

对方回答："我是我！"

另一方听出了声音，说："是你啊。"

对方答："是啊，我就是我。"

张驼子上气不接下气地跑步向何满江报告："驼工少了三个，死活都找不见人影子。"何满江眼睛一瞪："再去找，活要见人，死要见尸！"张驼子很委屈，说："沙砾底下都扒拉了，连个影子儿都不见。"

何满江感觉不对头，问："骆驼呢？"

张驼子说："骆驼少下了一峰，是那小尕娃子照管的呢。"

何满江这才见张驼子身后跟着范建民。范建民吓得两腿筛糠。

何满江对张驼子说："去找你的驼工，搞清楚人到哪里去了。"

张驼子转身对范建民狠狠地说道:"你个小尕娃子,你赔我骆驼!"

两串眼泪从范建民眼眶冒出来,从尘灰的脸上滚落出两道湿湿的线。那条线一直垂落到下巴。

何满江拍了一下范建民的头,头上腾起一股沙尘。

何满江说:"不要哭嘛,先去找找。"

范建民赤着脚,脖子上还褡裢似的挂着那双翻毛大皮鞋,他一走,两只大皮鞋就左一甩,右一甩,跟流星锤似的,甩起一串尘灰。

何满江嘀咕道:"这娃,有鞋为啥不穿呢?"

32

队员们开始整理行装,装车的装车,上驼的上驼。

头车上的那面红旗,被风撕扯成布条状,颜色都没有了。何满江叫葛先华换了一面新的。一面新旗立马插在了头车上,非常鲜艳,上面的"柴达木石油勘探大队"几个大字,也格外生动。

张驼子又上气不接下气地跑向何满江报告,说:"搞清楚了,后半夜沙尘暴小了,那三个人偷偷溜跑了。"

何满江眉毛一拧:"逃兵!"

张驼子说:"咋个办呢?"

何满江说:"随他们去吧!"

陈启仁盯着一望无际的戈壁,一声叹息,凭两条腿,他们这不是找死吗?只有张驼子知道,那些骆驼客都是沙窝子里长大的,死不了,况且走的时候还顺走了一袋干馍、半壶水呢,这帮娃子贼得很。

一个队员吃力地往骆驼上爬,腿怎么也迈不上去,刚拼命抬起腿,身子一晃,又跌倒在地。几个人连忙上前扶起他。

陈启仁问:"怎么了?"

有人答道:"感冒了,又缺水。"

陈启仁喊道:"拿水来!"

陈兵摘下腰上的军用水壶,一摇,几乎没有声音。生病队员张开干裂的嘴唇，只有一小口。陈启仁喊道："谁还有水？"

没有人回应。陈兵说："大家都没有水了。"

陈启仁对陈兵说："把车让出来给生病的队员。"

陈兵和几个人连忙把生病队员搀扶上吉普车。还有几个体弱无力的队员也被搀扶上了卡车。但这不是解决问题的最好的办法，没有水，谁也走不出这浩瀚的戈壁。骆驼也不能。

陈兵说："没有水，要命啊。"

陈启仁说："没有水的时候，尿也是水。"

陈兵说："水都没有，哪里来的尿呢。"

陈启仁无语，面色凝重。

长长的车队、驼队伍队又开始出发。一夜沙尘暴肆虐，加上缺水短粮，队伍更像打了败仗的样子。只有头车上那面红旗，在早晨的阳光下，格外明亮，猎猎招展。

吉普车上，何卒奋力地打着方向盘。

何满江说："虽然出现了伤兵，但没有人当逃兵，看来我们的队员还是经得起检验的。"陈启仁跟何满江拼在一辆车上，他说："经过沙尘暴这样的检验，再大的困难都能挺过去的。"

何卒说："这哪里是沙尘暴啊，简直是魔鬼发怒呢。"

陈兵说："好多人都被吓破胆子了。"

何满江忧虑地说："那三个骑兵咋还没有回来呢？"

陈兵说："也许他们找到泉水了呢。"

何卒看着车外无尽的戈壁，说："也许泉水找到他们了吧。"

张连长骑在马上，走一走，停一停，随时举起望远镜往四处张望。一个战士骑马跟上去，建议去找找战友。张连长从望远镜里斜出眼睛，说："找？往哪里找？人找人找死人的！"

那战士闭上了嘴，眼圈里晃着泪花。

33

　　一个驼工照顾两峰骆驼，现在逃走了三个人，张驼子就叫范建民一个人负责四峰骆驼。张驼子还威胁范建民，跑掉的那峰骆驼，赔也得赔，不赔也得赔，那可是他一家人吃饭的家伙。

　　范建民小声道："我没有钱。"

　　张驼子说："那你就给我牵骆驼抵账，什么时候还清了，什么时候放你走！"

　　范建民想说什么，嘴唇动了动，没再吭声。两只翻毛大皮鞋挂在他脖子上，左一甩，右一甩。他赤着脚掌在戈壁滩上行走，每走一步，都会被硌得跳起来，根本不像走，像在跳舞。

　　张驼子说："你看你，有鞋子不穿，拿来，给我，抵你一块钱。"

　　范建民身子一歪，瞪着眼睛。

　　张驼子说："怎么了，不愿意？你看你，大队长给你一双鞋，你就当命根子了，要是给你一块糖呢？"

　　范建民固执地说："反正不给你！"

　　张成武的情绪还没有缓过来。葛先华一路安慰他："别再心疼车了，这么凶的沙尘暴，不是哪个人的责任。"张成武依然独自后悔，还说什么早知道应该把车停在车队中间，别的车都没有他的车那么惨，他觉得他的车是头车，头车就应该体体面面、光光鲜鲜的。不然，还叫什么头车呢？

　　葛先华说："不碍事的，等到了柴达木，喷点漆就好了。"

　　张成武说："在部队我当了十几年的炊事班班长，就会做饭，转业了，叫我开汽车，这是组织的信任，你看我把这车糟蹋得一点车样子都没有，我心里难受啊。"

　　葛先华说："没事的，今后我们还会有更好的车。"

　　好半天，队伍终于走出了沙丘连片的魔鬼城，但前方依然是茫茫的大戈壁。一路上除了汽车发动机声，骆驼踩踏在地上的"噗噗"声之外，没有任何人想说一句话，也几乎没有说话的力气了。

　　沉默似铁。一支似铁无声的队伍艰难地前行。

　　何满江闭着眼睛，思绪飞回一个月前的西安。何满江回忆起誓师大会时的情景。在西安石油总局广场,几百人的队伍集合在场。除了何满江这样的"老革命",多是青涩面孔的知识分子和脱了军装的战士。年轻人激情高涨,跃跃欲试。

张天翼在给这支即将远征的队伍讲话:"同志们,挺进柴达木,寻找大油田,是伟大光荣的任务……毛主席、周总理给我们以期望,全国人民给我们以期望,你们能不能完成这项艰巨的任务?"

几百人慷慨激昂:"坚决完成任务!坚决完成任务!"

张天翼授旗。何满江跑步上前,高兴地接过旗帜,然后高举旗杆一挥,全场掌声雷动。他举起右拳表态发言:"千难万难不畏难,千险万险不怕险,挺进柴达木,找到大油田!"

何满江心想,无论如何也要把先锋队带进柴达木,带到目的地,不然,自己将是千古罪人!何满江突然一个激灵,猛地睁开眼睛,吓了何卒一跳,方向盘一闪,车头一晃,差点翻了车。

何卒紧张地问:"大队长,做梦了?"

何满江语气铿锵道:"老子不会做历史的罪人!"

陈启仁也被吓了一跳,说:"老何啊,我们可能到了西进最关键的时候了,这不是罪人不罪人的问题,这是上天给我们的考验,给我们进炼狱的第一道门槛啊。"

何满江思索了一下,说:"这是老天有意给我们出的歪题!"

陈启仁说:"歪题只有歪着解。"

何满江心想唐僧去西天取经都没有渴死在这戈壁里,难道我们几百人还找不到水?他扭过头,看见后视镜里长长的驼队,突然灵机一闪,说:"你们听说过吗,骆驼是沙漠里的神灵之物呢。"

陈启仁道:"听说过,那又怎么了?"

何满江说:"骆驼很少在沙漠里渴死。"

陈启仁"哦"了一声,说:"你打起骆驼的主意了啊。"

休息时,人们掏出的干粮袋和羊皮水袋都空了,嘴唇干裂,露出丝丝血迹。陈启仁心里犯急,再这样下去真不是事情,要出大问题的,刚才又晕倒两个,便对何满江说:"是不是可以动用给养了?"

何满江说:"没有水,即使有米有面也做不了饭啊。"

陈启仁说:"哪怕是生米,有也比没有强啊。"

何满江在原地打着圈,他自己也饿得没有多余的力气说话了。踱了好半天步,终于下定决心,说:"拉开一袋大米,一人一缸子!"

人们手捧着生大米,就往嘴巴里填。"咯嘣咯嘣"磨着,磨碎了,再艰难地吞下去。何满江也给自己填了一口生米,吃得眉毛拧在一起。咀嚼到最后,感觉有一丝甜味,吐出一看,是鲜血拌和磨碎的米粒。他怕别人看见,巴掌一捂又塞进嘴巴里,强吞进喉咙。

何满江到人群中巡视,发现很多人嘴唇都是鲜红颜色。他眼里晃动着泪花,心想就是抗战时期,也没有遭遇过这样的境地。

一个驼工拽着一根看不出是枯死了还是活着的骆驼刺,拼命往上拔,拔出一节根须,抖抖泥沙,放到嘴巴里艰难地咀嚼着水分。何满江不忍看下去,转身离开。突然,他停住了脚步。他看见一个老一点的驼工,双手捧着伸向一峰骆驼的屁股。骆驼也似乎没有多余的尿液,稀稀拉拉,滴滴答答。老驼工接了半捧浑黄、腥臊的骆驼尿液,一抬手,全放进嘴巴里,再从腰包里掏出一把生米,放进嘴里……

何满江"啪"的一声扇了自己一个巴掌。

老驼工对着何满江说:"关键时刻,可以救命的。"

何满江找到张驼子,说:"听说骆驼在沙漠里能找到水?"张驼子半天才说:"那是骆驼渴的时候,它们才会找水。"何满江说:"我们都渴得要死了,它们还不渴?"张驼子说:"那些畜生啊,在沙漠里一个月不喝水也挺得过去。"何满江说:"他妈的,看来畜生就是畜生!"

说罢,何满江怪异着眼神,盯着骆驼发呆。张驼子的目光随着何满江的眼睛移到骆驼身上,又从骆驼身上移到何满江的眼睛,陡然间似乎明白了什么,连忙道:"大队长,你,你可别打骆驼的主意啊。"

何满江醒过神来,说:"你的骆驼比人命还贵!"

何满江扭身就走。张驼子追上去,说:"大队长,小尕娃,走掉了。"

何满江问:"哪个小尕娃?"

张驼子说:"范建民。"

何满江眉毛一拧："咋个回事？"

张驼子嗫嚅道："他，……他说他去找那匹骆驼。"何满江一听，脸色大变，说："是你让他去的？"张驼子吞吞吐吐道："是他，他自愿的……"

何满江叉开手往腰间猛然摸去，只摸到一条军用皮带。他手臂一挺，翘直大拇指，伸直食指，当作手枪的样子，抵住张驼子的脑门，说："我真想崩了你！这个时候，你还添乱！"

张驼子眼睛一翻，吓晕了过去。

34

何满江找到张连长，气不打一处来，沙哑着嗓音低沉地吼道："你找水的兵呢，怎么还没有回来啊。"

张连长被问得目瞪口呆。

何满江跟陈启仁、葛先华、何卒、陈兵围圈坐在地上，疲惫不堪，他没想到困难来得这么快这么直接，脚步还没有踏上柴达木呢，就要人命了！陈启仁也觉得必须要想办法了，绝不能这样坐以待毙。

陈启仁打开地图。

葛先华用指头卡着距离，说："快，只一天，慢，也就两天，这一两天我们无论如何也要挺过去，出了戈壁，到了雪山，自然就有水了。"

陈启仁说："派出去的骑兵没有音讯，不能把希望拴在一根裤带上，要继续派人出去找水，最好派出张驼子这样有沙漠经验的老驼工出去。"

何满江直言道："张驼子这人，不可靠。"

这时，担负警戒任务的骑兵战士发出信号。远处，隐隐约约一簇人影朝这边而来。张连长赶紧跑过去，抢过望远镜一看，视线尽头朦朦胧胧的几匹快马，自远处飞驰而来。张连长神经质地大声命令道："准备战斗！"骑兵战士弹簧似的蹦起来，"咔嚓咔嚓"拉开枪栓。

队伍并没有骚乱，人们或坐或躺，纹丝不动。他们几乎没有逃跑的力气了。只有几峰骆驼打了几声响鼻。何满江热血冲头，从地上一跃而起，骂道："给老子，这个时候还来土匪！"他一把夺过张连长手中的望远镜，搭在眼睛上往远处看。

张连长赶紧命令战士摆开战斗状态。何满江似乎看清了什么,用手势告诉张连长少安毋躁。待远处马蹄急近,战士们端枪用准星锁住了目标。何满江放下望远镜,"呵呵"一笑:"天不绝我!"

张连长再接过望远镜一看,脸上绽出笑容。

三名骑兵战士滚鞍下马,高兴地喊道:"大队长!连长!"

人们都欢呼着围了上去。张连长紧紧拥抱着他的战士。

一个战士跑向何满江,"唰"地敬了一个军礼,激动地说:"大队长,你看我们遇到了谁?"何满江抬头看去,一个慈眉善目的新疆老人,头上戴着一顶狐皮帽子,身上穿着一件羊皮大袄,脚穿黑牛皮长靴,高高的鼻子,深陷的眼眶,蓝色的眼仁,正面带微笑地看着自己。

何满江走上前,和老人的手紧紧握在了一起。

一名战士说:"他叫阿吉,遭遇沙尘暴时,他救了我们!"

阿吉用不太标准的汉语说:"欢迎你们,柴达木欢迎你们!"

35

三名战士把几匹战马背上的滚圆的水袋卸下来。清凉的淡水从水袋里汩汩流出,映照着队员们兴奋的脸庞。

队伍继续向前,每人脸上都焕发出了生命的光芒。

何满江跟阿吉老人骑马并行在前。何满江说:"阿吉啊,我们要去柴达木找石油呢。"阿吉说:"找石油,好啊,我给你们带路。"何满江说:"太好了啊!你就给我们当向导吧,给你报酬的。"阿吉连忙摆摆手,说:"报酬的不要!路,还远!"何满江做了一个喝水的动作,说道:"当务之急,我们需要水!"阿吉向四处看看,指了指前方,说:"我带你们去。"

有人远远地看见一片芦苇,便欢呼了起来:"有水了,有水了!"人们疯了似的扑向那片芦苇地。阿吉摇摇头,想制止已经来不及。冲在前面的几个人,跑进芦苇荡,捧起水就喝。何满江注意到阿吉的眼神,预感不妙,大声喊道:"不能喝!不能喝!"

喝了水的几个人，突然满脸痛苦。

阿吉说："这里的水，咸水，喝不得。"

阿吉下马，在地上抓了一把泥土，凑近鼻子闻了闻，然后向四处张望。一个战士对何满江说："这位阿吉老人很是了得，他在柴达木生活了几十年，他就是活地图，哪里有水，哪里有什么宝贝，他都知道的。"在一处颜色较深的沙土上，阿吉抓了一把泥土闻了闻，说："水就在这里！"

几把铁锹狠狠地挖下去，水渍慢慢显露出来。

人们欢呼雀跃起来："有水了，有水了……"

就地埋锅造饭。戈壁上升起久违的缕缕炊烟，人们又享受着人间烟火的温情。何满江、陈启仁、葛先华、张连长等跟阿吉老人围坐在一起叙长话短。这是几天以来遭遇绝境而赢得的新生，没有谁不心花怒放、不欢欣鼓舞。队员们一致认为阿吉老人就是勘探队的救星。也因此，阿吉老人成为柴达木油田口口相颂、代代相传的恩人。

何满江说："阿吉，你是功臣，你救了我们这几百人的命啊，我们要把你的名字刻进柴达木的丰碑！"

阿吉半懂不懂，面露懵懂状。

陈启仁问："阿吉，你就住在这戈壁里吗？"

阿吉说："我在这一带生活了半辈子。"

一个战士说："阿吉带着他的驼队准备去兰州呢。"

另一个战士说："前不久被土匪抢掉的商队，就是阿吉的。"

何满江说："那伙土匪已经被我们全歼了，再也没有土匪骚扰你了。"

阿吉点点头，又摇摇头。何满江惊诧道："还有？"阿吉说："在柴达木盆地里，还有。"何满江自信满满地说："我们也会收割了他们的！"

好几天来，人们终于吃上了热米饭。何卒端来一碗热气腾腾的米饭，递给何满江。何满江将饭碗递给阿吉。阿吉摆摆手，自己从行囊里取出馕饼，说："我吃这个。"

葛先华边吃边问："阿吉，你见过石油吗？"

阿吉想了想，做了一个点火的手势，说："这个的，石油？"

葛先华说："是的，这个的，就是我们要找的宝贝，石油！"

阿吉疑惑道："石……油……"

葛先华看出阿吉的不明白，就指了指汽车，说："石油是它们的粮食，它们吃了才能跑。"

阿吉明白过来，肯定地点点头。

陈启仁好奇地问："柴达木里面还有些什么，也跟这戈壁滩一样光秃秃的吗？"阿吉点点头，又摇摇头，说："有山，有水，有草原，有牛羊，还有狼……"葛先华说："哦，柴达木是一个聚宝盆啊！"

水足饭饱之后，队伍继续出发。勘探队员们在取水处用鹅卵石垒砌了一座尖塔，为后续队伍做上记号。而刚才挖开的水洼里已经汇集了满满一坑明亮亮的水，散发出银子一般的光芒。

突然，有人发现戈壁上一具卧着的人影。上前一看，居然是小驼工范建民。范建民的嘴巴大大地张着，双手鸡爪似的抠着泥土，指尖缝里血迹斑斑。那双翻毛大皮鞋还挂在他的脖子上，只是不再兴奋地甩动了。赤裸的双脚，结满黑色的血痂。张驼子"哇"的一声跪了下去，山呼海唤般喊道："娃子啊，娃子啊……"

何满江双眼猩红，浸满泪水，他沉重地昂起脖子，抬眼望天。

陈启仁说："他是为了找寻失踪的骆驼而牺牲的……"

张驼子抱着范建民的遗体还在哭，显然有些做作，还有些夸张。何满江瞟了一眼哭泣的张驼子，想说什么，但忍住了，他缓缓蹲下身子，亲手把那双翻毛大皮鞋穿在范建民的脚上……

何卒掏了掏范建民的衣兜，上衣口袋里有一张破旧的五元钱，还有一张半身黑白照片。照片上一个英姿飒爽的军人。何满江看了看照片，脑海里回忆起范建民说"我要到新疆找我哥哥，他也是解放军"的画面，便把照片小心装进口袋里。

何满江接过一个战士的步枪，对天"哒哒哒"就是一梭子，说："范建民，是我们的石油战士！"

荒原上，隆起一座孤坟。

36

前方出现几座沙山。沙子闪烁着刺眼的光芒。

马蹄迟疑着不敢往下踏。战士猛一挥鞭,战马踏了进去。但那名战士一声惊叫,马蹄陷下去了,而且越陷越深。阿吉口中"啧啧"道:"遇上流沙了……"

那战士使劲打马,想让马冲出来。阿吉大声说:"不要动,不要动!"

他利索地将套马绳抛出去,套住了那名战士。人们用力把那惊恐的战士拖了出来。那名战士哭喊着,说把马也拖出来吧!流沙没有回答他,已经吞噬了马的半截肚子,而且还在继续吞噬。马张大了惊恐的瞳孔,眼角滚落出几滴眼泪,它憋足劲,发出最后一声嘶鸣。

那匹马很快被流沙吞没,戈壁又恢复了原来寂静的模样。

张成武快速地旋转着方向盘,不停地躲着地上的大坑小洼。他担心要是车速慢了,车也得陷下去。葛先华说:"这就是流沙的厉害,隐藏得不动声色,吞人却无踪无影。"

终于,队伍走出了大戈壁。一座铁色的大山出现在人们视野里。大山逶迤,山峰白雪皑皑,金色的阳光照射在雪山顶上,雪峰宛若温润的红玉。阿吉对何满江说:"这就是阿尔金山,翻过去,就是柴达木。"

何满江抬头看了看陡峭的山脊,眉头一皱,嘴里"哦"了一声。

山脚下,有五顶白色的帐篷。那是阿吉的商队。走近帐篷,一群新疆商人,还有阿吉的妻子,两个孩子在帐篷前迎接着阿吉。阿吉对何满江说:"这就是我流动的家,老婆,孩子。"

阿吉有两个孩子,大的男孩十几岁,小的女孩七八岁,眨巴着灰蓝色的眼睛,看着陌生的何满江,还有何满江身后的大部队。阿吉对妻子说:"勘探队,进柴达木找石油的勘探队。"

何满江、陈启仁、葛先华、张连长围着阿吉,盘腿坐在帐篷里有波斯花纹的地毯上。阿吉妻子端上油饼、葡萄干,热情地招待着远道而来的客人。阿吉对张连长说:"解放军,恩人。"

三年前,乌斯满在阿尔金山后的海子被骑兵给活捉了。阿吉打心眼里感激解放军。乌斯满曾害得阿吉好苦,他的商队,还有家产,都被乌斯满抢占了。

阿吉本人也被抓到迪化下了大牢，因为他曾为解放军剿匪带过路……

何满江说："那些日子一去不复返了，我们现在集中力量建设我们的新中国。"

阿吉说："好！柴达木，我熟悉，我给你们带路。"

阿吉向大家讲起自己的身世，原来阿吉是乌孜别克族，因为战乱，父亲带着一家人四处流浪讨生活，8岁的时候到了新疆若羌。后来，父亲带着全家去麦加朝圣，一路走过巴基斯坦、阿富汗、阿曼、沙特……再后来，又回来了，过伊拉克、伊朗、土库曼斯坦、乌兹别克斯坦，我国的喀什和若羌，一直到了柴达木……

葛先华说："你为什么还回来呢？"

阿吉笑道："新疆是个好地方嘛！"

大家都笑起来。阿吉妻子、两个孩子提着大茶壶，不断地给队员们添满奶茶。队员们用茶缸、碗、军用水壶，高兴地接过奶茶，对比没水的日子，此时香甜的奶茶堪比甘露。

何满江问："阿吉啊，你这次打算到哪里去啊？"

阿吉说："我准备去兰州，换买些物品。"

何满江问："你经常走这条路吗？"

阿吉说："一年四五次，远的去兰州、西安、成都。"

何满江说："那这次就耽误你的生意了。"

阿吉说："我带你们进柴达木，我的妻子、商队，他们继续去兰州。"

何满江、陈启仁、葛先华、张连长高兴地拍起手来，连声道："好！"

茶足饭饱。阿吉抱着冬不拉，弹奏起动听的新疆民歌。阿吉的两个孩子在音乐声中欢快地跳起舞来。勘探队员、骑兵战士高兴地喝着奶茶，吃着手抓羊肉，沉醉在幸福之中。这时，一个战士悄悄掀帘进帐，跟张连长耳语着什么。张连长转头，又跟何满江耳语。何满江语调沉沉地说："爹死娘嫁人，由他去吧……"

斯时，张驼子牵着他的骆驼，一个人行走在夜幕下的荒野上。

他回头看了一眼，营地的灯火距离他已经越来越远。

37

几只神鹰在湛蓝的天空盘旋。

这是神鹰的空域,这里离天空最近,离阳光也最近。金色的阳光普照在群峰之上,雪峰闪烁着温暖的光芒。

勘探队伍历经九死一生,走过了苍茫的大戈壁,即将翻越的是巍峨的阿尔金山。阿尔金山是柴达木盆地的北缘界山,它与祁连山和昆仑山簇拥着中国内陆海拔最高的盆地,柴达木盆地。这是一道与天比高的地理屏障,然而,除了征服它,再无通途。

队伍要翻越的这座山,名字叫金鸿山,它是阿尔金山脉的一座山峰。陡峭的金鸿山横亘在大部队面前。车道一边是峭壁,山崖危耸;另一边是悬崖,万丈深渊。车道坑洼不平,又弯又窄,仅能容一辆汽车小心翼翼擦着山崖前行。

张二嘎子自告奋勇打前阵,开车走在最前边。他从车窗探出头来,对紧跟在后的张成武喊道:"老张,你千万小心啊,别看悬崖,眼睛盯着峭壁,慢慢走起!"这话不是开玩笑。张成武眼睛紧紧盯着路旁的峭壁,双手死死把着方向盘。载重的汽车低沉着嗓子,像一头负重的老牛,拼力向上。车轮小心地压过,一块山石掉了下去,半天才滚落在到深沟里。张成武伸出舌头,额头上滚落豆大的汗珠。

葛先华说:"老张啊,不要慌,慢慢上。"

张成武颤抖着嗓音道:"这真是天路啊。"

骑兵战士也只能改成步行,牵着马走。负重的骆驼奋力前行,脚掌也格外沉重,不停地打着响鼻。牵骆驼的驼工紧紧拽住绳子,绳子被绷成了一条直线,骆驼的鼻孔都被拉得变了形。

一个驼工说:"我的骆驼都从来没有走过这样的路啊。"

另一个驼工说:"野骆驼能走。"

卡车司机们睁大眼睛,死死盯住道路的前方,双手轻轻转动着方向盘。汽车槽子板蹭着山岩,发出"吱吱"的声音。汽车轮子齐着悬崖通过。坐在车上的队员连忙下车。李天翔还坐在上边,对下车的人喊:"你们不坐飞机了?这可是坐飞机的感觉呢。"

走在路上的队员说:"哎,还是走在大地上踏实一些。"

何满江跟阿吉两人牵着马在行走。他抬头往上看,山路盘旋,只看见骆驼的腿机械地迈动着;再往下看,汽车、骆驼、马匹和人,一路蜿蜒,有的还在山脚下。何满江不由地倒抽了一口凉气。

阿吉说:"这座山,海拔4000多米,翻过去,就是柴达木。"

何满江问:"你进出柴达木都走这条路吗?"

阿吉说:"还有路呢。"

何满江说问:"我们还有选择?"

阿吉说:"那些路,比这条更危险。"

何满江"哦"了一声,说:"今后,我们一定要修出一条好路,让天堑变通途!不然,我们在柴达木就是住进了活监狱,进不来,也出不去啊。"

这时,一声撕心裂肺的叫喊声传了过来。原来是一匹骆驼一脚踏空,连货带骆驼一起坠下了悬崖。驼工死命拽住缰绳,哪里还拽得住,他被沉重的骆驼牵着也一起奔向悬崖。有人喊:"快放手!"紧接着就轰然一声巨响,骆驼"哐当哐当"坠下悬崖。那名驼工一只脚已经在悬崖外,手上只逮住了一条绳子。

一串"轰隆隆"的声音在悬崖下经久不息。

所有的骆驼和马匹都悲哀地打着响鼻。

那个驼工呆呆地看着手中的绳子,脸色煞白。

天空盘旋的神鹰发出嘶鸣,收缩了翅膀,向悬崖下俯冲而去……

38

山顶冷风呼啸,刮在脸上跟刀子一样锋利。

何满江、陈启仁、葛先华、张连长和阿吉先后到达山顶。站在山顶,极目远眺,视野开阔,能看见白雪皑皑的昆仑山。山下的凹陷看不见边际,那就是柴达木盆地。阿吉热情地给勘探队员介绍着他热爱的柴达木,脸上露出欣慰的表情。

阿吉指着远处的山说:"那就是昆仑山,就是柴达木。"

何满江语气坚定地说："昆仑山，我们要征服你！"

一片彩色的石头在阳光下反射出刺眼的光芒。何满江顺手捡起一粒红色的石子，拿在眼睛前透着阳光看。葛先华捡起一粒形同玉状的白色石头，仔细地看着。勘探队员们都奔向那些五彩斑斓的石子，高兴地捡着。阿吉老人用异样的目光看着他们。

何满江说："这就是柴达木的宝贝啊，但我们不是来捡这些宝贝的，它属于大自然，属于这片土地，我们一人只能捡一粒做个纪念！"

人们连忙把多余的彩石扔到地上。阿吉笑了。

何满江摩挲着石子，说："历经亿万年的磨砺，顽石成器啊。"

陈启仁说："这是大自然的鬼斧神工。"

何卒说："这就是所谓的和田玉吧。"

葛先华仔细分辨着手中的石头，说："这是玛瑙。"

阿吉说："这些，都是大地的孩子。"

葛先华说："阿吉说得好啊，这些都是大地的孩子，大自然的精灵。"

何满江深有感触地说："我们也即将接受柴达木风霜雨雪的考验了，经得起考验，我们也将磨砺成器，成为宝石，成为人类的宝石！"陈启仁说："人都会死，成不了宝石的，但我们会留下一种精神，那种精神就是宝石！"何满江说："对，那就是柴达木精神！"

勘探队伍用了整整一天的时间才陆续登顶。几百人站在阿尔金山的山顶，迎风欢呼、抛冠雀跃。他们高声喊道："柴达木，我们来了！"

自此，柴达木开启了一个崭新的人类文明时代。这个时代是新中国工业文明的初发时代，也是青海省工业文明的高光时期。

自此，几万人、几代人，开始了云朵之上的逐梦之旅。

他们，叫柴达木石油人！

39

勘探队员的第一站就是阿拉尔草原。

下了金鸿山和彩石岭，就是阿拉尔草原。阿拉尔草原水草丰美，它南靠昆仑山，毗邻尕斯湖。"尕斯"就是"油气飘香"的意思。尕斯最早在西汉时候就被史书记载：尕斯口，乃通西域之南线之关口。千百年前，此地商贾云集，车马喧嚣，一派繁荣盛景。千百年后，这里逐渐被冷落、闭塞，成了一道死关，退出了历史大舞台。

而这一次，勘探队伍云集，尕斯口再度复活。

阿吉指着远处的湖水，向勘探队员介绍着尕斯湖。他是这片土地的主人，牧放牛羊，这里的每一株草、每一滴水、每一粒沙，他都有着浓厚的感情。言表之中，满是浓情蜜意。

陈启仁说："有山有水，真是灵性的土地啊！"

葛先华说："那么大的咸水湖，一定有很多盐，盐也是宝贝啊！"

队员们蜂拥向前，惊奇那雄壮的山、那秀美的水。从西安出发整整两个月来，一路戈壁沙漠，他们风餐露宿，筚路蓝缕，以壮士之无畏，对革命事业之虔诚，踏破万里山河，终于到达目的地。他们没有想到，在这西天一隅，居然还有这么美丽的圣境。而且，这地方，将是他们的家园，是他们今生的精神之乡。

李天翔高喊了一声："昆仑山，我——来——了！"

队员们一起高喊："昆仑山，我——来——了！"

这个季节，草原上的草还没有抽绿，枯黄着去年冬天的模样。但冰雪已经消融，流水欢唱。草丛里，不时惊起一群群野鸭，或者别的水鸟，"扑棱棱"从头顶飞过。

草原深处，一只北方的狼，呆呆地看着这支庞大的队伍，大踏步走过它的眼前。它有些不明白，怎么突然来了这么多异族。而之前，这里它是绝对的主宰。

突然，几匹快马从草原深处奔驰而来。张连长骑在马上，早已瞧得清楚，连忙叫战士警戒。骑兵战士交叉掩护着大部队，阳光在漆黑的枪管上跳跃。阿吉笑道："别怕，别怕，也是解放军。"

转眼间，几匹快马到了眼前。走得近了才发现，那些人居然也是一身军装，不过那些军装也不知道穿了几个年头，基本看不出什么颜色，破烂不堪，补丁东一块西一块。不过，他们的眼神依然警惕、威严。

来者突然看见了阿吉，连忙收枪，翻身下马。

张连长一个手势，骑兵战士也收了枪。

阿吉指着走在前面的一位中年军人，对张连长介绍道："这是贾指导员，他们也是骑兵战士，新疆骑兵团的，一个连驻扎在阿拉尔，帮我们牧民驱赶土匪……"

张连长一听，翻身下马，快步上前，紧紧地握住阿拉尔骑兵连贾指导员的双手。贾指导员满脸风霜，胡子拉碴，双颊被高原的风剥蚀了本来的颜色，露出红红的面颊。阿吉指着张连长，对贾指导员介绍道："这是来柴达木找石油的勘探队员，这是敦煌骑兵连的张连长。"

贾指导员握住张连长的手，半天没有放下，也没有说出一句话来，喉头窜动，最后竟然"哇"的一声哭起来，说："你们，终于来了……"张连长一听，搂住贾指导员的肩膀，眼泪也涌了出来，说："我亲爱的战友！"

阿拉尔骑兵战士高声喊道："口外来人了！口外来人了！"

几十匹快马闻声向勘探队伍这边飞驰而来。两队骑兵战士旋身下马，热烈拥抱。双方骑兵战士像会师一样，拥抱在一起，笑着，哭着，跳着。勘探队员也兴奋地和那些骑兵战士热烈拥抱。

贾指导员揩了一把眼泪，说："三年多了，没有见过外面来人。"

何满江说："我们来了，我们来了就不走了，跟你们在一起！"

贾指导员将勘探队伍迎进了他们的兵营。

阿拉尔兵营，十几顶白刷刷的帐篷。帐篷也被风雨洗刷得不见本来的颜色，露出白色的棉麻帆布，到处是大洞小眼。

何满江疑惑地问："你们，怎么是这个样子？"

贾指导员眼圈里的泪珠一直在晃动，说道："三年了，三年了，我们没有出去过，也没有人进来，我们被遗忘了。"

何满江一声叹息，说："不会被遗忘，你们会永远被这片土地记住！"

贾指导员命令战士杀牛、宰羊。兵营里，洋溢着节日的喜庆气氛。

40

这是勘探队员进入柴达木的第一个落脚点。

阿拉尔，自此进入柴达木石油的地理大词典，并伴随着石油一起成长。这里也是后来花土沟石油工业和民用淡水重要补给区。如果没有阿拉尔的淡水，柴达木西部的石油重镇就得重新落户。

兵营帐篷里，贾指导员招呼何满江、陈启仁、葛先华、张连长，还有阿吉一同坐下。一名战士欢喜地给客人倒上滚烫的奶茶。贾指导员的眼睛一刻不停地盯着每个人的脸看，似乎怎么也看不够。

何满江对贾指导员说："两年前，我们也还穿军装呢，如今响应毛主席的号召，转业了，搞石油，现在是石油战士。"

陈启仁补充道："何大队长原来是五十七师一团团长，现在是勘探大队大队长；我呢，陈启仁，你叫我老陈，我是我们团的政委，现在是勘探大队教导员。"贾指导员一听，"唰"地站起来，"啪"地行了一个军礼后喊道："首长好！"何满江"哈哈"一笑，说："免礼免礼，我们已经马放南山，解甲归田了。"陈启仁问："你们是哪支部队的啊？"

贾指导员说："新疆骑兵团三连。"

陈启仁指着张连长对贾指导员说："哟，你们有缘啊，这位是甘肃酒泉军分区骑兵团，也是三连，张连长。你们认识一下，都是骑在马背上的军人。"贾指导员和张连长互敬军礼，热烈握手。

何满江说："三年了，你们都没有换防过？"

贾指导员说："一进柴达木，上级再没有指示……不过，我们已经接到通知，说这两天军区要来人。"

何满江说："那说不定是来人换你们了。"

贾指导员点点头，又摇摇头。

陈启仁问："当地治安情况如何啊？"贾指导员说："还有残匪活动，老窝就在铁木里克，离这里也就几十公里，经常骚扰牧民，打家劫舍，偷袭我们的驻地，已经有三十多名战士牺牲在这片荒原了……"

兵营不远处的荒原上，几十座隆起的土堆，那是牺牲战士的坟茔。土堆上已经长满荒草。荒草在风中摇摆，似在无声地诉说……

张连长说："我们联合起来，跟他们干一仗！"

何满江说："等找到了石油，我们就在柴达木建设我们的家园，让这片荒原鸟语花香，有学校，有医院，有工厂，也有未来和希望！"

陈启仁说："扎下根，钉子一般扎下根！"

葛先华说："这是一片埋藏着宝贝的荒原，我们就是拓荒者，我们要为新中国找石油，找出大油田，像苏联的巴库。"贾指导员"哈哈"一笑，指着阿吉，说："阿吉就是柴达木的活地图，柴达木哪里有路，哪里有水，哪里有宝贝，全在他脑子里呢。"

阿吉微笑着，频频点头。

大铁锅里，沸水翻腾，阵阵清香不断飘出。大盆装的手抓羊肉、牛肉放在地上。人们席地而坐，大快朵颐。张二嘎子啃着羊肉，对李天翔问道："你能吃多少肉？"李天翔将一大块肉吃进肚子里才回声道："能吃一头牛，你呢？"两人故意搞笑的对话把在场的人逗得"哈哈"大笑。

何满江撕下一块肉，看见贾指导员没有动，心想是主人让客。何满江也不客气，大口吃完一块肉，抬头一看，贾指导员还是痴痴地笑看着自己。何满江以为自己有何不妥之处，四处张望一圈，似乎一切正常，这才问道："贾指导员，你怎么不吃啊？"

贾指导员依然笑道："你们吃，你们吃。"

何满江点头应许，又吞下一大块羊肉，一抬头，看见贾指导员还是一动不动。何满江这才发现贾指导员的队伍都一动不动，只是呆呆地看着大家吃。何满江心有异样，拍拍手，道："你们不吃，我们也不吃了。"

贾指导员这时才说："我们是南方人，吃了三年的牛羊肉了……"

何满江意识到什么，叫过何卒，说："去，给贾指导员上米饭！"

贾指导员双手颤动着接过一碗白花花的米饭，先看一看，再闻一闻，脖子一伸，把米饭的香气深深吸进肚子里，好半天，才长长地吐出一口气来，眼睛瞬间湿润起来，他似乎找到了久违的味道……

夜里，勘探队员大多出现了高原反应。柴达木海拔高，3000多米，干旱缺氧。队员们吃饱了一肚子肉，立即就头昏脑涨。这是高原缺氧造成的。李天翔大声喊着"头疼、头晕"。张二嘎子感觉肚子疼痛难忍,从被窝里跳出来,跑到帐篷外,"哇啦啦"吐起来,吐得翻江倒海、牵肠挂肚。

张二嘎子抱怨道:"费了半天劲,白吃了,全还出来了。"

站岗的骑兵说:"千万不能感冒,感冒了,更危险。"

张二嘎子问:"你们怎么过来的?"

骑兵沉默了半天,说:"熬!"

41

第二天,新疆军区文工团来到阿拉尔兵营慰问。

两军相会,阿拉尔成为欢庆的海洋。战士们、勘探队员们欢呼着、跳跃着,迎接远道而来慰问的亲人。听说文工团来到阿拉尔兵营搞慰问演出,整个阿拉尔草原的牧民都倾巢而出,打马骑牛向阿拉尔兵营赶来。人们沉浸在欢乐、幸福的气氛里。

当时的阿拉尔并不安全,土匪老搞偷袭,防不胜防。贾指导员早有应对,精心布防,命令四个战士,扛了两挺机关枪,架在了两辆汽车车顶上,分别摆放在兵营前后。张连长也集合了他的骑兵,分别在兵营四周布下了明哨。阿吉招呼了几个青年牧民,叫他们混迹在看戏的人群里。他们以民族身份作掩护,帮解放军战士做暗哨。

文工团20多名男男女女的兵全换成了鲜艳的戏服,院子里爆发出雷鸣般的掌声。观众里三层、外三层地团团围住演出场地。带队副团长献唱了《三套车》。接着,他们唱起了《在那遥远的地方》《翻身农奴把歌唱》,还有京剧《白毛女》片段。

张成武叽咕道:"难道维吾尔族也有喜儿?"

何卒说:"哪儿都有喜儿,因为哪儿都有黄世仁。"

站岗执勤的战士,眼睛盯着远方,耳朵听着戏文。人群中,有几个蒙古族青年警惕着眼神,在观众中四处查看。或许土匪也在看演出呢,谁知道呢。整个演出活动平安地进行了三天三夜。

告别时,文工团赠送给骑兵、勘探队员钢笔、笔记本。何满江叫何卒找来一张白布床单,用红墨水写上"感谢新疆军区文工团慰问演出"几个大字,当作锦旗赠送给文工团。

何满江跟文工团的战士一一握手道别。这时,一个战士翻身上马,回过头,乡音浓重地对何满江说:"同志,再见!"何满江耳朵猛然一竖,眼神一跳,朝那骑马的背影大声喊道:"站住!"

那战士一听,立即勒住马缰,在原地打了两个圈,才将战马勒住。何满江慢慢走上前,仔细端详着那战士的脸庞。战士旋身下马,笑盈盈地走到何满江跟前,不解地问:"大队长,怎么了?"

何满江点点头,从大衣口袋里摸出一张照片。何满江简短地说了范建民牺牲的事。战士不说话了,紧紧咬住牙齿,眼泪滴落在照片上。何满江说:"你弟弟,范建民,是我们的石油战士!今后有困难,就来柴达木找我老何,何满江!"

战士抹去眼泪,起身上马,打马而去,消失在草原深处。

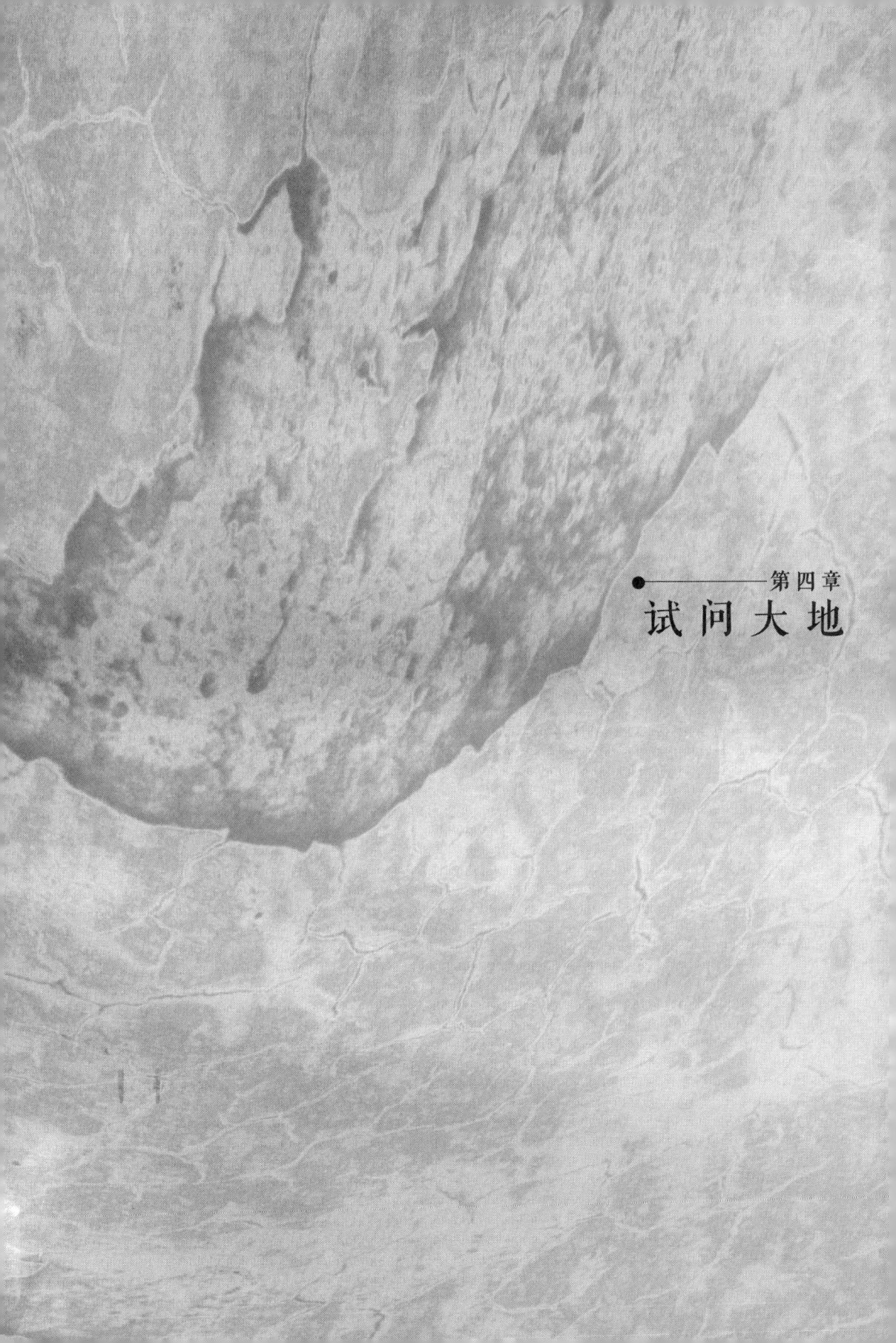

第四章
试问大地

柴达木的拓荒者

在这片隆起的西部高大陆

给每一座山、每一条河

每一个湖泊,取一个温暖的名字——

花土沟、油砂山、茫崖、冷湖、南八仙……

他们修饰了中国西部的工业版图

掀开了柴达木神秘的面纱,安放了石油的姓氏

也安放了青春和理想,热血和生命

柴达木,有了自己的新纪元

42

阿吉带队，勘探队员走向油砂山。

出了阿拉尔草原，柴达木依旧是黑色苍茫的戈壁。队伍行进，每一个人脸上都洋溢着笑意。他们千辛万苦走到了预定的目的地——柴达木。每一个人都有了到家的感觉，柴达木就在他们脚下。

阿吉指向一座山头，那里寸草不生。阿吉说："那里有石头，黑色的石头，能够点燃。"他向何满江等人做了一个点火的手势。

葛先华激动地说："那就是油砂山！"

阿吉回想起曾经路过那里，看见一座黑色的山。他捡起一块黑色石头，闻了闻，一股刺鼻的味道。他迟疑了一下，打燃火镰，一点，石头居然冒出蓝色的火焰。他大惊失色，赶紧吹灭，用一块布将黑色石头严严实实包裹了，藏在怀里。阿吉心想，这是什么宝贝啊？

阿吉一直掩藏着这个秘密。

阿吉说："那里就是你们说的油砂，燃火的油砂！"

勘探队伍快速抵达到那座寸草不生，裸露着泥土颜色的山前。队员们惊喜地扑向那座高高的山头。葛先华没有动，他在马背上仔细观察着四周的地形，脸生疑窦的样子。

队员们用地质锤敲砸着黑色的山石。

何满江捡起拳头大的一块山石，往鼻子上凑。

陈启仁也捡起一块，送到鼻子下闻着。

葛先华下马，也捡起一块，闻了闻。何满江还抠下一小块，放进嘴里品尝起来。阿吉担心地看着他们的表情，生怕他们表情失望。何满江、陈启仁、葛先华不约而同地大喊了一声："就是它，石油！"

何满江激动地说:"柴达木啊,我的宝贝!"

陈启仁声音哽咽。葛先华泪花四溢。

队员们稀奇地用打火机试烧,每一块石头都冒出淡蓝色的火焰。瞬时,人们跳跃欢呼,将手中的小块石头抛向天空,接住,再抛。欢笑声覆盖了整座油砂山。葛先华目测了一下山的高度,说:"裸露的油岩居然有150米厚,这地底下将是多么大的一个油田啊!"

何满江、陈启仁、葛先华三人摊开中国地图,指认了地理位置。

何满江举起拳头大的一块油砂,铿锵道:"同志们,我们先锋队的任务完成了,我们找到了油砂山,我们脚底下就是一个大油田,我们已经就站在大油田的上面!"

队员们热烈鼓掌,欢呼雀跃。

何满江说:"按照上级交给我们的任务,下一步,我们兵分三路,在柴达木盆地分头寻找构造和油苗。我们要找出更多更好的油砂山,向毛主席、周总理交一份满意的答卷,大家有没有信心?"

队员们又是激情高昂地欢呼与呐喊:"有!有!有!"

这是一次伟大的地理指认,早在他们多年前,周宗浚等地质专家就来到过这里,考察发现了这座裸露的油砂山。也就是他们给这座山命名为油砂山。时隔七八年后,何满江、陈启仁、葛先华又来到了这里。这一次,他们再不会错过历史,错过柴达木的石油开发。

这一次地理指认,也确定了柴达木石油六十多年的辉煌。

先期踏勘工作正式开始。这也是先锋队的职责,初步摸排盆地内石油构造和储油情况,熟悉交通及地理情况,报告给石油总局,以便总局决策。何满江作为大队长,首先对当前工作进行了分工。

帐篷里,陈启仁和葛先华在地图前,指画着,商讨着。何满江说:"我们分个工,从明天起,正式踏勘!"陈启仁和葛先华都直起身来。何满江说:"我带一路队伍,随阿吉走东线;老陈带一路队伍,走南线;先华带一路队伍,走北线。三路人马,分头行动。主要任务是,踏勘线路,寻找地质构造,为大规模勘探提供依据。"

陈启仁说:"我们也要考虑安扎固定营地才行,总部就驻扎在这里,留下一批人值守大本营，不然，又搞成游击队了。"

何满江说："好！这个地方叫什么名字呢？"

陈启仁说："这地方哪有什么名字啊，兔子不会来，黄羊也不会来。"

葛先华说："我们今天看见满山沟都是五颜六色裸露的山岩，要不，就叫这里花土沟吧。"

何满江嘀咕道："花土沟？有花吗？"

陈启仁也嘀咕道："没有花，能叫花土沟吗？"

葛先华激动地说："柴达木这片土地亿万年来就是一块处女地，我们每踏下的一只脚印，就是人类在这片土地上的第一只脚印，所以，我们要给每一座山、每一条河、每一个湖泊取一个温暖的名字。花土沟，未来会开满鲜花的。"

何满江、陈启仁异口同声道："好！就叫花土沟！"

何满江说："我去给总局拍电报，告诉他们，我们扎营花土沟！"

43

柴达木的夜空并不深沉，蔚蓝的天幕上，星星格外明亮。

"滴滴滴"的发报声，在夜空里像一首激越的抒情曲。何满江从发报室出来，信步走上荒原，夜风清凉，甚至有些寒冷，但他只感觉到激情满怀。他信步荒野，思索着。猛一抬头，看见一个人影，是陈启仁。何满江问："老陈，你在想什么？"

陈启仁说："我在想你在想什么呢。"

两人忍不住"哈哈"大笑。随即背后传来一声问："笑什么呢？"

一听声音就是葛先华。何满江道："我们在笑你在想什么呢？"

葛先华一疑虑，瞬间反应过来，说："我知道了。"

陈启仁问："你知道？"葛先华说："你们肯定在想在这花儿一般的土地上，我们未来的家园是什么样呗。"何满江说："不愧读的书多，总是能替别人的脑袋想问题，那我问你，你在想什么啊？"葛先华说："我什么都没想，未来嘛，不来不知道，来了才知道。"何满江说："你说得很对，未来，只有来了才知道，我没有想载入史册，也没有想名垂而不朽，但我相信，我们这样走过，我们的未来就不是梦。"

葛先华"呵呵"一笑，说："你这行伍之人，也诗情画意起来了啊。"

陈启仁说："我们要么改变柴达木，要么被柴达木改变。"葛先华说："你的两种假设都成立，我们既会改变柴达木，也就会被柴达木改变。"

何满江说："对！改变！这世上就没有不变的东西，天地不变，我们也会变，也许到垂垂老矣之时，我们的脚下就是现代化的大工厂，是安居乐业的好家园呢。"陈启仁说："不是有句古诗嘛，君不见、青海头，古来白骨无人收，我们就是要将白骨埋在这片土地。"

葛先华补充道："还有忠魂！"

何满江高兴起来就想喝一口，他从大衣口袋里摸出那只不锈钢酒壶，摇了摇，"哐当当"一串响。何满江说："来，我们一人来一口吧，庆祝一下。也许，从明天起，我们就开始新的人生了。"说罢，先"咕咚"了一口，便将酒壶递给陈启仁。陈启仁说："因为，从明天起，我们就将是真正的柴达木人！"说罢，仰脖子也"咕咚"了一口，将酒壶递给葛先华。葛先华说："我有一个东西要给你们看。"

说罢，他从大衣口袋里掏出用细铁丝编制的一个玩偶图形来，是一个"一个身子、两条腿、三只脑袋"的组合图形。

何满江、陈启仁仔细看着，似有所解。

何满江说："我们一个身子，装的都是柴达木的情怀。"

陈启仁说："我们的两条腿，行走的都是同一条道。"

葛先华说："我们各自的脑袋，都是靠这一个身子、两条腿在支撑。"

三个人的手，紧紧握在了一起。他们仰望着柴达木高地的苍穹，好久好久都没有说出一句话来，只是从那握在一起的颤抖的手上，可以体会到他们的热血、友谊，在燃烧般的灼烫！

44

天空湛蓝。阳光清澈明净。

总部营地的院子里，鲜艳的红旗招展，映衬着地质队员年轻朝气的脸庞。三支小分队即将出发。每队二十来人，一人一匹骆驼，外加一辆大卡车，装载着设备、仪器，帐篷及生活物资。

汽车启动马达，机器轰鸣。骆驼昂首，奋蹄待发。

何满江作了简短的动员讲话，他说："同志们，从今天起，我们将正式对柴达木进行地质初探，寻找油苗和构造，为总局下一步决策提供信息和依据。从今天起，柴达木将写上我们的名字，我们也将为柴达木标注下新的地名！任务艰巨，使命光荣！"

队员们激情高涨，掌声排山倒海。

何卒问何满江："开吉普车吗？"

何满江说："开什么吉普车啊，你以为跑马观花啊，我们要用脚一步一步去丈量，一步一步去探查。"何卒不好意思，连忙跑向卡车。

何满江对阿吉说："我们现在全听你的！"

阿吉笑笑，说："柴达木这些宝贝，我愿意全拿出来献给国家。"

何满江在阿吉的带领下，最先找到了淡水资源，这个发现甚至堪比发现一处石油构造。因为有淡水，就决定着石油发展的方向，也决定着生产、生活基地的选择和安扎。

远远地看见一片生长着芦苇的草地。在这寸草不生的戈壁滩，那一片绿色格外生动。队员们忍不住欢呼起来。阿吉下了骆驼。何满江也下了骆驼。阿吉走几步，停一步，拔一根芦苇，咀嚼一下芦苇根，又抓起一把沙子，凑到鼻子前嗅嗅。何满江专注地看着阿吉的表情。

阿吉走到一块低洼的地方，用脚点了点，说："这里！"

何满江赶紧招呼几个队员，用铁锹挖起来。挖了几下，坑洼里就窜出一股清水来。一个队员捧起水，小心翼翼用舌头舔了舔，再将一大捧水倒进嘴巴里，大声说："水，好甜的淡水啊！"队员们都捧水喝了起来，忍不住异口同声道："淡水！淡水！真正的淡水！"

何满江弯腰捧起一捧，倒进嘴里，品咂了一下，说："好水！三五铁锹就能冒出这么好的水，要打口井，就自己流出来了。"

何卒补充道："那就是自流井嘛！"

何满江说："好，就叫它自流井！"

阿吉说："这是方圆百多公里唯一的水源地，别的地方，没有。"

何满江眉毛闪跳了一下，他知道在柴达木要扎下根，要生存，水就是命啊。看来是可以在这里建石油基地的，当然还要看初探的结果。这周围是不是有油苗构造，最终还需要总局来拍板决定。

随后，阿吉带着何满江来到一座小山梁。阿吉说曾在这里见到过渗出黑水的沙子。何满江一听，抑制不住激动，说："有宝贝了！"队员们几乎是扑向那座小山梁，激动之情难以言表。阿吉走向一处用鹅卵石做的记号处，用手扒开，果真里边就有油腻的黑沙。

何满江叫队员用铁锹挖了几锹，更加黏稠的黑色的沙子就裸露了出来。何满江抓起一把沙土，闻了闻，又使劲一攒，沙土黏成一团，再用力一捏，指缝里居然出现黑色的油浆。何满江按捺不住激动，大声道："多么富饶的石油啊，居然蹿到了地表上来了！"

地质队员们赶紧取样，小心装进矿物样袋。另一个地质队员连忙绘制地形图。

小分队用几天时间顺利地完成了好几处取样。

他们走到哪里，就把临时营地扎在哪里。戈壁的夜空，悬挂着比碗还大的星星。极目四野，辽阔无边。何满江披着大衣，跟阿吉坐在沙滩上。何满江点了一根烟，狠狠地抽了一口，说："真没有想到，我们能找到这么好的样本，这真是上天馈赠我们的礼物啊。"

阿吉也卷了一根莫合烟，点燃抽了一口。过去土匪拷打他，他都没有说出这些宝贝。现在新中国建设需要，他要献宝。他说："还有很多地方都有宝贝，只要你们需要，我就带你们去找。"

何满江说："祖国和人民都感谢你！"

阿吉在烟火里灿烂着幸福的微笑。

走进这瀚海戈壁啊，好像就被世界给遗忘了，人们也遗忘了整个世界。带的干粮和水都快完了。人困马乏，人们十几天风餐露宿，体力都透支了，脚上都是水泡、血泡。因为阿吉带队，收获巨大。何满江倒是有些担心陈启仁和葛先华的小分队，他决定当天赶回到大本营。没有他们的消息，他心里不踏实。

45

　　陈启仁带领的小分队，向昆仑山挺进。

　　昆仑山越来越近，白云在雪线下飘逸。陈启仁仰头昆仑，山势雄伟，气压苍穹。陈启仁想起谭嗣同的豪言："我自横刀向天笑，去留肝胆两昆仑。"只有直面昆仑，才能找到生命的重量。

　　他们路过一片芦苇地，"哐当"一声，汽车轮子陷进了沼泽。司机张二嘎子加油往前冲，越加油车轮子陷得越深。陈启仁赶紧止住了他。队员们纷纷下车，砍了芦苇垫在汽车轮子下，硬将汽车拽了出来。

　　浑身是泥的陈启仁看着远方，芦苇密布的沼泽看不到边，虽然芦苇还是枯黄的模样。特别是盐碱壳地表看似坚硬，人走上去感觉不到什么，只是软乎乎的，但汽车轮子一压上去，瞬间就陷住了。

　　陈启仁说："汽车没法走了，我们就步行进去！"

　　陈兵说："没有什么可以阻挡我们的！"

　　陈启仁带领的小分队走进芦苇荡，就再没有走出来。他们迷路了，浩荡的芦苇遮蔽了方向，找不到东南西北，胡乱走了半天，既走不出去，也找不到汽车。小分队只有露宿在芦苇滩。夜幕下，20多个队员围成一圈。中间点燃芦苇，生火取暖。随着夜色越深，天气更加寒冷。队员们穿着大棉衣，也都冻得瑟瑟发抖。

　　陈兵说："大家唱歌吧，还能驱散寒冷。"

　　队员们高声唱起地质队员的歌曲——

　　是那山谷的风，吹动了我们的红旗

　　是那狂暴的雨，洗刷着我们的帐篷

　　我们有火焰般的热情，战胜了一切疲劳和寒冷

　　……

　　篝火映衬着鲜艳的队旗，映衬着年轻队员的脸庞，寒冷中也充满生机，充满力量。这时，远处一双绿色的眼睛死死盯着这一堆人马。那是一只荒原狼窥视的眼睛。

陈兵起身去小便,一阵畅快淋漓后,突然发现一双泛着绿光的眼睛正远远盯着自己。他抖动的身子一下僵硬了,倒退着机械的双腿,返回人群。突然,一个跟头就摔倒在地。队员们猛然停住歌唱,惊诧地看着倒在地上的陈兵。陈兵惊恐道:"有……有狼!"

队员们一阵骚乱。

陈启仁"哈哈"一笑,说:"怕什么,不就是几只野狼嘛,它们在这荒原上寂寞久了,也想加入我们的合唱团呢,要不,我们邀请它们过来好不好?"没有人敢发出邀请。随队护卫的三名骑兵战士,敏捷起身,"哗啦啦"拉开枪栓,随时准备战斗。陈启仁说:"不是它们吓唬我们,就是我们吓唬它们,这就是荒野的生存法则;在这柴达木的荒野,我们要具备狼的属性才行啊。"张二嘎子说:"对,今晚就等着吃狼肉吧。"

其实枪栓一响,那双绿色的眼睛立即就消失了。狼首先是怕人的。到天色微明时,芦苇滩里响起三声枪响。一个战士扛着一只狼走了回来。他们为之潜伏了整整一夜。红柳根架在一起,燃起熊熊火焰。狼肉在火焰中冒出阵阵香味。陈兵用刀子给每个队员分了一块狼肉。

陈启仁说:"吃了它,我们就能走出芦苇滩。"

张二嘎子吃了一口,说:"嗯,跟狗肉差不多嘛。"

陈启仁带着队伍,疲惫不堪地走在芦苇滩上。芦苇丛里,牛虻和蚊子追着队员叮咬。一只牛虻叮在张二嘎子脸上,一巴掌拍下去,牛虻死了,脸上一摊血。天气越热,这些蚊虫叮咬越活跃。队员们边拍打,边行走。张二嘎子再摸摸自己的脸,脸上肿起鸡蛋大的一个包。

陈启仁说:"我们误入了牛虻的领地,得赶快走出包围圈!"

直到下午,他们才远远地看见了汽车。

46

远方一派光秃秃的山岭,焦黄颜色,寸草不生。

张成武小心翼翼地在凹凸不平的戈壁上驾驶着汽车。葛先华坐在驾驶室,他在笔记本上记录着什么。车一颠，笔头在本子上画出一长溜。

张成武惭愧地说："葛地质师，路不平啊，车太颠了……"

葛先华头也不抬，道："我要把坐标、地形图都要画出来。"

张成武松了松油门，车速放缓。骆驼从车窗外走过。车窗外的李天翔嘲笑老张师傅的汽车还没有骆驼走得快啊。张成武从车窗探出头，说："等着这戈壁滩修起了公路，那时我们再比试比试吧。"

李天翔说："到那时候啊，我就不骑骆驼了。"

张成武说："那你还想骑什么啊？"

李天翔说："骑摩托呗！"

道路越走越颠。葛先华连本子都握不住了，干脆收了本子和笔。他放眼一看，眼前全是沟壑纵横的山峁，有的像雄狮，有的像大象，有的像乌龟，有的又像大海退潮，瞬间被凝固了的波涛。

张成武说："看来车再没法走了，只有骑骆驼上了。"

葛先华点点头，说："骆驼也走不了的时候，就步行。"

张成武跟葛先华下车，叫队员们将车上的设备、仪器和生活物资架上骆驼。李天翔惊奇地看着眼前裸露着黄褐色肌理的山峰，说远看不算高大，走近了，感觉一仰头帽子都会掉下来呢。

队员们从内地来，从来没有看见过这样的山，一根草都没有，一块石头也没有，全是焦土。南方的山是将骨头长在里边，而北方的山却将骨头长在外边。他们探寻的宝贝都藏在山底下呢，这叫不显山，不露水。这才叫男人山，雄性的山！

葛先华问老张："你看这山叫什么名字好？"

几个地质队员也凑上来，每人说着自己最具有想象力的名字。最终，他们把那座酷似狮子模样的山沟，在地图上命名为：狮子沟。

葛先华说："我们走进狮子沟去看看！"

在焦岩裸露的山沟里，队员们艰难地攀爬着。这是一条大纵深的深沟，绵延数十公里，山高坡陡，道路崎岖，加上高原缺氧，队员每前进一步，都要张大嘴喘着粗气。葛先华体弱，张成武尽量照顾着他。队员们每到一个点，都快速地取好样本，赶紧绘制好坐标地形。

葛先华看看山顶，还很远，他想这山上假若能发现构造的话，也是很深的井位啊！张成武看看天色，感觉时辰不早了，担心赶不回宿营地点。葛先华看看时间，再看看山顶，他不想放弃，说："我们既然来了，就一定要达到目的，必须采回样本。"

张成武说："我们身上只带了两天的干粮和淡水。"

葛先华说："两天，足够了，我们只要晚上回到汽车上就行。"

张成武说："我们已经越走越远了。"

葛先华兴致正浓，似乎没有听见张成武的担忧。正是因为如此，葛先华的队伍在狮子沟山顶当了"团长"。高原夜晚气温骤降，寒风呼啸，20多个队员裹紧棉衣，依偎在一起相互取暖。葛先华对队员们打气说："我们是先锋队，供给跟不上，通信不畅通，肯定要遭罪的。但今天受的罪、吃的苦，就是为今后大部队进来不再受罪、不再吃苦。"

李天翔说："葛地质师，你不用担心，我们再大的苦都能吃，再大的罪都能受！"队员们都打气说："我们一定战胜困难！"

葛先华说："在野外，我没有经验，让大家当了'团长'，我是有责任的，但是，大家一定要团结，我们一起战胜困难！"

队员们响起热烈的掌声。

葛先华看感染了大家的情绪，高兴道："同志们，这里海拔3450米，今后就在我们的屁股下打一口井，打出它个高产油井，一百吨、一千吨、一万吨、十万吨……到那时我们屁股下可是世界海拔最高的油井了。""哇！"队员们都高兴得要跳起来似的。

葛先华说："我说到做到，绝不放空炮，你们相信吗？"

大家热烈鼓掌，说："我们相信！"

兴奋和热情似乎赶走了大家的疲倦和夜空里的寒冷。当天空升起太阳，寒气退去，在寒冷中度过整晚的勘探队员这才疲惫不堪地睡过去。张成武劝说葛先华也睡一觉，都讲了一个晚上了。葛先华看看沉睡的队员，说："无论如何，明天我们也要走出去，断粮缺水，在这里，别说一天，就是半天也熬不过去啊。"

葛先华再看张成武，他已经睡着了。

葛先华努力想睁开眼睛,但是眼皮还是沉沉地闭上了。

天亮了,满眼都是黄色的山峰和深不见底的沟壑,没有一丝绿色,也没有鸟儿飞过的翅膀。大山沉寂,万籁无声。葛先华的小分队攀爬在山峦沟壑之间。人是那么渺小,远远看去,人像蚂蚁在攀爬。

队员们在沟壑里攀爬,就是找不到出去的路。

队员们每攀爬一个山岭,都付出了巨大的体力。

一个队员眼睛一黑,腿一软,人就往沟里滚下去。幸亏张成武眼疾手快,一把拽住了他的衣服。张成武背着那名队员,爬上了山岭。

葛先华四处打量,每一座山岭都差不多模样,褐黄色的。千万年来,这些大山就是这样赤裸袒露,无遮无掩。张成武累得瘫坐在地上,心想这大白天的,怎么都迷路了啊。

葛先华也累得瘫在地上,拿出罗盘,找着方向。

李天翔举起水壶,艰难地往嘴里抖出最后几滴水。

张成武说:"队员们基本粮断水绝了。"

葛先华说:"我们不能再到处乱撞,得要保持体力,等待救援。"

而救援,只能看天意。

47

陈启仁的小分队终于回到了大本营。

早回到大本营的何满江急得团团转,葛先华的小分队还没有踪影。陈启仁一直埋怨准备不足,地形不熟,再这样莽撞下去,后果将不堪设想。而紧要的是葛先华小分队十有八九迷路了,得赶紧救援。

何满江说:"小卒子已经带人出去找了。"

何卒带着三个人,背着水和干粮,在山沟间寻找。他们大声呼喊着:"葛地质师!葛地质师!老张!老张!"大山吞噬了他们的喊声。山沟里没有回应。

而这时,葛先华的小分队就窝在山沟里,团团围在一起,焦虑地仰望着星空。张成武说:"等,也不是事情,挺过今晚,明天得派人出去。"葛先华说:"挺过今晚,就有希望了,救援队就会到来。"

队员们已经没有说话的力气,他们能沉默就尽量保持着沉默。强弩之末时,一根稻草也会压倒一峰骆驼。葛先华生怕他们就这样无声无息睡过去,就叫张成武给大家讲军队里的故事。

张成武摸了些口袋角的烟末,卷了一根"喇叭筒子",抽了两口,开始带着队员走进自己的回忆:

"那是在黄河南岸的一次战斗中,队伍打了三天三夜还没有见分晓,团主力都上完了,警卫连也都上了,我们炊事班申请要上前线……可团长说,就是队伍拼光了,你们也不能上,哪怕剩下一个伤兵,也要有一碗热粥喝……枪声就在耳旁炸响,子弹'嗖嗖嗖'地在头皮上飞,一颗炸弹过来,炸起的泥土都飞进了锅里……伤兵成排成排往下抬,我们就把熬好的粥送上去,有的喝上两口,米粒还没有咽下去,人就断气了……"

突然,有了抽泣声。葛先华用手电筒扫扫大家,说:"你们都没有睡啊?"李天翔说:"我们都在听着呢。"张成武说:"这还不是最揪心的。"李天翔催促道:"老张师傅,你就快讲吧。"

张成武几口将"喇叭筒子"抽完,清理了一下喉咙,道:"有一次,我挑着担子给前线送馒头,突然,有枪口对准了我的脑门,抬头一看,是敌军一个娃娃兵,十五六岁的样子,他拿枪指着我,眼睛却馋馋地看着馒头筐子。我猜想他也是饿急眼了,晕头了,他完全可以一枪干掉我,再吃馒头啊。但他忘记了这茬事。我说,'你吃吧,吃饱了再打死我。'那个娃子果真就放下枪,抓起馒头就吃。他狼吞虎咽地吃了五个馒头,还往怀里塞了几个,拎起枪转身就走……"

李天翔问:"你就让他走了?"

张成武沉默了半天,说:"他还是个没长大的娃娃啊。"

李天翔说:"可是他吃饱了,端起枪又要打我们的人啊。"

张成武说:"是啊,但我不知道该怎么办啊。"

有队员说:"该干掉他!"

也有人说:"放掉他算啦,还是个孩子,他还不知道为什么打仗呢。"

葛先华拍拍张成武的肩,说:"老张,难受就别讲了。"李天翔问:"葛地质师,难道你知道结局了?"葛先华说:"我不知道,但我不想知道。"

张成武喘了一口粗气。李天翔说:"你放跑了敌人!"葛先华说:"那样吧,我们都来为老班长决断结果,一是放掉他,二是干掉他,我看大家在那种情况下该如何决断。"队员们一扫疲惫,精神焕发,交头接耳起来。

葛先华说:"同意第一种方式的请举手。"葛先华数了数,五个。又说:"同意第二种方式的请举手。"再数,还是五个。剩下的人没有举手,葛先华问:"你们怎么不举手?"李天翔没有举手,他说:"我不知道该怎么办。"葛先华说:"是啊,看来这是一个两难的选择,放走他,他会端起枪再干掉我们的战友,而干掉他,他又只是一个孩子。"

有人问:"葛地质师,要是你呢,你怎么办?"

葛先华说:"我啊,我也不知道该怎么办。"

李天翔问张成武:"老张师傅,你究竟怎么办的?"

张成武好半天才说:"我朝着他背影喊了一句:'喂!'他满脸幸福地回过头来。我说:'你为什么不干掉我?'那娃子说:'我吃了你的馒头呢,我开不了枪。'我说:'你必须端起枪来,朝我瞄准。'那娃子以为我是开玩笑,朝我挥挥手,转身就走。我拉开了枪栓,'哗啦'一声响。他站住了,慢慢转过身,瞪着惊恐的眼睛看着我,口里说着什么,我没有听清楚。我慢慢地举起枪,瞄准他。他吓得直往后退,双腿都筛糠了。"

李天翔问:"然后呢?"

张成武说:"我端枪的手也抖开了。"

李天翔问:"呵呵,你还是放了他?"

张成武说:"我放下了枪,因为他没有端枪对着我。"

有人舒缓了一声。也有人说"不应该放掉他",张成武最后说:"那娃子吓坏了,一直往后退,往后退。我闪了一下眼睛,那娃子就不见了。我跑过去一看,那娃子身后是一截悬崖……"

有人说:"也好,毕竟你没有开枪。"

也有人说:"但结果都一样。"

葛先华接话道:"从军人的职责上说,老张是尽职的;从道义上说,老张没有朝背后开枪。至于结果,难以预料啊。也许,很多事,结果都难以预料,有句话叫尽人事、看天意。所以啊,老张,你也别一直用这事折磨自己,该放下,就得放下。"

队员们也同声附和:"就是的!"

张成武一声叹息,说:"天意,什么叫天意啊?"

葛先华说:"天意,就是不可抗拒的客观存在,用俗话说就是命。"

张成武说:"就是命!"

何卒一行在夜晚还在寻找。他们大声呼喊着:"葛地质师!葛地质师!老张!老张!"但他们的呼喊声被大山很无情地吞没了,没有回应。早晨的太阳再次悬挂在山顶。群山依旧,模样不变,万物庄严。老张对葛先华说:"让我出去吧,我们不能在这里死等!"葛先华说:"一滴水都没有,你能走出去吗?"老张说:"走得出去走不出去,都得有人走。我的体力比你们知识分子都要好,用你的话说,尽人事,看天意。我想,天不会灭我们的。"

葛先华说:"要不,再带一个人?"

老张点点头。李天翔主动申请跟老张出去,但葛先华想了想,还让一名身体比较壮实的战士跟老张一起出去,说是互相有个照应。老张点点头,又说:"得向大家借点水啊。"队员们都迷茫地看着老张,因为大家都没有水了。老张解下身上的军用水壶,旋开盖子,往里面尿了不多的一点尿。队员们都惊诧地看着老张。老张说:"都啥时候了,别舍不得!"军用水壶在每个队员手中传递。

李天翔抖动了半天身子,说:"没有了,一滴都没有了啊。"

水壶传到葛先华时,他双眼泪花闪烁。老张看葛先华难为情,故意开玩笑说:"别心疼那点液体了,你不用也是浪费啊。"葛先华背对着老张,半天也没有挤出一滴。老张拿过水壶,说:"我向你保证,一定会找到我们的队伍,把你们活着带出去!"

队员们含着眼泪向老张挥手。

48

烈日下,张成武和骑兵战士在山峦、沟壑间穿行。

两人越走越慢,越走越慢,最后疲惫得再也迈不开双腿,跌坐在地。张成武看见战士满嘴是豆大的水泡,伸出舌头,但已经没有唾液,干燥的舌头像火烧一般难受,又赶紧缩回到口腔里。

张成武的手动了动,又停下了,停下又动了动,最后下定决心,解下身上的军用水壶,递了过去。战士犹豫着,不敢去接。张成武笑了一下,旋开壶盖,自己先喝了一口,再递过去。战士接过水壶,眼睛返潮,却没有一滴眼泪流出来……

张成武抹了一把嘴上残留的尿液,眼望着对面的山头,喉结"咕叽咕叽"上下窜动,好半天,他说:"我们爬上那座山,视野好一点。"

张成武离开小分队能否找上营救人员,谁都心里没有底。葛先华用力抬起头,看了看大伙,只见大伙儿都昏睡过去。他想站起身,刚一用力,只觉得眼冒金星,眼前一黑……

大本营里,何满江和陈启仁两人脚下满地烟头。脚下的沙滩已经被他们两人溜出一块平地来,像被夯石砸过一样。何满江一直责怪自己不该叫先华去那条最危险的路线,全是大山和深沟,早知道,自己就该带队去那条线。

陈启仁说:"你去了,也难说啊。"

何满江说:"我是军人,死人堆里都蹚过来的,可先华一介书生,满脑子是地层啊、构造啊、侏罗纪啊,手无缚鸡之力,他能熬过几天啊。"

陈启仁说:"这,不怪你。"

何满江长叹一声,道:"要死,也是该我第一个去蹚这道鬼门关啊。"

突然,何满江感觉身后有窸窣的声音,猛然转身,眼睛立刻瞪大了,只见大本营所有队员都列队站在面前,大家眼含泪花,唏嘘一片。何满江的眼睛,瞬间湿了。

陈兵说:"大队长,教导员,我们一起进山寻找吧!"

队员异口同声道:"下命令吧!下命令吧!"

何满江看着陈启仁,陈启仁抬腕看看表,说:"再等等,再等等吧。"

何满江的嗓音有些颤抖,说:"同志们都回去吧,需要时,我再下命令。"

陈兵说:"不,我们也在这里等!"

全体队员高声道:"我们一起等!"

张成武和战士搀扶着,终于爬上了山顶。他们的眼前还是连绵不尽的大山。

张成武眼睛里像着了火，焦急地向四处搜寻着目标。

此时，何卒几人也已经精疲力竭，连攀爬山头的劲头都没有了。何卒还在用嘶哑的声音呼喊着："葛地质师！葛地质师！老张！老张！"那变调走形的声音很弱，他都怀疑是不是自己嗓子喊出的声音。

何卒问："我喊了吗？"

队友点点头，又摇摇头，说："好像吧。"

大本营里，人们肃穆在烈日下，都抬头望着远处。空气沉寂得像要爆炸似的。张连长实在忍不住，上前大声道："让我带着战士去吧！"

何满江沉默着，好半天才说："战士，也是人啊。"

张连长铿锵道："战士是军人！"

何满江看了看陈启仁，陈启仁微微点了点头。何满江对张连长说："决不要再做无谓的牺牲。"张连长一个敬礼，转身大喊："出发！"

几匹军马飞驰向戈壁。

49

站在山顶上，张成武四处观望，满眼里都是褐黄色的大山，大山似乎都燃起了火苗，灼得眼球生疼。他无力地垂下目光，一屁股坐在地上。张成武摇了摇水壶，递给战士。战士艰难地接过水壶。

张成武的目光从水壶一寸一寸垂落下去，落在战士的枪柄上，猛然不动了。战士再将水壶递过去，半天都没有接。战士的目光随着张成武的目光下垂，也垂落在枪柄上。战士一下子警觉起来。

战士说："你要干什么？"

张成武说："我要是倒下了，你就杀了我，喝我的血，再走出去。"

战士紧紧护住枪柄，说："我不会杀你的！要死，我们一起死！"

张成武说："一起死一点价值都没有了，我们两人必须有一个人要走出去！"战士恐惧了，眼睛瞪得大大的。张成武伸出手，缓慢地、固执地伸向枪柄。战士挪动着屁股，连连后退……

何卒的急救小分队也迷路了。没有方向，没有目标，在花土沟的狮子沟里，仅凭人的思维识别,十之八九只能葬身在这高山深壑之中。即便有水有给养,要靠两条腿逃出这山沟,也得神助。

何卒说:"喝了水,我们再往前走!"

队友问:"这大山,我们往哪里找啊。"

何卒说:"往他们在的地方找!"

队友说问:"他们在哪里啊?"

何卒说:"你问我,我问谁!"

队友说:"这样找下去,迟早我们也要死在这大山里。"

何卒说:"死在大山里,也要比空手出去见大伙儿要强!"

张成武和战士还在固执地争夺步枪。战士往后挪动一步,张成武就固执地向前迈出一步。这样的僵持很是吓人,以至于战士的声音都颤抖了,近乎求饶。但张成武依然固执,表情严肃,视死如归。战士咬咬牙,做出艰难的决定。他拉开枪栓,举枪向天,扣动了扳机。

"啪"的一声脆响,震彻山谷。

张成武拱起身子,朝战士扑过去。

"哒哒哒",战士干脆一口气放完了枪匣里所有的子弹。枪声在山谷里连绵回旋。战士扔下枪,说:"要死也死在一起。"张成武一脸痛苦无奈的表情,几分狰狞,又有几分无奈。

"啪"的一声枪响传过来,何卒耳朵一炸。接着又是"哒哒哒"一梭子枪声传过来,何卒跳将起来,举起望远镜,朝对面山头望去,镜头里,果然有两个人影。

张连长一行骑马正在山沟里艰难地穿梭,突然听到隐隐约约一串枪响,立即勒缰驻马。几名战士翻身下马,从肩背上卸枪。"哗啦啦",战士们一起拉开枪栓。张连长大声道:"放!"

"哒哒哒……哒哒哒……哒哒哒……"

50

阳光明媚。昆仑巍峨。尕斯湖碧波荡漾。

鲜艳的红旗在大本营帐篷顶上迎风飘扬。

帐篷院里，到处都堆满了采集的样品袋。

电报员繁忙地在收发着电报，"滴滴"声明亮悦耳。电报员拿起电报单，小跑冲进何满江的帐篷，响亮地说道："报告大队长，总局来电！"何满江扔下手中的铅笔，接过电报纸扫了一眼，脸上露出微笑。陈启仁凑过去，问道："遇到什么好事啊？看你高兴的。"

何满江说："总局领导要来检验我们的成果了啊！"

陈启仁说："是啊，我们勘探大队可以上交答卷了。"

葛先华说："三个多月，我们找到了十几处构造，9处油苗。"

三个人脸上都露出了微笑。

第五章
苍茫之崖

一定要开发柴达木——

被摆上了国家最高的战略棋盘

举棋千钧,落子无悔

在苍茫之崖

诗意的浪漫不可能粉饰苛酷的自然

举步维艰,艰苦卓绝

他们在战斗,一直在战斗

激情燃烧,青春激荡着生命理想

51

柴达木的天，阳光明媚。

勘探大队驻地花土沟营地，几十栋帐篷外墙贴满了"热烈欢迎"之类的标语。帐篷四周，骑兵战士怀抱钢枪，精神抖擞地执勤巡逻。院子外面的空地上，当地牧民高兴地宰牛宰羊。

何满江、陈启仁、葛先华、阿吉、张连长、贾指导员等，骑马走向戈壁，他们驻足翘首，等待着总局领导的到来。

远处，一队人马缓缓向大本营走来。

何满江挥鞭策马，迎了上去……

一大队人马兴高采烈地进了大本营的帐篷院子。几百名勘探队员列队在院子里激动地鼓掌欢迎。有的队员满眼是激动的泪水。

人群停住脚步。燃料工业部石油管理总局康局长，戴军帽、眼镜，消瘦，文雅。他向大家挥手致意："同志们辛苦了！"

何满江朗声向大家说道："同志们，大家欢迎局长！"

队员们争先上前，争相跟康局长握手。

一名记者模样的年轻人，连连按动手中照相机的快门。他是新华社驻西安分社的记者小姚，他的镜头里锁住的是青海石油工业最初的瞬间，十分珍贵。以至于六十多年过去了，当初的小姚记者已经白发苍苍，步履巍巍，但他依然清晰地记着那难忘的瞬间。

康局长握完手，做了一个让大家安静的手势，然后一一向大家介绍身边的同志，随行的有西北地质局局长张天翼同志，国家各部委的领导同志，还有几位苏联地质专家。很多地质队员还是第一次亲眼看见外国人，都很稀奇。

康局长将总局总地质师陈笑同志介绍给大家，特意说："这位是清华大学地质系的高才生，还到美国喝过洋墨水呢。"穿着米色风衣，风度翩翩的陈笑向大家合手致意。葛先华亲切地看着眼前这位清华校友，内心洋溢着一股暖流。康局长又将李季、李若冰两位作家介绍给大家。李季的《王贵与李香香》家喻户晓，一时掌声雷动……

介绍完毕，康局长说："同志们啊，你们辛苦了！我们这次来，是根据第五次全国石油勘探会议确定的第一个五年计划要求，要稳步地开展柴达木盆地的勘探。根据你们初探的可喜成果，为了使勘探开发柴达木的工作更具可行性，我们组织了这次国家级的考察队……"

根据先锋队在盆地里的初探情报，西北石油地质总局组织了这次规模庞大的囊括国家多部委参与的现场考察活动。一是证明何满江、陈启仁、葛先华率领的先锋队，在盆地里的工作卓有成效；二是国家建设急需石油资源，祖国建设快马加鞭已经迫不及待。

帐篷里，葛先华代表勘探大队向考察队作勘探汇报。他详细介绍了柴达木盆地的地质年代、地质构造，以及已经露头的构造分布、走向、面积和初探以后的预测储量等，数据翔实，头头是道。

康局长一边在本子上记着数据，一边频频点头。听完汇报，他将本子一合，说："我们这次来，主要任务有四点，一是评价柴达木盆地含油气的地质条件及远景；二是实地考察盆地的地理自然环境和交通运输条件；三是考察勘探队伍在盆地的生存条件和基地的选择；四是通过实地考察，提出勘探油气的工作量和勘探队伍的组建情况。"

散会后，康局长和何满江、陈启仁、葛先华在沙滩上一起散步，余兴未了，进一步交谈。康局长表示短短几个月时间，先锋队克服了诸多困难，工作成效明显，总局充分肯定，并一再交代，下一步要做更加细致的工作，把柴达木这个聚宝盆的底子摸透，盘子做大。

何满江说："我们一定服从指挥，克服困难，把工作做好！"

康局长眺望着戈壁，良久回过目光，语重心长地说："这地方，高寒、缺氧，鸟儿都不愿意来，往后的工作更加艰巨，你们要抱着吃苦、吃苦、再吃苦的精神，把根扎住、扎牢、再扎牢，带出一支铁军队伍，才能做活柴达木这盘棋啊。"

陈启仁说："请领导放心，我们一定带好队伍，干好工作！"

康局长转身问葛先华，道："听说你也是清华毕业的？"

葛先华道："嗯，康局长，您是清华学长。"

康局长说："嗯，还有陈笑同志，我们都师出同门呢。"

葛先华说："我一定向两位学长好好学习！"

康局长微笑点头，转身又问何满江："裸露在地表厚达100多米的油砂在哪里啊？快带我去看看啊，我可迫不及待哟。"

何满江爽声道："马上就去！"

52

何满江带着康局长等大队人马向油砂山方向而去。

大队人马在一座深褐色的山头前停下。康局长弯腰捡起一块油砂，凑到鼻子前嗅嗅，眉头轻锁，瞬间舒展。

专家组的同志用地质锤敲下山体的深褐色岩石，都好奇地放到鼻子下闻着。

康局长对何满江说："你们汇报说有150米的裸露油砂，我还不相信呢，现在眼见为实了，这是柴达木送给我们的宝贝啊！"何满江赶紧把阿吉引荐给康局长，说："康局长，这是阿吉，勘探队在柴达木的向导，他是功臣！"

康局长紧紧握住阿吉的手，说："感谢你，感谢你！"

苏联地质专家也从来没有见过裸露得这么丰富的油岩，连连点头称奇。身材高大壮实的特拉菲穆克，竖起大拇指，用简单的中文说："巴库！中国的巴库！"

陈笑同志捡起一块油砂，长久地深情地闻着。

李季小心地将一块油砂装进挎包，激动地说："这裸露的油砂，就是最好的大地抒情诗啊，我要把它带回去，放在我的书桌上，每当看见它，就看见了柴达木，看见了柴达木的石油人！"

人们禁不住鼓起掌来。

葛先华见陈笑一个人爬上了油砂山顶部，便赶紧跟了上去。

陈笑站在山顶，环顾四周，问道："先华同志，你对这裸露的油砂怎么看啊？"葛先华说："可以肯定的是这里有较好的构造，但究竟怎么样，还得做认真细致的工作。"陈笑说："理论认识很重要，认识不到位，就会走错路。"葛先华点点头。陈笑又说："开发是建立在科学的基础上的,乱花渐欲迷人眼啊。有时候，我们不要被假象蒙蔽，要实打实地拿出依据，用事实说话。"葛先华再次点头。

陈笑若有所思，自言自语道："要学会怀疑，敢于否定！"葛先华迷惑不解地看着陈笑。陈笑深切地说："清华，给予我们的就是科学的精神！"葛先华说："向陈总学习！"陈笑摆摆手，说："不要向我学，要向科学学习啊。"葛先华说："是！"

葛先华一遍又一遍回忆着陈笑的话，要学会怀疑，敢于否定！何满江看见葛先华有些出神，便问道："想什么呢？"葛先华顺口答道："学会怀疑，敢于否定！"何满江问："你怀疑什么，又否定什么啊？"葛先华一个激灵，回过神来，笑道："科学！科学！"

何满江恨不得要把在盆地发现的所有宝贝都介绍给康局长一行人。他把大家带到了淡水水源的地方——自流井。康局长蹲下身子，掬起一捧清澈的水，大大地喝了一口，惊叹道："好甜的水啊！"人们都上前捧起水，喝了起来。何满江说："这么宝贵的水，在柴达木就是命根子。"

康局长点点头，转身看着眼前的这一片开阔地，开阔地上一片舒缓的山坡，若有所思。陈启仁说："前面这块地方就是茫崖。"康局长疑惑地道："茫——崖——，什么意思？"陈启仁："茫崖是蒙古语，意思就是额头、前额。"康局长嘴里不停地重复着"茫崖"两个字。

在茫崖后边不远的一块高地上，风沙沉积，流沙如水奔泻。康局长挖起一把油砂，使劲一攒，黑色的油水就从指缝里渗了出来。康局长脸上笑容弥漫，问道："你们给这地方取的什么名字啊？"

何满江说："这里好像石油的一个泉眼啊，我们就叫它油泉子了。"

康局长连连点头，说："油泉子，油的泉，油的海啊！"

在昆仑山下，人们驻足仰望白雪皑皑的昆仑神山。因为昆仑山这道大自然的地理屏障，阻挡了印度洋的暖湿气流，柴达木盆地才干旱少雨，也因此，盆地才保持了亿万年来地老天荒的初始模样。

李季和李若冰两位作家静默在一旁，深情地仰望着巍峨的昆仑。

李若冰说:"昆仑,男人的脊梁啊!"

李季看着远处碧波荡漾的尕斯湖,说:"这么静谧的湖水,蓝宝石一般,在白云之下,真像花儿一般啊。"

两位作家眼里涌荡着湿润的诗情。李季说:"再过三年、五年、十年,昆仑山下,尕斯湖畔,就会矗立着现代化的大工厂了。"

李若冰说:"我会再来柴达木,来拜谒这方神圣的土地。"

人们艰难地攀爬在花土沟后山的狮子沟里。褐黄色的山峰,亿万年大自然的鬼斧神工,将山体雕刻成如梦如幻般的神奇。何满江对康局长介绍先华曾在这大山里当过"团长"以及先锋队大救援的事。康局长点点头,说:"千山鸟飞绝,万径人踪灭。亿万年来,我们是踏上这片土地的第一人,我们要书写这片土地新的历史。"

几天的现场考察完毕之后,考察队在花土沟大本营召开了大会。大本营里里外外,灯火通明。帐篷被夜风吹得像大海上的风帆。汽灯明亮地照着人们喜悦的脸庞。大本营外,骑兵战士警惕地巡视着。荒野里风声如雷,状若排山倒海,人们恍若置身汪洋大海。

听着风声,康局长不无担心地对张天翼说:"这柴达木的脸啊说变就变,你们要考虑柴达木过冬的问题,提早着手,不然就措手不及啊。"

张天翼点头应许。

康局长又说:"我们跑了这么多天,也基本了解了柴达木的现有状况,但这还只是表面的、零星的。柴达木盆地25万平方公里,要做的工作还有很多。我们还要做更加细致的、更大规模的实地调查勘探,力争迅速掀起大场面来!我们这次把这里的情况带回去,向上级汇报,争取人员、设备尽快进盆地……"

随行的各部委同志都纷纷发表意见。

康局长恳切地说:"请各部委同志回去做好汇报工作,要迅速做好大规模的勘探筹备工作,力争早日在柴达木见到石油。"他特意对交通部的同志说:"柴达木几乎没有路啊,现有的路还是民国时期修建的搓板路,特别是翻金鸿山,勘探队员戏称'鬼见愁',我们进来都见识了,真是人见人愁,鬼见鬼愁,我们先遣队都是长着翅膀飞进来的呢。"

交通部的同志回应道:"在柴达木修路不容易,但我们会积极建议,争取国家投建，三年不成五年，五年不成十年，只要有油，我们就会开通道路，让物资运进来，让原油运出去。"

康局长说："三年、五年、十年，不行，这跟不上我们的步子。看来，我们还要自己开山劈道啊。"交通部同志说："对，两条腿走路。"张天翼补充道："自己走的路得要自己修啊，我们不能等、靠、要！等，我们等不起！靠，我们就会靠懒！要，我们就会要穷！"

会场里响起热烈的掌声。

康局长说："天翼同志说得很在理，我赞同，我们就是要发扬军队攻坚啃硬的精神，在这片荒原扎下根，开出花，结出果！"

人们激动地鼓掌。

康局长又说："下一步，我们要着手考虑建设基地的问题。我看啊，基地有必要搬迁到你们说的那个叫什么额头的地方啊。"

何满江连忙补充道："茫崖。"

康局长说："就是长额头的茫崖，那里有淡水，不远就是油泉子。我看啊，第一炮就在那里打响，就在茫崖建设起柴达木第一个基地。"又对何满江说："前期任务完成得很好，你这次就跟我们一起回去，向部里汇报，力争各项筹备早日到位。"

何满江迟疑了一下，用目光扫视了一下陈启仁和葛先华，两人连连点头，于是连忙道："好！"

康局长对陈启仁、葛先华说："你们两位同志要在盆地里带好队伍，安全稳妥地继续搞好初查工作，特别是即将进入冬季，你们要做好冬季取暖、食物储藏工作，决不能让我们的同志做不必要的牺牲。"

陈启仁、葛先华两人点头。

康局长又说："在这么艰苦的地方，你们要紧紧攥成一个拳头，形成合力，才能战胜困难。没有集体的力量，都只是一粒散沙，会被这大风吹走的。"

张天翼补充道："我们要聚沙成塔，坚不可摧！"

53

李季和李若冰两位作家受到队员们的热烈欢迎。

散会后,他们钻进了勘探队员的帐篷。他们想了解勘探队的真实生活,要将勘探队员的先进事迹宣传出去。李天翔等一群年轻的勘探队员围着诗人李季、李若冰,激动地问长问短,并拿出本子,要让两位作家签名留念。

李若冰旋开笔帽,用刚劲有力的字体写下:"柴达木的明天寄希望于你们。李若冰。1954年。"李天翔欣慰地看着题字,说:"我们一定建设好我们的家园,到时候请作家们再来柴达木。"

李若冰问:"小同志,你叫什么名字?"

李天翔道:"李天翔,木子李,天空的天,飞翔的翔。"

李若冰说:"好名字,我记住你了,李天翔。"

李季被勘探队员的热情所感染,灵感突发而至,信口念起早已在腹中成稿的诗句:

辽阔的戈壁望不到边
云彩里挂着昆仑山
镶着银边的尕斯湖啊
湖水中映照着宝蓝的天
这样美好的地方哪里有啊
我们的柴达木就像画一般
……

54

花土沟的天空并不太平。

为了保障安全,张连长跟贾指导员已经严密布哨。他们知道在阿拉尔草原深处,还有敌匪跃跃欲试的眼神。猛然来了这么多领导,保卫工作要做到万无一失。张连长和贾指导员早早就商量好了对策,严防死守,哪怕飞过营地上空的一只麻雀都要经过审查。

夜里，张连长亲自查哨。他看见一位哨兵衣着单薄，就叫哨兵回帐篷去穿了一件大衣。哨兵再回到哨位时，却一只手捂住肚子，说肚子疼。说着，就连忙跑向黑夜深处的荒原。张连长第六感觉有些问题，但又具体说不清。

那位哨兵确实肚子受了凉，拉稀了，连滚带爬地跑向远处的戈壁滩。一阵轻松之后，他抬头就看见眼前多了一个黑影。那黑影后边还有更大的一团黑影，慢慢向大本营摸去。他一个激灵站立起来，裤子都没有来得及提上，朝天就是一枪。

就在枪响的瞬间，对面黑影的枪也响了。哨兵的身子歪了歪，用足最后的力气朝对面的黑影扫射出一梭子弹："哒哒哒……"

枪声一响，张连长和贾指导员就冲出院子，朝枪响之处"啪……啪……"打出两个照明弹，瞬间，照明弹照射下的戈壁如同白昼。十几个土匪在照明弹下毫无躲藏之地，半天没有回过神来。

这时，大本营里杀出几十条枪，朝土匪一齐开火。出膛的枪弹呼啸出流星一样的火舌，把土匪团团盖住，几个人影在弹网之中立即倒下。勘探队伍早有防范，土匪只得一声呼哨，抛下几具尸体落荒而逃。

帐篷里所有的人都被枪声惊醒。

何满江、陈启仁冲出帐篷，只见院子里早被张连长和贾指导员秘密部署了第二道防线——站着持枪警戒的战士。何满江大声问道："怎么回事？"战士回答："土匪偷袭！"两人抬腿就要往院子外跑，却被两个战士死死拦住。这时，张连长撤兵回来，说："土匪跑了，丢下四具尸体！"何满江问："我们的人呢？"

张连长说："牺牲了一名战士！"

帐篷里，何满江向康局长、张天翼汇报了战况。康局长心想，形势还很如此严峻啊，便对张天翼说："玩枪，你是内行啊。"张天翼说："不除匪患，我们就不得安宁，看来，要来一次大的战斗，要把流寇从柴达木彻底抹掉！"随之，张天翼对张连长和贾指导员命令道："给你们一个月时间，将盘踞在柴达木的残匪斩草除根，除恶务尽！"

两人高声道："是！"

55

三人第一次分别,居然难舍难分。

何满江在帐篷里来回踱步,他想了很多,队伍刚刚拉进来,匪患未断,扎根未稳,基地建设还没有一张蓝图,初探工作也才刚刚起步,他这一走,担子就全撂给老陈和先华了。他不是不放心他们,而是心疼他们。几个月来,他们三人习惯了搭档,感觉缺一不可。

陈启仁看出了老何的心思,说:"你就放心走吧,盆地里的事你就别操心了,这几百号人我会带好的。"何满江看着葛先华。葛先华说:"我们会按照康局长的要求,进一步落实初探工作,争取发现更多的构造和油苗,为迎接大勘探创造条件。"

何满江的目光落到帐篷里床头上悬挂的那"一个身子、两条腿、三只脑袋"的玩偶上,马上要分别,还真觉得有点舍不得呢。他紧紧握住陈启仁、葛先华的手,说:"盆地里的工作,拜托你们了!"

考察队的车队渐渐远去,车轮腾起的尘灰久久不散。

陈启仁回过头,他感觉眼睛有些酸涩。揉了揉眼睛,他看着面前几百号队员的面孔,那些年轻朝气的脸庞,那些果敢坚毅的面孔,那些清澈明净的面孔,在阳光下格外生动,像蓬勃生长的初春的禾苗,充满生长的力量。他自励了一句:"一切都是战斗!"

剿匪被摆上了议事日程。

陈启仁首先召集张连长、贾指导员、葛先华和阿吉,商量剿匪事宜。他说:"天翼老领导给我们下了军令状,必须制订出剿匪方案,务必歼灭这伙垂死挣扎的祸害,还柴达木一方平安。不然的话,勘探队员的生命都得不到保障,生产生活秩序也将严重受到影响。"

贾指导员说:"我们长年都是被动还击,这次一定要主动出击!"陈启仁说:"据你们估计,土匪人数有多少?"贾指导员说:"估计也就五六十人。"张连长说:"我们两支军队加在一起也有四五十人,论作战,应该不成问题。"陈启仁说:"天翼老领导协调的枪炮弹药一到位,你们就出击。"阿吉说:"阿拉尔草原很大,我熟悉地形,我给你们带路。"

陈启仁点点头，说："好！"

剿匪还没有正式开始，陈兵等几个人却就私自携带枪支朝阿拉尔进发了，不过他们可不是剿匪，而是打猎。陈兵开着大卡车，卡车颠颠簸簸驶向昆仑山脚下。车上坐着张二嘎子等五六个人。陈兵在昆仑山下见过很多野牦牛，他想随便撂倒几头，勘探队吃肉的问题就解决了。

张成武有些担心，说："没有给教导员请示，是不是违反纪律啊。"陈兵说："这叫生活自救，教导员不会怪罪的，要是有事，我顶着，活人不能被尿憋死啊。队员们好长时间没有闻到肉汤的味道了，不能住在牛圈里还没肉吃啊。"理由似乎也很充分。

他们偷偷一出发，张连长和贾指导员就在大本营外集合了队伍。他们集合队伍是去剿匪。张连长刚喊一声"立正"，突然，远处"啪"的一声枪响。张连长一个激灵，从腰间拔出了手枪。

贾指导员大喊一声："注意警戒！"再听，没有后续的枪声响起。两人面面相觑。原来枪声是陈兵他们发出的。车还没有到昆仑山脚下，站在车槽子里的张二嘎子就发现了四五头野牛。他猴急，率先朝一头野牛开了一枪，"啪"的一声脆响，枪声撕破了荒原的宁静。

陈兵吓得一个急刹车，跳下车大喊道："谁他妈放的枪！"

张二嘎子等几个队员已经跳下车，朝那头受伤的野牛围捕过去。

枪声一响，隐藏在芦苇深处一伙土匪也被惊吓得跳了起来。土匪头子翻身上马，看见只有一辆大卡车，就笑了，说："兄弟们，肉送到嘴巴上了，给我冲过去，劫了他们的汽车！"

土匪们一阵"哇哇"乱叫，朝汽车方向摸过去。

过了好几分钟，大本营的张连长、贾指导员又听到传来"啪……啪……啪"的几声枪响。战士们翻身上马，循着枪声传来的方向疾驰而去。

这枪声依然是张二嘎子一伙弄出的。他们几个人朝野牦牛包围过去，几声枪响，一头野牦牛终于被撂倒在地。其余几头野牦牛早逃得无影无踪。陈兵追上去，踢了一脚张二嘎子，骂道："打草惊蛇，瞎胡闹！"张二嘎子道："什么瞎胡闹啊，你看，我们这不干掉一头牦牛了吗。"

这时，土匪们的马匹已经"哗啦啦"地包围了过来。

陈兵耳朵一竖，大喊一声："土匪来了，快撤！"

张二嘎子还准备抡起斧子去剁牛去，陈兵拽住他就跑。张二嘎子心不甘情不愿，说到嘴的肥肉都丢掉了。这时，"啪"的一声枪响。陈兵顺势将张二嘎子扑倒在地，但还是感觉自己的腿被蚂蚁晴了一口。张成武眼疾手快，回头扛起陈兵，弯腰就钻进了芦苇深处。

"哒哒哒……哒哒哒"，土匪们用密集的枪弹压了过来，子弹打在芦苇丛林里，"噗噗噗"，芦苇秆被打得乱跳。这时张连长们已经追赶到，他举枪开打。顿时，密集的弹雨便朝远处的芦苇丛倾斜。

土匪头子一听枪弹密集，知道大部队已经围捕了过来，立即勒马回头。一个小土匪嚷嚷道："要冲上去灭掉他们！"土匪头子厉声呵斥："鸡蛋去找石头的死啊，我们是骚扰一次是一次，苟且一天算一天，不要把脑袋当球踢，撤！"

张连长、贾指导员等大部队冲到汽车跟前，只见几个队员吓得一个个瘫在地上。这时，张成武背着陈兵，从芦苇丛里跑了出来。陈兵小腿中弹，鲜血直流。张成武将陈兵放在地上，"刺啦"一声撕掉自己身上的衬衣，将陈兵的大腿紧紧扎住。张连长看了看陈兵的伤情，说："是你们引来了土匪啊，歪打正着，谢谢你们啊！"

这话说得不阴不阳，陈兵听罢满脸羞愧，狠狠地咬着牙根。

张连长跟贾指导员一商量，决定乘势而上，对战士们喊道："同志们，搂草打兔子去，不提上土匪头子的脑袋回来，我们誓不还军！"

几十名战士向土匪逃窜的方向扑了过去。

56

在大本营院子里，陈启仁气得破口大骂："这个兵蛋子，胆敢私自调动枪支打猎，反了他了，要是在部队，我毙了他！"

这时，队员们从食堂打饭出来，一人一碗清炖牛肉，端着碗，都看着陈启仁，内心都为陈兵难受。陈启仁怒道："家有家规，国有国法，我们不是流寇，也不是土匪，我们是革命军人！"

张二嘎子小声嘀咕道:"我们都转业了呢,还军人?"

陈启仁大声呵斥道:"脱下军装,我们的魂还是军魂!"

张二嘎子吓得一低头,赶紧走开。这次陈兵救了他,他帮陈兵站胆。帐篷里,躺在床上的陈兵竖起耳朵全听到了。他闭着眼睛,满脸愧疚和痛苦。何卒将一碗牛肉端到跟前。陈兵摆摆手,示意赶紧端开!何卒说:"枪也挨了,处分也要背,牛肉再不吃,就亏大了啊,别跟牛肉见气,吃吧。"

陈兵咬着牙根,狠狠地说道:"老子这辈子都不会再吃牛肉了!"

何卒想缓和一下气氛,说:"何必呢?"

陈兵猛地从床上竖起来,对着何卒就是一通回击:"你他妈的小卒子,站着说话不腰疼,你幸灾乐祸了吧,你看笑话舒服了吧,别装模作样当好人,你给我滚,老子站起来也是一米八的汉子,用不着你来假惺惺!"

何卒只有一米六,在身高上从来都自知理亏,被陈兵这样连挖苦带讽刺,也像要爆炸的样子。一急,他就口吃,"你……你……你"的半天也没有找到回击的话语来。陈兵又说:"你想怎么了,干一架?你别看我腿挨枪子儿了,我照样抡翻你。"

何卒气得头晕眼花,朝那碗牛肉出气,狠狠摔在地上。

陈兵"嘿嘿嘿"一阵冷笑,说:"狗急跳墙,人急摔碗!"

何卒骂了一声"疯狗",转身出了门。陈兵"嘭"的一声将自己放倒在床,扯起被子捂住头,号啕大哭起来。张二嘎子默立在床边,欲哭却无泪。

夕阳西下,骑兵队伍满身风尘地回到阿拉尔草原兵站,几匹马上驮着六位战士的尸体。在阿拉尔草原的荒野中,又隆起六堆新土。

陈启仁、葛先华打马而至。

张连长汇报战况,说端掉了土匪在柴达木的老窝,一只兔崽子也没有放过。陈启仁看着几堆新土,面色凝重。陈启仁握住张连长和贾指导员的手,说:"有战斗就会有牺牲!他们是柴达木这片土地的忠诚卫士,我们永远不会忘记他们!柴达木,从此无战事!"

人们朝向几十座新旧坟茔,默哀致敬。

陈启仁接过一名战士的枪,朝天就是"哒哒哒"一梭子。

所有战士都对天鸣枪,为战友们送行。

枪声，在荒原里久久回荡。

57

一夜寒风呼啸，柴达木的天，说变就变了。

早晨，陈启仁撩开帐篷门，准备往外走，一股寒风逼得他后退了好几步，但只见门口白花花的，仔细一看，却是厚达半米的积雪。陈启仁"哇"的一声惊呼："好大的雪啊！"闻声而起的葛先华跑到门口一看，也惊呼道："哇，银装素裹！"

听到惊喊声，帐篷的门帘都撩开了，一声声惊呼响彻大本营。陈启仁用铁锹在门前铲开一条路，跟葛先华站在院子里，眺望四野：眼前的昆仑山不见了，四野白雪苍茫，天地浑然。

陈启仁突然一个惊愕，道："麻烦了！"陈启仁抽身就往电报室走，每走一步都腾起老高的雪，他说："赶紧给总局发电报！"

西安。总局大楼外，杨树金黄的叶片透着亮光。一阵风吹过，叶片窸窣起舞，精灵一般悠悠旋飞。何满江看着窗外的景致，有些发愣。张天翼用铅笔敲了敲桌子，说："怎么了，魂儿又飞回柴达木了啊。"

何满江回过神来，不好意思地笑了笑，说："柴达木，可没有树啊。"

这时，秘书一声"报告"推门而进，将一纸电文呈给张天翼。张天翼一看，眉头紧锁。何满江警觉地站起了身。张天翼将电文拍在桌子上，用打仗的口气，急速道："老何啊，柴达木下大雪了，交通中断，缺煤少粮，几百人被困在里边了。"

何满江大声道："那可不行！怎么办！"

张天翼沉思道："本来进去就像飞越天堑，这一场大雪封堵，就是鸟儿也飞不进去啊。"何满江灵机一闪，说："对！鸟儿，翅膀能飞进去！"

张天翼说："你的意思是？"何满江激动道："老领导，找铁翅膀飞进去啊！"

张天翼一拍桌子，说："好！你即刻起身，上北京求救，只能用飞机！"

几百名地质队员的生命安全不是儿戏，何况，那些兄弟跟老何情同手足。何满江起身就往门外跑，张天翼追出去，朝他的背影喊道："有什么问题，我在这边给你联系！"

北京。燃料工业部。

何满江"咚咚咚"穿过楼道走廊，"哗啦"一声就推开副部长的办公室。何满江抬臂一个军礼，说："报告首长，我是来自柴达木的何满江！"

李副部长将一纸介绍信递给何满江，说："你们的情况我已经知道了，快去国家民航总局！"

北京。国家民航总局。

民航总局领导正查看着中国地图，转身对何满江说："民航飞机？没有任何航标通信，不行！不行！"何满江额头上滚落一串豆大的汗珠，"嗒嗒嗒"掉在地上，人都快瘫软下去了。总局领导眉毛一挑，说："找军队，用军用飞机！"何满江口吃起来："我，我……"

总局领导拿起电话，说："接燃料工业部。"一抬头，看见何满江还在发呆，便大声道："你快回部里，等候消息！"

何满江走出民航总局大楼，只感觉头晕眼花，双腿乏力，一屁股坐在台阶上。他摸出烟，划了根火柴才点燃。何满江鼓着腮帮子狠狠地吸了一大口，好半天才缓缓吐出浓白的烟雾。浓浓的烟雾将他整张脸都包裹着。等烟雾散尽，他两眼泪花闪烁，嘀咕道："都三天了，都三天了啊。"

北京。燃料工业部。

何满江再次推开李副部长的办公室。

李副部长正在打电话，问："是青海高峰书记吗？"

话筒里声音："我是高峰。"

李副部长说："柴达木被大雪封锁，里面有好几百勘探队员啊。"

话筒里声音："我们已经接到报告，我们将尽一切可能进行救援！"

李副部长神色舒缓了一些，放下话筒，转身对何满江说："我们两条线启动，你再去找中央军委！"说罢，又将一张介绍信递给何满江。

北京。中央军委大楼。

何满江将介绍信递给执勤战士。战士转身进了大楼。何满江焦急地等待着。稍许，战士出来，向何满江行一个军礼，说："请进！"

中央军委。聂荣臻办公室。

警卫拉开办公室大门。一身军装的聂荣臻坐在办公桌后正在看文件。何满江赶紧上前,"啪"地举手敬了一个军礼。聂荣臻"哦"了一声,说:"你也当过兵?"何满江铿锵答道:"报告首长,原五十七师一团团长何满江向您报到!"聂荣臻"呵呵"一笑,接过介绍信,说:"你们现在是石油战士了哟。"何满江响亮答道:"响应毛主席号召,我们现在是石油战士!"

聂荣臻看了看介绍信,关切地问:"里面多少人?"

何满江回到道:"加上解放军战士,五百人。"

聂荣臻又问:"柴达木石油勘探情况如何啊?"

何满江急切道:"报告首长,我们初探已发现18个地质构造,9处油苗显示!"

聂荣臻说:"好!我们要集全国力量开发柴达木这个聚宝盆啊!"

何满江脸上泛起微笑,忍不住心急地问道:"那,飞机?"

聂荣臻说:"哦,这是一次千里大驰援啊,不仅要空运粮食、药品,还要送煤……绝不能让我们的石油战士有生命之忧啊。"

何满江紧绷的神经这才一下子松缓了下来。

电报发出之后,花土沟大本营的陈启仁、葛先华等,就开始了雪后自救。陈启仁将几百人集合在寒风呼啸的大戈壁。大雪没到队员们的膝盖处。大风一起,雪花狂飞。

陈启仁手握拳头,说:"同志们,这是柴达木在考验我们,我们必须战胜困难!西安总局领导、青海省委领导、北京各部委领导都知道了我们的困境,他们正在想办法救援!我们也要开展自救,扫雪开路,为进来的救援队伍开道!"

祁连山顶金鸿山上,大雪被风搅成雪暴。

几百名勘探队员,用铁锹、扫帚,奋力清扫山路积雪。

在另一条救援的战线上,青海省在格尔木地区通过当地蒙古族族长组织了几十峰骆驼组成的运输队,满载粮食、水和药品,迎风沐雪,向花土沟进发。驼队踩踏着在厚厚的雪原上,顶风向戈壁深处艰难迈进。狂暴的寒风,撩起蒙古族老族长的狐皮帽子。

北京。康世恩办公室。

何满江正欲汇报中央军委情况,康世恩用手势制止了他。康局长"呵呵"一笑,说:"飞机不要了,问题解决了,今天,阿尔金山的道路也已经抢修通了,粮食、药品、煤炭,都正在送达的路上了。"

何满江一听,腿一软,沉沉地坐在沙发上。

58

第六次全国石油勘探会议在北京胜利召开。

会议确定了以柴达木勘探为重点的石油工作布局。柴达木的石油开发,被国家正式摆上了桌面。也可以说柴达木石油开发,被新中国日夜惦念。会议之后,张天翼对何满江说:"你回去好好传达会议精神,带领勘探大队的同志们加油干!"

何满江挺起胸脯,向老领导庄严保证。

离开北京前,何满江去转了一趟北京前门大街最著名的商场。商场里货物不多,人也不多,售货员倒是有好几个。何满江走进商场,眼睛一亮,指了指柜台里的香烟,说:"'大前门'"。

售货员们似乎谁也没有听见,依然起兴地聊着自己的闲话。何满江看了看她们,又用指头戳了一下柜台的玻璃,重复了一遍:"'大前门'!"一个瘦点的售货员下颌抬了抬,对另一个胖子售货员"喏"了一声。胖子售货员极不耐烦地嘀咕道:"买得起吗?"何满江头也不抬,大声道:"五条!"

胖售货员眉毛一夯:"你疯了啊,总共都没有五条呢!"何满江解开棉大衣,从里边掏出一卷钱,数了数,"啪"地拍在柜台上,说:"有多少要多少!"胖售货员弯腰好半天,窸窸窣窣取出四条。何满江又指了指旁边的钢笔柜台,说:"'英雄'!"

胖售货员向瘦售货员"喏"了一声。瘦售货员极不情愿地拿出一支钢笔。何满江说:"不!三支'英雄'!"瘦售货员又弯腰拿出两支钢笔,扔了过去,说:"能一次说完吗?"何满江转眼看见远处柜台里的大白兔奶糖,说:"糖!"

一个年龄大点的大白脸售货员问道:"要多少啊?"

何满江道:"全要了!"

大白脸售货员惊呆了，看着胖子，再看看瘦子，说："你买得起吗？"

何满江黑着脸，说："你也开个价！"

大白脸售货员的白脸充了红血，怒色道："哪里来的乡巴佬？"

何满江将东西一股脑塞进大提包，拉上拉链，一字一句地说："老子扛枪从北京城走过的时候，你们，还在尿床呢！"

几个售货员面面相觑，哑口无言。

何满江捎着挎包，站在天安门广场。他深情地看着城楼上的毛主席像。良久，似乎看见毛主席对自己笑了一下。他赶紧擦擦眼睛，毛主席还在，但是似乎没有对自己笑。何满江对着城楼鞠了一躬，自言自语道："毛主席，我要回柴达木了，等我在那里找出大油田，我再回来看您！"何满江抬起头，眼眶里有了泪花。

等何满江回到柴达木，勘探队的大本营已经从花土沟迁到了茫崖。山头下，戈壁滩上有浅生的芦苇，它们是这片土地上唯一的生命。上百顶帐篷排列有序，近五百人的勘探队伍已经聚扎在这帐篷营地里。

何满江掀开帐篷门，将帆布包的拉链拉开，扔给陈启仁一条"大前门"香烟，说："没什么带的，走得急，给你这个！"何满江又给葛先华扔了一条，说："你的烟瘾现在也不小嘛。"

何满江又抽出三支黑色的"英雄"牌钢笔，三人一人一支，何满江说："我们要用'英雄'的钢笔书写柴达木英雄的历史！"陈启仁接过钢笔，疑虑地问道："你老何跑一趟就是大半年，难道就带回这些东西？"

何满江又连忙掏出糖果，一人撒了一把。

陈启仁看看葛先华，两人还是笑而不答。

何满江一怔，说："你们还想要什么啊？"

陈启仁、葛先华还是不语。何满江一拍脑袋，转身从提包里掏出一大摞报纸、杂志、画报，还有葛先华急需的地质方面的书籍。陈启仁和葛先华连忙抓起杂志、报纸就看。何满江说："你们啊，比我还急。"

陈启仁说："我们都忘记外边的世界了。"

葛先华说："哟，还有会议简报！"

两人只顾翻书看报，似乎忘记了何满江的存在。何满江说："哎，那就马上召集人员，我给你们传达传达会议精神吧！"

陈启仁这才抬腕看看表，说："先吃饭。"

59

何满江拎着饭盆去食堂，人们都过来问好。何满江便不停地从大衣兜里掏糖果，见人就发。陈兵打饭过来，一瘸一拐。何满江扔过去几颗糖，陈兵不好意思地笑了笑。何满江盯着他的腿直纳闷。

食堂里，挤满了打饭的队员，见到何满江都自觉让开一条道。何满江连忙摆手，自觉排队。张成武将打好的饭盆递给何满江，何满江咬了一口馒头，有些粘牙，尝了口米饭，夹生，便皱起眉头。张成武说："海拔高，熟不透啊。"

有人蹲在帐篷门口，边吃边聊天。何满江看见何卒，也便蹲了过去开门见山地问兵蛋子的腿咋回事。何卒被一口饭给噎住了，脸红脖子粗地吞下饭，含含糊糊，诺诺几声，便越开了。何满江"嗯"了一声："给老子，我才走几天啊，你小卒子就反天了啊。"

何满江转身进了帐篷，将饭盆"嘭"的掼在桌子上，他觉得队伍肯定出了什么问题，而大伙都瞒着他。陈启仁诧异地看着何满江，心想，好好的，怎么打饭回来就发牛脾气了呢。正待问，这时何卒掀开门帘进来，一看几个领导脸色不对，想退又不好退，只好对何满江说："我刚才怕在大伙面前说，会惹陈兵不高兴。"

陈启仁这才明白过来，说了陈兵瘸腿的来龙去脉，又从抽屉里取出一份文件，递给何满江。何满江接过一看，眉头皱了皱，将文件扔了回去。那是给陈兵的警告处分文件。何满江说："看来有些人思想上的螺丝开始滑扣了，无组织，无纪律，成何体统！"

何卒恨不得找条地缝钻进去。

何满江把饭盆一拨，说："这种歪风，要刹，基础不牢地动山摇，等高楼盖起来了再来稳基石，那就晚了。到柴达木不是来游山玩水的，他妈的，这地方鬼都不来，也没有什么可享乐的，我们来就是吃苦奉献的，没有任何条件可讲，必须服从命令，听从指挥！"

好半天何满江才平息掉火气，又对陈启仁说："你擅长做思想政治工作，这锅炖豆腐，你来主厨吧。"

陈启仁说："前段时间主要抓基地建设了，我们现在要开始建设队伍了。怎么抓，我也在想，觉得还是要发扬部队的老传统，部队将党支部建在连上，在这里，就是要将党支部建在大队上，用党旗来统领人心，用党支部来凝聚队伍，只有队伍过硬了，生产才不会掉链子。"

何满江说："很在理，不能拖，马上就动作！"

几栋帐篷皮子拼接在一起，搭成一个大会议室。会议室的主席台后边，悬挂着马克思、恩格斯、列宁、斯大林、毛泽东等领袖照片。何满江、陈启仁、葛先华三人在主席台就座。会议室里，黑压压挤满了人。会议室外也站满了人。

何满江传达会议精神，高声道："先告诉大家一个好消息，第六次全国石油勘探大会胜利召开，最主要的一个重点啊，就是要集全国之力勘探开发柴达木。同志们，举国之力啊！"

下边的情不自禁地"哦"了一声。

何满江说："也就是说，我们脚下这片土地，成了全国工业瞩目的焦点。我们被摆上国家战略的棋盘，这跟我们前期所做的工作是密不可分的，我们每一个人都功不可没！上级领导对我们的成绩给予了充分肯定！"

人们热烈鼓掌。

何满江说："下一步啊，我们这里将要汇聚千军万马，摆开大战场，撒网捕大鱼！部里已经下令，将调集陕北四郎庙、青海民和、甘肃酒泉、新疆吐鲁番、广东茂名等地的勘探队伍，开进柴达木，进行更大规模的地质普查！"

队员们再次热烈鼓掌。

何满江说："党和人民都对我们寄予厚望，我们有没有信心在这里找出大油田啊？"

全体队员高声应道："有！有！有！"

何满江说："下边请陈教导员作报告。"

陈启仁说："我先讲何大队长在北京发生的两个笑话。一个是他去商场买东西，售货员不想卖给他，有钱也不想卖，因为他一身打扮像个乡巴佬。第二个是他站在天安门广场，一个小姑娘叫他爷爷。"

下边有人"哈哈哈"笑开了。

陈启仁说:"你看,你们都笑了吧,何大队长才25岁呢,恋爱都没有谈过,老婆都没有讨,直接就当爷爷了,看来,柴达木催人老啊。"

何满江自己都不好意思的样子。

陈启仁说:"以上两个笑话发人深思。所以,我今天不给大家讲大道理,只讲方言。方言,就是我们老百姓听得懂的话,也叫人话。我只说人话。我们进来几个月了,也都晓得柴达木这个地方真不是人待的,别说黄羊兔子不想来,就是鬼也不想来。海拔高,氧气少,馍馍粘牙,米饭夹生,蹲下拉屎都会憋出脑出血,晚上睡觉还头疼。但是,我们既然来了,就要对得起自己身体的付出,想要睡个好觉,你就回平原去睡,想要撒欢,你就回内地去撒,在这里,没有享乐可言,没有欢可撒,因为我们站着都是在奉献!"

会议室内外,掌声雷动。

陈启仁说:"在柴达木,我们别无选择!是命运把我们几百号人,今后有可能会有几千号人,甚至几万人,扔在了这兔子不拉屎、母鸡不下蛋、鬼都不来的地方。我们喝不好,吃不好,拉不好,也睡不好,这怪不了天,也怪不了地,要怪就怪我们的命!所以,你们就不要怨天,也不要尤人,更不要挑事,要学会说老实话、办老实事、做老实人。只有这样,这片土地才不会亏待你!"

下边立马鸦雀无声。

陈启仁说:"总体来看,我们这支队伍是好的,素质是过硬的,也是经过血与火、生与死,真刀真枪检验了的,是靠得住的。但有一些人,个别人吧,脱下了军装就失去了军魂,进了柴达木就摆脱了缰绳,思想和行为都开始开小差了,以为这里天高皇帝远,没有束缚了。要是这样你就想错了,大错特错,告诉你,只要我们组织存在一天,你就要受到管理,受到约束,谁也不能做编外王爷!"

陈兵恨不能将头插进双膝。

陈启仁缓了缓,说:"刚才何大队长讲了,我们即将迎接大部队,摆开大场面,我们拿什么迎接啊?我想,我们就要从清扫自己的灵魂开始,要把所有灰尘都给打扫干净,堂堂正正,体体面面,人模人样地去迎接我们的大部队,迎接我们的明天，开创我们的未来！"

会场再次爆发出热烈的掌声。

何满江接话道："我们的未来，得由我们大家去书写，个人英雄主义、草莽主义在柴达木没有立足之地，我们要团结、团结、再团结，攥成一个拳头，才能熬过去，也才能挺下去！"

何卒一听，头也低了下去。

陈启仁说："目前在座的都是转业军人，都是知识分子，响鼓不用重槌，我希望看见你们充满阳光、充满力量地去创造我们的新生活！"

张二嘎子在下边小声嘀咕道："什么是新生活啊？"

陈启仁回话道："新生活，就是有尊严地生活，就是有质量地生活，说到底，就是不要别人把我们当乡巴佬。"

张二嘎子"哦"了一声，带头鼓掌，会场掌声一片。

60

帐篷里，摆放着四张床。

陈兵、何卒、张二嘎子和张成武住都在一个帐篷里。自从陈兵受伤后，两个人之间就别别扭扭，能不说话就不说话，能避开就尽量避开。

陈兵有时候想，自己冲何卒发的火纯粹无名。但火发了，也没有办法收回来。好几次，陈兵想主动给何卒道歉，但一看到何卒那张被伤害的脸就开不了口。

张成武进来，给陈兵、何卒、张二嘎子一人扔过去一包"大前门"香烟。张二嘎子跳了起来，说："'大前门'，我的乖乖，这是神一样的烟啊。"陈兵看了看烟盒包装，塞进了枕头下边。

何卒说："是大队长给的吧。"

张成武说："大队长没有忘记咱们啊。"

张二嘎子看着烟，突然明白过来，说道："老张，你把你的给我了吧？"

张成武说："谁抽都是抽嘛。"张二嘎子说："陈兵、何卒毕竟给领导们当过警卫，都是身边的人。再说了，大队长也不可能给每人一包'大前门'啊，几百人呢。这个醋,我不吃,我也不应该吃。嘿嘿,那我抽两根,剩下的,老张,你拿回去。老张啊,你真是给别人面子的人,好人!我领你的情了。"

何卒不想接话,只是摇摇头。

张成武"哎"了一声,说:"你啊,你就少嘎嘎两句吧。"

张二嘎子"哈哈"一笑,说:"你们都嫌我话多,话也不好听,是吧,我要是能得到一包领导给的'大前门'啊,我就心甘情愿做一条狗,做一条忠实尽职的狗,绝不咬主人的狗,也不会乱咬同伴的狗!"

张二嘎子的话指向性明确,就是含沙射影何卒,说何卒在何满江面前倒腾陈兵瘸腿的事。其实这事并不能怪罪何卒,他有点冤枉。张成武看气氛有些僵,故意道:"你是一条好狗呢。"

何卒道:"够了吧,够了你就消停。"

何满江、陈启仁、葛先华三人住在一顶帐篷,办公也在帐篷里。何满江说:"老陈啊,你今天讲得很好,给很多人敲了一下警钟啊,这样的警钟还要长鸣,经常敲。我们带兵带出来的是嗷嗷叫的铁军,带队伍也要带得有模有样,不丢我们一团这块牌子啊。"

陈启仁说:"这段时间你走了,腾不出时间。今后啊,支部建在大队上,思想这根弦要经常紧,这么艰苦的地方,思想再一松,队伍就不好带了,就是组织来了,说话也不管用了。"葛先华说:"从部队过来的还是过得硬,偶尔也难免开开小差,说不定现在陈兵、何卒正在难受呢。"

何满江问:"为什么?"

葛先华说:"给陈兵一个处分,他心里还是不太接受的,总认为是为大伙儿搞伙食,挨了冤枉。"

陈启仁说:"按照部队惯例,私动枪械,掉脑袋呢。"

何满江说:"处分得对!管队伍,就得从身边的人管起,往往坏事就坏在领导身边的警卫啊、司机啊、秘书啊,他们背地里自由散漫一倒腾,领导都要背骂名的。"

陈启仁想想说:"兵蛋子、小卒子得给他们一亩三分地了,孩子大了不由娘啊。"何满江没有吭声。陈启仁说:"这事我来安排。"

61

建设茫崖基地的重任马上被摆上了议事日程。

千军万马要进茫崖,基础设施很薄弱,别说找油打井,就是吃喝拉撒都是大问题。当前主要任务,一是把自流井的水引进茫崖,有了水,才能扎下根;二是开通去油泉子的路。没有路,设备到不了井场,打井就是空话。勘探大队做了具体分工,何满江全面负责总协调,陈启仁负责基建后勤,葛先华负责继续抓好初探工作。

陈启仁把铺设水管线的任务交给了陈兵,任命他为队长,要求一个月完成任务。陈兵来了劲头,拍胸脯说只要二十天!井场道路工程由何卒领命,也任命他为队长。何卒也愉快地接受了任务。

走出会议室,陈兵截住张二嘎子,问道:"愿不愿意跟我干?"张二嘎子说:"愿意去修路。"陈兵问:"为什么?"张二嘎子嘿嘿一笑说:"只适合修路呗。"这话不阴不阳,陈兵想想也罢,这个刺儿头本来就不好管。陈兵转过身,张二嘎子才说:"跟你干,运气肯定砸脚后跟。"陈兵被噎住了,半天都没有说出话来。

陈兵集合了三十多人,扛着铁锹、十字镐,准备上工地。他本想讲点什么,看见张二嘎子站在一边不阴不阳地坏笑,便一句话也不想讲,喊了一声:"出发!"几十人爬上大卡车,朝工地奔去。

何卒召集了一卡车人,打着红旗,也朝修路的工地进发。卡车在路上颠颠簸簸。张二嘎子开着车,说这路叫"摇散架"!何卒问他怎么不跟陈兵去铺水管线呢,张二嘎子却一本正经道:"革命工作,哪有挑肥拣瘦的啊。"何卒在心里"呸"了一口。

盆地初探工作也一刻不能闲。

柴达木盆地二十多万平方公里,初探足迹所到还不到十分之一。葛先华将初探队伍分成两个组,一组由"鬼机灵"李天翔负责,他毕业于西北大学地质专业,向盆地东部探进;另一组交由黄兴国负责。黄兴国戴着眼镜,是南京大学毕业的,他带队往西勘探。

所有工作都有序地铺开了场面。

夜深人静。帐篷里,何满江、陈启仁、葛先华交谈着工作,张成武掀帘进来,手里捏着几个烤得焦黄的馒头,叫领导们垫垫肚子。何满江说:"还开小灶啊,粮食紧张,下不为例呢。"张成武本想说是自己攒下的几个干馍馍,但又觉得没必要解释,笑了一下,便退出了帐篷。

这时,电报员跑了进来,递上电报纸。

何满江一看,惊道:"哟,看来我跟老陈要去一趟西宁了。"

第六章
八仙传说

把家安在流沙上，把梦种在盐碱上

哦，茫崖万人帐篷城

你是二十世纪的西部神话

还有那来自江南的八位地质队员

你们倒下的地方，成了柴达木新的地理指向坐标

如今，每当人们走过那片土地

都会情不自禁地说：在这里，有八位姑娘

她们是柴达木的神话

62

青海。西宁。

西宁虽然是青海省的省会城市，但满眼是低矮破烂的平房，偶有一两处两三层高的楼房，那已经贵为城标了。

在一栋礼堂式的建筑物里，大门上悬挂着手写的横幅："热烈庆祝青海石油勘探局成立"的横幅。主席台上，坐满来自燃料工业部、石油管理总局、西北石油勘探局及青海省委的领导。

康局长大声道："我宣布，青海石油勘探局正式成立！"

会场里响起热烈的掌声。那一天，是 1955 年 6 月 1 日。那一天是青海石油的诞生日。柴达木石油，在新中国石油工业的族谱上，有了自己的姓氏。当以隆重纪念。

散会后，张天翼约何满江和陈启仁，找到了一家饭馆，要喝两杯。一盘花生米、一盘酿皮子、一盘手抓羊肉、一瓶青稞酒，条件所限，将陋就简。何满江端起酒杯先闻了闻，一股醇香的青稞酒的味道充满鼻腔。张天翼给大家斟满酒，举起杯子，说："今天是值得庆贺的一个日子，来，我们干一杯！"

三人碰杯，仰头一饮而尽。

张天翼指着手抓羊肉，说："吃！趁热吃！"

何满江、陈启仁也不客气，抓起羊肉狼吞虎咽地吃了起来。张天翼爱怜地看着两位战将，问起盆地里面的情况。何满江简单汇报了柴达木初探情况后，张天翼给予了充分肯定，说："先锋队替大部队打好了第一枪啊，下一步啊，就是集团化作战了！"

何满江说："真没有想到组织成立得这么快啊！"

张天翼说："这说明国家急需用油啊。朝鲜战场刚刚落幕，国家又一穷二白，到处千疮百孔,搞建设需要能源。这次柴达木石油急迫上马,国家举全力支援,我们肩上的担子重如千斤啊。"

两人抹抹嘴巴,放下筷子。

张天翼说:"饭还是要吃嘛,长城又不是一夜堆起来的。来,来,来,我们再干一个!"

陈启仁说:"老领导,你下一步到盆地吗?"

张天翼"呵呵"一笑,说:"我将跟你们一道同甘共苦了。"

何满江、陈启仁一听,说:"好啊,我们又在一起战斗了。"

张天翼往嘴巴里扔了一粒花生米,说:"下一步困难很多啊。在光秃秃的戈壁滩上白手起家,一粒大米、一根葱、一袋水泥、一颗铁钉都要不远千里万里地靠外面往里运输解决,国家压力很大,你们,不,我们,都要做好吃大苦、耐大劳的准备啊。"

何满江说:"困难肯定有,但我们天大的困难也不怕!"

陈启仁说:"上刀山,下火海,我们都蹚过来了,现在即便再困难,我们都能克服!"

张天翼一拍桌子,高声道:"只要你们有这股子劲头,我们就在柴达木唱一出大戏吧,哈哈哈!"

西宁。小桥。

一座四合院门口挂着"青海石油勘探局接待站"的牌匾。一群群洋溢着青春的脸庞,带着激动和豪情,举着红旗,背着背包,扛着行李,欢声笑语地进入接待站。院子里人声鼎沸,红旗招展,有着别样的生动。

告别老领导张天翼,何满江、陈启仁来到接待站。

一个戴着"接待员"袖标的人走过来,看着两人穿着棉大衣,就问:"你们两位不是地质队员吧?"何满江"哈哈"大笑道:"我们是从柴达木盆地里边来的地质队员呢。"陈启仁介绍说:"这是勘探大队大队长何满江同志。"接待员高兴地说道:"早就知道你们在盆地里边的事迹了。"

何满江问:"来了多少人啊?"

接待员说:"有陕西的、甘肃的,还有广东的,陆陆续续在来,陆陆续续在往盆地走,好几百人了吧。"

何满江满脸惊讶。接待员诉苦道:"还有好多地质大学的学生也陆续到了,超过接待极限了。这个院子,也就能住一百来人,硬是住下了三百多人。没办法,院子里地铺都搭满了。"

陈启仁说:"神速,真是万马奔腾进盆地啊。"

何满江说:"你别急,我们再跟外边联系一下。"

两人进到院子里边,里边人满为患。到处插着红旗,旗上印有各地勘探队的名号:酒泉地质大队、四郎庙地质大队、茂名地质大队,等等。

何满江问:"饭怎么解决的?"

接待员说:"随时开饭,随到随吃。"

厨房门口,地质队员们从窗口领上两个馒头就边走边吃。

接待站已经超饱和,虽然各地远道而来的地质队员们不叫苦、不叫累、不抱怨,也不讲究条件,甚至主动克服困难,就地扎营也毫无怨言,但毕竟这不是长久之事。何满江跟陈启仁商量,必须马上出去联系宾馆接待,不然愧对八方来支援的兄弟队伍。而接待员插话说他们站长早就出去联系了。这时,院子外边传来嘹亮的歌声。接待员说了一声"又来了",就一溜烟跑出了院子。

一面鲜艳的红旗先探进了院子,红旗上印着"柴达木女子地质勘探队"几个大字。青春朝气的女地质队员高声唱着"是那山谷的风吹动了我们的红旗,是那狂暴的雨洗刷了我们的帐篷"走进院子。接待员一边说"请"一边又诉苦道:"打地铺都没空地了啊。"何满江见是女队员,连连说好。接待员却愁眉苦脸:"好什么啊,女的……"

为首的一个女队员,高挑,干练,一身工装,风风火火。她"呵呵"一笑,说:"没有床铺没关系,就在院子里打地铺。"管理员说:"那怎么能行呢,这里住的全是男队员呢。"她身后一帮女队员高声回答:"我们打地铺!"

听见女声,接待站的窗户里便探出很多男队员的头,稀奇地看着这帮"叽叽喳喳"的女队员。何满江"哈哈"大笑,伸出手,走上前,说:"来的都是客,柴达木欢迎你们啊!"领队的女队员目光跟何满江一对接,大声道:"我们不是客,我们是主人!"何满江固执地把手伸着,那女队员勉强地握了一下,自报家门:"女子地质勘探队队长,邢秀丽!"

何满江"哈哈"大笑道:"柴达木勘探队大队长何满江!"

女队员们一听,都围了过来,稀奇地问:"柴达木的啊!"

邢秀丽反倒有些不好意思了。女生们一阵尖叫。男队员们也蜂拥过来,将何满江、陈启仁团团围住,问长问短。何满江介绍了陈启仁。陈启仁打了一个圆场,说:"我们比你们早到柴达木,你们就是远客嘛!"

邢秀丽朝女队员们不好意思地一吐舌头,连忙招呼同伴打地铺。

何满江抬腕看看表,说:"睡地上怎么能行,我给你们联系其他地方。"邢秀丽爽朗地说道:"没有行不行的,听说进柴达木都是天当房、地当床,我们就算从今晚开始柴达木的生活了吧。"

何满江无奈地摇摇头,说:"那好,柴达木见!"

何满江开着车出了接待站,驶上一条坑洼不平的土路。左拐右拐,找到一片土坯房的石油医院。盆地里好几百人,医生、护士少,难以保障卫生健康。石油医院原是五十七师的师部医院,也随部队整编制划转给了石油局。医院院长赵义勇,何满江是熟悉的,他这次趁来西宁开会的机会,顺便找赵院长要人。

赵义勇,中高个,三十多岁模样。何满江找赵院长套近乎,拉扯历史老关系,回忆说道:"当初我在部队负伤,还是你赵院长亲自主刀,在从我体内取出七块弹片呢。"赵义勇摇摇头,说:"我亲手取出的弹片得用卡车装,咋晓得哪七块弹片是你何满江的呢。"何满江"嘿嘿"一笑,说:"救命救到底,这次多派点医护人员进盆地。"

赵院长一声轻叹。他也有苦楚,石油医院刚在西宁扎根,人手少,设备少,已经抽出最好的设备、最优秀的医护人员进盆地了,再抽,西宁的医院就得关门了。但何满江依旧不依不饶,甚至说要把整个石油医院都搬进盆地去的话。赵院长说:"要搬那也得搬啊,石油医院嘛,不就是为石油战士服务的嘛。"

一个穿白大褂的医生从后边追上来,急匆匆喊"赵院长",声音清脆。赵院长停下脚步,回过头。陈启仁也扭过头去,看见一位二十多岁、端庄秀丽的女医生。女医生报告说:"有个内地过来的地质队员,急性阑尾炎,需要马上手术。"赵义勇说:"丁大夫,你快去准备,我马上过去。"

陈启仁看着女医生的脸,眼神有些发愣。丁医生看见陈启仁发愣的目光,有些害羞,脸"唰"地红了,扭头就走。何满江拽了一把陈启仁的衣袖,说:

"老陈，院长忙，我们先走！"陈启仁再次回头，瞟了一眼女医生远去的背影。何满江忍不住神秘地一笑。

走出医院，何满江说："老陈，动机不纯啊。"

陈启仁的脸一下子红了，说："你说什么呢。"

女地质队员硬生生在院子里挤扎下两顶帐篷。把背包一放，邢秀丽招呼大伙逛逛商场，准备点东西。有男队员主动请缨给她们当保镖。邢秀丽回头"切"了一声，转头嘻嘻哈哈一串笑声就出了院子。男队员捡了个没趣，郁闷地说道："真是女汉子！"

在清冷的西宁大街上，很难找到一家商场。年龄最小的陈曼，一张娃娃脸，她很是怀疑西宁是否有商场。年龄最长，也是副队长的张岂容说："西宁也是解放了的，别担心，肯定有。"

邢秀丽带着十来个女队员叽叽喳喳走进简陋的商场。张岂容指了指柜台，买了一瓶护肤霜。陈曼给自己挑选了一面镜子。

邢秀丽说："还照镜子呢，照给谁看啊？"

陈曼脸红了，说："照给自己看，不行吗？"

邢秀丽说："女为悦己者容啊，你骗谁啊。"

张岂容说："别逗了，逗哭鼻子了，看你怎么哄。"

陈曼眼睛真还红红的了。队员们都忍不住笑起来。

刚出商场，这时，一辆吉普车便"唰"地停在了她们面前。何满江从车窗伸出头，说："送你们一程。"邢秀丽一看是何满江，说："大队长，你这车能装下我们这一帮子吗？"何满江摇摇头。

张岂容说："那你就专门送邢秀丽吧。"

邢秀丽转身对张岂容一瞪眼，说："我可没那资格。"

何满江突然想起来什么，也下车进了商场。难得出来一次，得一次性买上几条烟。何满江想，什么时候得在茫崖开个商场，现在队员们买个日用品都得从外边捎带，极不方便。陈启仁说："商场，迟早都会有的！"

女地质队员们叽叽喳喳涌进院子。这时一个满脸大胡子的队员走过来，跟邢秀丽擦肩而过。陈曼有些害怕的样子，急忙躲闪。邢秀丽说："就是胡子长了一点点嘛，也能吓人？"大胡子听见了两人说的话，一转头，邢秀丽和陈曼赶紧回过头，忍不住捂住嘴巴笑起来。

女子地质队员的帐篷里，硬生生挤了十个女队员。

作为队长，邢秀丽给大家交代了很多注意事项，又叫大家晚上洗个热水澡，明天一早就出发！盆地内条件艰苦，她们是有心理准备的。但青春飞扬，热血沸腾，一腔报国理想，她们没有把艰苦当回事。有人嘀咕道："难道盆地里边澡也洗不成吗？"没有人能回答这个问题。邢秀丽说："别担心，男人进得，我们也进得！"

大家感慨："新的人生，将从明天开始！"

63

一辆老式的大卡车，缓慢地在青新公路上颠簸，车屁股后腾起一股尘灰，像汽车拖拽着的一条尾巴。

司机老汤一脸酱紫色的阳光，麻利地抡着胳膊，躲避着公路上的大包小坑。老汤，青海湟源人，一口浓重的方言，南方人听不太明白，得要连蒙带猜。他老汤以前在马步芳的队伍中开过车，走过这条路。这条路好多年没有修了，路面坑洼不平，车走起来如同炒豆子一样颠簸。

老汤说："你们这些南方来的女娃子啊，柴达木苦得很呐。"

邢秀丽说："师傅，我们不怕苦！"

汽车顶上，一面写有"柴达木女子地质勘探队"的鲜红的旗帜迎风猎猎。车槽子上挤满了设备、仪器、粮食、水，还坐着女地质队员。高原的阳光下，她们青春的脸庞明媚而生动。

到了日月山，老汤停车。女队员们雀跃着跳下车。因为过了日月山，前边就是柴达木盆地了。

大家看见远方青海湖碧水连天，水天一色，甚为惊喜，连连称奇。

山崖上刻有"日月山"三个字，传说，文成公主进藏，行至日月山，掏出镜子，就看到镜子里面的长安。她回望长安，泪流成河，而河水也不愿向东流淌，逆流向西，成了著名的倒淌河。她为了不受家乡的诱惑，义无反顾前往吐蕃，就地把镜子摔成两半。两半镜子一半化作日山，一半变成月山，合起来就叫日月山。

张岂容对陈曼说:"你也应该把镜子摔了,这是个态度问题。"

陈曼赶紧捂住口袋里的镜子,说:"我才不呢。"

大伙儿忍不住"哈哈"大笑。

张岂容看着天上爆炸似的云团,突发感悟,背起唐诗:"君不见、青海头,古来白骨无人收……"

邢秀丽说:"都老大姐呢,你说些什么呢?"

张岂容说:"这不是我说的,是古人在说。"

邢秀丽故意开玩笑:"别那么伤感,我们是来开发柴达木的,又不嫁给松赞干布,再回不了家似的……我们,谁都不许回望啊!"

下了日月山,过了青海湖,天色将晚,地质队在一片草滩扎营。女子地质勘探队的旗帜在帐篷顶迎风招展。帐篷外,一条清澈的小河。队员们帮着老汤在小河边忙着架锅、烧水、做饭。

看看地图,邢秀丽说:"我们真正进入柴达木地界,不过还只在柴达木盆地的边缘。"一个圆脸,外号叫"小南京"的队员惊讶道:"从西宁出来三天了,才真正进入柴达木啊。"

为了夺得这次深入柴达木勘探的任务,张岂容给所里立下军令状,完不成任务誓不罢休。她们是柴达木第一支女子地质勘探队,但她们信念坚定,一定要和其他队伍比一比,不能给南方地质研究所丢脸。

一进入柴达木盆地的边缘似乎就看见了干旱。作为队长,邢秀丽要求大家用水要严格控制,能不洗脸的就不要洗脸,能不刷牙的也不要刷牙。邢秀丽说:"今晚上趁这里有水,大家都清洗一下自己吧,下次洗澡还不知道猴年马月呢。"

"小南京""哇呀"一声,说:"既不要脸,也不要嘴啊。"

张岂容说:"在这柴达木,对着荒原,还要什么脸啊。"

高原的夜空悬挂着比碗还大的星星。月光皎洁。小河边的大铁锅里的沸水翻滚,热气腾腾。邢秀丽用毛巾裹了头发,手里拿着自己换洗下的内衣,掀帘出门,对草地上的队员喊道:"好了,下一位!"

张岂容答应了一声,端着脸盆进了那间临时改为洗浴室的帐篷。帐篷内,一只大铁皮盆子,盛满了热水。张岂容用手试了一下水温,迟疑了一下,慢慢脱下衣服。她用毛巾湿了水,从头往下擦洗着身体。

水雾里,张岂容想到远在南京的男朋友。所里报名来柴达木,人们踊跃递申请。男朋友劝张岂容,最好不要去,那里很艰苦的。张岂容顶了回去,要是都不去的话,谁还去建设我们的祖国。男朋友也顽固,说别人去他不管,他就不要张岂容去。对抗的结果是,张岂容断掉了跟男朋友的关系。最终,她对着男朋友决绝离去的背影流下了眼泪……

张岂容将思绪拉回到现实,脸上一抹淡淡的忧郁的笑。她穿好衣服,掀开门帘,大声喊:"下一位!"

陈曼"嘻嘻"一笑,答道:"该我了。"

邢秀丽、陈曼和另外三个队员住在一顶帐篷。邢秀丽把陈曼当成没有长大的孩子。陈曼紧紧靠着邢秀丽躺下。几个人怎么也睡不着,在被子里翻来覆去。邢秀丽说:"大家赶紧睡觉啊,明天一早出发呢。"

好半天,陈曼小声问道:"邢姐,你能睡着吗?"

邢秀丽说:"闭上眼睛慢慢就能睡着。"

陈曼说:"闭上眼睛,可总是睡不着。"

邢秀丽说:"你想家了?"

陈曼说:"家,我才不想呢。"

陈曼想起报名来柴达木时的情景:

南京,某地质研究所所长办公室。邢秀丽忙碌地登记着花名册。陈曼兴高采烈地交上申请。所长问:"谁家的小孩子啊,也来凑热闹?"陈曼"唰"地脸就红了,说:"我是地质大学一年级学生。"所长把申请书往桌子上一放:"给家人打招呼了吗?"

陈曼的父亲在解放南京时牺牲了,后来母亲有了新的家庭。陈曼觉得天下就自己是孤独的小鸟,所以,她宁愿走得远远的,哪怕是天边的柴达木。所长听了一声叹息,对正在登记的邢秀丽说:"你一路照管好她。"

陈曼将头倚靠在邢秀丽的肩上。邢秀丽伸出手,搂着陈曼。

邢秀丽也想起自己出发时的情景:

邢秀丽的家在上海一条弄堂里。父母都是本分的工人。她还有两个妹妹,一个弟弟。母亲抱怨邢秀丽为什么要跑那么远。邢秀丽说是自己所里指定的队长,不能不去。母亲把一块肉挑到邢秀丽的碗里,心疼地说:"柴达木,听都没有听说过呢。"父亲一直没有吭声,临到最后,长叹一声。父亲的一声叹息至今都让她很不好受……

64

茫崖。自流井。

陈兵负责敷设水管线,脸上被强烈的紫外线晒得黢黑,裸露的上半身已经晒爆了皮。他高高地挥起十字镐,狠狠地挖下去,只听"嘭"的一声,十字镐像挖在铁板上一样,只是溅出一个小白点。

随着"嘭……嘭……"的声音响起后,有人扔掉了十字镐,痛苦地捏着虎口,或狂甩着手臂,疼得龇牙咧嘴。一个外号叫"干猴儿"的队员抱怨道:"这样能挖开管沟,简直是天方夜谭!"

陈兵犟着性子,说:"就是用嘴啃,我们也要撕开一条管沟来!"

"干猴儿"说:"陈队长,你用嘴撕撕看,别尽吹牛皮!"

陈兵气得过去狠狠踢了他一脚。"干猴儿"就势在地上打了两个滚,动作有些夸张,回头再看吃人豹子一样的陈兵,便委屈地流出了眼泪,带着哭声喊道:"你打死我吧,打死我吧!"

谁也没有把这样的"表演"当回事。关于挖管沟,有人献计,将腮帮子一鼓,发出"嘭"的一声响。陈兵领悟道:"炸药!"

而在油泉子方向负责道路施工的何卒,也遇到同样的问题。几天下来,几十号人只啃掉小山包的一层表皮。队员们都愁眉苦脸,照这样挖下去,就是一年也开通不了。队员们满嘴都是血泡,手上也是血口子。张二嘎子没有吭声,盯着发呆的何卒。

何卒问张二嘎子:"你鬼点子多,说说看,咋个办?"

张二嘎子爬到山顶,一屁股坐下,点燃一根烟,说:"我啊,放一个屁,炸掉它!"何卒一拍脑袋:"对!炸掉它!"

陈兵、何卒同时奔回茫崖大本营,两个人被晒得像锈铁一样,手掌上都缠着纱布。陈启仁给他们扔过去烟，说："遇到拦路虎了吧？"

陈兵、何卒两个异口同声道："炸药！"

基地有炸药，但是准备给勘探的。现在一个是民生用水，一个是工业修路，两项工程都是急活，耽误不得。陈启仁有些为难，何满江却将巴掌一拍："给！"陈启仁还有些犹豫。何满江说："犹豫不得，勘探用炸药的缺口可以再申请，现在通水、开路都是火烧眉毛的事！"

陈兵、何卒两个人高兴得要跳起来，一声告别就转身出门。何满江一声大喝"站住！"两个人顿住脚步，慢慢转身，面面相觑。何满江又大喊了一句"兵蛋子！"原来陈兵踢"干猴儿"的事被捅到了大本营。陈兵心想那根本不算啥事，只是那小子太会装，但一看何大队长的脸色，知道又有麻烦了。

陈兵像个犯错的孩子，走近何满江。突然，何满江抬起一脚踹在陈兵的腿上。陈兵晃了晃身子，稳住了。何满江说："看来你的腿好利索了啊，都可以踹人了呐！"

陈兵不好意思，尴尬地笑着。

何满江说："给老子，工作也要讲个方式方法嘛，动不动还是行伍那一套，要得吗？"陈兵不好意思地搔着头皮，心想"干猴儿"他娘的还告状呢，没球啥意思的人。何满江说："这么艰苦的地方，人心都脆弱着呢，你怎么能够打人呢？"

陈启仁连忙说："赔礼道歉。"说着，把陈兵推出了帐篷。

何满江说："这个犟怂，脑子咋就不转弯呢。"

陈启仁说："欠啐！"

陈兵回到自流井临时工地，气呼呼地拐进一栋帐篷。"干猴儿"从床上"哗啦"站起身，心惊胆战地看着气呼呼的陈兵。陈兵说："老子踢你是不对，但你，你怎么去告状呢？"

"干猴儿"一时语噎。陈兵说："好了，好了，我给你道歉了。"

"干猴儿"连连摆手，说："不用，不用，我流流眼泪就过去了。"

陈兵转过身，道："欠揍！"

"干猴儿"一听，愣住了，一脸哭笑不得的表情。

管沟开挖的工地上一派火热的劳动场景。陈兵抡起椰头，奋力地打着炮眼。

"干猴儿"赤手握着钢钎。榔头每敲打一次,他的身子就随之弹蹦一下,好像榔头砸的不是钢钎,而是他的身子。

何满江视察现场,看见"干猴儿"双手已经磨出了血。何满江问:"手套呢?""干猴儿"惨兮兮地说:"破了。"何满江对陈启仁说:"后勤保障一定要跟上啊,这样下去不是事情呢。"陈启仁将自己衣服口袋里的一双手套掏出来,递给"干猴儿"。

何满江对陈兵说:"我来两锤!"

陈兵说问道:"大队长,你行吗?"

何满江说:"屁话!"

陈启仁换下"干猴儿",坐在地上,赤手握着钢钎。一榔头敲下去,钢钎往上一弹。何满江说:"这真是在啃硬骨头啊!"

何满江招呼大家都休息一下。队员们纷纷丢下手中的工具,向何满江围聚过来。何满江扫了一眼队员们焦黑的脸庞,目光扫过"干猴儿",最后停留在陈兵的脸上。"干猴儿"眼睛贼亮贼亮的,陈兵却低下了头。何满江移过视线,对大家说:"我刚才和陈教导员打了一个炮眼,土质很硬啊,大家辛苦了,我有两句话给大家说。"

队员们专注地盯着何满江。

何满江说:"一呢,大家要认清,我们为什么要下大力气铺这条水管线。你们都知道,过不了一段时间,茫崖将汇聚成千上万的队伍,说不定今后啊还是几万人的规模。在这戈壁滩啊,水就是生命。感谢上天在这里给我们藏了一份比生命还珍贵的礼物,就是这自流井。我们必须要把这生命之水,引到我们的帐篷城去!"

队员们一阵鼓掌。

何满江扫了一眼陈兵,说:"也就是陈兵队长所说的啊,我们就是用嘴撕,也要撕开这条管沟!"

陈兵昂起了头。"干猴儿"赶紧低下了头。

何满江话锋一转,说:"二呢,我们现在是困难时期哟,我们是先锋队嘛,就是一块黄连,也要吃第一口,甘草的甜要留给后来者嘛。我们不管是军人出身,还是大学生,都要放下身份,从一个新兵做起,建设我们新的茫崖家园!"

人群中又是一阵热烈的掌声。

何满江示意陈启仁。陈启仁说:"前段时间工地上发生了不愉快的事,我们暂不追究谁是谁非、谁对谁错,我们要各打五十大板,首先,陈兵队长要深刻检讨,向大家赔礼道歉!"

有人立即说:"没那么严重的。"

也有人说:"'干猴儿'在演戏呢。"

陈兵像被扒了衣服一样赤身裸体无处躲藏,只好向大家深深鞠了一躬,说道:"我对不起大家,工作方法简单粗暴,愿意接受大家批评。"

何满江赶紧接过话题,说:"陈兵队长我是了解的,耿直果断,他也检讨了自己的错误,希望大家既往不咎,团结一致,干好工程。大家有没有信心?"

队员们挥舞着拳头,异口同声地喊道:"有!有!"

65

女子勘探队员将红旗扛在肩上,走进探区。

她们脚上穿着翻毛大皮鞋,身上穿着劳动布工衣,肩上背着地质包,手中拿着地质锤,在山上敲着岩石样本。张岂容和"小南京"站在仪器旁,测量着高程。邢秀丽和何曼在本子上画着地形图,标记着坐标。几天下来,女队员们脸上就变了颜色,全都是黑红黑红的。她们终于领教了戈壁大风和高原阳光的威力。

陈曼一遍又一遍照着镜子。镜子里出现的自己,让她自己都不忍心细看。"小南京"夺过陈曼的镜子,一照,"哇"的一声,把镜子扔了出去。另一个队员捡起镜子,一照,也"哇"的一声再次扔掉了镜子。张岂容捡起镜子给陈曼,说:"变的是我们的脸,不变的是镜子,镜子跟着脸受过。"

"小南京"苦着脸,说:"真是猪八戒照镜子啊。"

有人问:"猪八戒照镜子怎么来着啊?"

张岂容说:"不照不像人,照也不像人。"

邢秀丽说:"别儿女情长了,这戈壁沙滩,只有人,没有男人和女人。""小南京"惊奇地问:"队长,什么意思啊?"邢秀丽说:"性别只是弱者的自欺欺人，挺进柴达木，我们就要模糊掉自己的女儿身。要改造这个世界，我们首先要改掉自身弱者的符号。""小南京"吐了一下舌头，心想，好可怕的话啊，我连女人也当不成了呢。张岂容说："要么改变柴达木，要么被柴达木改变。"

邢秀丽说："也许，你们都看见了自然的残酷，但我喜欢上柴达木了，在这里，可以跟大自然对话，心灵可以自由自在，可以梦想，可以飞翔，也可以发呆。"

张岂容说："那你今后就在柴达木嫁了吧。"邢秀丽一本正经地说："嫁个人嘛，那也不是什么难事。"张岂容说："今后回内地啊，你就骑着骆驼回去吧，那才叫传奇呢。"邢秀丽对张岂容说："你呢？谈对象了吧。"

张岂容说："志不同者道不合，踹了！"邢秀丽说："谁踹谁啊，肯定是他踹你吧。"张岂容说："切，才不稀罕呢。"邢秀丽说："有些男人，一辈子就只待在一条小巷子里邋邋遢遢活一生，也不愿意志在四方出来闯一闯，早踹早好！"

张岂容说："不说了，说起来就堵得慌。"

邢秀丽说："我们十个人里谁谈过对象啊，举手，我统计一下。"

张岂容举起手。紧接着又有两名队员举起手。张岂容说："邢秀丽，你难道没有谈过？"邢秀丽说："我啊，没有。"张岂容说："谁信？"邢秀丽说："我追过一个，可人家不答应。有一个追过我，我又没有答应。你说，这算谈过对象吗？"张岂容说："也算。"

邢秀丽说："你们谈过对象的都拉过手、亲过嘴吧。"

"小南京""嘿嘿"一笑，坦白道："拉过，没亲过。"有人道："亲过，没拉过。"邢秀丽说："一般都是先拉手后亲嘴啊，你咋不讲程序呢。"那人补充道："晚自习后在学校操场，他要拉我手，我没敢，他就强行亲了我。""小南京""哟"的一声，追问道："你们没有那个？"那队员脸红腮赤："'小南京'，你才那个了呢！"

队员们忍不住"哈哈"大笑。

邢秀丽问张岂容："你呢？"张岂容说："从手到嘴就那么一点点距离，你说呢。"邢秀丽说："老江湖，什么都干过啊，死也值了。"邢秀丽吓得赶紧捂住自己的嘴巴。张岂容却淡然道："没错，死也值了。"

陈曼一直羞涩地听着大家的笑谈，不吭声。"小南京"问陈曼："为什么一直不吭声。"陈曼羞得说不出话来，好半天才说："谁要是亲了我，我这辈子就一定要嫁给他！""小南京"道："哦，从一而终啊！"

邢秀丽止住大家的玩笑，说："姐妹们，好了，不说这些望梅止渴的话了，我们唱首歌吧。"于是，帐篷里便传出歌声：

是那山谷的风，吹动了我们的红旗
是那狂暴的雨，洗刷了我们的帐篷
我们有火焰般的热情，战胜了一切疲劳和寒冷
……

帐篷外，戈壁大风翻着跟头在夜奔。

66

早晨出发时，邢秀丽将队员们集合在一起。

按照分工，邢秀丽带四人一组，张岂容带四人一组，分组勘探。以汽车为大本营，天黑之前必须回到大本营。这一天，女子地质勘探队要进入柴达木雅丹地界了，那里地形复杂，山峦成林，一望无际，人走在里面，就像一粒尘沙一样渺小，所以安全是重点。出发前，邢秀丽对安全做了要求，队员们听得脸色也格外凝重。

出发时，邢秀丽找到张岂容，说："带好队伍，注意安全，不准一个人掉队，我们必须光荣地完成任务并回到研究所。"

张岂容说："保证不掉队，你也注意安全。"

张岂容带领的小分队，进入到雅丹林里。张岂容爬上一个小山头，向远处望去，连绵不尽的山头在视野里，像大海里凝固的浪头，似乎没有来得及退回去，就被一下定格了。队员们爬上山头，都惊叹眼前雄奇的自然景观。"小南京"说："真像大海退去，把浪头留给了戈壁。"

另一个队员说："这些山头是被大海遗弃的孩子。"

张岂容说:"都诗情画意一下吧,幻想一下,亿万年前,这里可真是海洋,我们就在海底呢,有鱼,有珊瑚,有海龟,还有恐龙……"

"小南京"说:"你想想,在这片亘古洪荒的土地上,我们每抬一次腿,可就是人类留下的第一只脚印啊,想想都壮美得令人自豪啊。"

邢秀丽的小分队,遇上一支男子地质勘探队。远远地,她们发现一群男人在烈日下脱得赤条精光,将衣服埋到滚烫的沙子里,过一会儿扯出衣服,在沙地里一阵拍打。女队员再不敢往前走,只好退缩在一个山包后。邢秀丽偶尔探出脑袋,看看他们的动静。

陈曼说:"邢姐,你也敢看啊。"

邢秀丽说:"谁叫我是队长呢,我不看谁看啊。"

邢秀丽露出半只眼睛,看见七八个男队员光着精屁股,脸、胳膊是黑黑的,只有下半身是赤白的颜色。他们将衣服埋进沙子里,过了很长时间,才将沙子里的衣服扒拉出来,抖一抖,又穿在身上。有的队员干脆把自己赤身裸体埋进沙子里,可能太烫,刚埋进去就又从沙子里弹了出来。

陈曼好奇地问:"邢姐啊,看清楚没有,他们在干什么啊?"

邢秀丽说:"好像,好像在洗衣服。"

陈曼说:"怎么,用沙子洗衣服?"

邢秀丽说:"不但洗衣服,还在洗澡。"

队员们张大眼睛,说:"沙浴啊!"

天上的日头太毒,烤得人要发焦,身体里的水分被急剧蒸发,每个人都口干舌燥,刚爬完几个山头,腿就累得抽筋似的,即便使出吃奶的劲也爬不上去了。张岂容感觉口干舌燥,她叫队员原地休息。柴达木的太阳太毒,一巴掌大的阴凉都没有,体内的水分都被榨干了。

队员们脸色红黑,满嘴巴是干裂的口子。

休息时,张岂容艰难地吃下一块面饼,说:"天色不早了,大家赶紧休息十分钟,我们准备回返。""小南京"说:"我们今天的任务还没有完成呢。"张岂容说:"只要活着,每天都有任务!"

邢秀丽看那帮男队员都穿戴整齐了,才招呼姐妹们从山头后面现身。男队员看见山头后神出鬼没出现一帮人,吓得半天没有醒过神来。一个队员说:

"完蛋了,我们裸体被她们偷窥了。"

大胡子队长胡挺说:"都是带枪的,羞个啥啊。"

等人走到跟前,男队员们才发现这伙子人不是"带枪"的。邢秀丽主动打破尴尬,问他们日光浴感觉如何啊之类的话。胡挺赶紧整理衣衫,走过去,伸出手,自报家门:"631队队长,胡挺。"

邢秀丽也伸出手,说:"女子地质勘探队队长,邢秀丽。"

陈曼看着胡挺的大胡子,说:"我们见过。"邢秀丽说:"早看出来了,接待站,用一把大胡子吓人。"胡挺倒有些不好意思,说:"早听说有支娘子军进了柴达木,没有想到能在这里碰面,幸会幸会!"邢秀丽"呵呵"一笑,说:"有女人的地方,就会有男人嘛,也幸会幸会!"

男队员都笑了,说:"真会占便宜。"

邢秀丽笑着扫了一眼男队员们,一个个衣衫褴褛,像叫花子一样。胡挺连忙用大衣裹了一下破裤子,直报怨刚进来这么几天就这个破烂样了。邢秀丽说:"难道不怪,胡子比头发还长。"

邢秀丽说:"你们刚才好像在洗衣服?"

胡挺说:"满身虱子,这沙子管用,一烫全死。"

一个男队员补充道:"沙浴,比澡堂子里的热水都舒坦。"

胡挺开玩笑道:"你们,也洗洗?"

邢秀丽坚决地说:"不!"

67

茫崖。自流井。

陈兵手举小红旗,嘴里衔着一枚铁哨。

一声哨响,"干猴儿""噌"地划燃火柴,点燃导火绳,双手捂住耳朵,兔子一样逃跑开。导火绳"滋滋滋"冒着白烟。紧接着,"嘭嘭嘭"一阵排炮炸响,地上腾起一股股灰柱子。

陈兵一屁股坐在地上,眼睛里闪动着泪花。他掏出一根烟,包扎着纱布的手总是不听使唤,划了两根火柴都没有点燃。他真想吼上那么一嗓子,可是又怕队员说自己是神经病。他自己知道,这段时间自己是憋闷得太久了。"干猴儿"立马划燃火柴,凑了上去。

陈兵狠狠地吸着烟,又狠狠地吐着烟。身旁一只沙漠老鼠跳来跳去,围着一株骆驼刺,陈兵发呆似的看着那只老鼠,心想,骆驼刺上什么果子都没有,你在跳什么呢。那只老鼠跳累了,蹲着身子,看着陈兵,小眼睛滴溜溜地转动着。陈兵也看着它,半天,忍不住笑了。

突然,远处一声震天炮响,陈兵被震得回过神来。那是修公路放的巨炮,比陈兵这边的排炮响亮多了。

轰隆一声炮响,大地一震,尘土冲天。小山头被削去了一半。这确实是一枚巨炮。队员们欢呼起来。何卒抬眼一望,远处还有好几个小山头。张二嘎子说:"有了炸药,再多再大的山头也削得平。"

何卒说:"估计陈兵那边也快完工了吧。"

张二嘎子说:"是不是想他了?"

何卒笑笑,没有吭声。张二嘎子心里明镜似的,他们两人都暗藏着一股子劲争第一,这样好,也不好。好的就是,有对手才有进步;不好的是斩敌一千自损八百,所有的胜利都是用鲜血换来的。听了张二嘎子的分析,何卒说:"你一天是专门琢磨人的呗。"

张二嘎子不以为然,说:"你、我、陈兵,都是同一条战壕出来的,说实话,你们两人谁半斤谁八两,我都是清清楚楚、明明白白的。"

何卒说:"怎么个明白?"

张二嘎子说:"一个是明炮,一个是暗枪。"

何卒说:"你成天琢磨这琢磨那的,跟谁学的啊?"

张二嘎子"嘿嘿"一乐,说:"我爹就是汉中街头那个算命的'张半仙',遗传,无师自通,你要有过不去的坎啊,找我,帮你推算。"

何卒有些恼怒,说:"你这些话啊,晚上去跟陈兵说吧。"

张二嘎子"哈哈"一笑,说:"罢了罢了,日子还长呢。"

茫崖大本营。张成武掀开何满江的帐篷。

何满江问老张："现在吃饭的人有多少？"张成武汇报说道："都开四个食堂了，估计有上千人。"何满江感觉现在后勤保障这块压力巨大，就是满足嘴巴吃，都是一场战役。陈启仁说："每天还有好几百人进来呢。"

刚说完，外边就响起汽车的声音。两人从帐篷窗口往外一看，几辆大卡车满载物资进了帐篷城，司机大声喊："卸货了！卸货了！"何满江对老张说："你得脱下围裙了，专门组织接待工作，你把后勤这块抓起来，帐篷、伙食、人员住宿，你得统筹安排。"

张成武果真脱下围裙，说："好的，我脱！"

陈启仁抓起桌子上茫崖帐篷城的示意图，递给张成武，说："关于搭建帐篷，不要东一顶西一顶，要有规划，分功能，留出过道和广场，也许，今后这里会搭起成千上万顶帐篷呢，就按照这个图示执行吧。"

张成武看了看图纸，说："后勤人手成问题呢。"

何满江点化张成武，只要在基地闲暇的人，都可以抓闲差，包括他、老何和老陈。张成武知道他们忙，直摆手，说："要不得。"陈启仁强调队伍的吃饭问题，说："今后就按照图示分区块开灶，住在哪个区块就在哪个区块打饭。"何满江说："后勤半边天啊。"

外边司机又在喊："卸货了，卸货了！"

张成武不好意思，说："催呢。"

张成武刚一出去，何卒就掀门进来了。陈启仁说："我们每天都能听到炮响了，进展如何啊？"何卒"嘿嘿"一笑，说道："进展顺利。"

何满江说："何队长，说吧，啥事？"

何卒汇报说："现在施工战线越拉越远，施工队准备要几顶帐篷，人员就住在工地，食堂送饭就行，这样每天可以节省大量时间。"这是一个好建议，何满江和陈启仁立即支持。陈启仁叫何卒去找后勤部长。何卒一脸迷茫着，不知道谁是后勤部长。何满江道："去找老张！"

说罢，何满江和陈启仁都出了帐篷，帮着卸车。张成武正将一大包货物卸到一个人背上，这才看见是何满江。张成武一愣。何满江弯腰一走，陈启仁又把肩背靠过来。一大包货物压在陈启仁肩背上，他闪了一下腿，一顿，又稳住了。

何卒给车上装了帐篷，到食堂抓了两个馒头，上车就走。张成武从库房出来，手里拎着两听罐头给何卒。何卒咀嚼着粘牙的馒头，看了看罐头，开玩笑说："刚当部长就贪污了啊。"张成武一脸无辜，说："这罐头，不是贪污，是病号餐，你拿去，工地上万一用得着。"

69

雅丹林里。

张岂容小分队原地休息，吃的东西都拿出来。有的拿出一张饼，有的拿出半张饼。"小南京"将手伸进挎包，犹豫了一下，又抽出手。张岂容看见了，没有吭声。她给一人撕了一小块，将剩下的饼用手绢一包，递给"小南京"，说："你来保管，不到万不得已不要吃。"

"小南京"一顿，羞得低下了头。

一个队员解下身上的水壶，摇了摇，水已经不多了。张岂容要求大家吃饼就不要喝水，喝水就不吃饼了。有个队员已经将水壶靠近嘴唇，一听，只好收起水壶。张岂容看大家眼圈里都有了泪花，说："大家别担心，我们就是爬也要爬出去的！"

"小南京"说："怎么转过去转过来，都在这个小山包里边啊。"另一个说："我们是不是走进了迷魂阵啊，这样下去可要人命的。"

张岂容爬上一个山包，向四处看了看，也说不清楚东南西北。眼前的小山包跟刚才休息处的小山包一模一样。张岂容对大家说："太阳还高，别着急，我们在这个山头上做个记号。"说罢，将自己的手绢缠在筷子上，插在山头。

邢秀丽小分队在太阳下山时，回到了卡车。不见张岂容小分队，问司机老汤。老汤说："你们是最先回来的。"邢秀丽看看着天色将晚，心里有些着急，但嘴上没说。陈曼爬上一座小山头，向远处眺望，她手里举着手电筒，手电的亮光在荒野里四处乱闪。

老汤煮好一锅汤面片，叫大家吃饭。队员说："等大伙回来一起吃吧。"老汤一声叹息。夜色笼罩着荒野，邢秀丽一个人站在沙滩上，她感觉一种恐惧缠住了自己。她不能表示出来,只能将恐惧深埋于心。

老汤又催了几次,但没有一个人吃饭。气氛实在压抑,邢秀丽打破僵局,说:"大家都先吃,她们回来再煮!"队员们面面相觑。邢秀丽先给自己盛了一饭盒,提高了嗓门,说:"大家动手啊,难道我给你们挨个儿盛吗!"

队员们这才默默地盛饭。邢秀丽大口吃起来,但那样子吃的不像是饭,好像吃的是药。

70

茫崖。帐篷城。

何满江捏着一个馒头,撕了一大口,有些噎,囫囵吞了下去。

陈兵跟陈启仁汇报工地情况。何满江说:"进度蛮快啊,你这个陈队长,劲头用在点子上,还是很见成效的嘛,照这样子,淡水很快就可以进帐篷城了。"

陈兵不好意思地笑笑,说:"领导还是叫我兵蛋子吧,听着习惯些。"陈启仁说:"以前叫你们兵蛋子、小卒子之类的,现在你们是队长,我们得要改口才行。"

何满江拍了拍陈兵的肩膀,说:"柴达木的太阳就是好,一块生铁都能炼成钢!"这时,电报员在门口一声"报告",进门给何满江递上电文纸。何满江在灯下扫了一眼,说:"局里领导要进盆地了。"

陈启仁看了一眼电报纸,说:"好啊,这摊子越来越大,领导们需要进来坐镇了!"何满江说:"听说张师长当了运输公司的头,还兼了副局长,运输保障上,我们要多给老领导找点麻烦了。"

71

雅丹林里,张岂容的小分队果真迷路了。

淡淡的星辉下,四野茫茫,除了山头还是山头,而每一个山头都是一模一样。五个队员怀着恐惧,不停地走,可还是找不到出口。张岂容说:"不能再走了,再这样走下去,我们耗费的体力更多。"

"小南京"带着哭声,说:"那我们怎么办啊。"

张岂容说:"就地宿营,一是保持体力明天再走;二是等着营救。"

山坳里,几个队员蜷缩在一起,在苍茫的戈壁,格外孤小……

邢秀丽看看手表,已经到深夜12点了。陈曼建议赶快去救援。老汤不赞成,他是戈壁瀚海里闯荡过的人,知道这样去瞎找,迟早都是死。邢秀丽觉得老汤说得有理,决定今晚休息,明天一早出发救援。邢秀丽撕掉了一条床单做成火把,浸了柴油,点燃,插在近处的一个山头上。她想给张岂容小分队留个方向。

邢秀丽围着棉大衣,静静地坐在山头上,等候着。

雅丹林里的几个人怎么也睡不着。黑夜、恐惧、饥渴,还有夜里的寒冷。"小南京"开始抽泣,她的抽泣像流感,每个人都胆战起来。张岂容说:"别哭了,把眼泪留到最后吧。""小南京"止住哭泣,半天又说:"我只亲过嘴,还没拉过手呢。"

邢秀丽开始流泪了,眼泪"哗哗"直流。她抹掉一把,又冒出一溜。她轻声念叨着:"岂容啊,你们在哪里啊,快回来吧。"

雅丹林里。张岂容说:"反正都睡不着觉,我们唱歌吧。"没有人附和,她先自己哼起来:

是那山谷的风,吹动我们的红旗
是那狂暴的雨,洗刷我们的帐篷
几个队员也跟着低声哼起来:
我们有火一般的热情
……

小山头上,火把慢慢熄灭。邢秀丽突然一个迷瞪打了一个盹儿,眼皮困倦地合上了。她仿佛看见张岂容小分队回来了,大伙热烈地拥抱、欢跳。邢秀丽责怪她们到哪里去了,让人担心死了。张岂容说:"我们走进了魔鬼城呢,走啊,走啊,走得好累啊,怎么也走不出来……"

雅丹林里,困倦让队员们精疲力竭,都睡了过去。张岂容迷糊之中也走进入梦幻之中，她感觉走出了雅丹林，跟邢秀丽等姐妹们相拥在一起，热泪长流。邢秀丽说："再也不让大家分开了。"张岂容说："就是死也不分开……"

夜幕散去，戈壁的天空微微泛白。

邢秀丽一个激灵，醒了过来。她回头一看，只见陈曼等四个队员全站在身后，都无助地看着她。邢秀丽问："她们回来了吗？队员们都摇头。"邢秀丽这才想起刚才是一个梦。得马上出发去寻找，再不能等了。邢秀丽给每个队员分配了足够多的食物和水，并决定分组进入雅丹林寻找。陈曼跟邢秀丽一组，其余三人一组。

司机老汤说："娃子们，我就在这里等着你们回来！"

邢秀丽努力地笑了一下，说："出发吧！"

等队员都离开了，邢秀丽这才将一个挎包交给老汤，庄严地交代道："假若我们真回不来了，拜托你，把里边的资料寄走，这是我们完成的勘探数据，还有我的一份检讨。"

老汤一听，眼睛湿了。

72

风蚀林里，一抹温暖的阳光唤醒了沉睡的队员。看到太阳升起，队员们眼睛里又充满了希望的光芒。张岂容给大伙打气，大声道："今天一定要走出去，也一定能走出去！"

张岂容把所有的水都收到一起，一人只够一口。她还吩咐大伙都不能随便尿尿，实在没有水的时候，那也是救命的液体。几个人都点点头。水壶的水都收集在了一起，也只有少半壶。

邢秀丽小分队五人进入雅丹林。邢秀丽告诫另外三名队员，做好路标，千万千万不能再失联了。三名队员勇敢地点点头。邢秀丽跟她们每人一个拥抱，并要求找到她们，要回来！找不到，也回来！三名队员朝邢秀丽挥挥手，转眼没入了一望无际的雅丹林。

一滴眼泪，从邢秀丽的眼角滚落下来。

张岂容五人疲惫地在风蚀林里跋涉。走了很久。"小南京"一抬眼看山头，

"哇"的一声哭出声来。张岂容抬头一看，小山头上插着一面手绢……

邢秀丽的三人小分队，在起伏连绵的山包里快速行走。她们边走边大声呼喊："张岂容——张岂容——"

邢秀丽和陈曼艰难地在戈壁上行走，小山包一个个横亘在眼前。陈曼用嘶哑的声音喊道："张岂容——张岂容——"

其实，对眼前的处境张岂容心里早就咯噔了，只是没有表露出来，她知道事情复杂了，说明走了好几个小时都在原地打圈圈。她狠狠地骂了一声："他妈的！"队员们已经疲惫不堪，每挪动一步，都十分艰难。再看见山头的标记，都跌坐在地。疲惫和恐惧再次笼罩着她们。

"小南京"说："我再走不动了，我要在这里睡一觉了。"说罢，另外几个队员也困倦地合上了眼睛。"小南京"闭着眼睛，伤心地说："我们要死在这里边了。"几个队员都哭了起来。张岂容狠狠地瞪了一眼"小南京"，本想发火，但忍住了，她没有劝阻，自个儿也有些发呆。

邢秀丽的三人小分队突然发现，她们自己也迷了路。在一模一样的山峦里，根本就找不到方向。她们三人恐惧地紧紧抱在一起，仰面天穹，号啕大哭起来。

邢秀丽拉着陈曼，跌跌撞撞走出风蚀林，眼前是黑魆魆的一片苍茫戈壁。陈曼说："邢姐，我们走出来了……"

等大伙儿哭够了，张岂容才说："都哭够了吧，都没有力气了吧，哭出希望了吗，哭来救援了吗？"大伙儿都面面相觑。张岂容说："我也想哭，但我哭不出来，我只知道怀揣希望，就一定会有希望，谁要是想着死，那么也就真的快死了，这就叫生命感应。"

"小南京"立马抹去眼泪，其他几个队员也赶紧抹去眼泪。

张岂容说："你们哭的时候我在想，为什么走不出迷魂阵了。我们这两天少说也走了一百多公里，为什么还在原地打圈圈呢，因为我们都是在山沟里盲目地走，没有明确的方向。这片雅丹林再大，直径也就是一两百公里，如果方向正确，我们早就走出了包围圈去了，是不是？"

"小南京"问："怎么找到方向啊？"

张岂容说："我们糟糕的是没有指南针。"

队员们一听，一下泄气了。张岂容说："不过，还有一个办法。"队员们都睁大了眼睛,等待着。张岂容说:"我们再走的时候,找准一个方向,先由一个人走过去,爬上一座山峦,站在顶部做标记,然后,几个人再往前走,在第一个人视线范围内再让一个人爬上另一座山峦做标记,再然后,第三个人、第四个人、第五个人……"

"小南京"说:"再然后呢?"张岂容说:"这时,最后一个山峦的人再超过前边的四个人,爬上一座山峦,以此类推。""小南京"眼睛里一下充满亮光,说:"啊,这方法不错!"

张岂容看看天空,夕阳正在急速西下,说:"我来走第一个,朝着太阳西下的方向,能走多远就走多远,明天,我们就会走出去的。"

队员们都异口同声道:"我们会走出去的!"

张岂容爬上一座山峦,朝着太阳下坠的方向,伸出胳膊,喊道:"出发吧!"

73

邢秀丽搀扶着陈曼,跌跌撞撞在戈壁上挪动着灌了铅一样的双腿。陈曼看着夕阳西下,恐惧感油然而生,她担心找不到卡车方向了。邢秀丽说:"别担心,毕竟我们已经走出了雅丹林。"

司机老汤已经煮好了一大锅汤面片,他不停地搅着锅底,生怕面片煳锅。搅了锅,又爬上山头去张望一阵。张望得眼睛酸涩了,又回去搅面片。眼看着天色越来越暗,他抱起一些柴火,淋上柴油,在山顶点燃。火苗"哗啦啦"蹿得老高。火光里,老汤的脸被痛苦绞杀着。

照张岂容的方法,大伙儿果然走出好远的距离。在天色黑下来的时候,张岂容集合了队伍,团坐在一个山头上。人们虽然疲惫至极,但都有了求生的勇气和希望。"小南京"打开挎包,分掉最后一点食物和水。

张岂容将身上的一个挎包撕碎了,点燃一个火把。张岂容说:"秀丽她们肯定在找我们,得要给她们一个信号。"火把刚一点燃,突然传来隐隐约约一声喊。几个人都听见了,又觉得不太真实,竖起耳朵再听,又听见一声喊。张岂容"嚯"地站立起来!

"小南京"解下脖子上的围巾,点燃,燃起更加明亮的火炬。张岂容和几个队员同时大喊道:"我们在这里!我们在这里!"这时,远处也亮起一个火炬,在黑夜里格外明亮。

老汤师傅把锅铲狠狠地插进铁锅里,拔了几下没有拔出来。面片彻底糊锅了,老汤一屁股坐在地上。

邢秀丽背着陈曼一步步摸黑往前走,每走一步,都十分艰难。邢秀丽说:"我们就当一晚上'团长'吧,天亮再走。"陈曼担心其他姐妹。邢秀丽宽慰道:"也许她们已经回去了,说不定还在担心我们呢。"

雅丹林里,两把火炬汇聚在一起,张岂容和邢秀丽的三人小分队紧紧拥抱在一起。救援队员带来了丰富的食物和水。队员们脸上露出了笑容。张岂容心想,按照今天的行走方法,明天就能够走出去了。

相遇的短暂幸福和拥有食物的快乐消失之后,疲惫再次涌上来,八名队员相互依偎着,慢慢进入梦乡。"小南京"闭着眼睛,怎么也睡不着,迷迷糊糊中,她恍惚又回到了校园。

晚自习后,她和心中的那个他,手拉手走在校园。"小南京"说:"你亲我一下吧。"男生说:"不行,有人呢。""小南京"说:"不,我就要。"

男生果然亲了她一下,她感觉嘴唇火一样灼烫起来……"小南京"抿着嘴唇一个激灵醒来,发现自己在做梦,再看看大家都在沉睡,一个哈欠,又闭上了眼睛。

老汤不停地给山顶柴火堆添加柴火,点旺篝火,他生怕这堆火熄灭了。突然,一股风迎头灌过来,沙子"扑簌簌"乱飞。等沙子飞过,他揉了揉眼睛,还没有回过神来,更大的风就铺天盖地席卷而至。

他惊恐地望着天,吼道:"遭了!"

他还没有跑到锅台边,风就已经跟随他的脚后跟扑杀而至,沙子把铁锅给覆盖了。他连忙往帐篷里跑,还没有进去,帐篷的一根地桩就被风拔了起来。他连忙拽住帐篷一只角,拼命将地桩再扎下去。等他直起身,只见山头的柴火已经熄灭。

正在犹豫的当口,他就听见天空里出现怪兽的嚎叫声,像被巨浪推着跑来。他来不及抢救帐篷,闭着眼睛摸到大卡车跟前,去拉车门,怎么也拉不动。他费九牛二虎之力拉开车门后,帐篷已经"哗啦"一下升上了天,转眼间就消失得无影无踪。

老汤爬上驾驶室,还没来得及关车门,车门就"啪"的一声回扣过来。

沙砾和石子"噼噼啪啪"砸在挡风玻璃上，风力太大，似乎已经有破裂的声音。老汤痛苦地捂住头，喊道："要命！要命啊！"

沙尘暴怒吼了整整一夜，天地混沌，好似进入了魔界。直到天色渐晓，大风才停止了鬼哭狼嚎般的咆哮。老汤从大衣里拱出脑袋，抖落满头的沙尘。一抬眼，看见车前挡风玻璃已经不在了。他连忙翻滚下车，只看见戈壁滩上干干净净，帐篷、物品，还有大铁锅早就不知去向。整个戈壁，又平静地还原在眼前，没有一丝慌乱的痕迹。

他抬头看看天，太阳依旧鲜艳欲滴。他只觉得脑袋一阵眩晕。

天明，胡挺勘探小队突然看见不远处沙堆里倒着两个人。胡挺和队员冲上去，从沙堆里刨出邢秀丽和陈曼。两人已被沙尘淹没了，失去了本来的模样。队员们一番抢救，邢秀丽微微睁开眼睛，艰难地动了动嘴唇，又昏迷过去。胡挺喊道："快，水！"

第七章
拓荒乐园

帐幕围城，驼峰作舟

茫崖，以几千顶帐篷的奢华

装点出西部边陲的繁华盛景

以苦为乐，以苦为荣

他们叫它拓荒者的乐园

家国情怀是他们的精神内核

只要有信念，人生就会坚强

只要有梦想，生活就不会苍白

甚至爱情的种子也会在瀚海深处悄悄萌芽……

74

茫崖大本营,被大风覆盖。

帐篷里黄沙弥漫,灯光像遥远的萤火。何满江在帐篷里来回踱步,急得像热锅上的蚂蚁,他感到莫名的焦躁。突然,"啪"的一声,灯泡炸裂,一片漆黑。何满江只觉得心脏一阵痉挛。

天刚亮,发报员火急火燎闯进何满江的帐篷。何满江接过电报纸看了一下,"嗖"地就站了起来,脸色铁青,手颤抖着,电报纸旋落在地。

汽车风驰电掣般在戈壁上狂奔,搅起遮天的灰尘巨龙。吉普车上,何满江像一头暴怒的狮子,双眼猩红。后边跟着两辆大卡车,车槽子里坐满了人。车后还跟着阿吉从当地牧民处征集来的十多匹快马,四蹄腾空。

被胡挺营救的邢秀丽和陈曼送到了卡车集合点。司机老汤端过一碗水,强给邢秀丽灌了一口。邢秀丽清醒过来,突然想起失踪的姐妹们,嘶哑着嗓子,说:"赶快救援!赶快救援啊!"

胡挺说:"何满江大队长派出的好几十人,已经进山了。"

陈曼搂住邢秀丽,眼泪"哗啦啦"直流。

到了雅丹地界,何满江将队伍分成五人一组,共十个小组,分别进入雅丹林里进行地毯式搜索。何满江掏出指南针,定了一下方位,说:"大家都是军人,有过野外搜索的经验,不要放过任何蛛丝马迹!千万记住,不管搜到没有搜到,每天晚上我们都要在这里集合!"

全体队员铿锵道:"是!"

日起日落,昼夜交替。

队员们在雅丹林里苦苦寻找。

戈壁上燃起一堆熊熊篝火,照亮了半边天空。何满江、邢秀丽、陈曼、司机老汤几人坐在火堆旁，焦急地等候着队员归队。骑马的队员先行回来，疲惫地滚身下马。接着，其他队伍陆续汇拢。

胡挺说："大队长，都三天了……"

何满江坚决地说："再找三天！"

日起日落，昼夜交替。

又一个三天过去了，队员们陆续汇拢到大本营。不用问，依然两手空空，且疲惫至极。两个队员瘫在沙滩上，连站起的力气都没有了。搜索的队伍也出现不良情绪，但何满江坚持一点："活要见人，死要见尸。"

一个队员说："别说人影子，连一只脚印都没找到啊。"

另一个说："那么大的沙尘暴，就是一座城池也给埋掉了，不要说几个人呢。"

日起日落，昼夜交替。又是三天过去了，还是无果。

第九天，何满江集合了队伍。他也感觉到无望，要是再这样折腾下去，搜寻队员也许都会搭上性命。他必须做出决断。他对大家说："我们五六十人，地毯式搜索了九天……"

话头刚起，邢秀丽紧张起来，嘶哑着嗓子喊道："她们会回来的，我要在这里等着她们，带她们一起回家……"

何满江来回踱步，将地上的沙子踢得老高。他知道他嘴里的每一个字，也许都会遭到万世唾骂，但此刻，他必须做出决断。他咬咬牙，说："我们留下马队继续搜索，其余人，撤！"

陈曼伤心欲绝，听到一个"撤"字，人一趔趄，直愣愣栽倒在地上。何满江纵步上前，抱起陈曼，使劲掐着她的人中穴。陈曼半天没有苏醒。何满江连忙把她平放在沙滩上，口对口做起人工呼吸。好半天，陈曼慢慢醒过来，她迷茫地看着眼前一个男人焦急并闪着泪光的眼睛，嘴唇条件反射般一哆嗦，咳出了声音。

老汤师傅赶紧端过来水。陈曼低声问道："老汤师傅，我，刚才怎么了？"

老汤说："娃子啊，你昏迷过去了。"

一串泪珠从陈曼眼角滚落出来。

雅丹林静默着，它静默地掩盖了一切秘密，像什么事也没有发生一样。

邢秀丽虽然心有不甘，但搜救已经尽了全力，她心知肚明，此刻，跟姐妹们告别的时候到了。在蛮荒的瀚海，人是多么微不足道啊。八个姐妹，被魔域吞没了，连一个影子都找不到。苍天不仁啊，她知道自己必须承认这严酷的事实。邢秀丽在卡车里找到一面崭新的"柴达木女子地质勘探队"的队旗，胡挺搀扶着她爬上一个小山头，用力将红旗插在山头上。

邢秀丽说："看见这面旗帜，姐妹们就能找到回家的方向了。"

胡挺也泪水潸然，一滴泪珠滚落在胡须上，晶莹，透亮。

何满江看着满眼连环的风蚀沙丘，悲痛道："柴达木，永远不会忘记她们，她们就是柴达木耸起的丰碑！"

何满江召集队员列阵，面朝连绵雅丹，悲痛地三叩首。胡挺展开地图，说："这是一块还没有地名标记的洪荒之地呢，它应该有个名字。"何满江说："这是柴达木盆地之南，八位女子仙逝之地，就叫它南八仙吧！"胡挺抽出铅笔，在地图上标上三个字：南八仙。

75

白色的帐篷井然有序，茫崖俨然有了城市的模样。

来自祖国四面八方的勘探队员，云集茫崖，给帐篷城带来了生机和活力。他们用火一样的热情，点燃了高原这座帐篷城的激情和浪漫。

一支支年轻的队伍，打着红旗，唱着歌曲，走进帐篷城。或者，骑着骆驼，骑着马，疾驰进他们的青春乐园。还有一辆辆汽车，满载青年男女，鸣笛驶进帐篷城。

再看帐篷城里那些年轻的人们，有的唱着歌进进出出；有的席地而坐，对着一些矿物样本认真研究，展开讨论；有的对着地图，指点着柴达木；有的正在给远方的家人和朋友写着最浪漫的书信；有的三三两两走在戈壁上，憧憬着未来；还有的在山头上吹着口琴，抒发着心中的喜悦之情。

张天翼被总局任命为柴达木勘探局副局长。张天翼在部队就是师部政委，跟张师长搭班子。这次他被委以重任，担纲柴达木石油的勘探局领导，虽感觉庄严神圣，但也满身重负。好在这支队伍他十分熟悉，从团长到兵，个个都是杠杠的。

张天翼披着黑色大衣，目光炯炯，带着何满江、陈启仁、葛先华等巡视茫崖帐篷城，看着从全国云集而来的充满朝气的队伍，声音洪亮地说道："已经五千多人了，这还只是开端，到年底有可能就要突破一万，或者一万五，最终可能要达到两三万人的规模呢。"

何满江惊讶道："需要铺那么大的摊子吗？"

张天翼点点头，说："我们不能小脚媳妇走路啊，祖国和人民给了我们最大的支持，下一步就要甩开膀子加油干，拉开大场面。勘探局已经成立，我来驻扎打前站，下一步，局机关也要移师进柴达木。"

陈启仁问："也要到茫崖？"

张天翼说："具体移师到哪里，根据情况再定。我们今年必须要打响第一炮，就是要在油泉子开钻。打好第一炮，实现开门红很重要。刚才听了你们的汇报，前期工作安排布局都很合理！"

陈启仁说："水管线已经竣工，淡水已经进了我们的帐篷城。"

张天翼说："好啊，好啊，水是这戈壁上的生命之源。"

陈启仁又说："进油泉子的路，山头已经削平，剩下就是土方了，预计还要一个月时间就可以打通。"

张天翼说："要加速，要提前，10月份一过，柴达木就没法施工了，我们要把时间抢在前面，给油井开工腾出时间来。"

何满江说："若再补充一些劳动力，可以提前十天半个月。"

张天翼说："我们要发动所有的地质队员参加劳动，有必要的话，还可以到甘肃、青海农村招一些劳动力。"张天翼见葛先华没有吭声，便问道："知识分子，你的情况如何啊？"

葛先华说："目前已经发现可能的储油构造91处，到年底，有可能突破100处。"张天翼说："好！你们下一步新的职务，局里马上就下文。"他突然想起了什么，问道："那个女地质队长，邢什么来着？"

何满江说："邢秀丽，还有一个叫陈曼。"

张天翼说："走，带我去看看。"

资料室里，一派繁忙。邢秀丽和陈曼正在抄录着资料。邢秀丽一直没有缓过精神来，像还在生着大病一般。陈曼更是一言不语，似乎失去了语言功能。张天翼大踏步跨进帐篷。资料室的人都自觉地站起身。邢秀玲和陈曼跟没有感觉一样，依然安静地抄录着资料。

张天翼径直走过去，说："邢秀丽，陈曼，我是张天翼。"

邢秀丽和陈曼这才回过神，抬起头，站起身。

张天翼语重心长地说："你们队的事情，我非常难过啊。不过嘛，有革命就会有牺牲，我是从战壕里爬出来的，眼睁睁看着身边倒下去多少战友啊。我们今天活着，不能悲观，更不能蹉跎，我们要开发好柴达木，建设好柴达木，只有这样，那些牺牲的战友在九泉之下也才能瞑目啊。"

邢秀丽和陈曼呆呆地站着，泪水夺眶而出。

76

帐篷城里红旗招展，人人精神抖擞。

几百人被集合在帐篷城中心广场上，准备动员抢修道路。

何满江声音洪亮地说道："同志们，我们来自五湖四海，为了开发建设柴达木这个共同的目标，走到一起来了……，按照勘探局要求，目前最紧要的任务就是抢修茫崖到油泉子的道路，为油泉子开钻提供条件……，我号召大家，不管是干部、转业军人、知识分子，还是技术人员，不管是老的、少的，还是男的、女的，都拿起铁锹，扛起铁镐和榔头，走上工地，全力打通这条生命线！"

广场上爆发出雷鸣般的掌声。

施工现场，红旗遍地，人山人海，一派热火朝天的大干景象。只见人们挥起铁锹，铲土、运土；人们喊起号子，推起小车飞奔。何满江、陈启仁一边巡视着各个作业点，一边为同志们鼓劲加油。

何满江说："老陈啊，你盯在这现场，劳动强度大，注意休息，保证安全。我给你当好后勤部长，要吃要喝，要材料要物资，我给你协调，随要随到。"

陈启仁说："你放心，现场这块你就不要操心了，拿不下这条路，我就不回基地。"

何满江拍拍陈启仁的肩，坚定地点点头。

这期间，西宁的石油医院抽调了最好的医护人员也迅速驻扎进了茫崖。一顶帐篷上挂着"石油医院"的牌子。何满江握住赵义勇院长的手，说："赵院长，你也亲自到现场了啊，欢迎欢迎，有啥需要我帮忙的，赶紧说！"赵院长说："成千上万的队伍，不是个小数字，你再给我搭三顶帐篷做医院。"何满江说："没问题，马上给你三顶帐篷，另外啊我刚从工地回来，施工现场人拉肩扛，小病小伤多，来回接送，耗时间，是不是考虑给工地派一个巡回医疗小分队啊？"

赵义勇说："这个我们早就想到了。"

这时，一个白大褂走了进来，向赵院长打了一声招呼。白大褂就是丁克秀，赵院长已经安排她负责施工工地巡回医疗。何满江瞟了一眼白大褂，似曾相识。赵院长"哈哈"一笑，叫过丁医生，介绍给何满江。何满江这才想起曾经在西宁医院见过一面，连忙伸出手。丁医生看了一眼何满江，并不伸手相握，只是礼貌性地点点头，转身便离开了。

赵院长连忙打圆场，说："医生工作时，一般都不握手。"

何满江尴尬地收回手，自嘲道："我的手，有毒呢。"

厨房里，每个人都忙得不亦乐乎，洗菜的洗菜，和面的和面，炒菜的炒菜。吃饭真是一个大问题，一个天大的问题，大米、面粉、蔬菜、油料，都要从兰州、西宁往盆地里拉，大宗物资还得从兰州、西安、成都、武汉、上海往盆地里调运，将一粒米运到了柴达木，都快成等量的金子了。

后勤保障这块，一直压力巨大。何满江最操心的就是食堂，上万人吃饭，一天就要消灭一座小山的规模，这账都不敢细算。他在基地经常串厨房，问油盐，察实情。走进食堂，他喊了一声："好香啊！"

张成武拍拍手上的面粉，连忙迎了上去。

何满江说："你怎么还在亲自操厨啊，不是让你统筹管理吗？"张成武说："嘴多，厨房忙乎不过来呢。"何满江说："也是，上万张嘴连在一起，就是一个巨大的山顶洞啊，还一日三餐，后勤可真是辛苦了呢。"

张成武说："就是人手少，早上四点就上工，晚上十一点才休息。"

何满江寻思着再去给厨房找些帮手，他说："老张啊，施工现场劳动量很大，亏闲不亏忙啊，把饭食按时按点送到位，分量送够，也可以加大一点油水啊。"

张成武连连点头，说："好，加大油水！"

从厨房出来，何满江看见"矿样资料室"字样的帐篷，犹豫了一下，便掀帘而进。当他看见邢秀丽、陈曼等在忙着抄录资料时，正准备返身退回，邢秀丽却喊了一声："大队长。"何满江只得进去，看了看邢秀丽，又看了看陈曼，发现她俩的气色似乎正在好转。

邢秀丽问："大队长，有什么指示？"

何满江故意道："我，没有什么指示啊。"

邢秀丽说："我看见你在门口犹豫不决的样子呢。"

何满江"嘿嘿"一笑，说："嗯，要不，你们手头工作先放一放，去食堂帮帮忙。"邢秀丽爽快地回道："好，服从命令！"何满江连忙说："耽误的工作，晚上再补啊。"邢秀丽叫上陈曼等几个人员，立马就往厨房走去。陈曼路过何满江身边，情不自禁地瞟了一眼何满江，脸"唰"地就红了，她连忙跟着邢秀丽往食堂方向大步走去。

何满江看着邢秀丽活泼、干练的背影，有些发呆。

77

自流井的输水管线按期完工后，陈兵带着队员又转战道路施工现场。从某种角度上说，陈兵与何卒的较量，先胜一局。以至于干水管线工程的"干猴儿"都浑身嘚瑟，见了张二嘎子就开始贬损。

"干猴儿"说："你看，你看，还要我们来帮着擦屁股吧。"

张二嘎子说："你娃嘴巴没轻没重，是不是欠收拾啊。"

"干猴儿"被噎住了，说："你看，手的虎口都震裂了呢。"

张二嘎子说："你娃笨嘛！"

"干猴儿"还想还击一点什么，陈兵止住了他。陈兵说："张二嘎子，行就是行，不行就是不行，你别闲扯卵蛋啊！"张二嘎子连忙道："哦，是陈队长啊，你们辛苦，你们辛苦！"

这话说得不阴不阳。何卒把这一切都听到耳朵里，只是摇摇头。张二嘎子等陈兵走远了，一把卡住"干猴儿"的脖子，威胁说："你他妈的再碎嘴，找张狗皮膏药给你封上。""干猴儿"立马求饶道:"好了,好了,我不再寒碜你了。"张二嘎子松了手,说:"你小子这张碎嘴,欠抽!""干猴儿"远遁几步,耸耸肩,又恢复了猴精状,故意道:"哼,谁敢抽我,还没出生呢!"张二嘎子说:"听着,晚上到我帐篷来。"

陈启仁满身尘灰,挽起袖子奋力挥镐。陈兵放下手中的活,赶紧跑过去,递上毛巾。陈启仁说不擦了,满脸尘灰还能遮挡一下紫外线。陈兵掏出烟,递上一根烟,说:"休息休息。"陈启仁哑哑干裂的嘴唇,犹豫了一下,接过点上,仰躺在地上,深深地吸了一口。

这时,一高一矮两个白大褂,背着药箱走过来。高个子白大褂热情地说道:"同志,哪里不舒服,需要药吗?"陈兵看看陈启仁,陈启仁看看陈兵,都莫名其妙。陈兵来了劲儿,反问道:"你看我们有病吗?"白大褂被呛住了,连忙道:"看你们躺在地上,以为你们不舒服呢。"

陈兵大笑道:"看来,我们一刻也不敢休息啊。"

陈启仁看见白大褂头戴白帽,嘴上捂住口罩,一双大而明亮的眼睛,正注视着自己。陈启仁觉得那双眼睛似曾相识,便道:"不需要了,你们也注意身体啊。"

陈兵对白大褂介绍道:"这是我们大队陈教导员。"

陈启仁不得不站起身,伸出手,说:"我叫陈启仁,你们是刚进盆地的大夫吧。"白大褂一迟疑,并不伸手相握,嗫嚅道:"你,我认识。"

陈启仁忽然想起在西宁医院走廊里见到的那位女大夫,不由得"哦"了一声,说:"是你啊,你也到盆地来了啊,欢迎欢迎。"

陈兵迷惑道:"你们,认识啊,大夫,你叫什么名字?"白大褂想说什么,又没说,犹豫了一下,转身就离开了。离开后又停住脚步,回答道:"我叫丁克秀。"陈兵大声喊道:"丁医生,再见!"

等白大褂走远了,陈兵回过头,看见陈启仁眼神温润的样子,心里一下明白了什么,说:"你一连好几天都在这样拼命大干,哪有这么干的啊,你去检查检查,这里的工作你提提要求不就行了嘛。"

陈启仁把嘴上的烟头吐了出去,说:"兵蛋子啊,喊破嗓子,不如甩开膀子,做出样子。你背个二郎手,到处指手画脚,装腔作势,是万万要不得的。

能唬住一时，唬不了一世啊。我们只有亲自干，干得还要多，还要好，这才叫表率作用啊！"

陈兵只感觉脸上火辣辣的，连忙道："领导说的是！"

"干猴儿"正在纳闷，张二嘎子叫自己去他帐篷肯定有鬼，说不定会被揍一顿，那人啥事都做得出来，摇摇头，心想绝对不能去。一转身，就看见一个个子不高的白大褂朝自己这边走来，他想都没想，就地来了个驴打滚。那动作非常突兀，把一旁的张二嘎子都震惊了。

白大褂赶紧跑过去，连忙扶住他，关切地问："同志，你怎么了？"

"干猴儿"惨兮兮地说："大夫啊，大夫，我肚子痛啊，痛死我了。"白大褂放下药箱，连忙撩起他的衣服，按到胃部，问道："是这里吗？""干猴儿"摇摇头。白大褂按在阑尾部位，又问："是这里吗？""干猴儿"咿咿呀呀，又摇头，又点头。白大褂说："这是急性阑尾炎啊，得马上手术！""干猴儿"一听，立即挺直了身子，大声道："不！"

张二嘎子看不过去，趁"干猴儿"还在表演状态，朝他屁股就是一脚猛踹。"干猴儿"没有防备，被踹出去好几个跟头。白大褂被吓蒙了，花容失色，手足无措。丁克秀走了过去，瞪大了眼睛，对张二嘎子怒道："你怎么这样啊，他是个病人呢！"

在场的人被这一幕逗得"哈哈"大笑起来。"干猴儿"自找没趣地从地上爬起来，不喊肚子疼了，一个劲儿揉着屁股，直喊："哎哟，尻子疼啊，尻子疼啊。"张二嘎子对丁克秀说："他是病人，不过得要用我的方法治疗。"说罢，学着"干猴儿"刚才的样子，也在地上来了个驴打滚，带着哭腔喊道："大夫，大夫，我肚子痛啊，痛死我了。"

丁克秀和那个白大褂还是一脸迷茫的样子。张二嘎子又学着"干猴儿"的样子，撩开衣服，用手在肚子上演示着，觍着脸变着调说："嗯，不，下边，下边，再下边一些。"张二嘎子的演示有些过分，居然将手插进了皮带下边。大夫这才明白遇上兵油子了，背起药箱就走。

何卒呵斥了一声："你们有完没完啊！"

"干猴儿"没趣地走到张二嘎子身边，说："你咋老跟我过不去啊，找点乐子你也插一杠子，你简直就是我的克星嘛。"

张二嘎子"呸"了一口,道:"你娃,欠揍!"

食堂人员挑着箩筐把饭送到工地。人们打一碗开水,捏几个馒头,攥一块大头咸菜,一个咸鸡蛋,三五成群席地而坐。一阵风沙刮来,馒头里夹杂着沙子,吃在嘴里"嘎呲嘎呲"响。"干猴儿"又开始叨叨:"馒头蒸不熟,难以下咽,这沙子还来捣乱,他妈的!"

张二嘎子狠狠地瞪了一眼,"干猴儿"不吭声了,闷头猛吃。

一副担子在陈启仁面前停下来。两个馒头递了过去。陈启仁一看,是邢秀丽,惊讶道:"秀丽同志也上战场了啊!?"邢秀丽说:"你们在现场这么辛苦,我们在基地也坐不住啊。"陈曼捡起馒头和鸡蛋,递给陈兵。陈兵接过,眼睛却死死地盯着陈曼俊俏的脸蛋不松眼。

邢秀丽瞥了一眼,"呵呵"一笑,说:"陈兵队长,还想吃人啊。"

陈兵"哦"了一声,赶紧撤回目光,说:"吃鸡蛋。"

邢秀丽和陈曼转身一走,陈启仁就说:"你这个兵蛋子,盯着女娃娃的脸蛋不松眼,吃人啊。"陈兵赶紧说:"没,没,没有啊。"陈启仁"呵呵"一笑,道:"还没有啊,眼珠子都瞪出血来了。"陈兵不好意思地低下头,使劲啃着馒头。陈启仁说:"我警告你,不准胡来!"

陈兵还在狡辩,说:"我只不过多看了一眼嘛。"

饭后午休,人们躺在被晒得滚烫的沙子上,或抽一根烟,或假寐一阵。党支部的宣传鼓动工作也开展起来了。当然,这也是部队里的传统,或者叫精神抚慰法。党支部里的宣传委员闻斌带着几个年轻人编起了顺口溜。他们用筷子敲着碗,就开始即兴表演。

闻斌说:"天上无飞鸟,地上不长草;四季少雨雪,风吹石头跑。"

有人接道:"上面烈日晒,下面热沙烤;冬天寒风吹,夏季蚊虫咬。"

闻斌说:"整月缺水喝,常年不洗澡;指甲当汤勺,虱多用沙炒;拉屎往高爬,撒尿用棍敲。"

有人接道:"脸蛋黑又红,对象不好找;唯有油气多,人人都说好!"

苦中作乐,也逗得大家一阵"哈哈"大笑。

78

茫崖，西部高地的不夜城。

满天星辉下，帐篷城千点灯光，宛若天上人间。来自五湖四海、操着东西南北方言的青年男女，他们的激情更是烘托了这别样的城市。晚饭后，人们三三两两走出帐篷，扎堆聊天，互读家书，吹拉弹奏，或者干脆走进大戈壁，畅述人生理想。

何满江从张天翼的帐篷办公室出来，看见资料室还亮着灯光。他想了想，朝那束灯光走去。资料室里，邢秀丽和陈曼还在忙碌。何满江掀开门帘，大步踏进。邢秀丽、陈曼两人都没有发觉有人进来，还在专心抄录着资料。何满江大声道："哟，还在加班啊。"邢秀丽和陈曼被吓了一跳，赶紧起身，说："白天耽误了，晚上补回来。"

何满江说："罗马城不是一天建好的，你们还得好好休息呐。"

近一段时间来，邢秀丽和陈曼都是用繁忙的工作驱赶心中的思念。没有了闲暇，那催人心扉的想念就会远一点儿，姐妹们似乎也就离开得远一点。一闲起来，姐妹们就出来找她们说话。所以，她们是用工作在掩饰内心的脆弱和悲恸。

邢秀丽起身倒了一杯开水，递给何满江。接杯子的时候，何满江看见邢秀丽握笔的手指头粘满墨水，可能是钢笔的笔头破了。邢秀丽擦了擦手指头，说："我们身体都恢复了，没事的，请领导放心吧，我们一定把工作干好。"

何满江"哈哈"一笑，端着杯子，一直站着。邢秀丽看他有话要说的样子，就搬过一把椅子，说："领导请坐！"何满江口上说着"不打扰了不打扰了"的话，却一屁股坐了下去。陈曼看看邢秀丽，两人都暗自一笑。

何满江喝了一口水，说："真羡慕你们这些知识分子啊，有文化，有礼貌，有理想，多好啊。"邢秀丽和陈曼只好放下手中的笔，听何满江说话。陈曼不敢看他的嘴，只是低头茫然地看着资料上的字。那些字慢慢变成了小蚂蚁，蠕动起来。

邢秀丽说："你们为了打江山，错过了学习机会。"

何满江说："也是，该上学的时候啊，兵荒马乱，成天躲枪子儿。记得上

'学的时候，炮弹一响，一块弹片撕开房顶，砖头瓦块'哗啦啦'砸下来，吓得先生钻进了桌子下边，还尿了裤子。"

邢秀丽忍不住笑起来。陈曼也抿嘴一乐。

何满江说："我就读了三年书，娘的，没法读嘛。"

邢秀丽说："然后呢，你就当了兵？"

何满江说："没有，十来岁的娃子咋个当兵哟，反正就是很生气，你不让我好好活，我就跟你们斗，于是就在村子里当儿童团团长，领着一帮精屁股娃娃，扛一根红缨枪站岗放哨，给游击队通风报信。十五岁，我就当了村里的民兵连连长。"

邢秀丽"啊呀"一声，说："你也太厉害了。"

何满江说："厉害？厉害个啥呢，都是逼出来的啊。最后，我就带着村里的民兵去参军。招兵的人一看，哟呵，三四十人呢，就给我一个排长。训练打了两天枪，就直接上了战场，跟敌人真刀真枪干，不是你死就是我活。嘿嘿，一参军就当了排长。"

邢秀丽说："你简直是英雄啊。"

何满江说："什么英雄哦，天天拎着脑袋在鬼门关转圈圈呢。"

陈曼浑身一颤。

何满江说："战场上嘛，不是你杀掉我，就是我杀掉你。我身体里先后取出过七块弹片，是咱们医院的赵院长取出来的。九死一生啊，那么多战友就倒在自己眼皮下，连为他们合上眼皮的时间都没有。等战斗结束了，打扫战场，才去给他们合眼皮，可是，那些眼皮就是合不上。搂着战友们就哭，哭够了，再上战场。"

邢秀丽说："你也哭？"

何满江说："人心都是肉长的，哪有不掉泪的呢，难道你们看我何满江就是冷血动物啊。要说冷血，我也承认，但那都是历练出来的。倒下再站起来，倒下，再站起来。就这样，百折不挠，最后就变成我这副模样了。实话说吧，好多个夜里，我还做梦上战场，还梦到那些兄弟呢。没办法啊，记忆还在啊。"

邢秀丽不再说话，突然记起了什么。

何满江说："我就想啊，我是替他们活的。其实，活着并不是一件什么好事,有时候想想,人不都是要死的吗,还不如眼睛一闭一了百了,万事皆休啊。但是啊,既然还在喘气儿,要活就好好活,活出一个样子来,那些倒下的战友才不至于在梦里骂我是窝囊废呢。"

邢秀丽眼圈里有了闪着的泪光。

陈曼眼角的一滴眼泪滴在资料上,打湿了那些蠕动的小蚂蚁。

何满江猛然站起身,说:"我是大老粗,神经能当钢丝绳,不会讲话,讲的都是粗话,不像你们知识分子,讲的都是文言文。我啊,一直用这句话鼓励自己——好好活着,要活就活出个样子来。"

邢秀丽这才明白何满江拐弯抹角要说的意思,心想这人还真是粗中有细,顿觉心生温暖,便真诚地点点头,脸上挤出笑意,说:"大队长,您的用意,我们都明白了。放心吧,我们会坚强地好好地活下去,得活出一个样子来,绝不给女子地质勘探队的姐妹丢脸!"

何满江"哈哈"一笑,转身就走。走了两步,又回过头,看了看邢秀丽手指头上的墨水,说:"你的笔,漏墨了。"

邢秀丽不好意思地笑笑。

79

道路施工现场。

一排熊熊燃烧的火炬,照亮工地。远远看去,像地上长满了星星。

施工人员甩开膀子,挑灯夜战。陈启仁挑着土,被陈兵喊住。陈兵指了指手腕上的表,说:"都10点过了,收工了吧。"陈启仁迟疑了一下,点点头。一声哨响,队员们在一片疲乏的哈欠声中收工。

工地上几顶帐篷,是施工的临时营地。队员们一回到帐篷,来不及洗漱便倒头入睡。陈启仁洗漱了一把,坐在沙滩上抽烟。远处一片灯火,那是夜晚的茫崖城。这时,陈兵、何卒也陪了过去。

陈兵说:"今天有两个同志倒下了。"

何卒说:"重感冒,可能是一冷一热造成的。"

陈启仁"喔哦"了一声,说:"是啊,我也感觉吃不消了,不过再咬咬牙,马上就胜利在望了。"

陈兵有些困，打了一个哈欠，叫教导员早点休息，明早还起得起早。陈启仁说："在部队养下的毛病，越困越睡不着。"他看着远处的灯火，说："茫崖越来越大了，像一个大城市呢。"

陈启仁说："我们白手起家，用一顶顶帐篷搭建起来的城市，我们自己的家园啊，等今后找到大油田了，我们就在这里盖起高楼，有车间、厂房，设置学校、医院，还有贸易公司，男人都娶上老婆，生儿育女，一代一代繁衍壮大，那就是我们真正的高原油城了。"

陈兵说："那就太好了，我们安居乐业，籍贯也改成柴达木。"

何卒突然问："教导员，你说这里能找到那么大的油田吗？"

一句话问醒了陈启仁的未来梦。陈启仁想了想，语调坚定地说："只要坚持，就会成功。没有坚持和忍耐，也就没有了目标和希望。人，就是活在希望当中的，当一个希望破灭，再树立起另一个希望。另一个破灭了，再树立一个新的希望。总之，要给自己铆上劲，不能松懈，目标和希望就一定在前方。"

何卒恍然若悟的样子。

陈启仁又说："在这样的地方，要是希望没有了，就什么都没有了，天皇老子、神仙皇帝都没法救我们的。"

陈兵说："那样的话，我们今天干的就毫无价值！"

陈启仁点点头，他想说的话还有很多，但又困倦得不想开口。他知道，作为领导，他必须坚守梦想，必须用激情实现梦想。他一想到把队伍九死一生带进这浩瀚的戈壁，就是在下赌注，因为谁也不能确保就会成功。搞石油，对他，对老何，对大家，都是陌生的。石油在地底下，看不见，摸不着，就好像在跟影子战斗。只有用科学跟大地对话，革命加拼命，才有可能让地底下灼烈的岩浆喷发……

陈启仁叫陈兵、何卒两个人回去睡觉，自己还想坐在沙滩上发发呆。只有这个时候，他才有时间发发呆，想想事情。白天，他连发呆的空闲都没有。他看着远处灯火阑珊的茫崖，狠狠地抽着烟。

他眼前出现了白大褂丁医生的身影，一双明亮的大眼睛。那双眼睛沉稳、大气，还有一点拒人千里的冷漠。对，就是那份执拗的冷漠与众不同，感觉拒人千里之外，又让人产生靠近、征服的欲望。他觉得那份冷漠就是吸引，就是心里闪跳的欲望。

陈启仁忍不住笑了笑。一笑，那双眼睛就消失了。

按照白天的约定，"干猴儿"摸进张二嘎子的帐篷。他不想去，但又不敢不去。张二嘎子正准备脱衣睡觉，看见"干猴儿"进来，嘀咕道："你跑进来干吗，老子睡觉了。""干猴儿"也怨言道："不是你叫我来的吗？"张二嘎子这才想起来，说："给我捏捏肩膀，困死人了。""干猴儿"不敢拒绝，只好极不情愿地揉捏起来。

张二嘎子说："给你一个任务！""干猴儿"问："啥任务啊？"

张二嘎子原来惦念上了白天到工地巡回医疗的小个子医生，他觉得"干猴儿"嬉皮赖脸鬼点子多，下工地要他去把人约出来。"干猴儿"一听，手僵住了，这事他不在行啊。但张二嘎子连骂带威胁地说："今后要想混，不受人欺负，就听我的。""干猴儿"一听，脑子转得飞快，就想给张二嘎子给点难度，说要是陈队长欺负他呢。张二嘎子不屑道："以为是谁呢，兵蛋子，给他脸，也要看我高兴不高兴呢。"

"干猴儿"立马道："大哥，大哥，小弟跟你混了。"

张二嘎子说："混什么混，跟大哥干革命！"

"干猴儿"说："是！不混，只是干革命！"

80

即便万般悲痛，生活还得继续。

自从那晚何满江充满智慧的谈话之后，邢秀丽和陈曼都像换了一个人似的。她们也觉得，必须从悲痛的阴影中走出来，重新开始新的生活。

邢秀丽因此发觉何满江是一个很有意思的人，别看表面上粗粗拉拉，心细却不露痕迹。邢秀丽征求过陈曼的意见，何大队长这人咋样。陈曼心如撞鹿，却假装漫不经心地"嗯"了一声，也没露痕迹。其实她在想，有些记忆只能跟随生命一起才可能被埋葬。

邢秀丽却坚定地说："必须迎接新生活！"

陈曼笑了笑，说："期待明天吧，明天会更好。"

陈启仁上了工地，葛先华出了野外，帐篷里只剩何满江一个人。以前闹闹哄哄，现在空空荡荡。他点一根烟，在房间里来回走。他老觉得眼前晃动着邢秀丽的身影，干练、果敢、风风火火。拉开抽屉，他拿起那支"英雄"钢笔，脱下笔帽又扣上，扣上笔帽又脱下。

张成武掀开何满江帐篷门帘子，"嘿嘿"一笑。何满江问啥事，张成武说："昨天傍晚到了一车活猪。"何满江莫名其妙地问道："不是经常到活猪吗？"张成武说："工地上传来话，饭菜油水少，能不能做一顿红烧肉。"何满江听完"嘿"的一声，说道："不就是做顿红烧肉嘛，还憋半天，做，工地上一人一份，基地一人半份。"

张成武一听，转身就走。

何满江在后边追问："有没有人操刀子啊？要不我来！"

去食堂的路上，何满江遇上邢秀丽和陈曼打开水。邢秀丽远远地就叫了一声，"领导好！"陈曼却埋下了头。擦肩而过时，邢秀丽又瞟了一眼何满江，竟然有些不自在。

回到资料室，邢秀丽冲茶时居然有些出神，茶水溢出了杯子，她都没有发觉。陈曼提醒道："开水！"邢秀丽一醒神，脸红了。陈曼问："在想什么呢？"邢秀丽连连摇头。陈曼心想：哄鬼。

这时外边传出猪们声嘶力竭的叫声。邢秀丽说："走，去看杀猪。"

陈曼不去，害怕血腥。邢秀丽自个儿跑了出去。

张成武和食堂的几个人拽耳揪尾，正在将一头大肥猪使劲往凳子上摁。那猪垂死挣扎，怎么也不肯就范。猪的惨叫声回响在帐篷城，引得其他的猪也大声附和，声音惨绝人寰，毛骨悚然。好不容易四个人将猪摁倒在凳子上，那猪终于不再叫了，累了，也感觉叫也是惘然，就喘着粗气拼命蹬腿。

张成武反搂过猪的脖子，尺长的条刀"噗嗤"一声捅进了脖子，外边只剩下刀柄。刀柄一转，然后抽出条刀，带出一条血箭。猪的呼吸不再依靠嘴巴，而是脖子。刀口成了嘴巴，一咕嘟，一咕嘟，鲜血就刺射出来，射到早已准备好的瓷盆里。等血箭喷射完了，几个人便松了手，那猪便不再动弹了。

张成武将血色的条刀在猪鬃上蹭蹭，走向另一头猪。

何满江走过去，说："让我来！"

何满江大步走过去，条刀往一头猪的头上一点，那猪不吭声了。众人惊讶。何满江转身走向凳子，用条刀往凳子上指了指，那猪居然自己走向凳子。可能还是条件反射的恐惧，猪的腿开始哆嗦。几个人抓住四蹄一抡，猪就躺倒在凳子上。何满江用条刀拍了拍猪头，猪居然睡过去了一样，甚至连刀子进入脖子，都没有表示抗议。等猪把一腔热血倾泻完了，就彻底睡着了，没有挣扎，也没有痛苦，自然而然。

路过的张天翼都看得有些费解。围观的人就像在看魔术。邢秀丽更是惊讶得捂住了嘴巴，目瞪口呆。只有张成武一点也不惊讶，因为他在部队就见识过何满江杀猪的绝技。

张天翼问道："老何，你是怎么做到的啊？"

何满江说："我也不清楚，从小就这样。"

张天翼说："真是闻所未闻呐。"

何满江说："一物降一物吧，也许命硬，谁知道呢。"

何满江扔掉条刀，一抬头，看见眼神惊讶的邢秀丽。邢秀丽摇摇头，转身就跑开了。邢秀丽跑回资料室，看见陈曼呆呆地出神。邢秀丽抓起杯子，狠狠地灌了两口水，这才平静下来。陈曼回过头，问道："你怎么了啊？"邢秀丽摇摇头，不想说话，只觉得胃里一阵翻涌。

邢秀丽说了刚才的杀猪过程，又说："我都不敢吃猪肉了。"

陈曼说："叫你不要去看，你偏要去的嘛。"

81

架子车上的土装得太满，又遇到一个小上坡，陈兵拼足吃奶的劲也拉不上去。"干猴儿"见了，正准备过去帮忙，张二嘎子咳嗽了一声，"干猴儿"立马顿住。

陈兵喊了一声："'干猴儿'，帮忙给推一把！""干猴儿"看着张二嘎子，张二嘎子不吭声，他就只好装作没有听见。陈兵又喊了一声："干猴儿，你死到哪里去了！"还是没有应答。何卒听见喊声，赶紧冲过去，帮陈兵将车推上了小山坡。

"干猴儿"嗫嚅道："这样，不好吧。"

张二嘎子说："什么叫好，什么叫不好？"

"干猴儿"看见陈兵拉着空车回来，赶紧躲闪，被陈兵看见了。陈兵喊道："站住！""干猴儿"只好一个立正。陈兵问道："刚才干嘛呢，耳朵塞驴毛了？""干猴儿"支支吾吾，语无伦次。张二嘎子却哈哈一笑，道："'干猴儿'，你他妈的刚才不是方便去了吗。"

"干猴儿"赶紧说："就是，就是。"

陈兵用怀疑的眼神看了一眼张二嘎子。

邢秀丽和陈曼依旧往工地送饭。打饭时，邢秀丽叫陈曼给大伙打红烧肉，而她只是发馒头。她觉得看见红烧肉都会引起肠胃不适。陈兵伸出两个饭盆，另一个是陈启仁的。邢秀丽开玩笑说："你吃两盆啊。"陈兵"呵呵"一笑，说："想多吃多占来着，可柴达木不答应啊。"

陈兵说罢，朝陈启仁的背影努努嘴。邢秀丽心领神会，看了一眼陈曼。陈曼假装不知道，可在打红烧肉时，勺子深了一些，勺子里肉冒尖了。陈兵不好意思，连忙躲闪。陈曼这才将勺子抖了抖。等陈兵转过身，陈曼对邢秀丽说："邢姐，我是不是有些自私啊。"

邢秀丽想了想，一语双关道："你一直都有些自私。"

陈曼回敬道："有些事，不能不自私。"

这话来得太急，尴尬，两人忍不住笑了起来。

轮到"干猴儿"打饭时，他舌头在嘴唇外绕着圈儿，恨不得把自己的嘴唇舔下一层肉来，可怜兮兮的。陈曼看他瘦成皮包骨，忍不住多给他打了两块肉。"干猴儿"激动得乱跳，闻了闻，说："真香，真香啊，祖宗一样的香啊！"

陈曼"哎"了一声，道："我还是没法克服自私。"

邢秀丽笑着说："你心软，不是自私。"

陈曼一顿，脸上一丝凄凄的笑。

张二嘎子端着饭盆，跟"干猴儿"并坐在一起。"干猴儿"一口一块红烧肉，吃得嘴角流油。张二嘎子不吃，只盯着"干猴儿"的饭盆。"干猴儿"似乎明白了什么，极不情愿地挑了两块肉放到张二嘎子的饭盆里。张二嘎子说：

"你娃走运,在哪里都能讨到好。"

"干猴儿"不再说话,只顾埋头猛吃。

这时陈兵走了过去,也和"干猴儿"坐在一起。"干猴儿"看看陈兵,脸红了,一脸尴尬。陈兵将自己饭盆的红烧肉拨给"干猴儿"两块,什么也不说,起身就走开。"干猴儿"看着盆里的红烧肉,突然眼泪汪汪起来。

张二嘎子两口刨完盆里的饭,起身离开。

坐在不远处的何卒,将这一切都看在眼里。

吃完饭,人们就地躺倒休息。张二嘎子拐到一个小山包后小便,何卒也跟了过去。何卒说:"张二嘎子,你不要搞那么多鬼名堂。"

张二嘎子耸耸身子,说:"你这话我咋没有听明白呢。"

何卒也耸耸身子,说:"你迟早会明白的!"

两个白大褂又出现在工地,一高一矮。"干猴儿"忘记了手中的活,呆呆地盯着矮个子白大褂,走了神。丁克秀示意李惠,那人是不是想要药。李惠回转身,看见"干猴儿"痴痴地盯着自己,眼神有些不怀好意,竟然脸红了,不过她还是问了一句:"你,哪里不舒服吗?"

"干猴儿"回过神来,连忙说:"肚子不疼,不疼了。"

"干猴儿"的答非所问惹得现场的人一片爆笑。

张二嘎子狠狠地瞪了一眼"干猴儿"。"干猴儿"赶紧埋头干活。

党支部的闻斌吃了红烧肉来了劲头,又编起顺口溜,他唱道:"里格尔隆,里格尔隆,吃了红烧肉啊,浑身有力量;要是天天有啊,道路早修通。开发柴达木啊,我们当先锋;不怕苦不怕累,人人是英雄。"

张二嘎子接话道:"里格尔隆,里格尔隆,有了红烧肉啊,不想爹和娘;我们的'干猴儿'啊,也不再泪汪汪。"张二嘎子阴阳怪气的说唱,惹起一片笑声。他更来劲,又道:"有了红烧肉啊,日子赛天堂;别说苦和累,干死也舒畅。"

陈启仁说:"这帮小子,一碗红烧肉比啥动员令都管用啊。"

陈兵说:"他们就是想着吃!"

陈启仁说:"看来就是物质决定意识。扛枪扛炮的时候,是玩命,不是你死就是我活,不需要动员,大家都能使出吃奶的劲头,现在是和平建设时期了,红烧肉比大道理更实际哟。"

陈兵说："人人都盯着红烧肉，就再没有理想主义了。"

陈启仁说："也可以这样理解嘛，红烧肉就是理想主义。"

82

邢秀丽和陈曼两人又在挑灯补资料。

何满江大步踏入，惊得两人都站了起来。他"嘿嘿"笑着，说："又在加班啊。"陈曼赶紧说"我有事"，便转身出了帐篷。邢秀丽叫了一声，没有叫住。何满江有点窘。邢秀丽拖出一把椅子。何满江嘴里说着："不打扰、不打扰"，屁股却没有犹豫地落在了椅子上。

一种突然而至的感觉，邢秀丽满脸绯红。何满江没话找话说了一阵，突然话题一转，说："你的钢笔漏墨了吧。"邢秀丽看着被墨水浸染了的手指头，有些难为情。何满江从衣兜里掏出崭新的"英雄"钢笔，递了过去，说："我多余的一支，给你。"邢秀丽接过钢笔，突然意识到什么，钢笔发烫似的滚落在桌子上。

何满江转身就出门。

陈曼就站在帐篷外边的黑影里，见何满江走出帐篷，浑身一哆嗦。陈曼呆呆地看着何满江的背影，那是一帧雄性的充满力量的背影，能叫人心慌意乱的背影。她咬了咬嘴唇，感觉目光混乱起来。

陈曼回到帐篷，看见桌子上的钢笔，目光就僵滞了。邢秀丽说："这是何大队长送的钢笔，要不你先拿去用吧。"陈曼咬咬嘴唇，坚决地摇摇头。邢秀丽为了缓解气氛，故意轻描淡写地说："你不用我就先用了，刚好我的钢笔坏了。"

陈曼却说："谁叫你是我姐呢，当然你先用。"

邢秀丽拿着钢笔的手，蓦然一抖。她觉得这话中有话啊，听着怎么都不舒服。其实，很多年后真是应验了这句话，这就叫一语成谶。

邢秀丽失眠了，翻来覆去，把床板压得"咯吱咯吱"响。邢秀丽失眠了，而陈曼也失眠了。两个失眠的人各有所思。明眼人看得出来，何满江喜欢上了邢秀丽，而邢秀丽也并不排斥何满江的喜欢。但是，陈曼也惦念上了何满江，这很要命。邢秀丽多少也知道陈曼的心思，但她不明说。有些话，明说了就没意思。

陈曼说:"邢姐,你在翻烧饼,恋爱了吧?"

邢秀丽说:"不知道是不是恋爱了,反正失眠。"

陈曼说:"你也24岁了,该恋爱了,那人挺好的。"

邢秀丽故意反问道:"那人是谁啊?"

陈曼不再吭声,假装睡去。在黑夜里,她睁着眼睛,脑子里回忆起何满江给自己做人工呼吸的镜头,她第一次被一张男人雄性的嘴唇吻住,那气息令她痉挛,难以忘却。

陈曼只有咬住嘴唇,闭上眼睛。

83

工地上的夜晚并不平安,该发生的都在发生。

"干猴儿"极不情愿地走向张二嘎子的帐篷。刚到帐篷门口,就被一双大手拽住了。"干猴儿"挣扎着想喊,那人"嘘"了一声,他看清是陈兵。陈兵问:"这么晚还乱窜帐篷干吗?"

"干猴儿"低声道:"大哥叫我给他按摩。"

陈兵迸出一个字:"滚!"

一串脚步声进了帐篷。张二嘎子早将自己扒光,反躺在床上,听见有脚步声进来,还有些不耐烦,报怨道:"你他娘的这么晚才来,快点!"脚步声走到了床边。张二嘎子毕竟是军人出身,突然感觉不对劲,正要翻身起床,已经晚了,脑袋上被狠狠地扣了一砖头。

"啪"的一声,他就不动了。

陈兵拍拍手,走出帐篷。

早上起床,张二嘎子还痛苦地揉搓着脑袋,这事儿他不好意思张扬,只好打掉牙齿往肚子里吞。但他能感觉到是谁对自己下了黑手。张二嘎子干脆赖在床上,任凭外边上工的口哨声此起彼伏。

出工时,陈兵眼睛一扫,少了张二嘎子,拽过"干猴儿",说:"叫去!""干猴儿"有些犹豫。陈兵瞪了他一眼。"干猴儿"只好跌跌撞撞走向张二嘎子的帐篷。进去，正准备喊人，他却看见张二嘎子坐在床上，眼睛正盯着自己。"干猴儿"吓得一哆嗦，转身就逃。

张二嘎子喝道："站住！"

"干猴儿"站住了，但不敢面对张二嘎子。

张二嘎子又喊了一声："转过来！"

"干猴儿"脚跟一旋，将自己面朝张二嘎子。

张二嘎子的眼神像锋利的刀片。"干猴儿"身子晃了晃。张二嘎子就不说话，只盯着他。"干猴儿"眼泪都快憋出来了。张二嘎子这才说："你出去吧，就说我头疼，哦，不，肚子疼！""干猴儿"不敢走。张二嘎子一声吼："滚！"

陈兵看着"干猴儿"僵尸一样出来了，随即大声喊道："出工！"

84

茫崖。张天翼帐篷。

电报员喊了一声"报告"，掀帘而进，将一张电报纸递给张天翼。张天翼扫了一眼，"哦"了一声，连忙出门。他大步流星进了何满江的帐篷，将电报纸递过去。何满江看罢，说："明天就到啊！"

张天翼说："机关正式进茫崖，我们的工作也就步入正轨了。"

何满江说："我们等的就是这一天啊。"

张天翼又说："这次啊，班子研究研究，马上给你们任命。叫启仁回来一趟吧，他在现场顶了十几天了。"何满江答道："服从组织安排！"

邢秀丽和陈曼正在给工地装饭，很吃力地抬着饭桶。何满江快走两步上前，替下陈曼抬起饭桶，放到车上。何满江回头看了看陈曼，说："这么弱小的身子，别被饭桶压垮了啊。"

陈曼僵在原地，脸红红的，像做错事的孩子。

何满江将一个纸条递给邢秀丽，说："交给老陈，叫他回基地！"

陈启仁一身风尘回到基地。何满江看他满脸焦黑，一身疲惫，心里便刺痛了一下。何满江说："老陈啊，你这样干，身体吃不消啊。"陈启仁一边洗着脸，一边汇报着现场的情况，说再有几天，道路就通油井了。陈启仁洗罢脸，见帐篷里只有何满江一人,便问:"先华呢?"何满江说:"他哪里在基地闲得住啊,早跑现场去了。"

一支庞大的车队卷起尘灰,开进茫崖帐篷城。队员们在基地大门口列队欢迎。人群中打着一条横幅:"热烈欢迎勘探局机关进驻茫崖"。

几辆嘎斯吉普车停下。车上下来十几位领导,跟大家一一握手。随行而来的还有一帮苏联专家,有男有女,高个子,金色头发,十分显眼。很多队员第一次看见老外,都目不转睛地盯着这群苏联专家。

局长是勘探总局派来的,学者型,瘦高,戴一副眼镜,笑容可掬,跟大伙一一握手。张天翼指着何满江、陈启仁一一介绍。局长看见陈启仁被太阳晒得焦黑,脸、嘴都脱皮了,有些惊讶。张天翼说:"这阶段修路,启仁同志盯在现场,跟职工同吃同住同劳动,刚回基地来。"

局长说:"部队作风,好!"

局长对大家说:"这次机关入住茫崖,将指挥机关直抵现场,目的就是迅速掀起大干场面。同时,通过勘探大队一年多时间的前期筹备工作,勘探局正式运行,柴达木石油正式进入新纪元。"

局里正式下达红头文件——

张天翼:任勘探局副局长兼钻井处处长、党委书记;

何满江:任钻井处第一副处长,兼油泉子钻探大队大队长;

陈启仁:任钻井处第二副处长,兼茫崖钻探大队大队长;

葛先华:任勘探处技术副处长……

第八章
茫崖铸梦

幸亏有爱，荒原才有了色彩

戈壁再冷硬也禁锢不了爱情之花绽放

爱情与荒原，井架和人

支撑起高原的工业美学

轰隆隆的钻机声撕开了荒原亿万年来的沉寂

它是柴达木现代工业文明的宣言书

泉一井，中国石油的高原地标

在一九五五年那个深秋

将荣耀载入史册

85

　　上工点名，哨子吹得山响，张二嘎子就是不起床。

　　这是明火执仗，也是向陈兵发出的挑战。照常理，张二嘎子是不敢的；但现在，他敢，也想试试陈兵的火候。他似乎知道拍那一闷砖的是谁，所以，他愿意试探一下。在这荒原，他宁愿以身试法斗一斗，不能老是让自己的命运拧在别人的裤腰带上。

　　当然，陈兵有些恼怒，工期都快火烧眉毛了，心想给你小子一天的时间回忆痛苦也就够了，居然还来真的呢。他口头上没说，心里早已烦躁起来。跟着大伙儿上了工地，等大家都进入到大干状态，陈兵才回驻地。远远地，他就看见张二嘎子站在帐篷院子里。

　　陈兵正欲发火，张二嘎子倒先开腔了，言辞诚恳。他说："我正找你呢，昨天不知道咋的了，可能是撞到鬼了，肚子疼了一天，今天好了。"陈兵在鼻孔里"哼"了一声，心想，就看你装，便问："不疼了？"

　　张二嘎子说："不疼了，也不敢疼了。"

　　张二嘎子"嘿嘿"笑着，就往陈兵跟前凑。陈兵有些防范，往后退。张二嘎子说："你紧张个啥？"说罢，往陈兵身边一靠，快速地将一样东西塞进了他的大衣口袋。张二嘎子转身疾走。陈兵掏出一看，居然是黄桃罐头。看着张二嘎子远去的背影，陈兵心想，真他娘的够邪乎啊，工地上居然还有这神一样的东西。

　　其实，那个罐头是何卒给"干猴儿"的。何卒真以为"干猴儿"病了。谁知"干猴儿"孝敬给了张二嘎子。张二嘎子是个脑子转得飞快的家伙，因为工地上没有谁见过这么稀罕的罐头。他觉得蹊跷，虽然他一百二十个愿意吃了它，品尝那甘甜的滋味，但他还是忍住了。他逮住"干猴儿"问了个究竟，才知道罐头来自何卒。他觉得这个罐头可以做做文章，比自己吃进肚子转化成屎更有意义，于是，他塞给了陈兵。他感觉自己扔出去了一颗炸弹。

陈兵也不傻，他觉得张二嘎子故意在做局，这罐头是个"雷"。

中午打饭时，张二嘎子挤到陈兵身边，故意用胳膊蹭了蹭陈兵的大衣口袋，感觉硬硬的还在。陈兵猛回头，张二嘎子已经远去。

陈启仁一直驻扎在工地猛拼猛打，肩挑背磨，很快有些吃不消。按照规定动作，吃完晚饭，休息一个小时，还要继续挑灯夜战。吃完晚饭，陈启仁躺在床上，伸伸腰身。陈兵进了帐篷，说："今晚茫崖放电影呢。"

陈启仁"哦"了一声，说："电影是这次局长带过来的，就那么一两部片子，到了以后天天晚上放，你去告诉同志们，再坚持一两天。"

陈兵说"好！"应了一声便将大衣口袋里的罐头摸了出来，黄澄澄的，说："你太累了，这个，醒醒神。"陈启仁瞟了一眼，没在意。陈兵将罐头底部用力一拍，"啪"的一声，将盖子旋开，一股甜蜜的气息就弥漫了出来。

这时张二嘎子魅影一样进了帐篷，对陈启仁说："报告领导，我肚子不疼了，再也不疼了。"说罢，转头盯着陈兵手上的罐头，做出很夸张表情："哎哟，哪来的罐头啊，在柴达木可是神一样的存在呢。"

陈启仁一听，坐起身子，威严地盯着陈兵："从哪里弄来的？"

陈兵一时语塞。张二嘎子又阴阳怪气："哦，这么宝贵的东西，陈队长一定是从后勤库房里倒腾出来的吧。"陈兵狠盯张二嘎子，恨不能咬死他。张二嘎子连连说："不打扰了，你们吃，你们吃。"

陈兵口吃起来："我真说不清楚哪来的啊。"

陈启仁一时都被搞蒙了，怒色道："东西在你手上，你还说不知道，你让我吃，我能吃嘛，大伙儿不戳我脊梁骨啊。你也不想想，我是领导干部，拿了手短，吃了嘴软，我怎么去要求职工群众啊。"

一顿批评，陈兵后脊梁都在冒汗。陈启仁缓了缓语气，说："我也知道，你跟了我这么多年，出生入死，有感情。"陈兵连连点头。陈启仁话锋又一转，说道："越是亲近的人，越是要严格要求，这样的口子开不得啊，今天吃一个罐头，明天就吃一只鸡，后天就吃一头牛，那怎么能行啊。"

陈兵连连点头，看着手中的罐头，真像握着一颗炸弹。

陈启仁说:"罐头哪里来的就送回哪里去。"

陈兵被一顿猛批,张二嘎子内心那个乐啊。他看见陈兵蔫头蔫脑像霜打的茄子一样地走出帐篷,喉咙里噎着笑,正准备撤离,"呼"的一声,肩膀被猛地拍了一掌,吓得他"嗖"地跳了起来,七魂去了三魂。

何卒狠狠地盯着他,说:"要是在部队,我早给你一枪了,做人做事光明正大一点不行吗,成天东琢磨西琢磨,不累吗?"张二嘎子连忙道:"不累不累",一想不对,又连忙说:"累累!"觉得还是答错了,又才说:"我琢磨什么呐,脑袋还疼着呢。"

何卒转身走人,撂开张二嘎子独自惝惶。

86

茫崖迎来了第一次露天电影,欢乐的气氛比过年还浓烈。

空旷的广场中央,竖起一根高高的木头杆子,上面架起三个高音大喇叭,像开放的百合花。三名放映人员早早地架起银幕,放开音乐。夜里太冷,人们穿着皮大衣、皮裤,戴着皮帽子,脚上是高筒毡鞋,几乎是盛装出席,齐聚在院子里。

电影放映之前,照例有一番领导讲话。高音喇叭里传出来"嘣嘣嘣"敲击话筒的声音,张天翼清理了一下喉咙,言词铿锵:

"同志们,辛苦了!……这次局领导进盆地,专门带来了放映队。带来了放映机,啊,我们既要干革命,建家园,又要搞好文化生活嘛……过几天,我们柴达木第一口油井就要开钻了,希望大家打好第一仗,实现开门红!"

下面响起热烈掌声。张天翼又讲道:"我们从省军区借来了三部电影,《渡江侦察记》《山间铃响马帮来》《神秘的伴侣》,啊,今天晚上放《渡江侦察记》。现在,放映开始!"

全场肃静。嘹亮的音乐声响起,银幕上出现"工农兵"图样的电影徽标,光芒万丈。戈壁夜空里寒风呼啸,人们看得无比专注。

邢秀丽、陈曼、丁克秀、李惠四个人坐在一起,电影里边变换的光线将她们的脸分割得斑驳陆离。邢秀丽猛一回头,看见后排领导座里,有一双眼睛正盯着自己的后背发呆。邢秀丽赶紧回过头。陈曼说:"看电影你不看前边,后边有什么好看的啊。"陈曼也扭过头过去,却看见何满江的目光。陈曼握住邢秀丽的手,意味深长地"哦"了一声。

邢秀丽悄声道:"看你的电影!"

当银幕上出现"完"的字样时,下面的人还没有回过神似的。放映员都开始收胶片了,人们还恋恋不舍,不愿离开。有人说:"太好了,我们有自己的电影队了,想看就看。"也有人搭腔道:"只是太短了,一个晚上要是放三部电影多过瘾啊。"

曲终人散,广场里只有呼啸的夜风翻滚。张天翼手里拿了几个咸鸡蛋,走向三个放映员,原来放映员冻了一晚上,晚饭都没顾得上吃。放映员接过鸡蛋,寒冷,加上激动,眼泪都流了出来。张天翼说:"今后我们不但要在基地放,还要到各现场去放,人多要放,人少也要放,这电影是文化娱乐,也是思想政治武器啊。"放映员连声道:"是!"

电影散场,邢秀丽对陈曼建议再去加一会儿班吧。陈曼有些发困,不想去。邢秀丽觉得要尽快把手头工作弄完,好交接工作,就自个儿去了。何满江送回张天翼局长,转身看见资料室还亮着光,正在犹豫,突然有人问道:"何副处长,还不休息啊?"何满江慌乱地"哦"了一声,也就停止了要进去的想法,转身向自己的帐篷走去。

资料室里的邢秀丽正在忙碌,突然听到脚步声在门外停住,又听到何满江跟人的对话声,就停下手中的笔,等待着,但只听见远去的何满江的脚步声,便茫然地看着手中的"英雄"钢笔。

87

施工现场白天黑夜连轴转,队员们都疲惫不堪。

人们脸上都是变成了焦黑的颜色,柴达木将它的严苛刻在了队员们的脸上。幸好施工只剩最后半边山头,胜利在望。陈启仁拄着铁锹,对陈兵说:"叫宣传委员闻斌再给大家鼓鼓劲、加加油,今天天黑结束战斗!"

一听陈副处长有令,闻斌更来了精神,嘴巴一张"当啷格当,当啷格当"

就开始了。闻斌唱道:"当嘟格当,当嘟格当,苦战三个月,剩下半边山,大伙加油干,晚饭在茫崖。"

队员们一听,乐开了。他又唱道:"当嘟格当,当嘟格当,苦战三个月,脸蛋赛包公,回去见老婆,吓得打哆嗦。"

张二嘎子说:"你有老婆吗?"

队员们一阵"哈哈"大笑。闻斌也笑,但他又接着唱:"当嘟格当,当嘟格当,老婆说,哪来的鬼哟,你走错了门,找错了人,我家不是庙,你哪里来了哪里回,不要吓唬我,我在等我的当家人。"

"哈哈哈",队员们笑成一片,干劲更足了。

闻斌道:"当嘟格当,当嘟格当,老公说,你不要把门关,白天想、夜里盼,风沙大、脸变色,我就是你那个当家人。"

张二嘎子问道:"后来呢?"

闻斌一想,立即唱道:"当嘟格当,当嘟格当,建设柴达木,我们做贡献,苦了我一个,幸福下一代!"

队员们高声叫好。陈启仁也忍不住笑了。他挑起一大筐土,身子突然晃了一下。咬牙刚迈出一步,只觉得眼前的天一下变黑了,并且天和地都旋转起来。他死死抓着扁担,但还是直愣愣地栽倒在地。

陈启仁被紧急送到茫崖帐篷医院里,脸上罩着氧气,手背上输着液。何满江坐在陈启仁病床前,关切地盯着他那焦黑疲惫的脸。赵义勇说:"是疲劳性休克,休息休息就会好的。"

何满江眼里闪烁着泪花,哽咽道:"在这高原上,感冒都要命啊。"

赵义勇说:"老何放心,我们会尽全力的,别说是老陈,就是普通的队员,我们也会尽全力抢救。"

何满江对陈兵交代要二十四小时盯着,只要醒来就马上通知他。

丁克秀说:"病人完全由我们照管,叫其余人可以回去休息。"陈兵听从何满江的指示,不愿意离开,还质问道:"你叫什么名字?"赵义勇赶紧打圆场道:"丁克秀医生是我们医院最好的医生了,四川华西医大的高才生,你们就放心吧。人都聚集在这里,也妨碍我们工作啊。"

陈兵出了帐篷,找了一个马扎,大棉衣一拢,跟警卫一样坐在帐篷医院外,时不时从窗户探头看两眼。

道路终于竣工。几辆大卡车拉回了施工队员。人们从车槽子上扑腾下来,就奔向医院。陈兵两条胳膊一伸,挡住了大门。队员们恳求道:"就看一眼。"陈兵指了指马扎,说:"自己也只能有坐在外边的份。"这时,张天翼陪着局长正向医院走来,问陈兵道:"怎么闹哄哄的。"陈兵说了情况,张天翼点点头,说:"同志们的心情可以理解。"

张天翼和局长进了医院,赵义勇简单汇报了病情。局长想看看病人状况,窗口却被堵得严严实实,一点光线也没有。丁克秀向李惠使了个眼色。李惠出了帐篷,向窗口喊:"你们让开一点,里边什么都看不见呢。"张二嘎子一看是李惠,连忙帮腔道:"都让开,都让开!"

"哗啦"一下,人群散开了,光线进了医院里边。局长看着陈启仁焦黑的面容,说:"风雨同舟,生死与共,好样的!"

张二嘎子连忙向"干猴儿"使眼色。"干猴儿"有些怯,假装没看见。张二嘎子觉得这是天赐良机,不能放过,于是亲自出马,拨开人群,嬉皮笑脸地走向李惠,喊了一声:"小李大夫。"李惠猛然回过头。张二嘎子又不知道该说什么,僵住了。"干猴儿"急忙帮腔道:"他肚子疼!"

李惠疑惑地看着张二嘎子。"干猴儿"说:"两天前疼的。"李慧问:"现在还疼吗?"张二嘎子还是一脸僵色。"干猴儿"补充道:"他想疼就疼。"这话惹得队员们"哈哈"大笑。何卒怒道:"找事!"

李惠突然想起在工地上张二嘎子装肚子疼那一幕闹剧来,脸腾地便红了,转身离开。但一会儿又出来了,将一个纸包递给张二嘎子,说:"一次两片,一日三次。"张二嘎子说:"吃了要是还疼,再找你要啊。"

陈兵坐在医院门口,将他们的表演尽收眼底,心想张二嘎子栽赃给自己一个罐头,迟早要将这口痰吐回在到他那张赖皮脸上。

88

局机关正式运行。邢秀丽交掉了手上的工作,接手局机关人事科长岗位的工作。陈曼去了局办公室做文书工作。陈曼是学地质专业的,对文书工作一窍不通，担心不能胜任。邢秀丽安慰道："文书嘛，上传下达，抄抄写写，学一学就会了。"

陈曼说："我还是喜欢专业性的工作呢。"

邢秀丽说："那就先干干再说吧。"

邢秀丽交接完资料，要去医院看望陈副处长。在医院门口被陈兵拦住了，邢秀丽笑道："受局长之命，前来医院执行任务。"陈兵有些懵。邢秀丽大步跨进医院。

陈曼拎着两个大暖瓶去开水炉前打开水。开水都溢了出来，她还在出神。何卒路过，犹豫了一下，赶紧过去帮她关掉阀门，盖上木塞。陈曼这才反应过来。何卒快速地拎起两个大水瓶，说："我帮你提，看你这么瘦弱，摔倒了可怎么办啊。"

陈曼硬夺过两个暖瓶，不好意思道："我会有那么弱不禁风吗？"

何卒说："我们都知道，你们女子地质勘探队的都是女英雄。"陈曼忍不住瞟了一眼何卒，只见他满脸焦黑颜色，但淳朴、憨厚。陈曼却说："什么英雄啊，苟且偷生。"何卒一愣，半天没接上话来。

邢秀丽从医院出来，远远看见何卒呆滞在风里，再顺着他的目光看过去，更远处是陈曼的背影。邢秀丽走过去，喊了一声："何队长！"何卒猛然转身，有些不好意思，却问道："什么叫苟且偷生啊？"邢秀丽说："苟且偷生就是得过且过，勉强活着。"答罢即问："你问这干吗啊？"何卒说："是陈曼说的。"邢秀丽若有所思。

何满江正郁闷地在帐篷里抽着烟。门帘一掀，进来两个人。何卒喊了一声："何副处长"，他才醒过神来。何满江看看何卒风霜的脸，说："高原的风，真是厉害啊。"何卒说："越吹筋骨越坚硬。"何满江看看邢秀丽，问什么事。邢秀丽说："何队长先汇报吧，我的不重要。"说罢，她将门帘卷起来，又将窗帘打开，让屋子对流通风。

何满江正在琢磨开钻的事。何卒也正是为此而来。两人处得久了，心有灵犀。队长首选当然是何卒，他在井队上摸爬过两年。何满江一再强调这是柴达木第一口井，意义重大，不可闪失，并要何卒拉起一支队伍，尽快驻扎到井场上去。何卒铿锵道："服从命令！"

何卒领命而去，何满江问邢秀丽道："有啥事？"邢秀丽说："刚去了医院，陈副处长还没有醒过来。"何满江锁上眉头。邢秀丽开玩笑说："没看出来你还侠骨柔肠。"何满江说："一同扛过枪的友谊你们理解不了。"

邢秀丽又汇报了工作交接和去局机关工作的事后，掏出钢笔要还给何满江，说："资料抄录完了，笔归原主。"何满江捏着钢笔，发烫似的，在手心里来回搓着。邢秀丽走到门边，又回过身把窗帘拉下来，把门帘也放下来。做这一切的时候，她眼睛的余光已经把何满江的表情尽收眼底。她故意"呵呵"一笑，说："你要不用，那我就要了！"说罢，夺过何满江手中的钢笔转身而去，何满江这才缓过一口气来。

邢秀丽回到房间，见陈曼刚洗过头，正在炉子边上烤，脸颊红彤彤的，像只红苹果。邢秀丽随意地将钢笔扔在陈曼的床上，说："我也想洗一下头发。"陈曼撩起头发，看见床上的钢笔，眼神一跳。邢秀丽眼神一瞟，"呵呵"一笑，说："刚才还钢笔去了，你猜，何副处长是啥表情？"

陈曼说："不至于哭了吧。"

邢秀丽说："比哭还难看呢。"

陈曼说："你就折磨别人吧。"

邢秀丽说："谁敢折磨谁啊，反正咱们都是苟且偷生。"

陈曼一听，脸更加通红。

何满江听邢秀丽说陈启仁还没有醒来，急得坐不住，"咚咚咚"地直奔医院走去。在医院门口看见陈兵缩在棉大衣里，居然睡着了。何满江喊了一声，陈兵这才从大衣里伸出头。何满江说："你回去休息吧，我来值班。"陈兵固执地说："陈副处长还没有醒来，我不走。"

何满江掀开门帘，跨进帐篷。陈启仁却刚刚苏醒，但气色有些弱。丁克秀正在给他喂着病号粥。何满江"嘿嘿"一笑，故意开玩笑说："你个老陈啊，尽吓人，以为你就这样一直睡着不醒呢。"

何满江强行夺过丁医生手里的饭碗，舀了一勺，吹吹，递到陈启仁嘴边。陈启仁张了张嘴巴，又闭上，说："我怎么张不开嘴啊？"何满江手一抖，稀粥倒进陈启仁衣领里。何满江"哈哈"一笑，将饭碗递给丁克秀，说："这事儿，还是你们女人来合适。"

陈启仁问:"开钻定下时间了吗?"

何满江说:"24号!"

陈启仁说:"你的手气好,抽了一张好牌,要开好第一钻啊!"

何满江故意道:"抽一张好牌不算好,要打得好才算好,到时你来观摩观摩、学习学习?"陈启仁说:"别顺着梯子就上房啊。"

丁克秀举起一勺稀粥,陈启仁只顾跟何满江斗嘴,半天不吃。丁克秀说:"手都举麻了。"何满江"嗯"了一声,眉毛一抖,说:"医生只管打针下药,哪还有亲自喂饭的呢。"丁克秀一听,不好意思,丢下饭碗就走。何满江急了,说:"这,这,你看……"

陈启仁艰难地笑笑,说:"今晚放电影,给工地上的同志们解解馋。"

何满江朗声道:"理所当然!"

陈兵从医院回到帐篷,看何卒正趴在床上写写画画。陈兵搓着手,瞟了一眼,看见一连串名字,就开玩笑说:"写什么黑名单啊。"何卒说:"你也在里边呢,看不看?"陈兵把自己放躺在床上,说:"人一倒霉,喝凉水都噎啊。"何卒听出话中有话,说:"你什么意思啊?"

陈兵躺在床上唠唠叨叨半天,肚子里还是装着那个罐头疙瘩的事,憋住了,不舒服。何卒一听就明白了,回敬道:"不该吃的东西就别吃啊,吃了会拉稀的。"

陈兵抑制不住怒气,道:"他妈的,谁做的局啊?"

何卒不愿意了,说:"罐头是从我手上出去的,那是老张给我的,就一个,病号吃的。"陈兵从床上弹了起来,说:"我早就猜到你了,你用罐头做糖衣炮弹,想炸死我啊。"

何卒淡淡地说:"炸死你倒不必,要怪也只能怪你自己。"

好一番唇枪舌战后,两人的关系便结下了"梁子"。这就是生活,也就是人生。在部队,他俩是领导的警卫员,出生入死形同兄弟。现在不知不觉间两人都长起了"心眼",说白了,都是私利作祟。陈兵豪爽,有一说一。何卒细腻,暗藏城府。但这个罐头的出现,只能说是导火线。当然,套还是张二嘎子设的。他乐见刀光剑影,也乐见陈兵、何卒二人不和。自此,陈兵与何卒"梗"上了。

得知陈启仁醒来,张天翼赶紧去了医院,人还没到声音就到了:"好你个老陈，美美睡了一觉吧。"陈启仁想起身，张天翼摆摆手。赵院长补话道："早些时候天翼副局长就来看过你了。"

张天翼说："你先休息几天，我们先看看老何怎么个摆战场，看能不能来个开门红啊。"何满江说："什么能不能啊，军令一下，不能也得能。"陈启仁说："相信老何，他拔头筹是没有问题的。"

张天翼说："你们两个啊，头筹不头筹的都不要争。今后啊，有的是井打，我们要把柴达木盆地全戳上窟窿眼，眼眼冒油气。我们要有大格局、大梦想啊，也许，通过几代人的努力，我们柴达木就会建成为百万吨、千万吨的大油田呢，而我们这第一口井啊，就是奠基，就是剪彩啊。"

陈启仁说："建成千万吨大油田，那时，我们都……"

张天翼说："都什么都啊，不就都是去见马克思嘛，没得事，我们不在了，我们的下一代、再下一代还会继续干！"

何满江说："我们会有信心的。"

张天翼对丁克秀说："小丁医生，辛苦你了，好好关照我们的老陈啊，等身体好了，他下一步还要挑重担呢。对我而言，他们两个就是我的左膀右臂，缺一不可，缺谁我张天翼都是残疾呢。"

丁克秀说："请领导放心。"

89

帐篷城的中心广场上，放映员开始拉银幕。

很多人早早地围过去，热情地帮着忙。也有人开始搬来凳子、椅子、马扎，或者干脆拣来砖头瓦块，占领有利地形。张二嘎子更绝，捡起一根木棍，在最中心的位置的沙地上划拉了一个大大的圆圈，还写了三个字：道路施工队。"干猴儿"将圈圈里边的凳子、椅子、马扎全给清理了出去。

路过广场，张天翼看见大伙对看电影的热情那么高，便说："生活啊生活，边生边活啊。"何满江说："非常时期，只能先生产、后生活了。"张天翼说："嗯，牛奶会有的，面包也会有的。"

开晚饭时，陈兵去了一趟医院。医院里只有李惠一人在值班。陈兵问陈启仁："想吃点什么？"陈启仁摆摆手，说："你快去吃饭吧。"李惠说："病人有专门的病号饭呢。"陈兵却对李惠说："你不会吃病号饭吧，我给你打回来。"李惠连连摆手，说："不用了。"

陈兵并不急着去打饭，坐在陈启仁的床前，东拉西扯。李惠却突然问陈兵道："肚子不疼了？"陈兵一时没有明白过来，脑子一转，知道李惠把自己跟张二嘎子搞混淆了，就顺坡滚驴，笑道："哦，不疼了。"

陈启仁说："你这个兵蛋子哟，又在搞什么鬼名堂啊。"

这时丁克秀进来了，让李惠去吃饭，她来接班。陈兵连忙起身，对李惠说："我在外边等你啊。"丁克秀迷茫地看着李惠，李惠无可奈何地摇摇头。看见陈兵走出帐篷，丁克秀对陈启仁说："你的兵个个都这样啊。"陈启仁没有反应过来，顺口道："嗯，都这样，个个都是顶呱呱。"李惠忍不住"噗嗤"一声笑，连忙捂嘴跑出了帐篷。

陈兵看见李惠出来了，连忙跟上去，一起往食堂走。李惠觉得很别扭，又不好说什么。李惠快走，陈兵也快走；李惠慢下来，陈兵也慢下来。打饭时排成长队，陈兵硬冲到第一个去，大声道："特事特办啊，让医院值班的李惠医生先打，她还要给病号换药呢。"说罢，硬将李惠排到了第一个。李惠被闹得脸红脖子粗，一直低着头。

张二嘎子眼睛都快冒火了，敲着饭盆，走到李惠跟前，说："陈队长不给领导当警卫了，却给女医生当保镖了啊。"张二嘎子故意将"女"字咬得狠狠的，惹得人们大笑。陈兵回击道："你肚子不疼了吗，还想不想跟李惠医生求药啊？"李惠这才知道认错了人，眼泪都快出来了。

张天翼帐篷里，一张床，一张办公桌，吃喝拉撒睡和工作都在一起。张天翼一直在跟何满江商讨"泉一井"开钻的事。开钻那天，省上领导要来现场剪彩。何满江说："我们会当成一次大战役来打，到时我亲自扶刹把！"张天翼说："不得有丝毫闪失！"

何满江说："好！"

天气已经寒冷，戈壁上寒风呼啸，翻着跟头嚎叫，撕得帐篷皮子"哗啦啦"地抖。由于室外太冷，放映机只能放在一顶帐篷里，在帐篷皮子上挖一个洞，放映机的镜头就从洞里探出来，射在对面的银幕上。看电影的人用大衣、棉帽将自己捂得严严实实。即便这样，依然挤得水泄不通。

张二嘎子挤到早先画定的圆圈处，谁也没有把那个圆圈当回事，里边早站满了人。"干猴儿"弯腰从人缝里举起一块砖头，说："再不来，这块砖头的位置都没有了。"张二嘎子情绪不高，说有块砖头就够了！干猴儿有些懵，问他："我的晚饭呢？"张二嘎子从棉大衣里摸出两个馒头，说："凑合凑合吧。"

"干猴儿"一咬，里边夹了几根咸菜。

这时，银幕上"唰"地射出一道白光。

陈兵携裹一身寒风进了医院，冻得直搓手。陈启仁问："怎么不去看电影啊？"陈兵瞟了一眼李惠，李惠正在给其他病号换药，只是一个背影。陈兵说："领导你躺在这里，我哪有心思看电影啊，再说呢，这三部片子循环放，哪天看不是看呢。"

丁克秀却问："刚才打饭怎么欺负我们小李医生了啊？"陈兵故作惊诧。李惠换完药，头也不抬。陈启仁咳嗽了一声，眼神问着陈兵。陈兵的脸上五颜六色，嗫嚅道："都是那个张二嘎子惹的事。"

陈启仁说："同志之间，要搞好团结嘛。"

陈兵却说："这事儿，没法团结。"

丁克秀似乎明白了什么，看了一眼陈启仁。陈启仁也明白了什么，就叫陈兵回去休息吧。陈兵恋恋不舍地看了一眼李惠的背影，走出帐篷。丁克秀忍不住笑了，但她突然感觉有什么东西罩着自己，一抬头，发现陈启仁发呆的目光正落在自己脸上。丁克秀慌乱地理了一下头发，脸"唰"地红了。她稳了稳神，说："该吃药了！"

何满江从张天翼办公室出来，走过广场，瞟了两眼银幕上的战斗。太冷，他拢了拢大衣，大步向自己的帐篷走去。邢秀丽回头，看见何满江的背影。何满江回到帐篷，捅了捅炉子，一股煤灰扑腾得老高，随之，炉膛里蹿出一束火苗。何满江将两个冷馒头放在炉子上烤着。

邢秀丽来到何满江帐篷外，正准备掀帘而进，又有些迟疑，顿了顿，还是掀开了门帘。何满江惊讶地看着邢秀丽。邢秀丽看着炉台上的两个冷馒头。何满江说："耽搁了饭点，随便对付一下。"邢秀丽掀开棉大衣，从里面掏出一个饭盒，放在桌上，打开，还冒着热气。

蓦地,何满江眼睛有些湿润,又突然想起什么,从抽屉里摸出酒壶,"咕咚"一口,将盖子旋上,放进抽屉,咂巴了一下嘴,说:"有人关心,还有一口小酒,这真是神仙般的日子啊!"

邢秀丽忍不住"噗嗤"一笑。何满江抬起头,问道:"笑什么啊?"

邢秀丽不应答,只低头翻弄着炉台上的馒头,下面都有些焦黄了。何满江继续埋头吃饭,邢秀丽的目光又罩在他的脸上。何满江似乎感觉到什么,顿了一下,埋头几口将饭扒拉完。

邢秀丽捡起饭盒,准备去清洗。

何满江在她身后陡然冒出一句:"秀丽,我们……把婚结了吧!"

邢秀丽只感觉整个身子都僵硬了,半天都动弹不得。

90

何卒就任何满江主管的油泉子钻探大队首支钻井队队长。

何卒啃了几天笔帽,终于列出了井队人员名单。何满江看过名单后,没有补充的,说:"就这么定了!"何卒问:"还有什么指示?"何满江说:"你立马将人员拉上现场,场地平好,井架竖起来,设备调试到位,做好准备工作,等局里一声令下,我立刻奔赴油泉子。"

何卒说"好",应了一声转身准备出门,何满江又叫住了他,说:"人不是铁,人就是人啊,冬天来了,把食宿保暖都给职工搞好,不要出岔子。"

何卒坚毅地点点头,转身出门。刚出门,便遇上陈曼急匆匆地往何满江帐篷这边赶来。何卒只觉眼前一亮,待在原地,等陈曼走到跟前,才"嘿"了一声,惊得陈曼猛地抬起头,花容失色。

何卒突然问道:"你到哪里去啊?"

陈曼缓缓气息,说:"吓死我了,给何副处长送文件。"

何卒不好意思地说:"领导在呢,你快去吧。"

陈曼看了看何卒,问:"你有事吗?"

何卒慌乱道:"没,没事啊。"

邢秀丽正式接手局机关人事科工作,四五个人挤在一顶帐篷里。她翻看着档案资料，时不时走神。她使劲揉搓太阳穴，还是不行，脑子里总是何满江说的那一句"我们什么时候把婚结了吧"的话，她觉得难以接受，哪有这么直接这么赤裸裸的呢。她自言自语道："这哪里是求婚，简直是命令嘛！"

邢秀丽越想越不舒服，将手中的"英雄"钢笔摔在桌子上，"啪"的一声，溅出几滴墨水，飞到材料上。这一声把其他几个同事的脑袋给惊诧起来了。一个叫罗霄的年轻人猛地抬起头，左右看了看，大家都摇摇头，于是问道："邢科长，你有什么指示吗？"

邢秀丽这才回过神来，尴尬地摇摇头。

罗霄说："没有指示，我们就放心了。"

邢秀丽盖上笔帽，就出了帐篷。

这时陈曼从何满江帐篷出来，看何卒还在原地，心里便有一丝慌乱，但她立即调整了情绪，走了过去。何卒说："我明天就上井场了。"陈曼说："第一口井，预祝你顺利完成任务。"说罢，陈曼侧身走过何卒。何卒呆在风中像一棵冬天里的枯树。陈曼咬住牙走了几步，还是停下脚步，回身问道："何队长，你还有什么事吗？"

何卒脸红脖子粗，连忙说："没有，没有。"

何卒撒丫子逃窜，那背影像惊弓之鸟。

邢秀丽远远看见这一幕，心想，这才像恋爱，羞涩，慌乱，甜蜜。邢秀丽看何卒仓皇远遁，就叫过陈曼，说："出去走走。"邢秀丽拽住着陈曼就走出帐篷城。苍茫戈壁，荒原宁静。

陈曼心思细敏，觉察到什么，说："你有事吧。"邢秀丽说："心里乱，想跟你说说话。"陈曼平静地凝视着远处的雪山，说："说吧，怎么个乱法。"邢秀丽说："先说说你吧，你们刚才怎么了，何卒像惊弓之鸟。"陈曼摇摇头，答非所问："那是不可能的。"

邢秀丽说："我知道你的心思。"陈曼白了一眼邢秀丽说道："怎么了，你想当红娘？"邢秀丽说："这事儿，勉强不得的。"陈曼说："我还没有考虑谈恋爱呢，也许……"邢秀丽问道："也许什么啊？"陈曼看着邢秀丽的眼睛，一字一句地说道："也许，一辈子都不谈了。"

邢秀丽一把将陈曼的头搂进怀里，说："傻丫头，傻丫头。"

寒风一阵紧跟一阵，戈壁上的沙砾飞舞。陈曼好半天才从邢秀丽怀里抬起头，眼睛里晃动着泪光，但目光决绝。陈曼说："邢姐，我会永远把你当成我的亲姐姐，永远！"

邢秀丽颤抖着手为陈曼擦拭去泪水。

91

一辆卡车裹着寒风驶向帐篷城。

葛先华满脸风霜，掀开帐篷门。何满江愣了一下，问："找谁啊？"葛先华将行李往床上一扔，摘下大棉帽子。何满江这才看清是葛先华，赶紧起身，上前一个拥抱，高声问道："怎么样啊？"葛先华说："成果丰硕！"

风餐露宿，葛先华瘦成猴了，跟野人似的，脸皮都脱了好几层。何满江赶紧给他倒上一盆热水。洗漱之后，何满江带着葛先华敲开局长的帐篷门。何满江将葛先华介绍给局长。局长说："早听说茫崖有个清华高才生，百闻不如一见啊。"

一阵寒暄之后，张天翼问道："这次叩问大地，战果如何啊？"

葛先华说："收集了大量岩石标本，回来需做进一步的分析研究，可能缺少相应的检测手段，有的还得送外国专家分析。"

张天翼说："这次局长请来了外国专家，他们也在开展工作，你们跟外国专家好好沟通交流，要对柴达木做深入的勘探、分析和科学的判断，为下一步拉开大场面奠定基础。同时，要通过跟外国专家学习交流的机会，尽快培养起我们自己的地质勘探人才。"

何满江连忙说："先华回来还没来得及喝上一口水呢。"张天翼叫何满江将局里的任命文件先给葛先华传阅一下，让他尽快进入新的角色啊。葛先华不解。何满江说："组织给你发'帽子'了！"

局长补充道："'帽子'不仅仅是荣誉，更是责任啊。"

葛先华道："服从组织安排！"

何满江和葛先华走出局长帐篷，碰上邢秀丽。邢秀丽向两人微笑，点点头。葛先华说："这不是那个女队长吗？"何满江紧走两步，说："不是女队长了,是局机关人事科长,邢科长。"葛先华"哦"了一声。何满江又得意地说:"还有一个身份呢,你嫂子!"葛先华"啊"了一声,问:"是大嫂还是二嫂。"何满江"嘿嘿"一声笑,道:"当然是你大嫂了。"

葛先华说:"几日不见啊,队长成大嫂了,难道也有二嫂了?"

何满江说:"走,去医院看看就知道了。"

医院里,陈启仁死活要出院,正在跟主治大夫丁克秀争论。丁克秀不允许,说道:"身体还没有完全恢复,还得住下观察。"陈启仁脱下病号服就要走,说:"床位紧张,老占着也不是事情,回去边工作边观察吧。"丁克秀嘀咕一句:"就你犟!"

何满江人还没到声音已经进去了:"他就是头犟驴!"

进了医院,何满江说:"看看,谁回来了啊。"陈启仁刚穿好衣服,扭头就愣住了,看见葛先华跟生了一场大病了一样消瘦,说:"刚好我出院,先华你来住下。"葛先华连连摆手,说:"没病。"何满江指着丁克秀,介绍给葛先华。葛先华一听就明白了,伸手去握,道:"谢谢丁医生了。"

何满江将葛先华的手一拍,说:"我的手丁医生都不握呢。"

丁医生一听,快速伸出手,跟葛先华相握,说:"早听说你了。"

何满江看着丁医生,故意道:"不给我老何面子啊。"陈启仁连忙说:"我的面子别人也没有给呢。"何满江"哈哈"一笑,说:"我们这些大兵已经不是最可爱的人了。"葛先华却说:"两位也别太骄傲了,你们不就是想说江山是你们给打下来的嘛。"

何满江铿锵道:"这话我爱听!走,老陈今晚也回家了,我们三个团圆了。"说罢,搀扶着陈启仁就往外走。陈启仁忍不住回头看了一眼丁克秀。何满江故意说道:"路在前边呢,怎么老是回头看啊。"丁克秀脸一红,赶紧把头扭开了。

进了帐篷,三个人齐整到位,感觉整个帐篷就饱满了。何满江将炉子通了通,说:"今晚应该小聚一下啊,我马上得要上工地了。"这时,葛先华从大挎包里摸出一坛子酒,说:"刚好为我接风,为老何送行。"

何满江接过酒坛子一看,一坛老郎酒。

葛先华说:"是一个同学从西宁带过来的。"何满江揭开盖子,闻了闻,如醉如痴，突然想起什么，从抽屉里摸出酒壶来，先给酒壶添满，说："这叫细水长流。"说罢，转身出门，说是去搞两听罐头来！

葛先华想阻止已经来不及了，回来的路上，胡挺抓了两只野兔，已经送食堂加工去了。陈启仁说："他高兴，就让他去吧。"

92

医院里，张二嘎子还在为"拿下"李惠绞尽脑汁，但始终不得章法。张二嘎子干脆装病住进医院，但似乎都不太好使。

李惠正被缠得焦头烂额之际，门帘一掀，一个"野人"举着胳膊进来了，吓得李惠直发愣。胡挺的大胡子像野草，粗看像野人，细看像艺术家。他举着胳膊对还在发愣的李惠喊道："快给上点药，疼死我了。"

李惠看见胡挺那模样，呆呆的，愣住了，半天没有回应。丁克秀拍了她一下，她才醒过神来。胡挺"哈哈"一笑，露出满口白牙，做了个鬼脸，道："我又不吃人，你要是害怕，我今晚就刮了它。"

李惠一听，有这么可爱的"野人"，不禁"噗嗤"一声笑。

这时，张二嘎子从床上抬起头，满脸醋意地盯着胡挺，说："真是昆仑上下来的'野人'啊。"胡挺挽起衣袖，露出胳膊，肘处一片红。李惠问怎么回事啊。胡挺说："摔了一跤。"李惠麻利地给上了药，说隔天来换药。胡挺奇怪地问道："也不打个绷带什么的吗？"李惠说："开放着，这样会好得更快。"胡挺"哦"了一声，不无遗憾地笑道："我还以为能够在医院躺个一天半天的呢，看来，该摔狠一些啊。"

李惠被逗得"噗嗤"一声笑。

胡挺说："小李大夫，你就不知道了吧，躺在医院多好啊，有你们美女左叮咛右问候的，那可是神仙般的日子啊。"李惠说："那你下次摔得重一些再来吧。"

胡挺这几句话可把张二嘎子刺激得脸红脖子粗，因为他就是装病来住院缠磨小李医生的。他感觉到了威胁，也感觉到被嘲讽，忍不住狠狠地骂道："野人！"

胡挺并没生气，还乐呵呵地说道："报告床上病友，我不是野人，我是勘探处第一地质队队长胡挺，你要是看不惯胡子，我今晚就刮。"说罢朝李惠一挥手，转身出门。

张二嘎子气得直翻白眼。

93

何满江背着手，转到局机关，转到何卒帐篷，转到陈兵帐篷，转到食堂，晃晃悠悠的，眼睛到处瞄，就是开不了口。还是陈兵脑子活泛，说："你回房间吧，我一会儿到你那里去。"

何满江一路往回走，一路摇头，两手空空回了帐篷。葛先华道："一个副处长，两粒花生米也都找不到。"何满江说："哎，开不了口啊，到处都是清汤寡水的，一个小卖部都没有，今后我们一定要开办自己的贸易公司才行。"葛先华说："老何你就等着吧，稍后必有好菜呢。"

葛先华这才说了回来路上看见有野兔的事情，胡挺几个小子下车追，活逮了两只，胡挺还摔了一个大跟头，伤了手臂。何满江说："咋不早说呢，害得我瞎转了一大圈。"说罢，他乐滋滋地把两张办公桌一拼，老郎酒往桌子中间一放，专等美味上桌。

何满江捏着手指节"咯吱咯吱"响，说："等两天钻机一响，满地井架一竖，我和老陈就都没有闲工夫了，能痛快地醉一次太好了啊。"这时，陈兵跟着张成武进来了。张成武端着一大盘子干煸野兔，香气扑鼻。陈兵从大衣口袋里摸出两听罐头，拳头大一坨咸菜，几个煮鸡蛋，真还有一袋子花生米。

陈兵看着那一坛子好酒，咂砸嘴说："好酒啊。"何满江叫陈兵去把小卒子也叫来，说："自从进了柴达木，我们还没有团聚过呢。"葛先华道："干脆把大嫂、二嫂也叫来吧。"

陈启仁有些惊讶，心想哪来那么多嫂子啊。何满江"嘿嘿"一笑，对陈兵说："把邢科长、丁医生都叫来，我来给老陈捅破那层窗户纸。"

陈启仁大惊失色，连忙道："使不得，使不得！"

陈兵早一溜烟跑出去了。陈兵去叫邢秀丽和丁克秀，说的都是领导通知有急事。说完转身就走，火急火燎的样子，也不给她们问话的时间，真以为是领导有急事。等邢秀丽和丁克秀前后脚急急慌慌到了帐篷，两人眼亮心亮，一眼便看出是陈兵的圈套。邢秀丽说："准备喝小酒啊，真以为有什么重要的事呢。"两人转身欲走，何满江敲了一下陈兵的头，故意生气道："你个兵蛋子，假传圣旨！"

陈兵故意委屈地摸着脑袋，哀号道："我冤枉啊。"

何满江赶快拉过邢秀丽、丁克秀坐下，这才说："大冷的天，坐一坐，拉拉家常，暖和暖和，顺便喝杯小酒嘛。"丁克秀还是想走，邢秀丽暗地里拽了拽她衣角，说："暖和暖和也好，还顺便有美味吃，有小酒喝呢，坐！"

何满江大声叫陈兵给两位客人倒酒。可根本就没有酒杯。陈兵找来刷牙缸子，还有暖水瓶盖子。何卒端起老郎酒坛子，一一斟上。何满江举起缸子，说："这是我们来柴达木第一次家庭聚会啊，啊，大家庭，我们来自五湖四海，为了这个大家庭，干杯！"

陈曼这时敲开张天翼的帐篷，将一份电文呈上。张天翼瞟了一眼，让她去把何满江叫来。陈曼说："估计叫不来了。"张天翼抬起头，满脸惊讶。陈曼说："他们在喝酒呢。"张天翼"嘿嘿"一笑："好啊，喝酒也不叫上我这个老领导，哼，反了他了！"说罢，从床底下挪出一只箱子，摸了一瓶酒揣进怀里，快步向何满江帐篷而去。

何满江一口就将缸子里的二两酒干了，晃晃杯子，说："倒上！"

丁克秀看看邢秀丽，都没有端杯。其他几人都浅浅地品了一口。看老何喝酒这架势，葛先华赶紧打招呼，说："就这一坛子，多一滴都没有，悠着点。"何满江往嘴里扔进几粒花生米，说："我也就两拳头杯子的酒量，快喝慢喝也就那么多，别担心，满上！"

葛先华见两位女士并没有动杯子，脸色僵滞，于是说："我这刚一回来啊，就有人告诉我有大嫂、二嫂了，作为一个大家庭，我得要认认嫂子啊，你们，谁是我的大嫂、二嫂啊？"

邢秀丽一听，脸"唰"地一红。丁克秀还一脸迷茫。

气氛有点僵，陈兵赶紧起身破局，端起酒杯朝向邢秀丽，说道："我得先给大嫂敬酒啊，邢科长，请！"邢秀丽脸上红一阵白一阵，狠狠地瞪了一眼何满江，何满江却装作若无其事的样子，夹了一块兔肉，放到邢秀丽面前。

邢秀丽只有端起杯子，说："干就干！"

陈兵端起杯子正准备敬给丁克秀，丁克秀"唰"地站起身就往外跑。邢秀丽手快，紧紧拽住她的衣角，让她走也走不了。陈启仁比较尴尬，脸上像罩着蜘蛛网一般，丝丝缕缕的，不好受。

何满江"呵呵"一笑，站起身，说："丁医生啊，这都怪我，你看我嘛，年长老陈半岁就把自己当成了大哥，也没跟老陈商量就以大哥的身份自作主张。你看，你要是没那个意思，就当我多事了，要杀要剐，朝我来。我呢，也就向你赔个不是。按理说呢，这事需要你们自己勾兑，你情我愿，是吧，这又不是旧社会。我呢，实话说看不惯老陈磨磨唧唧，早几个月前在西宁医院，老陈见你第一面啊就私订终身了。这么长时间呢，我还以为你们勾兑到位了呢。哎，既然如此，不说了，我这个当大哥的向丁大夫赔罪了，自罚一杯！"

说罢，仰脖子又干掉一缸子。

丁克秀听何满江这么一说，腿软了，坐下。大伙儿都不吃不喝的，看着她，气氛实在有点僵。好半天，丁克秀才开口："其实……"

何满江接话道："不管七十八十的，你丁医生要是看得起我兄弟老陈，就点点头，要是压根儿没有看上，你也坐下把这顿饭吃完，是吧，不管怎么说，我们都是柴达木这个大家庭的一员嘛。"

邢秀丽在桌子底下又拽拽丁克秀的衣服。丁克秀这才说："我在西宁有男朋友了。"人们都睁大眼睛，发出一声惊叹："啊！"丁克秀接着说："我报名来柴达木，他不愿意，我想跟他吹。"人们这又才"哦"的一口气舒缓过来。

何满江"哈哈"一笑，说："这样的人靠不住，该吹，吹了好，别留恋，你看，我们这大家庭，多好啊！"

陈启仁还是有些抹不下面子。丁克秀突然端起杯子，对陈启仁说："陈副处长，来，我敬你一杯。"说罢，一饮而尽。丁克秀放下杯子，又说："不过，给我时间，让我处理好……"

邢秀丽道："你们啊，谈恋爱也跟打仗似的，一点铺垫都没有，开口就说结婚吧之类的，真是让人受不了。"

何满江"呵呵"一笑，说："这是骂我呢，该骂，该骂，一辈子没见过女人，也没有谈过恋爱，既不懂战术，也不懂战略，只是心里怎么想，口上就怎么说了。

哎，多批评，多批评啊。要不，我再自罚一杯？"

说罢，何满江端起杯子又要干，邢秀丽一把拽住了他，说："你真会找借口喝酒啊。"几个人忍不住"哈哈"大笑起来。

这当儿，一串急促的脚步声由远及近，只听见帐篷外"哈哈"一声，说道："好啊，你们一大帮喝小酒，也不叫上我这个老领导啊！"话音刚落，张天翼进了帐篷，"唰"地甩开棉大衣，从怀里掏出一瓶酒，往桌子上一撴，说："西凤，从西安带过来的，来，助助兴！"

人们起身，连忙让座。张天翼扫视了一圈，说："人不少嘛，也好，喝酒就是图个热闹，来，倒上，一杯酒啊三喜临门，我敬大家。"

何满江问道："老领导，哪有三喜啊？"

张天翼说："老陈出院，先华回家，你嘛，柴达木第一口井开钻！"

94

高耸的井架，迎着呼啸的寒风。

井场四周，插满了彩旗，迎风招展。这是柴达木破天荒的一次工业壮举，自此，柴达木进入中国石油时代。没有理由不记忆这个庄严隆重的时刻。井架二层平台上拉着一条横幅："庆祝泉一井开钻典礼"井架左右两边条幅为："加速！加速！再加速！""大干！大干！再大干！"

井场下面的平地上，搭设了简易的主席台。主席台上坐着青海省委省政府和勘探局领导等十多人。下面，迎风屹立百多号石油工人。

何满江穿着四十八道杠的短打棉衣，戴着皮帽子，手扶住刹把，凝神静气，只等一声令下。

省委领导铿锵道："我宣布，'泉一井'正式开钻！"

瞬时，钻井平台上飞盘旋转，声震戈壁。鞭炮声、鼓乐声响彻一片。在场的人们跳跃着欢呼起来："泉一井！泉一井！"

一开钻，井台上就是连轴转，24小时不停机。无论白天黑夜，井台上都是忙碌的身影。泥浆在身上结成冰凌。何满江被替换到井场的帐篷里。队员给他端上饭来，他看了一眼，倒头就打起了鼾声。队员撤回饭菜，心疼地说：

"都十几个小时没有眨眼了……"

茫崖帐篷城院子里，站满了身穿棉衣、头戴大皮帽的工人。陈启仁发出动员令，说："井上的同志们已经连续奋战了三天三夜，现在后勤保障跟不上，钻井处组建突击队，主要任务就是背水泥、调泥浆。"人们纷纷举手，踊跃报名。

邢秀丽找到陈启仁，说："我也得上去！"

陈启仁说："你，就不要去了吧。"

邢秀丽坚定地说："陈副处长，你不是叫我嫂子吗？"

陈启仁猛然醒悟，"哦"了一声。

何满江从井上换班下来，一掀帐篷门帘，看见邢秀丽，惊了一跳。邢秀丽见何满江两眼通红，胡子拉碴，浑身都是泥浆和冰碴，眼睛就红了，连忙去端过了一杯热水，递给何满江。何卒准备去接班，故意开了句玩笑，说："嫂子，谨防眼泪冻成冰溜子啊。"

人们顶着呼啸的寒风，背水泥，调泥浆。那时施工条件简陋，全靠人拉肩扛。人定胜天是战胜困难的唯一法宝。也没有干部职工之分，白天黑夜之分。陈启仁已经在井场上干了好几个小时，陈兵劝陈启仁休息休息，都好几个小时了。陈启仁却说："人歇井不歇啊！"

茫崖帐篷城，张天翼翻看着报表，又翻看着日历，自言自语道："都18天了啊，该完钻了啊。"他把手中的铅笔一扔，有些坐不住。这时，陈曼掀门而进，递上一张电报纸。

张天翼一看，大喊道："好！喷油了，喷油了！"

张天翼和局长等机关领导赶到"泉一井"现场。人们紧张、焦虑地围着放喷油管，等着见证奇迹。闸门一开，一股略带黑色的水样的液体喷射出来。张天翼眉头紧锁："怎么含水这么高？"

何满江说："是轻质油，含油量达到68%，加在车里，车就能跑。"

张天翼看见有一辆拖拉机在现场，说："试试！"人们往拖拉机里加注上原油。拖拉机司机猛摇手柄，居然"突突突"发动起来。张天翼哈哈大笑道："这是我们柴达木的第一口油井啊，真是一口争气井！"

局长点点头，道："它的名字必将载入柴达木史册！"

人们跳跃着、欢呼着，把帽子抛向天空……

第九章
魅惑高天

《人民日报》发出号召——

到柴达木去,到祖国最需要的地方去

中央慰问团来到了柴达木

他们带来了祖国和人民的问候

李若冰素描了茫崖的工厂和车间

茫崖的邮局和书店……

成千上万的帐房,成千上万的人

成千上万个梦想

汇聚在西部的茫崖帐篷城

95

《人民日报》头版刊发了柴达木"泉一井"喜获工业油流的喜讯。

茫崖成了中国瞩目的焦点。国家急需石油,工厂急需石油,汽车轮船急需石油。石油是中国工业的血液,也是被外国封锁的主要对象。柴达木打出了高产油井,提振了整个国家的声量。大街小巷、机关学校、工厂农村,人们争先传阅着报纸,幻想着青海柴达木茫崖那个神秘的西部高地。

大规模钻探石油已经迫在眉睫。钻井处紧急召开会议,落实部署勘探局的指示精神。张天翼召集会议。帐篷会议室里,坐着何满江、陈启仁等五位钻探大队大队长。

张天翼开门见山道:"'泉一井'开钻,实现了开门红。青海省、石油部,甚至党中央、国务院,都给我们发来贺电。下一步,我们要甩开膀子,拉开大场面,遍地竖井架,遍地开油花!"

钻井处筹备了五支钻探大队,每个大队下面有三五支钻井队,但规模还是远远不够。给石油部打报告要人要设备。石油部明确回复,国家将全力支持柴达木的开发建设!这就等于说,柴达木的钻探工作要迅速进入战斗状态,力争在较短时间内,拉开大场面,形成规模开发,为新中国的建设提供工业血液!

会议室里,几个大队长都在热烈讨论。何满江表示要在油泉子周边再布三口井,拓展一下看看油气显示。陈启仁表示他也要在茫崖这边布上五口井!其他大队长都纷纷表决心。

贪大求全,在初期就显露了出来。大家都忽略了这是勘探阶段,是初始阶段。一口油井喷油并不能说明什么问题,当前最主要的任务是发现地层,找出储备,提供决策依据,然后以点带面,各个击破。并且时令已是冬天,成本问题、安全问题都是要考虑的大问题。

张天翼最后说:"要上几口井,听从局里统一规划安排,但你们别老想着戴大红花啊,我们还得服从大局,服务大局!"

邢秀丽拿着两个饭盒去食堂打饭,张成武故意问道:"一个人怎么吃两份啊?"邢秀丽说:"你是不是在取笑我多吃多占啊。"张成武连忙说:"哪能呢,我是在问什么时候能吃上喜糖呢。"邢秀丽"呵呵"一笑,说:"你去问老何吧。"

邢秀丽端着饭盒进了何满江的帐篷。帐篷里三张床,彼此之间被用布帘子隔开,成了三个单间。每个单间里一张床,一张办公桌。何满江在最里间,陈启仁居中,葛先华靠另一边。

邢秀丽只好将饭盒暖在炉台上。

这时,何满江、陈启仁散会归来。看见饭盒,何满江高兴地说:"可以吃现成的啦。"陈启仁说:"老何好福气。"何满江对邢秀丽说:"今后你要打饭,把老陈、先华的也一起打回来,免得他们一吃饭就反酸。"邢秀丽正色道:"那可不行,这可是主权问题,主权不容侵犯。"

陈启仁笑道:"当嫂子的就是厉害,上升到主权问题了,这可是政治问题呢,你吃你的饭,不用等我。"何满江说:"老陈你也步子迈大点啊,你没看我一直在等你嘛。"陈启仁纳闷道:"等我干吗?"何满江道:"我们一起结婚啊。"陈启仁说:"这可等不得。"

说罢,陈启仁敲着饭盒出了门。他拐到医院,探头往里一瞧,丁克秀正在忙碌。李惠看见陈启仁,向丁克秀示意。丁克秀回头笑了笑,两手一摊,表示忙着呢。陈启仁进了帐篷,从桌子上拿起丁克秀的饭盒,一犹豫,又把李惠的饭盒也拿上了。李惠对丁克秀说:"对你可真好啊,一个大领导,还替你打饭呢。"

丁克秀说:"少废话,不是也给你打了吗。"

陈启仁将三只个饭盒递给张成武,张成武眉毛锁成一团,说:"刚才邢科长端着两个饭盒来打饭,情理之中,你怎么端着三个饭盒呢。"陈启仁却说:"两个饭盒是给对象打,三个饭盒是给同事打。"张成武拿起饭盒一看,只见一个饭盒上红油漆写了"丁",另一个上一个"李"字,就说:"也是,大夫们都忙。"

陈启仁就跟丁克秀、李惠蹲在医院一角隔断的炉子旁边吃饭。李惠说:"我今天可占便宜了。"丁克秀瞪了一眼,说:"便宜不能白占,什么时候我也得占回来。"李惠"唰"地一下脸红了,回嘴说:"我可没有机会让你占呢。"丁克秀其实早看出来了,那天李惠对大胡子"野人"动了心。都是女人,蛛丝马迹谁也逃不过,于是说:"那人其实也挺不错。"

李惠惊讶道:"谁啊?"

丁克秀说:"野人。"

陈启仁惊道:"哪里来的野人?"

李惠涨红了脸,说道:"瞎说。"

96

葛先华与外国专家一开始就不太和谐。

一天,勘探队被一座峭岩阻挡,葛先华要胡挺爬上去取样。胡挺努力了几次都跌了下来。彼得罗夫说道:"根本不需要上去,因为山上不长石油。"葛先华很惊讶这个论断,他说:"长不长石油,不是眼睛说了算,要靠样本分析,用数据说话,柴达木没有现成的资料,每一块样本都是第一手资料。"葛先华的话让彼得罗夫很是不屑,他说:"照你们这样找石油,找到天亮了。"

葛先华对队员们说:"不用争论,也许我们走了弯路,但我们迟早要捋直;但是不走,连弯路都找不到,这就叫摸着石头过河吧。"

午餐时,葛先华和几个地质队员团坐在沙滩上,掏出干粮,喝着军用水壶里自带的开水。水凉了,有些倒牙。外国专家就地搭起了小帐篷,他们在帐篷里吃着面包和香肠,用酒精炉子煮热咖啡。彼得罗夫从帐篷里探出头来喊道:"葛,来一杯!"

葛先华礼貌地摇摇头。

李天翔说:"为什么他们是人,我们就不是人?"

黄兴国说:"他们是边享受着,边工作着啊。"

胡挺说:"我们是工作着,努力生存着。"

葛先华被一块死面饼子噎住了,吞了半天才说:"不要对比,我们国家可是花费外汇请他们来的,目的是多向他们学习,而不是攀比。"

远山积雪皑皑，戈壁滩上的积雪渐融，裸露出一片黄、一片白。葛先华带领队员在寒风呼啸的戈壁，艰难地跋涉着。彼得罗夫一看手表，说："时间到了，我要下班。"葛先华看看表，说："还早呢。"彼得罗夫摇着硕大的脑袋，说："时间到了就得下班。"葛先华没有办法，只好点点头。彼得罗夫和几个外国专家坐着全封闭的越野汽车，扬长而去。

葛先华等一众地质队员坐进大卡车的车槽子，颠颠簸簸中驶进了帐篷城。胡挺等几个人滚身下车。葛先华叫队员们赶快吃饭去，晚上集合，要跟彼得罗夫们碰一碰，交流一下意见。

晚上，广场里传来放电影的前奏，高音喇叭里播放着铿锵的女高音，惊天动地。整个帐篷城都在歌声的覆盖之下充满了活力。丁克秀对李惠说："晚上我值班，你去看电影。"李惠说："天天都是那几部片子，台词都背下来了。"丁克秀说："去背背台词也好，不然两人怎么轮换休息。"李惠"哦"了一声，说："原来你是想给自己腾时间啊，好，我去。"

胡挺穿着一件红色毛衣，蹲在帐篷外专心致志地修剪着自己的胡子。他先用剪刀将胡须剪短，再给腮帮子涂上肥皂，正准备用剃刀刮。李惠刚好路过，惊问道："你真把胡子给刮掉啊？"胡挺说："不刮就像个'野人'了，姑娘一见就跑，对象都找不到了。"李惠却说："你把我吓跑了吗？"胡挺正在操刀剃须，一听，手一抖，腮上一道血口。

李惠尖叫起来，跑着去医院拿来消炎药水，麻利地给伤口做了处理。李惠说："凝血功能还不错，刮了胡子真是判若两人。"李惠悄声道："晚上看电影吗？"胡挺记得葛先华说晚上要去跟外国专家组交流的话，便随口道："晚上有事呢。"李惠的脸红了，说："有事你就去忙吧。"

胡挺突然觉得自己一点智商都没有，在原地直愣愣地发呆，打了一个响亮的喷嚏，对着李惠远去的背影直摇头。也许胡挺的喷嚏太响亮，惊醒了远处一双耳朵。张二嘎子狠狠地"呸"了一口，声音格外响亮。

张二嘎子在帐篷城踱着方步，晃悠着到陈兵的帐篷。张二嘎子问陈兵晚上看不看电影，陈兵说："几部老片子，没看头，晚上队上还要技术培训呢。"张二嘎子用意很明显，要拉陈兵看一出好戏，故意扇阴风点鬼火，说："今晚有比电影还好看的好戏呢，不要错过。"陈兵拿着笔记本往棉大衣里一揣，掀帘就出了门。

张二嘎子气得狠狠地跺着脚。

葛先华招呼上胡挺几人，去了外国专家组驻地。专家组住的不是帐篷，是铁皮板房，比帐篷更遮风保暖。葛先华在外边就听见里边闹哄哄的，敲开门，里边的专家们正在晚餐。他们不用电灯，点着烛火，一张长条桌子上铺了白色的桌布，上面放着水果、蛋糕，还有火腿、香肠、烤牛肉。专家们正喝得起劲，满脸幸福，目光散漫游离。

彼得罗夫将一个伏特加瓶子强塞给葛先华，叫葛先华跟他们一起快乐快乐吧！葛先华看看酒瓶子，摇摇头，说："打扰了，方便时再来。"彼得罗夫赶紧摇摇头，说："不！晚上不谈工作的，休息，享受生活！"葛先华依然说："对不起，我们改日再来拜访。"

彼得罗夫拍了拍葛先华的肩膀，说："酒都不喝，还谈什么工作？"

胡挺急了，夺过葛先华手中的酒瓶子，对彼得罗夫说："老彼啊，不就是喝酒嘛，咱中国的酒文化可比你们悠久呢，你看着，我喝给你看！"说罢，举起酒瓶子，将剩下的伏特加"咕咚咕咚"倒进了喉咙。

彼得罗夫惊讶地看着胡挺，喊道："乌拉！乌拉！"

胡挺将空酒瓶一摔，有点较劲地说："再来一瓶！"葛先华连忙阻挡住胡挺，对彼得罗夫说："彼得罗夫先生，打扰了，我们再见，先告辞了。"彼得罗夫双手一摊，说："真遗憾！"胡挺顺手操起果盘里一个大红苹果。

往回走，葛先华一路沉默，最后道："今晚休息吧，你们看电影去。"

胡挺等几个人看着葛先华忧伤而疲惫的背影，心里都不是滋味。

广场上，黑压压的人群聚集在寒风中。电影里传出的声音，依然是"噼里啪啦"子弹乱飞的声音。胡挺突然想起李惠的邀请，加上伏特加在身体里燃烧，就说要去看电影。李天翔和黄兴国都没兴趣，说："都会背台词了。"胡挺便独自朝广场走去。

张二嘎子在看电影的人群中钻来钻去，寻找着什么。他遮挡了人们的视线，有人大声喊："坐下！坐下！"陈兵一回头，说："你瞎钻个啥呢？"张二嘎子说："不关你事！"

张二嘎子终于看见人群中的李惠，李惠居然还在向自己招手。张二嘎子喜出望外，连忙朝李惠挤过去。张二嘎子好不容易挤到李惠眼前，发现李惠还在朝自己刚才那个方向招手，觉得莫名其妙，回头一看，原来身后跟着胡挺，张二嘎子蓦然明白过来，连忙低下了头。

胡挺过去，李惠连忙让出小马扎，和旁边的陈曼合坐了一张小凳子。

张二嘎子狠狠地瞪了一眼胡挺，弓着身子退出了人群。

陈兵将这一切看得一清二楚。

陈启仁邀约丁克秀出去走走。两人一前一后，相差一步之遥。帐篷城里路灯昏黄，将两人的身影拉得虚长。两人谁也不说话。但两人要说的话彼此都清楚。走出帐篷城，眼前的大戈壁黑暗而空旷，除了风声缠绵，仿佛是无底的海洋。他们就那样默默凝视着深邃的夜空。

良久，陈启仁问道："你在想什么？"

丁克秀没吭声，摇摇头，半天才问："你呢？"

陈启仁说："我什么都想，想我的未来、你的未来，以及我们的未来。"

丁克秀沉默了，说："给我一点时间，好吗？"

陈启仁点点头。丁克秀又说："你要多注意身体，别太拼了。"

电影散场，胡挺和李惠走在小巷子里。可能是喝下半瓶伏特加的缘故，他神经格外兴奋，突然碰到兜里的苹果，他拿出来要给李惠。李惠很吃惊。胡挺说："老外逼我喝了半瓶酒，拿他们一个苹果又何妨。"李惠刚接过苹果，就听见"嘭"的一声，胡挺就被一砖头拍翻在地。那人再抢砖头时，被另一只手卡住了手腕，硬生生夺了砖头。

胡挺揉着脑袋，只见陈兵提着砖头，直愣愣盯着一股黏稠的液体从手指缝里蹿出来，滴落在李惠手中的苹果上。

走在街头的陈启仁、丁克秀听见一声尖叫，预感不妙，两人大步朝那声音跑过去。陈启仁见陈兵手上提着砖头，还在发愣。丁克秀看是李惠，连忙问怎么了？李惠流着眼泪，只是一个劲地摇头。陈兵支支吾吾着想解释什么。陈启仁怒不可遏挥过去一巴掌，将陈兵打得两眼冒金星。陈兵捂着脸，说："我……"

陈启仁骂道："滚！"

陈兵甚至忘记扔掉手上那块带血的砖头，回到帐篷，整个人似乎都进入了麻木状态。何卒看了看那块带血的砖头，惊问道："你干啥了？"陈兵这才将砖头扔到地上。何卒再次问道："谁的血？"

陈兵点燃一根烟，憋着一口气，良久，才将发白的烟雾从鼻孔里喷射出去，说："反正不是你的，也不是我的，问啥问？"

张成武在一旁给何卒使着眼色，意思别问了。何卒摇摇头，接着说："兵蛋子，你别忘了，我们是战友，有啥事，你别藏着掖着。"陈兵气不打一处来，说："小卒子，你他妈的命好，啥都比我顺，老子就是不服气，你说我这有多背啊，接二连三地走倒霉运，哎！"

何卒想不明白，说："别扯没用的，你说说砖头是咋回事？"

陈兵说："就不告诉你，秘密！"

医院里，丁克秀给胡挺头上扎上绷带，说留在医院观察一晚上。李惠似乎还在恐惧之中，手中还捏着那个带血的苹果，眼圈里晃荡着泪花。胡挺"嘿嘿"一笑，说："没事，不就是开瓢了嘛，死不了。"丁克秀说："这陈兵胆子也太大了，都敢拍黑砖了。"

胡挺摇摇头，说："不是他。"

丁克秀问："那是谁？"

李惠抢话道："算啦，不说了。"

陈启仁回到帐篷，怒火还在燃烧。听完陈启仁的叙述，何满江一声断喝，撒腿就要出门。陈启仁一把拽住何满江，说："先冷静冷静，是要好好收拾他了，看来上次他还没有长记性！"葛先华纳闷道："他拍了人怎么不跑呢，还提着砖头发愣？"

李天翔给胡挺打来一盆热水，调侃说："你干脆把头发也剃光得了，你看看，中间拉一道槽子，像个日本武士，要多难看就多难看。"

这时，门帘一掀，葛先华进去了。葛先华看了看胡挺的头，又看了一眼李天翔和黄兴国，两人都知趣地出去了。葛先华问："是陈兵吗？"

胡挺摇摇头。葛先华"哦"了一声，道："知道不是谁，也就知道是谁了，你赶紧去跟何副处长、陈副处长解释一下，不然陈兵要背黑锅。"

陈兵却先到了领导帐篷，复述了刚才的经过，但就是不说是谁。何满江的情绪这才缓释下来，说："一个大男人，为谈情说爱居然动手动脚，传出去都是笑话，谈恋爱嘛，只能智取，哪能蛮攻的，一点战略战术都不讲。"

陈兵摇摇头说："这事，不能背兵书，三十六计也不能照搬啊。"

陈启仁说："看来你是不会说出谁干的啊？"

陈兵为难地说："陈副处长，这事又不是敌特案件。你想啊，为了谈恋爱拍黑砖，要是传出去，那人还有脸在柴达木混吗？与其我说出来给他一个处分，还不如给他留一次机会。"这时，胡挺头缠绷带也进来了，他连忙解释，说："真不知道谁干的，反正不是陈队长。"何满江说："这叫一个愿打一个愿挨，你们去吧，有伤自己疗。"

出了帐篷，胡挺对陈兵说："谢谢你！"

陈兵一声叹息道："我多希望挨砖头的是我啊。"

97

太阳温暖地普照着大地。远处的昆仑山依旧白雪皑皑，但河面上冰雪开始融化，绿水与雪山交映成画。

河面上停留着一溜草绿色的军用卡车和吉普车。有战士挽着裤腿站在河水里冲洗汽车的征尘。车队再次开动，向苍茫的大戈壁驶去。

远处，茫崖帐篷城隐约闪现。

茫崖城沸腾了，万人空巷，迎接中央慰问团的到来。戈壁上搭起了大戏台，横幅上写着"热烈欢迎中央代表团"的标语。身穿黑色大衣、头戴棉帽的陈毅元帅一下车，全场欢呼，掌声四起。陈毅元帅脱下帽子，向欢呼的人群招手致意。欢呼声、呐喊声覆盖了春天的茫崖。

一栋簇新的铁皮板房，在繁星点点的帐篷城显得华丽、巍峨。陈毅元帅神采奕奕，被人们簇拥着进了那座"礼堂"。他发表了激情洋溢的讲话，说："这次，我们从西藏专程来柴达木，代表党中央、毛主席，向奋战在柴达木的全体石油干部工人、解放军战士，表示诚挚的敬意啊！"

礼堂里响起排山倒海的掌声和欢呼声！

听了局长简要的工作汇报后，陈毅元帅连连点头，说："'泉一井'喷油了，真是大好事啊，我们在北京都收到你们的喜讯了呢。柴达木的石油不仅仅是经济价值，还有国防战略价值呢。这次啊，我们在西藏那边走了走、看了看，实话说，那边的形势不容乐观。柴达木要赶快打出大油田来呢，到时啊，我们的汽车、飞机、大炮才能拉得上去！"

慰问团还送来了歌舞演出。广场的大戏台上，北京京剧团为大家盛情演出，赢得了一阵阵掌声。一个十几岁的小演员，唱腔生动，演出精彩，令观众如痴如醉。藏族、蒙古族、朝鲜族、苗族等少数民族歌手轮番登场。陈毅元帅坐在观众席里，热烈地鼓掌。

演出结束后，陈毅元帅走进帐篷，嘘寒问暖。人们高呼"陈老总、陈老总！"陈毅"哈哈"大笑，跟大伙一一握手，并用浓重的川中口音说道："你们辛苦了哟！"

慰问团将一台漂亮的红星牌收音机赠送给石油工人。

陈兵和何卒抬着收音机，高兴地说："今后我们就可以在里面听到陈老总的声音了！"陈毅元帅大笑道："不是听我的声音啊，是要听党中央、听毛主席的声音呢。"

离别时，慰问团给职工赠送了毛巾、牙膏、肥皂、纪念册等礼物。有的工人师傅把在戈壁上捡到的美丽的结晶盐，系上红绳子，当作礼物赠送给演员。"干猴儿"捧起一只小水鸭，非要赠送给代表团。陈毅元帅"哈哈"一笑，说："不简单呐，这可是生长在昆仑山下的珍禽啊！"

陈毅元帅感慨道："柴达木的青年，拥有火一样的激情啊！"

人们激情满怀，斗志昂扬，掀起大干快上的劳动高潮，到处是醒目的标语，到处是招展的红旗，到处是劳动的号子。帐篷城里，很快搭建起了机械修配厂、汽车修理厂、水电厂、钻头厂、管子站等板房或帐篷工厂，还开设了新华书店、邮局、图书室、文化宫、贸易公司。

人们在简易的工厂里劳动，焊花闪烁，机器轰鸣。

人们在图书室里查阅书籍，抄录资料，如饥似渴地学习。

人们在贸易公司柜台前浏览着商品，购买着东西。

人们在邮局进进出出，收信，向家人寄信、发电报。

这时，作家李若冰再次来到茫崖。他穿行在帐篷城的大街小巷，跟局领导亲切地交谈生产状况；他站在身穿野外工作服、脚蹬翻毛皮鞋的青年中间，认真聆听工人们的激情讲述；他在机械修配厂、汽车修理厂、水电厂、钻头厂、管子站等板房或帐篷工厂里，跟工人们亲切交谈；他跟外国专家们握手交流……

李若冰来到地质队员的帐篷，跟李天翔、黄兴国、胡挺等亲切交谈。李若冰问："你们适应柴达木的生活吗？"

李天翔说："人是可塑的，放在哪里都会适应。"

李若冰说："柴达木是很艰苦的啊。"

李天翔说："但我们有激情，再苦也不觉得苦。"

李若冰问："对未来有何憧憬？"

李天翔说："未来肯定会更美好。"

李天翔拿出笔记本请李若冰签字。李若冰略一沉思，写道："因为你们，柴达木的未来会更美好。"

入夜，几千顶帐篷在夜幕下宛若繁星点点。

李若冰在台灯下，奋笔疾书：

"广阔的大沙漠里，搭满了成千上万的帐房，这里没有高楼大厦，没有柏油马路，没有公园，也没有树和花，但是，这里有人，有成千上万的人，他们都是从全国各地来的拓荒者……"

李若冰停下笔，若有所思，嘴里念念有词：

"这就是一座拓荒者的城市！"

98

《人民日报》刊发朱德总司令署名文章——《到祖国最需要的地方去》，引爆了全国热血青年奔赴柴达木的热潮。

青海油田马上派人到内地招工去。局机关人事科长邢秀丽带队去了南方。南方是她的故乡，是她的出发地，经过几个月的生死考验，她浴火重生。可以想象，她此行的心情十分复杂。

上海某大学。招工台就搭在学校大门口。大门上拉了一条横幅，写着"到西部去，柴达木欢迎您"。邢秀丽站在大门口举着喇叭宣读《人民日报》上朱德总司令的署名文章。她用高亢的声音宣讲："柴达木是祖国西部最富饶的'聚宝盆'，地域广阔，矿藏丰富，是当代拓荒者的乐园，是祖国最需要开发建设的乐土……希望广大有志青年，献身祖国边疆，为祖国建设贡献才智和激情……"

同学们从教学楼奔涌而出，团团围住招生台，抢着招工简章。人们排着长队，争先踊跃报名。罗霄等工作人员忙得不亦乐乎。这时，一个戴着眼镜、文雅俊俏的女生急匆匆跑过来，童音稚嫩清亮，说："我要报名！"

邢秀丽从花名册上抬起目光，对那个女生微笑着问道："和家里人商量了吗？"女生赶紧点点头。邢秀丽看她身子有些单薄，问："多大了？"

女生答："20岁了。"

邢秀丽说："柴达木很艰苦的呐。"

女生说："什么苦都不怕！"

邢秀丽犹豫了一下，问："叫什么名字？"

女生答："孟丽萍！"

邢秀丽"哦"了一声，嘴里重复道："孟——丽——萍——"

招工转战到南京。每到一处,同样场面都是很火爆的人群。在某学校门口，一群中学生扬着幼稚青涩的脸庞，纷纷围了过去。一名老师直摇头，边摇头边对另一名老师诉苦，说："一个班几乎跑完了。"那个戴着眼镜、三十多岁的老师也直摇头，说："好学生走了，调皮捣蛋的也走了，开不了课了，干脆我也去算了。"邢秀丽听见了，爽朗说道："老师，你真愿意去吗？"声音爽朗而清脆。

眼镜老师问说道："我除了三尺讲台，别的一无是处啊。"

邢秀丽说："柴达木需要热血青年，更需要知识和智慧。"

眼镜老师犹豫了一下，要了一份招工简章，说考虑考虑。邢秀丽在他身后喊了一句："老师，柴达木需要您！"

在西安某地。招工人员在街头举着大喇叭筒子，高声喊道："招工了，柴达木招工了，白面馒头管够啊。"人们蜂拥着围了上去。街头一个乞讨的男子，将手中乞讨的破碗摔碎在地，也跑了上去。

在陕北农村。招工人员在田间地头宣传，高声喊道："招工了，柴达木招工了,饭管饱,还发工钱。"青年男女放下手中的活计,激动地奔向招工人员。一个女青年从金黄的油菜地冒出身子,跑向招工人员,后边的老父亲喊道:"死丫头,你给我回来,看我不打断你的腿!"女青年飞跑着,乱了一路油菜花,喊道:"打断腿我也要去!"

在甘肃兰州,黄河码头。招工人员举着喇叭筒子,大声喊道:"招工了,柴达木招工了,有白米饭吃。"一只木船靠岸,人们纷纷跑向招工的人。船工想了想,扔掉木桨,拿起汗衫,也弃船而去。船老大在船上喊:"这是几辈人的营生啊,尕娃,你回来!"

在上海,某弄堂。破败古旧的房子,到处挂晒着衣服、床单。一群小孩在巷子里东跑西窜。邢秀丽提着一大包东西,推开自家的门。母亲拉着女儿的手,一遍遍看着孩子的脸,泪花闪烁。三个弟弟妹妹翻弄着那包礼物,你争我抢。父亲抽着烟,一声不吭。

母亲说:"你爸看过报纸,说你们女子勘探队……"

邢秀丽赶紧转身,错开话题,说:"我给爸爸买了酒,还有烟。"说罢,从提包里拿出两瓶酒,一条"大前门"香烟,递给父亲。父亲看看烟,再看看酒,依然没有吭声。

邢秀丽抓出"大白兔"奶糖,撒给弟弟妹妹。又从皮箱里拿出一件新衣服,给母亲穿上。母亲穿上衣服,眼里还是泪花闪烁,心疼地问:"秀丽,听说那里可艰苦呢,你是怎么挺过来的呀。"邢秀丽"呵呵"一笑,说:"你看,我不是好好的嘛。"

父亲摁灭烟头,一声长叹。母亲说:"你父亲在新疆当过兵,他晓得那边的呢。"邢秀丽说:"他可不晓得我们那边可是大油田呢。"母亲手抚着女儿的脸,她感受着女儿苍老粗糙的皮肤。邢秀丽连忙转过身,说:"要走了。"母亲说:"还没吃饭呢。"邢秀丽说:"还有同事等着我呢,晚上就坐火车出发了。"

邢秀丽提起挎包,赶紧转身出门。走出大门,眼泪夺眶而出。母亲站在小巷子里,呆呆地看着女儿远去的背影。父亲的手有些颤抖,好半天才点燃一根烟……

邢秀丽叫上罗霄一起去看张岂容的母亲。在一条弄堂里,敲开一扇门。屋子里探出中年妇女的头,迟疑地看着邢秀丽和罗霄。邢秀丽介绍自己是张岂容的同学。那女人一听,脸上立刻痛苦万状,嘴唇哆嗦着,好半天才爆发出惊天动地的一声号哭。邢秀丽赶紧上前搀扶住她。那女人一把甩开邢秀丽的搀扶,大声道:"我不想见到你,不想见到你!"说罢,"嘭"的一声把门关上。

罗霄将手中的一大包东西轻轻放在门口。

邢秀丽坐在台阶上,台阶下是一条细浪翻滚的河流。她痴痴地盯着流水,神色萎靡,脸上尽是悲伤。她的思维进入到回忆状态,在柴达木,在南八仙,女子地质勘探队员们一一浮现在眼前。

罗霄坐在一旁茫然地抽着烟。邢秀丽向他伸出两根手指。罗霄为难地将点着的烟放在那两根手指之间。邢秀丽狠狠地抽了一口,烟雾呛得她猛烈咳嗽起来。罗霄抢过烟,扔进小河。邢秀丽痛苦一笑,说:"也许,我,我们都错了。"

罗霄说:"你没有错,柴达木也没有错,谁都没有错。"

在上海某商场。邢秀丽买了几条围巾,又买了三条"大前门"香烟。罗霄故作不解地问:"买烟干什么啊?"邢秀丽说有人抽,眼睛又盯着柜台里的一只怀表,好半天没有转动目光。售货员马上介绍说是正宗瑞士产。邢秀丽咬咬牙,说:"要了!"

在上海火车站。青年学生们背着行囊,聚集在一起,脸上写满激情和斗志,也有的被家长送到车站,泪水话别。罗霄对照着花名册,给队员发放火车票。邢秀丽看见孟丽萍背着大背包,从人流里紧张地挤了过来,红扑扑的脸蛋上滚落着汗珠。她连忙上前接过行李,说:"什么东西啊,这么沉?"

孟丽萍说:"书。"

邢秀丽有些吃惊。罗霄将一张车票递给孟丽萍,说:"收好,别丢了。"孟丽萍却说:"我又不是小孩子。"邢秀丽忍不住多看了几眼孟丽萍,她似乎看到了一直萦绕在脑海里的那些姐妹的脸庞,于是有些过分爱怜地说:"丽萍,你就跟着我吧。"

罗霄忍不住笑起来。

那个戴着眼镜的老师也来了,他自报姓名:"曾光明。"

邢秀丽喜出望外。曾老师说他斗争了好几天,还是决定出去闯一闯,再说学生走完了,他这老师也就失业了啊。随之就有好几个学生过来跟曾老师打招呼。邢秀丽说:"曾老师,等柴达木有条件了,你一定会再当老师的,你给我们开办学校,培养柴达木自己的孩子,上初中、上高中,再上大学。"

曾光明坚定地点点头。

99

茫崖帐篷城,大喇叭里播放着《勘探队员之歌》:

是那山谷的风,吹动我们的红旗;
是那狂暴的雨,洗刷我们的帐篷。
我们怀着火焰般的热情……

几十峰骆驼摇曳着清脆的铃声,走进帐篷城。骆驼上的青年男女高声喊道:"柴达木,我们来了……"

大卡车拖着滚滚灰尘,奔驰进帐篷城。车厢里激情燃烧的学生高喊:"柴达木,我们来了……"

一辆卡车驶向茫崖。车上,邢秀丽指着远方若隐若现的点点帐篷城,对曾光明说:"曾老师,那就是茫崖,我们的家园!"曾老师拢拢眼镜,有些激动地说:"真是天边的家园啊。"

丁克秀和陈曼早早等候在帐篷城外。邢秀丽跳下车,远远地喊了一声"克秀",眼泪夺眶而出。丁克秀迎了上去,两人紧紧拥抱在一起。邢秀丽说不出话,只是一个劲儿地掉眼泪。丁克秀说:"还以为你不回这大戈壁了呢。"邢秀丽说:"今生我将不离不弃,生是柴达木的人,死也是柴达木的鬼!"

一只手接过了邢秀丽的行李。邢秀丽猛然回头,是陈曼。邢秀丽紧紧将陈曼搂住,良久才说:"想死你了!"陈曼没有吭声,眼泪夺眶而出。

邢秀丽洗漱之后,连忙去张天翼办公室汇报这次招工的情况。她将油田整个花名册呈上。张天翼掂了掂分量,问:"多少人?"邢秀丽说:"25000余人,月底可能突破26000人。"张天翼"哈哈"一笑,道:"真是千军万马齐聚柴达木啊！好！只要有人，我们就有未来！"说罢，又若有所思道："我得赶紧跟局长汇报。"

局领导班子成员召开班子会议，听完张天翼的汇报后，局长说："这是好事啊，人多力量大，我们要全面掀起柴达木大规模勘探开发的高潮，鉴于'泉一井'的出油状况及周边构造，我们要在油泉子、茫崖区块拉开大场面，多上钻机，开足马力！"

局长见张天翼在手里旋着钢笔帽，心不在焉，便问道："张副局长，你主管钻井板块，有什么意见呀？"张天翼突然回过神来，答道："没有。"局长追问说道："这个，你肯定得有啊，有意见就要提，我们才能解决问题。"

张天翼这才说："打井，主要存在配套问题，材料问题，运输问题……都是制约。还有，现在千军万马齐聚柴达木，人员给养保障上，都存在一定困难啊。"

局长顺水推舟，问："你的办法呢？"

张天翼说："我有个不成熟的意见，一是在油泉子就地建设简易炼油厂，打出来的原油就地生产，转化成效益；二是打通出盆地的当金山道路，单趟物资运输可节约时间三天以上。"

局长沉思了一会，说："都是可行的建议，一是建炼油厂，由基建处拿出可行性报告；二是打通当金山的道路问题，我们向上级报告，最好得到国家交通部的支持，仅靠我们自己的力量，是螳螂开道啊。"

在座人员频频点头。

局长又说："目前最主要的是供给，你们看见了，千军万马，吃喝拉撒，全靠汽车、骆驼往里运输，一个鸡蛋运进来，都是五个鸡蛋的价格了，一袋大米运进来，就是一袋子金米了。会后，我给运输公司张经理再协调，务必全力保障我们的生产生活供给！"

张天翼点头。

局长说："根据当前钻井业务需要，上级给我们钻井处派来了专职的处长，马上就到位，天翼啊，你得抽出身来，抓全面性的工作。"

张天翼道："服从组织安排。"

散会后，张天翼跟局长一起往外走。局长又特别问了钻井现场的事。张天翼说："老何、老陈都在现场盯着呢，设备、队伍都铺到现场了，这两天就满地开花。"局长说："要早动、快动、大动起来，我们等不起啊，几万人在这里边吃喝拉撒睡，一天、一个小时都等不起，要尽快拿到储量，拿到产量，才对得起国家的厚望啊！"

张天翼坚定地说："请局长放心！"

100

泉一井施工现场。几座井架已经竖起，人们正在忙碌。

何满江视察了现场，特意交代何卒给井架上插上红旗，"得有点精神！"何卒点点头！何满江又问："几时能开钻？"何卒说："马上开钻！"何满江说："你的钻机不响我心里不踏实，快去！"何卒跑出去两步，又回转身小声说道："刚才听队上的人说，邢姐回来了。"

何满江眉头一闪："什么屁话！"

何卒"嘿嘿"一笑，快步冲向钻井平台，将一面红旗插在井架顶端，紧接着哨音一响，队员们各就各位，随之，马达山响，大地震颤。何满江脸上露出了微笑。

在另一处工地上，陈启仁亲自手扶刹把，钻杆带动方盘飞快地旋转，钻头一寸一寸向大地深处旋转而进。泥浆甩了他一脸，他也顾不上擦拭一下。陈兵跑上钻井平台，替换下陈启仁。陈启仁大声喊道："打好了，这是我们的第一口井！"

陈兵大声回应道："你放心吧！"

蓝天下，井架上，到处红旗招展。钻井台上，大干快上，人人奋勇争先。茫崖，掀起了大干快上的高潮。何满江和陈启仁两个钻井副处大队长，都盯在了现场。

邢秀丽将孟丽萍领到她自己的帐篷。帐篷里已经安放了四张床。罗霄跟后勤人员又将一张床抬了进来，安放在门口。邢秀丽说："我的床往外挪，新来的，胆子小，住里边。"罗霄说："你真会照顾人啊。"几个人便将那张空床放置到帐篷最里边。

孟丽萍将行李包放在床上，抖落出一大包书。邢秀丽说："真是个爱书的孩子，几千公里来就扛一大包书。"孟丽萍说："我还没毕业呢，好多书还得继续要看的，不学习怎么能行啊。"邢秀丽说："既然那么爱学习，就给清华大学的师傅当徒弟去吧。"孟丽萍惊讶道："这里还有清华的啊。"邢秀丽说："有什么稀奇的，柴达木要什么人才有什么人才。"

孟丽萍吃惊地"哦"了一声。

邢秀丽转身来到葛先华帐篷。葛先华见是邢秀丽，以为她找何满江，就说："老何、老陈都上现场去了。"邢秀丽"嘿嘿"一笑，说："不找老何，也不找老陈，专门找你。"葛先华一脸惊讶。邢秀丽将一条"大前门"香烟给葛先华。葛先华不好意思，说："留给老何吧。"邢秀丽说："都有呢。"葛先华"嘿嘿"一笑，说："不可能只是送烟来吧。"邢秀丽说："算你说对了，我给你再送两个人。"葛先华说："你是人事科长，你说了算，我敞开怀抱欢迎。"

邢秀丽将学石油地质的曾光明介绍给葛先华，说："只是借用，今后柴达木要办学校，曾光明得干他自己的老本行——教师。"葛先华没有意见，问："还有一个呢？"邢秀丽换了一种语气，轻声道："大学本科二年级，还没毕业，安排给你做实习生吧，你多带带啊。"

葛先华敏感到是个女学生，连忙说："地质队经常跑野外，女性可不方便啊。"邢秀丽说："我之前还是地质队长呢，怎么了，就你们男人能跑野外？"葛先华说："毕竟还是不方便嘛。"邢秀丽说："跑野外不方便，你就安排在单位抄抄写写，整理资料吧。"

葛先华还有些犹豫，邢秀丽说："好，就这么定了。"

葛先华无可奈何地说："你代表组织，你说了算。"

下午刚上班，一个怯怯的声音在帐篷外喊"报告"，葛先华正在跟李天翔、黄兴国等核对数据资料，头也没有抬就回应道："请进！"

孟丽萍进了帐篷，悄没声息地走到几个人身后。葛先华还在埋头讲解。半天，感觉不对，抬起头，看见文静、羞涩中学生模样的孟丽萍，脸涨得通红。葛先华"哦"了一声，站起来。孟丽萍看着眼前这个文雅、知识味十足的领导，欣慰中又满是胆怯。李天翔开玩笑说："嘿，来了一个学妹呢。"

葛先华问："多大了啊。"

孟丽萍说："20岁。"

李天翔说:"谎报军情吧,我看也就16岁。"

孟丽萍急道:"真的,20岁了。"

葛先华又问:"学的什么专业啊。"

孟丽萍回道:"炼油化工。"

葛先华脑子"嗡"的一声,心想,炼油化工跟地质有半毛钱的关系啊,脸上便露出不悦。孟丽萍赶紧自我介绍道:"我叫孟丽萍。"

葛先华没吭声,转身出了帐篷,找到邢秀丽。邢秀丽见葛先华气呼呼的样子,心里便明白了八九分。葛先华说:"学石油化工跟地质牛头不对马嘴呢。"邢秀丽"呵呵"一笑,说:"我是人事科长,我有分配权。"葛先华气得在屋子里转圈圈。邢秀丽公事公办,端正了口气说道:"你就叫她给你们做资料。"

葛先华说:"我不管,你再给我两个男的。"

邢秀丽说:"那好,等着,有了就给。"

对于孟丽萍的到来,李天翔和黄兴国倒是热情高涨,一坐下就给孟丽萍讲着野外的传奇故事,说:"上次出野外,断水断粮三天,人都开始喝马尿。"孟丽萍捂住嘴忍不住想笑。葛先华掀门进来,说:"瞎传什么呢,吓唬人啊。"

李天翔赶紧说:"我们给小学妹进行传统教育呢。"

葛先华对孟丽萍说:"你就做一些资料工作吧。"

说罢,将一大摞资料"啪"地扔到孟丽萍面前。李天翔和黄兴国两人都迷惑地看着葛先华。孟丽萍眼圈里晃动着眼泪,欲掉不掉。

邢秀丽兴高采烈高兴地取出怀表,贴在耳朵上听,那"嘚嘚嘚"强劲的钢音似乎是一个男人雄壮的心跳声。邢秀丽将表递给陈曼,说:"给老何买的,你听听,这声音是不是跟马蹄子一样?"陈曼没接,也没听,随口道:"像!"邢秀丽突然意识到什么,赶紧从挎包里掏出一条围巾,说:"来,我给你戴上。"

邢秀丽将大红的围巾围在陈曼脖子上,左看右看,说:"真像一株虞美人啊。"陈曼却说:"太红了,艳俗。"邢秀丽赶紧换一条,从挎包里扯出一条粉色的围巾,又围在陈曼脖子上。陈曼说:"有灰色的吗?"邢秀丽表情有些僵,又帮她取下粉色围巾,找了一条灰色的,递给陈曼,让她自己戴。陈曼终于忍不住笑了,只不过那笑也有点冷,她说:"这颜色,适合我!"

邢秀丽单刀直入地说:"你的意思是说你的心情很不好呗!"

陈曼笑着说："邢姐，你多心了，我只觉得我很配这种灰色。"

下班路上，黄兴国对李天翔说："从来没有见过葛副处长对女生是那么不耐烦的样子呢，把那小姑娘给吓得不知所措。"李天翔说："那是人事科邢科长硬给安排进来的，玄妙啊玄妙。"黄兴国直摇头。李天翔说："你老黄就不知道了吧，何副处长、陈副处长、葛副处长三人情同手足。"黄兴国还是摇摇头。李天翔生气了，说："说你是猪脑袋都夸奖你了，邢秀丽是谁的女朋友啊。"

黄兴国说："茫崖人民都知道，何满江的女朋友啊。"

李天翔不说话了，诡异地看着黄兴国。黄兴国终于理清了绞缠在脑子里的一堆乱麻似的神经，长长地"哦"了一声。李天翔说："今后得要长点心眼啊，别早来几天就把别人当成小学妹使唤，说不定哪天就成了我们的领导夫人呢。"

邢秀丽到了医院找到丁克秀，从挎包里拿出两条围巾，一红一粉，让她自己挑。丁克秀说："有什么挑的呢，都挺好看。"说罢，指向那条粉色。邢秀丽"嘿嘿"一笑，说："就我心情大好啊，匹配。"说罢，将粉色的围巾围在了丁克秀的脖子上，说："没事了，回去上班吧。"

丁克秀看着远去的邢秀丽，似乎有点茫然。

孟丽萍下班回到帐篷，心情并不是很好。邢秀丽扫了一眼，就明白了什么，便将那条红色的围巾围在她脖子上，说："戴上大红色，心情就会好起来的。"她又问道："上班第一天怎么样？"

孟丽萍淡淡地说："不怎么样。"

101

一辆吉普车朝帐篷城疾驰而来。

吉普车"唰"地停在张天翼帐篷门前。车上下来何满江、陈启仁。两人军大衣挟裹着一股寒气，掀开了张天翼的帐篷门帘。帐篷里，一位高大魁梧、三十四五岁模样的汉子应声而起，高兴地握过何满江、陈启仁的手，说："刘振峰到柴达木报到！"

张天翼介绍道："这就是新到的钻井处处长，刘振峰。"

刘振峰说："铁打的营盘流水的兵啊，山不转水转，我们又转到一块了啊。

我们都是老战友了啊。满江、启仁，刚才听老领导介绍说，你们两位干得很不错啊！"

何满江说："振峰兄在部队是师政治部领导，今后多指点！"

陈启仁说："在部队我接触振峰兄更多，哦，该改口了，刘处长！"

刘振峰"哈哈"一笑，说："我们三个人都是天翼老领导手下的兵啊。你们俩都不要客气，论打井，我是外行，今后我们要共同努力，在这柴达木插满我们的钻机，竖满我们的红旗！"

张天翼说："你们两位在现场都忙，要不是我派车去接你们回来迎接刘处长啊，我都见不上你们的面呢。这样吧，我这床底下还有一瓶酒，今晚小酌一杯？"

何满江大声道："好！"

陈曼回到帐篷，看见邢秀丽还在灯下忙碌，孟丽萍在看书。陈曼说："何、陈二位回来了。"邢秀丽猛一惊，站起身，问："在哪里？"陈曼漫不经心地说："在喝酒。"邢秀丽转身就跑出了门。

邢秀丽跑到何满江帐篷外才放慢脚步，挑开门帘一道缝，房间帐篷里是空的。邢秀丽骂道："这个死丫头！"邢秀丽回到帐篷，一股怨气："你拿我开涮啊。"陈曼说："我刚才话还没说完呢，你就跑出去了，他们在张天翼副局长的帐篷里喝酒呢。"邢秀丽"哦"了一声，又跑了出去。

邢秀丽徘徊在张天翼帐篷门外，听着里边几个男人兴高采烈的喝酒声，心里就充满了怨气，嘀咕道："喝喝喝，就知道喝！"邢秀丽一跺脚，转身回帐篷取了挎包，直接去了何满江帐篷。

喝完酒，何满江、陈启仁从张天翼的帐篷告别出来，歪歪斜斜地往自己帐篷走去。路过邢秀丽的帐篷，陈启仁提示道："好久不见了，进去看看吧。"何满江说："大晚上钻什么女生宿舍啊，明天吧。"

葛先华回宿舍，一掀帐篷门帘吓了一跳，邢秀丽坐在帐篷里，吊着脸。葛先华想想，很少见邢秀丽这种脸相，估计兴师问罪来了。果不其然，邢秀丽开口就问："你怎么对待孟丽萍了？"葛先华脑神经一轴，半天找不到回话，只一个劲儿地"我、我、我"。邢秀丽见葛先华一脸窘态，心情一下舒缓了不少，且她本来也不是专门来兴师问罪的，只是顺便打草搂兔子。不过，她还是嘴上不饶人:"不做亏心事不怕鬼敲门,你看你,我我我的,不打自招嘛。"

葛先华看了看桌子上的挎包,包里有烟,有大白兔奶糖,便说:"不做亏心事不怕鬼敲门,我没有什么招不招的,你,是来发喜糖的吧?"

邢秀丽说:"别瞎说!"

这时,门外响起铿锵的脚步声,何满江的声音传进来:"谁在瞎说啊?"何满江一进帐篷,看见邢秀丽,一愣。这是他们一个多月来第一次见面。邢秀丽给何满江、陈启仁一人一条"大前门"香烟,又掏出大白兔奶糖,还有两个水果罐头。

何满江迫不及待撕开烟,点上,说:"回来了也不报告一声啊。"陈启仁接话道:"老何可天天惦记着呢,怕有人黄鹤一去不复返呢。"邢秀丽说:"你们就别开玩笑了。"何满江见没有给葛先华"大前门"香烟,就问:"嗯,先华的呢?"葛先华道:"烟早就抽上了,这喜糖嘛,大嫂回来都半个月了,硬是没有给我发啊。"三人各剥了一颗,扔进嘴里。邢秀丽说:"去你的,什么喜糖不喜糖啊,这是叫你们回味一下城市的味道。"

葛先华咋咋舌,说:"这上海的味儿就是一股奶味儿嘛。"

邢秀丽从包里又摸出一个精美的木质包装盒,递给何满江。何满江茫然不知所措,打开,是一块金灿灿的怀表,"滴答滴答",钢音清脆,劲道十足。陈启仁端详一番,连连说:"好东西,还洋货。"葛先华接过一看,说:"瑞士名表,价格不菲吧。"

何满江不好意思地说:"我不是有手表嘛。"

葛先华将表递给邢秀丽,说:"给老何系到内衣第二颗扣子上吧。"邢秀丽问:"为什么?"葛先华说:"那里是心脏。"邢秀丽"哦"了一声,边给何满江系表链边说:"看不出来啊,葛副处长对这事还很在行的嘛啊。"

何满江说:"怎么你们话里有话啊。"

葛先华干咳两声,说:"书上看的。"

陈启仁披上衣服,走出帐篷。他突然感觉帐篷城的人多了起来,到处都是三三两两的人群,操着大江南北的方言,兴奋地交谈着、争论着,跟过节一样。陈启仁自言自语道:"茫崖,真成了城市的模样了。"他犹豫了一下,转身朝医院走去。

一对青年男女，手拉着手，擦过陈启仁身边，朝戈壁深处走去。

陈启仁说："你们别走远了啊！"

两人回过头，大声回应道："谢谢同志，我们不会迷路的。"

陈启仁盯着那令人陶醉的青春的背影，摇了摇头。

102

陈启仁掀开帐篷医院的门，没有见到熟悉的身影，正准备退出去，却看见李惠向他招手，并朝一张病床指了指。陈启仁一惊，大步奔过去，只见丁克秀躺在床上输液，脸色苍白，双眼紧闭。

陈启仁小声问李惠："这，怎么回事啊？"

李惠用目光示意旁边床上的一位外国女专家。女专家用夹生的中国话说："我的血，她给的……，她，很伟大……"

陈启仁客气地点点头，走到丁克秀病床前，关切地问候道："现在怎么样啊？"一句关切的问候令丁克秀内心一颤，眼角冒出了一滴眼泪。半天，丁克秀才说："没事，只是感觉稍微有点头晕。"

李惠介绍说道："女专家急性胃出血，只有丁大夫跟她一个血型，丁大夫输了400CC。"陈启仁点点头，说："我去给你熬点糖水来。"说罢，转身疾步而去。

外国专家对丁克秀说："你的先生，真好。"

丁克秀脸红了，眼泪不禁夺眶而出。

何满江正在跟邢秀丽说话，见陈启仁着急忙慌地回到帐篷，得知原委后，邢秀丽立马起身，说她去找！何满江说："老陈，别急，走，我也过去看看。"葛先华将手中的书一扔，也起身跟了出去。

何满江出了帐篷，又回转身进了帐篷，抓起桌上的水果罐头……

第十章
爱在荒原

石油，滚烫而又灼烈

带着地球最深处的情感和体温

它用储存太久的渴望和等待

点燃了茫崖所有的激情和憧憬

柴达木是安放青春的祭台也是精神圣地

天下的婚礼并不都是在笑声中完成的

也并不一定都会在神示的诺言中走向永恒

爱在这里开放，也在这里死亡

荒原无碑，碑就是荒原

103

　　夜逐渐深沉，茫崖城的灯光渐次熄灭。

　　戈壁深处，风的喘息声越来越紧，越来越急促，最后，扬起了漫天的沙尘。沙尘扑簌着、游荡着、弥漫着，向茫崖城扑了过去。

　　夜里，忽然起了沙尘暴，风抖动着帐篷"哗啦啦"地响，呛鼻的尘灰也进了帐篷。被尘灰呛醒过来的何满江掏出怀表看看，深夜两点。他顺手拧开台灯，灯却没有亮。葛先华醒过来，打开手电筒扫视了一圈，发现老陈还没有回来呢。何满江说："估计他在医院陪护吧。"

　　说罢，何满江用枕巾将脑袋一裹，倒头又睡去了。

　　医院里有备用发电机，但也只能带动几栋帐篷医院的电灯。丁克秀叫陈启仁回去休息，说明天还要上班，怎么熬得住啊。陈启仁想想也是，告别了丁克秀，走出帐篷，外边一片漆黑，风沙弥漫。他用手电筒定位，才找到回帐篷的路。

　　陈启仁突然想起那对在夜里走上戈壁的青年男女，心中不免一个激灵，连忙用手电光向漆黑的戈壁晃了晃，视线里只有昏黄的沙尘，视线所及不到十米。陈启仁嘀咕道："他们应该回来了吧。"

　　夜里，三个人再也睡不着。何满江还抱怨陈启仁道："回来这么晚，把我的瞌睡都打扰了。"葛先华说："就是。"陈启仁也睡不着，说："我担心那一对往戈壁深处走去的青年男女。"何满江说："都是大活人呢。"葛先华说："也只有等天亮再说吧。"

　　陈启仁担忧道："刮着沙尘呢。"

　　早晨，黄沙散去，天高云淡，戈壁又恢复了平静，好像夜里根本就不曾有过黄沙肆虐。食堂门口，人们排队打早饭。何满江、陈启仁、葛先华也拿着饭盒去打饭。队列里有个青年说:"宿舍的哥们一夜未归。"说者无心听者有意,陈启仁警觉起来,问:"谁一夜未归?"青年满不在乎:"是啊,现在都没有回来呢。"

陈启仁转身就走。何满江、葛先华也赶紧跟了上去。

陈启仁边走边说:"预感不妙!"

陈启仁跑步到张天翼处汇报了情况。张天翼一拍桌子,道:"立即搜索,活要见人,死要见尸!"何满江、陈启仁、葛先华立即组织搜寻队。因为有女队员,周全起见,叫邢秀丽组织了女子搜寻队。

张天翼紧急调来四辆吉普车,吉普车卷起尘埃扑进广场。张天翼说:"四辆车,四个小分队,何满江带队向北搜索,陈启仁带队向南,葛先华带队向东,邢秀丽带领女队员向西,每个小队以扇面状进行地毯式搜索。"张天翼给每个领队发了一把信号枪,发现目标,鸣枪示意!

队员们紧急上车。汽车一声呼啸,驶出帐篷城。

张天翼看着汽车远去,目光宛若霜冻。

一对恋爱的人通宵未归,在帐篷城引起了不小的轰动。人们端着饭盒,三三两两扎堆议论着。有人说贼胆子太大了啊,也有人说八成出去干好事去了呢。阴阳怪气的,什么都有。

上到了戈壁滩,搜寻队员都下车徒步搜索。由于一夜风沙覆盖,帐篷城周围,一点痕迹都没有留下。何满江要求大家,哪怕有一丝物证,都不要放过!

邢秀丽想起曾经南八仙的救援搜索,心里就堵得慌。陈曼也一样,一想到南八仙就迈不动腿了。那是刻骨铭心的记忆,那种记忆不会消失,只能随着生命的增长而增长,最终会随着生命的消失而消失。但此刻,她们只能克服内心的恐惧,再次寻找工友。

葛先华四周望望,什么痕迹都看不见啊,心想不会一夜走出去几十公里吧。胡挺也觉得只要不是逃亡,一定就不会远。于是,他们就专注眼下的物证发现,不放过一丝一缕。

陈启仁脑海里老是闪现青年男女手拉手亲热地走向戈壁的那一幕。他内心里怪罪自己,劝告他们一声就好了。李惠背着药箱,行动艰难,陈启仁接过药箱背自己背上。李惠也劝陈启仁不要自责了,谁也没法预料后事。陈启仁一声叹息。

帐篷城的广场上，张天翼一根接着一根地抽着烟，来回踱步，他的耳朵雷达一般搜索着枪响的声音，可是，半天也没有。

几个小时过后，还是一无所获。何满江小分队搜索得最远，走出去十几公里了，还是一无所获，正准备转身，却看见前边有一个小山头，就想过去登高望远四周看看。还没走到跟前，就看见一双翻毛大皮鞋裸露在沙子外面。何满江只感觉周身的热血猛然冲上了头顶。他举起信号枪，朝天扣响了扳机，一颗红色的信号弹在天空拉出一道长长的尾迹。

张天翼猛然抬头，转身上车，朝目标奔去。

队员们扒拉开沙子，只见一对青年男女紧紧拥抱在一起……他们的脸上似乎没有痛苦，也没有恐惧，停留在脸上的最后一抹神情，依然是甜蜜的模样。

女队员们看着眼前一幕，有的流出了眼泪，有的捂上了眼睛。陈启仁回忆起昨夜两人亲密的背影，不觉眼睛一红，一串眼泪也滚落下来。人们试图分开他们，可怎么也分不开，两人手指交叉紧握在一起，像焊在了一起。陈启仁说："别分开了，就让他们永远在一起吧！"

何满江问张天翼："怎么处理？"

张天翼沉思半天，说："让他们躺在柴达木的怀抱吧。"

说罢，张天翼接过信号枪，朝天射出两发悲悯的信号弹。

何满江等几人闷坐无语，每个人内心都翻江倒海五味杂陈。两个鲜活的生命转眼之间就消失了，这对谁都是难以承受的一记重拳。

邢秀丽说："哎唉，连追悼会都无法举行啊。"

何满江说："怎么追悼？又追悼什么呢？"

陈启仁说："怪我，怪我啊，假如再多说一句话，也许……"

葛先华说："这就是生命的秘密，没有逻辑，也没有章法，更没有预案，当然也来不及彩排，就这样发生了，而且还会发生。"

局长办公室里，局长眉头紧锁，一根接一根地抽着烟。

张天翼说："非因公逝去了两条生命，给我们队伍建设和管理提出了新课题啊。"局长说："是啊，我们来这里究竟是干什么的？我们如何将满腔激情转化为理性的斗志，这是我们要好好思考的问题呢，不然啊……"张天翼接话道："不然还会出大事。"

何满江帐篷里，讨论还在继续。何满江说："羊跑了，也得把羊圈补上，这叫亡羊补牢。现在人们都在谈论这件事，我看正需要引导，不然就成了雪崩效应，会影响到大局的。"

陈启仁说："该向局里建议，要大力加强思想政治建设，发挥党委的核心领导作用，发挥党支部的战斗堡垒作用，用党的理想信念团结人、凝聚人、锤炼人，同时加强宣传工作，鼓舞斗志，不然，人心会散！"

何满江觉得这个建议不错，并强调道："要给大家讲清楚，我们不远千里万里来到这戈壁瀚海是干什么的，我们来就是为祖国找石油，即使千苦万苦，千难万难，我们都要目标一致，为油而战！"

陈启仁补充道："老何说得很在理，我们就是要树立胸怀大局，艰苦奋斗，攻坚啃硬，为油而战的精神！"

何满江激动地站了起来，大声道："这就是柴达木精神！"

葛先华说："准确点说，是柴达木石油精神！"

张天翼听到何满江、陈启仁、葛先华三人的汇报，激动地拍着桌子，说："很好！我们都想到一起了。人，没有精神就干不成大事，我们就是需要培育一种精神，一种我为祖国献石油的精神！"

局长听了张天翼的汇报后，也高兴地说"好"，并补充道："要加上无私奉献这几个字，没有一种大无畏的牺牲奉献精神，在这戈壁沙滩谁都待不住啊，我们不但要提倡胸怀大局，艰苦奋斗，攻坚啃硬，为油而战，还要大力提倡无私奉献的精神。"

张天翼说："两条鲜活的生命转瞬即逝，但给我们很多思考啊。"

晚上，广场上没有放电影，大街小巷再也不见三五成群的人们，茫崖城被悲怆的气息笼罩着，空气里都满是压抑。

帐篷里，邢秀丽、陈曼、孟丽萍都不说话，各自忙碌着，看书的看书，发呆的发呆。邢秀丽突然想起在家乡有一种习俗，走了的人，都应该回家的。虽然这两个年轻人的家都太远，但茫崖也是他们的家啊，应该给他们点一盏灯吧。她的想法得到大家响应。

邢秀丽举着微弱的烛火，走向广场。后边跟着陈曼、孟丽萍，还有几个女队员,她们手里都端着一支点燃的蜡烛。邢秀丽将蜡烛放在广场上,低声道:"同志们,你们回家吧,这里,是我们大伙儿的家。"

烛火摇曳着身子,似乎像是在对着天空呼唤。

又有人端着烛火走向广场。随之,十支、几十支、上百支蜡烛跳动的火焰,齐聚在一起。没有人设计,人们自觉地把烛火摆成一个"心"的图案。烛光里,人们眼含泪花,双手合十,用一颗颗滚烫的心,守护着这个心灵深处的家,对牺牲在柴达木的人祈祷。

邢秀丽一抬头,看见外国专家也来到了广场,几张肤色有别的脸上,默默滚落泪水。邢秀丽在心里自语道:"我们,不会忘记!"

104

钻探工作进入高潮,生产进入正轨。

陈兵一脸风霜,走在远离井架的沙滩上,抽着烟。"干猴儿"快步跑去报告:"第三口井马上完钻!"陈兵把烟头摁灭在沙子里,问:"总进尺多少?"

干猴儿说:"890米!"

陈兵大声道:"好,再戳一口,争取上千米!"

"干猴儿"大声道:"是!"

何卒一身工衣走进井队值班室。几个人正在做资料。何卒转了一圈,交代技术员把这个月总进度给统计一下。技术员说:"累计进尺850米。"他若有所思,走出值班室,遇到大班张司钻。何卒说:"加把劲儿啊,力争本月刷新纪录。"司钻不以为然道:"不就是过千米嘛,我们加油干,保证创纪录!"

钻井处长刘振峰召开了生产分析会,何满江、陈启仁、陈兵、何卒等都被召集回了茫崖。刘振峰听了陈兵、何卒的汇报,笑道:"你们的汇报振奋人心啊,月过千,刷新了纪录!其他井队也不错,都在八九百米。你们这两支井队,是我刘振峰的明星井队,是青海局的标杆样板,我们要大树特树。"

何满江跟陈启仁对视了一眼。刘振峰对两位队长说:"你们还有什么要求啊,提出来,我给你们当好后勤部长,全力保障!"

陈兵首先答道:"报告刘处长,没有困难!"

何卒没有吭声。刘振峰问:"你呢,何队长?"

何卒犹豫了一下,说:"材料供给还是不及时,影响进度。"

刘振峰顿了一下,对何满江说:"何副处长,最近你跑一趟敦煌,找找咱们的老师长,没有他的钢铁运输线做强力支持,我们寸步难行啊。还有,去一趟敦煌县政府,粮食、菜蔬还需要地方大力支持呢。"

何满江大声道:"是!"

散会出来,何卒高兴地推开邢秀丽的办公室,喊了一声:"嫂子好!"一看有其他人在,马上改口:"邢科长好!"邢秀丽倒了一杯水,问:"怎么回来了啊?"何卒"嘿嘿"一笑,说:"给刘处长汇报工作呢,顺便来看看嫂子,不,邢科长。"办公室其他几个人忍不住笑了起来。

邢秀丽有些不自在,说:"工作场合,称职务。"

何卒道:"是!邢科长!"

邢秀丽见何卒没话找话,眼睛一转,明白过来,说:"陈曼到局办公室上班去了。"何卒转身就走,说:"不找她,就看看你。"

中午,在食堂门口。何卒拿着饭盒排队打饭,远远看见陈曼过来,他赶紧出列,上前问好。陈曼一愣,突然想起来似的,淡然一笑。何卒说:"这次回来汇报工作,待一天就走。"陈曼说:"看过你们的战报,标杆井队啊。"何卒不好意思地一笑,说:"是之一。"陈曼说:"之一,也是第一,祝贺你啊。"

打上饭,何卒跟陈曼一起走,两人再无话。陈曼感觉路人都奇怪地看着她,便说:"何队长,再见。"这时陈兵从何满江帐篷出来,看见何卒和陈曼别扭地走在一起,"呵呵"一声笑道:"小卒子啊,干吗呢,谈恋爱啊。"何卒脸"唰"地红了,说道:"你胡嚷嚷个啥呢!"

陈曼立即转身,回到自己的帐篷,盯着饭盒,没有食欲。孟丽萍问:"怎么了,饭里有虫子?"陈曼苦笑着说:"心里有虫子。"孟丽萍往窗户往外一看,是何卒的背影。孟丽萍明白过来,说:"明说吧,不然会伤人的。"陈曼说:"开不了口。"孟丽萍说:"叫邢姐去,她是人事科长,专干人事的。"陈曼说:"人事科长有时候专门不干人事。"两人忍不住笑起来。

这时,邢秀丽打饭回来,见两人怪异地笑着,莫名其妙。孟丽萍告诉了实情,说:"请邢科长去给何卒队长做做人事工作。"陈曼低头无语。邢秀丽说:"哦,上午何队长就跑到我办公室去了。"

孟丽萍说:"你看,非你出马不可了,两边都找到你了。"

邢秀丽说:"看来,你们都把我当不干人事的了。"

陈兵和何卒蹲在帐篷前吃饭。何卒夹起一块肉,塞进嘴里。陈兵故意阴阳怪气地说:"一块好肉啊。"何卒听出陈兵的话味,发馊的话味,不想理他。陈兵又说:"就是一块好肉,谁都想吃呢。"何卒说:"你的意思是说我想吃天鹅肉了?"陈兵说:"我可没有说你是癞蛤蟆啊。"何卒站起身,狠狠地瞪了一眼陈兵,气急败坏地进了帐篷。

陈兵"当当当"敲着饭盒,说:"天鹅不常有,癞蛤蟆却常有啊。"

何满江饭后立马收拾东西,他要去敦煌。邢秀丽进了帐篷,帮何满江收拾衣服。敦煌都穿衬衫呢,老何还在往包里塞进厚毛衣。邢秀丽责怪老何真是进门不看脸色、出门不问气候。何满江不好意思,赶紧把毛衣从皮包里拿了出来。想了想,拉开抽屉,拿出一条"大前门"香烟放进挎包。

邢秀丽很想说何卒找陈曼的事,想想又忍住了。

何满江说:"这次去敦煌,把咱俩的好消息告诉老师长,让他也高兴高兴,要是时间对头,就邀请老师长来柴达木参加我们的婚礼。"邢秀丽说:"都邀请老师长了,干脆把老陈和克秀他们拉在一起,来个集体婚礼。"何满江说:"好啊!"

邢秀丽说:"下午接到通知,近期要到西宁出差开会。"

何满江说:"快去快回!"

105

做思想政治工作,首先要有宣传平台,局里拍板办报纸。而办报纸,陈启仁首先就想到了那个编快板的闻斌。

闻斌来自酒泉地质大队,现在是机修厂工人,正在挥舞着铁锤铸造工件,火花四溅。陈启仁叫他编战报,这小子丢下铁锤拿起笔,说:"铁锤和笔都是革命武器。"

闻斌把自己收拾打扮了一番,头发湿了水,开了缝,五五分,找了一副眼镜戴上,胳肢窝夹着一个小本本,手上随时捏着一支钢笔,果真像一个记者模样。

他兴致勃勃敲开陈兵、何卒的帐篷。陈兵翻着眼睛看了半天才认出来,说:"我以为是日伪翻译官呢。"闻斌也不生气,扶扶眼镜,说:"哟,两位明星队长都在,我采访采访你们。"

陈兵说:"采什么访啊,不采。"

闻斌说:"得采,报上见!"

何卒还一肚子气,没心思理会他。

陈兵把一个"哦"字拖得两米长,说:"忘了忘了,你都是大记者了啊,请坐请坐。"陈兵话说着"请坐",自己却仰躺在床上,跷着二郎腿,一摇一摆的。闻斌自己找了个马扎坐下,旋掉笔帽,打开本子,就要做记录,说:"说说吧。"

陈兵朝何卒努努嘴,意思是采何卒。闻斌扭过屁股,对着何卒。何卒知道是陈兵使坏,将计就计,说:"采我是吧,好,我给你说,这千把米进尺啊,算不了啥,陈队长就说过啊,他只要有一顿红烧肉吃,两千米也是小意思呢。"

陈兵从床上蹦了起来,咆哮道:"小卒子你什么意思,我什么时候说过这样的话啊?"何卒"呵呵"一笑,说:"不过我啊,吃不到红烧肉,也就一千米顶天了。"闻斌写了几行字,抬起头,有些迷茫,心想这不能报啊。陈兵气得火冒三丈,嚷嚷着要撕小卒子的嘴。何卒依然固执地说:"陈队长还说啊,要是组织再给发个老婆啊,上三千米也不是啥问题呢。"陈兵捡起饭盒就砸过去,饭盒被闻斌接住了。

何卒在一旁笑得喘不过气来。

106

陈启仁跟丁克秀走在夜幕下的戈壁上。两人之间保持着一定距离,似青春期的恋人,又像工作关系的谈心。

陈启仁问:"丁克秀身体恢复了吗?"丁克秀说:"没有大碍了,只是医院人手太紧张,一个人掰成好几个人用。"陈启仁说:"要多注意身体。"突然,丁克秀说:"西宁那边的'关系'结束了,我也彻底走出来了。"陈启仁一听,高兴地拉住了丁克秀的手。丁克秀顿了一下,不好意思地甩开了。

丁克秀觉得柴达木迟早都要"老婆孩子热炕头",她说:"我想再学一门妇产知识。"陈启仁说:"这里又没有人生娃娃,学妇产干吗?"丁克秀以医生的视角肯定道:"现在没有,不等于将来也没有。"陈启仁想了想,觉得也是,有人谈恋爱就有人结婚,有人结婚就有人生孩子,下一代都要在这戈壁上出生呢,表示支持。但目前医院床位紧张,丁克秀说:"我打算在山坡上开挖些窑洞,做产房,就地取材,冬暖夏凉。"陈启仁说:"好想法,到时我帮你一起挖窑洞。"

丁克秀看看远处,戈壁夜色苍茫,突然想起什么,担心地说:"启仁,别走远了。"陈启仁听到"启仁"二字,感觉一股暖流冲上头顶,说话也结巴起来。陈启仁在身上东摸西摸,找不出东西,摸到上衣口袋的"英雄"钢笔,掏出来送给丁克秀,说:"这支'英雄'钢笔是老何从北京带回来的,我还没有用过,送给你,好好给我们石油工人开处方吧。"

丁克秀接过钢笔,点点头。

陈启仁和丁克秀仰望着夜空,各自都沉浸在甜蜜之中。丁克秀想,难道真会一辈子在茫崖安家吗。丁克秀出生在天府之国,自幼刻苦学习,考上华西医科大学,之后分配到石油医院,到西宁又从西宁转战到柴达木,进入了蛮荒之境,想想还要在戈壁沙滩恋爱、结婚、生子,就感觉人生似一场戏剧。因为是学医的,更容易看透生命、看懂悲欢离合,所以理性且现实。但陈启仁是军人出身,打打杀杀,侠肝义胆,充满豪情,是理想主义,也是英雄主义。

丁克秀说:"我愿意俯视大地。"

陈启仁说:"我愿意仰望星空。"

夜晚,邢秀丽约何卒到外边走走,何卒高兴地跟着出了帐篷。走出帐篷城,远远看见两个人影,有些熟悉,邢秀丽拉了一把何卒,转向另一个方向。何卒说:"那人怎么有点像陈副处长呢?"

邢秀丽不想绕圈子,开门见山讲述了她和陈曼很隐秘的故事。何卒一听,愣住了,半天才说:"不怪陈兵说我是癞蛤蟆,我真是。"

邢秀丽说:"你也不是癞蛤蟆,只不过爱情得要遇上对的人。"邢秀丽宽慰何卒别急,现在茫崖狼多肉少,"等今后有合适的,大嫂给你介绍一个主家的,保准你家庭幸福。"

何卒悲伤地说:"嫂子,你先回吧,让我看看这天空……"

107

勘探处经常加夜班,葛先华和胡挺、李天翔、黄兴国对着一张地形图能争吵半天。孟丽萍只顾抄录资料,只要葛先华在办公室,她更是一句话都不说。她觉得葛先华有一种拒人千里的感觉。

她抄录着资料,感觉钢笔不下水,便使劲甩,居然将一滴墨水甩飞到了对面的地形图上。一滴墨水从天而降,惊得几个人都抬起头来。

孟丽萍还不知道惹了祸,还将钢笔尖伸进嘴巴里哈气,再写。胡挺几个早忍不住笑出声来。葛先华犹豫了一下,把上衣口袋的"英雄"钢笔抽出来,走过去,放到孟丽萍的手边。

孟丽萍猛然抬起头,只见葛先华已经转过身。

孟丽萍脸"唰"地红了,像做错事的孩子一样。

108

敦煌,艳阳高照,春和景明。

在千里河西大走廊的尽头,距离敦煌县城七公里的地方,那里有个小镇叫七里镇,曾经是一片乱坟岗。柴达木石油运输大本营,把落脚点选择在了这片乱坟散布的荒滩里。几排红砖四合院,还有几间干打垒的土坯房,形成了这个钢铁运输队伍的营寨。

张师长50来岁,身着褪色的军装,头戴没有徽章的军帽,正在门前给一排小树苗浇水。吉普车"咔"的一声在红砖房前停下。何满江下车,不自觉地整理了一下衣襟。

张师长直起身,抬头看见吉普车。何满江快步走上前,身子一板,手臂一挥,"啪"一个军礼,大声道:"中国人民解放军五十七师一团团长何满江向师长报到!"张师长脸上绽放出笑意,两人紧紧握手。

张师长浓浓的山东口音,说:"都转业多少年呐,别叫师长了。"何满江又一个立正,道:"报告师长,这叫退伍不褪色,转业不丢魂!"

张师长拍拍何满江的肩,说:"快,进屋!"

一套简易的红砖平房。屋内陈设极为简陋。两人坐下。张师长夫人端进来一杯水。何满江连忙起身问好,接过水。张师长对夫人说:"快去做饭吧,今天喝两杯。"

何满江也不曲里拐弯,开口就说:"不瞒老师长,我奉青海勘探局之命,请求运输公司加大对柴达木的运输保障……"

看见门口停着吉普车,几个正在玩玻璃球的孩子蹦蹦跳跳跑回家。大的十来岁,小的七八岁、五六岁的样子。大的孩子说:"我们家来客人了啊。"张夫人轻轻地摆摆手,指了指客厅。几个孩子自觉息声。

张师长听完何满江的报告后,神色比较凝重,说:"柴达木里边面的情况我是知道的,几万人待在里边,吃喝拉撒睡,所有生产生活物资都要不远千里万里往里运,确实有困难。何况油泉子、茫崖几大油区已经拉开了大场面,生产建设紧锣密鼓,后勤保障任务确实很艰巨啊,那这样吧,我马上从东线再调集一部分车辆,确保柴达木生产不掉链子。"

何满江连连点头。

张师长突然问:"同志们都还好吗?"

何满江说:"五十七师的同志们个个都是顶梁柱、英雄汉!"

张师长说:"柴达木里面生产生活条件都十分恶劣,既要抓生产,也要抓生活啊。没有生活,哪有生产啊!你们都是领导干部,一定要抓好职工的生活,保障身体健康,最起码要保证吃饱啊!"

何满江说:"我们目前只能先生产,后生活。"

张师长说:"我们准备在敦煌盖起一个比较完善的运输基地,目前盖了职工宿舍,还要盖医院、学校、文化宫、托儿所、理发室、洗澡堂……我们只有稳定了生活,车轮子才转得起来啊。"

开饭了,张师长夫人端进来一盘黄瓜,一盘花生米。何满江赶紧接过盘子,放在条桌上。张师长弯腰从柜子里摸出一瓶酒,高兴地说:"得喝两杯。"何满江立马打开随身带的提包,取出那条"大前门"香烟,递给张师长,说:

"是邢秀丽从上海带回来的。"

张师长看看烟，听名字"邢秀丽"比较陌生，问是谁。何满江如实报告："邢秀丽是局机关人事科科长，也就是之前的女子地质队队长。"张师长"哦"了一声，脑子一转，说："谈恋爱了吧，什么时候结婚啊？"

何满江说："来敦煌前我们商量了一下，就在近期举办。"

张师长又斟满一杯酒，说："男大当婚，女大当嫁，你也不小了，该结婚了，早点定个日子，到时我去参加你们的婚礼。"

何满江连忙起身，道："我在柴达木恭候老师长！"

张师长示意坐下，又问道："在敦煌待几天啊？"何满江说道："还要到敦煌县城去一趟，找找地方官，谈谈粮食和菜蔬，谈妥就走。"张师长说："柴达木里面吃一片青菜都难啊，到时候能腾出手来，我们在这边垦荒种粮种菜，多少也能给你们提供一些保障。"

何满江说："那就再好不过了。"

告别张师长出来，何满江直接赶往敦煌县城。敦煌县政府大门处还是那两个一胖一瘦的警卫，看见吉普车驶过来，"唰"的一个立正。何满江下车，认出两个警卫。警卫也认出了何满江，大声道："欢迎何大队长！"司机小唐赶紧纠正道："是何副处长！"警卫调皮地说："我们不认什么处长，只认以前的何大队长。"

何满江"哈哈"大笑起来。

得知何大队长驾到，敦煌县张县长坚持要请客。两人把酒言欢，酒过三巡，再来三巡。回忆过往，不亦乐乎。这是柴达木石油与敦煌地方政府最早建立的深厚友谊，支援国家建设，不分省籍户籍，全国一盘棋，棋棋为国家。得知何满江此次筹粮计划，张县长一口答应，并说："能为柴达木的石油开发贡献一点微薄之力，也是敦煌人之荣幸。"

何满江举起酒杯，道："我何满江行伍出身，黄河两岸走过七八糟，战火里染就一身兵气，按理说对秀才是属相不合，但在张县长的身上看到了斯文也是力量，两年前你为勘探队做事周全备至，时刻不忘！来，敬你一杯！"

两人举杯，一口见底。

109

张师长立即向石油总部电传报告柴达木勘探运输情况，总局康局长指示："将请示一下中央军委、国务院、交通部，再从部队给运输公司拨两个运输团，连人带车全给你们。"看到康局长的回复，张师长大声道："太好了！"

张师长挂下电话，略一沉思，又抓起电话，拨了出去。他指示在西宁负责石油运输的韩天柱："注意接车，务必加足马力确保运输！"

韩天柱大声道："坚决完成任务！"

对接了总部和西宁，一切安排妥当，张师长在敦煌集结了大宗勘探物资，并亲自带车向柴达木盆地驶去。吉普车后，跟着一百多辆满载物资的运输车辆。车队后边，还跟着几百峰骆驼组成的运输大队。车队和驼队，一字长蛇阵地向戈壁深处疾驰前行。

张师长从后视镜里欣慰地看着亲手经营下的钢铁运输长城，不免欣慰。为了加大运输量，有的卡车加挂了两三节，甚至四五节拖斗，远远看去，像一列火车在戈壁上慢慢爬行。张师长内心感慨，一个车队几乎有全世界的汽车牌子，什么福特、吉斯、嘎斯、太拖拉，什么大道奇、万国、吉姆西、雪弗兰……，真是万国牌汽车队，什么时候我们能开上自己国家的卡车驰骋沙场，那该多好啊！

随行的骆驼运输队达四五百峰，满载物资，在戈壁上行走。骆驼运输大队队长赵天才，骑在骆驼上，走在最前面。他30多岁，黑脸，精瘦，大声道："同志们，脚掌上加把劲啊，我们今晚上要赶到拉配泉呢。"驼工们挥舞着鞭子，抽打在骆驼的屁股上。

拉配泉运输接待站，空旷的戈壁上，扎着几顶帐篷。帐篷顶插着一面红旗。一百多辆汽车排列整齐地停在接待站外的戈壁上。张师长跟接待站人员一一握手，转身进了厨房。接待站人员紧跟着也进了厨房。张师长掀开锅盖子，看见一锅黑馒头。张师长顿时皱紧眉头，抓起一个，掰了一块放进嘴里。接待站人员紧张地看着张师长。

张师长叫来随行司机，说："把我们带的白馒头留下，装上这黑馒头。"接待站人员连忙阻止。张师长满是愧疚，说："作为运输公司的经理，难道就不该吃又苦又涩的黑馒头吗？"有人赶紧解释，是因为淡水跟不上，只有吃苦水，馍馍就成这个样了。张师长吞下那口黑馒头，眼睛里泪花晃动，说："都怪我，都怪我啊……"

张师长的车队，经过几天跋涉，终于直面巍峨的阿尔金山。车辆开足马力，车队缓缓向山顶爬去。山路坡陡弯急，超长的运输车根本调不过头来。有一辆车被弯道横亘着，进退不得。司机正在卸车斗连接螺栓，众多司机纷纷上前帮忙。张师长上前查看了情况，说："凡是挂斗车，都卸下车斗，等车翻过了山，车头再回来一节节往上带。"

这时，山腰一峰骆驼体力不支，脚步踩虚，一条后蹄悬在悬崖上。驼工死死拽住骆驼的缰绳，拼命往上拉。骆驼一使劲，另一条后腿也出了悬崖。赵天才赶紧喊："放手！放手！"那个驼工无奈地一松缰绳，骆驼连物资坠落悬崖。骆驼又砸倒下面一峰骆驼上，两峰骆驼满山坡"哐当哐当"滚着，好半天，才坠到沟底。

驼工瘫倒在地，"哇哇"大哭起来："我的骆驼，我的骆驼……"

天色已暮，车爬上金鸿山顶。张师长站在山顶上，寒风掀开他的大衣。他回头看着山腰下的车灯，弯弯曲曲，明明暗暗，从山沟到山顶串成一线，恍若天上的一条星河，蔚为壮观。他看着远处的柴达木盆地，自言自语道："什么时候要是打通当金山的道路，就可以绕开这座要命的山了。"

对这条艰难的天路，司机们都说："金鸿山、金鸿山，上看连着天，下看鬼门关，手握方向盘，脚踏阎王殿啊。"

110

当时进盆地的运输线有两条，除了走河西走廊，从敦煌进盆地外，还有一条就是从西宁经日月山、青海湖，过天峻、乌兰、格尔木，进柴达木。在西宁，运输公司设置了一个石油运输西宁小桥运输站，专门接收转送柴达木的石油物资。

西宁郊外，一圈简易的土坯房子。总局调拨的200多辆德国伊凡牌汽车，满载物资，停靠在站前宽阔的空地上。马达轰鸣，蓄势待发。

在西宁参加完会议的邢秀丽急匆匆赶到小桥站。找不到去柴达木的车，会议完后她又在西宁滞留了好几天。前天接到何满江的电报，对接了张师长到达茫崖的时间，两人敲定了结婚的日子。她掐着时间，火急燎燎往回赶。

邢秀丽找到运输大队韩天柱。韩天柱三十来岁模样，中等身材，身手敏捷。邢秀丽爬上驾驶室，韩天柱"哐当哐当"一关车门，喇叭长鸣。随之，车轮飞转，滚滚向西。邢秀丽问："五天时间能赶到茫崖吗？"韩天柱说回答道："不！最多四天！"

邢秀丽松下了一口气，说："那我就放心了。"

经过几天跋涉，西宁运输车队终于到了昆仑山下的那棱格勒河畔。

河畔戈壁滩上长满了芦苇，水草深处野鸭成群。一条小河，流水潺潺。天色将暮，韩天柱传令："就地安营扎寨，明天就可以到达茫崖了。"

天色入暮，那棱格勒河的天空突然乌云成团，似有暴雨将至。晚饭后，邢秀丽裹紧棉大衣，坐在驾驶室里过夜。她怎么也不能入眠，一直看着窗外，担心下起了暴雨那就麻烦了。但事已至此，她也无能为力，只能听天由命，直到后半夜才迷迷糊糊睡去。刚睡过去，仿佛做梦一般听到下雨的声音，还以为回到南方听到了雨打芭蕉的声音呢。等她一个激灵醒来，只见车窗外早已暴雨如注，雨水成帘。

邢秀丽拉开车门往外冲，刚伸出一条腿就被大雨淋了回来。她再看看外边的车队，早被大雨笼罩住了，什么也看不见，邢秀丽在悲凉的雨幕里发出了长长的一声叹息："我的天啊！"

睡梦中的韩天柱突然听见有石头撞击车槽板的"哐当"声，感觉不对头，起身连忙吹响紧急集合哨。立即，几十支手电筒光在雨雾里交织晃动起来。有人打着手电筒跑到小河边一看，从昆仑山下来的洪水疯狂咆哮而来。在洪水里，已经有三辆车只有一半车身露在外边。

远处洪水呈扇形席卷而来。韩天柱大声命令车辆快速撤离河滩，可那三辆车却越陷越深。一场抢险就此展开，200多名司助人员纷纷从车上取下铁锹和木板，踩在齐膝的冰冷的河水里，挖沙筑堤。洪水来势凶猛，很多人被洪水冲倒了，再爬起来。

雨水兜头而下，覆盖了邢秀丽脸上的泪水……

111

在茫崖，帐篷城广场上正放着电影《山间铃响马帮来》。

帐篷里，何满江和陈启仁、丁克秀等正在商量他们婚礼一事。张师长明天就到茫崖，之前给老师长都说好了，只要他一到，就举行婚礼。陈启仁看了一眼丁克秀，丁克秀垂下头。何满江说："别犹犹豫豫的，瓜熟蒂落，水到渠成，就这样定了吧。"

丁克秀说："秀丽还没有回来呢。"

何满江说："她从西宁回来时拍了电报，说坐了韩天柱运输车队的顺风车，掐算时间明天能到。当然这一路上也难预料，但不能等她到了我们再决定啊，我们先安排明天婚礼照常进行。"

丁克秀疑虑地摇摇头。何满江转念一想，干脆把先华的婚事也一次性解决掉算了。陈启仁有些懵，丁克秀使劲摇头。何满江却说："他们待在一起都这么长时间了，不会还没有敲定吧。"

陈启仁说："还真不清楚。"

何满江觉得知识分子就爱犹犹豫豫的，谈个恋爱那就要快刀斩乱麻，三个人一起举行婚礼。丁克秀觉得最好还是找他们本人商量一下再决定。何满江说："好，你去叫他们来！"

丁克秀转身出门。

葛先华和孟丽萍正在办公室加班，被丁克秀叫了过来。何满江开门见山，说明天举行婚礼。葛先华和孟丽萍都有些不知所措，心想，你们结婚叫我来干什么呢。何满江也不点破，说："时间就定在明天中午12点，张师长一到，咱们婚礼就开始。"

陈启仁说："虽然是自己操办自己的婚事，但也不能像过家家一样，该有的程序都还得有。"何满江说："哪里来那么多繁文缛节，不就是一个仪式嘛。"陈启仁说："既然是仪式，就得要讲究仪式感。"说罢，对丁克秀和孟丽萍说："你们记录一下，下来咱们分头行动。"

丁克秀和孟丽萍都掏出笔来，准备记录。何满江一看，"嘿嘿"一乐："哟，'英雄'钢笔都各有其主了啊！"丁克秀、孟丽萍都不好意思。何满江说："我们就是在一起书写咱们的英雄事业嘛。"葛先华瞟了一眼孟丽萍手中的笔，感觉有些不自在。

丁克秀记了满满一页纸，突然说："这三个人挤在一间帐篷，中间也得隔块木板啊。"何满江说："也是，免得相互打扰。"葛先华说："你们结婚，成双成对的，我在这里挤着多碍事啊，我到办公室打地铺去。"何满江这才"哟"的一声，道："小孟也跟你去打地铺啊，虽然条件简陋了一点，好歹也是有一张婚床啊，就这条件，讲究不了那么多了。"

孟丽萍一听，惊恐地瞪大眼睛，手中的钢笔"啪"地掉落在地上。葛先华惊讶道："什么意思啊，我也跟你们一起结婚？"何满江"嘿嘿"一乐，道："不跟我们一起结婚，叫你来干啥啊。"葛先华"唰"地起身，怒道："这是组织的命令吗？"何满江也竖了眉毛："什么意思啊！"葛先华愤然道："我八字还没一撇呢！"何满江说："钢笔都在小孟手里，怎么没一撇啊。"葛先华大声道："胡扯！你这是胡扯！"

孟丽萍看葛先华暴跳的模样，起身就逃出了帐篷。

节骨眼上的变故令何满江暴躁起来，他指着葛先华的鼻子道："你以为你清华高才生就了不起啊，论文凭，小孟也是大学生，论长相，也可以算的上是茫崖一枝花了，她配不上你吗，哪一点配不上你了？"葛先华口吃起来，说："小孟还是个孩子嘛。"何满江说："有20多岁的孩子吗，在老家，都是孩子的妈了。"

葛先华求助地看着陈启仁，说："哪有这么不讲道理的啊。"

陈启仁咳嗽一声，说："老何也是好心，但是啊，婚姻这东西还得充分尊重双方的意见，现在新社会，又不是包办婚姻。"葛先华说："就是的嘛，感情这东西，强扭在一起，行吗？"

何满江问："难道你对小孟一点感觉都没有？"葛先华说："成天忙工作呢，哪有心思在那上面啊。"何满江说："结婚只不过缩短了你们的恋爱周期，就这样定了啊！"

陈启仁看收不了场，拍拍葛先华的肩膀，说："出去走走。"

孟丽萍跑出帐篷，丁克秀也就紧跟出了帐篷。她问孟丽萍道："有没有那个意思？"孟丽萍说："他人挺好的，可总感觉有距离。"丁克秀说："就因为他名气比你大,职位比你高吗?"孟丽萍赌气说:"刚才他都说了没有那意思呢。"丁克秀说:"当初秀丽把你分到先华的处室,你明白吗?"孟丽萍说:"意思是知道的,但他老对我板着一张脸,根本没法交流。"丁克秀说:"这就叫敬而远之,越是心里越亲近的人啊,表面看起来似乎越远,这就证明啊,先华心里还是有你的。"

孟丽萍埋下头,不吭声了。

丁克秀又解释老何他也是一片好心,三个人情同手足,他也是想以大哥的名义关心先华呢。但孟丽萍还是觉得这也实在太突然了。丁克秀说:"他们行伍出身,没有坏心眼,就是缺少细节,而先华就比他们稳重得多。再说了,这一辈子做人做鬼都在这大戈壁了,早点找个依靠,相互之间有个体己也好。"孟丽萍听完,一声叹息。

葛先华跟陈启仁出了帐篷,两人往帐篷城外走。陈启仁说:"老何的意思其实也很简单,一是凑巧张师长要来,我和他都是张师长的兵,老师长来证婚,有纪念意义;二呢,我们三人情同手足,都老大不小,拖个一年半载也没啥意思,在这大戈壁上,边生产也得边生活嘛。"葛先华固执地说:"这趟结婚的顺风车啊真没法赶!"陈启仁说:"老何话都出口了,这趟车不载上你,可能他不好下台呢。"

何满江在帐篷里来回踱步,找不到什么发泄的,拉开抽屉,摸出酒壶,"咕嘟嘟"灌了一大口,大声道:"扯淡!都他妈扯淡!"

经过丁克秀和陈启仁苦口婆心地做工作,孟丽萍虽然内心疙里疙瘩,但也表达了她的意见,说只要葛先华没意见她就没意见。孟丽萍心想葛先华肯定不会同意。葛先华呢,根本也抵挡不过陈启仁的思想政治工作的凌厉攻势,也说只要孟丽萍没意见他也就没意见。葛先华心想孟丽萍绝对不会同意。孟丽萍是把皮球踢给葛先华,而葛先华呢又把皮球踢给孟丽萍,而中间传球人是陈启仁和丁克秀,又都错解了他们彼此的想法。这一个错解,就决定了葛先华和孟丽萍一辈子的婚姻基调。

他们,埋葬了婚姻,也被婚姻埋葬。

112

茫崖城里热闹非凡，在家的队员们都加入新婚筹备工作中。大会议室里，胡挺指挥着大家正在布置婚礼现场，李天翔张罗着贴对联。黄兴国几个人忙着改造新房，他们用木板将三张床隔离开来，留下一个通道对着帐篷门。何满江从床下挪出一个大挎包，里边有花生、香烟和喜糖，叫李天翔放到会议室去。李天翔接过挎包，先给自己嘴里扔进一颗喜糖，再点上一根喜烟，美滋滋地说："我是第一个尝喜的人呢。"

人们忍不住都笑了起来。

丁克秀、孟丽萍在邢秀丽的房间里，陈曼给她们化妆，脸上扑粉，嘴唇贴红。丁克秀只担心邢秀丽，怎么还没有赶回来，而孟丽萍表情淡漠，她根本不知道未来等待她的是什么。何满江的坚持，他们都不再好反对。有时候，命运就是被挟裹的洪流，而一粒有思想的泥沙是无能为力的。

此时的那棱格勒河畔，人们经过几个小时的激战，终于将上流的洪水分流开去。韩天柱还想将三辆车拖出来，确保国家财产不受损失。这时，一辆吉普车飞驰而来，司机一下车就大声喊道："邢科长！邢科长！"

满身是泥的邢秀丽从人群里出来。司机拽着邢秀丽就上了车，说婚礼时间马上到了！韩天柱一脸茫然，怎么一路没听她说啊。邢秀丽淡然一笑，说："自己也忘了。"韩天柱朝二百多队员高声喊道："同志们，向邢秀丽同志敬礼！""唰"地一声，竖起一片手臂的森林。

邢秀丽眼里盈满泪花。

帐篷城里二三百人列阵在广场。何满江掏出怀表，看了看，大声道："同志们，张师长马上要到了，我们曾经是张师长的兵，今天依然是张师长的兵，请拿出军人的样子，欢迎我们的老师长！"

这时，一辆吉普车驶进帐篷城，缓缓驶向广场。何满江高声道："敬礼！""唰——"，二三百人齐刷刷扬起手臂，高声道："欢迎张师长！"

张师长朝大家还礼，高声回道："同志们，辛苦了！"

张天翼、何满江、陈启仁、葛先华等一一上前跟张师长握手。张天翼说："欢迎张师长参加我们三对新人的婚礼。"张师长一愣，疑惑地问道："三对？"

张天翼指着何满江、陈启仁、葛先华道:"这就是三位新郎倌。"张师长再次跟三人一一握手,说:"祝福你们,这可是柴达木第一场婚礼啊!"

张天翼迎着张师长一行,往会议室走去。

何满江回头焦急地张望着帐篷城外。

113

吉普车在戈壁滩上狂奔。车轮后石子飞溅。

邢秀丽被颠得脸色刷白,几乎要呕吐了,她说:"师傅慢一点。"司机看看手表,说:"不行,快赶不上了。"邢秀丽说:"我头晕!"司机这才猛地点了一脚刹车。只听见"噗嗤"一声,左前轮矮了下去。司机拍着方向盘,悲痛欲绝:"老天啊,你这个时候还爆我的胎啊!"

邢秀丽下车一阵呕吐,恢复了一些精神,便对换轮胎的司机说:"师傅,不要急!不要急!赶不上,就算啦!"

司机边换轮胎边咒骂车轮。邢秀丽脸上一抹凄楚的笑。

茫崖城里张灯结彩的礼堂里,张师长落座,宾客安静。张天翼起身,大声道:"同志们,今天是双喜临门,我们分别多年的张师长亲自率领钢铁运输队,给我们运送来了宝贵的生产物资,下一步,我们将甩开膀子大干,争取早日建成大油田啊!"

会议室里掌声雷鸣。

张天翼清理了一下嗓子,又说:"二呢,茫崖城终于有三对新人要结为夫妻了,这是我们进柴达木以来第一桩喜事啊,我们表示真诚的祝福!也希望他们婚姻幸福,早生贵子,为柴达木缔造第二代石油人啊!"

人们的欢呼声、掌声此起彼伏。

张天翼抬腕看看时间,说:"12点到了,我们有请何满江、邢秀丽,陈启仁、丁克秀,葛先华、孟丽萍,三对新人入场!"

人们都齐刷刷地将脑袋转向大门。

帐篷里,几个人急得团团转。望眼欲穿,还是看不到邢秀丽回来的影子。何满江说:"算啦,不等了,不拜堂不照样结婚嘛。"陈启仁说:"张师长不远千里而来，没有仪式不行。"葛先华说："那就再等等，反正浑身不自在呢。"孟丽萍一听，脸色一下阴郁起来。

这时，有人来报："请新人入场。"

何满江说："既然仪式不能取消，那么你们两对拜一下就是了，也就代表了。"丁克秀摇摇头，说："空缺，不行！"何满江说："那怎么办啊。"陈启仁说："既然代表，那就找个人来代表呗，自古都有妹妹替姐姐拜堂的事啊。"几双眼睛"唰"地都朝向一旁的陈曼。陈曼浑身一个冷战。

丁克秀走过去对陈曼低语了一阵，只见陈曼像被针扎了一般连忙摆手，连说："不行，不行，坚决不行！"关键时刻，事儿梗上了。陈启仁又出面说："小陈啊，你跟邢秀丽亲如姊妹，你替姐姐完成仪式也是可以的，自古也有先例，并不见荒唐，在这关键时刻，你不能让老何冷场啊。"陈曼的身子还是像过电一样："不行，不行，坚决不行！"

再没有犹豫的时间了，丁克秀朝何满江使了一个眼色。何满江大步走到陈曼跟前，弯腰施了一个大礼，双手握拳，道："小陈啊，我何满江也是炮弹都劈不弯腰的汉子，今天就算大哥求你了。今后，我何满江一定把你当亲人对待，若有不从，天打五雷轰！"

话太重，在场的人眼睛都湿了。这时外边又响起"请三对新人入场"的喊声。陈曼咬咬唇，嘴唇上立即出现一道血痕，眼泪却像断线的珠子一般滚落下来。

吉普车发疯一般狂奔，远方的茫崖城若隐若现。司机安慰道："快到了，快到了！"邢秀丽眺望着前方，看看手表，嘴角一抹苦涩的笑。

三对新人牵着手，向礼堂走去。在跨入大门的刹那，何满江还扭过头，往身后的远方看了看。张天翼喊道："欢迎三对新人进入婚姻的殿堂！"掌声雷动。这时有人发现跟何满江牵手的不是邢秀丽而是陈曼，都睁大惊恐的眼睛，交头接耳起来。

张天翼连忙道："我先给大家说明一下，何满江同志的新娘邢秀丽同志，目前还在从西宁赶回茫崖的路上，作为邢秀丽同志生死相依的好姊妹陈曼同志，主动代表邢秀丽完成新婚仪式，大家欢迎！"

会议室里一片释然，掌声再次响起，经久不息。

张天翼大声道："我宣布，何满江与邢秀丽、陈启仁与丁克秀、葛先华与孟丽萍三对新人的新婚典礼，现在开始！请三对新人三鞠躬，一鞠躬，致敬伟大领袖毛主席！"三对新人向主席像弯腰鞠躬。

张天翼又喊道："二鞠躬，致敬老师长！"张师长连忙起身，说："使不得，使不得！"张天翼说："老师长曾带我们出生入死，身同父母，这一鞠躬，不为过！"三对新人向张师长弯腰鞠躬。

张天翼说："三鞠躬，夫妻对拜！"

何满江举臂朝陈曼敬了一个军礼，陈曼却低下了头。

葛先华僵硬地弯下腰，只见孟丽萍一转身跑出了礼堂。满屋子的人莫名惊诧。葛先华哭笑不得，脸上一阵烟雨零乱。

孟丽萍跑出会议室，奔上广场，眼泪飞泻。突然，一辆吉普车"唰"地停在她面前，抬眼一看，邢秀丽摇摇晃晃走下车来……

第十一章
戈壁图腾

生三千年，死三千年

死而不朽三千年

——胡杨，是戈壁精神的图腾

面对石油开采的热潮

但茫崖却或多或少给开了一个不大不小的玩笑

他们被迫做了战略性大转移

目光向东，面朝冷湖

日产八百吨的地中四井

向全中国做出了一个响亮的回答

冷湖成了新的石油地标

114

参加完婚礼,张师长、张天翼等一行驱车来到自流井。

自流井因为有淡水,那里是唯一可以栽种活树木的地方。张师长从车上抱下一捆小树苗,像抱着自己的孩子。新婚大喜送什么礼物呢,前思后想,茫崖大戈壁没有一棵树、一片绿色,张师长觉得茫崖那地方应该有树,应该有那么一片绿色,所以,就带来一捆树苗作为新婚礼物。这是世界上少有的新婚贺礼。不多不少,刚好50株。

张天翼说:"这比什么礼物都宝贵,很具有纪念意义啊。"

张师长说:"我们能在戈壁扎下根,这些树苗也一定能扎下根!我们追逐着梦想来到这荒无人烟的地方,就一定能在这片土地上开采出大油田,实现我们的梦想!"

张天翼道:"是啊,只要有梦想,就会有希望!"

何满江、陈启仁、葛先华等几人赶紧刨地、挖坑、植树。张师长亲自给每一棵小树苗浇上清澈的淡水。张师长说:"我们把梦想植在这戈壁上了,你们要好好呵护,它们会茁壮成长的。"

一阵轻风吹过,杨树叶"窸窸窣窣"地响起来,像是在回应。

大家都笑了,他们似乎看见了绿色浸染的未来。

帐篷上新婚对联一夜之间就被风掀开,"呼啦啦"地扇动着,突然,一半截被风撕掉,吹向了戈壁。陈曼独自一人在夜晚的戈壁散步,她心情复杂,不理乱,理也乱。自己完成了婚礼的仪式,却不是新娘;自己所爱的人已经进入洞房,却不是自己的新郎。这就是生活,有时候就是这样光怪陆离,毫无章法。

陈曼觉得,无论如何,自己都要走出感情的阴霾,再这样生活下去,对邢秀丽不利,对自己也不利。想想当初一腔热血奔赴柴达木,自己是来燃烧青春、演绎梦想的,而不是来索求儿女私情的。陈曼自言自语道:"要么沉沦,要么以阳光的心态过好每一天!"

选择遗忘,或者将往事尘封是唯一的选择,也是最明智的选择。她想:生活,你以疼痛的手抚摸我冰凉的脊骨。

夜风轻抚,陈曼一声长叹:"绝望的极致,就是新生!"

完成精神沐浴的陈曼眺望着远处灯火阑珊的茫崖城,背起了普希金的诗歌:假如生活欺骗了你,不要悲伤,不要哭泣!忧郁的日子里需要镇静,相信吧,快乐的日子将会来临。

陈曼最终完成了灵魂的救赎和心灵的自我修复。

邢秀丽独自在新婚的床上酣睡了一觉,才彻底清醒过来。她睁开眼睛,看见陌生的小隔间,有些懵。隔壁小隔间的丁克秀听见这边的动静,连忙端过来一杯水。邢秀丽说:"啊,都天黑了,我睡了整整一个下午啊。"

丁克秀说:"你恢复过来就行。"

邢秀丽问道:"我们结婚了?"

丁克秀看着邢秀丽,笑而不答。

邢秀丽自嘲道:"我睡在这床上有点冒名顶替的感觉啊。"

丁克秀劝她别这样说了,其实大家心里都不是滋味。邢秀丽一声叹息,说:"生活在开玩笑,一点都不严谨。"丁克秀说:"不管是玩笑还是一本正经,都要去面对。爱情已经死去,生活正式开始。"邢秀丽心想也对,生活,不管怎样,都要赤裸裸面对,因为你别无选择。

邢秀丽问道:"这些男人呢,咋一个都不见?"

丁克秀说:"下午他们送走了张师长,就一直开会,到现在还没散会呢。"邢秀丽"哦"了一声,抓起桌子上的一颗喜糖,含进嘴里,说:"我也得尝尝自己的喜糖是什么滋味啊。"邢秀丽突然想起还要跟局里汇报会议精神,从挎包里找出文件,就风风火火出了门。

丁克秀看着邢秀丽的背影道:"要么被生活改变,要么改变生活。"

邢秀丽路过以前自己住的帐篷,还是忍不住停歇下脚步。她探头朝里边看了看,不见陈曼,自己的那张床只剩下空床板。屋里有人问:"邢科长,欢迎你回娘家啊。"

邢秀丽笑笑，说："嫁出去的女子泼出去的水，覆水难收了。"

邢秀丽敲开局长办公室，说要汇报会议精神。局长开玩笑道："新娘子呢，休息休息，明天汇报也不迟。"邢秀丽也开玩笑，说："娘子没有新旧之分，心情好，天天都是新的。"局长"哈哈"一笑，说："有道理，那就简单说说吧。"

邢秀丽将文件递给局长，口头汇报道："会议概括为一句话就是，我们要适当控制人员规模，不能再无序扩张。"

局长看了看文件，陷入了思考状态，良久道："不仅仅是青海省，就是举国之力，也养不动这么多人啊。"邢秀丽说："关键问题不仅是人多，而且是生活生产成本太高。"

局长在屋子里转了几个圈，他觉得两难，一是祖国四面八方的热血青年激情满怀地奔赴柴达木来支援搞建设，不能扬汤止沸，兜头一瓢冷水；二是确实生产生活成本太高，但解决这个问题没有单一渠道，而是要通过发展来解决困境。局长说："我们唯一有效的途径，是应该马上打出更多的高产油井，用效益来消化高成本！"

邢秀丽说："局长高屋建瓴！"

邢秀丽往回走，灯影下碰见一个熟悉的身影，一晃眼，走过。突然，她猛地停下脚步，那人也猛地停下脚步。两人的背影僵滞了片刻，都同时转身面对面，并同时嘴角一笑。

邢秀丽说："辛苦你了。"

陈曼说："你也辛苦了。"

再无话，两人同时笑笑，又同时转身，起步，走开。

115

散会了，闹哄哄的。何满江在门口等上陈启仁、葛先华，一起往回走。何满江说："三家子应该团聚一下，喝两杯自己的喜酒。"陈启仁说："这一杯喜酒应该补上。"葛先华没有吭声。何满江说："敦煌张县长不是送我一瓶好酒嘛，这样，你们先回，我去找找老张，看能不能搜出两听罐头来。"

说罢，径直朝老张那边走去。

陈启仁和葛先华回到房间，看着帐篷里两道隔板三个空间，还真是有点不习惯。这似乎就是"家"了，但又跟"家"的概念相去甚远，葛先华将笔记本往床上一扔，看了看枕头上的一朵剪纸红花，拂袖给扫掉了，开玩笑说："大伙儿睡觉都安静一点啊，古人道，洞房花烛明，舞余双燕轻啊。"丁克秀和邢秀丽都忍不住笑起来。突然发现孟丽萍不在，陈启仁叫葛先华快去找，不然怎么喝喜酒嘛。

葛先华别扭着，但还是出了门。

丁克秀说："他们俩啊，都较劲着呢。"

邢秀丽说："哎，一切都是操之过急啊，一锅米饭煮夹生了。"

葛先华来到办公室，只见胡挺、李天翔、黄兴国等还在加班。李天翔看见葛先华，正欲打电话，葛先华赶紧摆摆手，目光指向一旁低头抄录资料的孟丽萍，于是几个人都不吭声了。葛先华走到孟丽萍面前，敲了敲桌子。孟丽萍眼神一愣，并没有抬头，她的第六感知道是谁进来了。葛先华又敲敲桌子，她还是不理。

李天翔脑子一转，突然发声，大声道："嫂子，有人找！"

这一叫，孟丽萍才抬起头。葛先华说："老何叫呢。"

孟丽萍跟葛先华一前一后回到帐篷，何满江早把喜宴摆开，两听罐头、一盘肘子、一瓶泸州老窖，还有一些花生喜糖。何满江开玩笑说："邀请大家到我家里串个门啊。"六个人，挤挤坐了下来。何满江给每人斟满一杯酒，说："我们，哎，说点啥呢，好像啥都不用说啊，干一杯吧。"说罢，举杯欲干。陈启仁说："还是要说一句吧，今天不比寻常啊，先华，是吧？"

陈启仁故意把话题抛给葛先华。葛先华一沉思，端起酒杯，说："我今后得改口了，老何、老陈叫习惯了就不改了，两位女士嘛，我叫大嫂、二嫂了。"

何满江觉得话在理，举杯又欲干，陈启仁示意打住，说："还有先华没有说的，我说吧，我们得感谢老何和大嫂，俗话说长兄当父、长嫂当母，为今天的圆满结局啊，他们俩操心不少，我们得感谢啊，干！"

何满江一饮而尽，道："你差点让我喝不成酒呢。"

陈启仁建议老何跟大嫂喝一杯，得把这个仪式搞完整。邢秀丽颇大方，说:"仪式就是仪式,不要那么在乎,我提议咱们三对夫妻都喝一杯交杯酒。"何满江说:"我看行!"说罢,站起身,跟邢秀丽手臂相缠,喝了一杯。陈启仁和丁克秀也效仿干掉一杯。四个人喝完,同时抬头,看着葛先华和孟丽萍。葛先华说:"我手臂短,交不了杯。"

孟丽萍低头不语。

何满江把酒杯一撅,脸一沉,正了声调,说:"先华,你的意思让我和老陈喝?"葛先华不好意思,笑笑,连忙道:"我喝,我喝!"说罢,举起杯,邀请孟丽萍。邢秀丽用脚踢了一下孟丽萍。孟丽萍抬起头,强忍泪花,举杯跟葛先华碰了一下,仰头干掉。

葛先华有些尴尬,也举杯一饮而尽。

何满江想要说话,被陈启仁抢了先,他为了缓和气氛,故意说:"这样敷衍不算啊,今后得摆一桌补上,我们作证。"邢秀丽说:"换个话题吧,告别今夜,从今往后,我们就有了新的责任和义务,那就是家庭,我这个当大嫂的粗拉惯了,今后啊大家得多担待。"说罢,举杯邀大家同饮了一杯。

陈启仁故意跟何满江碰了一杯,推心置腹地说:"老何啊,咱俩喝一杯,你我从战火走过来,生死同在,肝胆与共。今后,我们齐心协力,共建家园,一起加油!干!"

何满江说:"这话我爱听。来,干!"

两人举杯而尽。葛先华连忙将两人酒杯斟满,说:"你们两位哥哥不能抛下我啊,不然我就成了没娘的孩子了,我们三人喝一杯吧。"

陈启仁故意道:"你也喝?"

葛先华转身跑回自己的房间,从箱子里取出一个东西,过来展示给大家,是那个铁丝编制的玩偶。葛先华说:"你们不记得了,我还记得的,你们看,我们是三个脑袋一个身子两条腿,我们三个人都是生死与共呢。"

何满江"嘿嘿"一声,拉长语调,道:"这话还差不多。"

邢秀丽接过那个玩偶,看了看,说:"还真有点意思。"

何满江说:"既然如此,那我提议再干一杯,今夜一过,新人就成旧人了,什么东西都是新的好,可这人呢,还是旧人好。所以,我们三对共同干一杯,为了新人成旧人!"

几人同时举杯，一饮而尽。

喜酒完毕，各自归位。葛先华还是感觉别扭，坐也不是，站也不是。于是把被子一卷，准备出门。孟丽萍眼睛里晃动着泪水，像个做了错事的孩子一样，死死抓住被子角不让走。葛先华轻声道："我们这样，别扭啊。"孟丽萍低泣道："他们怎么看我们呢。"

最后，两人个各自抱着被子都出了门。

何满江听到争吵，准备劝劝。邢秀丽说："别过去，闹闹就好了。"

陈启仁在另一边也说："我们都被结婚冲昏了头脑啊！"

116

张天翼副局长带队，钻井处的刘振峰、何满江等到新疆克拉玛依参加了石油部的现场会。独臂将军——石油部部长余秋里亲自到会。石油部副部长康世恩主持会议。

会议主要议题，根据国家第二个五年规划要求，石油战线要进一步加大勘探力度，掀开大场面，见到大实效；多打进尺，多出原油，为国家蓬勃的经济建设，提供能源保障。同时，也是一个动员会，目的就是广泛深入发动，鼓足干劲，力争上游，树红旗，立标杆，全面掀起石油大会战的高潮！

康世恩副部长在会上说："我们选树了全国石油四面红旗，分别是新疆、玉门、青海、四川……请余秋里部长授旗！"

玉门油田是王进喜接旗。青海油田是何满江接旗。何满江兴致勃然，大步上台，身子一挺，"唰"的一个军礼，铿锵道："青海油田何满江前来接旗！"余秋里将战旗递给何满江，说："一看就是军人。"何满江大声道："中国人民解放军原五十七师一团团长何满江向将军致敬！"

余秋里部长回敬一个军礼，点点头。

会场响起雷鸣般的掌声，经久不息。

在大山子钻井现场还搞了誓师会。现场红旗招展，彩旗飘飘。上千人围着誓师高台，情绪激昂。玉门油田的王进喜豹子一般冲上台，举起喇叭筒子，挥舞着拳头，用浓浓的甘肃话喊道："我是玉门王进喜，我们玉门石油人敢打能冲走在前！发誓月上千、年上万、祁连山上立标杆！"

现场掌声热烈。

受到挑战，新疆克拉玛依的张清云不甘示弱，几个纵步跑上台，举起喇叭筒子，高声喊道："我是克拉玛依的张清云，我们克拉玛依人顶风冒寒走在先！发誓月上千、年上万、大山子顶上立标杆！"

刘振峰用力拍着何满江的肩膀，说："上！"

何满江大步走上台子，不慌不忙，举起喇叭筒子，环视四周，声调铿锵，他用河北话喊道："我是青海油田的何满江，柴达木人吃苦受难不畏难！我发誓月上千、年上万、昆仑山顶立标杆！"

张天翼、刘振峰热烈鼓掌。

会后，张天翼、刘振峰、何满江三人挤进人群，向两位部长打招呼。余秋里问何满江："原五十七师在柴达木有多少人啊？"何满江回答道："三百多人！"余秋里点点头，说："你们要把军人的硬作风和好传统带进油田，培养出铁军队伍！"张天翼赶紧回话："请领导首长放心，我们一定建设好柴达木的石油队伍，到时候请余部长您检阅！"

康世恩微笑道："过段时间，我们就去柴达木。"

117

回到柴达木，局里迅速传达了会议精神。油田到处都悬挂着"提速！提速！大提速！""跃进！跃进！大跃进！"的标语横幅。

茫崖总人员达到26000多人，组建成立了120多支各式钻井队。陈兵、何卒更是大跃进，誓言要：月过两千五，年过两万五，石油部里夺红旗！广场上，有的人鼓掌，有的人摇头。

会议之后，孟丽萍告诉葛先华，她要报名参加油泉子炼油厂建设。这是孟丽萍逃避婚姻尴尬最好的方式。葛先华想了想，点点头。点头的瞬间，眼眶里有了泪花，而孟丽萍一低头，眼睛里已是大雨如注。

孟丽萍跟谁也没打招呼，背起铺盖卷，爬上了去油泉子的大卡车。孟丽萍坐在卡车槽子里，戈壁风吹乱了她额头的短发，她感觉周身自在。在距离茫崖几十公里外的油泉子基地，一顶帐篷内，四周堆满了材料，仅剩一张床、一张小桌子的位置。孟丽萍在一盏昏黄的灯下，设计着炼油厂的图纸。她手里握着"英雄"钢笔，眼泪涌出了眼眶。她咬咬牙，又埋头画着图纸……

柴达木第一座炼油厂——油泉子炼油厂，在设计师孟丽萍的紧盯下，快速进入施工阶段。民工们平整着场地，焊工们加班焊接。一辆吊车正在吊装已经焊接好了的油罐。虽场面不大，但气势火热。

孟丽萍被太阳晒得黝黑，不再像中学生模样了。她穿插在现场，手拿图纸，镇定自若地指挥着现场施工，虽然身材娇小，但也宛如一个久经沙场的老将。柴达木的风沙改变了她。孟丽萍对施工人员说："我们最好在本周完成所有安装工作，力争月底竣工投运。"

丁克秀也开始了她的窑洞医院的开挖计划。

她扛着铁锹，领着几个民工，走到茫崖帐篷城外二公里处的一座山头前。山头是砂岩，适合挖掘窑洞。一个民工说："我还没有见过挖洞子做医院的呢。"另一个说："我见过，那是我家羊住的圈。"

男人们都走了，帐篷空荡荡，寂静无声。邢秀丽对着一碗面条发愣。吃了一口，反胃，捂住嘴，吐了起来。丁克秀敏感到什么，赶紧去摸她肚子，说："都快三个月了吧。"邢秀丽说："不知道，只想吐。"丁克秀说："我也是，三个月了。"

邢秀丽说："你明明知道怀孕了，怎么一天还在挖窑洞呢！"

丁克秀说："乌龟都知道要给自己刨个产卵的窝啊。"

邢秀丽说："好，等我手头闲了，帮你去刨窝！"

118

大干快上的场面已经掀起，各油区力争上游。何满江坐着吉普车，穿行在各个钻井队。连日奔波，他有些发困，坐在车上打起盹儿来。司机见他瞌睡，稍微降低了车速。何满江脑子并没有睡着，他的脑海里回放着这一路视察的镜头——

一个钻井队队长说："我们连打了三个干窟窿！"

一个井队长说："打到1000米，冒了油花，再打，连油花也没有！"

一个井队长说:"我们这个月累计打了 900 多米进尺,全是干窟窿!"

何满江突然感觉车速慢了,猛地睁开眼睛,说:"加把速度!"

何满江到了何卒井队。何卒满身泥浆,一脸疲惫。他报告本月已经突破千米大关!何满江问情况如何,何卒只是一个劲地摇头。何满江锁紧眉头,心想,进尺上三千又有球用!何卒不解地问何满江:"不是打探井吗,非要见油?"何满江低沉着嗓音道:"不见油还打啥呢!"

陈启仁视察的结果也不容乐观。他到陈兵的钻井队做调查。技术员不敢说,看看陈兵。陈兵回答:"不好说。"陈启仁道:"我们还是初探阶段,关键要取好取准资料,也别想戳下去就冒出一个大油田,哪里有那么容易啊,我们要做很多的工作呢!"

葛先华负责的地质勘探也进入白热化状态。他带着胡挺、李天翔、黄兴国等围着一张勘探图,争论不休。争得累了,葛先华神思恍惚,似乎并没有听见他们在说什么。葛先华看着帐篷外的天发愣。他感觉仅盯着地图是不行的,这是纸上谈兵,必须要亲自到野外去,去勘探现场,吃透情况,摸准资料!

葛先华带领勘探队向东,到了距离茫崖二百多公里外的地方,那里有一个湖泊,夏天的水也能凉进骨头,地质队员们便命名为"冷湖"。葛先华看看远方波浪起伏的褐色山脉,再看看冷湖碧波荡漾的湖水,第六感告诉他,这里就是他们的新战场!

葛先华等一行人扎一顶小帐篷,露宿在冷湖湖畔。

帐篷里,地形图呈现在几个人面前。葛先华握着铅笔,在"冷湖一号""冷湖二号""冷湖三号""冷湖四号""冷湖五号"几个标示点一一点过,说:"这几个地方要尽快做工作,提交论证。"

要找石油找气,勘探为先。从钻井现场传来的消息并不乐观,井井干窟窿。全局上下谣言飞传,队伍出现不稳定苗头。葛先华心里着急,他要马上回一趟茫崖,向局里汇报冷湖这边的情况,请示局里尽快向冷湖区块转移视线。

他想,冷湖,也许是拯救命运的一根稻草!

119

局长从办公桌后抬起头，似乎很忙碌，也似乎心不在焉，看了看手表，对葛先华说："嗯，给你三分钟简短汇报。"

葛先华打开笔记本，又"啪"的一声合上，说："三分钟太长，我只有一句话，我建议马上在冷湖地区布置地震队，震测相关资料，据我判断，冷湖方向将是下一步战略转移的优选方向。汇报完毕！"

局长猛一抬头，"呵呵"一笑，起身说："三十秒，简洁，到位。好！情况知道了，我马上要去开会，有事再说！"

说罢，起身出门，葛先华则一头雾水。

何满江、陈启仁两位也从野外回来，直接进了主管钻井的副局长张天翼办公室。张天翼看看两位战将，似乎并没有说话的兴趣。何满江要汇报情况。还没等何满江说完话，张天翼就摆摆手，从烟盒里摸出一根烟，自己点上，说："我们天天看简报，你们的情况不说局里大概也了解，等会儿先开会吧。"

何满江、陈启仁也是满头雾水。

茫崖帐篷城大会议室里，坐着100多名处级以上干部。生产大忙季节，召集这么多处长回来开会有点反常，与会者神色都比较凝重。局长走进会议室，扫视了一眼，说："先传达一份石油部和青海省委秘密文件，只限于县团级以上知悉。"

秘密文件内容是，苏修单方面撕毁所签订的一切援华项目合同。我们将坚定不移走独立自主、自力更生的道路，建设我们伟大的社会主义祖国！

葛先华手中的笔重重地戳在本子上，拉出一道长长的口子。何满江停下手中的笔，惊讶地抬起头，看看陈启仁。陈启仁也停下手中记录的笔，看着何满江，一脸茫然。

三人夹着笔记本，埋头走出会议室。何满江问葛先华道："你喝过的墨水多，你怎么看这件事？"葛先华说："一切政治斗争都是在平衡利益交换，没有永远的朋友，也没有永远的敌人。"

何满江、陈启仁连连点头。

外国专家的板房里，桌子上摆着烤鸭、面包、饮料和水果，还有伏特加和红酒。五六个专家已经接到撤离的命令,这是他们在柴达木的最后一餐晚饭,所以表情凝重。彼得罗夫眼圈里晃动着泪水。他倒了一大杯伏特加,一饮而尽,悲伤地用中国话大声道:"柴达木!柴达木!"

说罢,抓起半瓶伏特加就出了门。

彼得罗夫醉醺醺地闯进葛先华的办公室,双眼猩红,甩着狮子一样的大脑袋,喝着酒,一会儿笑,一会儿哭,一会儿用中文,一会儿用俄语,情绪激动。最后,他从怀里摸出几个笔记本给葛先华,说:"送给你,你们会用得着!"

葛先华接过一看,是彼得罗夫对柴达木地质考察笔记。彼得罗夫拥抱着瘦小的葛先华,说:"再见了!再见了!"葛先华有些伤感、也有些感激,说:"谢谢你,老彼!"

广场上,高音喇叭里《红莓花儿开》的音乐刚好播完,曲终人散。

120

在茫崖,气氛陡然紧张起来。

在张天翼办公室里,钻井板块的刘振峰、何满江、陈启仁等七八人争吵得面红耳赤。一直保持沉默的张天翼咳嗽一声,说:"理不争不明,话不说不亮啊,我这个主管生产的副局长,跟你们的心情一样,你们一部分人说坚守茫崖,一部分说挥师冷湖,我认为,都在理!"

何满江说:"我主张开辟冷湖新战场!"

陈启仁说:"我认为继续在茫崖地区做工作!"

张天翼说:"在茫崖,我们铺了这么大的摊子,全撤,很多领导、职工的思想是不能接受的,但从目前来看,全面坚守茫崖风险会很大。一是拿不到好的储备资源,我们无法交代;二呢,石油部、青海省都表示,近三万人的摊子摆在里边,驰援乏力。假若再找不到说得过去的新资源,我看啊,柴达木的勘探工作会下马!"

何满江惊道:"那怎么办?"

张天翼说:"目前两条腿走路,一条腿继续夯在茫崖地区,寻找新突破,另一条腿要快速插向冷湖地区,力求新发现!"

与会人员都点点头，表示肯定。

张天翼的意见是将目前的五个钻探大队收缩整编为两个大队，一个是茫崖大队，一个是冷湖大队。钻井处长刘振峰表示同意整编意见，现在不能无止境地铺大摊子，要把力量攒成拳头，重点出击！

会议明确陈启仁继续兼任茫崖钻探大队大队长，负责茫崖地区的钻探工作，何满江兼任冷湖地区钻探大队大队长，负责冷湖地区的钻探工作。

散会后，张天翼叫何满江留下。张天翼说道："刚才会上我不太好说，我的意见偏向冷湖地区。这是一场赌博，地底下的东西看不见、摸不着，七分人为，三分天意啊。"何满江表决心说："赌输了，愿意拿着这个副处长的帽子来请罪！"张天翼说："摘掉帽子事小，而你我都将成为柴达木的罪人啊。何满江说："假若老天不仁，那就让我先下地狱吧。"

张天翼说："不，我们都不能下地狱！"

中午吃饭，不见葛先华，何满江心里一直惦记着先华这小子，心想，真不要这个家了啊，连吃饭也都不回来。陈启仁说："可能又在办公室吧。"邢秀丽说："也不知道小孟在现场怎么样，这么长时间也没有一点消息。"丁克秀说："但愿这一次他们都能熬过去。"

陈启仁说："熬不过去呢，离婚吗？"

何满江接话道："他敢！"

在办公室里，葛先华弓着腰低着脑袋，盯着地上一张硕大的地形图，饭盒被晾在一边，一口都没有来得及动。何满江大步走进帐篷办公室，还没有说话，葛先华说："正准备找你呢，快，来看看！"

何满江一看地形图，眼睛瞪得老大，也弓着腰低下脑袋。葛先华用铅笔指了指冷湖几个区块，说："看，这些地方都要下钻头！"何满江看了看，说："你咋知道我要去冷湖？"葛先华这才端起已经凉了的饭盒，猛地扒了几口饭，说："这还用说？"

何满江疑惑地问道："为什么？"

葛先华"呵呵"一笑，说："按常规逻辑，政委都比团长要保守一点，所以，老陈肯定是固守茫崖，而你呢，一定是挥师冷湖！"

何满江直起身，"哈哈"一笑，道："读过书的人就是不一样，一点即化，开悟，透彻。不过说实话,我决意冷湖,主要是你们提供的科学依据,没有你们这些'千里眼',我哪敢去冷湖戳井眼啊。"

葛先华说:"你要戳准了哟,我总觉得那地方有大东西呢。"

何满江说:"只要有大家伙,我就不会放过它。"说罢,语气一转,道:"你小子啊,真不是个好东西!"葛先华有些懵。何满江说:"这么长时间了,你把小孟给忘记得干干净净了吧。"

葛先华一听,脸红了,无语。

何满江问道:"你想干吗?听说你想离婚?"

葛先华道:"听谁说的啊,没有的事啊!"

何满江说:"告诉你吧,我和启仁的孩子都在肚子里打拳了,你身为一个男人,你觉得你不过分吗,你好意思吗,叫别人怎么看,叫领导们怎么想你?你不但是知识分子,大小也算个领导,你咋面对众人的目光?你就忍心小孟一个人在那戈壁滩上哭干眼泪望断肠?"

一通劈头盖脸,葛先华无地自容,嗫嚅道:"这不是太忙了嘛。"

何满江说:"抽一天时间,上去看看,给大家一个态度。"

121

油泉子炼油厂已经初具模样。

帐篷里,又黑又瘦的孟丽萍盯着饭碗,没有食欲。

高明进去,看看一口没动的饭碗,说:"丽萍姐,你好几天都没有吃饭了,这样下去,身体会垮的。"孟丽萍笑笑,端起杯子喝了一口水,说:"也许,点火成功我就胃口大开了。"高明说:"哦,刚好跟你汇报一下呢,再等一天时间就可以试运行了。"

孟丽萍脸上灿烂一笑。

在不大的炼油车间里,焊花闪烁,工人们还在加班忙碌。孟丽萍跟高明一起,对炼油厂各个部位进行了细致的检查。突然,孟丽萍只觉得眼前一黑,几摇几晃,人便栽倒在地。高明眼疾手快,一把抱住了孟丽萍,赶紧送往帐篷。高明将孟丽萍放在床上,掐着人中,好半天,孟丽萍才苏醒过来,睁眼一看,眼前十几双焦灼的目光。她扶着床坐了起来,高明赶紧将水杯递过去。孟丽萍喝了几口水,淡淡一笑,说:"你们都去忙吧,没事。"

高明说:"我叫食堂给你煮点面条吧。"

孟丽萍想想,说:"食堂师傅都下班了吧。"

高明说:"没事,我给你做。"

大伙走出帐篷,高明安排工人们继续上班,说:"同志们,你们再坚持最后一晚上吧。你们也看见了,孟技术员日夜操劳,都累倒了,我们更要加把劲,提前完成任务!"

工人们齐声道:"好!"

食堂里,高明捅开煤炉子,架上锅。厨房师傅进来了,说:"得用高压锅,不然面条煮不熟。"高明连忙换上高压锅,问道:"有鸡蛋吗,来两个。"师傅似乎有些为难。高明说:"没事,划我的饭卡。"

一大碗热气腾腾的面条,上面卧着两个鸡蛋。

孟丽萍努力地挑起面条,眼泪却簌簌直落。

晚上,孟丽萍怎么也睡不着,起身,摸出枕头下一个塑料皮日记本。上边全是孟丽萍写给葛先华的思念。她默念了几段,又提起笔来:

先华,三个月了,炼油厂明天就可以点火试运行了,我们要用油泉子的原油,炼出我们柴达木的第一桶油来,我们的汽车、拖拉机,还有发电机,就可以用我们自己炼制出来的油品了,那将是多么高兴的一件事啊。

先华,你现在还好吗?你又出野外去了吧。我刚才晕倒了,不过现在没事了。很久都没有你的信息,我想念你。你别怨我太任性好吗,几个月来我成熟了,也成长了。假如时光重来,我一定当着你的面说一声:我爱你!

灯光下,孟丽萍双眼泪花闪烁。

连轴加班的葛先华,脑海里老是回响起何满江的训斥声。他睡在办公室的长椅上,辗转难眠。突然,"嘭"地一声,人摔在地上。他坐在地上揉着屁股,好半天才一声长叹。

油泉子炼油厂终于建成。一座60平方米的土木结构的厂房，设施因陋就简，4个小锅炉上竖着4根烟囱，6只大罐呈一条直线摆放，连接着粗粗细细的管线。确实寒酸。局长和张天翼来到炼油厂，孟丽萍一一介绍道："这是脱盐、脱水装置，经过蒸炼、分化、冷却，最后就变成了汽油、柴油……"

局长亲自启动了点火仪式。几百人齐聚在一起。鞭炮声响彻云霄。在热烈的掌声中，烟囱里冒起黑烟，丝丝缕缕，飘向蔚蓝的天空。孟丽萍扬起头，眼睛里泪花闪烁。

局长握着总设计师孟丽萍的手，感慨道："真是了不起，这是柴达木第一座炼油厂啊！小小年纪，不简单，叫什么名字？"

张天翼赶紧介绍道："孟丽萍，学炼化专业的。"

局长夸赞道："了不起，小姑娘顶上一只大老虎呢。"

张天翼走到孟丽萍跟前，悄声道："小孟啊，听说你好几个月都没有回茫崖了啊，你搭我的车，一起回！"孟丽萍喏嚅着，不知所措。张天翼说："葛先华没有顾上你啊，他也忙，可是再忙也不能不要家啊！"

孟丽萍眼眶里的泪花变成了泪水，滚落出来。

这时，闻斌凑上前要采访张天翼。张天翼说："你这个记者一点嗅觉都没有嘛，要采访就采访我们炼油厂的总设计师啊。"闻斌连忙问孟丽萍："你现在最想说什么？"孟丽萍说："想回家！"

葛先华终于扛着被子回到了三人帐篷的小隔间。

邢秀丽说："终于搬家了啊。"葛先华说："家本来就没有搬啊。"邢秀丽说："油泉子炼油厂今天点火呢。"葛先华说："我知道了。"邢秀丽说："你应该去看一眼。"葛先华这次没有倔强，连忙点头。邢秀丽将从西宁带来的两个苹果装进葛先华的挎包，说："做柴达木人真不容易啊！"葛先华想说声感谢，邢秀丽说："啥都别说，快去吧！"

吉普车在戈壁上奔驰着，葛先华一上车就迷迷糊糊打起了瞌睡。司机也没有问去哪里，就径直朝冷湖方向开去。直到吉普车在冷湖边勘探队的帐篷营地停下，葛先华才醒来，司机说："你这一路睡了个踏实啊，都没敢叫醒你。"葛先华一看到了冷湖，顿时哭笑不得。

孟丽萍搭乘张天翼的便车回到茫崖，径直将被子扛进陈曼的帐篷。陈曼说：

"葛先华今天刚出野外了。"孟丽萍笑道:"我没有想到他会迎接我的。"陈曼说:"你这一口气憋得也太长了吧,恐怕出问题哟。"孟丽萍说:"该来的要来,挡也挡不住啊。"

陈曼叫孟丽萍去洗个澡,好好补几天瞌睡。没有回声,她扭头一看,孟丽萍歪在床上,已经入了梦乡。

122

天很晚了,丁克秀才一身疲惫回到帐篷。

一段时间以来,丁克秀跟开凿窑洞较上了劲,早出晚归,再有几天就大功告成,再粉刷一下,就可以入住了。

邢秀丽开玩笑说自己是乌龟命,还得自己给自己刨产卵的窝。丁克秀洗完脸,到邢秀丽的隔间,一看饭就摇头,没胃口。邢秀丽将一个罐头瓶子从抽屉里拿出来,是一瓶油辣子,下饭。丁克秀一看红油油的辣子,来了食欲,连忙掰开馒头,挖了一大勺子辣子夹在里边,看得邢秀丽直吐酸水。

丁克秀说:"酸儿辣女,看来我要生丫头,你要生儿子呢。"邢秀丽说:"你还大夫呢,还信这样的说法。"丁克秀说:"实践出经验,不可全信,也不可不信。"邢秀丽说:"那好,今后我要是儿子,你要是丫头,干脆就让他们成一家子得了。"丁克秀说:"指腹为婚啊?"

两人忍不住"哈哈"大笑起来。

一觉醒来,陈曼将饭盒热了,递给孟丽萍。孟丽萍不好意思,连声说:"谢谢。"陈曼感慨道:"在这戈壁滩,做人不容易,做女人更不容易啊。"孟丽萍心里"咯噔"了一下,转移开话题,问起邢秀丽和丁克秀的近况如何。陈曼开玩笑说:"她们俩成天忙着给自己刨下卵的窝呢。"孟丽萍愣了一下,莫名其妙,也不好再问什么,说:"我等会去看看她们。"

邢秀丽从床底下拉出一个挎包,从里边掏出几团毛线来,将粉红色的给了丁克秀。毛线还是上次去西宁开会买的,说:"得给孩子织件毛衣啊。"丁克秀说:"你适合做母亲,想得周到。"邢秀丽说:"你就织件粉红色的吧,我织件大红色,还有蓝色的呢,给丽萍吧。"

说起孟丽萍,丁克秀说:"炼油厂不是今天竣工投产了嘛,也该回来了啊,老躲在荒郊野外,这也不是事啊。"邢秀丽说:"今天先华去接她了。"丁克秀惊讶道:"那就好。"这时,孟丽萍突然进来了,说道:"两位嫂子说我的坏话我都听见了。"

邢秀丽、丁克秀赶紧迎出上去说,道:"你比曹操到得还快啊。"

邢秀丽心疼地说:"我们的铁娘子终于回家了啊,你看,都瘦成什么了啊。"丁克秀说:"哟,都快不成人形了呢。"孟丽萍说:"好着呢,没有啥,听说二位嫂子在给自己下卵刨窝,我就过来看看。"

两人一听,"哈哈"大笑。

邢秀丽这才发现葛先华不跟孟丽萍在一起,心想,不是当面答应了吗?她们当然不知道葛先华遭遇阴差阳错的事,只以为葛先华态度还是没有转变,是敷衍。反而孟丽萍不那样想,她猜想可能是工作忙,或者别的原因吧,反倒安慰起邢秀丽,说:"估计是临时有什么急事,不要怪罪他了,都忙。"邢秀丽似乎想起什么,将孟丽萍拉到他们的小隔间,说:"你看,被子他都抱回来了。"

孟丽萍看着葛先华的被子,眼圈里泛起泪花。丁克秀说:"这口气憋了这么长时间,也该泄完了啊,丽萍你今晚上就把被子给抱回来,该圆房了。"孟丽萍点点头,又连忙摇摇头。

冷湖湖畔,葛先华等几个人坐在湖岸。远处已经竖起了井架。井架上的一串灯光在夜空里异常明亮。葛先华他们前期的勘探工作已经奏了效,局里已经明确两条腿走路,一条腿已经迈进冷湖区块了。

葛先华说:"我们做地质工作,跟大地对话,既要有信心还要有耐心,油不会自己冒出来,关键看我们的工作做到家没有,钻头不到,井不流油啊。"

李天翔说:"在冷湖能戳出一个大油田,我们这辈子就值了。"

胡挺说:"心中有梦想,前方就会有希望。"

李天翔说:"我最大的梦想就是找个媳妇,别让我打光棍。"

葛先华感慨道:"居无定所,如何担当责任啊。"说罢,葛先华从挎包里掏出两个苹果来,哭笑不得地说:"这次出来,本想去趟油泉子,一上车睡着了,醒来一看到了冷湖。"

几个人立即明白过来。葛先华叫大家把这苹果分了吧。李天翔连忙说:"使不得,还是留着吧,要不哪天再抽时间回去一趟。"胡挺说:"这是一个好预兆,说不定,冷湖就是我们最终的安家之所呢。"

黄兴国说:"就是,好预兆,梦神指引的地方。"

123

冷湖,是新的勘探方向。

张天翼驱车到冷湖,看着远处黑色的山峰连绵起伏,便感慨道:"冷湖,将是我们新的户籍!"

吉普车疾驰到一个井队。井队正在大干。动作比想象中还要快,已经开钻了。何满江说:"井队工人都等不及了,力争在冷湖找到新发现,人人都摩拳擦掌,力争上游。"张天翼说:"这股子劲头很好呢,我这次过来一是看看你们到位没有,二是考察一下冷湖的地形,准备考虑新基地的建设呢。"

何满江惊讶道:"局里的动作也很快啊。"张天翼说:"动作慢了不行,机关后勤要跟前线作战部队同频共振,你跟着我跑一趟,我们一起去落实新基地的选址,方案一确定啊,我马上赶到柴旦去跟局里汇报。"

何满江道:"好!"

吉普车驶向冷湖,停在一片宽阔的沙滩上。这个地方距冷湖湖泊30多公里,后靠低缓的沙山,面朝冷湖和黑山。背靠山,眼望川,是一个好地方啊。向左一百多公里,翻越阿尔金山就到了敦煌,如果打通一条大道,今后的物资内运和原油外运,都方便。而且距离此地30来公里的地方还有淡水水源,是阿尔金山下来的冰雪融水。

张天翼跺跺脚,大声道:"就在这里扎根了!"

说罢,人们将一根木桩楔进戈壁。何满江说:"出一张规划图,哪里是办公区,哪里是生活区,都要规划好,我们要建就建一个正规的石油基地。先华的勘探队就在冷湖这边,找他的人来测量,东南西北中,定个方位,尽快拿出图来,赶紧实施。"

张天翼道:"关键是等你的捷报呢,哪里有油就在哪里安家啊。"

何满江大声道:"那就等着我的好消息吧。"

张天翼赶到勘探现场的临时营地,给队员们传达局里的大政方针,说:"局里确定两条腿走路,何副处长这条腿迈得很快啊,已经在冷湖区块干上了,局里还考虑在冷湖建设新的石油基地。"

人们都惊喜莫名。

张天翼说:"建基地,就意味着茫崖要整体大搬迁,说实话,我心里还没多少底,如果冷湖再跟我们开玩笑,我们就犯了战略性失误,这个罪名谁也担不起啊,所以,我这次专门来听听葛副处长的汇报。上次特殊情况,说的是定性的结论,这次我想听听细节。"

葛先华高兴地打开日记本,一五一十汇报起来。

听罢葛先华的汇报,张天翼点点头,说:"我大概心中有底了啊,找石油,勘探队伍是先锋,没有你们当眼睛,我们就是瞎子摸象。"

葛先华连忙补充道:"这些数据还需要以钻探做支撑。"张天翼说:"那就是何副处长的事了。"何满江说:"局里指到哪里我们就打到哪里,绝不含糊。"张天翼说:"在茫崖,我们钻头废了不少,进尺也打了很多,可就是捞不到东西啊。"葛先华说:"油泉子油田后劲不足啊。"

何满江生气道:"他妈的,戳下去,猛地喷出来,哗啦,就没了,跟个痨病鬼一样,有气无力。"葛先华说:"那是构造决定了的,冷湖的地层构造跟茫崖不一样,应该有大块头。"何满江说:"只要地下有,不管它藏有多深,我都能把它给拽出来。"

张天翼"哈哈"一笑:"我就喜欢何副处长这股子英雄劲啊!"

临别,张天翼握着葛先华的手,语重心长地说道:"很长时间没有回家了吧。"语气不对,话里有话,葛先华一愣。张天翼又说:"油泉子炼油厂投产了,我把小孟同志还给你了。"葛先华不知所措地点点头,欲言又止。张天翼故意将脸一板,说:"你的事,我全都知道了。"

葛先华很难为情。张天翼舒缓了一下语气,说:"我觉得知识代表一个人综合的行为方式和行为能力,并不只代表能写能画,能勘探能打井,你们结婚大半年,铺盖一卷就闪人,一个小姑娘孤身天涯,你让人家怎么面对未来啊?"

何满江连忙打圆场说:"领导放心,今晚我就把他给押送回去!"

孟丽萍陪着丁克秀去粉刷窑洞。几个民工用板车拉着石灰和水。窑洞前边就是一条油区道路,施工车辆来回穿梭,看见有几孔新挖的窑洞,司机们都摁着喇叭,向她们打着招呼。

孟丽萍进了窑洞,说:"冬暖夏凉,还真是一个不错的地方,最起码比住帐篷好啊,帐篷里夏天热死人,冬天冻死人。"

丁克秀说:"到时也给你一孔窑洞,做产房。"

孟丽萍羞涩道:"嫂子,你又开我玩笑了。"

几口窑洞经过粉刷,居然像模像样。每间窑洞里,并列着两张土炕台子,中间是一条仅容一人的一个过道。在窑洞最里端,掘进了一个月牙形的平台,平台上可以堆放一些器具物品。再把医院带的"红十字"白布门帘挂上,俨然一个正规的医院了。

这时,赵义勇不请自到,看了看窑洞,欣慰道:"来看看茫崖医院第二门诊部进展如何呢,嗯,粉刷一新,不错不错,比帐篷里住着还舒服,只是茫崖地区怀孕的也才两个人嘛,六孔窑洞怎么住的了呢。"

丁克秀一听"第二门诊部"几个字,心里一惊,有人要摘果子了,赶紧申明道:"赵院长,我是建妇产科,妇产科可并不仅仅是生孩子,现在那么多女职工,卫生条件又不好,很多都有妇科病,帐篷医院男女混住,那怎么能行。你就别打我的主意了。"

赵义勇说:"理解,理解,不多借,三孔,就三孔,你也看见了,几顶帐篷医院都住满了病号,我也是没得办法啊。"

丁克秀一声叹息,说:"那好吧,就三孔。"

葛先华果真被何满江"押送"回了茫崖,帐篷里黑咕隆咚,似乎停电了。葛先华疑惑地看看其他帐篷,有电。两人摸黑进了帐篷,突然,电灯亮了起来。小桌子上,放着一个蛋糕。蛋糕上两个红色的圆心交织在一起,还插了两根蜡烛。感谢苏联专家,他们撤走时剩下的蛋糕此时派上了用场。正纳闷,身后响起掌声。邢秀丽、丁克秀、陈启仁从帐篷外边走了进来。

何满江点点人头,问:"小孟呢?"

邢秀丽说:"在外边呢,先华得出去把她接回来啊。"

葛先华转身出去，孟丽萍就站在门外……

茫崖，张天翼办公室。

帐篷里聚着刘振峰、何满江、陈启仁、葛先华等十几个人。张天翼刚从柴旦跟局里汇报回来，结合近期冷湖的战况，局里已经明确：集中力量，猛攻冷湖！

张天翼说："我的意见是，在茫崖地区留少量钻机外，把所有钻机集中到冷湖探区,其中38部钻机集中到冷湖五号构造,力争尽早控制一定的含油面积,拿下储量后，再逐个钻探其他构造！"

张天翼问何满江："老何，你已经动作了多少部钻机？"何满江答道："我已经移过去22部，随后还有8部。"张天翼又问陈启仁："老陈，你呢？"陈启仁道："我已经移过去5部，随后还有7部。"张天翼说："茫崖地区只留下5部，其余的全部挥师冷湖，打响冷湖大会战。"

大家异口同声道："是！"

即将出发，何满江对挺着大肚子的邢秀丽突然儿女情长起来，估计这次去冷湖，可能一时半会回不了茫崖。邢秀丽"呵呵"一笑，说："怎么了，婆婆妈妈的，你以前不是提上行李就走，一个招呼都不打吗，我已经习惯了。"何满江不好意思，说："现在也不是跟你一个人打招呼啊。"邢秀丽摸着鼓胀的肚子，说："走就走吧，肚子里的也听不见。"

何满江说："生了，给我捎个信……"

陈启仁去了窑洞医院。掀开门帘，丁克秀正在忙碌。陈启仁赶紧退了出来。病人看见了，向丁克秀使眼色。丁克秀一手叉腰，走出窑洞。陈启仁说："你都这个样子了，还在忙啊。"

丁克秀说："这么多病号，不忙行吗？"

陈启仁连忙搀着她的胳膊，说："小心点。"

两人坐在窑洞山顶，看着眼前一片白帆点点的帐篷城，几分惆怅。在这里住了好几年，真还没有好好欣赏过茫崖帐篷城的模样。居高临下，茫崖帐篷城尽收眼底，感觉还真不错。当然，最主要是有了情感，寄托过梦想，有了根魂，自觉亲切。特别是这里每一寸土地都有他们流下的汗水，有他们的体温，有他们的欢笑和眼泪，还有他们的恋爱、新婚和梦想，所以，茫崖对他们是别具一格的滋味在心头。

丁克秀敏感地问道:"是不是要大搬迁了啊?"

陈启仁说:"已经确定了,你说人也怪啊,即使是这戈壁滩,住久了,也就有了家的感觉,突然要走,还真有点舍不得呢。"

丁克秀说:"搞石油的就这命,习惯了。"

葛先华回到帐篷,不见孟丽萍,桌子上留着一封书信。葛先华展开一看,是孟丽萍留下的。孟丽萍依然称呼他为葛处长——

葛处长,油泉子炼油厂出故障,来不及告诉你,我得马上去。

我知道你又要猛攻冷湖去了。去吧。这是工作,也是职责。

我会照顾好自己的,你放心。你也多保重身体,按时吃饭,你的胃不好,记得按时吃药。

嫂子们都即将临产,你们全走了,不过别担心,我会好好照顾她们的。

想你的时候,我会给你写日记,要是太忙了,我就做梦,在梦里我们相见吧。呵呵。

想你的小孟

葛先华看到最后,忍不住想笑,又想哭,赶紧找了纸笔,也留下一封书信。葛先华依然称呼她小孟——

小孟,我即出发。

猛攻冷湖,最早是我之建议。千军万马挥师冷湖,即是践我之梦想。

我不会说话,是我之本性。我生命之唯一,即是与地层对话。跟它们对话,我感觉奇趣无穷、幸福无比。

此次一别,或许几月才能相见。或许,那时大家都搬离茫崖,去了冷湖。

嫂子们你得要悉心照顾,她们即将诞生的不仅仅是他们之儿女,也是柴达木第二代,意义重大。

别之 葛

第十二章
面朝冷湖

石油，滚烫而又灼烈

带着地球最深处的情感和体温

它用储存太久的渴望和等待

点燃了茫崖所有的激情和憧憬

柴达木是安放青春的祭台也是精神圣地

天下的婚礼并不都是在笑声中完成的

也并不一定都会在神示的诺言中走向永恒

爱在这里开放，也在这里死亡

荒原无碑，碑就是荒原

124

黑山巍峨。冷湖水碧蓝如玉，倒映着蓝天上朵朵白云。几辆吉普车在戈壁上疾驰。车后腾起一股灰尘。石油部部长余秋里来到柴达木，来到冷湖。他好奇地打量着这片高天流云下的土地。

车队到达冷湖营地，早有局长、张天翼、刘振峰、何满江、陈启仁、葛先华等一行在翘首以待。车一停下，余秋里部长和康世恩副部长等一行人便从车上下来。人们赶紧迎了上去。

余秋里部长下车，四处张望，看了看眼前的黑山和碧水，感慨道："冷湖这地方景色还不错啊，有山有水，现在还有油。"局长说："欢迎余部长视察！"余秋里说："我们这次来可不是游山玩水的，这次来，就是对柴达木勘探方向进行战略调整啊！"

简易的帐篷会议室里，余秋里认真听着局长的工作汇报，时而思索，时而插话。听了工作汇报，他高兴地肯定了大家的超前思维和行动迅速。同时，又强调道："调整部署，就是暂时收缩茫崖等地区的钻探，集中力量加速冷湖地区的勘探，拿下冷湖油田，扩大面积，准备储量，为柴达木石油工业大发展打下基础！"

康世恩说："这，就是我们发动猛攻冷湖的号令啊！"

眼见到了午餐到了饭点，余秋里说："就不坐着吃饭了，车上带两个馒头，我要看看你们的井队，要看看你们的茫崖城啊。"张天翼赶紧吩咐炊事人员端来一盆子馒头。余秋里抓起一个，啃了一口，眉头一皱，说："馒头蒸不熟啊。"康世恩问："这里海拔多高啊？"

张天翼道："2800 米。"

余秋里说："哦，这么高，离天很近啊，同志们在这里辛苦了。"

张天翼说:"我们不争(蒸)馒头争(蒸)口气,先找到油再说。"

何满江赶紧叫炊事人员去拿瓶油泼辣子来,说:"给馒头里边夹点辣子,就感觉不到黏牙了。"说罢,将夹好辣子的馒头分别递给余秋里和康世恩。余秋里吃了一口,说:"嗯,这个好!"

手拿馒头,几人上了车。汽车向一处井架疾驰而去。何卒从钻井平台上一看,来了七八辆车,赶紧下了平台。余秋里一下车就径直走向井架。他察看了钻井情况,问:"多少米了?"何卒一挺胸,朗声道:"钻井队队长何卒报告首长,这口井目前钻进540米。"

余秋里点点头,说:"一看就是五十七师的。"何满江接话道:"五十七师一团警卫连。"余秋里看着何满江,说:"你的兵?"何满江点点头。余秋里问道:"你们有什么困难?"何卒大声道:"报告首长,没有困难!"余秋里问:"真的没有困难?"何卒眼睛余光扫视了一下张天翼、何满江等人,随即答道:"有!"余秋里说:"说说。"何卒说:"馒头黏牙。"余秋里说:"哦,夹上辣子就好点呢,还有吗?"

何卒道:"蚊子太多,解大手屁股受不了。"

人们"哈哈"大笑起来。余秋里说:"我晓得,戈壁滩上的蚊子要命呢,解一次大手,屁股受罪。"何卒说:"一巴掌下去,36只。"余秋里又问:"工作上还有困难吗?"何卒大声道:"天大的困难也不怕!"

余秋里说:"好!有你们这股子英雄气,冷湖油田指日可待!"

上车时,余秋里对张天翼说:"两件事,一是解决馒头黏牙的问题,二是我从外边联系,给你们调进来一批清凉油,一人发一盒!"

张天翼道:"是!"

汽车驶向另一支钻井队。陈兵正在组织工人抢装井架,几十个人喊起震天响的号子声,人拉肩扛将井架竖了起来。余秋里跟工人们一一握手。陈兵大声道:"欢迎首长视察。"余秋里问:"井队从哪里搬迁过来的啊?"陈兵道:"茫崖探区!"余秋里问:"搬迁花了多少时间?"陈兵说:"三天。"余秋里问:"有什么困难没有?"陈兵说:"没有!"

余秋里又问:"真没有?"

陈兵回答:"真没有,我们只想拼命干、连轴转,早日打出大油田!"

余秋里点点头。

汽车驶向茫崖城。远处万人帐篷城早已亮起万盏灯火。康世恩说:"这真是天上人间啊。"张天翼说:"帐篷城的历史使命即将结束。"康世恩说:"下一步建设冷湖基地,就要着眼长远,考虑建设土坯房、砖房或者楼房了。"张天翼说:"我们也是这样规划的。"

汽车路过窑洞医院,余秋里见山坡上有隐隐约约的灯光,便问:"那里是什么啊?"局长说:"窑洞医院。"余秋里惊奇地"哦"了一声,说:"上去看看。"局长劝说太晚了,路不好走。余秋里说:"也得去看看!"

借着手电光,余秋里爬上山坡的窑洞医院。听见有人声,丁克秀撩开门帘,从里边走出来,问:"谁啊?"余秋里借着手电光一看,说:"哟,还是一个孕妇?"张天翼赶紧介绍道:"余部长,这几孔窑洞就是这个丁大夫挖的。"丁克秀握住余秋里的手,说:"欢迎余部长视察我们的窑洞医院。"余秋里感动了,声音发涩,说:"你们真不容易啊。"

丁克秀说:"帐篷医院比较紧张,原本想在这里设置妇产科的,后来又被医院征用了。"余秋里钻进窑洞医院看了看,说:"柴达木的艰苦出乎外界的想象啊。"丁克秀说:"看起来是很苦,但是我们都有一个梦想,心中有梦就不觉得苦了。"

余秋里问:"什么梦想?"

丁克秀说:"建设大油田。"

余秋里点点头,说:"是啊,有梦想,有追求,再苦也是甜。"说罢,又问丁克秀道:"柴达木第二代石油人即将诞生了啊,几月份?"丁克秀说:"下个月。"余秋里说:"好,我提前祝贺你啊!"

茫崖城里连夜组织召开干部大会,发起猛攻冷湖的动员令。

会议室里,人们齐聚一堂。领导的动员令经过高音喇叭传出,整个茫崖城都萦绕着康世恩讲话的声音。康世恩讲道:"柴达木必须要多喷油,油多才能更好地解决问题……,以猛攻冷湖为中心,展开柴达木石油工业大跃进,带动各方面大跃进……,倾家荡产猛攻冷湖,愈快愈好,现在就做,不能犹豫。你们要调出最好的井队、最好的设备,大干冷湖……,大中小钻一齐来,猛力铺开大战场……"

会议室里响起热烈的掌声。

丁克秀坐在窑洞医院的山头上,也能清楚地听见高音喇叭里的声音:"局机关也要考虑转到冷湖地区,要靠前指挥……要苦干三年,打下冷湖来,只能胜不能败。我们眼前也许有这样那样的困难,但都只有通过发展来解决!冷湖打下来了,一切困难都可以克服掉……"

丁克秀自言自语道:"又要大搬迁了。"

125

在冷湖。井架高高竖立在五号构造的山坡上。

大干快上,钻机日夜轰鸣,钻井工人24小时不停班。何满江查看了现场,强烈地预感到地底下有油。有时候第六感比科学认证还精准。他对何卒说:"小卒子啊,你得要打好'地中8井'啊,我总觉得这下面是一个大大的油田呢。"何卒高兴地说:"你放心,要是大油田,我一定给它戳个大窟窿,让原油'哗啦啦'直淌!"

何满江说:"那我就看你的了!"

一语成谶。就在夜里,"地中8井"突然井喷失火。大火卷着十几米高的火舌,几分钟就将井架融化在火焰里。几十米高的火焰,映红了戈壁半边天。何满江从睡梦里惊醒,冲出帐篷,抱起水龙头,只身就扑进火海。工人们已被眼前情形吓得目瞪口呆,一见何满江扑进了火海,也如咆哮的狮子一样,抱起水龙头、灭火器,扑了进去。

火势太大,十几米之外都热浪翻滚。人扑进去,被热浪推回来;再扑进去,再被热浪推回来。何满江的眉毛都被大火燎没了,他大声吼道:"扑不进去了,快把井口的设备搬开,能挽救多少是多少!"

远处,消防车鸣着警笛呼啸而来。张天翼从消防车上跳下来,见到何满江就劈头盖脸一顿吼:"何满江,你他妈的是怎么干的?刚刚戳在油窟窿上,你又一把大火把它烧光了!老子真想毙掉你!"

何满江脸上铁青,大声回应道:"枪毙我也等我把火灭掉再说!"说罢,抱起水龙头,又冲了过去。

一直到天亮,大伙仍在燃烧。何满江再次组织"敢死队"扑火,他眼睛发红,像一头暴怒的狮子,用嘶哑的嗓音高声喊道:"有种的,跟老子上!我死了,你们就地一埋,继续上!"十几个队员高声喊道:"我们跟你上!死了就地埋!"

队员举着铁板一步步逼退火焰。后面的人扛起沙袋、水泥往里推进。火焰几分钟就烤红了铁板。人们不得不退了出来。

张天翼紧急调动全局的救援力量,几百人参与灭火……

当火焰熄灭的瞬间,何满江头重脚轻,直愣愣栽倒在地。

126

茫崖帐篷里。邢秀丽坐下又站起来,站起来又坐下,心神不宁。丁克秀说:"你这是临产综合症啊。"邢秀丽摇摇头,说:"预感不好,心慌,坐不住,也站不住。"丁克秀有些疑虑,掐算时间还有半个月啊,问:"难道妊娠提前了吗?"

邢秀丽摸着肚子,说:"不像,肚子里没跳,但眼皮老跳。"

丁克秀说:"没事,我去给你兑一杯葡萄糖水。"

两天后,邢秀丽和丁克秀住进了窑洞妇产医院。邢秀丽躺在坚硬的泥床上,捂着疼痛的肚子,冷汗直冒。丁克秀也是满脸痛苦的表情。俗话说生死生死,真是生连着死。丁克秀说:"嫂子,你要忍不住,就叫出声来,好受一些。"阵痛过后,邢秀丽平静下来,说:"这真是折磨人啊,真希望老何在身边。"

丁克秀想说什么,又忍住了,她知道了冷湖井喷着火的事,但不敢说。她安慰道:"别指望男人们能回来站在身边了,你就忍着吧,也许疼你三五天呢。"邢秀丽说:"哎呀,呀,早知这么痛苦,就不要了。"丁克秀说:"不要啊,你早干什么去了啊。"

邢秀丽忍不住又笑起来。

127

冷湖临时帐篷医院。何满江手背上吊着液体。

陈曼坐在病床边,疲惫不堪,眼皮沉重地往下合,最后一头倒在床边,睡了过去。何满江头上缠着绷带，脸上东一块、西一块被烫掉的皮起着水泡，眉毛、睫毛都烧没了。突然，他的眼皮动了一下，又一下，最后，慢慢地睁开眼睛。何满江看着冒着气泡的液体瓶，突然想起了什么，拔掉针就往外跑。陈曼被惊醒，死死拽住了他。

何满江喊道："我怎么在这里，我不是在救火吗？"

陈曼说："都三天两夜了，你现在才醒，真是谢天谢地啊。"

何满江说："你说大火烧了三天两夜？"

陈曼说："大火也烧了三天两夜，你也昏迷了三天两夜。"

何满江这才彻底明白过来，铁打不垮的汉子双眼泪雨滂沱。陈曼说："先别管工作上的事了，把身体养好再说。"何满江看着疲惫的陈曼，问："你怎么来冷湖了？"陈曼回道："办公室随领导先搬过来了，你醒来就好，张副局长他们都来过好几次了。"

何满江感激地拍拍陈曼的手。陈曼像触电一样将手缩回。

何满江说："我要去现场，找辆车！"

到了"地中8井"。何满江走下吉普车，井口一片焦黑，身子便筛糠似的颤抖起来，最后，他双膝一软，跪了下去。何卒赶紧搀扶起何满江，哭着说："都是我的责任，我该死啊！"何满江看着那焦黑的土地，目光慢慢变得坚硬起来，说："现在还不到死的时候，这样死太窝囊，我何满江不是这个死法！"

何卒惊恐地看着何满江。

何满江转身对司机说："走！去机关！"

何满江头缠绷带，像一头发怒的狮子闯进张天翼的办公室。张天翼被惊得站了起来，一看是何满江，故意道："以为你没脸醒过来呢！"何满江将巴掌拍在桌子上，大声道："既然阎王老爷都不收我，就再给我一次机会！"张天翼嘿嘿一声冷笑，说："你还想绝地而后生啊！你知道你造成多大的损失吗？"

何满江垂下头，说："我知道，遭千刀万剐也不为过，但我还是求求你，再给我一次机会，再不成，我把脑袋割下来送你当皮球踢！"

张天翼也在屋子里狂乱地转着圈，倒着满腹苦水，他说："再给你来一次？他妈的，眼看着戳出了油，你他娘的一把火把全局几万人的希望都给烧没了啊！我没有权利再给你机会了，全局职工也不会答应！你是罪人，冷湖的罪人！你还是回去好生养病，等候处理吧！"

不管张天翼言语如何刺激，何满江依旧不依不饶，道："这全局一年大大小小不也好几把火吗？战场上不还讲一个戴罪立功吗？好，你没有权利，我不是现在还没有被免职吗？我还是钻井处副处长，冷湖地区钻探大队大队长，是吗？"

何满江"唰"地转身，摔门而出。

张天翼在身后喊道："何——满——江——，你不能胡来！"

128

何满江带着何卒在冷湖五号地区上上下下跑了好几遍。他跟着魔一般，也像是在赌气。他就觉得，分明就看见了脚底下一个大油湖，怎么没端在手上就泼出去了呢？他不服气，他要用所有的运气甚至生命再赌一把。

何满江指着不远处一处凹陷，呆呆地看了半天，问何卒："那地方像个什么？"何卒也看了半天，但答不出来。何满江生气地说："一把火把你烧成猪脑子了啊，那是只装油的簸箕嘛！给老子，我们就用那只簸箕来装油！"

何卒不解地"哦"了一声。何满江说："给老子，有没有种再戳一下！"

何卒终于明白过来，大声道："有！"

何满江说："你马上去拉个新井架，今晚就给老子竖起来！"

何卒响亮地回答道："是！"

刘振峰得知了消息，赶紧找到副局长张天翼。刘振峰说："老何疯了，非要启用新井架，给不给？"张天翼沉默了半天，说："这头牛已经输红了眼，我们都晓得他的个性啊，不达目的不罢休哟。"

刘振峰脑子一转，说："我明白了。"

就在间隔"地中8井"不远的地方，何满江连夜又布了一口井，叫"地中4井"。崭新的井架一夜就竖了起来。井队值班室里，何满江对何卒一再交代道："老子背时走鳖运，这次就不上井架，就站在这里看，你小卒子胆敢再断我的后路，老子先要你的命！"何卒说："我们都是死人堆里爬出来的，命不命早就无所谓，关键我要给你戳出油来！"

何满江一拳擂在何卒肩膀上，说："一锤子买卖，去吧！"

何卒小跑出了值班室，奔向井架。何满江坐在凳子上，身子笔直，眼睛一眨不眨地盯着窗外的井架，耳朵雷达似的探听着钻机的喘息。他面前的烟灰缸里，挤满了密密麻麻的烟头。

晨昏交替，日升月落。

何满江坐在凳子上，身子笔直，眼睛一眨不眨地盯着窗外的井架，耳朵雷达似的探听着钻机的喘息。烟头满过了烟灰缸，满桌子都是。

日升月落，晨昏交替。

何满江坐在凳子上，身子笔直，眼睛一眨不眨地盯着窗外的井架，耳朵雷达似的探听着钻机的喘息。烟头满桌子都是，地上也是。

晨昏交替，日升月落。

何满江坐在凳子上，身子笔直，眼睛一眨不眨地盯着窗外的井架，耳朵雷达似的探听着钻机的喘息。突然，有人喊起来："井喷了！井喷了！出油了！出油了！"

何满江想站起身，几次努力都没成功，坐姿已经僵硬。

何卒跌跌撞撞飞奔进值班室。

何满江又一头栽了下去……

129

茫崖，窑洞医院。

一声婴儿的啼哭，从窑洞传出，回旋在戈壁空寂的天空，格外嘹亮。不多久，又一声婴儿的啼哭，传出窑洞……

130

"地中4井"这边，人们连忙掐何满江的人中，又是灌水，折腾了好半天，他才慢慢苏醒过来。等他的身子活泛过来，纵步出了帐篷，只见"地中4井"

黑色的原油冲天而起，在方圆几百米的范围内形成油雨。原油滚滚而下，流进簸箕，再汪洋奔泻而去。

何满江双膝跪地，长歌当哭："老天有眼，天不灭我何满江啊！"

何卒也泪水长流："真是个油簸箕啊，油多得簸箕都装不下了啊。"

何满江擦干眼泪，大声道："快，堵油！不能让原油白白溜掉！"

井场几十号人员，背起沙袋、水泥，"扑通扑通"就跳进油海，将沙袋堵在决口处。张天翼闻讯大喜，带领机关人员迅速抵达现场。一场几百人的夺油大战，在大家激动、兴奋的表情中争分夺秒地进行着。几个小时过去，井口流程安装完毕，喷薄的油雨瞬时消散。"簸箕"里的原油，也被筑起的长堤围住，形成一个大油湖。

一辆辆卡车满载着人，奔袭而来。

人们站在油湖边，欢呼着，跳跃着，笑着，哭着，喊着……

张天翼从油海里一把拽出何满江，捡起一把干净的棉纱，心痛地给他擦拭着满脸的原油。闻斌举起相机，"咔嚓"一声定格成历史照片。那张照片里的油塑形象，是诠释柴达木石油精神最早的图腾。

何满江终于笑了，他的眼睛里幻化出一座纪念碑——"地中4井"纪念碑，巍峨高耸！碑上刻文：

英雄地中四，美名天下扬；

东风浩荡时，油龙逐浪飞。

131

茫崖窑洞医院。邢秀丽和丁克秀前后间隔不到半个小时生产了，瓜熟蒂落，邢秀丽生了个儿子，丁克秀生了个女儿。两个人在窑洞门口眺望着冷湖方向，多么想孩子的父亲能回到身边啊。

邢秀丽说："都好几天了，我们还没有给孩子取个名字呢。"

丁克秀说："叫他们的父亲授名吧，这是做父亲的专利。"

这时，孟丽萍走进窑洞，她提来一罐鸡汤，脸上笑容灿烂。邢秀丽一看，就知道有什么喜事。孟丽萍给两位嫂子一人盛了一碗鸡汤，然后才从衣袋里取出一张《柴达木石油报》,说:"好事啊,你们自己看呗!"

邢秀丽急忙展开报纸,只见报纸头版加粗一号的标题:沉睡戈壁一夜醒,冷湖惊现大油田。副标题是:"冷湖五号构造'地中4井'日喷原油800吨",并配发一张大照片:张天翼给何满江擦拭满脸原油的镜头。

邢秀丽鼻子一酸,泪水便流了下来。丁克秀不解,连忙夺过报纸,目光一扫,鼻翼翕动,泪水也忍不住夺眶而出。怀里的孩子,眼睛直愣愣地盯着各自的妈妈。孟丽萍说:"看把你们高兴的,再看看,孩子们也上了报纸呢。"

在冷湖某钻井现场。何满江打开报纸,看了头版"地中4井"喷油的新闻后,目光移到四版,眼神就像被钉住了似的一动不动。四版消息:"茫崖窑洞医院诞生第二代柴达木石油人……"

何满江高兴地挥舞着报纸:"天不灭我何满江啊!"

几个工人围上去,抢着报纸看。

何满江去冷湖机关的路上,意气风发,见人就打着招呼,满脸掩藏不住的喜悦。他大步流星,推开张天翼的办公室。张天翼故意板着脸,说:"来领处分心情还倍儿爽啊?"何满江"哈哈"一笑,说:"处分算啥,只要不开除我回老家扛锄头就行。"张天翼把刚出来的文件扔给何满江。

何满江扫了一眼,说:"记大过,预料之外啊,还以为降级降职呢。"

其实在开会讨论"地中8井"生产事故的时候,很多人都建议给何满江降级降职处分,更有甚者提出"开除、留用察看"处分!在会上,主管钻井板块的副局长张天翼据理力争,虽然功不抵过,但也罪不至死,最后才给了一个记大过!会议上的唇枪舌剑早从小道溜出,何满江已有听闻,所以,他感谢老领导的仗义执言。

何满江"嘿嘿"一乐,说道:"老领导啊,你想叫我哭吗?可是我找不到眼泪,眼泪都已流干了啊。"张天翼这才笑道:"是啊,你找不到眼泪了,你老婆还给你生了儿子了呢。"何满江说:"天不灭我何满江,江山代有才人出,等儿子长大了,也叫他干钻井!"

张天翼端过一杯水,问:"取了个啥名啊?"何满江说:"我就在琢磨呢,这是一个红旗高举的年代,我要是生一串孩子啊,就挨个取名"高举红旗",多带劲啊!"张天翼"哈哈"大笑,说:"准你三天假,滚回茫崖去。"何满江说:"不回。"张天翼问:"咋啦?"何满江说:"忙着呢,哪有时间啊,再说了,我知道生了个儿子不就行了嘛。"张天翼正色道:"快滚回去,这次回去就是最后看一眼茫崖了,再想看,不在了。"

何满江"哦"了一声,说:"那我得回去跟茫崖告个别。"

132

吉普车在茫崖广场上刚一停稳,何满江就跑步回帐篷。邢秀丽吓了一跳,说:"以为土匪进家了呢。"何满江从邢秀丽怀里抢过孩子,就用胡须去扎。邢秀丽一把拉开,说:"刚满月的孩子,能扎嘛!"

何满江"嘿嘿"笑着,又跑到隔壁间陈启仁家。陈启仁也是前脚刚回家。何满江直乐,说:"看看未来的儿媳妇长得啥样。"何满江抱起孩子,看了看,说:"嗯,长得不赖,老陈啊,咱们今天就定下了,让你闺女嫁给我儿子啊,咱们既做兄弟,又当儿女亲家,这就叫亲上加亲啊!"

陈启仁笑笑,说:"我怕我女儿受不了你那狗熊脾气呢。"

何满江"嘿嘿"一笑,说:"不会的,不会的,我把她当自家闺女疼。"

何满江和陈启仁这次刚好赶上孩子满月,难得一次团聚,而此次作别,茫崖也将不在了。张成武爆炒了一盘葱爆羊肉,端了一盘黄豆煨猪蹄、一盘凉拌木耳、一盘花生米,又用两根筷子串了馒头,乐呵呵地拿了进来。他又从裤袋里摸出一瓶酒,没有商标,是散酒,并一再解释道:"只找到这点东西了。"何满江说:"老张辛苦你了,这些东西从我饭卡上记账。"

张成武拍拍手,道:"我请客了。"

这时,邢秀丽才发现何满江的眉毛只是一绺浅浅的毛根,脸上还有些疤痕,总觉得好像哪里有问题,疑问道:"被火烧了啊?"大家都不吭声。邢秀丽说:"你们都知道啊,就对我藏着掖着?"

丁克秀说:"不是担心你生产嘛,那天刚好生产。"邢秀丽说:"那生产过后咋还不告诉我呢。"丁克秀说:"那不是已经过去了嘛,也用不着告诉了。"邢秀丽气得一屁股坐在床上,说:"我就说那天咋那么心慌呢,你们都是坏人,坏人!"说罢,一把拽过何满江,又细看起来。

何满江说:"又没有缺胳膊少腿的,担心个啥啊。"

陈启仁斟上酒,说:"好了好了,都过去了,我们都干一杯,庆祝孩子在柴达木诞生,有了他们,我们干起来就更有劲头了!"三杯酒下肚,何满江问陈启仁:"给闺女起名字了吗?"陈启仁说:"在青海出生,就叫陈青吧,再有一个孩子,就叫陈海。"何满江"哈哈"大笑,说:"我要生一个班,高举红旗,这小子啊,就叫何高,以此类推。"

酒后,陈启仁说:"听说要大庆会战了。"

何满江说:"我也听说了。"

陈启仁说问:"你的打算呢?"

何满江说:"说实在话,我是第一波带队进来的,虽然苦,可还是有感情,我哪里也不去,就在柴达木扎根了,你呢?"

陈启仁说:"我跟你的想法一样,哪儿也不去,生是柴达木的人,死做柴达木的鬼,这一辈子,就一锤子砸在这戈壁滩了!"

两人"哈哈"大笑。

133

北京。国家计委。

康世恩副部长带着张天翼副局长到国家计委汇报柴达木石油勘探和生产情况。国家计委贾主任,神色严肃地听着汇报,认真记录。

张天翼说:"柴达木现存四大问题:一是钻井速度缓慢,二是生产消费高,三是物资材料价格贵,四是人工成本大……"

贾主任抬起头,扫了一眼张天翼。张天翼又说:"从钻速来说,去年月均是300米,今年下滑更厉害,目前是129米……,单位成本,去年是每米966元,今年狠抓了一下,每米是848元……"

贾主任又扫了一眼张天翼。张天翼感觉额头直冒汗,擦了一把,继续汇报道:"成本居高不下的原因是,交通不便,运输成本高;盆地里环境恶劣……"贾主任越听眉头皱得越紧,最后干脆不做记录,直愣愣地看着张天翼。张天翼突然感觉气氛不对头,停了下来。

贾主任问道:"你们下一步计划呢?"

张天翼看看康世恩副部长,说:"我们在冷湖地区发现了大油田,刚打出的一口'地中4井',日喷原油800吨,这在全国都是高产油井……"

贾主任眉头闪了一下,说:"就这样吧,我再向国务院汇报。"

134

张天翼回到冷湖,站在大戈壁上,任由戈壁风狂吹,掀起额头的缕缕乱发。他一根接一根地抽着烟,脑海里总是浮现刚接到康世恩副部长转接过来的紧急通知。

主管工业的国务院副总理邓小平说:"……成本那么高,条件那么艰苦,我们现在支撑不起那么大个摊子哟……,即使油再多,我们也要撤下来,等条件好了再上!"

张天翼自言自语道:"撤?撤!"

张天翼眼望着冷湖苍茫的大戈壁,鼻翼抽动,泪花闪烁。

但,这就是国家最高层的指令,不可违背,即便心中一千个不愿意,一万个不舍,也必须服从国家指令。局里紧急召开副局级以上班子会。人们争吵着,脸红脖子粗,剑拔弩张。局长拍了一下桌子,说:"吵!吵有什么用!我们这会议开了一整天了,谁说说具体办法,啊?"

一个领导站起来,说:"我就想不通,怎么能说撤就撤,我们这几万人吃了多少苦,受了多少罪,谁都不会答应的!"

另一领导说:"这是国家指令,胳膊拗得过大腿吗?"

……

张天翼一直没有吭声,只是一个劲儿地抽烟。

局长问:"天翼副局长,你呢,怎么不说话?"

张天翼这才说:"大家说的都有理,关键现在不是讨论撤与不撤的问题,而是要讨论我们当下应该做些什么的问题。要说撤,当然也不可能全撤,我们的战旗不能倒,柴达木石油工业的火种不能灭!"

张天翼停下来,看了看大家。

局长说:"你继续。"

张天翼说:"我们可以主动做的还有三步棋,一是向青海省委、向石油部请示,给柴达木留下火种;二是积极开展降本活动,能挤出多少是多少,能降多少是多少,减轻国家负担;三,可能就要割肉了……"

人们都紧张地盯着张天翼。张天翼说:"割肉就是降工资!"

有些人点头,有些人摇头。

局长看看表,说:"散会!"

局长和张天翼走在冷风凄凄的冷湖大街上,两人良久无语,孤独的脚掌声敲打着沙地,"沙沙沙",似冷雨落下。局长一声叹息,说:"天翼啊,你说的第三步棋,我认真想了想,确实再别无他法了?"

张天翼说:"真要想保下柴达木石油的火种,只有从自己身上下刀子了,要割肉放血啊。"局长说:"休克疗法,慢慢冷冻着,等待死而后生?"张天翼说:"局长,我只有如此下策了。"局长说:"有总比没有强啊。"

再次召开会议,局机关的板房会议室里烟雾缭绕,人们又重复着前一日的争吵,公说公有理,婆说婆有理,不可开交。局长似听非听,看了一眼张天翼,张天翼点点头。局长咳嗽一声,会议室里鸦雀无声。

局长说:"刮骨疗伤的时刻到了,这世界没有神仙皇帝,也没有救世主,要想保住柴达木石油这枚火种,我们别无选择。"

人们惊讶地看着局长。

局长扫视了一眼大伙儿,深情道:"我理解大家的心情,这戈壁滩,鸟都不下蛋,一走三步喘,不是什么好地方。可是,我们在座的,还有目前依然奋战在井队、野外各个行业的干部职工们,对这片土地都是有感情的。试想啊,有石油师的战士们义无反顾地挺进这片土地,有那么多地质专家、学者,不计任何报酬,无怨无悔走上这片高原,有全国各地的大学生、中学生不等毕业就奔赴这片热土,还有那么多吃不饱饭、穿不暖衣的穷苦人,把一生的希望都寄托在这片土地……,他们,无论男人女人,无论老少,无论干部职工,没有一个人当逃兵,没有一个人闹待遇,在这片土地上,他们每一个人站立起来都是铁塔,都是丰碑啊。万人帐篷城的灯火,那是我们几万热血同志用激情和梦想点燃的希望之光,谁都不愿舍去那一份温暖,那一份希望。柴达木八百里瀚海，每一粒沙子里都有我们的血、我们的汗、我们的呼吸、我们的体温，天让我舍，我们也不愿舍啊！可是，你们知道吗，外边遭受了自然灾害，食不果腹，野菜、草根、树皮，甚至连泥巴都被当粮吃了。毛主席也降了自己的工资，他每个月才拿四百零四块八毛，可是，我们的工资是多少，我们的消耗是多少，我们的贡献又是多少啊？你们，扳着指头都给我算算。国家养不动我们了，国家都感觉承受不了。我们，几万人在这高原，吃喝拉撒睡，除了空气没有从几千里外运进来，哪一样不是高成本、高消耗，而我们的工作又是低效率、低回报啊。你们知道吗，我们这几万人，是国家的一个负担啊。孩子要奶吃，娘也没奶了……"

与会的人都低下了头，会议室里静默得似乎要爆炸一样。

局长说："同志们，这个会开了两天，我看也差不多了。到此结束吧。综合大家的讨论，我提出四点意见：一是狠抓生产不放手，二是勒紧裤带过日子，三是精简机构调人员，四是支援大庆做贡献。"

"散会！"

135

茫崖万人帐篷城，闪跳着迷离的灯火。

张天翼在中心广场转了转，冷风呼啸，周身寒彻。他紧了紧大衣，转身进了帐篷。何满江跟着敲开了张天翼的门。何满江还没有开口，张天翼就说："汇报工作的话就算了，今后再说吧。"

何满江的嘴巴张了张，又闭上了。张天翼说："既然来了也不白跑一趟啊，来，坐下喝两杯。"张天翼从挎包里摸出两包带壳花生，又从床底下摸出两瓶郎酒，摇着瓶子说："这还是去年过春节发的呢。"

何满江赶紧接过瓶子，找了两只缸子，"哐当哐当"倒上，说："好酒就得有人分享啊。"张天翼端起缸子，跟何满江碰了一下，两人一饮而尽。何满江正要开口，张天翼又说："今晚不谈工作，只喝酒！"

两人又碰了一杯。被张天翼堵了半天，何满江说："不谈工作谈我儿子行不。"张天翼说："就说你儿子！"何满江说："刚回来给儿子过了一个满月，老家有满月娃抓周的习俗，我就找出杂七杂八的东西，叫儿子抓，猜猜，小东西抓着什么了，他抓着一把扳手不放。扳手不就是当工人吗？嘿嘿，他妈的，都要散摊了，还当啥工人呢……"

夜深人静，两只酒瓶子空了，两人的心却堵满了。很多话不需要说出口，千言万语谁都懂。两个老战友，只有用酒抒情。铁血男儿，泪不轻流，但他们内心翻江倒海，苦水任流。

茫崖帐篷城开始搬迁，一栋栋帐篷渐次消失。茫崖空旷起来，就连广场中心电线杆上的高音喇叭也哑静了。万人帐篷城终于完成了自己的历史使命，它消失在柴达木人的记忆深处，柔软而又坚硬地存在着，顽固地长存于代代石油人的血脉和基因中。

该消失的就消失吧，因为冷湖在前。

临别茫崖前，三家人商议去一趟自流井，看看那片小树林，那是张师长送给他们的新婚礼物，也是张师长送给柴达木戈壁瀚海的一片绿色希望。再给树苗浇一次水吧，今后再来就难了，小树苗的生存就只看它们自己了，是活是死全看自己的造化。

三家人驱车到了自流井。何满江清点了树苗，成活了四十棵。这是柴达木难得的人工种植的树苗。陈启仁给小树苗浇着水，说："我们这一走，这四十来棵树就难以成林啊。"葛先华说："只要曾经种植过，记忆就不残缺了。"何满江叫邢秀丽把孩子抱过去，让孩子认认什么叫树，不然一辈子在柴达木，连树和葱都分辨不清了。

葛先华来时借了闻斌的照相机，提议三家人照一张合影。他安排大家排好队，将相机设置了自拍，说："你们都站好了，给我留一个位置。"他摁下快门赶紧跑回去，只听"咔嚓"一声，一张照片被定格。

136

何满江一手提着一个相框，一手提着一盆花，走在冷湖的大街上。他的眼前是一排一排红砖、黄泥土坯搭建的房子。远处，还有木板房和一些帐篷。杂乱，但毕竟有了家的味道。

他举起花盆闻了闻,是一株虞美人,花色正灿,香气扑鼻。有人跟他打招呼:"老何啊,啥花,看把你香的。"何满江大声道:"从敦煌带来的,虞美人,你看,多漂亮啊。"他转弯看见一群孩子在沙地上玩游戏,一个男孩和一个女孩,跑来抱着何满江两条腿。

男孩问道:"爸爸,你拿的是什么啊?"

女孩问道:"何爸爸,这是什么花啊?"

何满江说:"嗯,虞美人,好看吧?"

女孩说:"好看。"男孩说:"不好看。"女孩生气了,撅起小嘴。何满江朝男孩屁股轻轻一脚,说:"从小就都不知道怜香惜玉,快去玩,吃饭了叫你们。"两个孩子又跑回小伙伴那里,玩起游戏。何满江走到自己房门前,两手不落空,伸出脚"嘭"的一声踹开房门。

邢秀丽连忙过来接过花盆,说:"这下终于有门可踹了啊!"刚说完,花盆从她手上滑落,"嘭"的一声掉在地上,花盆破碎,虞美人也残缺不全。邢秀丽赶紧去捡,心碎地说:"接住了啊,怎么脱手了啊。"何满江说:"从敦煌几百公里带回来都好好的,你我交接之间就粉身碎骨了,哎,算啦,扫了扔了,碎碎平安嘛。"

何满江给在正厅左右的两边墙上各贴了一张柴达木勘探图和一张毛主席的画像,又找来榔头和钉子,将装在相框里的三家人在茫崖小树林照的合影照钉在正对门的墙上。从照片里看,何高刚好弯过脖子,只照了一个后脑勺。何满江审视着照片,开玩笑道:"美中不足啊,何高是不是不想面对这个世界呢,只给了一个后脑勺。"

邢秀丽看了看,说:"他在看身后的小树林呢。"

在冷湖,何满江和陈启仁都住进了红砖房。很挤,就两间房子,客厅还兼着卧室,孩子长大了都没处搁床。何满江说:"现在还是艰苦时期,盖不了大房子,凑合住吧,总比住帐篷强多了啊。再说,何高还小嘛,跟大人滚一张床也不碍事。"邢秀丽直起身,拍了拍肚皮,说:"假如还有一个呢?"

何满江跨步丈量了一下房间,说:"那就在厨房后边拉一道帘子,铺一张小床。"邢秀丽白了一眼,说:"老二要是生了,得送回老家去,我是带不了了。"何满江大大咧咧道:"放哪都行!"

陈启仁也刚好把相框钉在墙上，欣赏着。丁克秀看了看照片说："何高不理我们呢。"陈启仁说："都怪先华的摄影技术不行，等有机会再补照一张。"丁克秀说："你看陈青，瞪着大眼睛看什么呢？"

陈启仁说："她在好奇地打量这个世界呢。"

陈启仁说："趁年轻该再要一个孩子，老了再生，就带不动了。"丁克秀一愣，想说什么，又忍住了。这时，丁克秀突然干呕了一声，连忙捂住嘴巴跑进厨房去。陈启仁问道："怎么了，感冒了吗？"

葛先华没有孩子，按政策只能住在板房里，相框没有地方挂，就斜放在一个柜子上。葛先华看了看照片，说："你看，老何、老陈家都有孩子了，就我们还是怀里空空。"孟丽萍心想，当初干嘛去了呢。葛先华说："嗯，是得要加把劲了。"

以前在茫崖住帐篷，帐篷里掉根针都听得见，两人是知识分子，晚上基本没有房事活动。现在到冷湖住板房，大白天的，板房门一关，自成天地，说来就来，说干就干，两人累得满头大汗。葛先华歪着脑袋，给自己点了一根烟，体验着快活胜似神仙的感觉。孟丽萍满脸通红，说："今后别在家抽了，这板房空气不对流，对孩子不好。"

葛先华说："不是还没有孩子嘛。"

孟丽萍说："万一有了呢。"

葛先华说："有了，就戒。"孟丽萍说："要是个女孩我们就自己带，要是个男孩，就送回你家让你父母带吧。"葛先华说："为什么厚此薄彼啊？"孟丽萍说："女孩自己带，放心一点。男孩嘛，就放在大城市成长，让你父母教育培养，说不定又是一个清华生呢。"

葛先华"嘿嘿"一乐，道："听你的！"

何满江跟陈启仁是隔壁，共用一堵墙。他出门一跨步就到了陈启仁家。陈启仁两口子还在收拾着。何满江大声道："我们都搬了新家，晚上是不是该庆祝一下啊？"陈启仁说："乔迁新居，是得要喝两杯！"何满江看了看房屋布局，说："干脆把厨房打通算了，一家人做饭两家人吃，还能够腾出一间房子给孩子住呢。"陈启仁说："没意见。"丁克秀说："算了吧，你们是不是还没有住够帐篷，还想同居在一起啊。"

何满江、陈启仁忍不住"哈哈"大笑起来。

何满江说:"今晚上的开张饭就在我家做吧。"

陈启仁说:"把先华也叫过来。"

何满江说:"那当然!"

137

政策逐渐启动,整个队伍已经人心惶惶。人心不稳,队伍一下子就不好管理。管理跟不上,就会加剧生产事故的频发,真是牵一发而动全身。

何卒钻井队。交接班时,找不到大班司钻张二嘎子。上一个班的人开始骂娘,骂娘也不管用,干脆就将钻机停下了。何卒在值班房一听钻机停了,以为出了事故,连忙往井架冲。得知并没有事故,问清缘由,何卒大喊道:"张二嘎子!张二嘎子!你死在哪里去了!"

没有回应。何卒连忙冲向职工帐篷。帐篷里,张二嘎子在,他正带着几个人在玩牌。何卒喊了几嗓子,张二嘎子头也没抬,继续打牌。何卒怒道:"你们罢工啊!"

张二嘎子依旧不吭声,将手中的牌打完了才抬起头,不阴不阳地说:"怎么了,何大队长,你想打架吗?"何卒攥紧了拳头,气得两眼冒火。张二嘎子"唰"地站起来,比何卒高出一个头,挑逗道:"你打啊,你把我打倒啊!"何卒看看其他几个人,那几个人都不好意思,慢腾腾地出了帐篷。何卒这才盯着张二嘎子,一字一句地问道:"想造反?"

张二嘎子不紧不慢地给自己嘴角粘上一根弯弯曲曲的香烟,掏出火柴,"扑哧"一声划着,点着烟,朝何卒脸上喷了一口,说:"你拳头捏得发烫啊,我这张老脸痒痒着呢,你打啊,求求你,打呗!"

张二嘎子嘴巴刚一闭,何卒就一拳挥出。张二嘎子应声一个仰八叉,一颗断牙和着一口鲜血飞射了出去。他真没有想到何卒会动手,从地上爬起来,也一拳朝何卒面门飞过去。何卒早有防备,不躲不闪,一脚飞起,正中张二嘎子裆部。张二嘎子应声软了下去。

外边几个人听见里边的打斗声,正准备冲进去拉架,何卒在里边大喊一声:

"谁敢进来，滚！"外边几个人傻眼了，一个说："病猫终于发威了。"另一个说："错！这叫老虎不发威你以为是病猫！"两个人斗着嘴竟然也动了肝火，互撕着对方的衣襟，要大打出手。旁边一个说："你两个怂娃闲得蛋疼啊，你们是主演还是观众啊。"

两人这才松了手。

张二嘎子满脸扭曲着表情，好半天才痛苦地捂着裆部站起身。何卒也感觉是下脚重了，口气一软，说："你打我吧，我不还手。"张二嘎子阴阴地一笑，说："我不会打人，我去告你，要让你付出足够一辈子悔恨的代价！"何卒说："告去吧，大不了不当这个队长了。"张二嘎子说："你他妈的不长眼睛吗，大家都想着队伍要撤了，没心思干活呢，都想着队伍要撤了，你还逼着我们干什么干啊！"何卒说："不管队伍撤不撤，我在职一天，就要负责一天，做一天和尚也得要撞一天钟！"

张二嘎子说："得，你是共产党员，你等着瞧吧！"

其实，在陈兵钻井队也发生了稀奇事，该交班时找不到接班的人。陈兵撩开帐篷门帘，只见"干猴儿"等四五个人还窝在被窝里睡大觉。陈兵将"干猴儿"的被子一掀，"干猴儿"从床上弹了起来，揉揉眼睛，看清是陈兵后，又拢起被子躺下了，像不认识一样。陈兵"嗯"了一声，飞起一脚，朝"干猴儿"屁股上猛踹过去。"干猴儿"这才坐起来，报怨道："上啥班呢，大晚上的，连瞌睡都睡不好。"陈兵再飞来一脚，"干猴儿"大声道："别踹了！"

"干猴儿"长得标本似的，确实不经踹，陈兵抬起的飞腿僵住了。"干猴儿"这才说："我的大哥，都要撤摊子了，人们都想着去大庆呢，谁都不想在这戈壁滩干了。"陈兵满身的怒气一下泄掉了，问道："你听谁说的？""干猴儿"说："全都传遍了呢，你还蒙在鼓里吗？"

陈兵看看眼前几个人，问："你们都想着去大庆啊，就不干活了，就罢工了？""干猴儿"说："也不是罢工，就觉得干着没劲。"陈兵大吼一声："都给老子滚起来！""唰唰唰"，只见几个人连忙从被窝里弹了起来。陈兵说："你们都想去大庆啊，去享福啊，好啊，我告诉你们，你们胆敢旷工一分钟，老子不签字，我看你们谁去得了！"

几个人连忙穿上工衣，准备出门。陈兵又吼道："你们胆敢消极怠工，我先开除你们，让你们回老家种地去，还想去大庆呢！"

"干猴儿"吓得不轻，连声道："大哥，大哥……"

陈兵看见工人们干活依旧无精打采，心想，这事儿死逼硬迫根本解决不了问题，得赶快跟局里汇报，同时也打探一下局里的消息。于是，爬上一辆泥浆车，就往冷湖基地而去。

138

何卒心想自己这事儿闹大了，张二嘎子真要告状，自己身为干部，不被降职也会给个严重处分。他真希望张二嘎子也给自己一顿老拳来上几下，可这家伙就是不上当，也不上班，就蜷缩在帐篷外边晒太阳。

何卒说："你不是告状嘛，走，我陪你去冷湖告我。"张二嘎子一声阴笑："你先走吧，我随后就去。"何卒说："你真要告啊？"张二嘎子说："我球还疼呢，我肯定要告。"何卒说："既然这样，那我就先报名去大庆了，你告也白告。"张二嘎子说："你去大庆，我也跟着去大庆，在大庆也要把你告倒。"何卒气得没脾气了，说："好吧，算我倒霉。"

眼下，局里也开始大变动。局长站在窗前，狠狠地抽着烟，满脸愁云。张天翼推门而进。局长说："刚想找你呢。"说罢，将一份文件扔给张天翼。张天翼打开一看，是关于支援大庆会战的红头文件，于是说："支援大庆会战，这消息全油田都传遍了。"局长说："小道总是走得更快啊，下午班子会议正式传达。"

局长给张天翼扔了一根烟，似乎心事重重，半天才说："我，也要走了。"张天翼惊道："你要走？局长点点头。"张天翼问："去大庆？"局长摇摇头，说："组织上已经找我谈话了，去部里，近期就要交接工作，下一步谁来主持全局工作，部里自会安排。"

张天翼失望地"哦"了一声，说："天下没有不散的筵席啊。"局长说："我也是舍不得走，但咱是党的人，服从组织决定吧。"张天翼道："那也是，柴达木不会忘记你的。"局长话中有话地说："老张啊，你是主管生产的副局长，下一步啊，生产不能丢，生产要是丢了，柴达木就真的完蛋了。"张天翼说："放心吧，我不会把最后一点火种给弄灭的！"

局机关会议室气氛有些凝重，十来个班子成员都面色难看。张天翼原文宣读了文件，人们便交头接耳起来，乱哄哄的。

局长咳嗽一声，说："刚才传达了部里的文件，大家都听清楚了，部里要求全力支援大庆会战，而且还要抽调精兵强将，主要是钻井方面的领导干部和技术人员，带着设备走，去多少呢，三千五千、七千八千，都还减不了负。按照中央的战略调整和部里的意见，还要继续精简机构，压缩人员，估计啊，最后留下的班底人也就是三五千人咯。"

会议室里再次哄闹起来，所有人都有些惊讶。局长等大伙说得差不多了，又才说："是啊，三五千人，不及现有规模的一个零头啊，富余的人又都到哪里去啊？"大家面面相觑。局长说："这个恶人得有人当才行啊，我想啊，一是自行消减，该走的走，该撤的撤；二呢，就是行政手段了，该送的送……等条件好了，再接大家回来啊。"

大家都不吭声，气氛凝重。局长说："这是政治命令，不可抗拒啊。东北方面发现很好的构造，要全国支援，我们作为老油田责无旁贷，这是大局意识，不能打小算盘。还有就是既然国家已经命令柴达木要减负，减负就是减人、缩产、压投资，从这方面来说支援大庆也是件好事，最起码大批人不用回家种地去啊。"

大家又频频点头。局长看着张天翼，说："张副局长啊，你主管钻井板块的工作，你先谈谈想法。"

张天翼说："按文件要求，柴达木钻井只能留下十来支井队，既然这样，那就由刘振峰处长带队，带着几十支队伍去大庆支援大庆会战！"局长马上接话问道："下一步，钻井处处长人选呢？"

张天翼说："何满江、陈启仁都是副处长兼的大队长，两个人能力都不错。"局长说："你说具体点。"张天翼说："论个人作风，何满江更硬朗。"有人插话道："何满江还在处分期间呢，这可是原则问题！"张天翼顿了顿，说："陈启仁是第二副处长，从部队到企业一直是配合何满江工作的。"局长说："我明白你的意思，何满江的工作你今后去做，处分期不予提拔，这是原则！"

张天翼无奈地说："那就这样定了吧。"

会后，刘振峰招来何满江、陈启仁到张天翼办公室。张天翼简单地介绍了局班子会议精神，并正式宣布刘振峰率队出发支援大庆。刘振峰说："还真不想离开柴达木。"张天翼说："到那边也不是去享福，大东北也是天寒地冻，荒无人烟，也要白手起家，干起来都得要脱几层皮。"

刘振峰说："就是氧气比柴达木要充足点。"

何满江说："等大庆建好了，别忘了给我们通个信儿啊。"

陈启仁说："就是，也让我们为你高兴高兴啊。"

刘振峰说："不管天南海北，我们都是石油人。"

刘振峰跟三位一一握手，告别。张天翼留下何满江、陈启仁，说还有事传达。张天翼便口头宣布了会议决定——刘振峰走后的处长人选。

陈启仁抢先道："老何最适合，他比我抓工作更扎实，'地中4井'也是他打出来的，是我们钻井工人心目中的英雄！"何满江"哈哈"一笑，说："我早就给你说过了，只要不撤我的职，我就心满意足。"

张天翼惋惜地说："老何啊老何，'地中8井'一把火烧掉了柴达木的未来，'地中4井'再燃起柴达木的希望，这一正一负啊，算是抵消了。"

何满江说："命该如此，我认！"

第十三章
去意徊徨

柴达木石油无奈重新洗牌

战略东移，时不可逆

个体的命运永远忠诚于国家的意志

除了隐忍泪滴，内藏伤痕

长歌当哭，而你别无选择

送别战友，回首处黑山静穆

冷湖无语，四野苍茫

走的走了，撤的撤了，逃的逃了

而不该来的，却也来了

139

在冷湖大街上,陈兵跟何卒相遇。

特殊时期的两个一线钻井队长因为特殊的原因邂逅在冷湖清冷的街头,同病相怜,有几分酸楚、有几分怆惶。两人很久未曾见面,又是各揣心思。虽然表面有矛盾,但终究还是有友谊。考证"友谊"最好的方式就是喝两杯,可冷湖基地刚刚起建,根本找不到一家饭馆,加上特殊年代,哪有饭馆可寻啊。

活人不能被尿憋死。要是一顿吃喝都混不上,真是在柴达木白混了,陈兵叫何卒跟他去混吃喝。何卒有点不太相信陈兵的话,半信半疑。陈兵说:"走吧,我再饿也不会吃了你。"

陈兵带着何卒往家属区走去,找到张成武家。张成武的老婆、孩子在内地,他自己则跟食堂的几个师傅挤住一间大房子,但总体也比住帐篷好很多。张成武问道:"两个队长,私自下山来找我老张何干啊?"陈兵说:"嘴巴像抹了油。"张成武说:"日子紧张了,大锅里的油水也不多啊呢。"陈兵说:"大锅里的油水再少,你们大厨不还是白白胖胖的吗?少啰嗦,整点肉,喝两杯!"张成武说:"前几天杀了一头瘦猪,肉没了,下水还在。"

陈兵"哈哈"一笑,道:"我陈兵又不是挑剔的人,不见外。"

张成武摇摇头,道:"真是鬼子进村了。"

一盘爆炒卤猪大肠,卤大肠估计是张成武存下的私货,时间久了,有点馊味,一碟花生米,几个冷馒头。陈兵、何卒就坐在张成武的床头喝起来。

陈兵说:"老张啊,你干脆开个饭馆得了,兄弟们喝酒也有个去处啊。"张成武说:"还开饭馆呢,马上都就没米下锅了。"陈兵说:"咋的,不给饭吃了?"张成武说:"支援大庆会战,走的走,撤的撤,都快散摊子了。"陈兵说:"支援大庆会战跟没米下锅有什么关系啊?"张成武说:"你们站着吃饭不腰疼，这出去采购粮食的车，出去的多，回来的少啊。"陈兵惊讶道："咋回事？"张成武说："内地外省也没粮食了。"陈兵仰头将一杯酒倒进喉咙里，说："看来今后连酒都喝不上了。"

何卒干了一口，闷头无语。陈兵说："小卒子，你想啥呢，是不是也想逃离这苦海，去大庆？"何卒依然没有吭声。陈兵道："天似穹庐，苦海无边，我反正想清楚了，就这命，打算扔在柴达木了。"

何卒这才慢悠悠地将一句话冒出来，说："我惹麻烦了。"

陈兵听完何卒一席话，"哈哈"一笑，说："以为啥麻烦呢，不就是揍了那个王八蛋嘛，该揍！"何卒说："你说得对，是该揍，可是……"

张成武补了一句："宁愿得罪君子，也不要惹小人啊。"

何卒说："他要回局里来告我。"陈兵说："告就告呗，多大个鸟事，是他消极怠工。"何卒说："我也是那么想的，大不了这个队长不当了，但是……"陈兵问："但是什么啊，吞吞吐吐的，要命呢。"何卒说："我在柴达木哪还有脸混下去啊，何副处长也不会原谅我啊。"

陈兵说："为一个张二嘎子，你就放弃整个柴达木了，你娃也是智商堪忧啊，怕什么啊，我的井队也是一帮子消极怠工，老子也踢人了，就为这事，我才溜回来的。我就想问问领导们，这井还打不打了？不打，就散伙，不然，我们这些兵头将尾的小芝麻官，难带队伍了。"

何卒说："队伍没法带了，真的没法带了。"

陈兵说："是不是想找何副处长负荆请罪啊？"

何卒说："自己惹的臊，自己去消灾。"

陈兵说："你小子坚强点啊。"

140

在机关门口，何满江看见张二嘎子闷着头直往里走。何满江喊了一声："上班期间跑回来干啥？"张二嘎子被这一声给喊愣住了，"哦哦哦"几声后停顿了半天才说："我要告状！"

陈启仁问："告谁？"

张二嘎子说："告何卒！"

张二嘎子擅表演，立马喉咙里拖曳着哭腔，说："何队长踢我球。"说罢指指自己的裤裆，又说："还打掉我一颗牙。"说罢又指指自己的嘴巴。嘴巴里确实少了一颗门牙。张二嘎子又添油加醋地说了一大堆何卒的不是。何满江和陈启仁都纳闷，他们认为何卒不是那样的人，要是告的是陈兵倒还有可能。不过两人还是安慰了张二嘎子，说："去看看医生，别到处乱窜，我们会找何卒对证。"

这当儿，何卒小心翼翼地敲开了何满江家的门。

邢秀丽开门见是何卒，赶紧让进，说："老何去局里开会了，还没有回来呢。"何卒说："没事，没事，就顺便过来看看。"说罢，从随身背的挎包里取出十几个鸡蛋、两听奶粉、两袋白糖。邢秀丽有些错愕："你这是干什么呢？"何卒说："孩子都这么大了，我还没有见过面呢。这是一个朋友从西宁捎回来的，我也用不着。"邢秀丽说："这可使不得！"

何卒抱着何高逗着，说："这不是特殊情况嘛。"邢秀丽一听："你找老何有事？"何卒躲闪着邢秀丽的眼睛，说："没事，没事的。"邢秀丽故意说："真没事啊？"何卒拐着话题说："嫂子，听说钻井队要抽调很多人去大庆啊。"邢秀丽说："你想走呢还是想留呢？"何卒说："我在部队就跟团长在一起，又一起来柴达木。"邢秀丽说："这样啊，我给老何说。"

何卒将孩子放下，说："真没事了，我走了，嫂子，你们保重。"

何卒告辞，转身出了门，在家属区的巷子里，远远看见陈启仁、何满江两人往家走，他便"嗖"地一拐，进了另一条巷子。只听见陈启仁说："何卒的脾气绵软，估计是那小子谎报军情。"何满江说："我看了啊，一颗牙齿真没了，还说球疼！"

何卒哭笑不得，没想到张二嘎子这怂真来告状了。接着又听见陈启仁说："调查清楚再说吧。"何满江却说："平时不哼不哈，一出声就给我整出大动静，这次我饶不了他！"又听见陈启仁说："要不先让政工科的人下去调查调查。"声音渐渐远去，何卒才从小巷子里拐出来，看着两个领导的背影，绝望地摇了摇头。

陈兵自有打算，他趁晚饭的时候敲开陈启仁家的门。陈启仁看见陈兵，有些惊讶地问道:"你怎么也下山了啊?"陈兵"呵呵"一笑,说:"来领导家混顿饭呢。"陈启仁鼻子一嗅,说:"喝酒了吧。"陈兵说:"下午跟何卒喝了一点,就半斤,还不够漱口呢。"陈启仁说:"那就一起来吃吧。"

陈兵蹦进厨房,见丁克秀便一口一个嫂子,搞得跟回了自己家一样。

何满江回家看见桌子上的鸡蛋、白糖、奶粉,眼睛就瞪圆了。邢秀丽从厨房出来,说:"何卒拿来的,吞吞吐吐,怪怪的,问起支援大庆的事,好像也不是真想去大庆的样子。"何满江一听,"啪"的一巴掌拍在桌子上,震得鸡蛋都蹦了起来。何高正好在旁边舔着手指头呢,吓得一声尖叫。

邢秀丽说:"你干嘛呢,打仗似的,别让老陈他们听见,还以为是我们在打架呢"。何满江这才压低嗓门说:"去大庆是整编制调拨,抽上他的井队,他不去也得去,没有抽上,想去也去不了,这又不是玩小孩子过家家游戏,想怎么样就怎么样啊。"

邢秀丽哄住孩子,对何满江说:"那我就不知道了。"何满江说:"有人来告他状了,那小子打人了!"邢秀丽"哦"了一声,惊讶道:"他也会打人?"

何满江重重地哼了一声,说:"下手还狠着呢!"

何卒一个人漫无目标地在冷湖大街上转悠,真的有点失魂落魄的样子。没有成家的,在冷湖一只帐篷角都没有。面对清冷的大街,他哭笑不得,深刻感觉"丧家犬"的味道。刚刚听到何满江和陈启仁的对话,他觉得自己在柴达木再也无法立足了。突然,他心生一念:去大庆!走了,一了百了。主意一定,他感觉轻松了许多,仰天一声长啸,悲号,自言自语道:"柴达木,我心本来向明月啊!"

他这一喊,惊起不远处的一个脑袋。

那人正好是张二嘎子。张二嘎子拱起脑袋,双手背在身后,朝何卒大步走来。何卒连连后退,心想,真是一张狗皮膏药,想甩都甩不开。张二嘎子语气平静,甚至还带着几分自在,说:"何队长,我已经把你告了。"何卒说:"我知道,你要打架吗?"张二嘎子"哈哈"一笑,从身后收回双手,一手提着一袋子花生米,一手提着一瓶子白酒,说:"我用这打你吗,我可舍不得呢,你还没有吃晚饭吧,走,我们喝两口去。"

何卒心里正憋着气呢,说:"滚你的蛋吧,谁跟你喝!"

张二嘎子说:"你看,我就知道你小心眼,你打掉我一颗牙,踢疼我的蛋,我又没有还手,只不过告了你一状,你还亏了吗?"何卒说:"那你觉得我赚了吗,你知道领导会怎么收拾我吗?"张二嘎子说:"别他妈太悲情了,公对公,私对私,两码事,走吧,大晚上的也回不去井队了啊,找个地方喝两口,叙叙友情,话话未来。"何卒一声叹息,说:"去他妈的,反正倒霉透顶了,喝就喝,走吧!"

吃饭时,陈启仁问陈兵:"你跟何卒下午喝酒了?"陈兵说:"对啊,都没喝多。"陈启仁又问道:"他打人你知道不?"陈兵"嘿嘿"一笑,说:"知道,那怂该揍。"陈启仁和丁克秀都睁大眼睛看着陈兵。陈兵详细说了何卒打人的前前后后,也详细汇报了自己井队出现的怪现象。

陈启仁忧心地说:"看来,乱了。"

陈兵说:"现在都人心惶惶,对柴达木不抱希望,消极怠工,不干活,呵斥不听了。我们这些队长,夹在中间,左右不是啊。"陈启仁说:"都乱成这样子了,还有没有组织,还有没有王法!"陈兵说:"我和何卒回来,就是想给领导汇报这个情况呢。"

陈启仁把筷子一放,说:"这事得赶紧找老何商量。"

陈启仁和陈兵进了何满江的家,何满江还在生着气。陈启仁说:"你还在为何卒生气吧。"何满江说:"越乱越添乱!"陈启仁说了原委,接着又说:"现在全局上下人心惶惶,有的人想走,有的人想逃,人心散了。"何满江说:"组织还在嘛,党还在嘛,咋就成了一锅稀汤呢!"

陈启仁说:"从老百姓的角度也可以理解,人人都在打自己的小算盘。"何满江说:"那也不行,当一天和尚撞一天钟,在岗位一天就得负责一天的。都这么一锅稀汤了,今后的日子还怎么过?"陈启仁说:"我们得马上去井场上,把政策讲清楚,小道消息害死人!"

何满江说:"好,明天就上!"

141

张二嘎子又把何卒带到张成武的房间。

张成武讶异道："何队长不是下午刚喝了吗，怎么又来了？"张二嘎子说："老班长啊，今晚上给我俩腾个地儿，我们没地方睡。你看，从山上下来的，基地又没有房子，你不至于让我们睡大街吧。"

张成武连忙说："我腾，我腾！"

陈兵告别陈启仁，转身在大街小巷找寻何卒，不见踪影。陈兵心想，这傻小子难道回井队了吗？

张二嘎子和何卒一人端着一个刷牙缸子，一碰，一喝；一喝，再一碰。两口酒下肚，张二嘎子倒是语重心长起来，说："何队长啊，你难道不觉得奇怪吗？"何卒说："我他妈的一直在奇怪。"张二嘎子"嘿嘿"一笑，说："你在奇怪我为什么只上心告状，而不生你的气是吧。"何卒不说话，盯着张二嘎子的嘴。嘴里缺了一颗门牙，确实有碍观瞻。

张二嘎子"咕咚"一口干掉缸子中的酒，说："其实你也知道，要是打架，论身高力壮，你比不过我；论战略战术，你就是个警卫员，我可是侦察连的，警卫惯常防守，侦察是主动出击，所以，你也搞不过我。但是啊，我为什么就心甘情愿让你捶掉牙齿，还让你脚踢命门呢，你想过没有？"

何卒说："你给老子下套？"

张二嘎子"哈哈哈"一阵大笑，说："看来，你想了一天终于想明白了。很对，就是下你的套，我不下你的套我下谁的套啊？"何卒说问："为什么？"张二嘎子："你娃老实呗。"何卒被气得头顶冒烟，一口干掉缸子里的酒，问道："你为什么就放不过我啊？"张二嘎子说："谁叫你是我的队长呢，陈兵要是当我的队长，我照样下他的套，因为，你们都他妈的是队长，知道不？"

何卒说："说吧，你想干什么？"

张二嘎子说："你啊，还是个老实人，要是陈兵啊，早就猜到了。"

何卒道说："老子就是老实，老实就被你欺负！"

张二嘎子说："告诉你吧，我不想在这柴达木干了，我想去大庆，这就是目的。你没看出来吗，井队上谁还在拼命干啊。今天干，说不定明天就回老家种地去了，你知道不？老子们转业来柴达木，九死一生，人不人，鬼不鬼，说不要了就一脚踹开我们，我们是啥啊，我们也是人，不是畜生！是畜生拉完磨也要给一根胡萝卜，没有胡萝卜也得赏一把青草吧，我们，说滚就滚？"

何卒说:"你听谁说的,谁又叫你滚了?"

张二嘎子说:"你是假装不知道吗?柴达木现在近三万人,最后只留下三五千人,那么多人到哪里去,大庆会战能去多少,去三千五千、七千八千,那还有一万多人呢,他们怎么办,就地埋了?不可能啊,那就只有一条路,滚回老家种地去,是不是?"

何卒说:"没有正式文件之前,谁也不要信谣传谣,要听组织的。"

张二嘎子说:"你一个小队长也知道糊弄老百姓了,还在给我灌迷魂汤啊,我可不是那么好忽悠的。告诉你吧,就凭你打我,你们就不敢开掉我,还有呢,我这种刺儿头,有人求之不得把我清理出去呢,是吧?所以,这次啊,我喜欢被清理去大庆!"

何卒这才彻底明白过来,说:"你,张二嘎子,你太阴险了!"

张二嘎子说:"毕竟我曾经是侦察连的嘛,是插入敌人心脏的人。"

何卒将缸子一摔,转身就出了门。张二嘎子在背后"哈哈"大笑。

陈兵在清冷的大街上转悠了好几圈,没有找到何卒,想了想,就拐到张成武的房子,准备借宿。一推门,看见张二嘎子醉醺醺地躺在床上。陈兵问:"见到何卒了吗?"

张二嘎子一个翻身,打起了呼噜。

142

一大早,陈启仁和何满江就驱车到了何卒的井队。

工人们都蜷缩在帐篷外晒太阳,萎靡不振。一见有吉普车来了,只有两三个人挪动屁股起了身,其他人依然视而不见。何满江下车,大声吼道:"怎么了,都造反了?"

一个工人懒洋洋地说道:"反不反不都是死路一条啊。"

另一个道:"就是,你能保证我不回家种地?"

陈启仁说:"好,那我先成全你俩,马上卷铺盖滚蛋!"

人们一听,屁股下安了弹簧似的从地上蹦跶起来。陈启仁说:"还有谁,报个名来,我——满足你们的心愿!"工人们连忙往井架上走,那两个人也混杂其中。何满江说:"先不要上班了,列队集合!"

陈启仁问道:"你们的队长呢?"工人们都摇头。陈启仁又问道:"副队长呢?"一个满脸胡茬的汉子走出队列,头也不敢抬一下。陈启仁大声问道:"你叫什么名字?"副队长低声道:"李大鸣。"陈启仁道:"我看你就不要打鸣了,我以钻井处处长的名义宣布就地解职!"

列队完毕。何满江大声道:"我只讲三点,一是走不走不是个人决定的,是由组织决定的;二是自己想回老家种地的,我们不挽留;三是当一天和尚撞一天钟,只要食堂还在冒炊烟,钻机就不能停!"

陈启仁说:"除了刚才两位同志,谁还想报名走?"

李大鸣走到陈启仁跟前,低声道:"我错了。"陈启仁说:"你没错。"李大鸣依旧说:"我真错了。"陈启仁说:"你真没有错。"李大鸣说:"那我等着文件下来吧,没有文件,我还是副队长。"陈启仁瞟了他一眼,没有吭声。李大鸣一转身,头一昂,胸一挺,大声道:"兄弟们,听我命令,不管天塌地陷,只要井架还在,我们就不脱岗、不怠工!大家听见没有?"工人们大声道:"听见了!"

李大鸣又大声喊:"向左转!齐步跑!"几十人踏着矫健的步伐,齐步小跑冲向井场。何满江和陈启仁相视一笑。何满江说:"这个李大鸣,今后还是可以鸣一鸣的。"陈启仁点点头,说:"这小卒子跑到哪里去了呢?"

何满江说:"天有边边,他能跑到哪里去,到时候再收拾他!"

此时何卒一个人坐在冷湖湖边,呆呆地望着清冽的湖水,他捡起小石子,往湖水里打着水漂。石子飞过去,湖水被惊醒了一般,然后一圈连着一圈向远处扩散而去。他已经下定决心离开柴达木了。湖水在晃动,他眼睛里的泪花也在晃动。

陈启仁和何满江驱车赶到陈兵的井队,只见陈兵早领着职工们开始大干了。陈兵跑步过来,问道:"两位领导,给大家讲个话吧!"陈启仁说:"你小子是不是已经讲过了啊。"陈兵说:"你们再讲讲。"陈启仁说:"我就不讲了,响鼓不用重槌,你把那个'干猴儿'叫来。"

陈启仁看着"干猴儿",说:"你是咱们五十七师的兵啊。""干猴儿"说:"是。"陈启仁说:"你带头怠工?""干猴儿"抠着脑袋,说:"我没有带头,我只是带着我自己。"陈启仁说:"听说你不想干了啊?""干猴儿"连忙说:"我不是不想干了,我是害怕干不了了。"陈启仁说:"那你回去跟他们说,就说我陈启仁说的,想干的就别乱想,乱想的就不要干了。"

"干猴儿"连忙道:"好的好的!"一溜烟就冲向井场。

陈启仁转身对陈兵说:"非常时期,重压之下只会平静一时,反弹起来会跳得更高,你要注意了,人心不能散,队伍不能乱,散了、乱了我找你算账!"

陈兵大声道:"是!"

143

吉普车走过冷湖地区每一个井队。陈启仁和何满江掌握了现场情况。问题很多,人心不稳是关键。事不宜迟,两人连忙赶回冷湖向局里汇报,必须马上拍板,该走的走,该留的留,才能稳定军心。

两人刚到局机关,陈曼迎上前,说:"两位领导,张局长等候你们多时了。"两人一听,大踏步而进。刚一推开门,张天翼就说:"我还派人到处找你俩呢,来得好,晚上我们跟局长小范围送个别啊。"

何满江问道:"调令到了?"

张天翼点点头:"是啊,我的任命文件也到了。"何满江、陈启仁连忙道:"祝贺!祝贺!"张天翼说:"祝贺啥啊,非常时期,摊子难收拾着呢。"

张天翼被任命为青海石油管理局局长,主持全面工作。

在张天翼家,一张桌子上摆放了几个小菜。张天翼从床底下摸出两瓶泸州老窖,说:"这是最后两瓶了。"何满江接过瓶子,启开瓶塞,一一斟满,说:"酒是好酒啊。"张天翼说:"老何话中有话啊。"

何满江说:"只是别离时,好酒也伤情。"

局长"呵呵"一笑,说:"正应了那句老话,天下没有不散的筵席,但不管走到哪里,我们都在为祖国献石油嘛,来,干杯!"

一饮而尽。局长又说:"留下来的同志有两大任务,一只眼睛锁住困难,一只眼睛瞄准未来。现在形势不容乐观,但也不必太过悲观,因为太极的两极总是互生互灭,相互转换,我希望星星之火,可以燎原!"

张二嘎子回到井队，看了看钻井平台上还在干活的人，"呸"了一声，转头进了帐篷。他开始收拾自己的东西，将铺盖打卷。李大鸣问："咋的了，不干了？"张二嘎子道："干球呢！"

李大鸣说："我们队并没有在支援大庆之列，你不要动摇军心。"

张二嘎子走近李大鸣，将鼻子怼在他的眼睛上，说："老子早知道这个队不会被抽走，你知道吗？"李大鸣后退一步，说："不知道。"张二嘎子说："因为这个队是何卒的队，何卒的队就是何满江的队，何满江还在柴达木，他会让自己的嫡系部队撤走吗？你看，陈兵的井队也不会撤，他是陈启仁的嫡系。这点关系都理不清楚，你当个球的副队长呢。"李大鸣却说："我不管嫡系不嫡系，只要没有接到撤的命令，我们井队就要坚守一天！"

张二嘎子说："哎唉，我咋给你开悟呢，你真是只呆鸟啊。队长何卒都跑掉了呢，你还坚守个锤子啊。"

李大鸣一听，有些懵圈。

张二嘎子扛起行李就出了帐篷。外边早围了一圈人，都看着张二嘎子，有的在看，有的在犹豫。张二嘎子用铺盖卷撞开几个人，说："都围着老子干吗？吃奶啊！"李大鸣走出帐篷，说："你自己想好，今天走出这个队，你今后就别指望还能回来。"

张二嘎子说："我他妈的神经病才指望回来呢。"

李大鸣说："这世上可没有后悔药。"张二嘎子说："你就别扯淡了，我他妈的吃遍天下所有的药，就是没打算吃后悔药！"李大鸣无可奈何，朝围观的人喊道："都散了吧，该干啥干啥。"人们不动，似乎没有听见李大鸣说的话。张二嘎子对大伙儿说："兄弟们，富贵在天，贫穷由命，你们都别学我啊，不过你们想学也学不会，你们该干啥就干啥吧。"

这时，有两个人居然激动起来，说："我们也要走，老子们不在这戈壁滩上当孤魂野鬼了！"两人说罢也冲进帐篷，卷起铺盖卷，跟着张二嘎子走。李大鸣看看大家，说："你们放心走，这个队走完了，只要我还在，我照样再招一支队伍来，三天两天重开钻！走吧！"

剩下的工人们迟疑着，摇摇头。

张二嘎子说："我可把话说在前头，我没有扇阴风点鬼火啊，你们要走，跟我张二嘎子没有半点咸盐的关系，别到时给我扣个破坏生产的屎盆子。"张二嘎子转身就走。那两个人跟在他身后。张二嘎子一跺脚，吼道："离开老子八丈远！远点。"

李大鸣眼睛里闪烁着泪花，转身对厨师说："去看看伙房里还有没有馒头，给他们打上。"厨师应声而去，提着一袋子馒头追了上去。

李大鸣目送三人远去，直到身影在戈壁上化成一个小小的黑点，一声叹息道："何队长，你在哪里啊？你要不回来，这井队真就散了啊。"

回答他的，只有荒原里滚来的戈壁风。

陈兵钻井队。两个老一点的工人吃完晚饭后坐在床上抽烟，任凭外边上班的人喊破嗓子，就是置若罔闻。陈兵冲进帐篷，扫视一眼，心里就明白了。陈兵不动声色慢慢走过去，两位工人也假装没有看见他，继续吞云吐雾。陈兵猛地一个转身，对准两人的耳朵就是"啊——"的一声尖叫，吓得两个人都从床上弹了起来，三魂丢掉两魂。

陈兵"哈哈"大笑道："我以为两位耳朵塞驴毛呢！"两人问道："怎么了？"陈兵故意装傻："你问我，我正在问你呢。"

一个说："不想干了，没球的啥意思。"

另一个说："没球啥意思，不想干了！"

陈兵故意拖长声调，说："哦——，不想干了，两个人都觉得没啥球意思了啊，是想回老家了吧，想老婆孩子热炕头了吧，想那一亩三分地了吧？好啊，好啊！"两人惊愕地看着陈兵。陈兵说："你们两个，我看出来了，是大山沟沟里招工来的，你看，又想回去喝苞谷糊糊了啊！好啊，我成全你们了！"

一个说："我还没有结婚呢，没有老婆也没娃。"

另一个说："我早先找了对象，两年没回去，对象就跟别人跑了。"

陈兵说："你们觉得当个石油工人亏得慌呗，一个月拿着你们老家县长的工资觉得少了呗，天天吃着白米馒头觉得硌牙了呗，是不是啊？想回去享受你们的山水田园生活，打着牛屁股唱着花儿呼儿嗨哟呗，是不是啊？那好，我只说一个字——快滚！"

旁边看热闹的补腔道:"你说的是两个字。"

陈兵大吼一声:"滚!"

两个人似乎也铁了心要走。一个说:"柴达木今后就是天堂,我也不眼红。"陈兵点点头,问另一个:"你呢?"那人说:"我还是走吧,这里看不到未来。"陈兵无奈地说:"那好,我送送你们。"说罢,陈兵抓起两人的铺盖卷就送客。两人面面相觑,一跺脚,只好走了。

走出井队,陈兵停下脚步,说:"恕不远送了,各自走好。"两人走远,陈兵心里一阵翻江倒海,眼里闪烁着泪花。突然,他大喊一声:"站住!"两人触电似的停下脚步,都不敢回过头,生怕又有什么变故。陈兵紧步上前,将身上仅有的几十块钱掏出来,一人一半,说:"不管怎么说,咱们也共事一场,你们绝情,但这片土地不能断义啊,这点钱,你们一路上买几个馒头吧。"

两人捏着钱,眼泪长流。

145

张二嘎子扛着行李卷,直往局机关而去。

跟他同路的两个人望而却步。一个说:"他这是去闹事呢,咱们犯不着呢。"另一个说:"他想去大庆,咱们是回老家,路头不一样。"说罢,两人朝车站走去。

张二嘎子进了局机关,晕头转向的,不知道该找哪里,在走廊里看见邢秀丽,心想邢秀丽是人事科长,人事科长就是管人事的,自己的事也是人事,于是就跟了过去。邢秀丽前脚一进门,张二嘎子就用脚别住回关的门,身子斜靠在门框上。

邢秀丽猛一回头,问道:"你找谁?"

张二嘎子说:"找你!"

邢秀丽指了指自己,以为听错了,说:"找我?"

张二嘎子干脆整个身子别进门里,将行李卷往地上一扔,说:"对,邢大科长,我张二嘎子就找你。"办公室几个人都抬起头来,看着他。邢秀丽问道:"找我有事吗?"张二嘎子往椅子上一坐,说:"当然有事!"

罗霄看出了蹊跷,问道:"你是想去大庆参加会战的吧?"张二嘎子"嘿嘿"

一笑，说：“你怎么知道的呢？”罗霄说道："手续办了吗？"张二嘎子说："我就是来办手续的呢。"邢秀丽问："哪个单位的？"张二嘎子说："钻井处何卒钻井队的。"说罢，他感觉失言，想纠正已经来不及。

邢秀丽低声问罗霄道："何卒的那个队没有整体划转吧？"罗霄摇摇头。邢秀丽心里明白了，话题一拐，说："划转办手续都是集体统一办理，没有个人来办的，你回去找你们队长来吧。"

张二嘎子眼睛一瞪，说："队长都跑得没人影了呢，反正我是走定了。"说罢，身子往椅子上一靠，一副死猪不怕开水烫的模样。邢秀丽向罗霄使了个眼色。罗霄起身，说："那好吧，我去叫保卫处大老王给你办吧。"张二嘎子立马起身道："好，好，你们不办是吧，我去找处长！"说罢，扛起行李卷，气冲冲就出了门。

邢秀丽这才说："我知道这个张二嘎子的，正闹腾着呢。"

罗霄说："'嘿嘿'，看来再混球的人都害怕大老王。"

张二嘎子在走廊里盘桓了几圈，出了大门，将行李卷扔在大门口，屁股往台阶上一坐，身子往行李卷上一靠，点一根烟，跷着二郎腿，优哉游哉地吹起小口哨。他想，哼，我跟你们死磕！

何卒不敢在冷湖的大街上晃荡，生怕遇到何满江和陈启仁。他觉得自己窝囊，被一个张二嘎子给耍了，脸没有脸，皮没有皮，无法面对老领导。何卒想，这也是一个机会，干脆混搭在去大庆的队伍里，去重新闯一片天地，要死要活，就这一锤子。

何卒去食堂找张成武要了两个馒头。张成武问道："你真的要走啊？"何卒说："没有退路了。"张成武一声叹息道："你这样不明不白地走，算哪门子事啊。"何卒说："我也想明白了，在柴达木也没有啥希望。"

张成武说自个儿也想走，老婆孩子都在老家，要死要活都该在一起。何卒说："你有家有室还有个牵挂，不像我。"张成武说："我还是劝你去跟领导打个招呼吧，你跟领导这么多年，没有亲情也有友情啊，你这样不明不白地当了逃兵，他们心里咋想啊。"何卒想也是，捏着馒头，边吃边往局机关走去。

局机关也是乱哄哄的，要走的人都在打整行李，进进出出。张二嘎子晃悠着二郎腿吹着小口哨，谁也没有心思多看他两眼。满大街都是扛着行李卷的人。张二嘎子口里吹着小曲儿，但他眼睛一刻也没有闲着，他目光游离，只要发现有处长、局长这类人物，就冲上前，死磕。他脑袋瓜也不停地在想着对策：一定要走！

何卒将最后一口馒头吞进喉咙，有点噎，像鹅一样伸长脖子，半天才吞下去，之后垂着脑袋，直往局机关而去。张二嘎子远远就看见了他，等何卒走近了，大喊一声："嘿！"何卒吓得后退好几步，心想，真是冤家路窄啊，进个局机关都能碰着，他也在这里死鬼一般把着门。

张二嘎子并不生气，换上嬉皮笑脸的表情，朝何卒神秘地一招手，说："过来，告诉你个秘密！"何卒左右环顾，小心过去。张二嘎子说："我又不吃你。"何卒走近，张二嘎子猛地拽住他的衣襟，咬牙切齿地说："你把老子害苦了，告诉你吧，我刚从何副处长那里出来，他说要开除你这个家伙！"

何卒使劲挣脱张二嘎子，气得脸红脖子粗。张二嘎子"哈哈"一笑，说："我就知道你不会相信的，要不，你亲自去问问？"何卒看不透张二嘎子的诡计，说："去就去！"张二嘎子捂住嘴巴，"嘿嘿"直乐。

走进机关大门里，何卒的腿就软了。他心想，要是自己找去领导挨一顿臭骂，再接回一张开除通知书，那是多么丢人啊。别说在陈兵面前，就是在张二嘎子面前，这辈子都抬不起头来，与其遭受那样的侮辱，还不如挥一挥衣袖。何卒从机关后门出去，埋头疾步远去。

机关下班，何满江和陈启仁两人走出机关大门。两人没有细看门口的张二嘎子，说着话就走了过去。张二嘎子从地上弹起来，声嘶力竭长长地喊了一声："领——导——啊！"两人一惊，猛一转身，见是张二嘎子。何满江问道："怎么了？要走啊？"

张二嘎子说："领导啊，何卒打了我，你们看，一颗牙都没了，而且我这裆里边还疼着呢，你们不处分何卒也就罢了，那就放我走呗，我不想死在柴达木了，我没脸混了，我要去大庆啊。"

何满江说："想去大庆啊？"

张二嘎子说："我在这里也是爹不亲娘不爱的，我走得远远的，免得脏污了你们的眼睛啊。"陈启仁说："去大庆是会战，要的是精兵强将，那里又不是收容所。"张二嘎子一听，有些赖皮上了，说："领导啊，你们包庇何卒，我只有去找局长告状啊。"

陈启仁说:"你带头怠工,严重影响生产,何卒何罪之有?"

张二嘎子说:"他打人!!身为领导干部,他打人!"

陈启仁说:"好了,你们的事我们都了解了,你想干啥就干啥吧,别在这里无理取闹。"何满江接话说:"关于何卒,我们不但不给处分,还要表扬!"张二嘎子眼睛瞪圆了眼睛,大声道:"啊,你们还包庇凶手!"

何满江两眼冒火,大吼道:"成何体统,五十七师的脸被你丢尽了!一团的脸被你丢尽了!柴达木人的脸被你丢尽了!要是在战场,老子毙了你!"

张二嘎子被吓了一大跳,语气立马软下来,说:"我志愿支援大庆会战,你们公报私仇!"何满江厉声道:"你再瞎胡闹,我叫人收拾你!"

这时,保卫处处长大老王下班路过。大老王是从地方公安机关转来的老公安,大个头,铁塔一般,瓦刀脸,一脸杀气。张二嘎子回头看见大老王,转身想溜,大老王一把钳住了他的脖子,提小鸡一般捉住,说:"哪里走!"

146

大老王将张二嘎子抓进公安处。

大老王轻轻将门掩上,一转身,腰上那条四指宽的黄牛皮腰带已握在手上。张二嘎子吓得脸面失色,浑身直哆嗦。"嚯"的一声,大老王将皮带挥起来,还没有抽下去,只见张二嘎子"唰"地双膝跪下,叫道:"恩人啊!恩人啊!"

大老王以为耳朵听错了,掏掏耳朵,又将皮带一挥。张二嘎子又叫了一声"恩人啊!"大老王这次听清楚了,收下皮带,有些莫名其妙。张二嘎子也不敢抬头,浑身依然筛糠一样。大老王坐在椅子上,将一双大头皮鞋架在桌子上,点了一根烟,道:"报上名来!"

张二嘎子道:"张二嘎子。"

大老王似乎又没有听清楚,掏掏耳朵,再问:"什么名字?"

张二嘎子说:"张二嘎子是我的外号,我大名叫张悟之,几乎没有人叫我大名了,我也早忘记了,您就叫我张二嘎子吧,贱是贱了点,但叫起来顺口,听起来顺耳。"

大老王听成"无知",大嘴一咧,喷了一口烟,心想,这是什么鸟名啊,又问:"你为啥叫我恩人?老子这辈子最恨的就是有人叫我恩人!因为我专打坏人,从不施恩!"

张二嘎子一听,完了,但眼睛一转,顺口就来,说:"我掐算出来的,今天必有贵人相助。"大老王"哟"了一声,问道:"你还能掐会算?"张二嘎子这才抬起头,说:"我父亲就是汉中街头算命的张半仙。"大老王"哦"了一声,说:"是个坏人呗!"

张二嘎子一听,懵了,怎么有这样说话的啊,但脑子又一转,就顺着说:"坏人,是坏人。"大老王"嘿嘿"一笑,说:"有老子坏吗?"张二嘎子心想,完蛋了,怎么尽是些不着调的话啊,便壮起胆子说:"没你坏,没你坏!"大老王说:"老子是专门收拾坏人的人,当然比你坏!"

张二嘎子听惯了何满江的训斥,就感觉同样是领导,咋说话的方式就不一样呢,于是又抬起头,看了一眼大老王,大老王也正在看他,张二嘎子吓得赶紧低头。大老王好半天没有吭声,空气里静默得要爆炸似的,张二嘎子感觉裤头都湿了。

大老王这才说:"我看你娃不是坏人。"

张二嘎子连连点头,道:"我是好人!,我是好人!"

大老王说:"你娃也不是什么好人。"

张二嘎子又连连点头,道:"我是坏人!我是坏人!"

大老王说:"你不是好人也不是坏人,是个浑人。"

张二嘎子没有听清楚,支棱着耳朵,听着下回分解。大老王说:"滚回去上班,老子今天没心思揍你。"张二嘎子一听,坏菜了,便"哇"的一声哭起来,说:"恩人啊恩人,你帮我一次吧,哪怕你打死我也算是帮我啊,你就打死我吧,我真的不敢回去上班啊。"

大老王一听,杀气浮现,问道:"怎么了?"

张二嘎子说:"反正回去他们也会找碴捏死我啊,我还是走吧,走得远远的。"大老王说:"全国都解放了,你往哪里走?去大庆?大庆就是人间天堂吗?像你这样的浑人,就待在柴达木炼炼吧。"

张二嘎子一听,站了起来,换了一种正经口气,道:"你得帮我。"

大老王说:"我为什么要帮你?"

张二嘎子说："谁叫你救了我啊，好人做到底啊。"

大老王"嘿嘿"一笑，乐开了，还没有哪个浑人胆敢磨缠自己，心想，这鸟人真是浑到家了，于是说："老子还脱不了手了是吧，非要帮你才行喽。"张二嘎子说："当然，你要不帮我，刚才你就不要救我。"

大老王蒙圈了，嘀咕道："我是在救你吗？"

张二嘎子说："当然了，不然我怎么叫你恩人啊？"

大老王被张二嘎子纠缠糊涂了，不耐烦地说："那你说，我怎么个帮你。"张二嘎子脑子一转，说："既然大庆去不了，那就给我换一个单位吧。"大老王说："你除了打井，你还会干啥？"张二嘎子说："我还会开车呢。"大老王不吭声了，心想，我为什么要帮这个浑人呢。

张二嘎子脑子飞速旋转，心想，一定要紧紧抱住这棵大树，于是铿锵道："谢谢恩人了，今生我张二嘎子您只要用得着，我愿意鞍前马后伺候您，假若今生用不着，来生有缘，我一定变成一个美女，也会给恩人侍寝报恩！"

这是什么狗屁逻辑啊，大老王被逗乐了，大嘴一咧，挥挥手："快滚吧。"

147

何卒心里翻江倒海，想去见何满江，但又总是拿不定主意，每次鼓足勇气，又总是节外生枝。他越想越懊恼，越想越觉得自己活得窝囊。拱着脑袋在小巷子里东窜西窜，活像一条落荒的狗。

突然，他发现眼前站着一个人，抬头一看，居然是陈曼。陈曼说："看你瞎转悠半天了，吃饭了吗？"何卒涨红了脸，一时语塞，无以应对。陈曼掏出饭卡，说："食堂还有饭。"何卒拿着饭卡，眼睛蓦然潮湿起来。陈曼说："天大的事，先吃饭吧。"

何卒看着陈曼远去的背影，满腹酸楚，泪花汇聚成河，终于滚落下来。他狠狠揩去两把眼泪，去机关食堂打了几个馒头，装进挎包里。头也不抬，朝车站走去。该死的是，路上又遇上张二嘎子。张二嘎子神采奕奕，判若两人，远远地就朝何卒喊道："喂，喂！"

何卒觉得张二嘎子就是瘟神。张二嘎子不依不饶，紧跟了上去，问道："喂，你要铺盖卷吗？"何卒有些诧异，问道："你不是要去大庆吗？"张二嘎子"哈哈"一笑，说道："不用去大庆了，给你吧，反正我也用不着。"何卒没想接话，他知道张二嘎子嘴巴里没有一颗善良的牙齿。张二嘎子说："真的呢，我真不去大庆了！"何卒回过头，说："我今生跟你无冤无仇啊。"

张二嘎子说："你看你怎么说话呢，人一转身就是命。告诉你吧，我不但不去大庆了，也不用去井队了，我回基地来工作了，三天后就办调动手续。"何卒感觉这厮不像是撒谎，纳闷起来，难道走狗屎运了？

张二嘎子说："实话告诉你吧，事在人为。"何卒说："那我的事怎么处理？"张二嘎子嘴角一瘪，说："我俩恩怨一笔勾销，至于你去不去大庆，自己定夺吧。不过我可知道，何、陈两位处长到处搜你呢，看那架势，你招架不住的，真的。"何卒脖子一硬，说："我知道了！"

说罢，他大步朝车站走去。张二嘎子等何卒走远了，忍不住大笑起来，笑得腰都抽筋了，弯成一只虾样。

这时，冷湖中心广场的高音喇叭响了起来，歌声激越，透彻云霄：

一条大河波浪宽，风吹稻花香两岸……

一辆辆满载物资的大卡车，整装待发。

一辆辆大客车，一字长龙停在大街上。

满街都头是鲜红的标语横幅：欢送柴达木石油人远征大庆。

满街都是送行或远行的人群。有的握手告别。有的流泪拥抱。

张天翼带着新任局班子成员，列队在广场，为前任局长送行。局长跟班子成员一一握手。

张天翼说："一路顺风！"

局长双手抱拳，道："珍重！"

广场另一边，刘振峰握住何满江和陈启仁的手，说："千里相送，必有一别啊，我听着柴达木的好消息！"

何满江说："常联系！"

陈启仁道："别忘来信！"

刘振峰双眼含泪，转身上车。

沙滩上，一个工人抓起一把沙土，装进塑料袋。

大路边，一个工人满脸泪水，向着冷湖的黑山跪了下去。

广场上，一个工人将钢笔插进战友的衣兜。

鞭炮声震耳欲聋。所有的车辆同时鸣响汽笛，徐徐开动。有人从车窗里伸出头，伸出挥舞的手臂。车后，也是一片手臂的海洋……

陈曼站在人群中，茫然地挥着手，突然，她看见一辆客车的后窗上贴着一张熟悉的泪脸。陈曼边跑边喊："何卒！何卒！"她的声音被人们的"再见"淹没了。再看，何卒从车窗扭过了脑袋。邢秀丽和丁克秀在一旁听见陈曼的喊声，问道："叫谁啊？"陈曼说："是何卒。"邢秀丽和丁克秀都惊愕道："他怎么也走了啊？"

局机关大门口，陈曼等陈启仁、何满江送行归来，迎上去，说了何卒的事。何满江惊愕道："他往哪里走？"陈曼摇摇头，说："我看见他在车上。"陈启仁道："这个小卒子哟，他跑什么跑嘛！"陈曼说："去把他追回来吧。"何满江摆摆手，说："要走也追不回，要留也赶不走啊。"

148

车队缓缓爬上当金山顶。这是一条几乎算不了路的简易公路，山路盘旋，一侧是峭岩，一侧是悬崖，车如蚁行。

坐在车上的何卒两眼泪水不干，心中郁闷。

这时，前面一辆大卡车前轮落空，"咚"的一声，车栽进了深沟。所有的车都停了下来。何卒将眼泪一擦，本能地第一个冲下车。他叫人找来一根麻绳，一头固定在车杠上，一头往腰上一缠，利索地滑落进深沟，紧急救援起来。

驾驶室三个人一一被绳索拉上来，都受了重伤。最后何卒被拉上来，满身鲜血，也不知道是他自己的还是别人的。刘振峰大声道："用我的小车把伤员送回冷湖抢救，其余的车照计划前行。"

刘振峰看了看何卒，说："你，跟车护送伤员！"

何卒还想说什么，刘振峰说："这是命令！"

何卒无可奈何地上了小车。

车一到冷湖医院，医生护士就迅速将病员放上担架，直往急救室飞跑。两个护士搀扶下何卒，打开担架，何卒连忙说："我没事！"护士说："瞧你满身是血，还没事，赶快上！"说罢，硬生生将何卒放在担架上，抬着就往急救室飞奔。

何卒被放倒在手术台上。一个白大褂过来，用小手电照了照他的眼睛。何卒使劲闭上眼睛。白大褂又掰开眼睛，何卒又闭上眼睛。好像病人专门跟大夫作对似的。白大褂突然呆住了，半天没吭声。

李惠着急地问："你，怎么了？"

何卒一听，从手术台子上蹦了起来，说："我就说了我没事嘛，我身上的血是伤员的。"旁边一位白大褂取下口罩，说："何队长，你回来了。"何卒抬头，是丁克秀，羞得无地自容，嗫嚅道："我送伤员回来了。"

丁克秀叫李惠找了一套干净的病号服来，叫何卒换上，说："衣服我给你洗洗。"何卒连忙道："我自己来，自己来。"丁克秀又说："今晚你就在医院睡吧，也可以照顾一下伤病员。明天，你得去见一次老何、老陈，他们都担心着你呢，听说老何晚饭都没吃下……"

何卒一听，眼泪便流了出来。

穿着一身病号服的何卒，在病床上怎么也睡不着，翻来覆去，最后干脆起床，去从医院门卫那里要了半包烟，就坐在大门口的台阶上抽烟。烟头一闪一闪，何卒的脸一明一暗。抽着抽着，何卒忍不住笑起来，心想，这就是天意啊，柴达木不让我走。

早上，何满江端一盆热水，蹲在门口刷牙洗脸。感觉身后有人，顿了一下，他抽抽鼻翼就知道是谁。何满江没有回头，刷完牙，冲洗掉满嘴的牙膏沫子，又埋头洗脸。洗完脸，站起身，这才说："你原来的井队被李大鸣代管了。"

何卒低着头，没有吭声。

何满江又说："我跟老陈商量了一下，重新给你整合一支钻井队。"

何卒低着头，还是不吭声。

何满江转身进屋，说："要吃早饭就进来吧。"

何卒只好跟进屋。邢秀丽已经将馒头和粥端上了桌，还有三个煮鸡蛋。何满江抓起一个鸡蛋，放到何卒面前。何卒实在忍不住了，"哇"的一声泪水长流。

何满江依然跟什么事都没有发生一样，说："近两天就在医院照顾伤病员，也顺便养养心，整合新井队的事等我通知。"何满江三口两口吃完饭，转身就出门上班。

何卒眼泪汪汪地对邢秀丽说："嫂子，领导为什么不骂我一顿啊，他骂我一顿我心里还好受些啊。"

邢秀丽说："他骂不出来，是因为他比你更难受啊。"

何卒眼睛一闭，泪珠子"簌簌"直往下掉。

上班的路上，何满江这才缓过一口气来，连抽了两根烟。走到机关大门口，见到陈曼，何满江高兴地说："小卒子回来了。"

陈曼一听，一愣，一笑。

149

广场上的高音喇叭又响开了，歌曲是《社会主义好》：

社会主义好，社会主义好，社会主义国家人们地位高，反动派被打倒，帝国主义夹着尾巴逃跑了，全国人民大团结，掀起了社会主义建设高潮……

秋风呜咽，戈壁上沙尘乱飞。何满江、陈启仁、葛先华三人站在冷湖的大街上，目送着街上表情沉重的人群。那一队队将要离开的人，扛着行李卷，流着眼泪，一步三回头，爬上汽车，离开冷湖。

何满江伤感地说："我们站在这里送人都送了半个月了，这每天都走好几百人啊。这些人不比去大庆，大庆还有份工作，这些都是回原籍哟。"陈启仁说："有些单位都开不了工，人心惶惶啊。"葛先华说："老的走了，年轻人也走了；知识分子走了，没有知识的也走了。"

何满江有些激愤："听说还清理了五六百人，都是所谓的'坏分子'。"

陈启仁拍拍何满江的肩，说："局长送你的两个字呢？"

何满江说："慎言，又不是叫我不言嘛！"

陈启仁连连说："慎言，慎言。"

张成武扛着行李卷，一把鼻涕一把泪地走了过来，准备往车上爬。何满江赶紧过去，拽住他胳膊。张成武只一个劲儿地抹眼泪。何满江说："老张，你也要走吗？"张成武说："我不走，又有啥办法啊？"

陈启仁问:"你到哪里去呢,回老家?"

张成武说:"老家还有婆娘娃儿呢,回老家种地去吧。"

陈启仁看着何满江,意思是叫何满江留人。何满江想了半天,说:"老张,要不你回去,把老婆、孩子都带过来,我给你想办法!"张成武抹掉眼泪,问道:"真的啊?"何满江肯定地点点头。

何高和陈青两个小家伙正在门口的沙地上玩泥巴,你捏一只鸭子,她捏一只老鼠。邢秀丽挺着大肚子,从食堂打饭回来,喊道:"何高、陈青,回家吃饭了。"两个小家伙蹿到院子里,把手上的动物悄悄放在一只纸箱子里。里面已经藏了一群动物:小猫、小狗、小猪……

何满江看看馒头,比乒乓球大不了多少,还发黄发黑。邢秀丽给孩子们盛的饭,里边也掺杂了不少发霉的玉米粒。何满江说:"这东西,孩子咋吃啊?"邢秀丽说:"食堂师傅说,就这东西,也很快没有了。"邢秀丽给何满江盛了一碗汤,碗面上飘着几片发黄的菜叶,偶尔冒起一朵油花。邢秀丽艰难地咽下一口馒头,说:"机关口粮从30斤,降到了22斤,一线也从40斤降到了30斤,工资也降了40%。"

何满江扔下筷子,点了一根烟,走到院子里,来回踱步。他拐进陈启仁的家。两人对望着,半天无语。何满江说:"老陈啊,要出大问题了,天要灭我们呢。"陈启仁痛苦地摇摇头,说:"听天由命吧。"

中心广场里的高音喇叭又唱开了《社会主义好》,歌声嘹亮:

共产党好,共产党好,共产党是人民的好领导,说得到,做得到,全心全意为人民立功劳,坚决跟着共产党,把伟大的祖国建设好……

在办公室,何满江关窗闭户,把窗帘也拉得严严实实的,还是觉得吵,就去找陈曼,说:"吵死人了,还让不让人办公了啊。"

陈曼一把将何满江拉到外边,小声说道:"是政治处安排的!"何满江说:"我得问问他们肚子饿不饿!"陈曼一把拽住,身边有人走过,何满江一看是张二嘎子,惊奇道:"这个人,怎么成天在机关泡着?"

陈曼说:"你小声点,他已经在保卫处上班了。"

何满江瞪大了眼睛。张二嘎子听见了,回过头来,朝何满江礼貌地笑笑,并点点头,然后扬长而去。何满江好半天才缓过神来,绝望道:"柴达木,变天了!"

第十四章
饥色连营

肚子最先开始闹革命

饿！饿！饿！

人性因此变得最直接最纯粹最坦诚

吃！吃！吃！

野菜野味草籽草根泥土和树皮

它们统统成了粮食的代名词

吃，成了第一要务和第一主义

经历过，所以就不愿回首

灵魂拷问，一直藏在那个年代脆弱的人性的心底

150

不可泯灭,那段记忆是生命成长之钙,让走过那段岁月的人们,更懂得珍惜,更心向良善,更敬畏生命。

在家属区里,几个小朋友在玩游戏。一个小朋友拿出一块黑糖,炫耀并夸张地吃着。几个小朋友围上去,眼巴巴地看着那甜蜜的一张嘴。突然,一个小朋友心生恶念,按捺不住饥饿的小手,一把抢过了那块黑糖,转身便跑。吃糖的孩子没有料到会发生这样的事情,愣住了,舔舔手指头,半天才"哇"的一声尖嚎。

抢糖的小朋友跑出去十来步,回头看见后边又有小朋友追上来,便急忙把战利品塞进嘴里,似乎嘴巴是最安全的去处。但是,人已红眼,哪管得了斯文,众小朋友冲上去,狠狠地撕着那张胀鼓鼓的嘴巴。一溜鲜血从那嘴巴里流了出来,像一条红蚯蚓。

食堂外边,垃圾堆里连苍蝇都没有一只。一个用围巾围严了头脸的人,埋头翻捡着垃圾,努力了好半天,也没有找到一片菜叶,或者一根骨头,她失望地一声长叹。一只小狗从垃圾堆旁边过,摇摇头,步履蹒跚地走开。那人看看瘦弱得几乎走不动的小狗,猛地扑了上去,用一只袋子将小狗一套,快速撤离。

小狗尖叫了几声,再没做垂死挣扎,因为挣扎也是多余的。

冷湖边,湖水依旧清澈,碧波荡漾。湖边低矮枯黄的芦苇丛里,一群黄羊警觉地昂着脑袋,四处张望。一支枪管悄悄地探出头,准星锁定一只黄羊的脑袋。"嘭"的一声枪响,黄羊应声而倒。其余的黄羊疯狂逃命。枪管又连续射出几颗子弹,"嗖嗖嗖,"倒伏掉一排芦苇秆。

张二嘎子直起身,吹了吹并没冒青烟的半自动枪管。

151

冷湖汽车站，没有站，也没有台。只有一块用红油漆书写的"冷湖汽车站"字样斑驳的铁皮牌子挂在一根电线杆子上，戈壁风一刮，斑驳的牌子"叮叮哐哐"地响个不停。

就在那根电线杆子下，候车的人或坐或站或蜷缩在大棉衣里。那些扛着行李卷的人，顶着阳光，眼睛无力地看着远方。远方，一辆客车蹒跚地驶了过来。

有人上车，也有人下车。

车上下来的是张成武，后边跟着一个满脸菜色的女人。女人两手拉着两个孩子，大的男孩，七八岁，小的女孩，五六岁。他们都好奇地打量着眼前这个陌生的戈壁小城。

张成武说："到了，这就是冷湖。"女人一双眼睛是怀疑的，说："这就是冷湖，一根草都没有？"张成武说："长石油的地方都不长草，石油比草金贵多了。"女人"哦哦"了两声。男孩问："石油能吃吗？"张成武说："那是汽车的粮食，人不能吃。"

四人东张西望，朝家属区走去。

张成武安顿了老婆孩子，首先来到何满江家。他提着一个小布袋。邢秀丽挺着大肚子打开门，认出是张成武，连忙让了进去，问道："这么快就回来了？"张成武将布袋递给邢秀丽，说："一点小米，能熬几顿粥。"邢秀丽接过，又问："你一个人回来了？"张成武一声叹息，说："老家遭了饥荒，到处都是逃荒的，我把老婆孩子都接过来了。"

邢秀丽掂掂口袋，说："你拿回去吧，你家人口多。"

张成武连忙摆手，说："留下，留下，家里还有呢。"

邢秀丽说："我们也要过苦日子了，食堂快揭不开锅了。"

张成武一声叹息。

局机关会议室里，坐满了人，大伙儿的神情都不那么通透，饥色已经体现出来了，要么黄瘦，要么虚胖。现在开会说得最多不再是生产生产、安全安全，而是吃、吃、吃。肚皮，成了最高的主义。

张天翼脚步沉重地走上主席台，说道："今天的会议有两件事要说，一是经过大量压缩人员，目前冷湖剩下五千来人，达到预期目的，但是我们的生产不能丢，要进一步精简机关下放基层，将机关人员压缩掉六成。"下边的人似乎对这个问题并不感兴趣，都茫然地等着第二个问题。

张天翼扫视了一圈大家，说："二是解决肚子闹革命的问题。"

与会者一下来了精神，眼睛里都放着亮光。张天翼说："根据一些信息啊，全国都在闹饥荒了，很严重。我们派出去的采购员天天一道加急电报，都是'没粮'两个字！"人们一听，眼睛里的亮光消失了。

张天翼说："要是等着他们的米下锅啊，我们这几千人就都完蛋了。怎么办呢，我们跟省委打报告了，一是上山下海，要尽快组织打猎队、捕鱼队，上山打猎，下湖捞鱼，解决燃眉之急。"

下边的人立马又来了精神，交头接耳起来。

张天翼接着说道："还有就是自力更生，我们要组建自己的农场，到周边阿拉尔、马海、敦煌等地去开荒种地，自己动手，丰衣足食。"

散会出来，张天翼叫住陈启仁、何满江。张天翼说："肚子虽然咕咕叫，钻井也不能停啊，你们两位到井队上转一圈。"陈启仁说："我和老何都要下去呢，现在最容易出问题。"何满江急切地问："什么时候打猎啊？"张天翼说："我给余部长打了报告，请他联系部队，给我们调配枪支弹药，等家伙一到，立马进山。"

何满江说："好！"

张天翼对何满江说："你的枪法不错，你来当打猎队长吧。"何满江没有二话，说："这个队长，我当！"

张二嘎子家五六个人围坐在一起，正在大快朵颐。张二嘎子亲自操勺，将那只黄羊红烧的红烧，清炖的清炖，人人吃得酣畅淋漓，满嘴流油。张二嘎子举起酒杯，对大老王说："来，恩人，我敬你一杯！"

大老王一口干了，说："打羊的时候注意一点，别搞的动静太大，影响不好。"张二嘎子连声说："是，是，今天就我自己去的，没人看见。"张二嘎子的小跟班光头潘说："打的是野地里的东西，谁也别眼红！"其他几个人也应声附和道："就是，就是！"

大老王把筷子一撂，杀气毕现，说："你用弹弓打啊？"

几个人面面相觑，明白过来，说："明白了，明白了！"

光头潘不以为然，说："谁胆敢支吾，我做了他！"张二嘎子听完，一筷子敲在他的光头上，"当"的一声。光头潘莫名其妙，揉着脑袋。张二嘎子眼神示意了一下大老王，说："你再胡乱说话，敲掉你门牙。"

张二嘎子给大老王盛了一大碗羊肉汤，说："恩人，您放心，我们保证做到静悄悄吃肉，静悄悄喝汤，不惹麻烦，不叫人眼红。"大老王喝了肉汤，剔着牙，不紧不慢地说："今后别恩人恩人地叫了，不好听，这又不是江湖，我们都是有组织的人，叫人笑话。"

张二嘎子"哦"了一声。光头潘说："那就叫王哥呗，我们大哥。"大老王眉毛一挑。张二嘎子瞪了一眼光头潘，改口道："王处，来，我再敬您一杯！"大老王举杯喝了，说："要精简机关了，你想到哪里去？"这话直接冒出来有些突然，张二嘎子茫然不知所措。大老王说："你先去运输处吧，那里缺司机。"

张二嘎子不太想去，但又不敢拒绝。大老王从牙齿里剔出一根长长的羊肉纤维，看了看，又放进嘴里咀嚼起来，说："等好转了，再回来。"光头潘附和道："轮子一响黄金万两，多美的差事啊。"

大老王将碗一推，起身，抹了一把嘴巴，说："嘴巴擦干净！"说罢，转身欲出门。张二嘎子连忙将准备好的一只羊腿用报纸包了，塞进大老王的怀里，说："王处，走好！"

大老王一走，剩下的人才舒缓过一口气，大块吃肉，大杯喝酒。

光头潘有些不畅快，对大老王的做派有看法。但见张二嘎子将筷子一扬，他又神经质地将脖子一缩。光头潘打着嗝、剔着牙说："明天上山去打一头牛回来，能过上十天半个月有油水的日子。"张二嘎子犹豫着。光头潘说："怕球呢，又不是到牧民家里牵牛，那是野生的，谁有本事弄到谁就不挨饿。"几个人随声附和起来："是！是！"

张二嘎子说："子弹不多了。"

152

何满江家的餐桌上放着一小盆金灿灿的小米粥，还有一碟咸菜。何满江

"哟"了一声,说:"哪里搜罗来的好东西啊,好几年没有吃过小米了。"邢秀丽说:"老张拿来的,能熬几次粥。"

何满江惊诧道:"老张,哪个老张?"邢秀丽说:"还有几个老张啊,张成武,他今天回来了,还带来了老婆孩子。"何满江喝了一口粥,"咂咂"嘴,说:"哦,回来就好,回来就好。"邢秀丽说:"都快断炊了,你还说好。"何满江说:"毕竟组织还在嘛,不至于跟老家一样,到处拖儿带仔去要饭,问题总会解决的。下一步马上就要进山打猎,还要开荒种地,我看老张适合去敦煌搞农场。嗯,他是一把好手呢。"

何满江几口吃完饭,拿了行李包就走。邢秀丽问:"去哪里啊?"何满江说:"到井队转转,估计好多人爬不上井架了。"

在家属区的巷子里,何满江遇上张二嘎子一伙,见他们晕三到四的,满嘴油光。何满江走过他们,皱了一下眉头。张二嘎子倒是不见外,主动跟何满江打招呼。何满江点点头。光头潘问道:"这谁啊,牛逼样。"张二嘎子道:"你娃小声点,部队团长,我的老领导。"光头潘极不服气地"哦"了一声,像随时要跟人干架似的。

何满江来到何卒钻井队,工人们从食堂打饭出来,饭盆里的汤稀汪汪的能照见人影,一人两个拳头大的杂面馒头。一个身材高大、外号叫"撂倒驴"的司钻说:"给大家耍个魔术,大伙看好了,这是一个馒头,我数三下,它就不见了,相不相信?"大伙儿说:"你吹牛吧。""撂倒驴"抓起馒头,举起手臂,喊道:"一、二、三,变!"他垂下手臂,摊开手掌,馒头果真不见了。惊愕之中,他从袖管里倒出乒乓球大小的一个面疙瘩,说:"在这里呢,见识了吧。"有人说:"发胀了,骗骗胃也好。"何卒将一个馒头给"撂倒驴",说:"我就不知道你哪来的劲头。"

"撂倒驴"有些伤心地说:"唉,我不该开粮食的玩笑啊,遭罪哟。"

何满江来到井队,大步进了食堂,操起勺子往锅里捞了一勺稀粥,把汤倒尽,勺子里只有十几粒米。他抓起馒头,掰了一块扔进嘴里,问:"掺杂的什么东西,硌牙啊。"厨师说:"连皮的玉米高粱面。"何满江问:"一个月能保证多少斤粮食?"厨师说:"上个月25斤,这个月连20斤都不到,粗粮细粮一天才8两。"何满江眼圈有些发红。

何满江从食堂出来,刚好看见一个工人扛着行李走出帐篷。他看见何满江,迟疑了一下,但还是硬着头皮走了过来。何满江问:"这是去哪里啊?"工人说:"待不下去了,回老家种地去。"何满江问道:"你晓得老家是个什么情况吗,有饭吃吗?"工人说:"不晓得。"

何满江招呼大家都过来,他说道:"大家就不要盲目乱跑了,好歹这里还有一碗粥喝啊。前两天局机关食堂的张成武刚从老家回来,当初他跟你们的想法一样,说回去种地,可是回去不到半个月就回来了,把老婆孩子都带回来了。他说啊,外边的日子比我们这里还苦呢。"

工人们都一脸惊诧的表情。

何满江说:"不管怎么说,我们还有组织,组织还在积极想办法解决大家的肚子问题,今天刚开完会,我们马上就要组织打猎队和捕鱼队,进昆仑山打猎,到青海湖捕鱼,等开春了,还要组建农场,自己开荒种地,自力更生,丰衣足食。"

工人们连连点头,眼神也亮了起来。

何满江说:"我希望大家不要乱跑,困难是暂时的,我们一定能够渡过难关啊。"突然"啪"的一声,只见刚才那个工人的行李卷掉在了地上。何满江走过去,拉着那位工人的手说:"等日子好转,写信回老家,把老婆孩子都接过来,就在咱们冷湖安家吧。"

那位工人两眼泪花闪烁,连连点头。

何满江说:"不管粗粮细粮,我们还能喝上一碗粥,吃上两个杂面馒头,就这点东西啊,在外边可金贵得很呢。所以,我们要知道这些都来之不易,更要团结起来,勒紧裤带也要打好井,搞好生产,大家有没有信心?"

工人们的激情被调动起来,高声喊道:"有!有!有!"

"摁倒驴"问何满江:"你刚才说要成立打猎队?"何满江看了看眼前这个大个子,说:"我就知道你想去打猎。""摁倒驴"说:"你看我这么大的个子,两个杂粮馒头还不够塞牙缝呢。你让我进山打猎吧,我徒手也能摁倒一头驴,所以在部队人们大家就送我外号'摁倒驴'。"何满江问道:"你哪个部队的?"何卒帮腔道:"朝鲜战场转下来的,立过三等功。"

何满江眼神一跳,点点头。

陈启仁到了陈兵钻井队。"干猴儿"蹲在炉子旁边,看着杂面馒头怎么也吞不下去。有人说:"蘸点机油,在炉子上烤烤,香着呢。""干猴儿"果真将馒头蘸了机油,在炉子上烤起来,一阵青烟过后,馒头散发出一股油脂的味道。"干猴儿"等馒头烤得焦黑了,一尝,还真不错,说:"有老腊肉的味道呢。"

陈启仁撩开"干猴儿"的帐篷帘子门,闻到一股子奇异的香味,好奇地问:"吃的啥东西啊,这么香?""干猴儿"将背着的手伸了出来,手里半个焦黑的馒头。陈启仁接过来闻了闻,掰了一点,尝尝,不解。"干猴儿"说:"抹上废机油,烤出来就是这个味道。"

陈启仁眉头一皱,说:"你,你不要命啊。"陈启仁准备将那半个焦黑的馒头扔掉,"干猴儿"连忙喊道:"别扔,我还要吃呢。"

陈启仁走出帐篷,好半天都一直沉默无语。陈兵劝慰道:"你别太往心里去,都是'干猴儿'在耍宝。"陈启仁进了食堂,厨师正在洗米,从袋子里舀出的玉米粒,一团一团发着霉。

陈启仁心里一酸,说:"师傅啊,还是要把霉东西洗干净啊。"

师傅说:"不能啊,洗过了,就少了呢。"

看过食堂,陈启仁一阵唏嘘,问陈兵:"职工情绪如何啊?"陈兵摇摇头,说,"昨天有两个偷偷跑掉了。"陈启仁说:"出现这种非正常减员要及时上报,同时你们党支部要做好职工的思想教育工作,告诉大家,局里马上组织打猎队和捕鱼队,还要开办农场,自己垦荒种粮,所以困难是暂时的,大家要咬牙扛过去!"

陈兵道:"我知道了。"

153

生产战报每天都有关于吃饭问题的信息:
某采油队,一个女工擦拭抽油杆,突然眼睛一花,晕倒在地……
某钻井队,一个工人上钻井平台,爬到中间,一头栽了下来……
冷湖大街上,一个人跟跄着,突然"噗通"一声栽倒在地……
……

冷湖边的芦苇丛里，张成武扛着铁锹带着老婆、两个孩子，采食芦苇根。两个孩子拼命地拔着芦苇秆，芦苇根扎得太深，拔出来的只是一节干根。张成武用铁锹挖出芦苇根，剥开，有一节葱白，给两个孩子。两个孩子一嚼，惊道："好甜啊！"

暮色中，张二嘎子扛着沉沉的一条麻袋，悄悄摸索到大老王家。敲开门，将麻袋往里一放，掉头就走人。大老王解开麻袋一看，是一袋子分割好了的牛肉。他一抬眼，张二嘎子身影已经远去。

张二嘎子哼着小曲儿往家走，远远地就停住脚步，只见自家窗户下聚着黑压压的一堆小脑袋，像一排冒出泥土的鼹鼠。张二嘎子抽抽鼻子，空气里确实有一股炖肉的味道，那味道清晰明朗，无处躲藏。张二嘎子也不敢大声呵斥，就悄悄走过去，朝那些脑袋上招呼着巴掌，"啪啪啪，啪啪啪！"那些脑袋矮下去又冒起来，矮下去又冒起来，就是不离开他家的窗户。张二嘎子没有办法，回家端出一盆子牛肉块，给那些小脑袋一人一块，给一块吼一声："滚！"

打发了那群小脑袋，张二嘎子折身就吼："妈的，煮肉也不知道盖锅盖，香味把饿死鬼都引来了！"光头潘说："放屁可以捂，这一大锅牛肉怎么个捂法啊？"张二嘎子说："你看吧，明天保准整个冷湖都知道我们吃肉了，这就是王老大所说的，我们嘴巴没有擦干净。"

光头潘说："管球呢，吃肉为啥要擦嘴啊，我们又没偷没抢。"

张二嘎子说："你娃愚昧哟！"

大早上，张二嘎子内急，提着裤带，推开房门，正欲抬腿，吓得连忙退了回去，"嘭"的一声赶紧将房门关闭。门外边聚集着一群野狗，端坐着，猩红的眼球齐刷刷地盯着他家房门。张二嘎子吓得够呛，尿又憋得慌，摸一块砖头扔出去，砸在一只狗身上，那狗也不嗥叫，耸耸肩胛骨，依旧坐下身子。

张二嘎子从门缝里看着这些只剩下皮包骨的家伙，眼神凶狠，跟戈壁滩上的狼没有两样，绝对会为了一根骨头相互残杀。他赶紧将地上的骨头扫罗在一起，从窗户抛撒出去。狗儿们果真飞奔起来，各自叼起骨头，转眼间就消失得无影无踪。

张二嘎子长叹道："什么世道啊，狗都不像狗了！"

他家门口这一幕，被冷湖早起的人看得明明白白。也包括几家吃肉的家门口，都围聚着从山野里奔袭过来的逃难的狗儿们。他们的退兵策略都是使用剩下的骨头。狗儿们很顽固，见了骨头才收兵。

去上班，大街小巷里的大人、小孩都奇怪地盯着张二嘎子，看外星人似的，看得他直发毛。在巷子深处，他逮住一个小孩，问道："看老子干啥呢？"小孩也不回答，眼睛还是直勾勾的，专盯着他的嘴巴看。张二嘎子将嘴巴张开，露出痛失了一颗门牙的嘴，说："看吧看吧，老子嘴里啥都没有。"小孩"吧唧"几下嘴，使劲儿挣脱开张二嘎子的手，跑开几步，停下，转过身，还是直愣愣地看着他，似乎要啃掉他一样。张二嘎子一跺脚，说道："你们咋跟那群狗一样呢，我家骨头也没有了啊。"

再走，他发现一些大人也是那样的目光，直愣愣地看着自己。张二嘎子看得出来，大人的目光里还有一种仇恨，而小孩的目光里只是单纯的饥饿。他不敢惹那些目光，生怕一声吼，会将自己生吞活剥了。

张二嘎子逃跑似的去了单位。他开着车出了车队，谁知道车屁股后冒黑烟，"咕咚咕咚"几声，熄火了。躺在一旁晒太阳的几个修理工忍不住窃笑。有人说："这个家伙假积极，活该！"也有人说："听说这家伙是从局里下来的，有来头呢。"张二嘎子假装没听见，绕着汽车转了几圈，气得一脚将一块砖头踢得老高。

车拖到修理车间。车间里一半男职工一半女职工，"叮叮当当"干着假活，都是在做样子。检修人员打开引擎盖捣鼓了一阵，说："要大修！"张二嘎子问道："为什么啊，我今天刚接的车呢？"检修人员说："不稀奇，刚接的新媳妇你就以为一定是黄花大姑娘啊。"惹得大家哄堂大笑。

张二嘎子有些不好意思，问道："要多长时间修好？"检修人员说："回家等着吧。"张二嘎子说："你这不是给判了无期徒刑吗？"检修人员说："我们都是无期徒刑呢。"人们又是一阵嘲笑。张二嘎子的怒火被激了起来，吼道："你们这是出工不出力！"检修人员说："我上床都没力气呢，哪像你还有吃肉的劲。"大家都盯着他看，张二嘎子毛骨悚然，赶紧逃离。一迈腿，却被猛然横伸出来的一条腿绊了一跟头。他爬起来一看，一双带着挑衅的女人的眼睛直愣愣地盯着他，没有一丝畏惧。

张二嘎子拍拍身上的灰尘，叫道："你给我等着！"

有人助兴地喊道："'白骨精'，那人叫你等着呢！"

"白骨精"是外号，真名叫白春梅。白春梅嘴唇一瘪，"噗"的一声，嘴角吹出一口气来，荡开了额头的一绺头发，说："哪个龟儿子不等着！"

154

在张天翼办公室，陈启仁、何满江汇报了井队上的情况。

张天翼说："局里已经向上级打了催粮要粮的报告，半个多月了，没有回音。"陈启仁、何满江面面相觑，没说一句话。张天翼提高了嗓门："与其坐而待毙，不如起而振之！首先开展生活自救，刻不容缓！"

陈启仁、何满江点点头。

张天翼说："分一下工，老陈近期主要抓钻井现场，关键要做到减少生产事故，保证生命安全，最大限度地减少非生产减员。"

陈启仁点点头。

张天翼说："老何搞伙食！马上组织打猎队，到昆仑山打猎，到青海湖捕鱼，再组织一批人下敦煌，开荒种地，自办农场。"

何满江眼睛一亮，说："好！"

回到家，何满江说自己被下放去打猎、捕鱼、种地了。邢秀丽说："我也报名下基层去采油队当队长了。"何满江一愣，说："何高还小，你又大肚子，我也走，你也走，怎么个办啊？要不把何高送到上海他外婆家去吧。"邢秀丽说："前两天接到上海的信，大城市比我们还难，还要我们寄粮票回去呢。"何满江说："那何高谁带啊？"

突然有人敲门。何满江打开门一看，是陈曼。陈曼从口袋里摸出一袋白糖，说："孩子还小，不能缺营养。"何高抬头叫了声"阿姨好"，就去撕白糖。邢秀丽轻轻打了一下何高的小手，说："我给你冲成开水！"陈曼说："我也下基层了，去采油队。"邢秀丽问道："哪个队？"陈曼说："采油五队。"

何满江说："好，你们俩互相有个照应，何高只有托给先华了。"

医院病房里，到处都是人，要么面黄肌瘦弱不禁风，要么脑袋肿胀胖得直喘粗气。丁克秀正在给病人查体,浮肿的腿按下去一个坑,半天也起不来。有病人问:"我是不是快死了啊?"丁克秀笑道:"死不了,好好活着吧。"丁克秀一抬头,看见邢秀丽在走廊里站着,出门问:"你要走了吗?"邢秀丽说:"马上走,开点药。"丁克秀问:"何高呢?"邢秀丽说:"放丽萍家了。"丁克秀说:"你看,这么多病号!不然,何高放我家,跟陈青搭个伴。"邢秀丽说:"不用说了,都是知道的。"

取过药,邢秀丽说:"院子里有两盆花,你闲了过去给浇浇水。"丁克秀点点头,面对邢秀丽的背影,一声叹息。她突然想起什么,连忙拐进办公室,又追了出去,将一袋东西递给邢秀丽,说:"应应急。"邢秀丽打开一看,指头大小的圆疙瘩。丁克秀说:"医院给病号配置的营养丸,说白了就是一团杂粮疙瘩添加一点糖精水。"

邢秀丽想了想,收下,转身走出了医院就走。

丁克秀在身后喊了一句:"多保重啊。"

邢秀丽顿了一下,眼睛里晃动着一圈泪。

邢秀丽一进家门,就将那布袋搁在桌子上。何满江问道:"什么东西啊?"邢秀丽说:"克秀给的营养丸。"何满江抓起一粒扔进嘴里,脸上表情错综复杂,说:"就是杂面丸子嘛,好像还有一股子中药味,哦,掺了锁阳,这就是精神胜利丸啊。"

邢秀丽收拾着行李,将那支"英雄"钢笔放进了箱子。

何满江说:"我一定要让你们吃上肉!"

张二嘎子一伙继续吃肉。张二嘎子想起窗户底下那一堆鼹鼠般的脑袋和那一排饿狗一样的眼神,就不寒而栗,他把吃肉的地方换到潘光头家。大锅里沸水翻腾,拳头大的牛肉块在锅里兴奋地蹦跶着。潘光头从床底下摸出一只酒壶,摇了摇,不多,说:"连红薯酒也买不上了!"

一大盆子盛了牛肉端上桌,几个人边喝边吃起来。张二嘎子突然问光头潘:"你认识一个叫'白骨精'的女人吗?"光头潘硬着脖子,努力地将一大块牛肉吞下,说:"大名鼎鼎呢,冷湖女老大。"光头潘眼珠子一转,说:"哥,你要能弄上酒,明晚上我保准让她跟咱们坐在一起吃肉喝酒。"张二嘎子假装轻描淡写地说:"看看吧。"

光头潘嘴角滑过一丝鬼魅的笑。

邢秀丽收拾完东西，突然感觉空落落的。何满江说："你今晚情绪不对头啊。"邢秀丽说："我觉得好像少了什么。"何满江披上衣服就往外走，说："我把何高接回来，让他再跟你睡一晚上吧。"

说罢，起身出门。

何满江刚出门，就看见一些孩子鬼鬼祟祟地朝某个地方摸索而去，像当初自己做游击队一样。在孩子们的身后，是一群饥饿的野狗。何满江吓了一跳，以为是狗在追赶孩子，细细一看，又不是，好像井水不犯河水，各自非常清楚地朝某个目标而去。

何满江感觉奇怪，便尾随了他们。

走着走着，何满江的鼻子就嗅到一股别样的味道，那是记忆深处的幸福的味道。何满江突然明白过来，立即将自己隐藏在黑暗里，远远地看着动静。只见一帮小孩准确地朝一扇窗口而去。那些野狗们跟在孩子身后，目标一致。何满江点燃一根烟，心想：这世界疯了，人疯了，连狗都疯了。

张二嘎子嘴上吃着肉，耳朵一刻没有闲，外边有一点动静他都尽收耳底。突然，他一惊，身子从凳子上弹起来。紧接着，"嘭"的一声，房子后边的窗户迎来一块砖头，玻璃的粉碎声在寂静的夜里格外刺耳。冷风"呼呼呼"直灌了进来。房间里的人被吓得尖叫起来。

光头潘稳了稳神，提着一根棍子就冲了出去。外边的小孩顿时飞散开去，但并不走远，在十来步开外又驻了足。那些狗们也撤离到相等的距离，相互壮胆，谁都不撤离。光头潘也不敢去追，气呼呼地提着棍子回到房间。

张二嘎子说："怎么样，我说的没错吧！"

潘光头说："老子弄死他们这些饿死鬼！"

其余几个人附和道："偷个嘴都吃不安心。"张二嘎子说："你们胆敢去追，要是白天，你看见那些带着钩子的饿鬼眼神，估计你们这辈子都睡不着觉。晚上更危险，你看，拍砖头了吧，说不定搞急了他们把你们都给扒光吃了。"光头潘有些胆怯了，问道："那怎么办？"

其他人都不吭声。张二嘎子说："大伙也都吃得差不多了吧，把桌子上的、地上的都拿出去吧，不要为一口肉弄得满城风雨，我们还要在冷湖混呢。"几个人只好把桌子上的肉用盆端了,把地上的骨头用簸箕装了,送出门去。

外边的小孩早已悄声无息地围在了门口,见一盆子肉送出来,一人拿了一块就迅速消失在黑夜里。那些野狗们,也自觉地叼起一块骨头,转眼撤离。光头潘将这一幕看得真实,腿发软,说:"吓人啊!"

张二嘎子剔着牙齿,在屋子里转来转去,对光头潘说:"给我分割几块牛肉包好。"光头潘问:"干吗?"张二嘎子说:"屁话多!"

躲在暗影里的何满江将这一切看得清清楚楚,连忙转身离去。回到家,邢秀丽问:"孩子呢?"何满江随口答非所问:"都跑了。"突然感觉不对,连忙改口:"哦,不要去了,先华一家都睡觉了。"邢秀丽看着何满江,他脸上一点表情都没有,就说:"睡吧。"

一大早,何满江送邢秀丽去采油队上班,推开门就看见报纸包着一大块东西,他迟疑地捡起来,报纸里包着一块牛肉。何满江一抬眼,看见陈启仁家门口也放着一包东西。

邢秀丽惊讶道:"牛肉?谁送的啊?"

何满江没点头,也没摇头。他捡起陈启仁家门外的牛肉,走到葛先华家又捡起一块牛肉。他抱着三块牛肉,去了食堂。张成武正在搅动大锅里的稀粥,一勺子下去,捞起来不见几粒米,痛苦地摇摇头。何满江将几块牛肉"啪"地扔到案板上。张成武打开报纸一看,问:"哪里来的啊?"何满江不回应,只说:"马上熬汤,先给医院病号送过去!"

何满江问:"老家怎么样啊?"

张成武直摇头,说:"讲不得,讲不得……"

何满江盛了一碗粥。张成武又拿两个杂面馒头递上去。何满江边吃边说:"老张,你回来的正好啊,收拾收拾,明天就去敦煌,找老师长帮忙,去跟地方协调一下,找个有水的地方落脚,开荒种地办农场。你先去打前站,抽调的职工随后就过去。"

张成武连连点头。

何满江说:"开荒种地,要尽快下种,尽快见苗,不管什么,只要长苗的都种,萝卜白菜都行,还要养些鸡鸭猪羊之类的。"

张成武说:"天凉了,估计今冬吃不上了。"何满江说:"天凉了就穿衣服啊,地凉了就搭棚子嘛。"张成武说:"好,好,我明天就出发,你放心,只要有水有阳光,啥都种得出来!"

何满江说:"到时,我去看你的菜园子……"

155

冷湖中心广场围满了人,一群鼓手憋着劲儿敲锣打鼓,拼命制造快乐的音符。四五十名精壮的汉子,一人背一把枪,肩上挂着子弹链,满脸英雄气,待命出发。"撂倒驴"提着大砍斧,神采奕奕。

十多辆大卡车一字排开。头车顶上还架着一挺机关枪。

张天翼紧紧握住何满江的手,说:"几千人的肚子缺粮少油啊,还有1000多个浮肿病人……"何满江大声道:"请局长放心,请全局职工放心,我要让大人小孩的肚子脱贫致富!"

张天翼大声道:"出发!"

打猎队员们快速上车,有几个人差点连车槽子都爬不上去,人们连推带拽才弄上车。有人打趣道:"你这样子还打猎啊,别被牛顶了呢。"那人说:"只要肚子有油水,我的枪就要抢着发言呢。"

这时,张二嘎子急匆匆跑上前,求何满江道:"何副处长,带上我吧,我的枪法你是知道的。"何满江意味深长地说:"你不是有牛肉吃吗?"说罢,一挥手,转身就上了吉普车。

十几辆车长笛嘹亮,车轮滚滚而向昆仑。

很快,昆仑山的野味被运回了冷湖。一车车牛肉进了机关食堂,进了钻井一线,进了野外小站。闻到久违的肉味,人们泪水长流。

张天翼站在食堂外面,看着人们排着长队打饭。

一个工人打了一大碗,连汤带肉,走到张天翼跟前,高兴地说:"张局长,牛肉好香啊,我们半年都没有闻到肉味了。"张天翼笑着说:"好啊,今后还有呢,告诉大家,我们保证每天有一碗肉吃!"

张天翼进了医院,看见病号们都在高兴地喝着肉汤。张天翼走到一个病号床前,说:"慢慢喝,慢慢喝,别着急,今后天天有呢。"那个病号一滴眼泪滴落在汤碗里……

与此同时,张成武带队在甘肃敦煌开办的农场也见了起色,一块块土地很快就下了苗。远处,阿尔金山雪峰瓦蓝,阳光照射在积雪上,红润通透。冰雪融水渗入地下,在一百多公里外的地方冒出头来,汇聚成一个叫南湖的大湖泊。自汉代以来,南湖那里都是屯兵之地,宜耕宜种。张成武带领石油人在那里开辟了几百亩农场。

老张戴着草帽,走在地里,脸上是金黄的微笑。他走进一座用土坷垃围聚起来的棚子里,里边的小白菜已经绿油油的了。工人说:"张场长啊,你脸上开了一朵向日葵呢!"

老张蹲在田埂上,几个工人歇息抽烟。一个人问道:"张场长,我们不会一辈子就种菜种粮了吧?"老张说:"我就愿意一辈子来种菜种粮,没有菜没有粮,石油工人怎么打井采油啊!"那个工人又说:"可我是来当石油工人的啊,到头来还是像在老家一样扛锄头种地,多丢人啊。"

老张严肃地说:"种菜种粮,也是为柴达木石油做贡献嘛!"

操心起粮食和蔬菜的何满江,打猎间歇去了趟敦煌南湖农场。何满江走在刚刚开垦出来的田野上,张成武热情地给他介绍着墒情。何满江弯腰抓起一把泥土,攥了攥,说:"好土地啊。"两人转到蔬菜棚子,满棚绿油油的。何满江用手丈量了一下小白菜的高度,说:"再等几天就可以起菜了,让职工们能吃上点绿色蔬菜了。"

张成武说:"有点小,但也可以先出一茬。"

何满江看看远处的雪山,看看脚下的大地,说:"这里水源好,等开春后,还可以开垦出上千亩的地来。"张成武说:"我们再组织力量,扩大战果。"何满江笑问道:"这里比你老家怎么样啊?"张成武说:"比老家好!"

何满江回到冷湖,先去敲开葛先华家的门。何高扑进怀里,大声叫道:"爸爸,爸爸!"陈青也扑了上去,叫道:"何爸爸,何爸爸!"何满江问道:"陈青你们也带着啊?"孟丽萍说:"没事的,一个是带,两个也是养,不碍事的,何高做梦都梦见你回来了呢,真灵验啊。"

何满江说:"哦,从山里出来,绕去敦煌一趟,看了看农场。"

何满江见孟丽萍似乎腰身也不灵便,便问道:"怎么也浮肿了吗?"孟丽萍脸红了，赶紧转身去舀饭。葛先华笑道："嘿嘿，就算肿了吧，来，我们一起吃。"何满江这才"哦"的一声，说："现在可真不是时候啊。"葛先华说："不该来的时候却来了，那也没办法啊，这都是天意。"

孟丽萍把从食堂打回来的牛肉、馒头端上来。何满江捡起一个馒头，掂了掂，说："有肉吃了，可是主食还是跟不上趟啊，你看这馒头，个头看起来大了，重量不变，这不是糊弄肚子嘛。"何满江从大衣口袋摸出一瓶颜色跟汽油一样的苕片红薯酒，又摸出几个煮鸡蛋，说："是农场老张硬塞给的。"

葛先华问起老张在那边怎么样。何满江说："种了点小白菜，过几天就可以上桌了。"喝着苦涩的红薯酒，难以下咽。何满江闷着头吃饭，言语不多。葛先华问道："老何，你哪里不舒服吗？"

何满江猛然醒过神来的样子，摇摇头，说："没有！没有！"

吃完饭，何满江本想去五号女子采油队看看，一转念，又先去了局机关。见何满江出山了，张天翼说："这段时间辛苦你了，这肚皮上的革命不好闹啊，钻井生产上的事就让老陈盯着抓，你就一心一意当好我们的后勤部长吧！"何满江说："牛肉、鱼肉是有了，可主食还是很紧张啊，去敦煌南湖农场转了一圈，主粮今年是指望不上了。"

张天翼说："会哭的孩子有奶吃，会找的孩子才有米吃。要不，你往全国跑一跑，跑远一点。"何满江一个激灵，心想，全国到处都困难，到哪里去找米啊？他想了想，回答道："那我尽力吧！"

张天翼说："现在钻井进尺十分缓慢，上不来啊，工人们拖着浮肿的身子在苦熬中还在苦干，今年下达的30万吨原油任务可悬了。"

何满江从张天翼的办公室出来直奔进职工食堂。厨师们正在忙碌着。何满江看见一个厨师揭开锅盖，正在往半熟的米饭里洒水。那个厨师自豪地说："我们每隔5分钟就往里面加一次水，一斤米可以做出12斤米饭呢。"何满江苦笑道："你这是饱了眼睛饿着肚啊。"

出了食堂，何满江走进医院病房。病号正在做锻炼，依然是面黄肌瘦的和脑袋肿胀的。何满江问一个病号："好些了吗？"病号答道："好些了，你看腿上的坑按下去，都慢慢能弹起来了呢，要是再喝上一个星期的牛肉汤，我就可以返回井场了！"

何满江点点头。在走廊里遇上丁克秀，她挺着大肚子，脸也浮肿了，额头亮晶晶的，泛着一层光。何满江说："你要注意身体啊。"丁克秀说："你没到采油队去看看秀丽啊。"何满江说："刚从敦煌南湖农场回来，马上就去基层看看。"丁克秀说："老陈好长时间都没音信了。"

何满江说："我帮你看看去。"

在井场上，何满江看着脸部有些浮肿的何卒，问道："工人们的干劲如何啊？"何卒说："有牛肉汤喝好多了，虽然大家都有些浮肿，但依然在拉钢绳，扛大钳！"何满江小声道："体力要是跟不上，就多休息，不能带着病身子再打疲劳战术，把身体搞垮了，人整没了，今后要是大规模恢复生产就麻烦了，这些人都是熟练工人，都是宝贝，他们今后有可能都是统领井队的队长啊！"

何卒说："领导你放心，要倒，也是我第一个倒下！"

何满江拍拍何卒的肩膀，说："我要你一直站着！"

何卒眼睛里闪烁着泪花，问道："领导，你不打猎了啊？"

何满江点点头，又摇摇头，说："我要出趟远门了。"

别过何卒，正想哪里去找陈启仁，就远远看见一辆吉普车驶过来，下来的正是陈启仁。何满江握着陈启仁的手，开玩笑说："你转行了啊。"陈启仁纳闷道："没有啊。"何满江说："又黑又瘦，跟挖煤炭似的。"陈启仁说："当然比不上你天天守在昆仑山吃牛肉了！"

何满江问道："井队上咋样？"

陈启仁说："不要说生产了，人只要站着就是胜利啊。"

何满江点点头，说："我出来时到医院看了看，克秀说你很久没有回家了。"陈启仁说："哦，回不去。"何满江说："悠着点，人站着才算胜利，别把自己先给放倒了。"陈启仁点点头，说："你该去采油队看看。"

采油五队是清一色的女子采油工，邢秀丽从机关下来做了采油队队长，她带着陈曼正在做抽油机日常维护，突然感觉腿上支撑不住，赶紧扶住储油罐，感觉眼前好多星星在闪烁。陈曼连忙架起邢秀丽往队部走，说："你这是眩晕了，别再撑着，危险。"

何满江到了采油队，看见邢秀丽身体也快垮了，眼神焦灼。邢秀丽说："没事了，你快回去吧。"何满江从大衣兜里摸出一块用牛皮纸包起来的东西，给陈曼，说："一块黑糖，农场老张给的，你给熬点糖水吧。"陈曼打开包装，黑糖都有些溶化，掰了一块，放进杯中。

邢秀丽问："何高呢，好着吧。"

何满江说："丽萍他们照顾得好着呢，能写几十个字了，陈青也在，两个玩得不错。"听完，邢秀丽眼角冒出一滴泪珠，何满江伸出粗大的巴掌，赶紧去擦拭。陈曼一看，迅速调过目光。

邢秀丽说："要是有幼儿园，该送幼儿园了。"

何满江说："等这阵子苦日子过去了再办幼儿园，还要办学校，不能让柴达木的孩子跟这沙滩一样荒芜了啊。"临别时，何满江说："明天就动身到内地出趟远差。"邢秀丽问："去干啥啊？"何满江一声叹息，说："去找粮啊。"邢秀丽说："到处都困难，到去哪里去找啊？"何满江一咧嘴，苦笑道："去刨老鼠洞，碰碰运气吧。"

陈曼不停地用铁勺搅着杯中的开水……

156

冷湖车站，寒风萧瑟。

一辆破旧的客车摇摇摆摆地开了过来。

何满江裹着棉大衣，背着挎包，正欲上车。

张天翼从吉普车里下来，握着何满江的手，说："找得到找不到都无所谓，一路保重！"何满江点点头，转身上了车。车开出很远了，何满江回过头，看见张天翼还站在车站，不觉得鼻子一酸。

在困境中，人容易变得脆弱。何满江眼圈里晃动着泪花，心想，难道真是老了吗，打了那么多场仗，死了那么多的人，见过多少枪林弹雨，心都跟淬火了似的呢，怎么现在一饿肚子心肠就软了呢？

何满江擦拭了眼泪，看看车窗外，四野一片昏黄。

何满江第一站来到甘肃张掖。俗话说"金张掖银武威"，后来的几十年间张掖一直是柴达木石油人的给养粮仓，大葱、大白菜、土豆、洋葱、红萝卜，支撑了柴达木半个锅台。何满江找到某粮食单位领导，拿出介绍信递了上去。

面黄肌瘦的领导卷起自己的裤管,指给何满江看,说:"你看你看,我的腿都浮肿着呢!"

何满江一声叹息,转身去了陕西汉中。汉中是五十七师驻扎的大本营,印象中是关中天府之地。何满江又摸出一份证明,递给一位领导。满脸沧桑的领导瞟了一眼何满江,用怀疑的口气问道:"柴达木?我有一个战友跑回来了,不是说全散摊了吗,怎么还有人啊?"何满江赶紧说:"还有人,还有人,好几千人呢。"领导故意说:"好啊,你卖多少我要多少。"何满江急忙说:"是我买,我买。"领导冷冷一笑,说:"说球半天,我还以为是你们卖给我们粮食呢!"何满江真想"呸"他一口。

继续南下到了真正的天府之国。在成都边的广汉,何满江拿出满把买粮证明,恭恭敬敬递给一位女领导。体形富态的女领导看了看,用四川话说道:"哎,柴达木的呀,在那儿的人是遭罪哟,可是,我们的肚儿也在遭罪呢。"何满江看了看女领导多肉的脸,换了一个口气,说:"你看你慈眉善目的,帮帮忙,多少都行。"女领导沉默半天,说:"我要说没得,我就不慈眉善目了,再说这是天府之国嘛,你也不相信,那样子嘛,你跟我到仓库去一趟,要得不?"

来到偌大的粮食仓库,库库都是空的。在一个仓库角落,发现有十几吨连糠碎米。女领导说:"这还是准备磨猪饲料的,你要不要啊?"何满江抓起一把碎米粒,吹了一口,腾起一蓬米糠,里边还有老鼠屎。

何满江感叹道:"人人都说天府之国是天堂啊,咋也是这个样子啊。"

女领导说:"我就说你们石油上的看不起嘛。"

何满江连忙道:"要!我要了!"

女领导想了想,揶揄道:"国库倒是有,那里解放军站岗放哨,买是买不出来的,除非你拿炸药包去炸。"何满江也开玩笑说:"那我们宁愿给自己嘴巴子放炸药包。"女领导笑了笑,说:"你这个人还蛮幽灭(幽默)的呢。"何满江"嘿嘿"道:"你看,有没有替代食品?有也行啊。"女领导想了想,说:"嘴巴儿甜,人难缠,那个样子嘛,我给你联系一个地方……"

女领导领着何满江,来到一座早已停产的酒厂。瘦小的酒厂厂长守在门房里,喝得烂醉如泥。女领导给厂长介绍了情况。厂长醉眼蒙眬,一步三颠地领着他们去了库房。打开库房,库房里几十大缸酒。厂长说:"这是前年酿的苕片片酒，十几吨，现在粮都没得吃也没得人买得起酒，你要是买了这十几吨酒，我就白搭给你十几吨苕片片。"

何满江想了想，说："我先看苕片片。"

厂长打开另一个库房。何满江抓起一把苕片，闻了闻，有些发霉。何满江故意说："你这苕片片也是三年前的吧，猪都不吃了。"厂长说："你也会摆龙门阵（吹牛的意思）哟，我一开仓，人准跑得比猪快。"

何满江赶紧递上一支烟，说："你爽快，我也痛快，全要了！"

157

何满江下了汽车，再上火车；下了火车，再上汽车。

何满江不停地递上烟，再顺手递上介绍信有的接了烟，转身就走人。有的不抽烟，接过介绍信却频频摇头，也有的不接烟也不接介绍信，只是一个劲儿地摇头。

158

冷湖食堂。张天翼揭开饭盒一看，米饭里夹杂着苕片片。

张天翼夹了一块黑黢黢的苕片放进嘴巴里，良久才说："这个何满江啊，跑到南方去淘猪饲料了！"

孟丽萍打饭回家，何高和陈青两个小家伙四只眼睛紧盯着饭盆，甜甜地叫着："孟妈妈，孟妈妈！"孟丽萍盛了饭，桌子上一盘红烧鱼，一碗小白菜汤。白菜汤里飘着指头大的油斑。

葛先华吃了一口米饭里的苕片，说："老何去了南方啊。"

孟丽萍小心地给何高撕了一块鱼，说："听食堂师傅说，运回来了的腌渍肉、猪板油，还有十几吨酒呢。"

葛先华停下筷子，说："老何真是在内地刨鼠洞啊！"

159

何满江回到冷湖,身后跟着一位大姑娘,名叫何彩霞。

孟丽萍带着何高、陈青从食堂打饭回来,远远就看见何满江,还有何满江身后的大姑娘,满脸疑惑。何满江接过孟丽萍手里的饭盆,说:"这姑娘是在兰州捡的,你带去洗个澡,再给她找两套旧衣服。"孟丽萍"哦"了一声,似乎还没有反应过来。

孟丽萍带着何彩霞去澡堂洗了澡,换了衣服,果真还有几分俊俏模样,只是面带饥色,瘦弱了一点。何满江点点头。孟丽萍说:"养一养,还是个大美女呢。"何彩霞"噗通"一声跪在何满江面前,说:"感谢救命恩人。"何满江连忙搀扶起来,说:"吃饭,吃饭。"葛先华开玩笑道:"你这一趟收获还不小嘛,刨老鼠洞还刨出一个大美女。"何满江一声叹息:"唉……"

孟丽萍问何满江:"一个大活人,你准备怎么安排啊?"何满江"嘿嘿"一笑:"我叫小卒子回来一趟。"葛先华和孟丽萍立即明白了何满江的用意,都点点头。

何满江对何彩霞说:"你姓何,我也姓何啊,今后你就叫我大哥。明天啊,我再介绍一个姓何的年轻人跟你认识,能成,就是你丈夫,不成,也是你另外一个哥。"何彩霞脸红了,说:"谢谢大哥了。"

何满江说:"你白天到食堂帮忙吧,晚上也顺便带带这两个孩子。"

何彩霞连忙点头应许。

160

冷湖车站。寒风翻着跟头在咆哮。

一辆破旧的客车疲惫地驶进车站,好像历经了世道沧桑。

一个身穿黑呢子大衣、戴着眼镜的中年男人,提着皮箱下了车。

他在冷湖大街上环顾一圈,朝着局机关大楼走去,表情淡定自若。

葛先华的办公室被缓缓推开。中年男人出现在葛先华的视线里。葛先华抬起头,万分惊讶,连忙起身,迎了上去,紧紧握住他的手。

葛先华问道:"陈总,您怎么来了?"

陈笑淡然一笑,道:"柴达木是个好地方啊,走了就还想来!"

第十五章
别离温暖

冷湖，在碱水里浸泡的苦孩子

以年产 30 万吨的骄人产量向祖国献礼

破坏性开采让地壳深受伤害

刚刚发烫的冷湖，转眼间就急剧变冷

目光西顾，人们再次回撤到最先到达的地方

花土沟，那里高达一百五十多米厚的裸露油砂

是一个召唤，是一个暗示，也是一座灯塔

然而，就在那年那个冬天那个女地质队长

却在冷湖大地早早安眠……

161

中国石油总地质师被下放到西部边塞之地——冷湖工作,是那个特殊年代的特殊事件。作为只在书斋里徜徉思维的葛先华来说,是惊讶,也是想不通的。

是的,很多事,是拒绝多数人想通的。

陈笑对同门师弟葛先华说:"你今后就别叫我陈总了,就叫我陈笑,仰天一笑面昆仑,或者叫老陈。"说罢,掏出介绍信递给葛先华。葛先华接过一看,感觉眼睛发花,揉了揉,但介绍信上又明确地写着:"兹介绍陈笑前去青海石油管理局在监视下劳动……"

陈笑道:"只要让我工作,哪里都行啊!"

葛先华转身去找张天翼,只见张天翼神色严峻地摇摇头,说:"陈笑是你学长,学术上你要尊敬他,生活上你要关心他,政治上你要帮助他。"葛先华冷笑道:"我不明白!"张天翼说:"少明白也好,你们知识分子,就该一心扑在学术、科研上嘛。"葛先华生气欲走。张天翼说:"你们可以坐一坐,我不方便出面啊。"

冷湖秋夜,寒意阵阵。葛先华领着李天翔、黄兴国给陈笑收拾了一间板房。陈笑说:"有板房住就很不错了,记得第一次来都住的帐篷呢。"葛先华摸摸床上的褥子,对黄兴国说:"到我家去找一床厚点的。"

陈笑说:"天当被子地当床,薄点没关系。"

葛先华几次开口想问个究竟,陈笑都把话题岔开了。陈笑问道:"目前最要紧是什么工作啊?"葛先华说:"我们正准备搞冷湖油田总体开发方案,不过暂时还没有头绪。"陈笑说:"如果放心的话,就让我来吧,你就继续搞勘探一路的工作。"葛先华说:"勘探,100 多个勘探队现在都不到 10 个了,取不回资料，怎么搞勘探！"

陈笑沉默片刻，说："哪怕只有一个勘探队，也要坚持做勘探，找不到构造，找不到储量，光在地球上戳个窟窿有什么用？这就是我的观点，这也是做地质最基本的观点。再顺便告诉你，千万别把我当客人，我可没有打算一年半载就离开，你们都说生做柴达木的人、死做柴达木的鬼，我也一样，我就是一个冷湖人，说不定还做冷湖鬼。"

葛先华眼里闪动着泪花。

葛先华是个单纯的知识分子，对陈笑的遭遇很不解。他找到何满江要答案。何满江听后，沉默了半天，说："冷湖的风很大啊，今天是东风压倒西风，明天又是西风压倒东风，搞不好呢，后天又什么风都没有，晴空万里呢！"

葛先华是个明白人，他知道何满江说的意思，但他还是想不通。

162

局机关大礼堂门前高挂着写有"夺油大会战"五个字的鲜红横幅。

冷湖中心广场满是飘扬的红旗。机关男男女女身着大棉衣，头戴大棉帽，背着行李卷，列队在风中。夺油是第一要务，葛先华、胡挺、李天翔、黄兴国也走出了办公室。局长张天翼作了情绪激昂的讲话："同志们，各井队、各采油队、各施工队，已经打响了夺油大会战，机关组织突击队下到基层，就是要跟基层工人同吃、同住、同劳动、同帮助他们，携手大干，坚决确保完成全年30万吨原油目标任务！"

各突击队挥舞着红旗，高喊口号："坚决完成任务！"

葛先华摘下眼镜，哈了一下镜片，用袖子擦拭着。

眼看时令将近年底，年度总任务还差缺口，人们在滴水成冰的寒冬季节，跟时间赛跑，跟任务拼命，掀起了夺油会战。这样的人海战术在那个年代时常发生，会战的号角一响，全局上下风声鹤唳，倾巢而出，人欢马叫，地动山摇。但往往，也能见到奇效。

竞赛期间，陈兵钻井队收到一篮子鸡蛋，里面留着一张字条。字条上一行字："辛苦的钻井工人同志，这是我们农场收获的第一批50个鸡蛋，赠献给你们！南湖农场全体职工。"

食堂师傅不敢打开，叫来陈兵。陈兵说："这鸡蛋我们不能吃。"陈兵在纸条上续写一行字："转献何卒钻井队。"

鸡蛋篮子放在何卒井队食堂。何卒拿起纸条一看，"嘿嘿"一笑，兵蛋子给我上眼药呢！何卒也在纸条上留言："转献女子采油队。"

女子采油队。邢秀丽拿起鸡蛋筐里的纸条，忍不住笑了，说："两个大老爷们心细如发啊！"于是，她又在纸条上写了一行字："转献机关突击队。"

机关突击队。食堂师傅提着篮子，找到在现场干活的葛先华，说："你看看这个！"葛先华忍不住笑了，说："你代我转赠建筑队吧，他们很辛苦！"师傅说："我不会写字呢。"葛先华"唰唰唰"地在纸条上写了一行字："转赠建筑安装队的师傅们！"

建筑安装队的工人们正在忙碌着挖管沟、焊管线。队长看了看鸡蛋筐，又细看了字条上的留言，说："这叫我们咋吃得下啊！"队长又在纸条上留言："请交医院转职工病号。"

医院病房。一筐鸡蛋在几个病号手中传递着。病号说："夺油大会战的将士们都不忍心吃，我们躺着也更没有理由吃啊！"几个病号商量，转给修筑"冷当公路"的工友们！

"冷当公路"施工现场，上千职工和民工正在拼命大干。现场总指挥端着鸡蛋篮子看了半天，找来干事，说："这鸡蛋再不要千里大循环了，我们感谢石油工人的鼓舞，这样吧，你把鸡蛋提到民工食堂去。"

干事把鸡蛋交给民工食堂，对师傅说："这是石油工人送来的。"

五十只煎鸡蛋放在五十个大碗里。一个民工说："好几个月都没有闻到鸡蛋味了呢。"另一个说："听说这是石油工人舍不得吃，转了好多次手转到我们这里的。"那个吃了一半鸡蛋的人"啊"了一声，另一半鸡蛋"啪"地掉进了碗里。

163

何满江提着一只胶壶，敲开张天翼办公室的门。

张天翼看了看何满江的脸，笑道："你看你，大半个中国的食品我们都吃到了，我还以为你小子在外面混个肚儿圆呢，还是面黄肌瘦的！"

两人忍不住"哈哈"大笑。何满江举起那只胶壶，里面晃荡着汽油颜色的液体，说："这是四川的苕片片酒，你们吃的苕片就是买酒白搭的，你尝尝，有些苦啊。"张天翼笑道："没有想到你还会做生意啊，不过现在喝不成了，我马上要到现场去视察，任务紧得很啊，全局大会战！"

何满江说："那我也陪你上去！"

半途上，小车陷进沙窝子。张天翼、何满江下了车，这才发现前面沙地里也陷着两辆装有钻井物资的大卡车。张天翼走上前去，问了情况后说道："司机师傅们不要害怕，我们全局这个大车轮子都能走出困境，不在乎这几个小轮子，我们抬也要把它抬出来。"说罢，脱掉大衣，拿过铁锹，就开始挖车轮下的沙子。

大卡车再次启动。车轮子腾起老高的尘灰，就是出不来。两人把自己的大衣往车轮子底下一垫，汽车粗着嗓子一吼，轮子出了沙窝子。那个司机愧疚地捡起地上被沙子浸透脏污的大衣，可惜地说道："张局长，你的大衣！"

张天翼"哈哈"一笑，说："一件衣服有何惜哉！"

张天翼带着何满江到井队，上井察施工、下厨问生活。在勘探队员的帐篷里，围着炉火跟地质队员把话夜谈。在焊花闪烁的工地，他们仔细查看每一道焊缝。

张天翼说："各战区都掀起了大干快上的高潮，让人振奋！"何满江说："今年是勒紧裤带闹生产，大灾之年大丰收啊。"

在女子采油队，邢秀丽领着陈曼正在巡查油井。陈曼检查了一个油嘴，发现气温低，有些堵。邢秀丽毫不含糊，当即解下围巾，就往油嘴上缠。陈曼说一条围巾太薄了，不顶用，于是脱下一件毛衣裹了上去，也做成了包扎物。邢秀丽说："你怎么能脱下毛衣呢？"陈曼说："跟你学的。"

张天翼和何满江来到女子采油队。邢秀丽在抽油机旁详细介绍采油情况。她说："女子采油队总共维护20口油井，每天采油40吨，保证不缺斤少两。"张天翼说："好啊，邢队长是全局第一个女采油队队长，巾帼不让须眉，你把这支女子采油队带得邦邦硬！"

张天翼转身问何满江说:"你不说两句?"女队员都被逗得笑了起来。张天翼接着说:"你们这些女职工,为油田做出了巨大牺牲,我得感谢你们,也感谢你们家庭的支持,要是今后条件好了,一线不上女职工!"张天翼又对邢秀丽说:"油田的采油指标还有一些差距,你们采油队要竖起旗帜,立起标杆,年底了,我亲自扶你骑大马、戴红花!"

邢秀丽大声道:"请领导放心!"

164

在家属区最边缘,有一栋孤零零的板房。陈笑就住在那里。

何满江敲门而进。陈笑在一盏孤灯下翻看资料。何满江自报了姓名,说:"陈总,我来看看给你加装的暖气片热不热。"陈笑连忙道:"叫我老陈,哦,暖气片很热乎,谢谢你。"何满江摸了摸暖气,说:"柴达木条件恶劣,陈总多保重身体,有什么需要,找先华,找我都行。"陈笑说:"这样就很好啊,你看,又能看书,又能工作,只要还让我搞石油,我就很满足了。"

何满江告辞出来,板房外边一个黑影一闪而过。

陈笑完全融入了冷湖,他爱上了这片没有绿色的戈壁,因为这片土地有内在的温度,有大美的人性。他去邮局寄信,看见拥挤的邮局里,一个工人伏案边写汇款单,边抹眼泪。在得知工人师傅老家遭灾,老娘过世,井队上又搞会战,走不开,只能寄点钱回去的情况后,陈笑从衣袋里掏出一卷钱,对那个工人说:"柴达木的石油工人值得我尊敬,这点钱,一点心意,寄回去。"那工人连忙道:"这怎么使得!"

陈笑把钱硬塞进工人手里,寄完信,转身出了邮局。那工人呆呆地看着陈笑的背影,感激地说:"这是哪位领导,我还不知道他名字呢。"旁边一个人说:"这是从上边下来的大领导,可是……"

那个工人急忙问:"可是什么啊?"

旁边的人再不说话,只是摇头。

夺油大会战关键之际,余秋里部长再次来到冷湖油田视察,在听取生产情况汇报之后,他专门找张天翼私聊了一阵。余秋里部长充分肯定了陈笑同志对冷湖油田开发的认知,并叫张天翼给陈笑传个信,简单写一份个人检查,就回部里工作……,现在大庆开展大会战,急需人才啊。

张天翼点点头,说:"我一定把话传到。"

散会后,张天翼打电话去叫何满江,一字一句转述了余部长的话。张天翼说:"你代我去找一趟陈笑同志吧。"何满江犹豫了一下,说:"我最多只是一个传话筒啊。"

何满江熟门熟路到了陈笑的板房,只见陈笑边看资料边吃午饭。陈笑说:"这鱼做的还蛮有味道的呢。"何满江笑笑,聊了聊家长里短,便小声跟陈笑耳语一阵。陈笑脸上的笑容突然消失了,把饭盒一扔,稍顿片刻,又捡起饭盒,笑道:"青海是个好地方啊。"

何满江尴尬笑笑,只得转身出门。他又发现板房外边一个捂严了头脸的人影小跑离开。何满江两次见到那个背影,心中不免担忧陈笑的安全。他转身又进了板房,对陈笑说:"多注意安全。"陈笑淡然一笑,说:"柴达木最安全呢。"

何满江把陈笑的态度汇报给张天翼,张天翼沉默半天,说:"多关心他的生活,他正在做冷湖油田开发方案,苍天可以不仁,但冷湖不能再冷!"

何满江点点头。

165

冷湖广场的高音喇叭一遍又一遍发出夺油号召。

年终夺油上产进入白热化,临近年底只有4天时间,全局产油指标还差400吨缺口。局里号召机关人员停下手中的笔,包括在家的职工家属走出房间,上井场、上采油队,扛起铁锹,端起盆子,拣油拾油,补空填缺,坚决完成国家下达的计划任务,实现灾年大丰收!

人们丢下手中的笔、手中的炒勺,冲出了房间;医院的病号拔掉针头,冲出了病房;家属们拿着盆盆罐罐,冲出了家属区;七八岁、十来岁的小孩,也跟在大人身后;陈笑合上资料,穿上工衣,戴上手套,走出房间……

马路边,人们用铁锹铲起洒落的原油。

小孩捡起路边拳头大的一块冻结的油疙瘩，扔进脸盆里。

采油区，人们在废弃的油池子里，用脸盆舀起原油。

陈笑用铁锹狠狠地铲起路边冻结的油渣。何满江走到陈笑跟前，说："陈总，你歇歇，这粗活，我们来。"陈笑直起身，感慨道："柴达木的石油人，是最可爱的人啊！"这时，那个在邮局寄钱的工人师傅走到陈笑眼前，仔细端详着，大声说："是你！就是你！"陈笑连忙摆摆手，说："同志，赶快拣油吧！"那工人眼含热泪高兴地点点头。

女子采油队，邢秀丽看了看油池子里还有淤积的原油，说："我们把这油底子给挖出来，也可以增加一些产量。"几个女工犹豫不决。邢秀丽脱下大衣，挺着大肚子，扛起铁锹就跳了进去。陈曼赶紧追过去，喊道："邢姐，你不能下去。"秀丽在油池子里应道："别啰唆，快接油！"

话毕，一锹原油抛了出来。

陈曼赶紧用脸盆接着。等清理完原油，陈曼和几个女工把邢秀丽拽上来，她脸上、手上、身上全是黑乎乎的原油。陈曼赶紧给邢秀丽披上棉衣，心疼地说："邢姐，你回去休息吧，我们来！"

邢秀丽稳了稳身子，突然，一个跟头栽倒在地。陈曼和几个女工连忙抬起邢秀丽，就往队部跑……

166

夺油会战没有白忙活，人们硬是靠铁锹铲、靠脸盆端，凑齐了年产30万吨的总任务。30万吨年产量，使青海油田一跃成为中国四大油田之一。冷湖，成为中国西部石油重镇。

青海油田年产30万吨庆祝表彰大会隆重召开。会场里坐满黑压压的人。礼堂前台，十几个工人挎着鼓、举起锣，欢欣鼓舞地敲打起来。张天翼等十来位局领导信步走上主席台，满场响起热烈的掌声。

此时，职工医院走廊里，何满江狠狠地抽着烟。孟丽萍、陈曼等几个女人焦急地守在妇产科门口。何高问孟丽萍："妈妈是不是给我生小弟弟啊？"孟丽萍抚摸着何高的头，说："是不是小弟弟我可不知道，反正名字叫何举。"

何高一脸迷茫。

在医院也能听见冷湖中心广场大喇叭传来的会场的声音:"我们圆满地完成了30万吨的计划任务,青海油田已经跨入全国大油田之列!"

喇叭里传出排山倒海的鼓掌声。

十几名英模骑着大红马、胸戴大红花,走出会议礼堂。人们从礼堂蜂拥出来,欢笑声、鼓掌声,响彻云霄。张天翼站在人群里,目光从马背上那太阳一样明媚的脸庞扫过,突然眼神一怔,连忙问身边的葛先华:"怎么不见邢秀丽?"

此时,职工医院产房里传出一声婴儿的啼哭,高亢、嘹亮。

何满江将手头的烟蒂一扔,脸上黑铁一样的表情瞬间熔化。

丁克秀走出产房,大声道:"是个儿子!"

167

春节,冷湖沉浸在节日的欢乐中。

何卒从井队上下来,兴冲冲敲开何满江的家门。何满江、邢秀丽、陈启仁、葛先华、丁克秀、孟丽萍、陈曼,还有陈笑、何彩霞都在一起过年。何满江见是何卒,大声道:"赶得好不如赶得巧,年夜饭正准备开席呢。"何卒"嘿嘿"一笑,说:"每逢佳节倍思亲啊,而我们这些单身汉就只有到处乱撞了。"

陈启仁问:"陈兵呢,咋不撞过来啊?"

何卒说:"他到女朋友家去了,就我纯粹的单身。"

陈启仁道:"哟,这小子暗地里在行动啊。"

陈笑开玩笑道:"我是有家难回啊,是个不太纯粹的单身。"

何卒看着陈笑,有点陌生。何满江将陈笑和何卒互相做了介绍。两人握手。何卒看着邢秀丽、丁克秀两人都抱着襁褓中的孩子,说:"哎,这年头,拿着钱也买不上东西啊,也没有个见面礼,实在不好意思。"

何满江说:"活着都不容易呢,不要讲究了。"

何卒看了看邢秀丽怀里的孩子,说:"这个我知道,叫何举。"他又问丁克秀:"这是男孩还是女孩啊?"丁克秀说:"男孩,叫陈海。"这时,陈曼和何彩霞从厨房出来，端了一大盆饺子，接着又端出来了鱼和野牛肉，居然还有一盘碧绿的小白菜。何卒的目光碰上陈曼，连忙躲闪开了，看见何彩霞，是一张生面孔，不禁多看了两眼。何彩霞感觉到了何卒的目光，连忙躲闪开。何满江看见了何卒的眼神，说："小卒子，我给你介绍介绍，她叫何彩霞，嗯，我老家的远房亲戚，你们认识认识。"

何卒"唰"地起身，身子一挺，道："我叫何卒，钻井队队长！"

何满江拽何卒坐下，说："干啥呢，又不是汇报军情，一惊一乍的。"

何满江又对何彩霞说："何卒是个老实人，你们今后互相帮助啊。"

满屋子人的目光都落在何卒、何彩霞两人身上。两人不好意思，都红了脸。何满江提起酒壶，给碗里斟上酒，酒呈焦黄颜色，是四川的苕片片酒。何满江举起酒碗，说："还没有过过这么寒酸的年啊，不过再寒酸也是年，不管怎样，过年都得喝一口酒嘛，也不管这个苕片片酒是苦还是甜，我们都要庆贺一下啊，祝愿今年过去别再来，干杯！"

几人喝罢酒都皱起眉头，酒的味道确实不咋的。

葛先华说："我提议给大嫂、二嫂两位英雄母亲敬一杯酒，这么艰难的日子，居然还能够为柴达木增添新丁，得祝贺！"邢秀丽说："我们一不留神就成了英雄母亲呢，来，是得喝一口！"

何满江说："葛先华你也快当爹了啊。"葛先华看了看孟丽萍已经隆起的肚子，说："我们同时结婚，你们第二个都比我第一个大呢，还是你们跑步开创新世纪啊！"这时，陈启仁说："何卒同志啊，咱们同时进入柴达木的呢，你要加把劲啊。"

何卒不好意思道："我就慢慢进步吧。"

何彩霞瞟了一眼何卒，抱起邢秀丽怀里的孩子，说："大嫂，我帮你抱抱，你快吃饭吧。"陈曼也将丁克秀怀里的孩子抱起来，对何彩霞说："走，我们出去转转，看放鞭炮。"

夜空里，偶尔有二踢脚的炸裂声。

陈曼直言相问何彩霞："觉得何队长怎么样？"何彩霞说："我这条命都是何大哥救的，感谢都来不及呢。"陈曼说："你这话我懂，何卒这人很实在，也很能干，要不就交往交往，了解了解，早点成个家吧。"

何彩霞点点头,突然问道:"陈姐,你怎么不结婚呢?"

陈曼摇摇头,说:"有的东西,是命中注定。"

何满江将酒杯倒满,对陈启仁、葛先华说:"我们三个敬陈总一杯吧。"陈笑道:"这可不敢当啊。"何满江说:"旧年总会旧的。"陈启仁说:"新年总会新的。"葛先华道:"新年依旧会旧的。"陈笑"嘿嘿"一笑,道:"冷湖其实不冷!"说罢,四人举杯,一干而尽。

何卒有些莫名其妙,问:"你们在猜灯谜吗?"

几人"哈哈"大笑起来。

大年初一,时间迈入新的时序,但冷湖的湖面,依然结满坚冰。

穿着新衣服的大人小孩们,用废旧的轴承盘和木板做了冰车,在冰面上划着冰,欢声笑语渲染着新一年到来的喜悦。

何卒带着何高,何彩霞带着陈青也在湖面上游玩。何卒对何彩霞说:"很高兴认识你。"何彩霞想到自己逃难的日子,伤心道:"我高兴不起来。"何卒惊讶地问道:"为什么?"何彩霞说:"因为我本不属于这里。"何卒叹息道:"曾经,我们都不属于这里。"何卒向何彩霞伸出手,她略一犹豫,便将手伸了出去。何卒说:"有了家,我们就都是冷湖人了。"

何彩霞脸上终于露出笑容。

168

冷湖中心广场上搭建起了一个高大的舞台。

舞台正中央竖起的电线杆子上,三只高音喇叭百合花一样盛开。从那百合花里滚滚而出的是铿锵嘹亮的歌声,震人耳膜,激人肺腑,令人血脉偾张。歌声正嘹亮:

红太阳照边疆,青山绿水披霞光,长白山下果树成行,海南江畔稻花香。劈开高山,大地献宝藏;拦河筑坝,引水上山岗。哎嗨延边人民斗志昂扬,军民团结建设边疆。毛主席领导我们胜利向前方……

广场四周，到处都是标语口号。

冷湖湖边的盐碱地里，芦苇正在茂盛地生长。一群儿童在湖边芦苇塘里玩耍、游戏。芦苇滩上，雀鸟惊飞。几只黄羊惊诧而起，纵步飞驰，还有几只刚出生不久的小黄羊。

一群儿童先是发愣，接着，一个小孩捡起一块石头，朝黄羊扔去。

黄羊的白屁股在芦苇里闪现。一只小黄羊不幸陷入沼泽，它惊恐，它痛苦，它无助，越是挣扎，越是深陷。孩子们追过去，纷纷捡起石头，向小黄羊掷打。小黄羊痛苦地鸣叫着，向远处回头探望的父母求助。黄羊父母爱莫能助，眼眸里满是悲戚和痛苦。

陈青喊道："你们不要打！"

一块鸡蛋大的石头又准确无误地击打在小黄羊的额头。小黄羊拼命挣扎，但越陷越深，稀软的污泥像一张魔鬼的嘴。陈青的眼睛里闪着泪花。何高拽着她离开了，陈青一步三回头。

孩童们又一轮疯狂的掷打和疯狂的叫喊声，那只小黄羊凄惨的叫声，一直回旋在冷湖芦苇荡的上空……

169

冷湖广场上的高音喇叭播放着《唱支山歌给党听》，歌声深情、嘹亮：
"唱支山歌给党听，我把党来比母亲……"

何高、陈青背着小书包，穿过广场，朝冷湖湖畔小跑而去。

陈青问："哥哥，那只小黄羊不会饿死了吧？"

何高说："不会的，它妈妈还守着它呢。"

远处，芦苇滩的沼泽上，那只小黄羊还在痛苦地鸣叫着。一对黄羊父母痛苦地守候在芦苇湿地里，一会儿惊跑，一会儿停下脚步看着它们的孩子，依然是爱莫能助。

何高、陈青小心地走近小黄羊。

陈青从书包里掏出一把小白菜叶子，向小黄羊扔过去。小黄羊惊恐地挣扎着，可是泥浆快淹过它的脊背了，挣扎显得虚弱而徒劳。

何高从书包里掏出一把馒头屑，朝小黄羊扔过去。小黄羊只是看了看，还是没有吃，危在旦夕，它哪里还有心情吃呢。

陈青流着眼泪说："哥哥，怎么办啊？"

何高说："我去救它！"

何高小心翼翼地往前走了两步，"扑哧"一声，鞋子就陷进了泥浆里。他不敢再往前走了，后退着出来，使劲一拔腿，鞋子陷落在泥浆里。

何高说："我们找人来救它！"

何高和陈青跑回冷湖基地，推开何满江的办公室。办公室里正在开会，烟雾缭绕，一屋子的叔叔阿姨都惊诧地看着这两个小家伙。何高赤着脚，满裤子稀泥，一边哭一边叫："爸爸，爸爸，快，快……"

听说为了救小羊羔，何满江先是不以为然，但蓦然从两个孩子的眼泪里读懂了慈悲和善良，心中一颤，于是终止掉会议，背着何高去救羊。刚从部队转业、来在钻井处任职副处长的马成武背着陈青，两人飞速地向芦苇滩走去。小黄羊还在凄惨地呼叫着，黄羊父母还在周边无助地守候着。何满江和马成武解下皮带系在一起，马成武拽住一头，何满江抓住另一头，小心地朝小黄羊走去。

何高喊道："爸爸，你小心点。"

陈青也喊道："何爸爸，你小心。"

泥浆先是没过脚面，再是没过踝骨，紧接着就淹没到膝盖处。何满江身子一晃，失去平衡，慌乱中双手插进泥浆里……何高、陈青都屏住了呼吸，睁大眼睛。何满江一步步靠近小羊，连泥带羊给挖了出来。黄羊父母呆呆地盯着它们的孩子。

马成武用双手捋掉小黄羊身上的泥巴，并用水潭里的水清洗了羊毛一遍。小黄羊耸耸肩胛骨，甩掉身上的水渍，小心地探着步子，感觉没有危险了，才小跑着奔向它的父母。黄羊父母深情地回望了他们一眼，然后，带着小羊羔隐没在芦苇深处。

何高、陈青高兴地目送小黄羊远去。

张成武说："童心无敌啊！"

何满江说："它们，走出了困境啊！"

广场上，高音喇叭播放着歌曲《英雄赞歌》：

烽烟滚滚唱英雄，四面青山侧耳听，侧耳听，青天响雷敲金鼓，大海扬波作和声，人民战士驱虎豹，舍生忘死保和平……

张天翼办公室里坐着陈启仁、何满江、葛先华、马成武等十几张熟悉的面孔。张天翼说："目前形势不容乐观，原油生产从 30 万吨陡然降落到不足 10 万吨……，群众思想出现了波动，当逃兵的人络绎不绝……"

马成武低着头，他带来的兵跑掉不少。他紧张地在笔记本上记录着。张天翼说："苦干不能苦熬啊，苦熬要出问题，出大问题，苦干才有希望，唯一的希望！"

人们都抬头看着张天翼。张天翼又说："我先抛出一些想法，一是迅速摸清冷湖构造的家底，尽早出台可行的冷湖开发方案，我们老是东一榔头西一棒槌，找不到鼓点，这样不行！"

葛先华点点头。张天翼又说："二是牵涉到战略方向的调整，我们从西部进来，走过了茫崖，走过了冷湖，我的直觉，可能我们错过了最重要的一个节点。"人们都抬头看着他。张天翼说："那就是花土沟！"

与会者有人点头，也有人摇头。

张天翼说："油砂山那一百多米厚的油砂露头就是召唤，就是旗帜啊，我们没有做扎实细致的工作，我们要再次进入花土沟地区，要向柴达木西部的广大地区撒大网，捕大鱼……"

张天翼接着说："我们各路人马要立即行动起来，不能等待！等，黄花菜都会等凉。下一步，领导班子要做出相应调整，待局党委研究后立即下发文件。在这关键时期，必须加强领导班子建设，把我们的领导打造成铁拳头！要严格落实各项生产制度，大抓生产不放松！"

会议散去，张天翼只留下葛先华一人。张天翼说："现在最主要的是拿出冷湖油田开发方案。"葛先华点点头。张天翼说："你们要尽可能为陈笑同志的工作提供支持，要想办法为他的工作和生活扫清障碍。"

葛先华坚定地说："好！"

有一个黑影人一直在暗中监视陈笑，这一点何满江、葛先华都清楚。他们知道是谁，但却不能撕掉那黑影人的面纱。陈笑也知道，黑影人随时在监视他的一举一动。这次有了张天翼的明确指示，何满江和葛先华暗中布局，准备让黑影人原形毕露。

晚上，陈笑板房外，黑影人又在窗户边贴耳窃听。这时，三个人影悄无声息地跟了上去。那个黑影人听见脚步声，突然转头。三支强光手电照在他的脸上。那人想跑已经来不及了，"噼里啪啦"，黑影人倒在了地上。

板房里的陈笑在昏暗的台灯下忙碌着，听见外边有打斗声，他猛然抬起头，然后又摇摇头。这时，葛先华敲门而进。陈笑看看葛先华，问道："这么晚了，有事？"葛先华笑笑，说："今天局里刚开了会，大家摩拳擦掌要大干一番呢，局长也特别关心冷湖油田开发方案。"

陈笑说："冷湖油田开发方案还需要最后的资料……明天，我们到现场去跑一圈。"葛先华说："好，我这就回去安排！"

171

为了配合战略调整，局党委迅速对干部做了新的任命——

陈启仁：青海油田党委副书记，兼任西部钻探指挥部副总指挥（升任副局级），主要任务是协助油田党委书记抓好油田思想政治工作，并迅速在西部地区撒开大网，拿到储量。

何满江：任钻井处长，主要任务是负责冷湖区块的钻井生产，并确保冷湖稳产10万吨这个铁指标不能动摇。

马成武：任钻井处第一副处长，协助何满江工作。

葛先华：任科研处处长，负责油田地质科研工作。

陈兵：任钻井处第二副处长，兼东部地区钻探大队大队长。

何卒：任钻井处第三副处长，兼西部地区钻探大队大队长。

邢秀丽：任人事劳资处副处长。

油田还准备在冷湖基地开办中学，陈曼调往学校筹建部门。会后，张天翼在机关大门口遇上何满江，说："邢秀丽挂职基层三年了，该圆你们夫妻梦了。啊，听说第三个娃娃又怀上了啊？"

何满江不好意思地笑了笑，说："为革命储蓄力量！"

近一阶段，葛先华一直陪着陈笑在冷湖几个区块做地质调查，晚上回得晚，错过食堂饭点，葛先华就邀请陈笑到家里吃饭。孟丽萍在厨房里搅着鸡蛋，说："没什么菜，陈总不会笑话吧。"葛先华剥着葱说："陈总那人随和得很。"他又说："要不把老何、老陈都叫过来一起吃吧，可能吃了这顿饭，大家又该各忙东西了。"

孟丽萍说："也好，你去叫人，我再把你上次回老家带来的老腊肉煮一点，你去叫人吧，我来。"葛先华转身便走，说："谢谢小孟同志。"孟丽萍纳闷这人今天怎么了啊。

一张小圆桌上摆了六七个菜碟子。陈笑、陈启仁、何满江、葛先华、丁克秀、孟丽萍在座。三个小孩在一张小方桌上，边吃边做游戏。陈笑夹了一块老腊肉放进嘴里，满口生香，眉毛舒展，说："好吃，这不是四川的腊肉，而是湖南风味的腊肉啊。"

何满江说："陈总是湖南人，怀念家乡的味道啊。"

陈笑说："自小就是吃老腊肉长大的呢。"

几个人笑着碰杯。陈笑夹了三块腊肉，给三个小朋友一人一块，说："不能只给我们大人吃啊，小孩子嘴巴更馋呢。"陈笑看着几个孩子香香地吃着肉，若有所思。

葛先华问道："陈总的孩子多大了？"

陈笑说："离开北京时，大女儿12岁，小女儿才5岁。"

陈启仁连忙给葛先华使眼色，意思是不要再问。陈笑摇摇头，说："大的今年高中快毕业了，小的也快上初中了。"葛先华还是忍不住问了一句："孩子在北京都还好吧？"陈笑一字一句："大的跟着姥姥在北京，小的跟着她妈到了重庆。"

陈启仁端起酒，对陈笑说："好着就行，来，我们喝酒，干杯。"

陈笑端起酒杯，仰脖一饮而尽。

晚上，酒后难以入眠，何满江将何高抱到床上入睡，披着衣服走出家门。他想起何举，小子一生下来就被邢秀丽放回上海父母家代养，两年多了也没有见过面。他不是儿女情长的人，但此时突然思念起妻子来。邢秀丽怀上了第三个孩子，还在野外采油队。基层是磨炼，也是磨难，好在局里已经给她新的职务任命，马上就要团圆了。

何满江漫步在冷湖沙砾的街道上，信步朝戈壁走去。他点了一根烟，看着远处女子采油队依稀的灯光，眼里溢满思念之情。他默念道："秀丽，我们马上就要团聚了，再不分开！"

张二嘎子在保卫处诉苦，他耷拉着脑袋，将头缩在大衣里面，脸上青一块、紫一块。张二嘎子说："这活不是人干的，老子不干了！"

大老王看看张二嘎子，问道："下手狠啊，看清人了吗？"张二嘎子摇摇头。大老王把桌子一拍，说："你还混个球呢，一点反侦察能力都没有？"张二嘎子说："突然袭击，措手不及嘛！"大老王给他点一根烟，说："继续去，这是政治任务！"

张二嘎子问："他们继续打我咋办啊？"大老王说："你不是有帮小混混吗，轮流去啊，记住，打不还手，给我认清人就是了。"张二嘎子叽咕道："这是哪门子差事啊。"大老王说："要是整砸了，卷铺盖滚人！"

何满江往家里走，远远看见一条黑影，又鬼鬼祟祟摸向陈笑的板房。何满江大喝一声："谁？"那黑影"唰"地瞬间溜掉了。

172

新官上任三把火，陈启仁雷厉风行，迅速进入抓全局的工作状态。由于一段时间以来肚子闹革命，一线队伍养成了散漫作风。石油生产属于高危行业，作风散漫，效率低下，事故频出。针对这一现象，陈启仁开出了自己的新处方。

抓思想政治工作，陈启仁是老手。他祭出的第一杀手锏就是整治作风，落实党委责任，压实支部工作，把党员铸成铁拳头，在全局掀起作风大整顿，认识不到位不过关，行动不到位不过关，一时间全局上下形成了以重新树立新风气，尽快扭转生产被动的局面。

陈启仁带着马成武巡视在井场，发现井架基础下沉出现大裂缝。他脸色铁青，勒令停钻，当即召开现场会。几十人席地而坐在戈壁沙滩上。陈启仁披着大衣，挥舞着手臂，激昂地说道："给你们重复一百遍、一千遍、一万遍，要一手抓进度一手抓质量，不抓质量的进度就是扯淡，就是犯罪！"

井队队长将头埋得低低的，恨不得找一个地缝钻进去。陈启仁从井队队长身上撤回刀子一般的目光，继续道："我们打井的成本多高啊，运到现场的水比油还贵，水泥比大米还贵，钢条比金条还贵！你们就这样白白地浪费国家的财产，脸不红心不跳，成何体统！"

陈启仁激动地一挥手，大衣掉在地上。他说："必须检查！一天不行两天，两天不行三天，检查不透不放过，认识不够不放过，整改措施不具体不放过！"

在花土沟，写有"西部指挥部"字样的板房里。陈启仁对马成武说："现在下边都成什么样子了，几年没吃饱饭，人们干活就这样打折扣，磨洋工，抓晚了，柴达木这支队伍就会散，就会乱啊。"

马成武说："严抓是一方面，关键是我们要制定一套切实可行的管理制度，实行责任追究，谁出错，板子就打谁的屁股。也不能老是拿基层领导开刀，他们有时候也是代人受过，这样高压管理，会挫伤一部分基层领导的积极性啊。"

陈启仁说："你说这个问题我也在考虑。建立严格的规章制度，这个好，近期我们把西部地区所有井队跑一趟，摸清情况，对症下药。"

马成武说："对。实践出真知，群众出智慧啊。"

陈启仁说："你说得很好，我们马上行动！"

勘探板块也加快了工作进度。陈笑驾驶着吉普车在戈壁上奔驰。前排坐着葛先华，后排坐着胡挺、李天翔、黄兴国。李天翔说："没有想到陈总开车还开得这么好啊。"陈笑说："我的驾照还是在美国拿的呢，横穿过北美大陆。"葛先华说："真是没有不会骑马的将军啊。"

吉普车拖着一股尘烟，停在冷湖"三号构造"一块隆起的地上。陈笑、葛先华等几人下车，摊开一张勘探图，对着地图，指着地形，认真讨论着。陈笑爬上一块高地，说："在这里，应该有一个三号油田，回去再好好查阅资料，把这里作为一个重点。"葛先华等连连点头。

吉普车飞驰向黑山。黑山巍峨，气势磅礴。陈笑等几个人弃车从步，往黑山爬去。几个人气喘吁吁地爬上山头，远处就是阿尔金的雪峰，后边是昆仑山的黑铁山脊。戈壁风呼啸奔涌，掀起他们的衣角。冷湖盆地尽收眼底，柴达木果真是好大一个凹陷地形。

陈笑双手叉腰，环顾四野，说："南昆仑、北祁连……"

李天翔接话道："八百里瀚海无人烟。"

陈笑深邃地盯着远方，说："八百里瀚海大油田！"

173

冷湖汽车站。一辆客车从敦煌方向而来。

车上下来一对夫妇，男人二十七八来岁，穿一身褪色军装，女的是北方农村妇女的打扮，衣衫陈旧，脸色疲惫，身边还领着一个五六岁的女孩。几个人徘徊在冷湖大街上，见人就打听何满江。

家属区，一群小孩追逐着一头小猪狂奔。小猪号叫着，没命地奔向垃圾场。孩子们也咆哮喊着追过去。何满江牵着何高，正准备出门。一个人高声急促地喊道："何处长，何处长，你老家来亲戚了。"

何满江诧异，往远处一看，果真有三个人。男的傻傻地笑着，女人有些羞涩，女孩紧紧抓着母亲的手。何满江在脑海里搜寻着老家亲戚的印象，有些迷茫。这时，男的仔细看了一眼何满江，嘴巴一裂，露出一口白牙，说："你曾说过，有困难到柴达木找老何，何满江！"

何满江的脑海里闪现出那个小驼工范建民的模样，又闪现出在阿拉尔相遇的那个新疆骑兵，恍然大悟，大声道："你，范建华！"

范建华又赶快介绍了女人和孩子，说："我老婆张翠英，女儿范思疆。"

何满江将三人领进屋子，倒上开水，问道："老家怎么样啊？"范建华说："老家遭灾了，就一路逃出来了，岳母在逃荒的路上去世了。"何满江说："怎么不早来柴达木呢，现在有什么打算啊？"范建华说："我来投奔你，就不打算再回老家了，干什么都行。"

何满江又问道："你会干什么呢？"范建华说："我在老家的矿上开过汽车，

翠英也是高中生，还算有点文化。"何满江说："你们先安顿下来，工作上的事，慢慢来。"范建华咧嘴一笑，满口白牙。

何满江向张天翼汇报了范建华一家的情况。张天翼说："小驼工范建民的事我听说过，很感动啊，他是我们初进盆地牺牲的第一位石油战士，我们要对得起死难者的英灵。"又问何满江："你有什么想法？"

何满江说："范建华会开车，就先在韩天柱的运输处安排个临时工，他老婆张翠英可以带带孩子，先解决吃饭问题，等大批招工时，再解决他们的身份问题！"

张天翼说："好，可以告慰英灵了。"

何满江领着范建华，在家属区找了一栋间废旧的板房，说："把这板房补一补，刷一刷，拾掇一下先住下，现在住房紧张，等有条件了，再搬土坯房。"范建华高兴地说："没啥，没啥，有地方遮风挡雨就行！"何满江说："会开车，就先去运输处，当个临时工。"

何满江看了看张翠英，说："你有高中文化，我们马上就要开办幼儿园，要不你到幼儿园当阿姨带带孩子，如何？"张翠英连连说好。

邢秀丽挺着大肚子回到冷湖基地，她下基层也已经三年了。陈曼搀扶着大肚子邢秀丽下车，打开家门，就一下惊呆了，屋子里何高、陈青、葛壁等几个孩子围着张翠英正在写字画画。何高见妈妈进门，高兴地扑了过去，喊道："妈妈，妈妈！"

邢秀丽看着一身朴素的张翠英。张翠英眼神羞怯。何高说："妈妈，张阿姨教我们认字呢。"张翠英赶紧上前，接过邢秀丽手中的行李，扶住坐下，又连忙倒过一杯水来，说："嫂子，我叫张翠英。"

邢秀丽有些迷茫。这时，何满江和范建华推门而进。何满江说："还没有欢迎就回来了。"邢秀丽说："你欢不欢迎我都得要回来。"何满江连忙将范建华和张翠英做了介绍。邢秀丽这才"哦"了一声。

何满江带着范建华去运输处找韩天柱。

运输处的场地里帐篷、板房、土坯房杂乱一气，但规模不小。吉普车内的何满江远远看见一百多人在沙滩上围成一个大圈。何满江叫司机停车。只见运输处处长韩天柱暴跳如雷，喊道："你们大家看看，这就是你们刚刚走出厂房的汽车,开了不到500米就他娘的拉黑烟!有你们这样干活的吗?啊,那几个馒头还不如喂进狗肚子呢!"

有的臊红了脸,有的窃窃私语。何满江大抵明白了什么。韩天柱说:"你们私下里都叫我韩老虎,凶,要吃人,你们自己看,你们干的活还对得起自己的良心吗,还对得起那几个馒头吗?"

人群里有人喊了一声:"对不起!"

何满江循声而去,是个女的,那就是"白骨精"。韩天柱扫了一眼人群,说:"好,你们自己也说对不起了!这件事,我要让你们知道怎么还良心债,当班的修理工,全部出列!"

人群里低着头的四五个人走了出来。韩天柱说:"你们把这辆车给老子推回车间去,其他人不允许帮忙!"烈日下,几个人憋足了劲,艰难地推着车。何满江看韩天柱怒火渐消,才领着范建华走过去……

回来第二天就开始上班。邢秀丽剪了短发,挺着大肚子,走向局机关。走廊上,人们都朝她打招呼,问好。邢秀丽去了陈曼的办公室。陈曼正在收拾自己的东西,问道:"你也不休息一下吗?"邢秀丽说:"怎么,要走?"陈曼说:"学校那边曾光明校长催得急呢,得马上过去。"

邢秀丽点点头,说:"开始新生活!"

陈曼一愣,回应道:"开始新生活!"

范建华在运输处当上了临时工,跟着老司机往井队跑车。张翠英也快速进入角色,在冷湖家属区搭起一顶帐篷,做了"幼儿园"。帐篷里,二十多个小朋友坐在小凳子上,张着明亮的眼睛。张翠英穿着邢秀丽淘汰下来的列宁装,脚上一双崭新的布鞋,人显得不再土气,也有了几分清新。她拿了几粒小白石子,教着孩子们数数。

帐篷外,曾光明不时地往帐篷里探望。

陈曼走过去,叫了一声:"曾校长。"曾光明回过头,说:"你看,幼儿园已经开课了。"两人说着朝刚刚盖成的冷湖学校走去。

174

冷湖迎来了又一个冬天，满地黄沙。

邢秀丽躺在床上，怀里抱着刚刚满月的女儿何红。她逗着孩子怀里的婴儿，婴儿闪动着一双清澈如水的大眼睛。

厨房里，张翠英正在熬汤。

何满江顶着一身寒风进门，先去了卧室，抱起孩子何红亲个不停，说："小丫头，今天满月了哟，来，笑一个。"孩子没有笑，反而大声哭起来。邢秀丽赶紧抱过孩子，说："从外边进来先跺跺脚，别吓坏了孩子。"

何满江"嘿嘿"道："丫头，就是没有爷们大气。"

邢秀丽说："单位上好多事呢，孩子怎么办？"何满江说："我不可能在家带孩子啊，我得要到井队蹲点去，十天半个月也难回来一次啊。"张翠英端汤进去，说："你们都忙去吧，孩子给我来带，晚上也跟我去睡。"何高也高兴地说："我也跟妹妹一起去。"

邢秀丽说："那幼儿园怎么办？"

张翠英说："两不误，大姐，你快趁热喝汤。"

忙，成了大家的一种常态。局机关办公楼一扇窗户的几个房间灯光通宵达旦，一直亮着。陈笑、葛先华、胡挺、李天翔、黄兴国几个人，在办公室忙个不停。李天翔找出几个茶缸子，倒上散酒，说："晚上冷，驱驱寒，提提神。"

陈笑端起喝了一口，说："再有三天，我们的方案就出来了。"

葛先华皱着眉头喝了一口，说："冷湖可以大干一场了。"

葛先华清楚地知道，陈笑为编制方案做出了大贡献。陈笑在编制方案时，认真研究了冷湖油田的富集规律，首先提出了冷湖油田是侏罗系生油层补给的正确观点，他总结的冷湖油田断块油气藏所富集规律，对国内断块油田的研究起到了借鉴作用……

局机关，一扇亮着灯光的窗户"唰"的熄灭了。

邢秀丽拖着疲惫的身体拖着疲惫的身体，走出办公楼。邢秀丽走到张翠英的板房外，见已经没有灯光了，她在板房外站了一会儿，然后回身走向家属区。

邢秀丽打开房门，房子里空冷寂寞，一股冷风旋转而来，差点吹她一个趔趄。何满江蹲点到井队上，半个月都没有回家了。

她进屋，拉开灯，房子里很冷，她顺手给客厅炉子里加了些煤炭，赶紧关闭了大门。摇摇暖水瓶，空的，她拿着烧水壶去接了水，放在煤炭炉子上。没等水烧开，她就疲惫地在客厅椅子上睡着了。

因为戈壁的烈风，煤炭炉子倒风，满屋子黑烟袅袅飘升……

丁克秀早晨起床，闻到一股子呛人的煤烟味道。她捂住鼻子，赶紧打开窗户，看了看被窝里的陈青。陈青怕冷，翻了个身，缩进被子里去了。丁克秀到厨房，点上天然气，开始做早餐。突然，她意识到什么，赶紧丢下手中的活，去敲隔壁邢秀丽的门。

"咚咚咚"的敲门声，惊醒了一排房子的几家人。

丁克秀朝人们大喊道："快过来人，砸开门！"

邢秀丽煤气中毒，已经昏迷不醒，脸色铁青。医院急救室里，十多个大夫忙碌了半天，输氧，洗胃，人工急救……最终无力回天。

一串眼泪从丁克秀的口罩上滚落出来。她颤抖着手轻轻地拉起白布单，缓慢地覆盖在了邢秀丽那张青灰色的脸上……

距离冷湖不远的一块戈壁上，已垒起了上百座圆圆的坟堆。那里，是柴达木石油的编年史，一代又一代，倒下的是身躯，挺立的是丰碑。凝固了生命的墓园，是血色柴达木石油的精神殿堂。

何满江一下子走进了中年，缭乱的头发，双鬓飞雪。他面前的坟茔上，曾经鲜艳的花圈只剩下竹编的框架；一块红柳木做成的墓碑，碑上黑色的毛笔字已经有些黯淡："爱妻邢秀丽之墓"。

何满江身后站着陈曼，她一手抱着何红，一手拉着何高。

陈曼嫁给了何满江。曾经，她跟邢秀丽说，她们是替女子地质勘探队的姐妹们活着的，如今，陈曼再次替邢秀丽活着。

想想当年在茫崖的婚礼，似乎就是预兆。

突然，何红发出稚嫩的童音："妈妈，睡着了……"

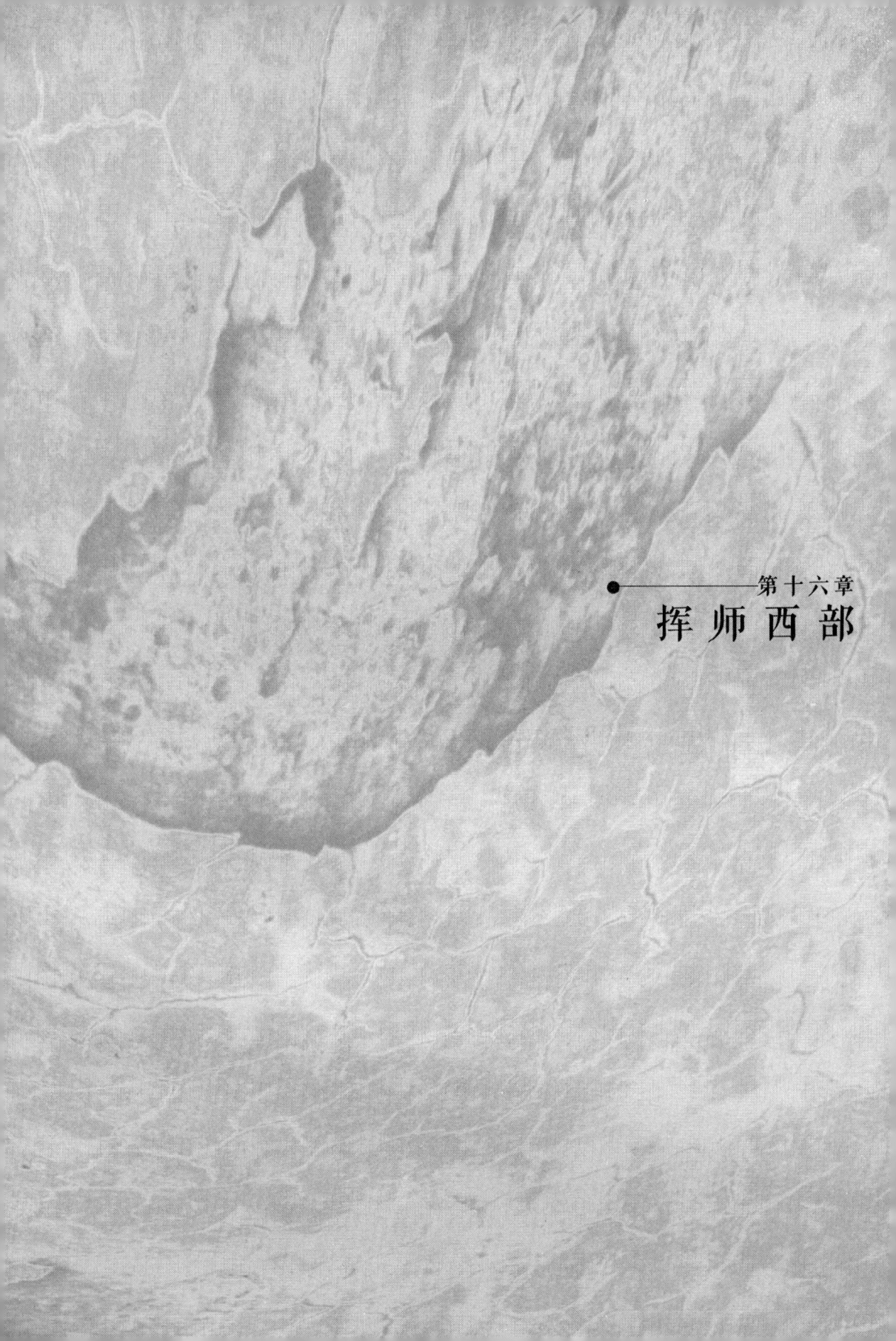

第十六章
挥师西部

花土沟——

那里是柴达木盆地之西部

是否一道盛宴开局谁也说不清楚

种豆得豆，种花开花

埋下梦想才能收获未来

激情满满，挥师西部

人们在尕斯湖畔开始追逐新的梦想追逐

舍得汗水，就有收获

梦在碱水里也会生根发芽……

175

十年，漫长而又短暂。十年，是炼狱也是涅槃。

铅灰色的沉重铸成永恒的记忆，别无选择，也无处逃离。有人在血液里开花，有人在骨髓里长刺，有人宁愿倒下，也不低下那高昂的追索太阳光辉的头颅。那些向大地投射的不屈而温暖的倒影，是新的秩序编码，是新的冷湖之魂。

人们都希望忘记过去，隐忍泪水，不留痕迹。这不是对历史正确的态度，但有些东西，与其沉渣泛滥，撕裂伤口，还不如沉到河底。时间流逝，大河无言，但它能包容所有含冤受屈的泪水。

大河向东，它最终的出口是面向大海，春暖花开。生活还得继续，这是最无奈的安慰。

在这期间，陈启仁、何满江、葛先华、韩天柱、曾光明，还有陈笑等冷湖人，经历了大家所经历的一切。还好，冷湖毕竟偏安西部，它的躁动是合法的，它的冷静也是合理的。谁也不能先知先觉，只有走过了，回头看，你才会顿悟，也才会成长。

在这期间，陈笑在完成《冷湖油田开发方案》编制后，安静地用一枚刀片作别冷湖，只留下"宁可站着死，也不跪着生"的遗言。1980 年的春天，他跟他的战友、另一位中国地质专家黄一鹤先生，同样埋于冷湖烈士陵园，成为标志性的"冷湖两座碑"。

韩天柱同志，深夜一次会议后，在回老基地的路上，用一根铁丝将自己高大的身躯挂在高高的电线杆上，脚下就是冷当公路，车轮滚滚、汽笛长鸣，他永远垂视着他热爱的交通事业。

曾光明校长，被迫放弃校园里那张安静的讲台，回到原籍江南水乡，度过十年的等待,最终回到冷湖油田,执教到退休。

石油运输公司老师长,死于七里镇某个被废弃的枯井里,听说,枯井里倒竖的尖锐的木桩,穿透了他经过血雨腥风坚硬似钢的头颅。

陈启仁、何满江、葛先华被迫深夜来到了敦煌南湖农场。

在农场老张的菜窖里,他们度过了一段有惊无险的美妙时光。那也是他们一生最闲暇的一段光阴,夜晚,他们坐在水库的堤埂上,清风拂面,仰望星空,透彻地回望了人生,展望了世界,并坚定了自己的信念理想,那就是不管风吹浪打,都一定要建设好柴达木油田。

这一期间,生产管理混乱,仅仅半年时间,伤亡事故92起,交通安全事故24起,火灾爆炸事故14起,其他事故8起!

孤军作战的张天翼局长向石油部汇报,老泪纵横。

石油部转告周总理明确指示:油田不能乱,生产不能乱!

陈兵和何卒与张二嘎子一帮展开了棍棒和砖头的战斗,互有伤亡,都言之凿凿捍卫真理。其实,真理就是真理,何须捍卫?

也就在这十年,柴达木石油第二代人开始成长,他们的书桌不可避免地受到震荡,但那时候,人们也并不是非要考大学光宗耀祖,反倒很多石油的孩子都已早早参加工作,做一个"天不怕、地不怕,风雪雷电任随它"的石油工人而自豪。

176

冷湖广场,高音喇叭依旧嘹亮,但歌曲已经换成石油人的主打歌——《我为祖国献石油》:

锦绣河山美如画,祖国建设跨骏马,我当个石油工人多荣耀,头戴铝盔走天涯。头顶天山鹅毛雪,面对戈壁大风沙,嘉陵江边迎朝阳,昆仑山下送晚霞。天不怕、地不怕,风雪雷电任随它,我为祖国献石油,哪里有石油,哪里就是我的家……

红旗招展，彩旗猎猎。广场上云集了上千人的队伍。主席台上悬挂着"西部大会战誓师动员大会"的横幅。

鼓乐队的汉子们，鸣鼓敲锣，铿锵有力。在热烈的掌声中，主席台上的张天翼做了激情的动员讲话。他说："开发建设西部，是加强西北边疆建设的需要，是发展祖国石油事业的需要，我们要挥师西部，追逐石油的大梦……"现场职工精神抖擞，斗志昂扬。

这是一个春天，一个春风沉醉的春天。

花土沟全面拉开会战序幕，喜讯传遍盆地。何满江敲门而进，大声对陈启仁道："老陈啊，你这动静整得够大啊，先祝贺你旗开得胜啊！"陈启仁"哈哈"一笑，说："你觉得大啊，我觉得还小呢，下一步啊，西部可能就是柴达木的主战场了。"

何满江说："看来，只剩我在冷湖照看女人、娃娃了。"

陈启仁说："在后方也是重任在肩啊，巩固了大后方，我们在前线才有干劲啊。"丁克秀从厨房出来，端着菜，说："大哥，就一起吃吧。"陈启仁说："好，去把先华也叫过来，他也要随征上西部了。"何满江说："好啊，就算给你们俩送行，我去叫，我还有一瓶子酒呢。"

何满江赶紧转身出门，叫来葛先华。

一顿欢宴。葛先华喝得有点多，回到家，孟丽萍说："你怎么喝醉了呢？"葛先华说："没……没醉……"孟丽萍连忙倒了一杯温水，端过去，问："哪天走啊？"葛先华说："明天，就明天。"随即又卷着舌头问道："你问这干吗啊？"孟丽萍说："我也接到上西部的通知了，孩子怎么办？"

葛先华挥挥手，说："你安排就是了。"

孟丽萍说："孩子们吃饭就放到翠英家吧，学习只有靠陈曼了，让她抓一抓。"孟丽萍话没有说完，葛先华坐在椅子上就已经打起了鼾声。科研处加班加点拿西部油田开发方案，作为勘探和科技的总负责人，葛先华没日没夜，加班加点，他真的是累了。

孟丽萍摇摇头："冷湖的家，又空了。"

177

戈壁滩上，车轮滚滚，红旗飘飘。

几十辆大卡车一字长龙，腾起尘土，驶离冷湖，奔向西部。

吉普车里，陈启仁若有所思地盯着车窗外，熟悉的冷湖家园和冷湖戈壁，快速远去。前方，是曾经最先抵达的地方——花土沟。他觉得，之前是错失了花土沟，转了一大圈，还是要回到最初来的地方。油砂山，那裸露的厚达一百多米的裸露油砂，就是暗示。这一次，再不能错过。

只不过，最初到达时正青春，而如今，人已中年鬓飞雪。

车到了茫崖帐篷城的地方，陈启仁叫司机停下车。帐篷城人去地空，十几载光阴更替，几乎找不到原来的影子了。地上，是戈壁的卵石；远处，是浅浅的芦苇……一幕幕茫崖生活的场景在陈启仁脑海里飞速闪过——

在那里，他打开初恋的情窦；

在那里，他们三人走入婚姻的殿堂；

在那里，他们三人展开激情和理想的翅膀；

在那里，白帆点点的帐篷城宛若天上繁星闪烁；

在那里，几万石油人缔结柴达木石油的初梦；

……

想着想着，陈启仁的眼睛里居然酸涩起来。他叫司机将车拐到自流井，几十棵披着绿叶的小树在风中摇曳，坚强挺立。陈启仁笑了，他抚摸着嫩绿的树叶，深情地说："只要栽种，就会长出希望啊。"

这时，葛先华也下车，走了过去。

陈启仁说："这是老师长带给我们的新婚礼物呢。"葛先华感慨道："斯人已去，树犹在啊！"陈启仁说："难得来一次，我们给小树浇一次水吧。"陈启仁、葛先华提着小水桶，给每棵小树浇上自流井清澈的甜水。

一片小树林，这是第一代柴达木石油人种植下的梦想，它顶风冒寒顽强地生存，终成茫崖岁月的见证、戈壁大漠的图腾。

在油砂山下，石油人再次扎下帐篷和板房。一栋板房门前挂着"西部勘探指挥部"字样的牌子，这便是油田机关在花土沟的前线指挥部。

陈启仁、葛先华、马成武、陈兵等几个人围聚在一张地形图前，讨论着钻探方案。陈启仁说："可以肯定，今后西部将是柴达木石油的主战场！"葛先华补充道："我们这次选址建基地，就要长远一点，建设比较固定的基地，不能再满地帐篷白云朵朵飘了，今后要建砖房，建楼房，建设现代化的石油基地。"陈启仁说："先决条件，依然一是水源二是交通，两者缺一不可。"葛先华指着地图上的阿拉尔，说："选择在阿拉尔附近，那里有水，有牧场，有道路。"

陈启仁的目光从阿拉尔往上移动，在标注"花土沟"的地方停下目光。大山巍峨，到处都是裸露的五颜六色的风蚀岩，远远看去满山沟就像开满了姹紫嫣红的花朵……陈启仁说："这里背靠大山，对面就是昆仑山和尕斯湖，真是一个好地方啊！"

陈启仁说："基地也就叫花土沟吧。"

178

花土沟，最早是阿吉老人带领勘探队员抵达的地方。转眼二十多年过去，阿吉老人已经作古。遵照老人生前遗言，他被埋在了花土沟一角。如今石油战略西移，花土沟作为主战场，人们自然想到阿吉老人。陈启仁带队，葛先华、马成武、陈兵、李天翔、黄兴国、胡挺、孟丽萍等十几个人，肃穆在阿吉老人的墓碑前。

陈启仁掏出三根烟，一并点着，插在墓前的沙土里。白色的烟雾袅袅。陈启仁说："阿吉老人，你是柴达木石油的功臣，这片土地永刻你的功勋！你就在这里见证我们再铸柴达木石油的大梦吧！"

胡挺对李天翔小声说："我听过阿吉老人的故事。"

陈启仁说："柴达木石油如果没有他做向导，我们初期的勘探还不知道要遇到多少困难啊！"他向年轻的石油人讲起阿吉老人的故事，便陷入沉思：天空未留痕迹，鸟儿却已飞过。他又说："我们东去几百公里，战茫崖，战冷湖，转悠了一大圈，现在又回来了，我们要在你墓前的大戈壁上，建成我们的大油田！"

眼下的花土沟，只是一个地名，也还是一片空地。

先期基建的同志率先抵达，几十名职工正在搭建帐篷。一个职工说："搭建牢实一点啊，不要让风把我们的家又给掀掉了。"另一个说："掀掉了我们再搭，就是天当被，地当床，我们也要在西部建家园！"

一辆吊车正在吊装一栋板房，这将是葛先华和孟丽萍的新家。身材瘦小的孟丽萍像个将军一样，挥着胳膊，指挥着卸车和安装……

一个工人说："孟工程师，这就是你的新家啊。"孟丽萍笑着说："你们，在西部都会有家的！"

经过短暂的临时营地建设，远远看去，花土沟像一个杂货铺，白色的、绿色的帐篷和一些白色的、绿色的板房交杂相错。陈启仁和葛先华等四处查看着，钻进一顶帐篷，里面全是大通铺。

陈启仁问道："这里住多少个人啊？"

一个工人回答说："12个。"

陈启仁"哦"了一声，说："太挤了啊。"那个职工说："我们有这个遮风挡雨的地方已经不错了，还有好多挤也挤不进去呢。"出帐篷，就看见几个职工挥起铁镐、铁锹，在地上挖出一个大坑。有些奇怪，陈启仁问道："你们平地挖坑做啥？"一个陕西口音的工人回答道："报告领导，我们在给自己挖房子呢。"陈启仁眉头一闪。那个工人说："我们陕西老家辈辈人不就是住窑洞嘛，冬暖夏凉，好得很呢。"

葛先华疑惑地问："可是，这是一个大坑啊？"

那位工人说："没事，没事，我们在大坑顶上铺上芦苇秆，再抹上一层泥巴，不就成房子了嘛！"陈启仁点点头，说："这叫地窝子。"

葛先华说："就地取材，冬能避寒，夏能避暑，值得推广啊。"

晚上，局机关前线干部都挤到"西部指挥部"的板房里来。板房里挤满了人，有的坐在凳子上，有的席地而坐，有的站着。作为油田党委副书记和前线指挥部负责人的陈启仁说："我代表油田花土沟前线指挥部和油田党委，召开会议，正式明确责任分工，迅速掀起重返西部建家园的劳动高潮。大家要发扬不靠天、不靠地，敢打硬仗、敢打恶仗的精神，做到施工生产和基地建设两不误、两促进啊。"

会上明确勘探一块工作由葛先华处长全面负责，在原有工作的基础上，迅速拉开大网搞普查，为钻探一路提供资料。钻井一路的工作，由马成武副处长和陈兵副处长具体负责，要在重点地区下钻头，多打井，打好井，有了油，我们才能在西部地区站住脚。

马成武、陈兵铿锵道："是！"

三是基建板块，由基建大队侯铁大队长负责，具体做好基地建设及相关生活配套。侯铁四十多岁，转业军人，大块头，硬朗。他朗声道："保证完成任务！"陈启仁说："基建这一块工作，事务繁杂任务重，牵涉到职工能不能在西部驻扎下来的问题，你要好好筹划，认真安排。"

会后，陈启仁和侯铁察看职工住宿，两人见板房就进，见帐篷就钻。陈启仁开玩笑说："侯铁，侯铁，我要看你究竟是猴还是铁啊，铺水管线、修路盖房，全看你的了。"侯铁响亮地回答道："完不成任务，你代表组织处分我。职工没有房住我先露宿，职工没有水喝我先渴死！"

陈启仁说："你有决心，我就放心。第一步先解决有地方住，下一步再解决住好的问题。我的意见是先推广地窝子建设，就地取材、速度快，下一步再烧砖盖房。"

侯铁说："请领导放心，坚决执行！"

179

冷湖局机关。张天翼召集何满江到办公室。

何满江开口就问："老领导，有何指示？"

张天翼从一沓子材料里抬起头来，说："老何啊，老陈他们在西部拉开了摊子了，同志们干劲很大啊！"何满江故意道："领导的意思，我也上西部去？"张天翼"呵呵"一笑，说："你是明知故问啊，冷湖这个地盘我们不能丢，目前也丢不了，你的主要任务就是坚守冷湖。一是实现冷湖的稳产，这10万吨原油啊，是我们全局赖以生存的命根子呢。"

何满江重复道："是，冷湖不能丢！"

张天翼说："我们的棋局就是，冷湖一个'守'字，花土沟一个'攻'字。守，是守后方保稳定；攻呢，就是攻未来。现在大批力量去了西部，很多都是拖儿带女啊，有些家属提出意见，也要搬家上西部。目前啊，那边条件不具备，吃喝拉撒还是很成问题的。"

何满江点点头。张天翼说："做好后方的稳定工作很重要，我们要讲清楚，在起步阶段啊，不添乱，就是做贡献！"何满江"唰"地站起身，说："我明白了，稳住冷湖就是稳定全局，稳定全局才能确保西部，保障西部才是保障柴达木石油的未来！"

张天翼"嘿嘿"一笑："响鼓不用重槌！"

180

花土沟的基建工作进入快轨道，虽然简陋，但保障有房住是关键。沙滩大戈壁，建材奇缺，人们只能因陋就简。职工们挖着地窝子，扛着芦苇秆和木板，抹墙，盖顶，忙得不亦乐乎。

侯铁视察在施工现场，跟大家打着招呼。他走到一个刚完工的地窝子，问道："怎么样啊？"职工们答道："没问题，好得很！"侯铁笑着下到地窝子，里面有十几个平方大小，还隔开成了两间。外间是厨房和餐厅，里面是住宿，还朝天开着小窗，一柱光线从上面投射进来。

侯铁说："这还真不错，避风挡寒。"他看了看屋顶，说："这上面可要整结实啊，别一脚踩虚了，就到别人的卧室里了啊。"

工人们都笑了起来，说："踩不烂！"

水，在瀚海戈壁上永远是生命的第一要义。想起曾在茫崖，陈兵率领的小分队将自流井井水引进茫崖，那必是要做的第一手功课。为了把阿拉尔的淡水引进花土沟，侯铁也发动了一场管线敷设大会战。从阿拉尔水源到花土沟有三十多公里，途经草原、沼泽、戈壁和荒漠，任务可谓艰巨。一百多人的队伍参与会战，场面宏大。

一条小河，隔断了施工线路。几十人毫不犹豫，脱掉衣裤，穿着背心和短裤头，赤着脚，在冰冷的河水中，筑坝、打堰、排水、搬水泥、打桥墩。河水冰凉刺骨，工人们咬牙大干。

一个工人爬上岸，冻得瑟瑟发抖，说："这河水接近零摄氏度啊，都冻进骨髓了。"又一个工人爬上岸，揉着腿，说："我的腿怎么不见了啊？"有人说："你的腿不就在你屁股下吗？"那人看了看自己的腿，说："我还以为是别人的腿呢。"他的自嘲引起一阵"哈哈"大笑。

基建队伍是部队成建制转业来的退伍军人，退伍不褪色，作风硬朗，雷厉风行。他们不仅要快速修通水源工程，还要打通到各个探区的道路。道路不通，设备没法就位。所以，前期工作玩的就是基建队伍。侯铁曾是基建部队的团长，带队伍很有一套。

一座红土山，山高沟深，沟壑纵横。人们腰上绑着绳索，悬空在峭壁上，打着炮眼。砂岩坚硬异常，必须放炮碎石。"轰隆隆"，一阵排炮响起，远处山顶乱石腾空，尘土飞扬。沉寂亿万年的大山，山石粉碎，乖乖为石油人开道。在很短的时间里，一条顺沟而上的盘山公路初具模型。

陈启仁最担心的就是道路修筑，他每天都泡在工地。只见一百多人的队伍，平山头、填沟壑，忙得热火朝天。陈启仁徒步爬上山顶，气喘吁吁。正在搬石头的马成武几步上前，说："陈书记，这海拔三千多米呢。"陈启仁舒缓了一口气，说："身体大不如从前了，想当初，我在这样的海拔也能健步如飞啊。"

马成武指着一块削平的山地，说："这就是我们平下的井场，再有几天，路通了，运送物资的车辆就可以上来了。"

陈启仁说："好，我们第一钻就下在这里！"

181

葛先华带队的勘探工作也进入快车道。

他带着一拨老队员，天天在大山深处奔波，马不停蹄。一天，一座大山如巨龙横卧，满山是亿万年前洪水退去的波纹，沟壑交错。看不出山有多高，但顶峰的海拔可是接近四千米。

葛先华带着胡挺、李天翔、黄兴国等十几个地质队员，来到山脚下。葛先华说："谁要是能爬上这座山，谁就是英雄啊！"李天翔用挑战的眼神看着胡挺。胡挺说："我们比试比试？"李天翔说："好啊，比试就比试！谁先上山顶，谁就是英雄，谁爬不上去，谁就是狗熊！"

两人挎着地质包，手拿地质锤，跃跃欲试。

葛先华做了裁判，大声道："预备，开始！"

两人奋力地往上爬着。李天翔先是身姿矫健，快速向上。到了半山腰，胡挺领先。黄兴国带领队员在山脚下大喊："加油！加油！"只见李天翔又领先了胡挺，他对胡挺说："不行了吧，大胡子。"胡挺双手用力，咬牙向上。最终，胡挺领先李天翔半个身子，爬上了山顶。

胡挺调戏道："需不需要我拉你一把啊？"李天翔奋力一跃，也上了山顶。李天翔瘫软在地，说："你长得比我身子要高嘛，占便宜了，我不服气。"胡挺"哈哈"大笑道："我乃英雄也！"

山脚下，葛先华对队员们说："这座山，就叫英雄岭吧。"黄兴国说："英雄岭！好名字啊！"说罢，打开地形图，标注上"英雄岭"三个字。

徒步勘探最要命。勘探队员头顶烈日，艰难行走，几个年轻的队员脚步已踉跄起来。葛先华回头看了一眼，说："大家歇息一会儿，喝点水，吃点干粮。"几个人席地而坐，脱下鞋子放松放松脚，又拿出军用水壶和干饼子，吃了起来。一个年轻队员一脱掉鞋子，袜子就被血水染红，他咬着牙要撕开袜子。葛先华赶紧道："别撕！你会撕扯下一块皮肉的。"

那个队员龇着牙，又将脚塞进鞋子里。李天翔不以为然道："我们的脚都是老茧了，坚硬似铁，就等待着化茧为蝶了呢。"

葛先华看看自己的脚，袜子上的血斑已经成了黑褐色。

晚上回到花土沟，孟丽萍端过一盆热水，对葛先华说："你泡泡脚吧。"葛先华脱掉鞋子，可怎么也脱不掉袜子。一扯，就龇牙咧嘴的。孟丽萍抬起葛先华的脚，看了看，说："别硬扯了，满脚掌都是血水，先泡泡。"葛先华小心翼翼地将穿着袜子的脚放进热水里，他嘴里"吱"的一声，像下了油锅。

等泡软了，脱下袜子，孟丽萍小心地涂抹着紫药水，问道："疼吗？"葛先华龇着牙，说："不——疼！"孟丽萍心疼地说："不要太拼命了啊，脚走坏了，就更耽误工作了。"葛先华深切地体味到关怀和温暖，忍不住伸手握住孟丽萍的手，说："小孟，谢谢你。"

孟丽萍的手一颤，眼睛泪花闪烁……

182

前期基建工作快速到位，有了淡水，有了住宿，通了公路，钻井队就开始转运生产物资，安装井架。井架一竖，钻机就"发言"。钻头一"说话"，是骡子是马，立等见分晓。

陈兵对英雄钻井队队长肖缠岐说："你们要创造历史记录了，安装井架只用了7个小时。"肖缠岐说："报告陈副处长，我们争取再钻一个新纪录，你等着瞧吧！"陈兵笑道："好啊，我等你捷报，不过千万注意安全，不能打疲劳战术！"

肖缠岐响亮回答道："安全第一！安全是天！"

每天晚上，各路负责人都要向陈启仁汇报各路战况。

侯铁汇报水管线敷设情况，说进展很快，困难不少。陈启仁说："侯大队，你得抓紧啊，水管线铺不通，我们这一千多号人，还有工业用水，就白瞎了。靠罐车运水，杯水车薪啊。"

侯铁说："管沟已经开挖完毕，我们马上组织人力焊接管线，保证在一个月内完成任务！"陈启仁说："再抢一抢工期，半个月！"

侯铁说："我们倒排工期，不行就加班加点。另外，我们准备在阿拉尔建设一个砖厂，那里的砂岩土适合脱坯烧砖。大家不能老是住帐篷、板房、地窝子啊，我们也要盖冷湖那样的五道门、四合院、土坯房。"

陈启仁说："一步一步来，先解决能住，再解决住好。"

侯铁告辞出门，陈兵进门。听了陈兵汇报的井队上的情况，陈启仁说："干劲大家都有了，速度也上来了，关键是要抓好安全，我们再不能让钻头带血生产！"陈兵说："我在现场三句话不离安全，但毕竟技术措施还是不到位，偶有事故发生。"

陈启仁说："速度要向安全让路，进尺要向安全让路，你要把这一原则贯彻下去，贯彻到井队长、司钻，贯彻到每一个现场的工人！"

陈兵回答道："是！"

张天翼也亲临一线督战。吉普车在戈壁上疾驰，到某井队停下。井队上一派繁忙的劳动景象。张天翼走下车，马成武迎了上去。

马成武给张天翼汇报了情况。张天翼说："你们辛苦了。你们充分发扬了铁人精神啊。"马成武说："请领导放心，我们要让铁人精神在柴达木开花结果！"张天翼爽朗地笑了起来。

到另一个井队现场，张天翼认真查看施工情况，突然看见一个工人胳膊上缠着绷带，单手还在忙碌工作。张天翼叫住工人，问："怎么回事啊？"工人答道："皮外伤，不碍事。"张天翼说："休息休息，等伤好了再干嘛。"旁边一个工人过来接话道："他说他要也学习铁人呢，轻伤不下火线。"张天翼摇摇头，又点点头。

阿拉尔水管线施工现场，焊花闪闪，管线逶迤。侯铁陪着张天翼察看施工情况。张天翼跟每一位职工热情握手。他蹲在地上，认真查看着焊缝。远处，焊工们趴在地上焊接，泥水覆盖了大半个身子。

张天翼感慨地说："我们柴达木的工人，个个都是铁人！"

一个工人开玩笑说："我们不是铁人。"张天翼问："为什么啊？"工人回答道："我们是钢人。"张天翼说："你说得很好啊，你们个个是钢人！"

吉普车穿越过阿拉尔草原，车窗外牛羊成群。张天翼看着牛羊，对司机说："停车！"张天翼下了车，跟牧民买了十只羊，又对司机说："同志们太辛苦了，我请他们喝一碗羊肉汤。"

吃完晚饭，陈启仁陪同张天翼走进一排地窝子。远远看去，地窝子里的灯光好像从地下冒出来的一样。张天翼钻进一个地窝子，里边住着七八个工人。张天翼问："晚上都干些什么啊？"一个说："没事干，想想家，想想孩子。"另一个说："你是想老婆了吧。"

张天翼说道："老婆孩子在冷湖，你们不用操心啊，我们都有安排，统一管理。今后花土沟条件成熟了，家属、孩子再陆续过来团聚。我们要在花土沟建成我们新的家园啊！"

183

转眼间，柴达木的"油二代"迎来了初中毕业。这是一个成长分水岭，初中毕业要么继续上高中，要么就等待招工成为石油工人。那个年代，绝大多数选择了后者，他们并不多看重上什么大学能光宗耀祖这件事。他们觉得，柴达木挺好，当个石油工人也挺好！

但油田教育这个问题摆在了陈曼面前，她在为柴达木的孩子们思谋未来。她觉得，何高应该继续上学，学更多的知识，才能推动油田有质量的发展。在家里吃饭时，陈曼问何满江："现在初三年级还有半年就要毕业了，孩子们升高中怎么办啊，局里有什么指示？"何满江看看何高，说："能办高中当然很好，办不了，这批孩子就早点招工嘛，各条战线都需要人啊。"

陈曼说："你这话可不能在到外边说去，现在很多孩子都指望招工呢。你看，才多大点孩子，能干什么啊？"何满江"哈哈"一笑，说："我15岁就带全村青壮参军了呢，怎么不行？在社会上边锻炼边成长，也来得及嘛。"

何红看着何高，偷偷一笑，说："哥哥早就想参加工作呢。"何高瞪了一眼何红。何红说："不是你自己说的吗？"何满江看看何高，想了想，问道："哦，好啊，何高到年底也就15岁了，想干什么工作？"

何高说："当钻工，其他工作都不带劲。"

何满江说："好啊，有条件就上学，没条件就先参加工作，在社会这个大熔炉去锻炼锻炼自己吧，到时你看，想去哪里，自己决定。"

何高说："我去西部！"

何满江点点头，说："西部正在建设新家园，有些职工们一年半载甚至两年都没有跟家人团聚过呢。我有个想法，你们学校发动一下，叫孩子们给前线亲人写一封家书，给他们鼓鼓劲啊，也算给老陈他们做一点精神支持……"

陈曼从何满江口里没有得到有用的信息，反而被安排了任务，有点不悦，说："算了，反正你也不懂文化。"何满江并不见气，"哈哈"一笑道："柴达木建设更需要普通的劳动者嘛！"

陈曼到学校一发动，家书雪片一样飞向花土沟各战区。电影放映员不但进入各战区放电影，还义务兼任邮递员。放映员每到一个钻井队，就翻着大挎包，分发信件。领到信件的工人就急忙找地方读起来。

一个老工人撕开信件，手颤抖着，眼睛花了，信是女儿写来的：

"爸爸，我最敬爱的爸爸，我和妈妈还有弟弟十分想您，您的身体还好吗？妈妈说，您有胃病，不要经常喝凉水……，弟弟这次考试，又得了80分呢……"

一滴眼泪,"啪"地掉落在信纸上。

帐篷房里,一双大手颤抖着展开书信,书信是儿子写的:

"爸爸,您还好吗?我和妈妈、妹妹都很好,请勿牵挂……爸爸,我初三年级了,还有半年就要毕业了,我和班上的同学商量了,毕业后我们就上西部前线,我们将用火热的青春,接过你们手中的火炬,为西部建设添砖加瓦……"

那双大手颤抖着,紧紧握成拳头。

地窝子里,一个老工人丢下还没吃完的饭盆,就迫不及待地打开了书信。老工人看了半天,递给旁边的一个年轻人,说:"眼花,看不清楚。"年轻人接过书信,看是他女儿写来的,就念道:

"爸爸,妈妈生气了,她说您你一上西部就没有个音信,把我们娘俩都忘记了……"

老工人急忙说:"胡说,胡说呐,我昨晚还梦见你们了呢。"念信的年轻人说:"别说话,她们听不见。"又继续念道:

"但是,我不相信,我知道爸爸很忙,很忙,一定是又黑又瘦……"

老工人黢黑的脸终于笑了,说:"这还差不多嘛!"念信的年轻人说:"别急,还有。"于是接着念到道:

"爸爸,您放心,我和妈妈每天都想着您,妈妈也只不过说说气话。'嘿',告诉您,我们家的两只母鸡下了很多蛋,妈妈都舍不得给我们吃,她说,给您留着呢……"

老工人"嘿嘿"一笑,抹了一把眼泪,说道:"这孩子,鸡蛋的事也说啊。"

在西部指挥部,葛先华正在向陈启仁汇报勘探一路的工作情况。通讯员跑步推门进来,说:"冷湖来信了!"说罢,将一封信递给陈启仁,一封信递给葛先华。陈启仁有些奇怪,撕开书信,是陈青写来的,便默念道:

"爸爸,您好!学校组织给前线将士写一封家书活动,我不知道写什么,但我知道,爸爸很辛苦,我长这么大,记忆里您总是一个模糊的影子……,我的嘴叫'爸爸'二字的机会几乎屈指可数。您给我说过的话也屈指可数……,但我知道,我爸爸是一个顶天立地的男子汉,他把满腔心血全部交给了柴达木这片戈壁大漠……"

陈启仁鼻翼抽搐着，铁打的汉子也有柔软的肋骨。

葛先华扶了扶眼镜，打开书信，是葛壁写的：

"爸爸、妈妈，你们好吗？我在张阿姨家生活得很好，陈曼阿姨每天都辅导我们的作业……，我想，我要是一个画家，我将如何描绘我们的家庭，我要是一个诗人，我将如何讴歌我的国家，因为，我的爸爸、妈妈，他们是柴达木的建设者……"

葛先华摇摇头，说："这孩子，总是假大空的理想主义。"

陈启仁说："这是老何在冷湖给我们的精神套餐啊！"

184

到处都在大干快上，危险也随之而来。事故频发，人命关天，但在那个人定胜天的年代，并没有两全法宝。

肖缠岐正在值班室和技术员商量着如何加快进度。一个工人跑步进来，报告道："队长，不好了，卡钻了！"

卡钻作为钻井来说，似乎司空见惯。肖缠岐穿上工衣，戴上安全帽，大步走向井场。看到现场复杂凌乱，当班工人慌成一团，肖缠岐大声喊道："你们都散开，这活危险，我来干！"

肖缠岐接过刹把，提、放，无效；转，吊卡打滑，也不行！肖缠岐停下操作，细细查看了故障，说："只有硬转解卡！大伙散开！又向旁边的工人挥了挥手，示意他们走远些。井台上的两个工人警觉地后撤了几步。

肖缠岐两眼紧盯转盘，右手握住刹把，左手坚定地拉开总离合器，柴油机"轰"的一声怒吼起来！转盘吃力地转着，一圈、两圈……

突然，"咔嚓"一声巨响，钢丝绳被拧断。吊卡和钻杆失去了联系，方钻杆铆足了劲飞速反转。"啪"的一声，方补心上的两个耳子呼啸飞出，一块铁片飞出二十多米远，"当"的一声掉在的地上，砸出一个坑。

钻台上的工人再一看，肖缠岐的胸口，棉衣被撕碎，鲜血井喷一般奔涌出来。肖缠岐睁大眼睛，捂住胸口，一歪，再一歪，倒了下去。

队上的工人大喊着，飞速冲了上去……

花土沟，简陋的板房医院。几个大夫忙碌着，抢救着……

输液瓶，一滴液体打了一个漩，停止了流动。医生翻开他的眼皮，用手电筒照了照，瞳孔已经扩散。医生绝望地摇摇头……

一直守候在病床前的张天翼，深深地向遗体鞠了一躬。

医院门外，一大群石油工人悲痛长嚎……

冷湖广场。高音喇叭传出悲伤深沉的声音。人们驻足聆听——：

"1258钻井队队长肖缠岐，在解卡事故中不幸牺牲，他人生最后的一句话是：'你们都散开，这活危险，我来干！'他就是大庆'铁人式'的英雄，是全局职工学习的榜样……"

驻足聆听者的眼里，泪花闪烁。在花土沟，同一个声音从西部指挥部广播传出——

正在忙碌的建筑工人停下手中的活……

食堂里的厨师放下正在炒菜的勺……

办公室的机关干部停下手中的笔……

正在开车的司机师傅踩下了刹车……

广播里播报：

"为了表彰肖缠岐奋不顾身抢救油井的崇高精神，青海石油管理局委员会做出向肖缠岐同志学习的决定，学习他面对危险，挺身而出的大无畏的英勇献身精神，学习他热爱石油事业，忠诚石油事业，把生命献给石油事业的奉献精神……"

在冷湖烈士陵园，几百个黄土堆里，又多了一座新坟。

石油人来自五湖四海，他们的故乡在远方。为了石油，他们在柴达木这片荒原上建立了新的家园，茫崖——冷湖——花土沟，他们为蛮荒的土地命名，并为这些冰冷的名字注入体温。他们倒下了，安眠在自己亲手缔造的家园里，他们被约定俗成，墓碑，朝向东方，朝向父母和故乡，那是他们唯一的也是最后的魂灵归乡。

在冷湖烈士陵园，在花土沟烈士陵园，那一片片石油人的墓碑，无不遵循了这一约定：身埋大漠，碑朝东方。

185

石油，在石油战士倒下的地方，花落花开。

经过上千人的大会战，花土沟终于迎来挂牌仪式。这虽然是一个仪式，但也是一个象征，象征着柴达木石油在花土沟，修成正果。

上千人整齐列队在戈壁滩上。一朵朵大红的花朵盛开在石油工人的胸前。陈启仁亲自为西部建设的功臣们佩戴大红花。

大红花映衬着一张张英姿勃发的脸庞。

在热烈的掌声、锣鼓声和鞭炮声中，一块白底红字的挂匾，挂在一座砖房的门口：中共青海石油管理局西部指挥部。

在花土沟，一个几千人集结的城镇初具规模。一排排泥砖平房拔地而起，一排排地窝子建筑满地竖起烟囱，炊烟袅袅。电影院、文化宫、新华书店、邮电局、贸易公司、职工食堂、洗澡堂、理发店……相继建成。

在冷湖，张天翼正在看《西部战报》，脸上抑制不住地兴奋，忍不住大喊了声："好！"这时，何满江敲门而进。张天翼说："老何，你来得正好，你看看，启仁在西部前线干得非常漂亮啊！基地初具规模，发现了花土沟油田，看来，西部大有可为啊！"

何满江笑笑，没有吭声。张天翼看何满江没有表态，奇怪地问："怎么了啊，有事？"何满江说："老领导，《西部战报》我看了，可喜可贺啊。"张天翼说："你怎么了，欲言又止，话中有话？"何满江说："我给你汇报冷湖的生产情况啊，需要你支援。"

张天翼说："好，你坐下慢慢说。"

张天翼听了何满江的汇报，说："冷湖稳产10万吨是我提出的目标，现在有困难，我全力支持你。我的意见是三项措施，一是组织压裂会战，二是组织油田注水，三是组织新区勘探，三管齐下，实现稳产！"

何满江点点头，说："主力都奔赴西部了，我这个将军，手下无兵，光杆司令！"张天翼说："要人啊，我给你调兵遣将，由你指挥，我只有一个要求，10万吨，再10年！"

何满江脸上露出勉强的笑容，道："好！"

冷湖广场的高音喇叭再次响起，发布了动员令：

"……备战备荒为人民。国家建设需要石油，国防建设需要石油，我们将如何回报祖国？回报人民？管理局党委发出紧急动员，号召广大职工、家属、在校学生，走出工厂、走出家园、走出学校，开展冷湖稳产大会战……"

工厂里，工人们关掉机床，走出厂房；

学校里，学生合上书本，奔出校园；

家属区，家属们解下围裙，走出家门；

医院里，养病的病号拔掉针头，走出医院；

……

浩浩荡荡的人流，扛着红旗，唱歌《我为祖国献石油》的歌曲，斗志昂扬地走上井场，走上采油队，走上压裂队，走上注水队……

职工们给井队工人师傅当助手；

家属们在沙坑里筛选沙子；

学生们为井队工人、为家属送开水；

党支部的业余文工团在井场打起快板：

……

"打起快板来啊，心中喜洋洋；冷湖大会战啊，群众斗志高；井队24小时连轴转啊，家属、学生来支援；红旗满天飘啊，戈壁捷报传……"

医疗队背着药箱，到现场巡回医疗；理发员背着工具箱，到现场为职工理发；还有的一家老小全上阵……

闻斌来往穿梭在冷湖大会战现场，拍照、采访，忙得不亦乐乎。各战区的战况，汇聚在他笔下成了一行行文字。这些文字上了《青海石油报》，上了《青海日报》，也上了《人民日报》。

张天翼打开《人民日报》，突然，他读出声来：

"青海石油管理局年年完成国家生产计划，原油生产稳步提高，成本逐年下降，上缴利润增加。今年一二月份，这个该管理局又完成了钻井、采油生产任务，生产水平比去年同期提高……"

张天翼把报纸一拍，大声道："好！"

186

冷湖学校，迎来了毕业季。

操场里，摄影师正在摆弄着照相机，从黑色的遮光布里伸出脑袋，右手捏着橡皮球快门，他做了一个鬼脸，笑道："笑一个，笑一个……""咔嚓"一声响，照片定格。照片上一行手写体："青海石油管理局冷湖中学初三年级毕业留影。"

何高拿着照片，背着书包走出校门。

陈青追上何高，问："哥哥，你真要参加工作吗？"

何高看着陈青，认真地回答道："是的，我要去西部，去一线，当一名钻工！"陈青犹豫着，似有心事。何高问："你呢？"

陈青坚定地说："你到哪里，我就到哪里！"

何满江家，一派欢乐。何满江、陈启仁、葛先华、陈曼、丁克秀、孟丽萍，还有何高、陈青、何红、葛壁等大小十几个人全围坐在桌子上。这是少有的几家人团圆。院子里，满是人气。

桌子上已经摆好了十多个菜。何满江拿出一瓶酒，高兴地说："今天都团聚了，我们得喝上两杯！"陈启仁接过瓶子，看了看，说："我有两瓶子压箱底的好酒啊，喝我的。"说罢，叫陈青回去拿酒。

何满江说："我们几家啊好久都没有这么齐全了，该喝好酒，该喝好酒！"陈青拿过来两瓶泸州老窖。葛先华接过一看，说："真不错啊，还有这东西。"陈启仁说："上次到西宁开会，省上给我们一人发了两瓶，没舍得喝呢。"葛先华拧开瓶盖，说："好酒用到好时候。"

何满江举起杯子，说："三个意思，一是祝贺老陈在西部一线旗开得胜，给我们建设了新家园；二是冷湖完成了大会战，还上了《人民日报》；三是祝贺何高、陈青两位同学初中毕业，干杯！"

葛先华说："慢，得给两位毕业生倒杯酒啊！"

何满江说："哦，即将走上社会，该来一杯。"

人们高兴地举杯相碰。何满江先打开话题，说："何高准备到西部前线呢，老陈，你看怎么样啊？"陈启仁看看何高，问道："真去当钻工？"何高铿锵道：

"钻工！"陈启仁点点头，话题一转，说："要是有条件啊，这些孩子都该再上学啊。"何高一听，连忙说："我爸说他15岁就带村里的很多青年参军当排长了呢。"陈启仁说："年代不一样嘛。"

葛先华问陈青："你呢，有何打算。"陈青瞄了一眼何高。葛先华"呵呵"一笑，说："明白了，孩子们都大了啊。"何满江说："老陈啊，我把儿子给你了，你要给我好好带啊，还有儿媳妇……，你带不成人，我找你算账啊！"何高、陈青一听，"唰"地红了脸，低下了头。

陈启仁说："你这是啥话啊，你的儿就是我的儿，我的女儿也就是你的女啊！"丁克秀心疼地摸摸陈青的头，说："要是秀丽在，今天她该多么高兴啊。"孟丽萍看看陈曼，连忙说："陈曼这些年也辛苦啊，带大几个娃娃。"陈曼淡然一笑，说："我是替邢姐活着的。"

走上工作岗位之前，何满江带孩子们去了一趟冷湖烈士陵园，他把那里作为孩子们入厂教育的地方。戈壁的天空呈现出清冷的暮色，凄厉的戈壁风掠起扑簌簌的沙砾。

何高、陈青两人跪在邢秀丽的坟前。

何高流着眼泪说："妈妈，我要参加工作了，没有时间常来看你了，你放心吧，我会好好照顾自己，好好工作……"陈青搀着何高的胳膊，说："邢妈妈，我会永远跟哥哥在一起，我会照顾他一辈子……"

说罢，两人深深地磕下了一个头。

第十七章
血沃涩北

柴达木依然是热血的试验场

那一年，很多青年学生乘着歌声希望的翅膀

翻越万水千山，来到冷湖戈壁

激情不断代，理想不乱码

五十年代进驻柴达木的第一代人

他们已经累弯了筋骨，且双鬓飞雪

白驹过隙，无法阻挡，

仿若闪电

时光之刀飞过了岁月的额际和冷湖的湖面

也许壮志未酬，但已残阳如血……

187

陈启仁夹着公文包，急匆匆敲开张天翼的办公室。

张天翼丢下手中的笔，说："老陈啊，坐！"这次陈启仁是张天翼专门从花土沟召见回冷湖的。陈启仁说："领导，又有什么新任务了，开门见山吧。"张天翼"哈哈"一笑，说："知我者，启仁也。"陈启仁说："没有紧急事，你是不会把我从西部紧急召回的。"张天翼说："好，开门见山，经局党委研究，我们准备组织东部大会战！"

陈启仁疑惑道："东部？涩北？"

张天翼说："是的，我们既要逮住西部这条'油龙'，又要擒住东部这只'气虎'，油气并举，两条腿走路，才能铸造柴达木的大梦啊。"

陈启仁头，说："几年前我们也去打过井，技术不到位，钻采都不太理想啊，现在……"

张天翼说："现在啊，我们决心攻下这道难关，掀开涩北气田的盐碱盖子，让它露真容啊！"

陈启仁似乎还是不在状态，说："哦！"

张天翼说："你也别担心，既然组织大会战，我们就要在人力、物力上给予大力支持，集中优势兵力，充分发动群众，高速度、高水平地搞好东部地区天然气勘探会战，整体解剖1000平方公里，拿出500平方公里，准备新增十四五个亿的储量。"

陈启仁认真地在笔记本上记着，只感觉肩上压力沉重。

张天翼说："石油部还给我们从四川调来一个试气队，我们自己再上3个地震队、7个钻井队、4个试气队、1个勘探综合大队、1个运输队，生活后勤保障也跟上去，整体算来近一千四五百人呢。"

陈启仁说:"阵容浩大,气势壮观。"

张天翼认真地看着陈启仁,说:"我们准备点你的将呢,你来挂帅,你看怎么样?"

陈启仁略一停顿,道:"既然组织点将,我理当义不容辞!"

张天翼"哈哈"一笑,说:"好,今后你还要挑更大的担子呢。"

陈启仁说:"有你老领导为我们撑伞,我们自当奋勇向前。"

自从挥师西部之后,陈启仁就很少回冷湖的家。花土沟一摊子事,够他殚精竭虑了。这次被局长召回,又给压上了涩北气田开发这一付担子,陈启仁觉得别样沉重,但是他义不容辞,因为他是共产党员,也是油田的党委副书记,还是西部指挥部的负责人。只不过,人到中年,精力和体力都大打折扣。有时候,他也感觉到力不从心,但他不能表现出来,也不是强撑,而是从部队到油田几十年来历练出来的品质和担当,组织的需要高于一切!

交代完工作,顺便回趟家。丁克秀从厨房端出饭菜。陈启仁拿起筷子,突然感觉缺了点什么,问:"陈海呢?"丁克秀说:"谁知道?没一个正点回家吃饭的。"陈启仁把筷子一扔,说:"当二流子了,家也不回了?!"丁克秀说:"这孩子自小放在老家,外公外婆带大的,这才过来,跟咱们有点隔呢。"

陈启仁说:"隔!隔什么隔,跟爹娘都隔,那还得了!"

丁克秀说:"吃吧,他疯够了自然就回来了。"

陈启仁还是不动筷子。丁克秀说:"陈海也说初中毕业去招工呢。"陈启仁说:"那不行,必须给我上高中,今后考大学。他姐姐初中毕业招工,那是没有条件,今后油田不仅仅需要体力劳动者,更需要知识,他别以为扛大钳能给我扛一辈子。"

丁克秀说:"有话好好说嘛,吵架似的。"

陈启仁将碗一推,怒气未消地出了门。

在冷湖电影院门口,贴着《魂断蓝桥》的海报。一些学生和青年工人拥挤在电影院门口,争先恐后买票。何红、葛壁也在人群中。陈海,瘦高,白净,带着内地成长的痕迹,高高举起手臂,挣扎在拥挤的人群中。这时,一胖一瘦两个蓄着小胡子的青年,眼睛不怀好意地四处扫描,最终将目光落在何红、葛壁身上。两人会意一笑。

瘦胡子说:"妹啊,没买上票吧,哥这里有多余的,刚好两张。"胖胡子一脸挑逗的笑,掏出票,晃了晃。何红盯了他们一眼,说:"不需要!"拉着葛壁就走。瘦胡子一把拽住何红,说:"妹子赏个脸呗。"胖胡子拽住葛壁,说:"陪哥看一场吧。"陈海从人群里挤了出来,手里攥着电影票,四处张望,看见何红、葛壁被人调戏,连忙冲了过去。

陈海说:"怎么回事?"

瘦胡子看了看陈海,说:"滚开点,小屁孩,没你的事!"

陈海说:"这是我妹,你们滚开点!"

胖胡子说:"小子,艳福不浅啊,一个人泡两个妞!"

陈海挥起拳头,狠狠砸向瘦胡子的鼻梁。瘦胡子没有防备,鲜血四溅,花开半空。胖胡子一把撕住陈海的衣领,一个绊子将陈海放倒在地。何红、葛壁两人大喊起来:"打架了!打架了!"

两个人狠狠踢着陈海。陈海抱着头,在地上翻滚。混战正酣,陈启仁走进人群,大喝一声:"住手!"冷湖不大,工人们都认识号称"铁面包公"的陈启仁,赶紧脚底擦油,溜了。

陈启仁将陈海揪回家。陈海将头从脸盆里拔出来,盆里的水血红鲜艳。丁克秀心疼地说:"从哪来的血啊?"陈海不以为然地说:"是别人的。"何红、葛壁两人连忙给陈海递毛巾。陈启仁在院子里转着圈,火冒三丈,对陈海大喊道:"给我跪下!"

何红赶紧拉住陈启仁的胳膊,央求道:"陈爸爸,海哥没有惹事,是别人欺负我们,他见义勇为呢。"葛壁也说:"陈爸爸,不要怪海哥。"陈启仁依然大喊道:"给我跪下!"

丁克秀小声道:"孩子都大了……"

陈海脖子硬硬的,满不在乎的口气,说:"都什么年代了,还军阀作风,我就不跪!"陈启仁"唰"地抽出腰上的皮带,"呼"的一声挥了过去。陈海的脸上立即腾起一条红色的印痕。何红、葛壁连忙抱住陈启仁的胳膊,求情道:"陈爸爸,不要打海哥了……"

丁克秀眼睛一红,转身离开。

陈启仁说:"老子就是军阀,老子是不想让你再当军阀!"

这时，院门推开，陈曼进来了。陈曼看看陈海的脸，说："孩子不应该这样教育啊！"陈海脖子还是硬硬的，眼泪在眼眶里晃，就是不流出来，说："看他还有什么招呢，我鄙视暴力。"陈曼赶紧止住陈海，说："什么他啊，那是你爸爸。"陈海口气不屑，说："你问他，这么多年，我叫过他爸爸吗，我有机会叫他爸爸吗，他给我机会了吗？"

　　连续三问之后，陈启仁手中的皮带无力地垂了下来，晃了晃，掉在地上，半天，才说："好小子，你还给我算账了，我告诉你，初中毕业你休想招工，你给我上高中去，这顿打还没有完，我给你记着！"

　　陈海说："记着就记着！"

　　陈曼说："陈海，你少说两句不行吗？"

　　何满江斜靠在床上看报纸，隔壁的动静他早听见了，他不想过去劝架，一是教育孩子，他知道这是家事，打不死人，二是自己也是一个样。陈曼回来，说："你也不过去劝一下。"何满江说："教育孩子嘛，又不是战场上你死我活，我怎么好过去呢？"陈曼说："教育还是要讲方式啊，孩子大了，多讲道理，哪有动不动挥皮带的啊。"何满江不以为然："哼，我看啊，一皮鞭顶一百句道理！"

　　陈曼气愤道："荒唐逻辑。"

　　何满江"呵呵"一笑。

　　看着陈海硬硬的脖子，陈曼突然想起何举、何旗，何举已经高二了，何旗也10多岁了。何旗是陈曼跟何满江的儿子。两个孩子一直放在老家代养，都从来没有到过柴达木，于是说："想着是不是该回去看看两个孩子。"

　　何满江说："何举，我的意思就在上海高中毕业，能考上大学就上大学，考不上再回来招工。至于何旗嘛，等条件好了，再接过来，跟我们一起生活。"

　　陈曼说："暑假，我回趟上海？"

　　何满江说："一转眼又是好几年了，回去一趟吧。"

　　葛先华、孟丽萍在西部，葛壁放在身边长大，老二是个男孩，叫葛漠，一直放在葛先华的老家长沙，给父母代养在身边。冷湖很多家庭都是这样，孩子散放在内地老家，父母根本顾不上教育。老家有的条件好，孩子会得到健康成长，也会得到比冷湖更优越的教育。但有的家庭并不见好，孩子也就相当于野放了，长得并不见人形。

何红是何满江跟邢秀丽唯一的女儿，跟葛壁在冷湖住在一起。两姊妹眼看陈海被揍了一顿皮鞭，都替陈海难过，觉得都是她们惹的祸。何红说："我觉得海哥特别男子汉呢，打起架来像一只老虎，不要命。"葛壁说："可惜还被陈爸爸揍了一顿，我心里难过。"何红说："陈爸爸揍他还有别的原因，你没有听出来吗？"葛壁有些神经大条摸着头。何红说："陈爸爸不要他招工，想让他上高中考大学呢。"葛壁说："哦，好像是这么回事。"

既然有了这层意思，两人的伤感就消散了许多。再说了，冷湖的孩子哪个没有挨过父亲的皮带呢？要是没有挨过，都不叫冷湖的孩子。

188

西部的夜空，星星比碗还大。

何满江的长子何高、陈启仁的女儿陈青，初中毕业就如愿参加了工作。跟他们一样大的这一批孩子，绝大多数都走上了工作岗位，很少有人选择上大学。对于他们来说，工作比什么都重要。有的耽误了正常上学，初中毕业就十七八岁了，有的十五六岁，也有的刚好十四五岁。

也如所愿，何高和陈青都到了西部，一同到了井队。何高也当上了钻井工人，简短的新鲜感之后，最初的豪迈已经远去，剩下的多是高强度劳动之后的疲惫。清凉的夜风，从戈壁深处弥漫而来。何高和陈青走出各自的帐篷，手拉手，向戈壁深处走去。

两人坐在沙滩上。陈青将头倚靠在何高的肩膀上。

两人抬头看着夜空。夜空里一条白灿灿的银河。

陈青说："哥哥，你看，天上银河多亮啊！"

何高说："是啊，银河的两岸一个牛郎，一个织女，年年相望，只有七月七才能在鹊桥上相会一次呢。"陈青说："他们的爱情故事真凄美，我们可不要那样，我们要天天在一起。"何高说："我们永远在一起，不离不弃。"陈青说："好，我给你生一大堆孩子，整天烦死你。"何高说："孩子多了不好，就要一个，你看，我家四兄妹，当父母的多累啊。"陈青说："要两个，一男一女。何高说：

好，那就要两个。"

陈青说："听说我们井队要转移到东部去了。"何高说："知道了，马上就快要出发了，去东部，去涩北。"陈青说："哥哥，你好好干，你现在是大班司钻，等两年，你也能干上队长，自己拉一支井队，任你驰骋。"何高说："你也好好干，当资料员就把资料做好，我们靠自己，不要让别人说我们是沾老子的光。"

陈青说："那当然！"

这时期，油田准备在花土沟建设现代化的炼油厂，建设任务又交给了孟丽萍。孟丽萍跟建设炼油厂磕上了，她负责建设了油泉子炼油厂，又建设了冷湖炼油厂。那这两座炼油厂都是简易的，甚至是不科学、不规范的。而现在花土沟将要建设一座标准化炼油厂。

炼油厂建设工地，人影忙碌，焊花闪烁。孟丽萍戴着安全帽，拿着图纸，日夜忙个不停。高明抱怨说："孟工，我们这全是拣的破铜烂铁搞炼厂，什么时候能上一套全新的设备啊？"孟丽萍说："先因陋就简，等条件好了，再新陈代谢。"

高明说："真是白手起家，艰苦创业啊。"

孟丽萍说："你是学化工专业的大学生，你要从这个简陋的炼油厂起步，把基建、工艺、流程等都要吃透，今后说不定还有更大的炼油厂需要你们年轻人去建设呢。"高明说："这倒是，柴达木油田不会仅仅是这么个三万吨炼油厂，说不定以后一定还有百万吨、两百万吨炼油厂呢。"

孟丽萍说："是啊，未来，总是美好的。"

高明说："孟工，我听说这是柴达木第四座炼油厂了啊。"

孟丽萍说："四座炼油厂我都参与了，以前的更简陋，现在想想，都不敢回忆。"高明说："您一定会再建一座大型的、现代化的炼油厂，圆您的炼油大梦。"孟丽萍点点头："也许！"

陈启仁回到西部，立即着手跟马成武交接工作。陈启仁说："西部战线就给你了，你要把井队这块工作统抓起来的，今后我的工作重心估计在东部，在涩北了。"马成武说："请陈副书记放心，我一定抓好西部这块工作。"

陈启仁若有所思道："这钻井啊，是要讲科学的，但有时候啊，还得看运气，依我看啊，尕斯库勒湖这边一定有大东西，你要好好在这边下钻头，争取捞一个大块头！"

马成武说："我也有预感，我一定在这边捞一个大东西！"

陈启仁说："东部那边是边敲锣边打鼓啊，我要抽调一些精兵强将过去。"马成武说："要设备你抽设备，要人你抽人，我全力支持领导。"陈启仁说："好，陈兵我用习惯了，这次他也跟我过去，协助我。"

马成武说："没问题。"

夜幕下的花土沟，灯火辉煌，俨然一座新的城镇模样。吃完晚饭，陈启仁和葛先华散步在花土沟的大街上。陈启仁说："你看夜晚里的花土沟还真有点人间烟火的样子呢。"葛先华"呵呵"一笑，说："说不定再等几年啊，冷湖就成了第二个茫崖，花土沟倒是一座现代城镇呢。"陈启仁说："冷湖稳产10年都难，到时还得大规模杀回马枪，到花土沟来。"

葛先华转声一问："哪天出发？"

陈启仁一顿，说："就这几天。我先带一批人马过去，后续有些井队的活干完了再过去。"葛先华说："涩北那地方啊，说不定是个大气田呢。"陈启仁说："可是现在的天然气除了烧火做饭，没有多大利用价值啊。"葛先华说："国外的天然气技术相当成熟了，可以开发很多化工产品，而我们仅仅拿来当柴火烧，太初级也太可惜了，不过慢慢会好的。"

陈启仁说："还是知识分子懂得多，不管现在能不能开发后续产品，我们都要先摸清那里的底细，说不定歪打正着能弄出个大油田呢。"

葛先华突然一怔，说："你是不是有话要说啊。"

陈启仁"哈哈"一笑，说："还是你敏锐啊！是啊，不如跟我一块上涩北，搞勘探，少不了你啊。"

葛先华说："好，胡挺、李天翔、黄兴国都是室主任了，可以独当一面了，让他们小鸟出笼吧，留在西部，我带胡挺过去。"

陈启仁突然脚下一空，"啊呀"一声。晚上没留心，他们散步到了一遍地窝子的屋顶。陈启仁真踩漏了地窝子的屋顶，脚陷了下去。这时，地窝子门一开，一扇灯光放了出来，有人喊道："谁啊，踩塌我屋顶了。"那人用手电一照。陈启仁说："我，陈启仁啊！对不起，一不小心给你屋顶开了天窗啊。"

那人说："哦，陈副书记啊，屋顶破了没事，别崴了脚就好！"

回到家，葛先华跟孟丽萍说了要去涩北的事，孟丽萍却说："早想到了。"葛先华帮孟丽萍揉着肩，说："你也别太辛苦了，多让年轻人锻炼锻炼。"孟丽萍说："局里要求三个月完工，我们打算抢点时间，力争提前一二十天投产呢。"葛先华说："我一走，又是你一个人在花土沟了。"

孟丽萍抬起头，沉思了半天，说："一家四个口人，四个地方，葛壁在冷湖，我在花土沟，你在涩北，葛漠在长沙，正应了那句话，五湖四海啊。"葛先华说："这就是命。"

孟丽萍将头靠在葛先华身上，闭上眼睛，说："真累啊。"

葛先华对地质板块做了调整，李天翔、黄兴国留花土沟，他带胡挺去了涩北。李天翔颇有意见，说："胡挺运气好，总跟领导跑。"胡挺说："那我们交换呗，你以为涩北是天堂啊，那里全是盐碱滩呢，夏天一片汪洋，冬天一块铁板，要不，你去？"黄兴国"嘿嘿"道："我们服从组织安排，好运气还是你自己接着吧。"

葛先华推开门，说："什么好运气啊，说出来我听听？"

李天翔笑着说："他们俩正在商量，说要给你送行，请你喝酒呢。"

葛先华故意说："真的啊，谁能搞上酒？"

李天翔赶紧说："胡挺能！"

胡挺说："你们这帮家伙，敲诈人可从不拐弯抹角啊。"

189

陈启仁带队正式从花土沟开拔，目标涩北。

这是柴达木石油的一次战略性转弯。按照盆地沉积规律，从勘探认识上已经明确，盆地东部即涩北地区富含天然气。当然，这还需要进一步的认证。其实，也早在十几年前，油田已经在涩北钻探了天然气，只是无奈于开发手段的制约，只好望而却步。这一次，油田将目光再次倾斜到东部，也许，这是一次大胆的叩问。

一辆吉普车在前面开道，几十辆大卡车跟在后面奋力前行。

吉普车内，陈启仁睡着了，突然车子一颠，停了下来。陈启仁睁开眼睛，问:"怎么了?"司机说:"到了。"陈启仁睁眼一看,眼前一片白茫茫的盐碱滩,无边无际。

他们走到"涩参3井"的井口,这是最早动钻的一口气井,可时运不济,着火了。一把火烧掉了人们对涩北的信心。陈启仁、葛先华、陈兵、胡挺等十几个人站立在井口,眼前是直径超过10米、深度达几十米的大窟窿眼,里边还飘忽冒着淡蓝色的火焰。

陈启仁忧伤地说:"'涩参3井'燃烧了十几年,我们到现在都没有技术将它灭掉,多么宝贵的地下资源,就这样白白烧掉了啊。"

葛先华说:"等我们的下一代吧,他们会有办法的。"

陈兵说:"听说,每天都要烧掉一辆吉普车的钱啊。"

陈启仁说:"这是深刻的教训,也是活生生的教科书啊。"

十几个人列队成排,深深地弯腰鞠躬。

涩北大地,一片荒凉,比花土沟更加凋敝,除了满眼是白花花的盐碱地,连一个参照物都没有。大地洪荒,千古寂静。十几顶帐篷和十几栋板房在盐碱滩上围成了一个院子。大门口上悬挂着"东部会战指挥部"的牌子。

院子里,整齐列队上百人。

此时,需要的是精神鼓励。作为油田党委副书记的陈启仁,慷慨激昂道:"同志们,又一个新的战役摆在了我们面前,我们要发扬革命加拼命的精神,打好这一仗,只许打好,不能败阵!"

热烈的掌声响起。队伍里的何高和陈青,青春飞扬,格外激动。

在白茫茫的盐碱滩里,很快耸立起高高的井架。

"涩深1井",工人们正在安装井架。陈兵对井队长说:"老王啊,这口深井就看你的了,只许成功,不能失败!"豪爽性格豪爽、身材高壮身材的老王响亮回答:"请陈处长放心,打不出油气,你割我的脑袋当球踢!"

陈兵说:"我不踢你的脑袋,你自己踢吧,啊!"

王队长"嘿嘿"一笑,说:"好!自己踢!"

涩北的湖泊都是咸水湖,是与格尔木察尔汗盐湖相贯通的大盐湖。盐湖水因为富含钾钠,在阳光下的照射下,湖水呈蓝绿色,清澈见底,倒映着碧蓝色的涩北天空。吉普车在湖边停下。陈启仁、葛先华先后下车。陈启仁长长地舒缓了一口气,说:"此景只应天上有啊!"

葛先华说:"亿万年来,我们的脚下就是人类的第一双脚印!"

陈启仁说:"你说得很对头,我们的脚,也是阿波罗宇航员的脚啊。"

两人忍不住"哈哈"大笑起来。葛先华伸手掬起水,舌尖舔了一下,说:"又苦又涩,是高浓度的盐卤水,富含很多矿物元素,都是些宝贝。"陈启仁说:"柴达木不显山不露水,真是名副其实的聚宝盆,可惜我们没有技术开采啊!等着后人来开采吧。"

葛先华说:"李季先生要是在此,又是一首激情昂扬的赞美诗了!"

陈启仁道:"我们,用钻头写诗!"

190

下课铃声一响,陈海背着书包,闷闷不乐地走出校园。

何红、葛壁追了上去。何红问:"海哥,怎么样啊,你考上高中了吗?"葛壁也说:"海哥,别这样,丁妈妈看你这样,她也会伤心的。"

陈海停住脚步,不耐烦地说:"你们两个别问了好不好,烦死了!"

何红、葛壁舌头一吐,赶紧跑开了。

陈海养了两只小兔子,放学回家,他都先喂兔子。陈海蹲在天井里,用青菜叶逗着小兔子。小兔子红着大眼睛,急不可待地吃着青菜叶。陈海将菜叶一抽,兔子就追着菜叶跑。

这时,何满江推门而进。陈海"唰"地站起身,叫说道:"何爸爸好。"

何满江"呵呵"一笑,说:"我来祝贺陈海同学初中毕业啊。"陈海一听,低下了头。何满江说:"小海啊,我听说你高中也考得不错啊,全校十几名,也该祝贺啊!"陈海说:"何爸爸,我知道你想说什么。别说了,我心里烦躁着呢。"何满江说:"是不是看见又有同学招工了,心里痒痒啊。"陈海说:"你明知故问呢。"

何满江叫陈海坐下,说:"何爸爸有话要给你说。"陈海给何满江提拿了一把椅子,自己继续蹲在地上喂兔子。何满江说:"我跟你爸爸是生死战友,革命友谊加同志友谊,不是亲兄弟胜过亲兄弟,你知道吗,有些事我们懊悔得很啊！"

陈海猛地抬起头，问："为什么？"

何满江说："我们这辈子全是这样扛过来的，靠的是一股不服输的劲头，可是总觉得缺少什么。"陈海问道："缺少什么啊？"何满江说："缺知识啊，老祖宗说得好，知识就是力量，我们没有知识就没有力量，今后谁有了知识，谁就是老大，我和你爸爸，迟早要退出历史舞台。"

陈海说："我只想早点参加工作。"

何满江说："你现在参加工作，只能干个简单的体力劳动，这样的人啊，我们当时站在田间地头，大喇叭筒子一吼就是一大群。油田现在缺的不是这样的人，缺的是拥有知识的劳动者，你明白吗？"

陈海默不作声，兔子也一动不动。

何满江说："我知道你是个聪明的孩子，响鼓不用重槌响。"

何满江拍拍陈海的脑袋，说："你再想想吧。"说罢回家，围桌吃饭。陈曼倒是有些牢骚，说："我这一代理校长，都代理几年了，我不想干了。"何满江停下筷子，说："你真不想干，就找教育处长去说嘛，换年轻人上，也是好事。"陈曼说："现在真想念曾光明校长，他教学和管理都尽心尽职。"

何满江说："我在想啊，高中毕业考不上大学，这些孩子既算不了知识分子，也算不上技术工人，我们应该办一所技术学校，让孩子们学到一定技能再走上工作岗位，那就好了。"

陈曼说："技工学校？"

何满江说："对，技工学校！"

陈曼说："那就请曾光明校长出山嘛。"何满江思考了半天，说："再等等，现在政策还不够明朗，再等等。"何红跟葛壁对视一眼，说："我们上技校去！"陈曼说："还不知道猴年马月呢。"两人一伸舌头。

毕业季的夏天，是毕业生的自由王国。晴朗的夏日，天高云淡。冷湖黑山巍峨，气势磅礴。陈海等四五个人背着挎包，向黑山走去。几个人费尽力气爬上山顶。山顶的风撕扯着他们的头发。远远望去，冷湖在遥远的凹陷里；再看山下的苏干湖，碧水如镜。几个人席地而坐，喝着水，吃着自带的干粮：煮鸡蛋、罐头之类的食品。

向东从挎包里摸出一瓶酒，说："何以解愁，唯有杜康啊。"

陈海说："向东，给我！"

向东说："陈海，不是你一个人烦呢，我们都在挣扎！"

陈海夺过酒瓶，拧开盖子，先"咕嘟嘟"灌了一大口。向东接过瓶子，也灌了一大口，再递给身边高大健壮的林俊。

向东问："陈海，你投降了吧。"陈海不耐烦地说："你才投降了呢。"向东说："我认为，既然考上了高中，就要考大学，我的志愿是美院，我要当一名画家，这就是我的最终梦想！"其他几个人也附和着，有的人说想学医，有的人说想当教师。

林俊说："我的目标就是参军！"

陈海举起酒瓶子，将最后一口酒灌进喉咙，目光坚定，铿锵道："好，立下人生志，二十年后我们再到这里来相会，到那时，我们再对酒当歌！"同学们异口同声道："好！"

向东问陈海："你没有说你想干什么呢？"

陈海"哈哈"一笑，说："我的梦，在柴达木！"

191

涩北。"涩深 1 井"施工现场。

井架上，红旗招展；旷野里，钻机轰鸣。

资料室里，陈青正在认真填写一天的技术资料。

何高走了进去。陈青端过一杯水，说："倒班了啊？喝口水。"何高接过杯子，问："钻深多少米？"陈青看了看报表，说："1618 米。"

帐篷厨房里架着一个天然气灶，蓝色的火苗"呼呼"燃烧。灶下，一条地裂缝延伸到井场。那是天然气憋开的地裂缝，很难发觉。裂缝里，有天然气"吱吱"的声音，像一条游动的蛇。

何高说："这是一口深井，说不定还要打 1000 米呢。"陈青说："早点回去休息吧，明天还要上早班呢。"何高拉了拉陈青的手，说："你也早点休息。"何高刚走出值班室，就看见院子里一条火龙，游动着向外，直奔井场。何高大喊一声："着火了！"

　　钻井二层平台上，正在打井的工人远远看见一条火蛇，蹿动着身子，快速地向井场扑来。工人们停下操作，飞速地跑下钻台。火蛇越来越快，转眼就扑上了井架。只听见"嘭"的一声巨响，火蛇与井口的气压会合，巨焰冲天……

　　人们飞快地跑出院子，惊恐地看着几千米远的井口，被熊熊大火笼罩。腾起的火焰有一百多米高，几百米外都灼烫难忍。几分钟的时间，几十米高的井架便融化在烈焰之中……

　　陈青紧紧抓着何高的手，眼泪滚落下来。

　　火焰映射着何高悲壮的眼神，泪珠潸然……

　　工人们号啕大哭。队长老王用拳头狠狠地砸着自己的脑袋，悲号地喊道："我的天啊，我的天啊！"

　　在冷湖，张天翼神色严峻地冲进总调值班室。他接过对讲话筒，大声命令道："首先保证人员安全！马上组织灭火救援！我马上向石油部、青海省委请求支援。"

　　西宁、德令哈、格尔木三地的消防车一路飞驰向涩北……

　　井场上，消防车喷起冲天的水柱。

　　公路上，一辆辆水罐车向井场疾驰……

　　涩北盐碱滩上，张天翼、陈启仁着急地商量着救援对策。张天翼说："必须截断气源，我们不能让'涩参3井'的悲剧重演！"陈启仁说："得请求兄弟单位专业灭火队支援！"

　　国家公安部、四川石油管理局的灭火专家赶来现场。

　　喷水灭火，失败！

　　泡沫灭火，失败！

　　最终决定，空爆灭火！

　　井场上，大火飞腾，烈焰熊熊，天昏地暗。

　　方案一敲定，陈兵挺身而出，他站在一处高地，大声喊道："同志们，我宣布马上成立灭火敢死队！"工人们一听，立马围了上去，情绪激昂，高声道："我上！我也上！"

　　何高冲上前，大喊道："还有我！"

陈兵点点头，说："我们兵分两队，每队 10 人，轮换上阵！听我命令，敢死队员们赶快换上消防服。"

这时，几枚空爆弹在井口上方爆炸，白色的粉末烟雾笼罩了火苗，熊熊燃烧的火焰猛然矮了下去。救火敢死队蓄势待发。陈兵一声喊："一分队，上！"十个敢死队员扛着工具，冲进了井口。几分钟后，十人撤出；另外十人小组冲了进去……轮番作业，争分夺秒。

终于，井口安静下来。

张天翼一一握过敢死队员们的手，说："10 天啊，10 天，我们战胜了气老虎！"

192

茫茫盐碱滩，在夕阳下反射出金色的光芒。大地如此静美，甚至幻出诗般的华丽。

一座盐碱山包后边，就是那口已经关闭的"涩深 1 井"。陈启仁眺望着那里，目光悲伤，眼眶里泪光盈盈。良久，他的目光变得坚强。

陈青端着一碗粥走了过去，说："爸爸，你好几天都没有吃饭了。"陈启仁陡然消瘦，眼圈发黑，他抬起头，看了看陈青，说："好，我吃，我吃。"陈青心疼地看着父亲，说："爸爸，我们都要坚强起来！"

陈启仁说："是啊，我们得要站起来！站起来！"

事故后，张天翼说："老陈啊，这次损失是巨大的，影响也是巨大的，惊动了半个中国啊。我嘛，一把手，首先承担责任，不管上级给什么处分，我都担。但你，不能趴下。你呢，也必须要以事故为教训，痛定思痛，浴火重生！我们再也交不起学费了啊。"说罢，张天翼两眼泪花闪烁。陈启仁悲痛至极，说："给我处分吧，也许，我还能释怀。"望着张天翼远去的背影，他又说："请让我戴罪立功！"

火焰拂过的涩北更加凝重。陈启仁召集了现场大会，整整开了三天三夜，查找原因，吸取教训，制定新的补救措施。十多支钻井队、一千多人的队伍，立下军令状。很快，苍茫的盐碱大地再次井架高耸，战旗招展，钻机轰鸣。

陈启仁的身影穿插巡视穿梭在每一个井队。井井报喜。

到了"涩深15井",陈启仁站在井场,对陈兵说:"我们又连打了十几口井,口口见气,这口井,一完钻,就抓紧射孔,下套管。"

陈兵大声说:"好!"

193

时令进入初冬,陈启仁从涩北回到冷湖基地。

陈启仁没有回家,先敲开张天翼局长的办公室。张天翼看着满脸疲惫、又黑又瘦的陈启仁,拍拍他的肩,关切地说:"启仁啊,我知道,最近你的压力太大了,还是要多注意身体啊,身体垮了,那就啥都没有了。"

陈启仁说:"累一点,无所谓,只要井上平安啊。"

张天翼说:"根据最近的战况来看,效率很高,质量也很好,那这样吧,我特批你在家休整一个星期!"

陈启仁勉强地笑笑,说:"谢谢老领导关心。"

冷湖的冬夜,寒风呼啸。晚饭后,陈启仁跟丁克秀在大街上散步。陈启仁还是念念不忘陈海,上次一顿皮带之后,父子俩再没有见过面。这次回来,陈海就没有回家,到向东家借宿去了。他躲开了陈启仁。这是陈启仁窝在心里的一个疙瘩。他问:"陈海近来怎么样啊?"丁克秀说:"上高中了,这孩子,正叛逆期,读书倒是蛮认真的,成绩也还行。"陈启仁说:"哎,他现在躲着我啊,打了他,比打在我身上还疼啊,我是想让他成才,不想让他跟我一样啊。"

铁汉陈启仁向来不说这样柔软的话,丁克秀奇怪地问:"你怎么了,以前从不这么儿女情长的,你放心吧,家里有我呢,我会好好跟他说的,大了,他也就懂你了,或者长大了,他也就成了你。"

陈启仁搂过丁克秀的肩膀,说:"辛苦你了啊。"

张天翼说给陈启仁一个礼拜的休整时间,其实陈启仁只是过了一个夜。花土沟、涩北两个摊子,让他寝食难安。早上吉普车停在门口。陈启仁正准备上车,远远看见陈海背着书包,硬着脑袋,偏着脖子,头也不回地跟同学往学校走去。陈启仁喉结动了一下,想喊,却没有喊出口。

其实，陈海也看见了停在家门口的父亲的吉普车，他的余光甚至也看见了父亲的身影，他也想转过身去，叫一声父亲，但他还是没有转过身去，假装什么都没有看见，就跟向东等向学校走去。拐过一条巷子，陈海才回过头去，但一堵墙阻隔了父子两人。他想哭，泪水晃在眼圈里。向东发觉了，问："怎么了？"陈海说："没啥，风太硬！"

一转眼，就是一条长河。

一刹那，就是整个人生。

这时，何满江出门上班，陈启仁看见老何，下车，两人握手。昨天夜里，两个老战友说了很多话，只回忆过往，回忆在部队，就不说当下。这是成熟男人厚重的温存，伤疤永远不要去撕开。时间把两人推到五十知天命的档口，似乎，他们也知道了天命为何物。也许，他们一生从来没有将酒喝得如此表面轻松而内心如此沉重。他们想醉，但他们都没有醉。目前，还醉不起！

何满江说："多保重！"

陈启仁道："你也是！"

吉普车在戈壁上飞驰。陈启仁坐在车上打起了盹。司机赶紧放慢速度。陈启仁的梦中又是满天火焰的颜色，占据了整个视野。陈启仁突然大声喊道："失火了，失火了，赶紧灭火，赶紧灭火！"陈兵走进画面，神色严肃，似乎没有听见。陈启仁大声喊："兵蛋子，兵蛋子，你在干什么？失火了啊！"陈兵还是没有听见，依然在鲜红的颜色里时隐时现。陈启仁一拍巴掌，怒吼道："给老子，我的话你都不听了？"

陈启仁一巴掌拍在汽车前台上，醒了过来。司机小声问道："陈副书记，是不是又做梦了啊？"陈启仁这才醒过神来，说："哦，你开快点！"

吉普车驶进涩北指挥部院子。院子里有一层雪。陈启仁跳下车，就往值班室跑。陈青看见陈启仁火急火燎跑进来，惊讶地问："爸爸，你怎么了啊？"陈启仁问："现场都平安吗？"陈青说："一切平安啊。"陈启仁这才松弛下来，走出值班室，又叫司机，说："到'15井'看看去！"

葛先华正好走出帐篷，看见陈启仁，连忙上去打招呼。葛先华问道："你脚刚一下地，又要到哪里去啊？"陈启仁钻进汽车，从车窗探出头说："到'15井'看看。"葛先华说："等我一下，我也去，我去穿棉衣。"

陈启仁对司机说:"别等他了,来不及,我们先走!"

汽车"轰"的一声驶出了院子。葛先华走出门,看见汽车已经远去,无奈地摇了摇头,说:"这个老陈,鬼撵似的。"

吉普车像一头疯牛一样驶向"涩深15井"现场。

现场采气井口已经安装完毕,正准备开启闸门试气。

陈启仁踏着积雪走过去。钻井处副处长陈兵、井队指导员、技术员、大班司钻何高、司钻等十多人都在现场。拉运泥浆的运输处司机张二嘎子也在人群中。万事俱备,只等一声令下。

陈兵高兴地报告道:"'涩深15井'钻探安装完毕,准备防喷试气!"

一闪眼,陈启仁看见张二嘎子。在那十年里,张二嘎子没少给陈启仁他们难受,便问道:"你在这里干吗?"张二嘎子有些不好意思,想躲又躲不开,说:"报告领导,我在保运这口井的泥浆!"

陈启仁没吭声,转身说:"开闸——放气!"

听到命令,司钻矮下身子,蹲在采气树下,用力拉开闸门。猛然间,地底下强大的气流冲天而起。井口升高短接与接箍的连接丝扣被强大的气流震松,10米长的四根防喷管线,像飞机的涡轮扇叶一样飞速旋转起来!张二嘎子一看情势不对,飞奔而逃,突然看见吓呆的何高,顺势推了一把。犹豫之间,井场上早已血肉横飞。

涩北大地,被鲜血染红!

194

这是柴达木石油开发史上最大的一次安全事故,它的悲壮,载入了中国石油的史册。陈启仁、陈兵等六位石油人,转眼成为烈士。

在冷湖大会堂,黑色的挽联,白色的花圈,哀乐低沉。

礼堂内巨大的一个"奠"字悬挂在中央。六位烈士的黑白照片依次排放。一条黑色横幅上书写着"沉痛悼念涩北六烈士"几个大字。

局机关领导班子十多人站在第一排。

礼堂里,站满悲痛流泪的职工、家属和学生。

张天翼走上前，忍不住抽泣，平静良久，他才宣布："陈启仁同志等六位烈士追悼大会现在开始！"

哀乐悲沉响起。

广场上云集了上千人，他们驻足聆听着喇叭里传出的声音，抹着泪水……

冷湖烈士陵园里，白雪覆盖。六座新隆起的坟茔，呈一字排开。

何满江坐在陈启仁的墓前，身体弯曲，像一枚冬天的枯叶。他半天一动不动，飘飞的白雪落在他的身上，越来越白，越来越厚。一阵寒风吹过来，白雪被吹去，但瞬间又有飘扬的雪花落在他的身上，越来越白，越来越厚……

良久，何满江的身体动了一下。他从衣兜里掏出葛先华用铁丝编制的一个身子、两条腿、三只脑袋的玩偶，他将玩偶插进了墓前的泥土里……

何满江觉得，他们的时代，在这白雪覆盖的荒原，已开始落幕。

一个激情燃烧的季节，在陵园里卸掉红尘喧嚣，回归肃穆。

何满江站起身子，将身上的积雪"哗啦啦"抖落一地……

第十八章
回望高原

所有的一切都将在时间的刀锋下臣服，虽然

心有不甘，情有不愿

冷湖最终也将成为历史和传说，即便

冷湖冷了又热，热了又冷

步步生莲，倒下了也是风景

站在当金山回望天际线之上的柴达木

石油是温暖的焰火，也是坚硬的核

生而做鹰，死而生烃

雄性的土地上男人是图腾

195

中国进入 20 世纪 80 年代。那是一个崭新的年代，那是一个春暖花开、万物复苏的年代。

就在那个年代的春天里，冷湖烈士陵园矗立起两座漆黑的墓碑，它们被安放在墓园里地势最高处，格外显眼。

一块墓碑上写着"陈笑同志之墓"。跟陈笑墓并列着的一座新坟，也是水泥墓碑，碑文上写着"黄一鹤同志之墓"。

陈笑去世于 1966 年，黄一鹤去世于 1978 年。相隔 12 年的生命时空，最终两人却在青藏高原柴达木冷湖烈士陵园手牵手、肩并肩。这是历史的巧合，巧合得仿佛似是一个神话。而人类的神话，就是这样书写出来的。好在最终他们被重新定论和修辞。这是历史的宽容，也是历史的另一种温情的面孔。

张天翼和数十位油田干部，肃穆在两座新坟前，三鞠躬。

这是迟到的三鞠躬，但迟到总比不到要好。张天翼代表冷湖这片苍茫大地的主人，发出了历史敢于正视自己的声音：

"陈笑同志，湖南长沙人，中国著名的地质学家，1957 年错划右派，下放冷湖劳动改造，1966 年含冤去世……，他为中国石油勘探和冷湖油田开发做出了历史性贡献……，现准予恢复名誉！"

葛先华、黄挺、李天翔、黄兴国等在人群里满含热泪。面对另一座坟茔，张天翼语调悲恸：

"黄一鹤同志，湖北武汉人，中国著名地质学家……，错划右派，含冤入狱二十多载，他一生走遍了中国各大油田，唯独没有到过柴达木……，尊重他的遗愿，石油部批准将他骨灰安葬到冷湖烈士陵园……"

冷湖，两座碑！

伟大的碑,更在人心!

196

在冷湖,陈启仁家。

陈启仁的遗像挂在客厅中央,已经三年了。

陈海每每放学回家,放下书包,都会习惯性地往墙上看去。每次离开家,他也要回望一眼墙上的父亲。三年前的那次不辞而别,已化作终身遗憾。临考前,陈海两眼泪水,向父亲遗像"噗通"跪了下去。

陈海说:"爸爸,我还没有习惯叫你爸爸呢……"

丁克秀从卧室出来,神色憔悴。她摸着陈海的头,说:"孩子,你知道吗,你爸爸在内心是多么的爱你啊。"陈海抱住丁克秀,悲号道:"妈妈,我对不起爸爸……"丁克秀说:"你一定要考上大学,再回到柴达木来,你父亲,壮志未酬啊。"

陈海坚毅地点点头。

一次事故,也彻底改变了何高的人生。在那次事故中他没有牺牲,但却永远地坐在了轮椅上,而这样的机遇,也是张二嘎子,那个本名叫张悟之的人给予他的。不得不说,这就是命。

何高坐在轮椅上,何满江推着轮椅在家属区穿过。温暖的阳光照射在何高苍白的脸上。一阵风过,零乱了何满江满头的花发。至今,何高都还没有从悲痛中走出来。

何满江说:"孩子,我们到广场去晒晒太阳?"

何高点点头,又似乎摇摇头。

冷湖广场上。人影如织。

大戏台子不见了,高音喇叭还在。高音喇叭里播放着欢快激扬的歌曲:

年轻的朋友们,今天来相会,荡起小船儿,暖风轻轻吹
花儿香,鸟儿鸣,春光惹人醉,欢歌笑语绕着彩云飞
啊,亲爱的朋友们,美妙的春光属于谁

属于我，属于你，属于我们八十年代的新一辈
……

何满江推着轮椅，在人群中穿行。突然，一双手接过何满江手中的轮椅。陈青说："何爸爸，我来吧！"

何高听见是陈青的声音，有些生气地说："不，我要回家！"

陈青看了一眼何满江，眼里泪花闪烁。自从事故之后，高位截瘫的何高就躲着陈青，是伤痛未愈，也是自卑自怜。何满江只好接过轮椅，步履沉沉地走向家属区。陈青心想，生活还得要继续，必须要带何高走出心灵的阴霾，直面阳光。

陈青趁吃饭之际，敲开何满江家的门。陈曼问："吃了没有？"陈青说："吃了，你们吃吧。"何高看是陈青，丢下筷子，一脸不情愿。何满江会意地看了看陈曼，却对陈青说："陈青啊，你带何高出去转转吧。"

陈青说："不了，何爸爸，我过来有两句话要说。"何满江、陈曼、何红都停下筷子，看着陈青。陈青说："我跟哥哥曾经商量过，我们满20岁就结婚，这是我们当初的诺言，诺言是不可改的，再有一个星期我就满20岁了，我希望到时跟哥哥去领取结婚证。"

何满江看看何高，何高一脸怒色。

何满江说："陈青啊，你可要考虑好啊，你哥哥现在……"

陈青打断何满江的话，故作笑容，说："生是哥哥的人，死是哥哥的鬼，不管他是站着，还是坐着，我这辈子，都跟他在一起！"

何满江还想说什么，陈青已经转身出了门。

何满江看着陈青走出院子，半天才回过神来，用坚决的口气说："何高，这事得听陈青的，你要有什么意见，请保留！"

何高拍着轮椅，生气道："爸爸，我不能祸害别人！"何满江拍拍何高的腿，说："孩子，你要正确面对未来啊，只要活一天，就要活出一个人的样子来，只有活出劲头来，你也才能告慰你陈伯伯啊，懂吗？"

何高大声道："她是在可怜我！"

何满江眉头一挑，顿了顿，压住火气，低声道："我不这样认为！孩子啊，

身体残疾了,你就不能再做一个心灵上的残疾人。陈青,是你最好的生命拐杖,我和你陈阿姨,都有走不动的那一天啊!"

何高还想说什么,何红却突然发飙,大声道:"大哥,你就不要再折磨父亲了好吗?他们容易么吗?这是谁的错啊?是爸爸的错?是陈爸爸的错?还是陈青姐姐的错?你一再这样沉沦,自暴自弃,只能证明你自私,你无情,你懦弱,你是个胆小鬼!"

大家都没有想到何红有用如此语气在家里发言,她实在不能忍受三年来家庭所承受的重负和悲痛,父亲何满江生活在失去战友的思念之中,大哥何高生活在残疾了肢体的苦闷之中,一家人像顶着一只锅盖在生活。她忍无可忍,她要彻底撕开这个伤疤,继续说:"既然你跟陈青姐姐有海誓山盟,你就不能背叛!"

居然没有人劝停,何满江没有,陈曼也没有。在惊愕之后,何高双眼泪流。是的,他太需要这样五雷轰顶的言语来刺激那早已麻木的灵魂了。而父母总是顾忌着他的悲痛,连高声调的话在家里都不敢讲。何红似乎不达目的不罢休,最后以决绝的态度收尾。她说:"大哥,你要不跟陈青姐姐结婚,我都瞧不起你!"

这话太重。陈曼赶紧阻挡,何红却"腾"地起身,决然地摔门而去!

在一片静默之中,何高缓缓道:"我错了……"

197

这一切预示着柴达木石油勘探的一个春天到来了。

花土沟地区"跃深参1井",在钻进中发生强烈井喷,原油冲天而起,洒落滚滚油花。这是一个大事件,喜讯传四方。

何满江一进办公室,习惯性地先浏览报纸,头条套红的消息令他激动不已,看着看着,忍不住开口念了起来:

"……'跃深参1井'钻至井深3253米时,再次发生井喷,日喷原油800吨,预示着尕斯库勒油田的诞生!这是继发现冷湖油田后,经过二十年的艰苦奋斗和不断探索的又一重大发现。以'跃深参1井'为中心向外围继续扩边打井,证实了尕斯库勒构造是一个油气富集区，是柴达木已发现的油田中面积最大、储量最多的一个油田。"

何满江将报纸往桌子上一拍，道："终于捞了上一条大鱼了啊！"

捷报传北京。石油部领导拿起办公桌上一份《国内动态清样》。突然，有消息吸引了他的目光。动态上有李先念同志的批示：

"我冒昧说一句，柴达木盆地可能不是半个大庆，而是一个大庆，如何？请商酌。李先念。"

石油部当即拍板："在柴达木再来一场大会战！"

张天翼得到最高指示，找到何满江，情绪高昂地说："老何啊，在东部战线我们受到了极大的挫折，这只气老虎难以驯服啊，再等等吧，等到有条件再上。现在啊，石油部牵头，要组建甘青藏石油勘探开发大会战，主要针对柴达木西部做工作。"何满江说："看来是狮子沟油田、尕斯库勒油田的发现，给了上级信心啊。"

张天翼说："石油部专门成立了甘青藏石油勘探开发大会战指挥部，由石油部副部长挂帅担任总指挥。已经明确，青海局为第一勘探指挥部，胜利油田为第二勘探指挥部，玉门油田为第三勘探指挥部，运输公司也专门抽调一个分公司参战，总人数达到28000多人啊。"

何满江惊讶道："这阵势可不小啊！"

张天翼说："这次总共要动用27个钻井队、22个地震队、9个试油队，要在盆地西部2万多平方公里、16个构造和地区上做文章。"

何满江点燃一根烟，铿锵道："西部欲晓啊！"

张天翼大声道："不，是铸造大梦！老何啊，我们都是军人出身，战场上已经九死一生，对战友、对家人的不幸，我们要尽快走出悲伤啊。说实话，老陈的离去令我肝肠寸断，苍天不仁啊。别人都说陈启仁、何满江是我的左膀右臂，我痛失左膀，现在我要启用右臂了。"

何满江几口将烟抽完，手指头居然有些颤抖。

张天翼说："你看你，转眼之间就苍老了十几岁，按理说，正值壮年呢，你是心死了吗？大悲莫过心死，我需要你啊！要是老陈在九泉有灵，他也不希望你就成为这个样子！在柴达木，我们走了多少好同志，他们都是死不瞑目啊,因为,他们都还没有看见梦想实现。我们活着的人,就是替那些倒下的战友、牺牲的同事在活着,我们哪怕踩着他们的鲜血、攀着他们的墓碑,也要坚强地走下去!"

何满江点点头,坚定地说:"老领导,你就分配任务吧,何满江必定领命!"张天翼立马说:"你就接过老陈的重担吧!"

198

"咔嗒"一声,一张大红的结婚证上落下钢印。

陈青接过结婚证,看了看,递给何高。何高看了一眼陈青,说:"你就犟吧,今后你会哭的。"陈青说:"'嘿嘿',我这辈子的眼泪已经流干了,哭也没有眼泪了。"

领完结婚证,两人到了烈士陵园。黄昏日暮,墓园清风阵阵。在邢秀丽墓前,陈青悲伤地说:"邢妈妈,我跟哥哥结婚了,我会一辈子照顾他的,请您放心……"

在陈启仁的墓前,何高沉痛地说:"陈爸爸,今天我跟陈青妹妹结婚了,其实,我已经失去了生活的勇气,失去了对爱情的向往,是妹妹让我重新获得生的希望,今后我们会好好生活在一起的……"

何满江家门窗上贴了一个大红的"喜"字,喜气洋洋。

葛先华、孟丽萍、丁克秀、何卒夫妻俩、范建华夫妻俩,还有孩子们都齐聚在何满江家。院子里用两张方桌拼成了一张大条桌,十几道菜已经端上了桌子。

人坐齐。酒斟满。

何满江说:"今天是何高、陈青两位孩子的大喜日子,没有条件摆筵席啊,我们自家人坐坐,以表祝贺啊! 20年前啊,在茫崖帐篷城,我跟老陈为你俩指腹为婚,转眼20年了,秀丽走了,老陈也走了,而我们,也老了!"

何高、陈青都流下了眼泪。

葛先华赶紧阻止道:"老何啊,别说那些伤心往事了,今天是孩子们的大喜事,不要忆苦思甜,人嘛,就是这样走过来的,走一程,老一波,再长一茬,新陈代谢，自然规律啊。"

何满江眼有泪光，强忍住，说："好，不说了，我们举杯为何高、陈青两个孩子祝福，干杯！"

大家举杯而干。这时，何满江解开衣服扣子，从最里边衬衣上解下那只怀表，递给何高，说："孩子，这是你妈妈当初给我的爱情信物，今天我给你吧，戴上它，我也没有其他礼物，就让它陪伴你吧。"

陈青将怀表小心翼翼地系在何高内衣的扣子上。

这时院门被推开了，人未进，声音先到了："老何啊，你不够意思啊，孩子大喜事也不叫我一声啊，啊！"张天翼大步而进，从桌子上端了一杯酒，走向何高、陈青，说："你们这两个孩子，张伯伯我可是看着你们长大的呢，来，我先敬你们一杯，祝福你们和和美美，白头偕老啊！"说罢，举杯而干，又道："何高是工伤，今后工作有什么想法，来找我张天翼啊！"

何高和陈青道："谢谢！"

张天翼对何满江和葛先华说："局里刚刚开完党委会，你们两位啊，都要挑起重担哟。文件马上就下发，我先现场口头说一下，任命：何满江同志，任油田党委副书记，兼甘青藏会战第一指挥部第一副总指挥；葛先华同志，任油田总地质师，兼甘青藏会战第一指挥部第二副总指挥；孟丽萍同志任炼油厂技术副厂长。"

何满江说："点兵点将，帽子越大，压力越大啊。"

"甘青藏大会战第一指挥部"挂牌在花土沟一座红砖小院。何满江看了看指挥部的牌子，说："老陈啊，你走了，我来了，这就是前赴后继啊。"他四处张望，又道："花土沟已经有了一座城市的模样了。"

葛先华说："跟当年的茫崖一样，又成了拓荒者的乐园。"

何满江说："不一样了，这是新型的工业家园。"

199

冷湖中学门口，人海潮动。

又到了毕业季，选择，有的是主动的，有的是被动的。不管主动与被动，都到了青春季的分水岭。陈海高三毕业，何红和葛壁初中毕业。对于陈海，似乎并没有多少悬念，悬念是他选择哪所大学而已。

而何红和葛壁两个孩子学习不怎么样，考大学是不可能的了，初中毕业，葛壁说不想那么早参加工作，想去上技校。而何红还在犹豫。何红说："参加工作就去采油队，到妈妈曾经待过的女子采油队去。"

葛壁说："真不想这么早就一身油工衣，再变成老太婆……"

最终，何红招工，当上了一名女采油工，也果真分到了邢秀丽曾经工作过的女子采油队。离冷湖不远，十多公里，夜里能看见冷湖那不怎么明亮的街灯。葛壁去了敦煌上了技校。两年之后，分到了花土沟。她们，开始了重复父辈的职业轮回，当好"油二代"，激情满怀地"我为祖国献石油"！

陈海一路颠着足球回家，顺手将录取通知书扔在桌子上。丁克秀从厨房出来，捡起通知书念道："华东石油大学。"她的手颤抖起来，眼睛里已满是泪水。陈海洗脸出来，奇怪地看着母亲。丁克秀说："孩子，要是你爸爸还在，他该多高兴啊！"

陈海扭头看着墙上的陈启仁，泪水也涌了出来。

何满江家院子里，又是几家团聚。何满江、葛先华、丁克秀、孟丽萍、陈曼、何高、陈青、何红、葛壁等全围坐在一起。厨房里，张翠英和何彩霞正在灶台上忙碌。

何满江端起杯子，跟陈海碰了一杯，说："祝贺你啊，孩子！"

陈海说："我得向何举哥哥学习，他考的可是北京石油大学。"

葛先华说："都很好，都是柴达木石油的接班人啊！"

孟丽萍对葛先华说道："你想让葛漠今后考什么大学啊？"何满江接过话："那当然是清华，非清华不上。"葛先华笑道："这事，我们说了不算。"

冷湖的弟子，也有一部分走上了梦想的军营。二十多个身穿军装、没有帽徽的小伙子，胸戴大红花，满脸激动。陈海走到林俊跟前，给了他一拳，林俊也回击一拳。陈海说："到部队好好干，常来信！"林俊说："我不能为你送行了，好好学习，记住我们的诺言。"

一声哨响。林俊说："再见了，兄弟们！"新兵列队走向班车。陈海和向东在人群中挥着手，许久没有放下。后来，林俊上了南方战场，他和另外两个冷湖子弟的生命永远定格在了 19 岁。

离别冷湖,陈海去了冷湖烈士陵园,他向父亲告别。在陈启仁墓前,陈海跪在地上,泪水长流。陈海悲呛道:"爸爸,假若可以重来,我多希望你再次挥起皮带啊。"

冷风悲咽。陈海重重地磕下三个响头。

200

转眼间,张天翼将调离冷湖,升迁省城西宁。

他对曾生活了二十多年的柴达木恋恋不舍。一草一木,甚至每一粒沙子他都满含深情。在花土沟,张天翼走在大街小巷,看着一排排拔地而起的红砖的房子和还在住人的地窝子。他弯腰走进一个地窝子。里边一个小姑娘带着一个小男孩,惊讶地看着张天翼等一行。

张天翼问:"爸爸呢?"

小姑娘说:"打井。"

张天翼问:"妈妈呢?"

小姑娘说:"挖管沟去了。"

张天翼拍了拍小姑娘的头,问:"几岁了?怎么不上学?"

小姑娘答道:"7 岁了,没人带小弟弟。"

张天翼说:"后勤保障上我们还欠职工家属很多账啊,得还,还得越早越好,还得越快越好。"

在钻井队,张天翼一下车,职工们都高兴地围了上去。张天翼跟他们一一握手,动情地说:"同志们,你们辛苦了啊。"职工们眼里闪烁着泪花。一个钻工说:"张局长,听说你调走了,我们舍不得你啊!"张天翼眼含泪花,说:"我的心和柴达木永远在一起!"

离别冷湖最后一夜,张天翼找到何满江,两人坐在冷湖后山的一处高地上。视野里,冷湖灯火阑珊。张天翼从大衣兜里摸出一瓶酒,说:"老何啊,我们今晚喝酒,还像当年那样,顶瓶子!"何满江说:"好!"张天翼拧开瓶盖,自己先"咕嘟嘟"喝了一大口。何满江接过瓶子,也"咕嘟嘟"大喝一口。

何满江说:"有话你就说吧,别憋着。"

张天翼停顿半天,说:"老何啊,在柴达木我的战友成千上万,我还是想跟你唠叨唠叨家常。你这人啊,有毛病,性格冲,但肚子里的肠子是直线条的。"何满江说:"都几十年了,你最了解我啊!"

张天翼说:"我们一起来的人,散的散,走的走,最后坚守在这里的真不多了,你看你,头上黑发都没几根了。"何满江说:"人啊,能扛得过灾难,扛得过苦难,却扛不过岁月,我有时候也在想,要是多犯点错误就好了,现在,连犯错误的机会都少了啊。"

张天翼又猛灌了一口酒,将瓶子递给何满江,说:"不再犯错误,不敢犯错误,也不会犯错误时,人就老了,我们都是摸着石头过河,难免石头砸脚啊。"何满江猛喝一大口,说:"我的脚砸得很疼,正因为痛,我才感觉是活着的。"

张天翼说:"我们不谈老不老的问题了,老何,你也五十多岁的人了,再把最后一把劲儿使出来吧,多带些年轻人出来。柴达木,未来还长着呢。"何满江说:"老领导,您今后多回来看看吧,柴达木会越来越好的。"张天翼说:"茫崖、冷湖、花土沟,这片大戈壁我哪能忘啊,都刻进了我的骨髓里了。"

何满江说:"等到我们建成百万吨、千万吨油田的时候,我们再请您回冷湖,回柴达木!"张天翼说:"铸就大梦,我理应在场!"

星光下,两人交换着酒瓶,将最后一滴液体的火焰倒进嘴里。

201

花土沟。"狮20井",是世界海拔最高的一口油井。

一座山头已经平整掉,大小车辆正在往井场搬运设备。

何举北京石油大学毕业后,自愿回到了柴达木。他去了花土沟一线,去了钻井队实习。葛先华带着他,到了花土沟最高的井位,说:"我三十年前带着勘探队员在这里迷路当'团长'时,就想在这里布一口井。我有预感,这地下有大东西,没有想到三十年前这个梦想,还是要你们下一辈来完成。"何举看葛先华气色不对,问:"您身体不舒服吗?"

葛先华强打精神,说:"没事,没事。"

何举大声道:"请葛总放心,我们坚决按照要求完成任务!"

在"狮20井",又遇上了井喷事故。必须紧急实施压井作业。队长、技术人员都自觉投入抢险工作,搬运重晶石粉。钻井队长周大勇仰天长啸道:"狗日的,打了一辈子井,没有几口不井喷的!"他将背一躬,说:"来吧!"周大勇背上放了6袋300斤。他硬要是再扛了两袋,背着400斤的重晶石粉。周大勇的,腿闪了一下,硬撑着,走向泥浆池。

何举跟上去,将背一躬,四袋加在背上,他喊道:"再来一袋!"又加上一袋,何举耸耸后背,喊道:"再来一袋!"搬运工人喊道:"何技术员,300斤了!"何举身子晃了晃,躬着腰身,吃力地走向泥浆池子。

周大勇说问道:"小何,你还行吗?"

何举说:"我还行。"

周大勇说:"你流鼻血了。"

何举随手一擦,半边脸都是鲜红的血。何举看着周大勇,说:"队长,你也流鼻血了。"周大勇也抹了一把,满手是黑乎乎的鼻血。周大勇说:"你能把这苦吃下去,就没有对付不了的困难。"

休息时,周大勇说:"这口井设计井深5400米,这是第四次井喷了,你是怎么想的?"

何举说:"井喷的原因是我们的技术手段落后,今后我们要在这方面做研究,给手段,不能让这些'老毛病'成为家常便饭,不然太制约我们的经济效益了。"

周大勇又问:"'狮20井'是葛总最牵挂的一口井,为什么?"

何举说:"因为梦想!"

周大勇大巴掌拍在何举的肩头,有些激动,道:"小子,你懂技术,也懂柴达木!"

202

何满江和陈曼,带着何高和陈青的儿子,第三代石油人何东东,走向烈士陵园。陵园里,400多座坟茔,错列在高低起伏的山坡上。它们孤独、冷寂,但又宛如千军万马、气势磅礴。

三人站在邢秀丽的墓碑前面。东东好奇地问:"爷爷,这是谁啊?"何满江说:"是你奶奶。"东东紧紧抓住陈曼的手,说:"那不是我奶奶,我的奶奶在这里呢。"何满江说:"都是奶奶。"

陈曼说:"邢姐啊,我就要离开冷湖、离开柴达木,到敦煌去了,今后,再来一次也不容易了,你放心,我说过,我是替你活着的……,儿女们都大了,何高、何红都有了自己的孩子,何举也处了对象,马上要结婚了,何旗啊,也要回来了……"

东东使劲拉扯着陈曼,说:"奶奶,我们走!"陈曼说:"东东,给奶奶磕个头。"东东不情愿地跪了下去,磕了三个头。陈曼拉起东东,说:"今后啊,不要忘记了,这里,是你的奶奶。"东东迷茫地点着头。

何满江独自坐在陈启仁的墓前,陪老陈抽了一包烟。也不知道他说了些啥,但他就坐在那里,一动不动,眼泪哗哗,牵丝带缕,唠唠叨叨,没完没了。他的告别十分漫长,以至于东东都在陈曼怀里睡了一觉。他告别的不仅仅是老陈,也是他自己的一段岁月,一个梦。

冷湖完成了历史使命,生产去了花土沟,生活去了七里镇。

离开冷湖最后的时限已到,到处都是打整行李的人。搬家的卡车停靠在大街小巷。很多人的情感都留在了这片戈壁,他们斩不断,理还乱。有人失魂落魄,孤独地走在冷湖的大街上。

冷湖广场上,几个石油工人席地而坐,手里举着啤酒瓶子。一个说:"干了这一杯,就跟冷湖说再见!"另一个说:"这辈子最难以忘怀的是冷湖啊,我的工作,我的婚姻,我的青春年华,全在这大戈壁啊。"

石油,流浪的部族!

203

佛佑的敦煌圣地,让石油人心安。很快,石油人就熟悉了这片沙漠,这个紫外线和氧气一样浓烈的石油新城。

何满江家里,电话铃声骤然响起,何满江接了电话,"哦"了一声,就再没有声音。陈曼正在阳台浇花,感觉不对,赶紧将水壶一放,回房问道:"怎么了?"何满江呆滞着眼神,好半才说:"先华出车祸了。"

陈曼身子一晃,瘫软在沙发上。

花土沟医院,紧急抢救室里,葛先华嘴里、鼻孔里插满了管子,嘴里还在冒着血沫子。局长李春峰急匆匆赶到医院。何卒汇报道:"车上加司机四个人,一个当场去世,葛总重伤,其余两人轻伤。"

赵义勇说:"初步判断是内脏损伤,大出血!"

李春峰退出病房,大声道:"马上给西宁联系,要么派专家进来,要么将病人送出去抢救!"

何满江、丁克秀连夜从敦煌赶到花土沟。病床前,何满江悲痛地看着双眼紧闭的葛先华,眼泪直流。丁克秀看见葛先华的嘴里还在冒着血沫子,连忙清理。赵义勇轻声说:"这是内脏出血的症状啊。"

丁克秀说:"要么手术,要么转院啊!"

赵义勇说:"春峰局长已经请援兰州军区医院了。"

何满江走出病房,坐在长椅上,放声大哭:"先华啊先华,喝尿也没有渴死你,挨打挨揍也没有折腾死你,再苦再累也没有拖垮你,你怎么遭遇了这样的横祸啊。"一顿哭诉,何满江厉声责问何卒:"是在哪里翻的车?"何卒说:"从南翼山'南七井'抢险回来的路上,在彩石岭。"

何满江脑海里立马闪跳出最早进柴达木,翻过金鸿山,路过彩石岭,大伙儿捡拾宝石的画面。恍然间,似是一个轮回。

何满江低声道:"彩石岭!"

好在有惊无险,经过兰州军区的千里驰援、紧急抢救,摘掉了脾脏,割掉了一半肝脏,葛先华总算捡回了半条命。半年后,何满江专门到柳园火车站去接站。夜风呼啸。清瘦、虚弱的葛先华被孟丽萍搀扶着,走出车站。

何满江紧紧握住葛先华的手,说:"你终于活着回来了。"

葛先华笑笑,低声道:"活着半条命。"

何满江说:"半条命也是命,咱得细心活!"

每天,何满江陪着葛先华在小区的草坪散步。他们都住进了二层联体小白楼。何满江说:"分房子时,我给你挑的,咱们肩并肩住在一起。"葛先华说:

"这有点特殊待遇啊。"何满江说:"说实在话,我一辈子没贪没占,这次组织上分房子,我是欣然接受了,为啥呢,要是不要,倒是在搞特殊啊。"

葛先华点点头,说:"你快到站了吧?"

何满江说:"还有三个月。"

葛先华说:"好,退休了,再补补生活的课,养养身体,带带孙子。"何满江说:"退休,说白了就是等死,一辈子就算画句号了,你呢。"葛先华说:"我再挣扎着干两年,带带年轻人。"何满江说:"你啊,也就不要上西部了,要么提前退休,要么就在敦煌干点足不出户的活吧,半条命,悠着点,别猴急着先走了啊。"

葛先华说:"听你的,我就留在敦煌。"

204

油田终于上了百万吨台阶,这是陈启仁、何满江、葛先华等第一代柴达木人,在天际线上用青春和生命浇灌出的硕果。

盛大的庆典会上,局长李春峰说:"这是一个必将载入柴达木石油史册的日子,油田全年完成了102万吨原油生产任务,首次实现了跨入百万吨油田的行列……,这是世界上海拔最高的一个百万吨级油田,是高原石油人艰苦创业书写的历史丰碑……"

会场上响起了热烈的掌声。满会场的眼睛里闪烁着激动、幸福的泪花。

李春峰说:"自1954年第一批勘探队员走进柴达木到今天,千千万万的柴达木石油人追梦戈壁,用汗水、用青春、用生命,浇铸起了这座丰碑,书写了柴达木石油精神。这种精神之火将继续燃烧,激励着我们一代又一代柴达木石油人,继往开来,铸造新的更大的梦想!"

何满江和葛先华鼓着掌,泪光闪烁。

李春峰说:"我相信,柴达木的大梦一定会到来!"

敦煌基地,局机关为退休老同志准备了一个欢送会。何满江穿了一身黑西装,白衬衣、红领带,脚上的皮鞋锃亮。这是陈曼专门为他准备的退休礼服,他一辈子都也没有这样穿着过。太正式,有些别扭,但也新鲜。他拽上葛先华一起去热闹热闹。何满江兴致勃勃地走进局机关大楼,自我感觉脚步轻盈,如释重负。

李春峰早已站在大门处欢迎,说:"满江书记改头换面了啊,不穿大棉袄、大头工鞋了啊?"何满江说:"穿了一辈子了,该换换行头了。"

欢送会上,李春峰说:"满江书记,今天局工会专门给你们准备了一个退休欢送会啊,班子成员都来了,你得要说两句。"

何满江说:"今天别叫书记了,叫同志,这辈子说的废话太多,都不想说了。"陪同到会的葛先华却拿过话筒,说道:"那我说吧,虽然我今天不是被欢送的对象,但跟满江同志是一条道上的驴,第一拨进盆地我们就在一起,哭在一起,笑也在一起,可谓生死之交啊。但是,他比我命硬,我只剩半条命。而我呢,又比陈启仁命好,好歹我还囫囵活着。我只想说,我用这半条命跟满江局长赌一把,看谁能熬到最后啊。"

何满江被逗乐了,说:"没有最后,最后都是等死。"

马成武接话说:"死,是人类最后的大团圆,今天啊不能说死的问题,十几年来,我在满江同志的带领下,熟悉了工作……"

何满江连忙阻止道:"今天不谈工作,不谈工作。"

李春峰说:"好,不谈工作,谈谈退休生活,谈谈人生。"

马成武说:"工作谈习惯了,不让谈还不太习惯。那这样吧,我只有两句话,一句是,满江同志是进柴达木盆地的第一人,是柴达木的功臣,将载入史册!第二句是,祝满江同志退休生活愉快、健康长寿!"

会场响起热烈的掌声。人们争先恐后发言,何满江似乎都没有听见,他脑海里回忆着在柴达木的点点滴滴,历史的镜像一幕幕闪现,有些清晰,有些模糊,时而破碎,时而完整……这时,李春峰打断他的回忆,说:"满江同志,好歹你得说两句啊,大家洗耳恭听呢。"

何满江这才回过神来,看着似推脱不了,便接过话筒,说:"真没有什么可以说的。哎,刚才啊,我梦游了,回忆了自己的一生,似乎一闪而过啊,也似乎什么都没有做,什么都还没有来得及做……刚才有人说我是柴达木的功臣,我算哪门子功臣哟,不敢当,我是不敢自居功臣的。说白了,别以为你牵过骆驼,也别以为你喝过马尿、打过几口井、采过几吨油、焊过几节管子、挖过几条管沟、修过几条路，或者像我做过几次报告、骂过几次娘、拍过几次桌子、下过几道命令，就是功臣了，其实都不是什么功臣，最起码我不会这样认为。对比死去的同志，我现在还活着，就是幸运，就已经知足了。知足常乐嘛。我最大的愿望啊，就是希望继续工作的同志迅速忘掉我，不要在什么文章、在什么历史检索上出现我的名字……，因为，我已经知足了，我是党的人。党宽容了我的失误和犯下的错误，给了我修正自己的机会，假若取得了一些成绩或者获得了一些荣誉，那也归功于党。但我有一点特别不知足，就是我将永远想念我的战友们，我们是一个光荣的集体，一个铁打的团队，没有大家的前赴后继，也就没有我这样温暖的记忆！"

会场上响起热烈的掌声。

205

转眼二十多年过去，青海柴达木油田吹响千万吨建设的号角。

八百里瀚海，石油人再次激情涌动。在这期间，葛先华的儿子葛漠清华大学毕业后留学美国，又通过中国海外人才引进计划，和妻子美籍华人闵华一道回到中国，回到柴达木，通过科研项目贡献才智。

用科学与地层对话，柴达木油田揭开了神秘的面纱，亿吨级储量接连被发现，原来这些宝贝一直躲在地下在玩捉迷藏。不得不说，搞石油仅仅靠苦干还是不够的，往往还需要运气。这些运气，与一代又一代人的艰辛付出是分不开的。运气，通过实干积淀才能完成升华。

选择了柴达木，选择了石油，这份选择可能有很多无奈，但是，很多事你将别无选择，或叫命中注定。也许，这片土地会告诉他，什么是瀚海人生，什么是石油生命，什么是精神、情操和品质。

春天来了，日渐消瘦的葛先华突然想去看看柴达木。何满江说："我陪你去，我也想看看冷湖的大戈壁。"两家人都极力反对，都是耄耋之人，且身体并不康健，担心、反对自有道理。两个老人很郁闷，绝食都用上了。最后，还是何东东这个第三代石油人满足了两个老人的心愿，他驾车帮爷爷们完成了一次冒险的精神偷渡。

汽车穿过河西走廊的尽头，从阿克塞爬上祁连山的当金山口。

站在祁连山和阿尔金山交汇的高山之巅，何满江和葛先华两位银发老人，向青藏高原柴达木盆地深情回望，激情澎湃，老泪纵横。

他们知道，这是他们最后一次回望高原。

回望生命，回望石油！

站在山巅，冷风呼啸。

何满江说："我已经老了，彻底地老了，启仁啊，你走了也三十多年了。好多的老战友、老同事都走了。但是没有哪一天，我不想你们啊，你们全活在我的骨头里呢！"

葛先华说："石油，长进了我们的血液，它是我们的表情，是我们的基因，也是我们的姓氏啊。"

何东东搀着两位老人，面对柴达木那这片高天厚土，感慨道："那是一片雄性的土地，唯有男人方可征服！"

从当金山回来，葛先华因受风寒，严重感冒，连锁反应引起脏器衰竭，立即住进了医院的重症监护室。同时住进医院的还有何东东的妻子胖丫，十月怀胎，她即将临盆。

从当金山口回来，喜欢音乐的何东东创作了一首歌曲，他是专门写给伟大的父辈，写给雄性的男人们的。他挎着吉他进了重症监护室，对昏迷不醒的葛先华说："葛爷爷，我为你们写了一首歌，名字叫《父亲的高原》，我唱给你听吧，你要是听见了，就眨动一下眼睛，好吗？"

何东东轻轻唱到——：

父亲的高原　父亲的天

父亲的海洋　父亲的岸

父亲的额头　我仰望的天　我仰望的天

父亲的脊梁　父亲的肩

父亲的骨血　父亲的汗

父亲的额头　我仰望的天　我仰望的天

父亲的手掌　父亲的爱
父亲的目光　父亲的山
父亲的额头　我仰望的天　我仰望的天

父亲　父亲　父亲
您是我仰望的天　仰望的天　仰望的天

歌毕，葛先华双眼溢出泪水。他一直紧攥的拳头突然松开，手掌心里是那个一个身子、两条腿、三只脑袋的玩偶。

这时，医院产房里传出一声婴儿的啼哭。

高亢。嘹亮。

一稿于 2013 年 6 月 1 日
二稿于 2014 年 12 月 23 日
三稿于 2019 年 12 月 6 日
四稿于 2021 年 3 月 15 日

后　记：
关于这本书的前生今世

得要说说这本书的由来。

早在 2013 年，这本书就开始起兴。最早诞生它的初衷是电视剧本。当时的油田党委宣传部长石力先生给我命题作文，叫我写一个关于柴达木石油六十多年发展的电视剧本。作为满足看热闹或者更形象化、世俗化的需要，电视剧似乎更恰切人们的口味，也更利于街头巷尾传播。

作为石油人，本职工作，领导命令，三要素于一身，我应了。

第一稿写了 28 集，40 万字。第一次触电，写得费神，也相当劳累身体，还有些不成熟，个中滋味自己知道，因此落下一身病。那时节，青海省作协主席梅卓女士率省属众作家来油田采风，见我一脸病相，她一声唏嘘，重复了路遥先生那句著名的话，"狗日的文学"。

我泪潸然。

修改第二稿是 2014 年。第一稿之后，石力先生给我的奖赏是叫我去上鲁迅文学院，半年时间，足够优待，比愚蠢的物质奖励更合我意。当然，也不可能有愚蠢的物质奖励。下半年回到油田，便开始修改，扩容，将 28 集扩展到 40 集，再次书写了 60 万字，也再次加剧自己的病相。

改毕，一扔，了事。

第三稿修改是在 2019 年的冬天。要将之修改成小说的任务，其实早在

2017年就预定。青海省委宣传部将这本书纳入了青海省重点文创项目，截止时间是2020年8月份。期限早有了，但我不想动，就是用枪顶住后腰也不想动。

一是心累。每打开一次，进入一次，都要从头至尾跟书写的对象组建一个场，随剧情里边的人物命运将自己跌宕起伏，他们哭我得哭，他们笑我得笑，他们死我得送终，真是累。就这次修改，我动不动还哭得稀里哗啦，吓得家里人都担惊受怕。

二是身累。写作真是耗损肉体，特别是主旋律书写，又是冲锋式完成，耗损人就更厉害。记得第一稿完成，我吃了半年的中药加住院；第二次完成，住院加打针；第三次，我不想住院了，躺在白床单上总是周身不自在。提前有准备，似乎伤害小一点。

三是命苦。一而再、再而三义务地为60多年来的柴达木石油书写，虽然累，但也是幸运的。命苦是指这个剧本。2014年第二稿改定，之后又是波折连连。

哦——呵——

截至目前，看完《父亲的高原》剧本的人不到十个，或者就五六个。在2019年，电视剧本《父亲的高原》荣获第二届中国工业文学大赛电视剧本类二等奖第一名，一等奖被空缺。空缺自有空缺的理由，我也知道这个剧本的不完整性和时效性，所以，它败也有败的原因。但不管怎样说，这也算是对这几十万文字迟来的一点安慰吧。

何况，它还会以小说的面相呈现于世呢。

时间到了2019年。青海人民出版社总编辑马非先生陪同省委宣传部领导同志深入基层到柴达木油田来，再次盯住这个东西。小说版的《父亲的高原》便再次提上议事日程，也许这就是天注定。

到了2020年，庚子，自古以来这年岁都不太好。这一年，我关闭了自己的思想，闲置了自己的肉身。这一年，人类走过了险象环生。我们看见了很多，也经历了很多，但绝对不是全部。不适合做事，更不适合抒情。谁在这一年抒情，那就是没心没肺。

2020年过去了，到了2021年。

眼泪流完了，春天再次到来，我便想到一直梗在电脑硬盘里的这几十万字。于是，我再次燃烧自己，主要是做减法，减肥，顺便再做点加法，顺应时代。

于是，就成了眼下这个模样。我将原版本里囊括的三代石油人的书写缩减到完整叙述了第一代石油人的命运。清爽了许多，也干净了许多。

从 2013 年文创起兴到 2021 年，时长 8 个年头，时间长是长了点，果子也已经不是最早想要的那颗果子，但作为一个作家来说，小说似乎比剧本更形式正确。虽然，剧本衍生的其他价值可能更坚硬、更爆眼球。至此，谁都不要窃喜，我也不会黯然。

从目前来看，不允许过分修饰地说，如此大广角、超视距，长景深、广边际，以小说这种文学形式来书写 65 年柴达木石油的宏阔面相，且做到宏大而精微，写实又超写实，具象而抽象，这是第一部。假若拔高一点说，这是天际线上石油人的一部心灵史，是雪域高原上中国石油的"百年孤独"。如此定位，并不是说这本书文本的卓越，而是时间长达半个多世纪、三代柴达木石油人用青春和生命、激情和梦想共同参与完成书写的，因此而厚重。

有些路，还得要前行。有些路，也该得要告别。

一切都只是记忆，一切都将会消失。

2021 年 3 月 12 日